Susanne Scheibler · Tanja und die Zarin

Susanne Scheibler

Tanja

und die Zarin

NAUMANN & GÖBEL

Sonderausgabe der Naumann & Göbel
Verlagsgesellschaft mbH in der VEMAG Verlags- und Medien
Aktiengesellschaft, Köln

Schutzumschlaggestaltung: Wiebke Vormstein, Köln
Satz: Zentralsatz Dieter Noe, Köln
Gesamtherstellung: Freiburger Graphische Betriebe, Freiburg
Printed in Germany

ISBN 3-625-20199-2

Der Schneesturm hatte acht Tage lang gewütet. Jetzt, am frühen Morgen des Tatjanatages, schwieg er. Sein Heulen erstarb, dieser wilde Gesang, der Mensch und Tier unruhig gemacht hatte. Und der Schnee war keine weiße, wirbelnde, undurchdringliche Wand mehr, sondern wandelte sich in sanfte Flocken, die still zur Erde schwebten.

Tanja erwachte von der jähen Lautlosigkeit. Es war noch finster draußen; das Zimmer mit den Fellen auf dem Boden und den hellen Möbeln aus Birkenholz erhielt nur wenig rötliche Helligkeit durch den Flammenschein, der aus den Ritzen der Ofentür drang.

Tanja stand auf und lief barfüßig zum Fenster. Sie schob die schweren Samtportieren zur Seite und hauchte gegen das Eis der Scheiben, bis ein kleines rundes Loch entstand, durch das sie hinausschauen konnte. Ihr Schlafzimmer lag im ersten Stock, und der Schnee türmte sich hoch bis zu den Fenstern zu ebener Erde. Aber der Himmel wurde klar; einzelne Sterne blitzten schon hinter ziehenden Wolkenfetzen hervor, und der Mond hatte einen Hof. Das bedeutete, daß es kalt werden würde.

Es war ein strenger Winter in diesem Jahr 1772. Die alten Leute in den zu Bjely Dom gehörenden Dörfern sagten, sie könnten sich nicht erinnern, daß jemals zuvor die Wolga Anfang Oktober schon eine so dicke Eisdecke getragen hätte, und jetzt, im Februar, ertrank das Land im Schnee. Die Steppenwölfe wagten sich aus Hunger bis an die Ansiedlungen der Menschen heran, und ihr heiseres Heulen klang so nahe wie nie zuvor in den Nächten.

Wölfe... Tanja konnte die Winternächte nicht zählen, in denen sie ihre Stimmen gehört hatte. Als Kind im fernen Sarodnaja, wenn sie neben Väterchen Iwan und Mütterchen Olga auf dem warmen Ofen geschlafen hatte. Während ihrer Flucht mit Pawel, der Leibeigener des Grafen Gjurin gewesen war wie sie und den sie hatte heiraten wollen... Damals hatten die Wölfe sie verfolgt. Immer näher waren sie dem Schlitten mit dem einzigen, erschöpften Pferdchen gekommen, und Pawel hatte sich ihnen entgegengeworfen, um sie, Tanja, zu retten. Seitdem konnte sie das Heulen der Wölfe nicht mehr hören, ohne das vor sich zu sehen: Pawels Körper und über ihm die grauen Tiere, wie sie ihn hechelnd zerrissen.

Selbst hier, hinter den schützenden Mauern von Bjely Dom, in der Sicherheit ihres Hauses, war es in vielen Nächten geschehen, daß sie hochgefahren war aus ihrem Bett, verstört und schlafbefangen, und sich nach nebenan geflüchtet hatte, in Boris' Arme, sobald die Stimmen der Wölfe die nächtliche Stille durchbrachen: »Es ist schrecklich, es macht mir Angst! Laß mich bei dir bleiben, bitte!«

Die Tür zu Boris' Schlafzimmer stand noch immer offen des Nachts, und obwohl mehr als anderthalb Jahre seit seinem Tod vergangen waren, hatte Tanja nichts darin verändern lassen. Das Bett war sauber bezogen, in den schweren Silberleuchtern steckten frische Kerzen und Boris' Kleider hingen in den Schränken. Manchmal ging Tanja hinüber, öffnete die Türen und streichelte die Stoffe aus feinem Tuch, als streichele sie Boris' Arm.

Tanja Tutscharewa wandte sich vom Fenster ab. Sie hörte, wie im Haus eine Tür klappte. Dann kamen leise Schritte die Treppe herunter. Jemand klopfte: »Euer Gnaden, seid Ihr wach?« Es war Pelageja Ossipowna, die schon in Petersburg dem Tutscharewschen Haushalt vorgestanden hatte und die Tanja, als sie die Hauptstadt verließ, nach Bjely Dom mitnahm.

Tanja holte einen bodenlangen, mit weißem Eichhörnchenfell gefütterten Morgenmantel aus dem Schrank und warf ihn sich über. »Komm herein, Pelageja. Ich habe nur nach dem Wetter gesehen. Es hört auf zu schneien. Sobald die Schneedecke fest genug ist, schicke ich einen Boten nach Zarizyn zu Oberst Zipletow um die Militäreskorte, die er mir für meine Fahrt nach Jaizk zugesagt hat.«

Pelageja Ossipowna trat ein und schloß die Tür hinter sich. »Ihr seid also immer noch entschlossen, Bjelkin und Sidurin zum Pferdemarkt zu begleiten? Ach, Euer Gnaden, wenn Ihr es Euch doch anders überlegen wolltet! Es sind unruhige Zeiten. Der Krieg hat die Leute verrückt gemacht, und man ist seines Lebens nicht mehr sicher auf den Straßen.«

Tanja warf das lange schwarze Haar zurück. »Ich habe zuverlässige Nachricht, daß in Jaizk drei Pferde aus der berühmten Zucht des Khans der Krim versteigert werden sollen.«

»Aber Fedja Sidurin…«

»Sidurin ist ein tüchtiger Stallmeister. Trotzdem wird er nie begreifen, daß man für ein Pferd ein Vermögen auszugeben vermag. Er würde spätestens bei zehntausend Rubel aufhören zu bieten.«

»Und Ihr nicht?«

Tanja lachte. »Nein, Pelageja, ich nicht. Wenn ich die Pferde bekomme – eine Stute und zwei Hengste sollen es sein –, wird die Bjely Domer Zucht bald so berühmt werden wie die von Khan Sahib Girej oder des Beylerbey von Tunis.«

Pelageja schlug hastig ein Kreuz. »Ihr werdet doch nicht mit Heiden und Türken, Gott schlage sie mit den sieben Heimsuchungen, in Wettstreit treten wollen, Euer Gnaden! Ihr solltet bedenken, wer Ihr seid, eine Prinzessin Tutscharewa, und ich habe schon vor vierzig Jahren, als ich in die Dienste des Vaters unseres seligen Herrn Boris Semjonowitsch trat, sagen hören, die Tutscharews seien so reich, daß sie ganz Moskau und Petersburg kaufen könnten…«

»Reich oder nicht, Pelageja«, unterbrach Tanja sie, »ich kann deshalb nicht herumsitzen und die Hände in den Schoß legen. Ich muß etwas tun, verstehst du? Und jetzt sieh zu, daß ich Frühstück bekomme und daß Holz im Ofen nachgelegt wird. Hinterher will ich baden. Ach ja, und Bjelkin soll gegen neun zu mir kommen. Ich habe einiges mit ihm zu bereden.«

Schweigend schlurfte Pelageja Ossipowna zur Tür, und in ihrer Haltung war etwas, das Tanjas leichte Gereiztheit sofort besänftigte.

»Begreif mich doch, Pelageja«, sagte sie versöhnlich, »ich bin eben nicht wirklich eine Dame von Stand, sondern eine Bauerntochter. Ich schwöre dir, ich werde verrückt, wenn ich nichts zu tun habe, nichts Sinnvolles, meine ich.«

Am nächsten Tag und an allen darauffolgenden Tagen schien die Sonne von einem klarblauen Himmel, und der Wind, der von Osten kam, war so kalt, daß er wie mit Nadelspitzen in die Haut stach.

Die Soldaten, die Oberst Zipletow Tanja als Geleitschutz mitgeben wollte, trafen in Bjely Dom ein. Zwölf Berittene mit einem Leutnant waren es, allerdings keine Kosaken, denn, so hatte Zipletow in einem Begleitbrief an Tanja geschrieben: »Zwar habe ich meine kosakischen Regimenter noch gut in Zucht. Trotzdem weiß man nicht, was geschieht, wenn die Burschen dem strengen militärischen Reglement entkommen sind. Man hört immer wieder Nachrichten vom Widerstand der freien Kosaken, von bewaffneten Unruhen und räuberischen attaques auf friedliche Reisende. Deserteure und Banditen, vor allem die Gaidamaks aus der Saporoger Sitsch, treiben sich in der Steppe und den Wäldern herum, und ich bin nicht sicher, ob meine cossaques, nur weil sie die Uniform Ihrer Majestät tragen, auf ihre Freunde und Stammesbrüder schießen werden, so man Sie, Madame, an Leib und Leben bedroht. Ergo ist es besser, Sie begeben sich unter den Schutz von Leutnant Gawrilow und seinen Leuten.«

Lydia Wassiljewna, seine Frau, hatte Tanja noch einen Tulup mitgeschickt, einen großen, bis zum Boden reichenden Schafspelzumhang, der bei Schlittenfahrten getragen wurde, um sich vor der eisigen Kälte zu schützen.

Am anderen Morgen brach Tanja nach Jaizk auf. Sie führte

dreißig Pferde aus der Bjely Domer Zucht mit, die sie in Jaizk verkaufen wollte. In der Halle verabschiedete sich Tanja von Pawel, ihrem Sohn. Der Siebenjährige bemühte sich, knabenhafte Unbekümmertheit zur Schau zu tragen, doch es gelang ihm nur unvollkommen. Er hatte Angst. Es war das erstemal, daß seine Mutter eine Reise unternahm und ihn allein ließ. Einmal nur hatte sein Vater das getan. Pawel war damals fünf gewesen, und er sprach nie darüber. Doch jetzt war alles wieder gegenwärtig: Das Landgut der Hendrikows – und wie sein Vater eines Mittags mit bleichem Gesicht zu ihm in die Kinderstube gekommen war: »Ich habe Nachricht, daß deine Mutter in Moskau ist, und fahre hin, um sie zu holen. Sei brav und hab keine Angst, bald sind wir bei dir.«

Es waren Wochen vergangen, eine Ewigkeit für die angstvolle Ungeduld eines Fünfjährigen, und dann war seine Mutter allein gekommen. Und hatte ihm gesagt, daß sein Vater an der Pest gestorben sei. Das also war der Tod – jemand reiste ab und kam nicht wieder.

Pawel schluckte an seinen Tränen. Man hatte ihm gesagt, daß er danach trachten müsse, ein kleiner Mann zu werden, tapfer und beherrscht. Nur Mädchen heulten wegen jeder Kleinigkeit, wie beispielsweise Anfisa, seine Milchschwester. Ein Mann müsse auf die Zähne beißen und lächeln, gleichgültig, ob ihm danach zumute war oder nicht. Aber das war so schwer, daß Pawel meinte, Mädchen hätten es um vieles leichter mit ihrem ewigen Geheule.

Tanja malte mit dem Daumennagel ein Kreuz auf seine Stirn. »Ich bring' dir auch was Schönes mit, Pawelitschka. Gott schütze dich. Und sei immer folgsam, wenn Malascha, Lisa oder Monsieur Brancourt dir etwas sagen.«

Pierre Brancourt war seit einem halben Jahr auf Bjely Dom, ein junger französischer Schulmeister, der Pawel in Rechnen, Schreiben, Lesen und Französisch unterrichtete.

Seitdem nannte Pawel seine Mutter ›Maman‹ und ›Sie‹, weil Monsieur ihm beigebracht hatte, daß sich das so gehörte. Als er es zum erstenmal sagte, hatte Tanja nasse Augen bekommen. Sie... Natürlich war die Anrede korrekt für einen wohlerzogenen Knaben, und Tanja wollte, daß Pawel eine ausgezeichnete Erziehung erhielte. Und dennoch, dieses ›Sie‹ schaffte soviel Distanz... Es entwuchs ihr, dieses Kind, und dabei meinte sie oft, es sei gerade gestern gewesen, daß sein erstes Lächeln sie getroffen und es die ersten Schritte auf sie zu getan habe.

Tanja umarmte Pawel, ehe sie sich von einem Diener in den

Tulup helfen ließ und den hohen Kragen über ihrer Zobelmütze zusammenschlug. Rodja Grigorjewitsch, der Kutscher, saß auf dem Bock, auch er in einem Fellmantel, zu doppelter Breite ausgestopft, um Tanja vor dem eisigen Fahrtwind zu schützen. Die drei Troikapferde stampften den Schnee.

Aus dem Wirtschaftshof klangen Kommandorufe und Pferdegewieher. Fedja Sidurin und Jewgenij Aronowitsch Bjelkin fuhren in einer zweiten Troika vor. Malascha Andrejewna Sidurina und Irina, die Verwaltersfrau, umarmten ihre Männer und schlugen das Kreuz über sie. Malascha heulte. Sie war weichherzig und eine Spur zu fantasievoll; jedesmal wenn ihr Mann eine Reise antrat, und sei es nur nach Zarizyn oder Saratow, malte sie sich die schrecklichsten Dinge aus, die ihm zustoßen mochten. »Seht sie euch an!« rief Fedja, ein vierschrötiger, rotgesichtiger Mann mit lustigen jettschwarzen Knopfaugen. »Seht sie euch an! Da flennt sie in ihre Schürze, als ginge es in den Krieg wider die Türken. Und als ich vor drei Tagen Magendrücken hatte und es mit ein paar Gläschen Brombeerschnaps auskurieren wollte, hat sie mich aus dem Schlafzimmer gesperrt. Einen stinkenden Teufel hat sie mich genannt, und sie würde lieber neben einem Schwein liegen als bei mir.«

»Ach Gott, Fedorenka«, schluchzte Malascha, »man sagt so manches, wenn man zornig ist. Wenn du nur gesund wiederkommst.«

Der Rest ihrer Worte ging in Peitschenknallen und Hufgetrappel unter. Im Wirtschaftshof waren die zwölf Husaren und Leutnant Gawrilow aufgesessen und preschten über die Allee, die zur Straße führte, gefolgt von den dreißig Pferden, die in Jaizk versteigert werden sollten. Vier Zureiter, dick in Pelze vermummt und die Gesichter durch Wolltücher geschützt, saßen auf kleinen stämmigen Gäulchen und führten die Tiere an langen Lederleinen hinter sich her. »Hoj-hoh!« schrien die Reiter und legten sich flach über die Pferdehälse. »Vorwärts, Brüder!«

»Hoj-hoh!« schrie auch Rodja und ließ die Peitsche um die Ohren des Leitpferdes schnalzen. Die Troika zog mit einem so heftigen Ruck an, daß Tanja in die Pelze gedrückt wurde. Pawels kleine Gestalt auf der Freitreppe, Malascha, die noch immer in ihre Schürze weinte, Irina, Pelageja, die weißen Mauern von Bjely Dom, alles blieb zurück. Die Sonne hatte sich über den Horizont geschoben, eine runde gelbweiße Scheibe, die den Schnee aufblitzen ließ, so daß es aussah, als führen sie über eine Fläche von Millionen Kristallen.

Es war am Mittag des zweiten Reisetages. Sie befanden sich etwa hundert Werst vor Tschapojewo, einem kleinen Marktflecken am Jajk, der hauptsächlich Pelzjägern und nomadisierenden Kalmückenstämmen als Umschlagplatz diente. Leutnant Gawrilow hielt mit seinen Husaren die Spitze des Trupps, danach folgten die Troikas, den Schluß bildeten die Zureiter mit der Pferdeherde. Sie hatten gerade ein kleines Waldstück passiert und jagten nun auf die Ebene des Flusses Kuschum zu.

Die Reiter, die ihnen entgegenkamen, wirkten zuerst wie kleine schwarze Punkte auf dem weißen Schneefeld, aber sie wurden rasch größer. Nachdem Leutnant Gawrilow die Näherkommenden durch sein Fernrohr beobachtet hatte, ritt er neben Tanjas Schlitten. »Es mögen an die zwanzig Männer sein, und sie halten genau auf uns zu. Soldaten sind es nicht, das habe ich sehen können, aber sie scheinen bewaffnet.«

»Banditen, meinen Sie?« fragte Tanja.

»Warten wir's ab, bis sie hier sind, Madame, und richten wir uns für alle Fälle auf Unannehmlichkeiten ein.«

Es waren Banditen. Noch ehe sie auf Schußweite herangekommen waren, schwärmten sie in langer Kette aus, um dann von drei Seiten anzugreifen. Vier von Gawrilows Leuten deckten Tanjas Schlitten, Gewehrschüsse dröhnten, Pferde wieherten schrill, und Tanja sah, wie drei der Banditen sich schreiend in ihren Sätteln hoben und dann langsam seitlich in den Schnee kippten.

Die Troika schwankte wie ein Schiff im Sturm. Als eine Kugel über sie hinwegpfiff, duckte sich Tanja tiefer. Sie hatte plötzlich das Empfinden, daß dies das Ende sei. Sie würde sterben, hier, irgendwo in der Weite der Flußlandschaft, alle würden sie sterben, und in der Nacht würden Wölfe kommen und sich um ihre Leiber balgen.

Pawel, dachte sie. Und dann: Andrej... Sie hatte sich nicht oft gestattet, an Graf Andrej Dobrynin zu denken, und das Jahr in Bjely Dom war vorübergegangen, ohne daß sie irgend etwas von ihm gehört hätte.

Andrej, ihr Geliebter – und der Komplize ihrer Schuld. Sie hatte mit ihm gelebt, während Boris sie in allen Moskauer Pesthäusern und Spitälern gesucht hatte. Darüber war er krank geworden. Und in all den Monaten, die vergingen, war Tanja sich nicht sicher gewesen, ob sie jemals wieder mit Andrej Dobrynin leben könnte. Aber jetzt, an diesem weißgoldenen Wintertag, der vielleicht ihr letzter war, sprang ein so heißer, urtümlicher Widerstand gegen das Sterben in ihr auf, daß sie verzweifelt wünschte: Wenn ich doch nur eine Waffe hätte, ein Messer, ein Schwert, eine Pistole! Ich würde mich schon zu wehren wissen. Ich will leben, und ich will Andrej wiedersehen. O Gott, mach, daß ich ihn wiedersehe...

Auf dem Kutschbock schrie Rodja auf. Einer der Banditen hatte zwei der Husaren abgedrängt und galoppierte mit geschwungenem Säbel neben der Troika her. Er hob sich in den Steigbügeln, die Säbelklinge sauste auf Rodja nieder, doch der Hieb verfehlte ihn. Im nämlichen Augenblick rammte einer der Zureiter von Bjely Dom dem Kerl sein eigenes Krummschwert in den Rücken.

Wenige Minuten später war der ganze Spuk vorüber. Mehrere Gaidamaks lagen tot am Boden, die anderen rissen ihre Pferde herum und flüchteten. Auch von Tanjas Begleitern waren drei getötet worden; Leonid Denissowitsch Kulaikow, einer der Bjely Domer Zureiter, war darunter. Zwei Husaren hatten Verletzungen erlitten.

Den einen hatte eine Banditenkugel gestreift, der andere einen Säbelhieb über den linken Arm bekommen.

»Dafür habe ich mindestens zwei der Hurensöhne in die Hölle befördert«, sagte er zu Tanja. Sie blickte auf den toten Leonid Denissowitsch hinab, und ihr Herz krampfte sich zusammen. Gerade 22 Jahre alt war er geworden, und an Ostern hatte er Lisa Westmann, Pawels Kindermädchen, heiraten wollen. Lisa war Deutsche. Sie stammte aus Sarepta, der Siedlung Herrnhuter Brüdergemeine, die vor ein paar Jahren in der Nähe von Bjely Dom gegründet worden war. Die strenggläubigen Eltern des Mädchens hatten sich lange dagegen gewehrt, daß es einen Russen griechisch-orthodoxen Glaubens liebte, und es hatte Tanjas ganzer Fürsprache bedurft, um Georg Westmann, Lisas Vater, und den Vorsteher der Gemeinde, Friedrich Köhler, umzustimmen. Lisa hatte geweint vor Glück, als sie endlich die Erlaubnis bekam, Leonid zu heiraten. Und nun war er tot, gestorben um eines der widerwärtigsten Dinge auf dieser Welt, der menschlichen Habgier. Tanja kniete neben dem toten Leonid Denissowitsch und drückte ihm die Augen zu. Das gleiche tat sie bei den beiden gefallenen Soldaten. »Wir nehmen sie mit«, entschied sie. »Sie sollen in Bjely Dom begraben werden. In der nächsten Posthalterei lassen wir sie einsargen und auf dem Rückweg von Jaizk...«

Sie wandte sich um, weil hinter ihr einer der Soldaten einen überraschten Schrei ausstieß. Er war im Begriff gewesen, den toten Gaidamaks die Waffen abzunehmen. »Hölle und Teufel, der Halunke – atmet ja noch!« Er versetzte dem am Boden Liegenden einen Tritt. »Wirst du wohl aufstehen, Hundesohn!«

Es war ein blutjunger Bursche, fast ein Kind noch, mit bartlosen Wangen und erschreckend wissenden Augen. Die Augen eines bösen, haßerfüllten alten Mannes in einem jungen Gesicht. Der Soldat, der ihn entdeckt hatte, zog seine Pistole. »Das hast du dir fein ausgedacht, Bürschchen! Den Toten spielen und warten, bis wir fort sind, was?«

Gawrilow fiel ihm in den Arm. »Nein... nicht! Der Kerl gehört vor ein Gericht. Er muß gestehen, wer seine Spießgesellen sind und wo sie ihren Unterschlupf haben. Fesselt ihn. Wir bringen ihn zum nächsten Gendarmerieposten.«

Die wilden, bösen Augen des Jungen verfolgten Tanja, als sie längst wieder in der Troika saß. Wenn es wahr ist, daß die Augen der Spiegel der Seele sind, wie mußte es in dieser Seele aussehen! Und er war doch ein halbes Kind, vielleicht siebzehn Jahre alt...

Die nächste Posthalterei hieß Seljonoja Roschtscha. Sie lag einsam am Rande eines Birkenwäldchens, und der Postmeister sagte, daß die Gendarmeriestation gut zwanzig Werst entfernt sei, in Kalynow. Und es sei ein Umweg, wenn die hohen Herrschaften nach Tschapajewo wollten.

»Um so besser«, murrte Bjelkin mit zornigen Augen. »Dann knüpfen wir das Bürschchen gleich hier an einen Baum, und die Sache ist erledigt. Wozu Umstände machen?«

Der junge Gaidamak lag quer über dem Hals eines Soldatenpferdes. Der es geritten hatte, stieg ab und schlug in der kalten Luft die Arme um sich. Abwartend blickte er Gawrilow an. »Was befehlen Sie, Gospodin? Soll er baumeln?«

Gawrilow zögerte, und da sagte Tanja rasch: »Nein. Es bleibt dabei, er kommt vor ein Gericht. Wir übernachten hier und brechen morgen vor dem Hellwerden auf.« Sie wandte sich an den Postmeister. »Du kannst uns doch Quartier geben, Väterchen?«

Der Alte verbeugte sich ein um das andere Mal. »Gewiß, Euer Gnaden. Gerade vor einer Stunde sind drei Hochwohlgeborene abgereist. Die Zimmer sind noch warm; ich werde sogleich Feuer nachlegen lassen. Schöne Zimmerchen sind es, mit Fellen auf dem Boden und guten Betten. Ihr werdet dort schlafen wie in Gottes Arm.«

Es war eine armselige Herberge, armseliger noch als die meisten in diesem Teil Rußlands, und vielleicht auch schmutziger. Tanja schauderte zusammen, als sie das für sie bestimmte Zimmer betrat. Eine Magd hatte ihr mit einer Kerze die dunkle, knarrende Treppe hinaufgeleuchtet. Die Wände waren aus rohem Holz, vom Alter geschwärzt. Ein Schaffell lag vor dem schmalen Bett, das Bettzeug bestand aus groben, übelriechenden Wolldecken. Aber in dem großen Lehmofen prasselte ein helles Feuer und verbreitete Wärme.

»Wünschen Euer Wohlgeboren etwas zu essen?« fragte die Magd. »Es gibt Fischblinis, Fleischpiroggen, Borschtsch und Soljanka aus frischen Barben, die Pantelej Fomitsch heute früh aus einem Eisloch des Kuschum geholt hat. Und natürlich Pökelfleisch, Brot und eingelegte Gurken.«

»Bring mir nur heißen Tee«, sagte Tanja. Seit dem Hellwerden hatte sie nichts mehr gegessen; dennoch verspürte sie keinen Hunger.

Rodja kam die Treppe heraufgestampft. Er hatte sich seines schweren, ausgestopften Kutschermantels entledigt und trug nur noch den leichteren, dreiviertellangen Schafspelz über Hose und Fellstiefeln. »Wir haben die Toten in den Schuppen gebracht, Euer Gnaden. Der Postmeister sagt, sein Sohn könne Särge für sie machen. Er ist Tischler in Kalynow.«

Tanja lächelte ihm zu. Guter, treuer Rodja... Er war Andrejs Kutscher gewesen, aber als sie den Prinzen Tutscharew heiratete, war er zu ihr gekommen. Niemand wußte so viel von ihr wie Rodja. Er hatte miterlebt, wie sie sich in Andrej Dobrynin verliebte. Zu ihm war sie geflüchtet in jener Nacht, als sie Andrej verließ, und er war in Moskau bei ihr gewesen, als sie ihn wiedertraf. Er kannte sie als das arme, unwissende sibirische Bauernmädchen, das mit leidenschaftlicher Verbissenheit Lesen und Schreiben, Rechnen und Französisch gelernt hatte, um Andrej zu gefallen. Er kannte sie als strahlende, gefeierte Schönheit auf dem Moskauer Parkett – während der Krönungsfeierlichkeiten Katharinas II., als Andrej sie als seine Verlobte und angebliche Komtesse ausgab, er hatte ihre Ehejahre mit Boris in Bjely Dom und später in St. Petersburg miterlebt, und er wußte mehr als jeder andere um den selbstquälerischen Kummer ihrer frühen Witwenschaft. Er hatte mit ihr gelacht und gelitten, und er hing an ihr mit der bedingungslosen Treue eines Hundes.

»Rodja, mein Lieber«, sagte Tanja, »ich bin froh, daß dir vorhin nichts geschehen ist. Ich dachte schon, es sei aus mit uns allen...«

»Pah... Räuberisches Kosakengesindel. Gott hat ihre Hirne leergepustet, daß sie uns überhaupt angegriffen haben.« Er wischte sich die in der Stubenwärme schmelzenden Eiskristalle aus dem Bart. »Sie haben den Gefangenen in den Stall gebracht. Einer von Gawrilows Leuten bewacht ihn.«

Tanja setzte sich an den Ofen, zog die Stiefel aus und hielt die Füße gegen die warmen Steine. Die Magd kam mit dem dampfenden Samowar und stellte ihn auf den Tisch. »Wollt Ihr wirklich nichts essen, Hochwohlgeboren?« fragte sie.

»Vielleicht später. Aber sorg dafür, daß meine Begleiter eine anständige Mahlzeit bekommen. Und der Junge im Stall auch.«

Das Mädchen riß die Augen auf. »Ihr meint den gefangenen Mörder?«

»Ja. Bring ihm Brot und Fleisch und eine kräftige Kascha.«

Der Junge war an einen der Holzpfosten gebunden worden, die die niedrige Stalldecke trugen. Ein Soldat hockte vor ihm im Stroh und hatte seine Pistole auf den Knien liegen. Es war fast dunkel, nur ein wenig mattes Schneelicht fiel durch die mit Stroh und Lumpen verklebten Fensterluken. Der warme Dunst von Pferdeleibern, der Geruch von Schweiß und Leder schlug Tanja entgegen. Sie sah, daß vor dem Gefangenen ein vom Herdfeuer geschwärzter Eisentopf mit einer dicken, längst kalt gewordenen Kascha, ein Holzbrett mit Brot und Fleisch und ein Krug Wasser standen. »Willst du nicht essen?« fragte sie.

Er schwieg und hob nicht einmal den Kopf. Der Soldat antwortete statt seiner: »Er ist gefesselt, er kann nicht...«

»Und warum hast du ihm die Hände nicht losgebunden?«

»Der braucht nichts zu fressen!«

Tanja trat näher an den Jungen heran. »Bist du hungrig?« Wieder antwortete er nicht, aber sie sah, daß er schluckte, und seine Lippen zitterten. Sie wandte sich dem Soldaten zu. »Schneide die Stricke an seinen Handgelenken durch. Na los, worauf wartest du?«

»Es ist gegen die Vorschrift... Und überhaupt, so ein Dreckskerl...«

Tanja zog das kurze Messer, das er am Gürtel trug, aus der Scheide. Dann zerschnitt sie die Handfesseln des Jungen. »So nachher kannst du ihn wieder festbinden.« Der Junge versuchte, sich nach dem Topf mit der Kascha zu bücken, aber die Stricke, die ihn an Brust und Hüften an den Pfosten banden, hinderten ihn. Tanja hob den Topf und gab ihn dem Gefangenen. Es fehlte ein Löffel, und er fuhr mit der rechten Hand in den Topf hinein und aß gierig, fast ohne zu kauen, als fürchte er, man würde ihm die Kascha wieder fortnehmen.

Als der Topf leer war, gab Tanja ihm Brot und Fleisch! Er riß große Stücke davon ab und stopfte sie in den Mund. Er war mager, mit hohlen Wangen und dünnen Kinderhänden. Er sah aus, als habe er seit langem nicht genug zu essen bekommen.

»Wie heißt du?« fragte Tanja, und der Soldat lachte. »Aus dem werdet Ihr nichts herausbekommen, Wohlgeboren. Der schweigt sich aus, ob man ihm die Nase blutig schlägt oder ihn in den Hintern tritt.«

Der Junge schluckte einen Brocken Fleisch hinunter. Er

blickte Tanja an, noch immer feindselig und angstvoll zugleich, wie ein Tier in der Falle, das bereit ist, seinem Peiniger die Zähne in die Hand zu schlagen, sobald er zu nahe kommt. »Frol«, sagte er dann. »Ich heiße Frol Sacharowitsch Minajew.«

»Und woher kommst du?«

»Aus... aus einer Staniza in der Nähe von Jaizk... Koloschewska...«

»Und warum bist du nicht mehr dort? Warum bist du mit den Banditen gegangen?«

»Ich sollte in den Krieg.«

»Da hört Ihr es, Euer Gnaden!« schrie der Soldat. »Ein Deserteur ist er, ein aufrührerisches Schwein, das lieber raubt und mordet, als die Uniform Ihrer Majestät zu tragen!«

»Mein Bruder hat sie getragen«, sagte der Junge dumpf. »Und mein Vater auch... Sie sind tot, alle beide. Der Vater ist bei Choczin gefallen, Fedka bei Perekop. Jetzt sollte auch ich zum Sterben geholt werden. Die Mutter hat geweint, weil ich doch ihre einzige Hilfe war auf dem Hof, denn meine Schwester Polina ist noch klein, gerade fünf Jahre alt, und weil ich das Pferd hätte mitnehmen müssen, das sie zum Pflügen brauchte. Und woher hätte ich das Geld nehmen sollen, ein Gewehr und Munition zu kaufen und mich und mein Gäulchen auf dem Feldzug durchzubringen? Schon mein Vater und mein Bruder haben keinen Sold bekommen, und als meine Mutter deshalb beim Ältesten war, hat er sie mit der Nagaika aus dem Haus geprügelt.«

»Lügner!« fuhr der Soldat auf. »Daß dir die Zunge im Rachen verfault. Jeder Kosak, der in den Krieg zieht, bekommt ein Handgeld und dazu die Löhnung von 15 Rubeln.«

»Einen Dreck haben wir gekriegt!« schrie der Junge. »Betrogen hat man uns! Eines Tages sind Kosaken aus Saporoshje in unser Dorf gekommen; sie haben es gesagt. Die Atamane haben schon jahrelang alles für sich behalten, das Handgeld und die Löhnung. Unsere frei gewählten Führer sollten sie sein, dabei sind sie unter Waffengewalt von der Regierung eingesetzt worden, und mit Waffengewalt werden sie für ihre Betrügereien beschützt und in ihren Ämtern belassen – von solchen wie du. Und solche wie du, die nichts anderes können, als den Herren die Stiefel lecken, solche sind es auch, die auf freie Kosaken schießen, sie gefangennehmen und wie Verbrecher nach Sibirien treiben.«

»Und? Bist du etwa kein Verbrecher, du Kosak?«

Der Junge lehnte den Kopf gegen den hölzernen Pfosten und schloß die Augen. Tanja sah, daß er weinte. Es war ein schreckliches hartes Schluchzen, das seinen mageren Knabenkörper stieß. »Ja«, sagte er, und seine Stimme klang dünn und schrill. »Weil ich nicht zu den Soldaten wollte, nicht in diesen verfluchten Krieg. Weil meine Mutter und meine Schwester Hunger litten, denn die letzte Ernte war schon schlecht, und wir hatten unsere einzige Ziege hergeben müssen, um ein wenig Saatgut zu bekommen. Ich wollte es in die Erde bringen, als sie kamen und sagten, ich müsse zu den Rekruten. Die Mutter wäre verhungert und meine Schwester Polina auch. Darum bin ich fortgegangen.«

»Wohin?« fragte Tanja ruhig.

»Zuerst habe ich mich in den Wäldern versteckt. Es waren auch noch andere desertiert, nicht nur aus unserer Staniza. Auch aus Tjutkowa, Prestbinsk, Irgutowsk und sogar Jaizk. Alles arme Hunde wie ich. Ein paar davon haben sich bis Saporoshje zur Sitsch durchgeschlagen. Dort haben sie sich den Gaidamaks angeschlossen. Bis in unsere Gegend sind sie gekommen, und eines Tages bin ich zu ihnen gegangen und habe gesagt, daß ich bei ihnen bleiben will, wenn sie mich brauchen können.«

Tanja hatte Mitleid mit dem Jungen. Vergeblich suchte sie aufs neue die heiße Empörung in sich zu wecken, die sie empfunden, als sie Leonid Denissowitsch und den beiden toten Soldaten die Augen zugedrückt hatte. Aus Habgier ermordet, hatte sie da gedacht.

Aber so einfach war es nicht. Es gab nicht nur Schwarz und Weiß, Gut und Böse. Es gab Aktionen und Reaktionen, und das Übel war ein Gewächs mit vielen Trieben.

Frols Geschichte war stellvertretend für viele. Noch vor Ausbruch des Türkenkrieges hatten die Kosaken in relativ freier Selbstverwaltung gelebt, ihre Ältesten und Atamane gewählt, ihre Höfe bewirtschaftet, Fischfang betrieben und Schafe gezüchtet. Einige hatten sogar beträchtlichen Wohlstand erworben, so daß sie in der Lage waren, Leibeigene zu kaufen und wie Herren zu leben. Diesen hatte auch der Krieg kein Elend gebracht. Wenn ihre Söhne einberufen wurden, stellten sie Ersatzmänner aus den Reihen der Armen. Sie zahlten dafür eine geringe Summe, rüsteten sie mit Waffen, Kleidern und einem Pferd aus, und hinter den dicken Mauern ihrer Chutors, in ihren Steinhäusern mit den prächtig eingerichteten Zimmern, ging das Leben weiter seinen ruhigen, satten Gang.

Aber da waren die Armen, solche wie Frol Minajew. Aufgewachsen in einer Lehm- oder Holzkate, ein paar Deßjatinen Land, ein kleiner Gemüsegarten hinter dem Haus, ein paar Hühner, eine Ziege, ein Pferd. Jede Dürreperiode des Sommers, wenn der Glutwind aus der Steppe über die Felder wehte und das Korn am Halm verdorren ließ, jedes Unwetter, das die so mühsam bestellte Erde zu einer Schlammwüste machte, in der nichts mehr wachsen und gedeihen konnte, jeder Frost, der im Frühling das junge Saatgrün vernichtete, bedrohte ihre kärgliche Sicherheit, ließ Hunger, grinsend und bleich wie ein Gespenst, vor ihren Türen aufstehen. Hunger, der den Kindern die Bäuche auftrieb, die Gesichter hohlwangig machte, die Eingeweide zusammenpreßte. Hunger, der die Stillen verzweifeln ließ und Haß in den Rebellischen weckte, Haß auf jeden, der satt war.

»Möchtest du noch etwas essen?« fragte Tanja. Der Junge schüttelte stumm den Kopf, und der Soldat lachte. »Da seht Ihr, wie er ist, der Hundesohn! Nicht einmal danke sagen kann er!«

Sie wandte sich ab. »Ich gehe jetzt. Und hör zu: Ich will nicht, daß du ihn schlägst oder sonstwie quälst. Er wird für das, was er getan hat, abgeurteilt werden, und damit ist es genug.«

Tanja hatte fast die Veranda vor der Posthalterei erreicht, als sie lautes Schreien hörte und gleich darauf einen Schuß. Die Stalltür flog auf, und Frol Minajew stürzte heraus. Er glitt auf dem Schnee aus, raffte sich wieder hoch und rannte auf das hölzerne Tor zu, das vom Hof nach draußen führte. Hinter ihm tauchte der Soldat auf. Er hatte die linke Hand auf den Leib gepreßt. Blut quoll zwischen seinen Fingern hervor, die Rechte hielt die rauchende Pistole. »Haltet ihn!« schrie er. »Der Dreckskerl hat mich mit meinem eigenen Messer angegriffen!« Er wollte Frol nach, brach aber nach ein paar Schritten in die Knie.

Als Tanja zurücklief und sich über ihn beugte, grinste er mit verzerrten Lippen. »Da seht Ihr, was Ihr von Eurer Wohltätigkeit habt! Ich wollte ihm die Hände binden, da hat er mir das Messer aus dem Gürtel gerissen und in den Bauch gerammt. Ehe ich auf den Beinen war, hatte er seine Fesseln durchgeschnitten und war weg.«

Der Schuß hatte die Soldaten in der Herbergsstube alarmiert. Sie rannten ins Freie, gerade als Frol das Tor erreicht hatte. Mit verzweifelter Anstrengung mühte er sich, den schweren Querbalken anzuheben, der es verschloß. Die Soldaten rissen ihn zurück und warfen ihn in den Schnee. Frol schrie hell und gellend auf, als sie auf ihn einschlugen und ihn mit ihren Stiefeln traten. »Mutter!« schrie er, »Mutter!« Dann wurde er still.

Einer riß ihn hoch und setzte ihm den Lauf seiner Pistole an die Schläfe. Tanja preßte die Hände auf den Mund. »Nein… nicht…« Ihre Stimme ging in dem Knall des Schusses unter.

Die Straße nach Jaizk führte durch Koloschewska, und die armselige Kate der Minajews lag etwas oberhalb hinter einem halbzerbrochenen Knüppelzaun. Tanja ließ den Schlitten halten und ging die paar Schritte hinauf. Einen Augenblick zögerte sie anzuklopfen, doch da hörte sie schon von drinnen einen Schritt, und der Türriegel wurde zurückgeschoben. Die Minajewa hatte die gleichen dunklen Augen wie ihr Sohn. Aber sie blickten mißtrauisch, angstvoll, als erwarte sie eine schlimme Nachricht. Vielleicht hatten Frols entkommene Kumpane ihr schon gesagt, daß ihr Sohn entweder in die Hände der Soldaten gefallen oder getötet worden sei. Vielleicht aber war es auch nur die Furchtsamkeit der Armen, die das Leben gelehrt hatte, daß selten Gutes in die Bedrängnis ihres Daseins kam.

Wie sagte man einer solchen Frau, daß ihr Sohn tot war?

Gegen die Falten ihres Rockes drängte sich ein kleines Mädchen, es mußte Polina sein, von der Frol gesprochen. Ein Kindergesicht, ursprünglich hübsch, aber von den weißen, häßlichen Narben der Skrofulose entstellt.

»Guten Abend...« Tanja hörte selbst, wie unsicher ihre Stimme klang. »Darf ich hereinkommen, Mütterchen?«

Die Minajewa gab die Tür frei. Scheu musterte sie den langen Tulup der Besucherin, die Zobelmütze, das schöne, scheinbar von allem Elend des Lebens unberührte Gesicht. »Wer seid Ihr?«

»Tanja Iwanowna.« Sie mochte nicht ihren ganzen Namen nennen, ihren Titel. »Ich... wollte dir etwas bringen.« Sie holte einen Lederbeutel hervor. Er enthielt ein paar hundert Rubel; für sie war es nicht viel, aber für die Frau vor ihr mochte es den Weg zum Weiterleben bedeuten.

»Was ist das?« fragte die Minajewa. »Geld? Und warum?«

Jetzt hätte Tanja es ihr sagen müssen, und sie nahm all ihre Kraft zusammen. Es ist von Frol. Er...«

Die Minajewa wandte den Blick nicht von ihr. »Er ist tot, nicht wahr?« Und als Tanja die Lider senkte, stumm, ohne ein Wort hervorzubringen: »Ich habe gewußt, daß es so kommen würde. Tag um Tag habe ich hier gesessen und darauf gewartet, daß jemand es mir sagt. Und manchmal habe ich mir gewünscht... Aber das versteht Ihr wohl nicht, daß man wünscht, es tritt etwas ein, nur damit es endlich geschehen ist. Weil man das Warten darauf, die Angst davor nicht mehr aushält.«

Sie setzte sich auf die Bank und schlug ein Kreuz. Sie weinte nicht, und das war schlimm. »Er war ein guter Sohn«, sagte sie nur. Dann deutete sie auf den Lederbeutel. »Was darin ist – reicht es, um ihm ein Begräbnis zu bezahlen?«

»Er... er ist begraben worden«, antwortete Tanja stockend. Es war eine Lüge. Die Soldaten hatten ihn in ein Eisloch des Kuschum geworfen, und sie hatte es nicht verhindern können. »Das Geld.... Du wirst dir dafür einiges kaufen können, genug, daß du keine Not mehr leiden mußt.«

»Not...« wiederholte die Minajewa und zog das Kopftuch tiefer in die Stirn. »Was wißt Ihr schon von Not! Ihr mit Euren Pelzen, Euren weißen, glatten Händen!«

»Ich habe Glück gehabt im Leben, Frol nicht«, sagte Tanja und wandte sich zur Tür. »Gott mit dir...«

Dämmerung zog am Horizont auf, als Tanja und ihre Begleitung das südliche Stadttor von Jaizk passierten. Holzhäuser säumten die Straße, ärmlich in der Vorstadt und mit schön bemalten Fassaden und geschnitzten Fensterläden und Türen, je mehr sie sich dem Stadtkern näherten. Jaizk war Garnison. Auf einem großen Platz erhob sich das Kommandanturgebäude, dahinter zogen sich langgestreckte steinerne Kasernen den Berg hinauf, umgeben von Festungsmauern mit Zinnen und Bastionen.

Rodja fragte eine Schildwache nach einem Gasthof. »Aber es muß der beste der Stadt sein, Söhnchen, für Ihre Gnaden, die Prinzessin Tutscharewa. Sie hat in St. Petersburg bei Hof gelebt und täglich mit der Kaiserin geredet, verstehst du? Also schick uns nicht in irgendein dreckiges Loch, in dem selbst die Wanzen vor Verzweiflung heulen. Sonst, bei Gott, komme ich zurück und nagle dich mit deinen abstehenden Ohren an dein Schilderhaus.«

Das Gasthaus, das der Soldat empfahl, lag hinter der Kommandantur am Bladwinnij-Prospekt. Und es war wirklich beinahe luxuriös zu nennen. Das Zimmer, in das der Wirt Tanja unter Verbeugungen hinaufgeleitete, hatte Fenster mit Samtportieren davor, den Boden bedeckte ein Teppich, und im Kamin prasselte ein hellloderndes Feuer. Ein sechsarmiger Kandelaber verbreitete warmes, gelbes Kerzenlicht. Zwei Mägde holten die Badewanne aus dem Schrank und kamen mit Krügen voll dampfendem heißen Wasser.

Tanja genoß dieses erste warme Bad nach der Reise. Sie lag lange im Wasser, wusch sich das Haar und ließ es am Kaminfeuer trocknen. Sie hatte zwei Kleider mitgenommen und wählte das elegantere davon aus veilchenfarbener feiner Wolle, dessen Säume mit Schwanenpelz besetzt waren. Bevor sie es anzog, setzte sie sich vor den Spiegel, um sich zu frisieren.

Sie war jetzt 27, aber ihr Äußeres hatte noch den Schmelz der Mädchenjahre. Das sanfte Oval des Gesichts, der zärtliche

Mund, Augen, die in ihrer Bläue einen so überraschenden Kontrast zu dem schwarzen Haar bildeten – all dies strahlte Frische und Gesundheit, den Zauber der Jugend aus. Zwar war ihre Haut nicht so magnolienweiß, wie es dem augenblicklichen Schönheitsideal entsprach, sondern leicht gebräunt, selbst im Winter, aber samten und glatt. Sie hatte Pawel geboren und eine Tochter, die gestorben war, kaum, daß sie auf der Welt war, doch ihre Brust spannte sich straff und voll unter dem weißen Batistleibchen, ihre Taille war noch immer so schmal, daß sie sich kaum zu schnüren brauchte, und sie hatte lange, feste Schenkel und weich gerundete Hüften.

Ja, sie war schön, und früher hatte sie sich daran gefreut. Aber als sie nun vor dem Spiegel saß dachte sie, wie nutzlos diese Schönheit doch sei, da es seit über einem Jahr niemanden gab, den sie damit hätte glücklich machen können.

Tanja schob die Hände unter ihr Haar. Es war lang und schwer und ganz glatt. Sie verzichtete darauf, es in modische Löckchen zu brennen, sondern steckte es am Hinterkopf zusammen. Dann stieg sie in den Reifrock und schlüpfte in das Kleid. Während sie sich noch abmühte, die vielen Haken an der Taille zu schließen, klopfte es an die Tür, und auf Tanjas »Herein« betrat die Magd das Zimmer. »Unten ist ein Offizier, er hat eine Botschaft für Euer Gnaden…«

Der junge Leutnant wartete am Fuß der Treppe. Er stellte sich als Adjutant des Generalmajors von Trauenberg vor und überreichte Tanja ein Billett. »Von Seiner Exzellenz, dem Herrn Generalmajor, Madame.«

»Chère princesse«, schrieb von Trauenberg »Ich bin entzückt, in dieser gottverlassenen Gegend jemanden wie Euer Liebden anzutreffen. Werden Sie die Güte haben, mit mir zu soupieren? Ihre Einwilligung voraussetzend, habe ich alles vorbereiten lassen. Leutnant Tscheperow wird Sie zu mir bringen.«

Tanja blickte den jungen Offizier an. Sie kannte von Trauenberg aus St. Petersburg. Er war ein stiernackiger, untersetzter Mann um die Vierzig, ein beschränktes Soldatengehirn, das ohne Rücksicht auf sich oder andere durchführte, was man ihm auftrug. »Wo ist Seine Exzellenz?«

»Er wartet hier im Salon.«

Von Trauenberg sprang bei Tanjas Eintritt von einem der mit blaßgrünem Samt bezogenen Stühle auf. »Meine liebe Madame Tutscharewa, welche Freude! Und wie geht es Ihnen? Oh, man braucht gar nicht zu fragen, man sieht es. Obwohl ich es kaum für möglich gehalten hätte – Sie sind noch schöner geworden.«

Er küßte ihr die Hand und führte sie zu dem bereits gedeckten Tisch. Dann wies er den Leutnant an, dafür zu sorgen, daß in einer Viertelstunde das Essen aufgetragen werde. Tscheperow entfernte sich mit einer Verbeugung, und von Trauenberg schenkte aus einer Karaffe roten Wein in zwei bereitstehende Gläser. »Er stammt aus Ungarn, ich habe ihn eigens von Petersburg mitgeführt. À votre santé, Madame…«

Sie trank ihm zu und stellte das Glas auf den Tisch zurück. »Ich bin überrascht, Sie ausgerechnet in Jaizk anzutreffen, Exzellenz. Was tun Sie hier? Und wie haben Sie so rasch von meiner Anwesenheit erfahren?«

Trauenberg strich sich über seinen Schnauzbart. Der flaschengrüne, goldbetreßte Uniformrock spannte sich prall über seinem mächtigen Bauch. Er trug eine schlechtfrisierte weiße Perücke, seine tiefliegenden blauen Augen über buschigen Brauen funkelten. »Die hiesige Garnison und das gesamte Jajk-Gebiet unterstehen seit Oktober vorigen Jahres meinem Oberkommando. Kriegsminister Graf Tschernyschew hat mich mit sämtlichen Vollmachten ausgestattet, um hier für Ordnung zu sorgen, nachdem der hiesige Ataman offenbar nicht mehr Herr der Lage war.« Er leerte sein Glas und füllte es wieder nach. »Ich sage Ihnen, es vergeht kaum eine Woche, in der ich nicht ein paar von den kosakischen Halunken auspeitschen oder in Eisen legen lassen muß und ihre Wortführer zur Zwangsarbeit nach Sibirien schicke… Ja, und woher ich weiß, daß Sie hier sind? Ich habe Order gegeben, daß mir jeder Reisende gemeldet wird, der in einem Gasthof oder einer Posthalterei im Umkreis von dreißig Werst absteigt. Aus Sicherheitsgründen, verstehen Sie, Madame?«

»Nicht ganz«, sagte sie. »Natürlich habe ich von der Unzufriedenheit unter den Kosaken gehört und daß sich immer mehr dagegen wehren, wenn man ihnen ihre alten Privilegien beschneidet. Aber muß man deshalb mit staatlicher Gewalt einschreiten? Warum gibt man den Leuten nicht, was ihr gutes Recht ist?«

»Ihr gutes Recht!« Trauenbergs Gesicht rötete sich. »Man hat ihnen vor zweihundert und mehr Jahren eine gewisse Autonomie zugestanden, Madame. Aber wo steht geschrieben, daß dies für alle Ewigkeit gelten soll?« Er beugte sich über den Tisch. »Wissen Sie, was hier im vergangenen Herbst geschehen ist? Zweitausend Jajk-Kosaken haben den Militärdienst verweigert. Und die Begründung: Sie unterlägen nicht der Disziplin regulärer Truppen und man dürfe sie nicht für die Moskauer Husaren-Legion ausheben, da sie seit alters her ihre eigenen

Regimenter gestellt hätten. Außerdem hätten ihre Eltern ihnen den herkömmlichen Segen vorenthalten – hören und staunen Sie, Madame – wegen der angeblich gottlosen neuen Kleidermode und weil es für Altgläubige, zu denen die meisten hier am Jajk gehören, unannehmbar sei, sich die Bärte abnehmen zu lassen. Da zitieren sie ihren Glauben, die Halunken! Aber wenn es ums Morden und Brennen geht, lassen sie ihn in ihren schmutzigen Hütten zurück wie ein Paar alte Stiefel. Glauben Sie mir, meine Liebe, man wird nur mit ihnen fertig, wenn man mit eiserner Faust dazwischenschlägt.«

»Und das haben Sie zweifellos getan, Exzellenz.« Tanjas Stimme klang spöttisch, aber er merkte es nicht.

»So wahr ich Alexander Karlowitsch heiße! Ein paar Hundert wurden ausgepeitscht und die Rädelsführer in die Fabriken jenseits des Ural zu lebenslänglicher Zwangsarbeit geschickt. Ha, Sie hätten sehen sollen, wie die anderen darauf zu Kreuze gekrochen sind. Wie eine Herde Lämmer sind sie in die Kasernen getrottet, haben sich die Bärte scheren und die »gottlosen« Uniformen verpassen lassen. Gewalt – das ist die einzige Sprache, die die Burschen verstehen.«

Tanja dachte an die Zarin, an ihr ehrliches, heißes Wollen, dieses Volk durch Güte zu regieren, nachdem es so lange nichts anderes als Furcht und Haß und Grausamkeit gekannt. Eine rasche, zornige Erwiderung drängte sich ihr auf die Lippen: »Mir scheint, Sie handeln nach dem Sprichwort: Ein sanftes Schaf ist des Wolfes Leckerbissen? Aber ich glaube nicht, daß es im Sinn der Kaiserin ist, ihre Untertanen in Schafe und Wölfe aufzuteilen. Vor allem aber sollte niemand, der in ihrem Auftrag kommt, den Ehrgeiz haben, zu den Wölfen zu gehören.«

Von Trauenberg lachte. »Sie sind reizend, wenn Sie sich so ereifern, Madame. Aber, verzeihen Sie, von der harten Wirklichkeit verstehen Sie nichts. Um bei Ihrem Exempel...«

Er unterbrach sich, weil die Tür geöffnet wurde. Es war Leutnant Tscheperow. »Eine dringende Nachricht, Euer Exzellenz. Von Hauptmann von Durnow.« Damit überreichte er dem Generalmajor ein Kuvert. Von Trauenberg erbrach hastig das Siegel, und während er las, griff er nach seinem Glas und stürzte den Wein hinunter. »Da haben wir es! Ein promptes Beispiel, wohin unangebrachte Milde diesen schlitzohrigen Teufeln gegenüber führt. Vor zwei Tagen ging ein Gefangenenkonvoi von hier ab, zweiundvierzig Sträflinge, wegen Unruhestiftung und Gehorsamsverweigerung zur Zwangsarbeit in den Gruben von Werchne Uralsk verurteilt. Leutnant Kostrowskij hat den Transport begleitet. Er gehört auch zu denen, die meinen, mit Nachgiebigkeit könne man mehr erreichen als mit Strenge. Hat verrückte Ideen im Kopf, faselt von Bruderliebe und daß nur Menschlichkeit die Welt verbessern könne. Und was hat er nun davon? In einem Eisloch haben sie ihn ertränkt, nachdem der Gefangenenkonvoi von einer bewaffneten Rebellenbande befreit wurde.«

Er sprang auf. »Entschuldigen Sie mich für einige Minuten, Madame. Ich muß dem Leutnant einige Instruktionen für Hauptmann von Durnow mitgeben.«

Als er zurückkam, folgten ihm der Wirt und die Hausmagd, die die Speisen auftrug. Hühnerpastete, gefüllter Stör, Wildschweinbraten in Rahmsoße, Kaviarpiroggen.

Von Trauenberg setzte sich an den Tisch und entfaltete die Serviette. »Bring frischen Wein, Nikolaj Wladislawowitsch, du siehst doch, daß die Karaffe leer ist.«

Er trank viel während der Mahlzeit, schwadronierte und prahlte, und Tanja bedauerte immer mehr, seine Einladung angenommen zu haben. Er habe veranlaßt, daß aus den umliegenden Stanizen fünfzig Männer als Geiseln geholt und ins Gefängnis geworfen werden sollten. Falls man die befreiten Kosaken und ihre Helfershelfer nicht finde, werde man die Geiseln hinrichten. Außerdem habe er einen Kurier nach Orenburg zu General Reinsdorp gesandt und um sofortige militärische Verstärkung gebeten. »Ich bin ein alter Soldat, Madame. Ich rieche die Gefahr wie der Hund einen Braten: Die Hurensöhne werden die Geiselnahme nicht stumm hinnehmen. Rebellion liegt in der Luft. Aber sollen sie nur! Wenn Reinsdorp mir ein paar hundert Mann schickt, werde ich dazwischenfahren, daß ihnen ein für allemal die Lust nach blutigen Köpfen vergeht.«

»Und Sie sind sicher, daß die Kaiserin Ihnen dafür Dank wissen wird?« fragte Tanja.

»Warum, glauben Sie, hat man mich sonst hergeschickt? Unsere allergnädigste Zarin ist nicht zimperlich, wenn es um Ruhe und Ordnung geht. Da denkt und handelt sie wie ein Mann, Gott sei es gedankt.« Er nahm ein Stück Brot und tunkte es in die Rahmsoße mit Pilzen. »Aber nun zu Ihnen, Madame. Sie sind zum Pferdemarkt gekommen. Er beginnt morgen, und wenn ich Ihnen einen Rat geben darf, erledigen Sie Ihre Geschäfte so schnell wie möglich und reisen Sie ab. Vermutlich wird Jaizk in den nächsten Tagen kein geeigneter Aufenthaltsort für eine Dame sein. Wenn Sie gestatten, werde ich Sie morgen zum Markt begleiten. Auch kann ich Ihnen behilflich sein, wenn sich Ihre Geschäfte hinauszögern.«

Er war penetrant, er war Tanja widerlich, aber er war nicht loszuwerden.

Sie atmete auf, als das Dessert gebracht wurde, und aß nur ein paar Löffelchen von der Kissel aus gezuckerten Beeren und frischer Sahne. Dann erklärte sie, keinen Bissen mehr hinunterzubringen. »Außerdem bin ich so schläfrig, Exzellenz, daß mir fast die Augen zufallen. Die lange Reise, Sie verstehen...«

Doch als sie dann in ihrem Zimmer zwischen den Leintüchern und Pelzdecken lag, konnte sie nicht einschlafen. Wie ein Rad drehte es sich in ihrem Kopf: von Trauenberg, die toten Soldaten, Leonid Denissowitsch, Frol, die Minajewa... Auspeitschungen hier am Jajk, Deportationen, Hinrichtungen, Gewalt und Haß. Gab es nicht schon genügend Unglück auf der Welt, Krankheit und Tod, Hitze, die alles verdorren, Kälte, die alles erstarren ließ? Mußten auch noch die Menschen ihr Teil beitragen, um das Maß des Elends vollzumachen? O Gott, dachte Tanja. Wie machst du es uns manchmal schwer, an deine Güte zu glauben.

Der Pferdemarkt fand auf einem weiten Feld jenseits des nördlichen Tores von Jaizk statt. An seinem Rande hatten die tatarischen und kosakischen Pferdehändler eine kleine Zeltstadt errichtet. Für die Tiere gab es Mietställe, flache Gebäude, aus Holzstämmen zusammengefügt und mit Schindeln gedeckt. Sidurin und Bjelkin hatten die Bjely Domer Pferde schon am Vortag dorthin gebracht und waren gleich am Morgen wieder zu ihnen hinausgeritten.

Tanja kam in Begleitung von Generalmajor Trauenberg. Er hatte sie mit einer Eskorte von sechs Berittenen in seinem Schlitten abgeholt. Bettler drängten sich ihnen in den Weg, Zigeunerinnen, die Amulette und angebliche Zaubertränke feilboten oder die Zukunft aus der Hand lesen wollten, Händler mit Pasteten, Blinis oder Zuckerwerk, heißem Tee und Branntwein.

Auf dem freien Platz in der Mitte wurden die Pferde von ihren Besitzern herumgeführt, damit jedermann sie begutachten könne. Der Auktionator, ein kleines, o-beiniges Männchen mit spitzer Pelzmütze und einem Wolfsfellmantel, schrie mit hoher, sich überschlagender Stimme die Angebote. »Fünfzig Rubel für den Falben... wer bietet mehr? Brüder, Freunde, das ist ein Gäulchen bester kosakischer Zucht! Seht, wie es den Kopf zurückwirft und mit den Augen rollt. Sechzig Rubel? Hat Gott euch die Hirne vernebelt? Oh, die Pest über euch Knicker und Geizhälse.«

Von Trauenberg ließ den Schlitten halten und half Tanja heraus. »Schaff uns Platz!« befahl er einem Soldaten seiner Begleitung, der sich sogleich mit den Ellenbogen durch die Menge drängte. »Platz für Seine Exzellenz! Auseinander, Leute! Steht nicht da wie die Ochsen. Seine Exzellenz kommt.«

Eben noch waren die Leute fröhlich gewesen, hatten geschwatzt und gelacht, doch nun schwiegen sie, und Tanja empfand ihre Stummheit feindselig und bedrückend.

»Sechzig Rubel für den Falben!« sagte der Auktionator in die Stille hinein. Ein dicker Mann in einem langen Schafspelz zahlte die Summe und führte das Pferd weg. »Und nun... wer ist der nächste? Michail Platonowitsch? Oder du, Anastas Ossipowitsch?«

Niemand trat vor mit seinem Pferd am Zügel. Sie standen und starrten Tanja und von Trauenberg an. Seht ihn, da ist er... Der Schinder, der uns Mütterchen Jekaterina auf den Hals geschickt hat. Was will er? Pferde kaufen und jeden aufs Maul schlagen, der ihn überbietet? Oder sogar ein paar Gäulchen requirieren, einfach so... Haltet euch zurück, Brüder. Wartet ab, was er vorhat. Ein schiefes Wort, eine unbedachte Handlung, und schon kriegst du fünfzig mit der Knute. Darin ist er nicht kleinlich, der Herr Generalmajor.

Von Trauenberg lächelte, ein zynisches, befriedigtes Lächeln. Er genoß es, daß man ihn fürchtete, denn er hatte schon seit langem aufgehört zu wünschen, man möge ihn lieben.

Gut, dachte er, gut so, und wandte sich dem Auktionator zu. »Wie heißt du?«

Das Männchen haschte nach seiner Hand, um sie zu küssen. »Anatolij Tarpelowitsch Tschirin, Hochwohlgeboren.«

»Wo sind die Pferde aus der Zucht des Krim-Khans? Wer verkauft sie?«

»Ein... ein gewisser Dserschinskij, Euer Gnaden, und er verkauft sie im Auftrag des Fürsten Sassulitsch. Die besten Pferde werden immer bis zum Schluß zurückgehalten, wie Ihr wißt, man wird sie erst morgen vorführen.«

»Du irrst, Hundesohn«, sagte von Trauenberg. »Laß sie herbringen. Wenn sie so schön sind, wie man behauptet, wird die Prinzessin Tutscharewa sie kaufen.«

Tanja wollte etwas einwerfen, doch er ließ sie nicht zu Wort kommen. »Außerdem hat Ihre Gnaden selbst Pferde zum Verkauf mitgeführt. Die werden zuerst versteigert. Aber beeil dich, sonst wirst du wegen Aufsässigkeit zu fünfzig Knutenhieben verurteilt.«

Tschirin stürzte davon. Im Laufen warf er die Arme hoch und schrie mit heller Stimme: »Ihr habt es gehört, Leute! Die besten Pferde zuerst. He, Mischa, Ljoschka, Gennadij, zu den

Stallungen. Sagt es allen und laßt die Gäulchen holen. Und ihr da, bringt eure Zwanzig-Rubel-Schindmähren fort. Beleidigt Seine Exzellenz nicht mit ihrem Anblick. Fort, sage ich, fort, zur Hölle mit euch!«

»Das mußte nicht sein, Exzellenz!« sagte Tanja leise, aber ärgerlich. »Ich bin nicht hergekommen, um irgendwelche Sonderrechte in Anspruch zu nehmen.«

»Aber mir liegt daran, daß Sie so rasch wie möglich Ihre Geschäfte abwickeln, das sagte ich ja schon!«

Über das weite Schneefeld kamen Bjelkin und Sidurin auf zwei Bjely Domer Goldfüchsen geritten. Sie parierten die Tiere vor Tanja durch. »Ist es wahr, Euer Gnaden? Unsere Tiere sollen heute schon versteigert werden?«

»Es scheint so«, erwiderte sie, und ihre hübschen blauen Augen waren immer noch zornig. »Ein Wunsch Seiner Exzellenz.« Sie ließ von Trauenbergs Arm los und tätschelte den beiden Füchsen die langen, edlen Hälse. »Haben Sie schon die Pferde des Krim-Khans gesehen?«

Der Stallmeister wandte sich im Sattel zurück. »Dort kommen Sie, Euer Gnaden. Es sind die drei ersten.« Er hätte das gar nicht zu sagen brauchen. Ungefähr sechzig Pferde wurden zum Vorführplatz gebracht, aber die drei an der Spitze waren so, daß Tanja scharf den Atem einzog. Knechte führten sie am Zügel, eine lohfarbene Stute, deren Mähne und Schweif wie Seide glänzten, einen schneeweißen Hengst und einen Rappen mit tiefdunklen, feurigen Augen.

»Mein Gott«, murmelte Tanja. »Und wenn es mich ein Vermögen kostet, ich will sie haben.«

Allmählich drängten sich wieder Leute um das Feld. Kavallerieoffiziere waren darunter, Gutsbesitzer, Männer, die im Auftrag ihrer adeligen Herrschaft kauften oder verkauften, und bunt gekleidete Tataren und Kosaken. Die Feuer, die man ringsum entzündet hatte, um dem Wintertag ein wenig Wärme zu geben, wurden neu geschürt. Halbwüchsige schleppten Holz heran und betätigten große Blasebälge, um die Flammen anzufachen. Auch Tschirin tauchte wieder auf, begleitet von vier Tataren in langen Fellmänteln. Sie schleppten zwei mit Pelzdecken ausgeschlagene Sessel für Tanja und von Trauenberg, die sie aus dem Zelt eines ihrer Stammesfürsten herbeigeholt hatten, und stellten sie in der Nähe eines Feuers auf. »Nehmt Platz, Hochwohlgeboren«, rief Tschirin unter mehrfachen Verbeugungen. »Und befehlt, wie die Versteigerung fortgesetzt werden soll! Es ist alles bereit, wie Ihr seht.«

»Zuerst die Pferde Ihrer Gnaden«, sagte von Trauenberg.

»Und daß du mir den Zuschlag nicht zu rasch gibst. Ich wünsche, daß jedes einen anständigen Batzen bringt. Haben wir uns verstanden, Hundesohn?«

Die Bjely Domer Pferde wurden, eines nach dem anderen, von Bjelkin, Sidurin und den Zureitern am Zügel herumgeführt, damit jeder sie begutachten konnte. Tanjas Verärgerung über von Trauenbergs penetrante Einmischung verflog, als sie die Tiere betrachtete. Die Reise hatte ihnen keinen Schaden getan, sie waren frisch, temperamentvoll und von guter Rasse.

Als Tschirin mit der Auktion begann, kamen die Angebote rasch und von allen Seiten, hauptsächlich von Kavallerieoffizieren, die für ihre Eliteregimenter einkauften, und einige Pferde erzielten mehr, als Tanja erwartet hatte. Tschirin kam durch den Schnee zu ihr und von Trauenberg gerannt. »Befehlen Euer Gnaden jetzt die Pferde des Krim-Khans vorzuführen? Oder sollen wir zuerst die anderen Gäulchen versteigern?« Er war heiser, denn er hatte in seinem Eifer, die Bjely Domer Pferde anzupreisen, so geschrien, als hinge sein Leben von seiner Stimmkraft ab.

»Natürlich die Pferde des Khans, Dummkopf«, sagte von Trauenberg. »Muß man erst in dich hineinprügeln, was ich vorhin erklärt habe? Also, mach schon, es ist Mittagszeit, und mein Magen schmerzt, weil er leer ist. Und wenn mein Magen schmerzt, kann ich Langsamkeit und dumme Fragen noch weniger ausstehen als sonst.«

Bevor er mit der Auktion fortfuhr, bekreuzigte Tschirin sich hastig. Gott und alle Heiligen im Himmel, möge doch niemand die Stirn haben, Ihre Gnaden die Prinzessin Tutscharewa zu überbieten! Was soll aus mir werden, wenn die Gäulchen jemand anders ersteigert und Seine Exzellenz mich dafür verantwortlich macht?

Noch einmal führten die drei Knechte die Pferde rund um den Platz, während Dserschinskij, der Beauftragte des Fürsten Sassulitsch, sich neben Tschirin stellte. Der Auktionator hob den Arm. »Wir beginnen mit dem Rappen! Ein Vollblut aus der Zucht des Khans Sahib Girej…« Die blumenreiche Sprache, mit der er vorhin noch die Bjely Domer Pferde angepriesen hatte, war ihm klugerweise abhanden gekommen. Was hatte es für einen Sinn, diese drei Gäulchen in den höchsten Tönen zu loben? Man trieb damit nur den Preis hinauf – und das mochte nicht den Wünschen Seiner Exzellenz entsprechen.

Vier Männer hatten sich aus der Schar der Umstehenden gelöst und waren zu dem Rappen hinübergeschlendert, ein höherer Offizier in goldbetreßter Uniform und einem bodenlangen Zobelmantel und drei reich gekleidete Aufkäufer. Auch Tanja hatte ihren Platz verlassen und kam auf Dserschinskij zu. »Fünftausend Rubel!« rief sie mit heller Stimme.

»Sechstausend!« überbot sie sofort der Offizier.

»Siebentausend!« Das war einer der Aufkäufer, ein hochgewachsener junger Mann mit dunklem Haar. Er war im Auftrag des Prinzen Obolenskij hier.

»Acht«, bot Tanja, und endlich gelang es Tschirin, zu Wort zu kommen. Er wiederholte das Angebot »... zum ersten, zum zweiten...«

»Zehntausend!« fiel ihm der Offizier ins Wort.

»Elftausend ...« – »Zwölf ...« – »Dreizehn ...« kamen die Gebote nun Schlag auf Schlag, und Tschirin brach der Schweiß aus. Diese Narren! Wie konnten sie es wagen, gegen den Schützling Seiner Exzellenz zu bieten!

»Vierzehntausend Rubel von der Prinzessin Tutscharewa!« schrie er, so laut er konnte, und sah aus den Augenwinkeln, wie von Trauenberg aufstand und rasch auf ihn zuging. Heilige Gottesmutter, er wird mich erschlagen! Zertreten wird er mich wie einen Mistkäfer! Das »zum ersten« ließ er weg und haspelte, so schnell er konnte »zum zweiten und dritten« herunter. Der Rappe gehörte Tanja.

Dserschinskij machte ein wütendes Gesicht. »Das Pferd ist das Doppelte wert! Die Pest an Ihren Hals, Tschirin. Warum haben Sie schon den Zuschlag gegeben?«

Tanja hatte seine Worte gehört. »Sie haben recht, und es tut mir leid, daß Herr Tschirin so voreilig war. Ich hätte bis zwanzigtausend mitgeboten, und das zahle ich Ihnen auch. Und bei dem weißen Hengst fange ich mit fünfzehntausend an.«

»Fünfzehntausend zum ersten!« schrie Tschirin und wurde von dem Generalmajor unterbrochen.

»Das ist zuviel. Warum so voreilig, du Wanze? Ihre Gnaden hat noch kein offizielles Gebot gemacht.«

»Doch!« sagte Tanja, und ihre blauen Augen funkelten vor Zorn. »Und Ihnen, Exzellenz, wäre ich zu Dank verpflichtet, wenn Sie mich endlich meine Geschäfte allein abwickeln ließen. Ich will niemanden schädigen oder betrügen, nur weil Sie mir eine Protektion einräumen, um die ich nicht gebeten habe.«

Sie verstummte, weil quer über den Platz Leutnant Tscheperow gesprengt kam. Vor von Trauenberg sprang er aus dem Sattel. »Exzellenz, am östlichen Tor haben sich bewaffnete Kosaken versammelt. Von allen Seiten kommen sie, und auch aus der Stadt haben sie großen Zulauf. Sie weigern sich auseinanderzugehen und verlangen, daß die Geiseln freigelassen und ihre offiziellen Führer aller Ämter enthoben werden. Sie wollen neue wählen, Leute aus ihrer Mitte, und sie behaupten, Sie, Exzellenz, hätten im Auftrag des Kriegsministers einen Befehl der Zarin unterdrückt, der dem Jajk-Gebiet die Selbstverwaltung habe zurückgeben sollen. Man will, getreu diesem angeblichen Befehl, Ihre sofortige Abreise erzwingen.«

Von Trauenberg verfärbte sich. »Das ... das ist Rebellion! Reiten Sie sofort in die Stadt zurück, Leutnant. Veranlassen Sie, daß die Tore geschlossen werden. Die Militärs haben sich in Alarmbereitschaft zu halten, sämtliche Regimentskommandeure erwarte ich in einer halben Stunde im Kanzleigebäude.« Er wandte sich nach seiner Eskorte um. »Wachtmeister Miljukin! Meinen Schlitten! Und du, Tschirin, hör zu. Alle öffentlichen Versammlungen sind bis auf weiteres verboten. Der Markt hat augenblicklich geräumt zu werden. Wer in einer Stunde noch hier ist, wird in Eisen gelegt!«

Als der Schlitten vorfuhr, bot der Generalmajor Tanja den Arm. »Kommen Sie, ich sorge dafür, daß Sie einen Passierschein bekommen und unbeschadet aus der Stadt gelangen.«

Tanja war seiner Berührung ausgewichen. »Ich wäre Ihnen dankbar, Exzellenz, wenn Sie statt meiner Herrn Sidurin und Herrn Bjelkin mitnähmen. Mein Kutscher wartet im Gasthof; er wird sofort kommen und mich hier abholen.«

»Aber...«

Sie lächelte kühl. »In einer Stunde, sagten Sie, muß der Markt geräumt sein? Dann habe ich noch Zeit, zu erledigen, weshalb ich hier bin. Und den Passierschein lasse ich später abholen.«

Seine Augen wurden schmal. »Sie sind leichtsinnig, Madame, und das mag Sie teuer zu stehen kommen. Aber natürlich kann ich Sie nicht zwingen, mich zu begleiten.«

»Gewiß nicht«, erwiderte sie, noch immer mit jenem leichten, kühlen Lächeln. »Adieu, Exzellenz.«

Er verneigte sich knapp und stieg in den Schlitten. Noch bevor er sich ganz in die Felldecken gewickelt hatte, schrie er dem Kutscher zu: »Fahr los, du Esel.«

Tanja wandte sich Dserschinskij zu. »Ich will den Hengst und die Stute haben. Nennen Sie mir den Preis.«

Der Offizier – Gorkow hieß er – war ebenfalls zurückgeblieben, während die drei Aufkäufer sofort nach Leutnant Tscherows Meldung zu den Stallungen gehastet waren. Sie hatten dort bereits ersteigerte Pferde stehen, mit denen sie schleunigst die Stadt verlassen wollten.

»Ich biete achtzehntausend für die Stute und tausend mehr

für den Hengst«, sagte Oberst Gorkow. »Einverstanden, Herr Dserschinskij ?«

Tanja verfluchte ihn im stillen. Wollte er hier eine private kleine Versteigerung abhalten? Nun gut. »Zwanzigtausend für jedes von ihnen. Und dasselbe für den Rappen, das sagte ich Ihnen ja schon. Aber dafür müssen Sie mir nun auch entgegenkommen.« Sie lächelte Dserschinskij zu und warf die Kapuze ihres flauschigen Blaufuchsmantels zurück. »Die Tiere sind zu schade, um bei Troikarennen zuschanden gejagt zu werden. Ich will sie für die Zucht.«

Sie winkte den beiden Knechten, die die Pferde immer noch herumführten. Der Hengst schnaubte und scharrte mit den Hufen, als sie die Hand ausstreckte, um ihm die glänzende Kruppe zu klopfen. Leise redete sie auf ihn ein, bis er kam und sich die Berührung gefallen ließ. Die lohfarbene Stute drängte sich von der anderen Seite an Tanja, und als sie sie streicheln wollte, schmiegte sie ihr die weichen Nüstern in die Hand. »Nun, Herr Dserschinskij?« fragte Tanja lächelnd.

Sie war hinreißend, wie sie da stand, und Dserschinskij wäre kein Mann gewesen, wenn er es nicht empfunden hätte. Nur Gorkow hatte keinen Blick dafür; hatte die Pferde im Kopf und blickte mürrisch drein, als Dserschinskij sagte: »Es ist wahr, Ihre Gnaden ist sehr großzügig gewesen, daß Sie mir für Takshir, den Rappen, sechstausend Rubel mehr bezahlt, als Sie nach dem Zuschlag des Auktionators zahlen müßte. Darum soll Sie auch Feofar und Sajida, die beiden anderen Pferde, haben.« Er zögerte und fügte hinzu: »Für je zweiundzwanzigtausend.«

»Das soll gelten. Wenn Sie mich in meinen Gasthof begleiten, schreibe ich Ihnen eine Anweisung auf das hiesige Handelshaus Adamowitsch aus. Oder ist Ihnen eine Anweisung auf mein Petersburger Bankhaus lieber?«

»Offen gestanden, ja. Es sind unsichere Zeiten, da reist man nicht gern mit soviel Geld. Nach allem, was ich vorhin gehört habe, müssen wir froh sein, wenn wir noch unbeschadet aus der Stadt kommen.«

Tanjas Gesicht verdunkelte sich. »Da würde ich unbesorgt sein. Ich kenne Generalmajor von Trauenberg gut genug, um zu wissen, daß er eine eiserne Faust hat. Was sich ihm in den Weg stellt, schlägt er nieder, auch ein paar hundert rebellierende Kosaken.«

Es waren nicht ein paar Hundert – es waren weit über tausend. Und es wurden immer mehr. Folgendes war am Vorabend in der etwa zwanzig Werst vor den Jaizker Toren gelegenen Staniza Nowo Pasjolok geschehen:

Der Kosak Grischa Kyrilenko saß gerade mit seiner Frau Nina beim Nachtmahl – eine dünne, mit Sonnenblumenöl angemachte Kohlsuppe gab's und dazu schweres, schwarzes Brot –, als es an der Tür seines Holzhauses klopfte. Kyrilenko spähte erst durch das vereiste Fenster, hauchte es an und kratzte so lange dagegen, bis er einen Blick nach draußen tun konnte. Es war eine mondhelle Nacht, und so sah er den Mann, der, in einen zerrissenen dunklen Mantel gehüllt, erschöpft am Türrahmen lehnte. Er war allein, außer ihm niemand zu sehen. Trotzdem fragte Kyrilenko, bevor er öffnete: »Was willst du, Fremder?«

Die Antwort kam rasch, ein gehetztes heiseres Flüstern: »Um Christi willen, laß mich ein, Onkel Grischa. Ich bin's, Arpad, der Sohn deiner Schwester Natascha.«

Grischa stieß den schweren Türriegel zurück, und Arpad taumelte in den Raum, einen Schwall Kälte mit sich bringend. Grischa Kyrilenko nahm die Kerze vom Tisch und leuchtete ihm ins Gesicht. Hohlwangig war es, mit Schatten der Erschöpfung unter den eingesunkenen Augen. Quer über die Stirn zog sich eine wulstige Narbe wie von einem Peitschenhieb.

»Du bist es tatsächlich, Söhnchen«, murmelte Grischa und stellte die Kerze zurück. Er erinnerte sich, wie Arpad Lukanowitsch Petrow im Sommer nach St. Petersburg aufgebrochen war, ein junger Kosakenzenturion im roten Hemd mit prächtig gesticktem Gürtel und hoher, fellverzierter Mütze.

»He, Onkelchen«, hatte Arpad gerufen, während er durch Nowo Pasjolok ritt. »Es geht zu Mütterchen Jekaterina, unserer allergnädigsten Zarin. In der vergangenen Woche hat im geheimen ein »Krug« stattgefunden. Aus Jaizk und von allen Stanizen sind sie zur Versammlung gekommen, und man hat beschlossen, eine Delegation an den Hof zu senden, um der Zarin zu melden, daß unsere kosakischen Soldaten seit sechs Jahren keine Löhnung mehr bekommen haben, daß man uns die Fischerei- und Heumahdrechte verweigert und daß Tambowzew, der betrügerische Hund, nach dem Willen des »Krug« abgewählt werden soll. Er ist unser Ataman nicht mehr, er ist es nie gewesen, sondern immer nur einer von des Gouverneurs Gnaden. Die Kaiserin weiß nicht, was hier geschieht. Doch wir haben eine Bittschrift mit allen Punkten aufgesetzt, und ich soll sie ihr überreichen. Wenn ich wiederkehre, habe ich gewiß den Befehl in den Händen, Tambowzew und seine Anhänger zum Teufel zu schicken. Gib auch du mir deinen Segen, daß ich meinen Auftrag wohl erfülle.«

Ja, so war das gewesen, und Arpads Augen hatten geblitzt vor Lebenslust und Zuversicht, als Grischa das Kreuz über ihn schlug und ein Gebet sprach.

Jetzt waren sie stumpf, diese Augen, ohne Leben, so, als hätten sie zu Schreckliches gesehen, um jemals wieder lachen zu können.

Er schlurfte zu der Ofenbank und fiel darauf nieder. Nina kam hinter dem Tisch hervor. Ihr rundes bäuerliches Gesicht war furchtsam. »Heilige Mutter von Kasan, was ist geschehen?«

»Ich erzähle es euch gleich«, murmelte Arpad. »Gleich... nur, laßt mich ein Weilchen ruhen. Ich bleibe nicht lange. Ich muß weiter, sobald ich kann. Sie sollen es alle wissen, daß wir verraten und betrogen und rechtlos sind.« Er legte die Hände vor das Gesicht und fing an zu weinen wie ein Kind.

Was er später erzählte, nachdem er sich am Feuer gewärmt und einen Teller heiße Kohlsuppe hinuntergeschlungen hatte, trieb Grischa Kyrilenko, dem Besonnenen, Friedfertigen, die helle Zornesröte ins Gesicht.

Er, Arpad, sei mit den sechs gleichfalls vom »Krug« ausgewählten Männern nach Petersburg gelangt. Aber zur Kaiserin sei keiner von ihnen vorgedrungen. Sie habe sich in Zarskoje Selo aufgehalten, und lediglich Kriegsminister Graf Tschernyschew habe die Delegation nach tagelangem Warten empfangen. Bei Nennung dieses Namens wich die Stumpfheit aus Arpads Gesicht. Sein Mund verzerrte sich in jähem Haß. Er spie auf den Boden. »Möge es zur Hölle fahren, das seidenbestrumpfte, mit Gold und Orden behängte Schwein! Wißt ihr, was er mit unserer Bittschrift gemacht hat? Er hat sie der Kaiserin unterschlagen. Zwar hat er gesagt, er werde sie ihr unterbreiten und wir sollten die Woche darauf wiederkommen, doch als wir uns einfanden, hat er die Bittschrift vor unseren Augen zerrissen. Sie enthielte nichts als Lügen, und wir seien erbärmliche Aufrührer, die den Galgen verdient hätten. Und dann schrie er nach den Wachen und ließ uns verhaften. So, sagte er, habe es die Kaiserin befohlen.«

»Matuschka Jekaterina?« fragte Nina ungläubig. »O Jesus, nein!«

»Er behauptete es«, knirschte Arpad. »Aber so sicher, wie Jermak Sibirien erobert hat, so sicher hat er gelogen.«

Er berichtete weiter, daß sie nach einigen Tagen, die sie in einer dunklen, feuchten Zelle verbracht und wo sie nur einmal am Tag einen Krug Wasser und eine dünne Kascha bekommen hätten, einzeln zum Verhör gebracht worden seien. Dabei war es

Arpad gelungen, seine Bewacher niederzuschlagen und zu fliehen.

»Ich weiß nicht, wie viele Wochen ich unterwegs war. Manchmal hat mich ein Bauer ein Stück mit einem Pferdekarren mitgenommen, aber öfter noch bin ich durch die Wälder gelaufen, immer in Angst, ich könnte Soldaten oder Gendarmen in die Hände fallen. Essen hab' ich mir erbettelt oder gestohlen, einmal hab' ich sogar ein Pferd mitgehen lassen, ein armseliger Klepper war's, der mir vor zwei Tagen tot zusammengebrochen ist.«

Nina, die Mütterliche, die selbst keine Kinder hatte, aber ein Herz, um ein ganzes Dutzend von ihnen großzuziehen, strich ihm über den Kopf. »Bleib hier, Söhnchen, ruh dich aus. Grischa mag morgen nach Jaizk reiten und deinen Eltern Nachricht bringen, daß du bei uns bist.«

»Ich kann nicht«, sagte Arpad heiser. »Ich muß weiter und allen sagen, was geschehen ist. Beim großen »Krug« waren etwa dreihundert Mann...«

»Nenn mir die Namen, soweit du sie kennst«, fiel ihm Grischa ins Wort. »Wer in der Nähe ist, zu dem fahre ich und erzähle es. Auch denen, die nicht beim ›Krug‹ waren, die ich aber kenne und denen ich vertraue. Sie mögen es dann weitersagen, so daß bis zum Morgen vielleicht alle schon Bescheid wissen.«

In dieser Nacht gab es wenig Schlaf in den Stanizen um Jaizk. Zuerst war es nur Grischa Kyrilenko, der in Nowo Pasjolok, im nahegelegenen Satewka und in Ustjansk an die Haustüren klopfte und hastig um Einlaß bat. Wenig später verließen auch die Männer, mit denen er gesprochen hatte, den warmen Schlafplatz auf dem Ofen, holten ihre Pferdchen aus dem Stall und verschwanden in der Nacht. Im Morgenlicht, das grau und zaghaft über den Horizont kroch, waren es Hunderte, die sich auf dem Weg nach Jaizk zusammenfanden, und es wurden ihrer immer mehr. Niemand wußte später zu sagen, wer das Gerücht aufgebracht hatte, aber es lief von Mund zu Mund und fachte die schwelende Empörung an: Die Zarin habe schon im vergangenen Sommer einen Ukas erlassen, der dem Jajk-Gebiet die Autonomie der alten Zeit wiedergab. Das habe Arpad Petrow zuverlässig in St. Petersburg erfahren. Aber da Kriegsminister Graf Tschernyschew statt dessen widerrechtlich Generalmajor von Trauenberg hierher geschickt habe, um blutigen Terror auszuüben, seien der Kosakenzenturion und seine Begleiter ins Gefängnis geworfen worden.

Diese Nachricht brachte das Faß zum Überlaufen. Zu lange hatte von Trauenbergs Hand schwer und grausam auf dem Jajk gelastet. »Verjagt ihn! Verjagt das blutrünstige Schwein! Schlagt es tot!« hieß es, und die Kosaken, die zunächst ohne Waffen ihre Heimstätten verlassen hatten, galoppierten mit jagenden Hufen zurück, um ihre Schwerter und Säbel, ihre Dolche und Musketen zu holen.

Die überraschten Wärter am Tor von Jaizk lassen die aufgebrachte Menge passieren. Die Nachricht des Aufruhrs läuft vor ihnen her, und von überall drängen sich nun auch Jaizker Männer zu Fuß und zu Pferd herzu. Selbst Soldaten sind darunter, die ihre Kasernen verlassen haben, um zu ihren Freunden, Vätern und Brüdern überzulaufen.

Auf dem Platz vor der Werchopasski-Kirche gerät der Zug ins Stocken. Kopf an Kopf stehen die Männer, bis hinunter in die schmalen Seitengassen, als Vater Kondratij im vollen Priesterornat, dem dunkelroten Prodisnik und der Kamilawka, aus der Kirchentür tritt. Segnend hebt er das Kreuz, und die Menge wird stumm.

»Laßt ab von der Gewalt!« ruft er über den Platz, und halblaut wird weitergetragen in die Gassen, was er sagt: »Zieht vor das Kanzleigebäude und wählt Sprecher aus eurer Mitte, die eure Forderungen vorbringen sollen. So Gott will, wird man euch stattgeben, denn es ist nichts Unrechtmäßiges, was ihr verlangt. Gott mit uns, Brüder!«

Die wilden, struppigen Köpfe senken sich, als er abermals den Segen erteilt. Vater Kondratij ist einer der Ihren, der Sohn eines Flußfischers, ein Kosak, trotz seines Popenrockes. Natürlich muß er, der Mann der Kirche, zum Frieden raten, und vielleicht hat er recht. Vielleicht ist es richtig, erst auf gütlichem Wege zu versuchen, was man später immer noch mit Gewalt durchsetzen kann.

Die Glocke der Werchopasski-Kirche beginnt zu läuten, als Vater Kondratij die Stufen hinunterschreitet. Er stellt sich an die Spitze des Zuges, sein großes Kreuz leuchtet in der Wintersonne. Von irgendwoher aus der Menge stimmt jemand ein Lied an, andere fallen ein, es pflanzt sich fort, bis es ein einziger brausender Gesang aus rauhen Kehlen ist:

»Rasins Kosaken, Licht seines Volks, geh auf, geh auf, o rote Sonne, wärme uns armes Volk.«

Generalmajor von Trauenberg hört es, als er sich in seiner Troika der Kanzlei nähert, und zum erstenmal in seinem Leben verspürt er Angst. Durch eine Hintertür betritt er die Kanzlei. Er befiehlt, alle Türen und Tore zu verbarrikadieren und die dreißig Kanonen auf dem Vorplatz schußbereit zu machen. Soldaten ziehen einen dichten Ring um das Gebäude.

Tambowzew, der Kosaken-Ataman, Hauptmann von Durnow, der Garnisonschef, die Regimentskommandeure, alle sind bereits in von Trauenbergs Dienstzimmer versammelt. Die Fenster gehen auf den Platz vor der Kanzlei. Halb hinter einem Vorhang verborgen, späht von Trauenberg hinaus. »Verfluchtes Gesindel!« knirscht er, als er die ungeheure Menschenmenge sieht, die da herankommt. Und dann: »Sie werden nicht wagen, die Kanzlei zu stürmen. Warten wir ab, was geschieht, meine Herren. Auf keinen Fall darf man jetzt die Nerven verlieren. Leutnant Kljuschew, sofort einen Eilkurier nach Orenburg. Die Verstärkung, die ich für die Garnison angefordert habe, muß auf der Stelle in Marsch gesetzt werden und auf schnellstem Wege herkommen. Und wenn die Kerls Tag und Nacht durchreiten.« Mit knallenden Stiefelschritten verläßt Kljuschew den Raum. Von Trauenberg setzt sich hinter seinen Schreibtisch und streckt die Beine von sich. Er befiehlt, Essen zu bringen, aber während er mit seinen Offizieren tafelt, ist er keineswegs so gelassen, wie er sich gibt. Draußen singen sie nicht mehr, die Luft ist erfüllt von Stimmengewirr, und es klingt gefährlich.

Am späten Nachmittag, vor den Fenstern zieht bläulichfahl eine kalte Mondnacht herauf, kommt eine Ordonnanz und meldet, daß Vater Kondratij und fünf von der Kosakenversammlung gewählte Männer darum bitten, empfangen zu werden. Von Trauenberg winkt ab. Sein Mund ist schmal und verpreßt. »Nur den Popen!«

Seine Taktik ist Hinhalten, Zeit gewinnen. Er verhandelt mit Vater Kondratij, hört sich an, was er ohnehin schon weiß und was der Priester als Forderung der Kosaken noch einmal übermittelt: Absetzung Tambowzews und einiger anderer Ältester, Neuwahlen ohne Einmischung der Regierung und von Trauenbergs sofortige Abreise, da seine Anwesenheit dem Befehl der Kaiserin zuwiderläuft.

»Es mag sein, daß Ihre Majestät geruht hat, mich in die Hauptstadt zurückzurufen, sagt von Trauenberg glatt. »Aber die Nachricht ist hier noch nicht eingetroffen. Sobald ich sie in Händen habe, werde ich unverzüglich aufbrechen. Sagen Sie das Ihren Männern, Vater. Und was die Neuwahlen betrifft – nun, auch da muß ich in Petersburg Rückfrage halten. Aber ich werde mich dafür verwenden, wenn die draußen Versammelten auf der Stelle auseinandergehen und in ihre Häuser zurückkehren. Das ist ein Vorschlag zur Güte, um Blutvergießen zu vermeiden, und Sie täten gut daran, ihn zu unterstützen. Wenn ich Schießbefehl gebe, wird Ihre Kirche in Zukunft leer sein.«

Kondratij zieht sich zurück. Wieder steht von Trauenberg

hinter der Gardine und späht auf den Platz. Aber es ist zu dunkel geworden, um Einzelheiten zu erkennen. Nur eines steht fest: Die Menschen gehen nicht auseinander. Sie bleiben, aber sie unternehmen auch nichts. Sie stehen da und warten. Es ist unheimlich, und von Trauenberg hat Mühe, seine Beklemmung zu verbergen. Als er sich umwendet, blickt er in die bleichen Gesichter seiner Offiziere. Von Trauenberg spürt, daß sie jetzt etwas von ihm erwarten: Mut, Zuversicht, seine übliche Entschlossenheit, die weder Tod noch Teufel fürchtet, und er heuchelt ihnen vor, was er nicht empfindet: Er lacht. »Sie scheinen die Nacht draußen verbringen zu wollen. Na, von mir aus! Die Kälte wird ihr hitziges Gemüt dämpfen. Morgen werden ein oder zwei Dutzend von ihnen erfroren sein, und den anderen werden vom Frost die Glieder abfaulen. Wohl bekomm's.«

Sie harrten tatsächlich die ganze Nacht auf dem Platz vor dem Kanzleigebäude. Riesige Feuer waren entzündet worden, in den benachbarten Häusern wurden Tee und Suppe gekocht, und Frauen gingen herum und teilten beides aus. Vater Kondratij war in seine Kirche zurückgekehrt, aber auch er schlief nicht, sondern kniete lange vor der Ikonostase, und es war ihm angst ums Herz. »Erlöser der Welt«, betete Vater Kondratij, »in den heiligen Evangelien steht, daß du einmal die Wechsler und Händler mit Kälberstricken aus dem Tempel gejagt hast. Da hast du auch erkannt, daß es verkehrt ist, immer nur sanftmütig zu sein, und daß ein gerechter Zorn reinigen kann wie ein Gewitter. Aber warum hast du später immer nur gepredigt, den Stillen im Lande hülfe Gott und Leid erdulden mache selig? Ich will nicht mit dir rechten, aber manchmal ist es grausam schwer, danach zu leben. Macht es einen Mann selig, ausgepeitscht zu werden, weil er seinen Hof, sein Weib und seine Kinder nicht verlassen will, um in den Krieg zu ziehen? Macht es selig, wenn dieses Weib und diese Kinder hungern? Macht es selig, auf dem Schlachtfeld getötet zu werden oder als Krüppel heimzukehren?«

Er bekam keine Antwort auf seine Fragen in dieser Nacht. Und als der Morgen heraufzog, verließ er die armselige kleine Kirche und schlurfte zu dem Haus des Diakons Pridworow, das nur einen Steinwurf entfernt lag. Der Diakon war noch im Bett, kam aber eilends an die Tür, als Kondratij nach ihm rief. »Was gibt es, Väterchen?«

»Geh und läute die Glocke, Sergej Alexandrowitsch. Und dann hilf mir, die geweihten Ikonen und Fahnen zu tragen. Ich gehe wieder zur Kanzlei.«

Sie schleppten sich weidlich ab mit den Heiligenbildern und

gestickten Kirchenfahnen, aber bevor sie den Platz vor dem Kanzleigebäude erreichten, kamen Frauen, um ihnen einen Teil der Last abzunehmen. Auch Kinder und Alte liefen herzu, so daß es plötzlich eine richtige kleine Prozession war, die singend und betend auf die Kanonen und den Kordon der Soldaten zumarschierte. Erst als der Wachhabende schrie: »Stehenbleiben, oder wir schießen!« und die Soldaten ihre Gewehre auf sie anlegten, hielten sie inne. Lukan Petrow, Arpads Vater, der zu den fünf Männern gehörte, die gestern von den Kosaken zu ihren Sprechern gewählt worden waren, trat auf Kondratij zu. »Ihr seid früh auf den Beinen, Vater!«

»Ich dachte, daß mein Platz hier ist«, erwiderte der Pope und setzte die große Fahne mit dem Bildnis des heiligen Sergius ab.

Petrow deutete auf das Kanzleigebäude. »Hofft Ihr noch einmal vorgelassen zu werden?«

»Später vielleicht. Wir können ja nicht bis zum Jüngsten Tag hierbleiben. Irgend etwas muß geschehen.«

Es geschah auch etwas, ungefähr eine Stunde nach dem Eintreffen Vater Kondratijs. Die Frauen aus der Nachbarschaft hatten Brote verteilt, wieder Tee gebracht und Wasser und Heu für die Pferde. Dann hatten sie sich um Vater Kondratijs Kirchenfahnen geschart, und auch die Kinder und Alten waren geblieben. Aber der neue Tag brachte neue Unruhe in die Gemüter, und die Stimmen der Unzufriedenen, Kampflustigen übertönten bald die der Besonnenen. »Gebt uns Tambowzew heraus!« schrien sie. »Wir wollen ihn vor ein Kosakengericht stellen. Nieder mit Tambowzew! Nieder mit von Trauenberg!«

Und dann fielen irgendwo Schüsse. Ein paar Kosaken waren es, die sich in die Sättel ihrer Pferde geschwungen hatten und galoppierend den Platz umrundeten. Sie schossen nur in die Luft, doch das wußte drinnen im Kanzleigebäude niemand. Von Trauenberg hörte nur das Dröhnen der Musketen, das wütende Geschrei, und der dumpfe Druck der Angst, den er seit gestern empfunden und der ihn selbst in den kurzen Stunden eines unruhigen Schlummers nicht verlassen hatte, wandelte sich in Panik. »Sie greifen an«, sagte er. »Sie wollen das Haus stürmen.« Und er wußte, daß der Kordon der Soldaten draußen auf dem Platz ihn auf die Dauer nicht schützen konnte vor der aufgebrachten Menge. Da schrie er: »Ordonnanz! Kljuschew, Gribodjew, Marenkow! Befehl an die Kanoniere. Sie sollen das Feuer eröffnen.«

Er stand hinter dem Fenster, als die ersten Kanonenkugeln blutige Furchen in die Männer, Frauen und Kinder drunten auf dem Platz rissen. Dazwischen knatterten die Gewehrsalven der

Soldaten. Durch die Menge ging ein einziger Aufschrei. Aber niemand wandte sich zur Flucht, wie von Trauenberg erwartet hatte. Sie stürmten nach vorn, ungeachtet der Schüsse, zu Fuß, zu Pferd, sie schossen zurück und schwangen ihre Säbel. Und es waren weit über tausend.

Vater Kondratij hatte nicht geschrien, als die Kanonenkugeln einschlugen. Er stand starr, mit der einen Hand die Fahne mit dem Bildnis des heiligen Sergius umklammernd, mit der anderen sein Brustkreuz. Eine Kugel hatte in seiner Nähe eingeschlagen, wo die meisten Frauen und Kinder gestanden hatten. Schreiend wälzte sich ein Teil von ihnen am Boden. Andere waren sofort stumm, zerfetzt, verstümmelt. Er sah, daß es einem Kind beide Beine abgerissen hatte, ein vielleicht sechsjähriges Mädchen war es, ein älterer Junge preßte seine Hände gegen den Leib, Blut quoll zwischen seinen Fingern hervor, er zuckte und scharrte mit den Füßen, bäumte sich auf in jähem Krampf, ehe er hinsank. Einer Frau war der Schädel zerschmettert worden. Sie lag da wie eine zerschlagene Puppe mit verrenkten Gliedern, ein alter Mann nahm sie bei den Schultern und schüttelte sie. Trotz des Kampflärms hörte Vater Kondratij die dünne Greisenstimme: »Wera, mein Täubchen, steh doch auf. Um Christi Barmherzigkeit willen, helft ihr doch… Helft meiner Weruschka!«

Christi Barmherzigkeit? dachte Vater Kondratij. Nein! Heute nicht. Heute ist der Tag des Zorns.

Er ließ die Fahne fallen und entriß einem Kosaken, der gerade von einer Gewehrkugel getroffen worden war und aus dem Sattel stürzte, den Säbel. Sein langer Priesterrock hinderte ihn, er krempelte ihn hoch und stopfte die Enden in den Gürtel, bevor er sich auf das Pferd schwang und ihm die Absätze in die Weichen drückte.

Er war in einer Kosakenstaniza aufgewachsen, als Knabe schon hatte er reiten und säbelfechten gelernt, und was ihm jetzt an Kraft und Übung mangelte, ersetzte seine tiefe, verzweiflungsvolle Empörung. Er preschte nach vorn und schwang den Säbel, und er war unter den ersten, die die Soldaten erreichten. Einer wollte ihm seinen Degen in die Brust rammen, aber Kondratij schlug ihm den Arm ab. »Wer nach dem Schwert greift, wird durch das Schwert umkommen!« schrie er. Und: »Erlöse uns von dem Bösen!«, als er einem anderen die Klinge auf den Kopf sausen ließ. Jemand schoß ihm das Pferd unter dem Leib weg, aber er war aus dem Sattel, noch ehe es zusammenbrach, und schlug und focht weiter.

Rings um ihn kämpften und starben sie, aber für jeden, der

liegenblieb, drängten neue Männer nach. Die Kanoniere waren niedergemacht worden, der Kordon der Soldaten an mehreren Stellen gesprengt. Die noch am Leben oder unverwundet waren, wichen zurück, um das Portal zu verteidigen. Sie wurden überrannt, niedergestampft, zu Tode getrampelt. Ein paar Dutzend noch retteten sich in das Treppenhaus und kämpften verzweifelt um ihr Leben.

Einer von ihnen warf sich auf Vater Kondratij, und seine Degenklinge fuhr ihm in den Leib. Kondratij brach in die Knie, das Schwert entfiel seiner Rechten. Ächzend krümmte er sich nach vorn, aber den Kopf hielt er hoch aufgerichtet. Er sah die Sonne durch die hohen Fenster aus buntem Glas fallen, und der Kampfeslärm, das Schreien, Stöhnen und Fluchen wichen zurück, wurden ferner und ferner. Es war nur noch wie das Rauschen des Jajk, wenn er als Kind im Ufersand gespielt. Auch die Verzweiflung wich, die heiße, brennende Empörung. Was blieb, war nur Müdigkeit. Die Müdigkeit eines Mannes, der sein Tagewerk vollbracht hat.

Und es wird einer kommen, dachte er verschwommen, der wird der Schlange den Kopf zertreten. Aber wann? Wann? Und bis dahin müssen doch wir…

Etwas stieg heiß in ihm auf, er spürte den süßlichen Geschmack von Blut im Mund, er würgte und hustete, und das Blut lief über sein Kinn und den Bart. Dann fiel er auf das Gesicht und starb.

Das Gasthaus am Bladwinnij-Prospekt, in dem Tanja logierte, war vom Kampfesgetümmel, den Gewehr- und Kanonensalven unberührt geblieben, denn es lag abseits vom Kanzleigebäude in der Nähe des westlichen Stadttores. Doch hier wie überall herrschten Furcht und Sorge. Der Wirt hatte sämtliche Türen und Fenster verbarrikadieren lassen, und die Reisenden, die gleich Tanja hier abgestiegen waren und, vom Aufruhr überrascht, die Stadt nicht mehr hatten verlassen können, hielten sich verschreckt und ängstlich zusammen mit ihren Dienern, Kutschern und dem Gesinde in der großen Gaststube auf.

Tanja ging unruhig auf und ab. Sie war gestern glücklicherweise unbehelligt vom Markt zurückgekommen, da die Aufständischen alle durch die schmalen Gassen hinter der Werchopasski-Kirche zur Kanzlei drängten. Aber natürlich war es völlig unmöglich gewesen, noch jemanden zu von Trauenberg zu schicken, um Passierscheine zu erhalten.

Leutnant Gawrilow stand am Fenster und nagte nervös an der Unterlippe. »Weiß der Teufel, was da draußen passiert.

Meine Männer und ich sollten nicht hier sein, sondern unsere Pflicht als Soldaten tun.«

»Und euch blutige Köpfe holen, was?« knurrte Rodja.

Gawrilow warf ihm einen unmutigen Blick zu. »Was geht es dich an, Alter!«

»Eine Menge, Herrchen!« erwiderte Rodja gelassen. »Weil Ihr nämlich von Oberst Zipletow dazu bestimmt worden seid, Ihre Gnaden zu beschützen. Sich in eine Kosakenrebellion einzumischen und dabei vielleicht erschossen zu werden, davon hat er nichts gesagt. Deshalb werdet Ihr hierbleiben. Wer kann wissen, was noch geschieht? Vielleicht kommen die Rebellen her und plündern uns aus wie hungrige Ratten. Da könnt Ihr Eure Schießwut austoben und jeden, der Ihrer Gnaden ein Haar krümmen will, zur Hölle befördern.«

»Er hat recht«, sagte die Frau eines Moskauer Pelzhändlers, der hier in Jaizk war, um Felle aufzukaufen. Dick und vor Angst schlotternd saß sie neben ihrem Mann. »Es ist ein wahrer Segen, daß wir ein paar Soldaten zu unserem Schutz hier haben. Man weiß ja, wie die Kosaken sind. Sie ersäufen kleine Kinder in den Brunnen, schänden Frauen und begraben ihre Feinde bei lebendigem Leibe.«

»Herrgott, kann sie denn nicht ruhig sein!« rief ein hagerer, bleichgesichtiger Mann, der seine Furcht schon seit geraumer Zeit in Schnaps zu ertränken suchte. »Das Gezeter bringt einen ja um den Verstand. Die Kosaken, die Kosaken! Wenn sie Sie sehen, Madame, werden sie gewiß nicht daran denken, Sie zu vergewaltigen.«

Alles lachte, und die Pelzhändlersfrau schwieg beleidigt.

Der Hagere hob seinen leeren Becher und winkte dem Wirt. »Lew Aronowitsch, bringen Sie mir noch ein Schlückchen. Und dann, meine ich, sollten wir hier nicht länger herumhocken wie Delinquenten, die auf ihre Hinrichtung warten. Hat keiner der Herren Lust auf ein Spielchen?«

Es fand sich rasch eine Runde zusammen, auch Bjelkin und Sidurin waren darunter. Leutnant Gawrilow trat nach einigem Zögern an den Spieltisch. »Da ich hier doch zur Untätigkeit verdammt bin, möchte ich gern mithalten, wenn die Herren nichts dagegen haben.«

»Sei froh, wenn es bei der Untätigkeit bleibt, Söhnchen«, sagte ein alter Mann, der, wie er erzählte, ein Gut in der Nähe von Poltawa hatte. »Ich habe vor vier Jahren einen Aufstand der Saporoger unter Seleschnjak miterlebt. Er hat nur kurze Zeit gedauert, aber was bis dahin geschehen ist… Bis nach Polen sind sie gezogen, die verfluchten Hunde, haben gemordet und geplündert. Wenn sie Gefangene gemacht haben, haben sie ihnen die Hände abgehackt – damit sie nie wieder ein Gewehr auf einen Kosaken anlegen könnten, haben sie gesagt. Den Offizieren haben sie die Zunge abgeschnitten, damit sie keine Befehle mehr zum Kampf gegen die Saporoger erteilen. Kindern und Frauen haben sie die Bäuche aufgeschlitzt oder sie lebend an ihre Pferde gebunden und zu Tode geschleift...«

»Hören Sie auf!« Die Pelzhändlersfrau fing an zu heulen, und im Hintergrund des Raumes sprang ein Mann auf, der sich bis jetzt vollkommen still verhalten hatte. Er war noch jung und in schlichtes Schwarz gekleidet. Braunes Haar fiel ihm in die Stirn, und sein Gesicht war pockennarbig und von beinahe abstoßender Häßlichkeit, wären die Augen nicht gewesen, große, dunkle, traurige Augen, in denen ein sonderbares Feuer brannte. »Das waren Gaidamaks«, sagte er, »und was sie tun, kann man unmöglich allen Kosaken zur Last legen. Hier, so hoffe ich, wird nichts dergleichen geschehen, es sei denn, Generalmajor von Trauenberg schlägt den Aufstand nieder. Dann wird er sich zweifelsohne ähnliche Grausamkeiten als Bestrafung einfallen lassen. Man weiß ja, daß es ihm an Fantasie nicht mangelt.«

»Wollen Sie damit sagen, daß es Ihnen lieber wäre, wenn der Aufstand nicht niedergeschlagen wird?« fragte einer der Männer am Spieltisch.

»Ja – ehe ein Unglück größeren Ausmaßes hereinbricht. Bedenken Sie: es brodelt ja nicht nur am Jajk. Und wenn eines Tages Geduld in Verzweiflung, Gehorsam in Mordlust, Furcht in Zerstörungswut umschlagen, so ist grauenvollste Anarchie die unausweichliche Folge. Manchmal wundere ich mich, daß es noch nicht dahin gekommen ist. Wahrscheinlich liegt es daran, daß den Kosaken der Führer fehlt, der sie alle vereinigt.«

In diesem Augenblick begannen draußen die Kirchenglocken zu läuten. Dröhnend füllten sie mit ihrem Klang die klare Winterluft. »Hören Sie nur«, sagte Tanja, »es wird nicht mehr geschossen.«

Der junge Mann trat neben sie an das verbarrikadierte Fenster. »Sie haben recht. Es scheint vorüber zu sein. Aber Generalmajor von Trauenberg würde kaum die Glocken läuten lassen.«

»Sie meinen...«

»Ich vermute, man hat ihn zum Teufel gejagt. Erschreckt Sie das?«

»Ja... nein... ich weiß nicht. Ich fürchte nur, es ist nicht damit getan, Seine Exzellenz zu vertreiben. Ihre Majestät kann jemand anderen schicken – und ein paar Regimenter Soldaten dazu, ein strenges Strafgericht abzuhalten. Was wäre dann gewonnen?«

»Vielleicht rüttelt dieser Aufstand die Kaiserin wach«, erwiderte der junge Mann. »Und wenn nicht…« In seine Augen trat ein fanatischer Glanz. »Dann ist dies hier nur der Anfang. Was danach kommt, kann das Reich in seinen Grundfesten erschüttern.«

Gleich darauf lächelte er wieder verbindlich. »Aber warum sich jetzt den Kopf damit beschweren? Hören Sie nur, die Glocken läuten noch immer. Ich glaube, man kann es wagen, auf die Straße zu gehen und die Lage zu erkunden.«

Er kam erst nach einer Stunde zurück, und obwohl er sich unbekümmert gab, entdeckte Tanja auf dem Grunde seiner Augen geheime Unruhe. »Hauptmann von Durnow hat sich mit den Aufständischen geeinigt. Er ist vorläufig Kommandant der Garnison, und in der Kanzlei werden gerade ein neuer Ataman und neue Älteste gewählt. Vermutlich wird Lukan Petrow Ataman. Ich kenne ihn, er ist ein besonnener Mann.«

»Und der frühere Ataman und Generalmajor von Trauenberg?« wurde er gefragt.

Er hob die Schultern. »Ich weiß es nicht. Vielleicht sind sie geflüchtet.«

Aber Tanja spürte, daß er log. Später, als sie ein paar Worte unbeobachtet mit ihm wechseln konnte, fragte sie: »Was ist nun wirklich mit Tambowzew und von Trauenberg?«

Er senkte den Kopf. »Beide tot. Man hat sie in Stücke gehackt.«

»O Gott, nein!«

»Doch«, sagte er mit einem bitteren Lächeln. »Und das ist natürlich etwas, das nach Rache schreit. Von den bestialischen Exekutionen, die von Trauenberg durchgeführt hat, wird kein Mensch in St. Petersburg reden. Dabei hätte er tausendmal den Tod verdient. Aber der Kopf Ihrer Majestät ist voll von den Siegesberichten an der türkischen Front, voll von den Lobhudeleien Voltaires und Diderots, und sie ist eifrig damit beschäftigt, ihren Ruf in der westlichen Welt als liberalste, liebenswürdigste und gebildetste Monarchin zu festigen. Wie hätte sie da Zeit, sich um die Ärmsten und Verratensten ihres Volkes zu kümmern, um das himmelschreiende Unrecht, das geschieht. Das wäre ein Mißklang in dem allgemeinen ›te Catherinam laudamus‹, und deshalb verstopft sie sich davor die kaiserlichen Ohren.«

»Das dürfen Sie nicht sagen«, erwiderte Tanja spontan. »Ich kenne die Zarin. Sie ist gütig und haßt nichts so sehr wie Ungerechtigkeit. Sie kann von all diesen Dingen hier nichts wissen, sonst hätte sie längst eingegriffen.«

»Glauben Sie wirklich?«

»Ja, ich wette meinen Kopf dafür.«

»Dann sehen Sie zu, daß Sie ihn nicht eines Tages verlieren, meine schöne Madame Tutscharewa.«

Sie blickte verblüfft auf. »Sie kennen meinen Namen?«

Er verneigte sich leicht und ein wenig spöttisch. »Ich sah Sie auf dem Pferdemarkt in Begleitung Seiner Exzellenz. Da habe ich ein wenig herumgefragt... Ich war neugierig, wie ein Scheusal wie von Trauenberg zu der Begleitung einer so bezaubernden Frau kommen konnte... Freilich sah man Ihnen an, daß er Ihnen alles andere als angenehm war.«

»Das stimmt. Aber daß er jetzt auf so grauenvolle Weise umgekommen...«

»Verschwenden Sie Ihr Mitleid nicht«, sagte er, und sein häßliches, so seltsam lebendiges Gesicht wurde jählings kalt und verschlossen. »Er und seinesgleichen sind Schweine, und wie Schweine sollen sie abgestochen werden.«

Sie antwortete nicht sofort, aber tief in ihrem Herzen begriff sie ihn. Er haßte, und die Empfindung war ihr vertraut. Auch sie konnte so hassen – und einmal hätte sie deshalb fast einen Menschen getötet. Sie dachte auch an Frol, den toten kleinen Kosaken, an die Minajewa, an alles, was sie während ihrer Reise nach Jaizk gehört und gesehen hatte, und sagte: »Ich werde Ihrer Majestät schreiben. Sie muß die Wahrheit wissen und wo die Wurzeln liegen für das, was hier geschehen ist. Ich bin sicher, es wird dann vieles anders werden...«

Er seufzte. »Ich wünschte, Sie hätten recht, aber ich glaube nicht daran.«

»Sie... Sie haben sehr offen zu mir gesprochen. Bei mir konnten Sie es unbesorgt tun, aber bei anderen sollten Sie vorsichtiger sein, Herr...«

»Ich heiße Kolarski«, sagte er. »Maxim Kolarski.« Und dann fügte er mit einer seltsamen Schwermut, als erkläre er damit alles, hinzu: »Ich bin Pole...«

Tanja verließ Jaizk am nächsten Vormittag. Der neue Ataman der Jajk-Kosaken war Lukan Petrow, und dank seines Ansehens und seiner Autorität gelang es ihm, das aufständische Gebiet ruhigzuhalten. Auch wurden die Stadttore wieder für jedermann geöffnet, und wer auf dem Markt Pferde ersteigert hatte, konnte sie ungehindert mitnehmen.

Tanja kehrte ohne weiteren Zwischenfall nach Bjely Dom zurück. Als das weiße Haus hinter der Ahornallee auftauchte, schlug ihr Herz. Pawel kam ihr in der Halle entgegengelaufen. Er riß sich von Lisa Westmanns Hand los und schlang seine Arme um ihre Hüften. Tanja hob ihn hoch. Es tat so wohl, seine kleine, warme Wange an der Haut zu spüren. Pierre Brancourt tauchte in der Tür zum Schulzimmer auf, und Malascha und Irina kamen herausgerannt, um ihre Männer zu begrüßen. Pawel schluckte ein wenig vor Glück, aber er nannte Tanja wieder ›Maman‹ und ›Sie‹. Er erzählte etwas von einem zahmen Eichhörnchen, das ihm Oberst Zipletow aus Zarizyn mitgebracht habe, und wollte es Tanja auf der Stelle zeigen. Aber sie machte sich von seiner kleinen Hand frei. »Später«, sagte sie, denn zuerst mußte sie mit Lisa über Leonid sprechen.

Das Mädchen war sehr still, als Tanja ihm sagte, daß der fröhliche, strahlende, blonde Junge als Toter nach Bjely Dom heimgekehrt sei, aber es wurde so weiß und starr, daß Tanja meinte, es werde umsinken. Hastig nahm sie Lisa in den Arm und führte sie zu einem Sofa.

»Weine, Kind, weine, du mußt dich nicht vor mir zusammennehmen. Ich werde jemand nach Sarepta schicken, um deine Eltern zu holen.«

Doch Lisa schüttelte den Kopf. »Nein, heute nicht. Ich möchte allein an Leonids Sarg die Totenwache halten und niemand sonst sehen.« Sie hatte immer noch keine Tränen.

Eine Woche nach Leonids Begräbnis bat sie, Tanja möge sie aus ihren Diensten entlassen. Sie wolle fort, zurück nach Deutschland, wo noch Verwandte ihrer Eltern in Herrnhut lebten. »Hier erinnert mich alles an Leonid. Es reden auch alle von ihm. Ich weiß ja, die Leute meinen es gut. Sie sagen, wie gern sie ihn gehabt haben und wie sehr sie mit mir fühlen. Aber ich kann es einfach nicht hören und auch nicht darüber sprechen. Vielleicht komme ich später wieder. Die Eltern sind ja hier und... und Sie und Pawel...« fügte sie schüchtern hinzu. »Ich war hier zu glücklich, das ist es. Deswegen halte ich es nicht aus.«

Friedrich Köhler, der Ortsvorsteher von Sarepta, reiste in geschäftlichen Angelegenheiten der Brüdergemeine nach St. Petersburg und nahm Lisa mit. Von dort mußte sie dann allein weiter.

Vor seiner Abreise schrieb Tanja an die Zarin. Sie berichtete, was sie im Jajk-Gebiet erlebt und erfahren hatte, und hoffte zuversichtlich, Katharina werde verstehen, weshalb es zu diesem blutigen Aufstand gekommen war, und Milde walten lassen. Sie gab Köhler den Brief mit, denn sie war sicher, daß er zur Audienz bei der Kaiserin befohlen wurde. Seit der Gründung von Sarepta nahm sie regen Anteil an der Entwicklung der deutschen Siedlung und hatte Köhler noch jedesmal zur Berichterstattung empfangen, wenn er in der Hauptstadt weilte.

Doch als er zurückkehrte, erzählte er, daß sich die Kaiserin während der ganzen Zeit in Zarskoje Selo aufgehalten und er sie nicht zu Gesicht bekommen habe. Lediglich Grigorij Orlow habe er getroffen und ihm den Brief übergeben.

Katharinas Antwort auf die Rebellion von Jaizk war jedoch hart und unmißverständlich. Sie sandte viertausend Soldaten unter General Freimann dorthin. Zwar kämpften die Kosaken verzweifelt um ihre wiedergewonnene Freiheit, aber die kaiserliche Übermacht war stärker. In diesen Tagen war der Jajk rot vom Blut der Gefallenen. Die Rädelsführer des Aufstandes wurden hingerichtet, Hunderte nach Sibirien verbannt.

Es gab keine Kosakenkate am Fluß, kaum ein Haus in der Stadt, in der nicht eine Mutter ihren Sohn beweinte, die Frau den Mann, die Kinder den Vater, die Schwester den Bruder. Aber als die Verbannten nach Sibirien zogen, sangen sie: Rasins Kosaken, Licht seines Volks, geh auf, geh auf, o rote Sonne.« Sie sangen es, während sie die Fußketten mit den Eisenkugeln hinter sich herschleiften und die gefesselten Hände zu Fäusten ballten. Sie sangen es so lange, bis die Peitschen der Aufseher ihnen das Hemd vom Rücken fetzten und blutige Striemen in die Haut rissen. Sie sangen es des Nachts, wenn sie unter freiem Himmel lagerten, bis man ihnen die Zähne einschlug. Sie sangen es in Sonnenglut und Regen, in Hunger und Verzweiflung, unter Schmerzen und ohnmächtigem Haß. Und der Traum von der Freiheit starb ihnen nicht...

Er stand neben dem Bildnis des heiligen Georg in der Eremitage. Seine Galauniform strotzte von Gold, er trug eine schwarze Binde über dem linken Auge, und der Blick seines rechten gesunden Auges verfolgte die Zarin auf Schritt und Tritt.

Katharina sprach mit Durand, dem französischen Geschäftsträger, und lachte über einen Scherz, den er gerade machte. Grigorij Orlow war nur ein paar Schritte von ihr entfernt, im Knopfloch seines Uniformrocks funkelte das Porträt der Kaiserin hinter einem riesigen Tafeldiamanten in Herzform. Auch er ließ Katharina nicht aus den Augen. Er beobachtete, wie sie Durand zunickte und sich dann zielstrebig einen Weg durch die Menge bahnte.

Vor dem Einäugigen unter dem Bild des heiligen Georg blieb sie stehen. »So allein, Exzellenz? Mir scheint, Sie haben im Krieg den Geschmack an Gesellschaften verloren. Denken Sir nur noch an Attacken, Artilleriestellungen und Spähtrupps,

Generalmajor Potemkin?« Ihre Stimme hatte sich verändert, als sie zu ihm sprach, und sie wußte es wohl. Dunkler war sie geworden, nicht so klar und fest wie sonst, sondern mit einem Unterton vibrierender Spannung.

»Nein«, sagte er. »Ich denke an die schönste Kaiserin, die je auf Rußlands Thron gesessen hat.« Es war ein Kompliment, wie sie es oft hörte. Aber wie dieser Grigorij Alexandrowitsch Potemkin es aussprach...

Sie lachte kehlig und leise. »Was für eine langweilige Beschäftigung, wo es heute abend Dutzende von schönen jungen Frauen gibt, die nur darauf warten, den heimgekehrten Kriegshelden für die Entbehrungen an der Front zu entschädigen.«

Lakaien schoben vergoldete Wagen mit eisgekühltem Champagner, Wodka und grusinischen und ungarischen Weinen durch die Menge, und Katharina winkte einem von ihnen. »Trinken Sie, Grigorij Alexandrowitsch.«

Ihr Blick war wie ein Streicheln, als sie Potemkin ein Glas Tokaier gab, und Grigorij Orlow sah es wohl. Er ballte die Fäuste und wollte auf die beiden zugehen, doch jemand hielt ihn am Arm zurück. Es war Andrej Dobrynin. Er lächelte, als merke er nichts von Orlows Wut. »Grigorij, mein Lieber, Fürst Wjasemskij suchte dich vorhin. Er wollte deinen Rat in irgendeiner Angelegenheit.«

Orlow war betrunkener, als man ihm ansah. Er schüttelte Andrejs Arm ab. »Wjasemskij kann mich... Erst muß ich diesem einäugigen Zyklopen dort drüben das zweite Auge demolieren, damit er die Kaiserin nicht länger mit seinen unverschämten Blicken belästigt.« Er hatte ziemlich laut gesprochen, und die Unterhaltung in seiner Umgebung verstummte. Man wandte sich zu ihm um.

Auch Katharina bemerkte die plötzliche Stille und drehte den Kopf. Sie entdeckte Andrej neben Orlow und kam rasch auf ihn zu. »Graf Dobrynin, welche Freude! Ich hatte noch gar keine Gelegenheit, Sie zu begrüßen, seit Sie aus Ismail zurück sind. Aber Generalmajor Potemkin erzählte, daß Sie eine gute und ungehinderte Reise hierher gehabt haben.«

Andrej verneigte sich. »Gewiß, Majestät. Und ich darf Euer Majestät noch meinen untertänigsten Dank aussprechen, daß sie mich zusammen mit Herrn von Potemkin zur Berichterstattung an den Hof befohlen hat.«

»Nicht nur zur Berichterstattung, mein Lieber. Doch darüber reden wir bei einer anderen Gelegenheit. So schnell lasse ich Sie nicht wieder an die Front zurück. Vielleicht kommt es überhaupt nicht mehr dazu, weil wir bald Frieden schließen.«

»Es wäre zu wünschen, Majestät.«

»Oh, da stehen Sie aber in krassem Widerspruch zu Fürst Orlow. Er ist der Ansicht, da wir siegen, sollten wir weiterkämpfen, bis das Osmanenreich völlig zerschlagen ist.«

»Gewiß«, sagte Orlow mit schwerer Zunge. »Sie müssen kniefällig um Gnade winseln, die verfluchten Mohammeds.«

Katharina seufzte lächelnd. »Da sehen Sie, wie er ist! Er meint, die Kriegskunst sei alles und Diplomatie nichts. Aber was nützen die schönsten Siege, wenn man keinen vorteilhaften Frieden herausschlagen kann! Fürst Orlow vergißt, daß weder Österreich noch Schweden noch Frankreich stillschweigend zusehen werden, wenn Rußland noch größer und mächtiger wird. Was wir jetzt noch erobern, werden wir bei Friedensschluß in keinem Fall behalten können, und ich sehe nicht ein, warum wir dafür sinnlos Menschen opfern sollen.«

In diesem Augenblick wurde das Erscheinen des Großfürsten gemeldet und enthob Orlow der Antwort. Die weiß-goldenen Flügeltüren sprangen auf und Paul Petrowitsch betrat mit seinem Gefolge den Saal.

Der Sohn Peters I. stand in seinem 18. Lebensjahr, ein unschöner Jüngling von schmächtiger Statur, mit hervorstehenden blauen Augen und aufgeworfener Nase. Er hielt sich schlecht, ging stets ein wenig geduckt, mit schief eingezogenem Kopf, in einer immerwährenden Pose des Mißtrauens. Rasch ging die Kaiserin auf ihn zu. »Ich freue mich, daß Sie sich doch noch entschlossen haben, an meiner kleinen Abendgesellschaft teilzunehmen.«

Er verneigte sich linkisch, sein Mund verzog sich voller Ironie. »In der Tat, Madame? Ich habe mich von Graf Panin überreden lassen, also sprechen Sie ihm Ihre Freude aus. Auch werde ich nicht lange bleiben, ich habe für Mitternacht eine Opernvorstellung in meinem Apartment befohlen.«

Orlow hatte Katharina aus stumpfen Augen nachgeblickt. »Sie ist immer noch schön, findest du nicht, Andrej? Warum, zum Teufel, wird sie nicht alt und häßlich, daß sie niemandem mehr gefällt? Dieser Potemkin... Hast du gesehen, wie sie ihn angeschaut hat? Sie brennt darauf, ihn in ihr Bett zu zerren...«

»Um Gottes willen, Grigorij, du bringst dich um Kopf und Kragen.« Andrej zog Orlow mit sich fort. »Komm, gehen wir irgendwohin, wo wir in Ruhe miteinander reden können.«

Orlow bewohnte im Winterpalais unter den privaten Zimmern der Kaiserin ein Apartment. Es war durch eine Geheimtreppe mit Katharinas Räumen verbunden. Die Zimmer waren mit überladenem Pomp eingerichtet. Chinesische Seidenteppiche, kostbare Wandbehänge, goldene Kandelaber neben einem Diwan, über den eine blauschimmernde Zobeldecke geworfen war, zwischen zwei Spiegeln das Bildnis der Kaiserin im Krönungsornat. Orlow starrte es eine Weile schweigend an, sein Unterkiefer zitterte. Sein Leibdiener Ilja brachte indessen Wodka und Gläser und stellte alles auf einen Tisch am Fenster. Danach zog er sich zurück. Orlow entledigte sich seines Degens und warf ihn auf den Diwan. Dann schenkte er Wodka ein. »Trink, Andrej, mein Freund. Trinken wir auf Matuschka Jekaterina und ihren einäugigen Anbeter, der Orlows Platz einnehmen wird. Starr mich nicht so an, es ist wahr. Wie lange warst du jetzt fort? Zwei Jahre?«

»Nicht ganz.«

»Und seit gestern bist du wieder hier? Hat man dir da noch nicht zugetragen, was ganz Petersburg flüstert? Die Kaiserin hat Orlow satt. Es ist nur eine Frage der Zeit, bis sie ihn zum Teufel jagt. Da braucht nur einer zu kommen, der es versteht, ihr Feuer unter dem Rock zu machen. Oh, sie sind wie Aasgeier, die nur darauf warten, sich über meinen Kadaver herzumachen.«

»Bildest du dir das nicht ein, Grigorij?«

Orlow stürzte den Wodka hinunter. »Einbilden? Seit Jahren versuche ich die Augen davor zu verschließen, daß sie mir entgleitet. Jetzt mache ich mir nichts mehr vor, das ist alles. Freilich, sie schläft noch mit mir. Sie ist eine sehr sinnliche Frau, weißt du, und sie braucht das. Aber das ist die einzige Macht, die ich noch über sie habe.« Er warf sich in einen Stuhl und stützte den Kopf in die Hände. »Hast du je mit einer Frau geschlafen, die von dir nichts anderes will als die Befriedigung ihrer Wollust? Und hinterher ist nichts mehr, absolut nichts... Sie sagen: Orlow ist roh und versoffen; er hat soviel Gefühl wie ein Elefant – und sie wissen nicht, was es heißt, Jahr für Jahr ›Monsieur Pompadour‹ zu sein. Jemand, den man ins Bett befiehlt, wenn man Lust darauf hat, dem man Geschenke für geleistete Dienste gibt und den man wegschickt, wenn man genug von den Spielen im Alkoven hat.«

»Grigorij«, sagte Andrej, und in seinem Blick mischten sich Mitleid und Sorge. »Ich bin dein Freund, aber du solltest zu niemandem, auch nicht zu mir, von solchen Dingen reden.«

»Bei Gott, nein!« Orlow stand auf. Taumelnd hielt er sich an der Tischkante fest. »Aber ich leide, leide wie ein Tier, Andrej. Ich saufe, ich hure mit anderen Weibern, nur um zu wissen, daß ich noch ein Mann bin und keine Marionette in ihren hübschen weißen Fingern. Und manchmal hoffe ich, es macht sie eifersüchtig und sie bekommt Angst, mich zu verlieren, und gibt sich ein wenig Mühe, daß es wieder so wird, wie es früher war. Aber sie hat keine Angst. Sie ist meiner so zum Kotzen sicher, und alles, was ich erreiche, ist, daß sie mich jeden Tag ein klein wenig mehr verachtet, meiner ein klein wenig mehr überdrüssig wird.«

Andrej schwieg. Was hätte er auch sagen sollen? Orlow war betrunken, und der Alkohol löste seine Zunge. Auch sah er krank aus, krank und verwüstet, und welch strahlende Erscheinung war er einst gewesen! Die Tage seines Glücks hatten ihn stark gesehen; sein Unglück würde ihn zerstören.

Auch Orlow schwieg eine Zeitlang, trank und starrte vor sich hin. »Sag mir, Andrej, mein Freund?« fragte er nach einer langen Weile. »Was hältst du von Potemkin? Glaubst du, daß er sie glücklich machen kann? Du kennst ihn genauso wie ich aus den Tagen, als wir alle Leutnants bei der Garde waren. Damals habe ich mir nicht viel Kopfzerbrechen über ihn gemacht. Ich hielt ihn für verrückt mit seinen Gedichten, die er verfaßte, den Liedern, die er komponierte, und den Büchern, die er verschlang. Und dann seine Frömmigkeit. Ein Gardeoffizier, der an keiner Kirche seines Namensheiligen vorüberging, ohne darin zu beten! Heuchelei, das alles, habe ich gedacht. Denn genauso oft, wie er in der Kirche war, war er bei den Huren. Weiß Gott, ich konnte ihn nicht leiden, und einmal haben Alexej und ich ihn verprügelt. Es hat mir höllisches Vergnügen gemacht, und ich bereue nur, daß wir ihn nicht totgeschlagen haben.«

»Ein Heuchler ist er nicht«, erwiderte Andrej langsam, »denn er ist sonderbarerweise ebenso fromm, wie er ausschweifend ist. Darin hat er sich nicht geändert. Aber was ihn gefährlich macht, das ist seine Machtbesessenheit. Er brennt vor Ehrgeiz, und alles, was er tut, dient nur dem Zweck, die Zarin auf sich aufmerksam zu machen. Vielleicht liebt er sie – aber wenn er sie nicht nach seinen Vorstellungen besitzen kann – und das heißt, mit Haut und Haaren, ihren Körper, ihre Seele, ihre Gedanken –, wird er trachten, sie zu zerstören.«

Orlow bedeckte das Gesicht mit den Händen. »Ich habe schon einmal einen Mord begangen ihretwegen... und sag jetzt nicht, mich träfe keine Schuld, weil ich in Ropscha nicht dabei war, als Peter III. starb. Alexej und die anderen waren nur der Arm, der Kopf war ich. Und wenn ich einen Zaren töten konnte, wird mir ein Potemkin nicht mehr sein als ein Ungeziefer, das ich zertrete.«

Andrej sprang auf und rüttelte ihn an den Schultern. »Grigorij, bist du wahnsinnig! Was damals war, ist längst vergessen, muß vergessen sein, und ein Wort darüber kann dich den Kopf und die Zarin den Thron kosten. Willst du das? Willst du Rußland an jemand wie Paul Petrowitsch ausliefern?«

Orlow fiel in seinen Stuhl zurück und wischte sich über das Gesicht. »Vergessen, ja... Du hast recht, Bruder. Gib mir zu trinken. Ich muß viel trinken, damit ich mein Elend ersäufe. Und du bleibst noch hier, nicht wahr? Laß uns von den alten Zeiten reden, die schön waren. Weißt du noch, deine Wohnung am Englischen Kai? Wir haben gespielt und gesoffen und vom Umsturz geredet. Und Schulden hatten wir, mehr als ein Pope Haare im Bart. Und später, in Moskau, als Katharina gekrönt wurde... Denkst du noch manchmal daran, wie du Tanja als Komtesse Nitenko in die Gesellschaft eingeführt hast? Ha, wie sie um sie herumscharwenzelt sind... die Skawronskijs, die Trubetzkojs, Dolgorukijs... Und sie war ja auch eine Schönheit und hat jede hochadelige Gans in den Schatten gestellt. Was meinst du? Soll ich die Kaiserin bitten, sie zum Hofdienst zu befehlen? Dann ist Tanja in ein paar Wochen hier.«

»Nein«, sagte Andrej. Eine kleine Ader pochte an seiner Schläfe.

Orlow beobachtete ihn, und die Nebel seiner Trunkenheit lichteten sich ein wenig. »Sei kein Idiot, Andrej. Tutscharew ist seit anderthalb Jahren tot. Tanja hat lange genug Zeit gehabt, um ihn zu trauern. Ich an deiner Stelle würde zu ihr fahren.«

»Aber du bist nicht an meiner Stelle.« Andrej wandte sich ab. Er ging zum Fenster, schlug die Vorhänge zurück und blickte auf den nächtlichen Senatsplatz.

Tanja... Guter Gott, wie hatte sie es nur fertigbringen können, ihn zu verlassen! Natürlich verstand er, daß sie Tutscharew gegenüber Schuldgefühle hegte, aber dennoch... Er, Andrej, hatte sie heiraten wollen, und sie hatte nein gesagt. Die Erinnerung daran erfüllte ihn immer noch mit Zorn.

Aber auch anderes war Erinnerung und peinigte ihn: ihr Lächeln, der Duft ihrer Haut, ihr schneller, fester Schritt, der Schwung ihrer Hüften, ihr glatter, warmer, atmender Leib, die Lust, die sie ihm schenkte wie keine andere Frau vor ihr und nach ihr. Verdammte Tanja!

»Ich«, sagte Andrej, »kann ganz gut ohne sie leben. Wenn sie mich wiedersehen will, wird sie wohl den Weg nach Petersburg finden müssen.« Er drehte sich um. »Trinken wir noch etwas. Prost, Grigorij, mein Freund.«

Im Schlafzimmer der Kaiserin waren die Kerzen gelöscht, die Kammerfrauen hatten sich zurückgezogen. Aber Katharina konnte nicht einschlafen. Sie lag unter der Seidendecke und suchte vergeblich, der heißen Unrast Herr zu werden, die sie erfaßt hatte.

Grigorij, dachte sie. Aber es war nicht Orlow, den sie meinte, es war der andere, Grigorij Alexandrowitsch Potemkin.

Er liebte sie; vor Jahren schon hatte er es ihr gestanden, als er noch ein junger Gardeoffizier war. Damals hatte sie darüber gelächelt und seine Leidenschaft für Jünglingsschwärmerei gehalten. Aber seltsamerweise hatte sie diesen Grigorij Alexandrowitsch nie ganz vergessen und nie ganz aus den Augen verloren.

Von Liebe hatte er nie mehr gesprochen, aber die Art, wie er sie anblickte, wie er mit ihr sprach, verriet, daß sich nichts geändert hatte. Und heute konnte man das nicht mehr als Jünglingsschwärmerei abtun.

Katharina hatte über Jahre hinweg Potemkins Werdegang verfolgt – vom mittellosen jungen Gardeleutnant bis zum Generalmajor, dessen militärische Fähigkeiten seine Vorgesetzten, Marschall Rumjantzow und Prinz Golitzyn, über den grünen Klee lobten. Aber als sie ihn heute abend darauf ansprach, hatte er geantwortet: »Alles, was ich getan habe und was ich jemals noch tun werde, geschieht für Sie. Ich lebe für Sie und ich sterbe für Sie.«

Abrupt warf die Kaiserin die Decke von sich und stand auf. Was für ein lächerliches, pathetisches Kompliment, dachte sie. Er ist häßlich, dieser Potemkin. Seine Figur ist massig, die Nase zu groß und höckerig. Er hat breite, behaarte Hände mit abgekauten Nägeln. Schön ist nur sein Mund, weich und voll... Wie mag es sein, von diesem Mund geküßt zu werden?

Nein, nein, das ist Wahnsinn! Sie, die Kaiserin und dieser... Mann! Sie würde ihn morgen kühl behandeln. Würde ihm keine Gelegenheit mehr geben, allein mit ihr zu sprechen, sie auf diese Weise anzusehen! Zum Teufel, sie war doch kein schmachtendes junges Ding, das sich den Kopf verwirren ließ.

Aber dennoch – die Unrast blieb. Einen Augenblick lang erwog Katharina, ob sie nicht zu Orlow gehen sollte; es waren nur ein paar Schritte über die Geheimtreppe. Doch dann verwarf sie diesen Gedanken wieder. Es könnte geschehen, daß sie in Orlows Armen lag – und dabei an Potemkin dachte.

Orlow hatte sie geärgert heute abend, weil er betrunken war, aber sie hatte ihm schon verziehen, als sie ihm den Rücken wandte, um den Großfürsten zu begrüßen. Sie liebte ihn nicht mehr, aber da war immer noch vieles, was sie an ihn band. Dankbarkeit – denn sie wußte wohl, wieviel er für sie getan hatte – und Mitleid. Mitleid mit einem Mann, der nicht mit ihr und auch nicht ohne sie leben konnte. Wer ist schuld, daß es dahin gekommen ist? fragte sie sich. Er? Ich? Doch dann verdrängte sie diese Frage wieder. Es war müßig, darüber nachzugrübeln, weil es nichts an den Gegebenheiten änderte. Und sie hatte seit jeher müßige Gedanken gehaßt.

Da gab es so viel anderes, Wichtigeres...

Sie will der Pforte den Frieden aufzwingen, aber zu ihren Bedingungen. Abtretung von Asow und Taganrog, freie Schiffahrt auf dem Schwarzen Meer, Unabhängigkeit der Krim-Tataren, eine Insel im Archipelagus, Sequestierung der Moldau und Walachei auf 25 Jahre. Sie weiß, daß es hochgespannte Forderungen sind, so hochgespannt, daß man zu guter Letzt auf einen Teil davon verzichten kann und immer noch genügend Vorteile herausgeschlagen hat. Aber da sind Österreich und Preußen, die voller Unbehagen Rußlands Machtausdehnung zusehen. Sie intervenieren, die russischen Bedingungen seien unannehmbar, und Österreich hat sogar mit militärischen Maßnahmen gedroht. Krieg gegen Österreich aber kann und will Katharina sich nicht leisten. Also muß man sich auf andere Weise arrangieren. Durch Zugeständnisse in der polnischen Frage zum Beispiel.

Österreichische Truppen haben die Zips in Polen besetzt, angeblich, um kriegerische Übergriffe auf österreichisches Gebiet zu verhindern. Katharina hat diese Tatsache stillschweigend zugelassen, ja sie geht sogar noch weiter. Wenn Österreich und Preußen ihren Widerstand gegen die russischen Friedensbedingungen in der Türkei aufgeben, sollen sie als Äquivalent getrost ein Stück polnischen Landes annektieren. Auch Rußland wird sich seinen Teil nehmen...

Die Verhandlungen darüber stehen kurz vor dem Abschluß, und Saldern, Katharinas Gesandter am Warschauer Hof, weiß zu berichten, daß Poniatowski zu allem ja und amen sagen wird. Er ist ja König von Katharinas Gnaden.

Und die Polen selbst? Katharina preßt die Lippen zusammen. Wer Großes für Rußland will, darf sich mit solchen Bedenken nicht aufhalten. Polen ist ein schwaches Land, seit Jahrzehnten zerrissen von inneren Fehden. Es hat sein Schicksal verdient. Mag sein, daß sie früher anders gedacht, auch anders gehandelt hätte. Man entfernt sich von den Idealen seiner Jugend, wenn man begriffen hat, daß Herrschen auch bedeutet, sich die Hände schmutzig zu machen. In der polnischen Frage ist sie dazu bereit, und in anderen Fragen auch, wenn nötig.

Fürs erste hatte Katharina Potemkin und Orlow vergessen. Sie warf sich ein Negligé über und ging in das angrenzende Kabinett, um sich ein paar Notizen für einen Brief zu machen, den sie morgen an Saldern schreiben wollte.

»Ich kann ganz gut ohne Tanja leben«, hatte Andrej gesagt, und seit er in Petersburg war, versuchte er, es sich täglich aufs neue zu beweisen. Er bewohnte das ehemalige Tolskijsche Palais auf der Wassiljewskij-Insel, und beinahe jede Nacht waren in den Gesellschaftsräumen die Kerzen entzündet, und Musik, Gelächter, Gläserklirren und Frauenlachen drangen nach draußen in den Park. Er hatte die wildesten Zigeunergeiger engagiert, die hübschesten Tänzerinnen, Sängerinnen und Schauspielerinnen, und bald verkehrte die gesamte Lebewelt St. Petersburgs in seinem Hause.

Gelegentlich war er auch bei Hofe. Die Zarin sah ihn gern in ihrem engeren Kreis, der allabendlich zusammenkam. Noch immer verstand es Katharina, anmutige Fröhlichkeit um sich zu verbreiten, aber sie selbst war nicht mehr die strahlende, unbefangene junge Frau von einst – sie spielte sie nur noch. Und was früher bei ihr Begeisterungsfähigkeit für alles Große und Gute gewesen, verflachte, versandete im Reglement einer straffen, durchorganisierten Staatsführung. Sie war der Souverän; Ordnung und Gesetzestreue galten ihr heute mehr als ideeller Überschwang, und ihre Vorstellungen von Menschenrecht und Menschenwürde hatte sie der Macht geopfert. Stark wollte sie sein, unangreifbar, von ihren Feinden gefürchtet. Feind aber war jeder, der ihre Pläne, ihre Macht, ihre Größe bedrohte.

Und da sie sich verändert hatte, veränderte sich auch ihre Umgebung. Man kroch, man katzbuckelte, man heuchelte, um der Zarin zu gefallen. Sie liebte die diplomatische Intrige auf großem Parkett – voilà, so spielte man sie im kleinen in den weiß-goldenen Sälen des Winterpalais. Sie gefiel sich darin, mit Gelehrten und Philosophen zu korrespondieren, also las man Voltaire und Diderot, sprach über ihre Ideen mit begeistertem Augenaufschlag – und prügelte insgeheim seine leibeigenen Diener weiter. Sie hatte die Gesetzgebende Kommission zu Kriegsbeginn aufgelöst – freilich mit dem Versprechen, sie in besseren Zeiten wieder einzuberufen, aber wahrscheinlich würden die Zeiten niemals gut genug dafür sein, und deshalb tat man besser daran, sie nicht danach zu fragen.

Andrej war seit Jahren nur noch selten bei Hof gewesen, deshalb hatte er die veränderte Atmosphäre nicht bemerkt. Um so deutlicher empfand er sie jetzt. Diese Kaiserin, die sich zwar freundlich, großzügig und gütig gab, aber deren Mund herrisch und deren Augen kühl geworden waren, war nicht mehr dieselbe, für deren Thronbesteigung er einmal sein Leben gewagt und einen Zarenmord verschwiegen hatte. Dennoch folgte er ihren Einladungen, hauptsächlich Orlows wegen, der sich förmlich an ihn klammerte. Seine Brüder waren im Krieg oder außer Landes, und seine früheren Freunde mieden ihn.

»Du bist kein Geier wie die anderen, Andrej«, sagte Orlow. »Du bist ein Freund. « Es war während einer Maskerade in den »Hängenden Gärten«, die Betzkoj der Zarin im zweiten Stock des Winterpalais angelegt hatte. Durch die gläsernen Wände und Decken sah man den nächtlichen Sternenhimmel, auf dem künstlich angelegten Rasen wurde Menuett getanzt. Orlow und Andrej, beide maskiert, saßen auf einer halb hinter einer Jasminhecke verborgenen Bank. Der Fürst deutete auf die Tanzenden. »Siehst du den im erbsengrünen Seidenrock? Das ist Podworschew. Ich habe ihm einen einträglichen Posten im Landwirtschaftsministerium verschafft. Der dort drüben ist Pjotr Rodinskij, ein Habenichts, als er herkam, vierhundert Bauern und eine kleine Klitsche. Heute hält er sich allein zweihundert Leibeigene in seinem Petersburger Haus zu seiner persönlichen Bedienung. Und warum? Weil ich ihm zu seiner militärischen Karriere verholfen habe. Gorschinin kennst du – er verdankt es mir, daß er in den Reichsrat berufen wurde. Bladwinow ist durch meine Vermittlung Gouverneur von Smolensk geworden… Und so könnte ich dir eine Stunde lang aufzählen, wer mir verpflichtet ist. Es käme mindestens die Hälfte aller Anwesenden heraus. Und was tun sie, die Hurensöhne? Mir den Hintern zuwenden, wenn sie mich sehen, und die Nase rümpfen, als wäre ich ein Haufen stinkender Mist. Ach, Andrej, man kann die Menschen nicht lieben; man muß sie hassen.«

Ein Lakai trat hinter sie. »Graf Dobrynin?« fragte er leise. Andrej blickte hoch. »Ja, was gibt's?«

Der Diener überreichte ihm ein zusammengefaltetes Billett. »Ich habe den Auftrag, Ihnen das zu geben, Euer Gnaden…«

Andrej faltete das Papier auseinander. Es duftete nach Parfüm. »Verehrter Graf, ich habe Wichtiges mit Ihnen zu besprechen. Aber da unsere Zusammenkunft gewissen Leuten verborgen bleiben soll, bitte ich Sie, an das Seitentor der Eremitage zu kommen, das zum Wintergraben führt. Dort erwarte ich Sie in einem Wagen.«

Wenige Minuten später verließ Andrej den Palast. Die Kutsche, von zwei Goldfüchsen gezogen, stand wie angegeben am Wintergraben. Die Tür wurde von innen geöffnet, und eine angenehme, dunkle Frauenstimme sagte: »Steigen Sie ein, Graf Dobrynin.«

Undeutlich sah er eine maskierte Dame in einem silbrigschimmernden Kleid mit reichem Spitzenbesatz und einem Seidencape darüber in den Polstern lehnen.

»Zu Ihren Diensten, Madame«, sagte Andrej. »Aber da ich meine Maske bereits abgelegt habe, sollten Sie es auch tun. Das Geheimnisvolle ist nur für den Anfang reizvoll.«

Die Unbekannte lachte leise, während der Kutscher den Pferden schnalzte, die in einen langsamen Trab verfielen. »Warten wir's ab.«

Andrej überlegte. Die Stimme und das Lachen waren ihm irgendwie bekannt. Wo hatte er es schon gehört? »Anna Alexandrowna?« fragte er ungewiß. »Sind Sie es?«

»Der Vatersname stimmt, alles andere ist falsch. Zwar weiß ich, daß unsere liebe Gräfin Radenskaja – denn die meinen Sie doch einer Fortsetzung Ihrer früheren Affäre nicht abgeneigt ist, aber sie wurde Sie wohl kaum maskiert in eine Kutsche bestellen. Schließlich ist sie seit einem Jahr Witwe und braucht ihre Liebschaften nicht geheimzuhalten.«

»Dann sind Sie also verheiratet, meine verehrte... Alexandrowna?« Andrej lehnte sich zurück. Er fand die ganze Situation ziemlich lächerlich und bereute schon, daß er seiner flüchtigen Neugier nachgegeben und der brieflichen Aufforderung Folge geleistet hatte. »Du lieber Himmel, wenn Ihr Gatte so eifersüchtig ist, daß er Ihnen ein kleines Vergnügen nicht gönnt, sollten Sie darauf verzichten. Ich duelliere mich nicht gern mit gehörnten Ehemännern.«

»Tatsächlich?« Die dunkle Samtstimme war voller Ironie. »Haben Sie Angst?« »Nein. Ich bin ein verdammt guter Pistolenschütze und ein ebenso guter Fechter. Aber ich habe es satt, Leute sterben zu sehen. Ich komme aus dem Krieg, wie Sie vielleicht wissen. Er hat nicht viel Gutes, solch ein Krieg, außer daß man verlernt, sich aus Langeweile oder seiner angeblich beleidigten Ehre halber mit jemandem zu schießen. Das Leben bekommt andere Wertbegriffe, verstehen Sie?«

»Und wer sagt Ihnen, daß ich auf ein Liebesabenteuer aus bin?«

»Parfümierte billet-doux, ein geheimes Rendezvous, eine nächtliche Spazierfahrt mit einer maskierten Schönen... die Accessoires stimmen. Wenn es anders wäre, widerspräche es jeder einschlägigen Erfahrung.«

Wieder lachte sie. »Es geht um andere Dinge. Genauer gesagt, um eine Person, zu der Sie freundschaftliche Beziehungen unterhalten. Es ist anzunehmen, daß diese Person Ihnen gegenüber von äußerster Offenheit ist, und man ist interessiert, darüber Näheres zu erfahren.«

»Sie sprechen von Fürst Orlow?« fragte Andrej rundheraus.

»Sie sagen es.«

»Und wer ist ›man‹?«

Sie klappte ihren Elfenbeinfächer auf und begann, sich Luft zuzufächeln. »Sind Sie immer so direkt, Graf?«

»Ja. Also, heraus mit der Sprache. Ist es die Kaiserin?«

»Nein, mein Wort darauf«, erwiderte sie rasch. »Es handelt sich um einen, nun, sagen wir, der Kaiserin sehr nahestehenden Kreis. Sie wissen, daß das freundschaftliche Verhältnis zwischen ihr und Fürst Orlow getrübt ist. Dennoch zögert Ihre Majestät, sich endgültig von ihm zu trennen. Orlows Verabschiedung aber wäre in aller Interesse. Man sollte Ihrer Majestät den Entschluß dazu erleichtern, indem man sie wissen läßt, daß der Fürst damit rechnet und keine Schwierigkeiten machen wird. Oder... ist das nicht so?«

»Aber nein! Erst vorhin noch hat er mir gestanden, daß er die Kaiserin umbringen wird, falls sie ihm ihr Wohlwollen entzieht.« Er hörte, wie sein Gegenüber scharf den Atem einzog, und brach in Gelächter aus. »Das ist doch wirklich zu plump, mich auf solche Art aushorchen zu wollen! Sie sagen selbst, daß ich Orlows Freund bin. Wie kommen Sie da zu der Annahme, ich könnte Dinge ausplaudern, die ihm schaden?«

»Es gäbe also etwas zu verraten?«

»Sie sind sehr hartnäckig, Madame. Aber es tut mir leid, ich werde einen Freund niemals preisgeben, sagen Sie das Ihren Auftraggebern – Panin, dem Großfürsten, oder wer sonst dahintersteckt.«

»Darum geht es doch gar nicht, sondern...«

»Lügen Sie nicht!« unterbrach Andrej sie grob. »Es wäre Ihnen sehr lieb, von mir zu hören, Orlow hätte Drohungen gegen die Zarin ausgestoßen. Dann könnte man hingehen, sie veranlassen, ihn in die Schlüsselburg zu werfen, und der Fall wäre ausgestanden. Aber er hat nichts dergleichen getan. Er leidet nur bis zum Kranksein unter der Abkehr der Kaiserin. – So, und nun lassen Sie bitte halten. Ich sehe, wir sind gerade am Katharinen-Dom. Von dort sind es nur ein paar Schritte zum Newskij-Prospekt, wo ich leicht eine Mietdroschke bekomme.«

»Mein Kompliment, Andrej Petrowitsch«, sagte sie lächelnd. »Sie sind wirklich ein Mann mit Prinzipien. Ich weiß das zu schätzen. So sollen Sie nun auch wissen, daß ich den Auftrag, Sie über Orlow auszuspionieren, nur widerwillig angenommen habe, und ich habe mir auch keinen Erfolg davon versprochen. Daß ich mich dennoch dazu bereitfand, geschah aus zwei Gründen: Ich mag Orlow nicht; er ist roh und primitiv. Ihre Majestät leidet seit Jahren darunter, und deshalb ist mir jedes Mittel recht, das seinen Fall herbeiführen könnte. Und der zweite Grund ist – ich wollte Gelegenheit haben, mit Ihnen unter vier Augen zu sprechen. Sind Sie denn gar nicht mehr neugierig, wer sich hinter dieser Maske verbirgt?« Mit einer raschen Bewegung riß sie sie herunter. Andrej blickte in ein schönes Frauengesicht mit hohen Wangenknochen, weit auseinanderstehenden dunklen Augen und einem vollen, sinnlichen Mund.

»Praskowja Bruce«, sagte er verblüfft. Die Gräfin war schon seit Jahren Erste Hofdame der Kaiserin und eine ihrer engsten Vertrauten.

Sie senkte die Lider mit den langen, dunklen Wimpern. »Jetzt können Sie aussteigen, wenn Sie wollen. Oder haben Sie Lust, bei mir noch ein kleines Souper einzunehmen?«

Sie wohnte in einem Palais an der Fontanka, das aus der Zeit Peters des Großen stammte. Und offenbar war sie ihrer Sache sehr sicher gewesen, denn in dem kleinen, intimen Speisezimmer war bereits der Tisch gedeckt, und in einer Silberschüssel voller Schnee, der in den tiefen Kellern der vornehmen Häuser noch vom Winter her aufbewahrt wurde, kühlte Champagner. Diener brachten dampfende Platten mit Hechtpastete, mit Kaviar gefüllten Blinis und auf Holzkohlenfeuer geröstetem Lachs.

»Sie wissen ja, es ist Freitag«, sagte die Gräfin mit einem versteckten Lachen in den dunklen Augen. »Aber ich habe einen ausgezeichneten französischen Koch, der sich auf die Zubereitung von Wild wie kein zweiter versteht. Ein andermal werden Sie sich davon überzeugen können.« Sie hob ihr Champagnerglas. »Trinken wir, mein Freund – auf diesen Abend.«

Sie war nicht nur schön, sie war auch klug und wußte anregend zu plaudern. Ihr Mann war auf seinen in der Nähe von Moskau liegenden Besitzungen. »Wir leben jeder, wie es uns gefällt«, sagte sie. »Ich bin glücklich in St. Petersburg, er auf seinen Landgütern, wo er den ganzen Tag in Jagdkleidung und Lederstiefeln herumläuft. Als ich ihn heiratete, fand ich ihn ungewöhnlich attraktiv, aber ich bin, fürchte ich, nicht sehr beständig.«

Nach dem Essen ließ sie neuen Champagner bringen und zog sich für eine Weile zurück. Als sie wiederkam, trug sie das Haar offen und ungepudert. Es war reich und voll und hatte den rötlichen Glanz von Kastanien. Ihr Kleid hatte sie gegen einen weitfallenden Mantel aus schwerer, bestickter Seide vertauscht. Andrej stand auf, als sie eintrat. Ein kleiner Funke glomm in seinen Augen auf. »Wollen Sie mich um meinen Verstand bringen, Madame?« Seine Stimme klang ironisch. »Ich bitte Sie, haben Sie Mitleid...«

Sie kam und legte die Arme um seinen Hals, und er spürte, daß sie nackt unter dem Mantel war. »Küß mich«, flüsterte sie. »Ich bin verrückt nach dir. Du bist anders als die Laffen bei Hof, du bist ein richtiger Mann…«

Ihre Lippen waren heiß und trocken, als fiebere sie. Es war ein langer, leidenschaftlicher Kuß, unter dem sie leise stöhnte. Ihre Hände mit den langen, spitzgefeilten Nägeln glitten über seinen Rücken. Ihr Schoß drängte sich gegen ihn.

Da machte Andrej sich frei. Er nahm sie bei den Schultern und hielt sie ein Stück von sich ab. »Sie sind hinreißend, Praskowja Alexandrowna, und es war ein bezaubernder Abend. Aber nun muß ich gehen.«

Sie zuckte wie unter einem jähen Hieb zurück. »Was soll das heißen? Sie wollen mich nicht? Ist es… ist es immer noch diese verdammte Tutscharewa?«

Einen Augenblick lang verfinsterte sich sein Gesicht. Dann lächelte er wieder. »Nein. Ich bin wirklich zutiefst beeindruckt von Ihren Reizen, aber wie Sie schon sehr richtig bemerkten, bin ich ein Mann. Ich liebe es nicht, wenn man mich einzufangen versucht wie einen Siebzehnjährigen von der Kadettenschule. Männer schätzen die Illusion, selbst die Verführer zu sein.« Er verneigte sich leicht. »Aber Sie gefallen mir, Praskowja Alexandrowna. Deshalb werde ich wiederkommen.«

Sie sah ihn über eine Woche lang nicht. Dann erschien er plötzlich wieder bei Hof. Praskowja hatte sich vorgenommen, ihn völlig zu übersehen, aber als er vor ihr stand und mit einem Blick voll sanfter Unverschämtheit ihre Gestalt in dem tief dekolletierten grünen Moirékleid umfaßte, rann ihr ein wohliger Schauer über den Leib.

Orlow war nicht da an diesem Abend, und das Gerücht ging um, daß es gestern nacht einen furchtbaren Auftritt zwischen ihm und der Zarin gegeben habe. Man habe ihn bis ins Antichambre brüllen gehört. Danach sei er davongestürzt und noch nicht wieder aufgetaucht.

Katharina wirkte nervös. Immer wieder blickte sie zur Tür, ob sie sich nicht öffne und Orlow einträte. Potemkin war da, aber sie nahm kaum Notiz von ihm. Die Anziehungskraft, die er auf sie ausübte, war unvermindert, doch sie wollte ihr nicht erliegen. Instinktiv spürte sie, daß dieser Mann, wenn sie ihm einmal nachgab, ihr nicht gestatten würde, sich jemals wieder von ihm zu lösen.

Man spielte Karten, Tric-trac und Pharao. Am Tisch der Kaiserin saß auch die Gräfin Bruce, und Andrej stand hinter ihr.

Praskowja Alexandrowna verlor eine Partie nach der anderen. Als sie wieder einmal eine falsche Karte ausgespielt hatte, fragte Katharina: »Was ist los mit Ihnen, meine Liebe? Sie sind so unkonzentriert.«

»Ich habe ein wenig Kopfschmerzen. Es ist schwül heute abend. Wahrscheinlich gibt es ein Gewitter.«

In diesem Moment trat Grigorij Orlow ein. Er sah bleich aus, mit dunklen Rändern um die Augen, aber er war nüchtern, hatte sich umgezogen und trug eine tadellos frisierte weiße Perücke. Katharina legte ihre Karten nieder. »Würden Sie so freundlich sein, für mich weiterzuspielen, Graf Dobrynina«, sagte sie und stand auf. Mit einem Lächeln ging sie, Orlow zu begrüßen. Er beugte sich über ihre Hand, und in seinen Augen lag der Ausdruck eines getretenen Hundes. Katharina nahm seinen Arm und sprach lange mit ihm in einer Fensternische. Ein paarmal runzelte sie unwillig die Stirn, dann wieder sah sie ihn bittend und Verständnis heischend an. Orlows zerquälte Miene glättete sich.

Eine halbe Stunde später machte die Kaiserin Anstalten, sich zurückzuziehen. »Sie haben recht, meine liebe Praskowja, es ist in der Tat unerträglich schwül. Man fühlt sich wie zerschlagen. Nun, in der nächsten Woche gehen wir nach Zarskoje Selo, dort ist die Luft angenehmer als in St. Petersburg.« Sie hob die Hand und lächelte nach allen Seiten. »Gute Nacht.«

Potemkin stand bei der Tür, als sie ging. Er verneigte sich wie die anderen, aber er schlug den Blick nicht dabei nieder.

Katharina blieb vor ihm stehen. »Wir hätten eine Bitte an Sie, Exzellenz«, sagte sie sehr zeremoniell. »Wenn Sie wieder zur Armee zurückkehren, wäre es Uns eine große Freude, ein türkisches Reitpferd zu bekommen. Würden Sie die Güte haben, es in Unserem Namen zu kaufen?«

Wenn Sie wieder zur Armee zurückkehren... Katharina hatte den Raum längst verlassen, als der Satz noch in allen Anwesenden nachklang. Bedeutete er, daß Potemkin abreisen mußte? Hatte man sich geirrt, als man in ihm Orlows Nachfolger sah? Womit hatte er sich die Ungnade der Zarin zugezogen?

»Die Partie ist verloren«, sagte Andrej laut in die jähe Stille hinein, warf seine Karten auf den Tisch und stand auf. Quer durch den Raum sah er Potemkin an und lächelte glatt. »Weiß der Teufel, ich habe schon seit Tagen eine Pechsträhne. Ich glaube, ich rühre heute keine Karte mehr an. Meine liebe Praskowja Alexandrowna, haben Sie mir nicht neulich etwas von einem französischen Koch in Ihren Diensten erzählt? Das interessiert mich, denn ich trage mich mit dem Gedanken, mir auch einen zuzulegen. Seien Sie ein Engel und berichten Sie mir, wie Sie daran gekommen sind.«

Er bot ihr seinen Arm, und die Gräfin mußte ihm wohl oder übel folgen, wollte sie kein Aufsehen erregen. Er ging mit ihr auf die Terrasse und lehnte sich gegen die steinerne Brüstung. »Ich verwette tausend Rubel, daß Fürst Orlow gleich ebenfalls verschwinden wird. Und Ihre Majestät erwartet ihn. Ist der Gedanke sehr schlimm für Sie, meine teure Praskowja, nachdem Sie Orlow so innig zum Teufel wünschen? Hatten Sie vielleicht auch auf Potemkin gesetzt?«

»Hören Sie auf, mich ständig mit so albernen Adjektiven zu belegen. Ich bin weder Ihre liebe, noch Ihre teure Praskowja. Und was den Fürsten anlangt –, nun, eine Versöhnung im Schlafzimmer bedeutet nicht viel. Morgen kann schon wieder alles anders sein.«

»Reden wir jetzt nicht von Orlow, sondern von uns. Sie haben es vorhin gehört, meine Schöne, die Kaiserin scheint Potemkin wieder in den Krieg schicken zu wollen – und dann muß ich mit. Wir haben also nicht viel Zeit füreinander.«

Sie schlug ihm mit dem Fächer auf die Hand, als er sie an sich ziehen wollte. »Lassen Sie den Unsinn! Wenn jemand kommt…«

»Also schön, gehen wir irgendwohin, wo wir ungestört sind.«

»Nein!«

Diesmal küßte er sie doch, leicht und spielerisch zuerst, aber dann glitten seine Lippen tiefer, wanderten über ihren Hals, preßten sich auf den Brustansatz. Als er sie losließ, atmete sie schnell und flach. »Spiel jetzt nicht die Prüde«, sagte er heiser. »Komm mit.«

Sie fuhren zum Tolskijschen Palais, und es war kurz vor Sonnenaufgang, als Praskowja Bruce es wieder verließ. Andrej blickte der Kutsche nach und verspürte einen faden Geschmack im Mund.

Damals, an jenem Abend, als sie ihn zu sich einlud, hatte er keine Lust auf eine Affäre mit ihr gehabt. Ihr lächerlicher Versuch, ihn über Orlow auszuhorchen, hatte ihn verärgert, und er war nur mitgegangen, um ihr das in anderer Münze zurückzugeben. Aber Praskowja Bruce war ein verteufelt verführerisches Frauenzimmer und die Erinnerung an ihren nackten Körper unter dem dünnen Seidenmantel erstaunlich hartnäckig. Und heute hatte er gedacht: warum eigentlich nicht?, und war gegangen, sie wiederzusehen.

Ihr Körper war makellos, sie war eine hinreißende Geliebte, erfahren und voller Sinnlichkeit, genau, wie er es erwartet hatte.

Er wußte, er würde noch ein paarmal mit ihr schlafen wollen. Aber es war nichts als die Befriedigung eines Triebes, und die Nüchternheit, die er jetzt empfand, war der Tribut dafür.

Die Laken des Bettes rochen noch nach ihrem Parfüm. Andrej ging und öffnete die Fenster, um die Morgenluft hereinzulassen. Die Bolschaja Newa fing die ersten Sonnentupfer auf, das Wasser schimmerte wie Perlmutter, und im Osten war eine Wolkenbank von einem breiten, goldenen Strahlenband eingefaßt. Es würde ein schöner, warmer Tag werden.

Andrej atmete tief ein. Aber das Gefühl der Niedergeschlagenheit und Leere wollte nicht weichen.

Als der Hof nach Zarskoje Selo übersiedelte, forderte Katharina auch Andrej und Potemkin auf, sie zu begleiten. Sprunghaft in ihren Launen, wie sie neuerdings war, brachte sie nie mehr die Rede darauf, daß die beiden an die Front zurückkehren sollten.

Zwar bemühte sie sich, daß die Versöhnung mit Orlow nach ihrem letzten, heftigen Streit von Dauer war, zeichnete ihn vor allen anderen mit besonderer Liebenswürdigkeit aus, überhäufte ihn mit Geschenken und behandelte Potemkin kühler als je zuvor, aber kaum jemand glaubte, daß dieser Zustand über längere Zeit anhalten würde.

»Ich bin sicher, daß dies Orlows letzter Sommer als Günstling ist.« sagte Praskowja Bruce. Sie lag nackt neben Andrej auf dem Bett ihres Schlafzimmers. »Und wenn nicht Potemkin sein Nachfolger wird, dann eben ein anderer. Graf Panin sucht schon eifrig nach einem geeigneten Mann, um ihn der Kaiserin vorzuschlagen.«

»Panin?« Andrej dachte an den ältlichen, beleibten Außenminister, dessen Trägheit, außer wenn es um seine Amtsgeschäfte ging, sprichwörtlich war. »Du lieber Gott, darüber wird die Kaiserin steinalt werden!«

»Sag das nicht.« Praskowja richtete sich auf. »Sachar und Iwan Tschernyschew und Barjatynskij liegen ihm täglich in den Ohren, daß die Sache eile. Der Großfürst wird im September großjährig, und das bedeutet, er könnte dann Anspruch auf den Thron oder zumindest auf Mitregentschaft erheben. Du weißt, wie er die Orlows haßt und besonders Grigorij. Die Zarin wird dem Rechnung tragen müssen, wenn sie nicht ernstliche Schwierigkeiten mit ihrem Sohn bekommen will. Es wäre also auch ein Gebot der Klugheit, Orlow zum Teufel zu schicken. Und genau das wird Panin ihr sagen.«

Die Tschernyschews, Barjatynskij, die alten Freunde von

einst… Und jetzt steckten sie sich hinter Panin, der seit je erklärter Feind Orlows gewesen war. »Die Ratten verlassen das sinkende Schiff«, sagte Andrej. »Wahrscheinlich haben sie recht damit – warum sollen sie mit untergehen? Aber es sind eben doch Ratten…«

Die Gräfin lachte. »Nur du bist ein Ritter ohne Furcht und Tadel, was? Dabei hattest du früher einen so hübschen schlechten Ruf. Was ist nur aus dir geworden?«

Er rückte ein Stück von ihr ab und drehte den Kopf zum Fenster. Die Zeit der Weißen Nächte nahte, schon jetzt wurde es nicht mehr ganz dunkel draußen, der Himmel war silbrig grau und von seltener Transparenz. »Ich war ein ziemlich leichtsinniger Hund«, sagte Andrej. »Ich hab' getan, was mir Spaß machte, und nie gefragt, ob es gut oder schlecht war. Heute frage ich mich das manchmal. Es macht das Leben nicht unbedingt amüsanter, aber eine Spur sinnvoller.«

Sie küßte ihn. Ihre Zunge umspielte sein Ohr. »Und was wir miteinander tun – ist das gut oder schlecht in deinen Augen?«

»Schlecht«, sagte er und schob sie von sich.

Praskowja Alexandrowna lachte. Sie war nicht im geringsten gekränkt. »Aber wir haben eine Menge Vergnügen miteinander, nicht wahr? Außerdem kann ich dir nützlich sein. Die Kaiserin ist mir zugetan; wenn ich sie bitte, dich hier zu lassen, brauchst du nicht mehr in den Krieg. Sie kann dich mit irgendeiner Aufgabe betrauen, du wirst befördert werden und Karriere machen.«

»Ich war nie besonders ehrgeizig. Und Karriere, weil ich mit einer Freundin Ihrer Majestät schlafe – nein, danke.«

»Sei kein Narr, Andrej Dobrynin. Andere würden…«

»Ich bin nicht andere. Ich bin ein Querkopf, das mußt du doch inzwischen bemerkt haben.« Er strich ihr eine Haarsträhne aus dem Gesicht. »Laß es gut sein, Praskowja. Wenn du mich protegierst, bin ich dir verpflichtet, und ich hasse Verpflichtungen.«

»Unsinn, ich würde nie…«

»Und ob du würdest! Und zwar dann, wenn ich dich verließe, ohne daß du meiner schon überdrüssig wärst.«—

Sie streckte sich auf dem Bett aus. »Hast du denn vor, mich zu verlassen?«

»Ich möchte Ihre Majestät um Urlaub bitten, um auf meine Besitzungen zu reisen. Und wenn ich zurückkehre…« Er grinste. »Mag sein, daß du dich inzwischen mit einem anderen getröstet hast, mag sein, daß ich dich weitaus weniger anziehend finde als im Augenblick. Komm, zieh kein Gesicht. Wir wissen doch beide, daß es nicht von Dauer ist mit uns. Du liebst mich nicht, ich liebe dich nicht, und was uns zusammenbrachte, war nichts als das Verlangen unserer Körper.«

»Manchmal ist deine Aufrichtigkeit abscheulich!« sagte sie wütend und stand auf.

Er lachte. »Das, mein Kind, hat Aufrichtigkeit so an sich.«

Am nächsten Tag suchte er bei Katharina um eine Audienz nach, die ihm noch am gleichen Abend gewährt wurde. Die Kaiserin empfing ihn im Gartensaal von Zarskoje Selo. Die Fenstertüren waren geöffnet, Katharina trug ein weißes Kleid ohne Reifrock, die Haare waren ungepudert. Ein leichter Wind blähte die Mullgardinen, er brachte den Duft von Rosen und frisch gemähtem Gras herein.

»Unsere Wünsche haben sich gekreuzt, Graf Dobrynin«, sagte die Zarin, nachdem sie Andrej die Hand zum Kuß gereicht hatte, »denn auch ich wollte Sie sprechen! Sie wollen mich um Urlaub bitten, nicht wahr? Es tut mir leid, aber das muß ich abschlagen.« Sie blickte auf und las in seinem Gesicht, was er dachte. »Nein«, fuhr sie fort, »die Gräfin Bruce steckt nicht dahinter. Zwar hat sie mich bestürmt, Sie unter allen Umständen hierzulassen, aber ich bin fest geblieben. Ich beabsichtige, Sie auf eine Inspektionsreise zu schicken.«

»Und wohin?«

»Nach Sarepta. Das ist eine deutsche Siedlung an der Wolga, in der Nähe von Zarizyn. Ich war selbst einmal dort und möchte nun einen genauen Bericht, wie sich die Kolonie entwickelt hat. Früher war das Graf Orlows Aufgabe, aber wie Sie wissen, ist er seit einem Jahr im Ausland, um sich wissenschaftlichen Studien zu widmen.«

Mit einer Handbewegung forderte die Zarin Andrej auf, Platz zu nehmen. »Normalerweise kümmere ich mich nicht um die Amouren meiner guten Praskowja«, sagte sie ein wenig zögernd. »Sie, Graf, sind die Ausnahme – und auch nur, weil ich jemandem versprochen habe, Sie nach Sarepta zu schicken.« Sie sah ihm mit einem raschen Blick in die Augen. »Oder wollen Sie Tanja Tutscharewa nicht wiedersehen?«

Auf einmal schien es ganz einfach und sein gekränktes männliches Selbstgefühl so unsinnig. Unsinnig seine Affären, die Gelage, die er gefeiert hatte, die Hartnäckigkeit, mit der darum gekämpft, sich zu beweisen, wie gut er ohne Tanja leben konnte. Es lebte sich nicht gut ohne sie. Es lebte sich sogar ganz erbärmlich!

Andrej lächelte, ein Lächeln, in dem ein wenig Spott über sich selbst lag und spontane Dankbarkeit für die Kaiserin. In diesem Moment erschien sie ihm wie früher, menschlich, warmherzig und zupackend. »Doch, Majestät, ich möchte sie schon wiedersehen. Aber...«

»Das Aber können Sie mit ihr erörtern. Wann sind Sie reisefertig?«

»Wann Majestät befehlen.«

»Dann also in zwei Tagen. Und grüßen Sie Madame Tutscharewa von mir. Sie hat mir vor einiger Zeit geschrieben – einen etwas konfusen Brief über die Zustände am Jajk und voll schwarzer Anschuldigungen gegen die Obrigkeit. Versuchen Sie sie davon zu überzeugen, daß es in einer Zeit wie der jetzigen keine Autonomie der Kosaken mehr geben kann, sondern nur die Autokratie des Souveräns, und daß ein Aufruhr, der sich gegen die Vertretung der Staatsgewalt richtet, immer wie ein Aufruhr geahndet werden muß.« Die Härte ihres Gesichtsausdrucks verlor sich wieder. »Aber wahrscheinlich werden Sie Besseres zu tun haben, als über Politik zu reden. Sagen Sie Madame Tutscharewa nur, ich sei immer noch ihre gnädige Kaiserin.«

Es war heißer, hoher Sommer in Bjely Dom. Im Obstgarten hingen die Äste der Kirschbäume gebeugt von der Last der Frucht, auf den Feldern wogte das reifende Korn im leichten Steppenwind, die Luft war geschwängert vom Duft des Faulbaums, von Wermut und Minze und blühendem Lavendel.

Tanja ritt des Morgens stets schon in aller Frühe aus, kaum daß die Sonne aufgegangen war und den Tau vom buschigen grauen Steppengras leckte.

Meist ritt sie allein, ohne männlichen Schutz, nur von ihrer Barsoihündin Lonja begleitet, auf Takshir, dem Rappen, selten im Reitkleid, sondern fast immer in Hosen und à la homme. Sie setzte über die Knüppelzäune der Pferdekoppeln und galoppierte in die Steppe hinaus. Oft trieb sie auch das Pferd zur Wolga hinunter, lenkte es dann langsam den von Nesseln und Huflattich überwucherten Uferpfad entlang, blickte über die glitzernde Wasserfläche und folgte mit den Augen den Kähnen, die träge in der Mitte des Stromes dahinschwammen.

Die großen Handelsschiffe, beladen mit allerlei Stoffen, Fellen, Gewürzen und Viehherden, die von Astrachan bis Nischnij Nowgorod fuhren, wurden von den Flußschleppern stromaufwärts gezogen. Hagere, bärtige Männer waren es, breite Riemen um die Brust gespannt wie Tiere im Geschirr. Sie trugen Sandsäcke über den Schultern, damit die Schiffsketten nicht blutige Wunden in das Fleisch drückten. Gesenkten Kopfes, in immer gleichem Schritt zogen sie ihre Last.

Manchmal sangen sie, und wenn Tanja die schwermütigen Weisen hörte, kam ein Wundern sie an, daß solche Menschen überhaupt noch zu singen vermochten. Singt man in Qual und Elend, wenn die müden Füße nicht mehr gehen wollen, die müden Schultern nicht mehr die Last schleppen? Singt man, wenn die Sonne den Schweiß aus allen Poren preßt, bis man meint, vertrocknet zu sein bis ins Mark? Wenn Hunger die Eingeweide zusammenkrampft und Durst die Kehle ausdörrt, wenn man hinsinken möchte und die Augen schließen und nichts mehr denken – und doch weiterschreitet, Fuß vor Fuß setzt, von Astrachan bis Nischnij Nowgorod.

Tanja drehte es das Herz herum, wenn sie diese Männer sah. Ich, dachte sie, würde lieber tot sein, als so leben. Und dann jagte sie nach Bjely Dom zurück und ließ die Mägde große Körbe mit Brot und Speck und Kwaß zusammenpacken und von den Knechten an die Unglücklichen verteilen.

Eines Tages brachten sie einen der bärtigen zerlumpten Männer auf dem Wagen mit. Er war bewußtlos, mit verdrehten Augen wälzte er sich ruhelos hin und her und stöhnte dumpf. Seine Stirn glühte vom Fieber. Tanja ließ für ihn eine Kammer im Gesindehaus herrichten und schickte nach Sarepta zu Doktor Wier.

Der deutsche Arzt kam sofort. Aber der Kranke starb, noch während er bei ihm war.

»Da war nichts mehr zu machen«, sagte Dr. Wier, als er später mit Tanja in ihrem behaglichen Salon saß und eine Himbeerlimonade trank. »Er hatte die Schwindsucht in ihrem letzten, schlimmsten Stadium. Wissen Sie überhaupt, wer der Mann war?«

»Ein Schlepper vom Fluß. Ich schicke nachher jemanden zu seinen Kameraden. Weit können sie noch nicht sein. Bestimmt hat er Angehörige, denen man seinen Tod mitteilen muß.« Tanja lehnte sich zurück und blickte durch das Fenster in den blühenden Garten. Es war so friedlich hier, so scheinbar unberührt von allem Traurigen und Schweren. »Erzählen Sie mir etwas von Sarepta. Ich war lange nicht dort. Hat Agnes Lorenz inzwischen ihr Kindchen bekommen?«

»Doch, ja. Die Gute hat es nicht leicht gehabt, aber das Kind – ein Junge – ist wohlgestaltet und kräftig. Oh, und dann gibt es noch eine Neuigkeit. Die Zarin hat wieder einmal einen Inspekteur zu uns geschickt, einen gewissen Grafen Dobrynin. Aber was ist Ihnen, Madame? Sie sind ja ganz blaß geworden. Fühlen Sie sich nicht wohl?«

»Doch, doch. Es ist nur…« Tanjas Blässe wich jäher Röte.

»Ich kenne Graf Dobrynin. Es kam mir etwas unerwartet, daß er in Sarepta ist. Seit wann denn? Und wo wohnt er?«

»Oh, seit drei Tagen. Abgestiegen ist er im ›Adler‹«

Doktor Wier blieb noch eine Viertelstunde. Er merkte, daß Tanja mit ihren Gedanken ganz woanders war und kaum hörte, was er erzählte. Darum verabschiedete er sich, obwohl er die Heimfahrt durch die sengende Sommerhitze gern noch ein wenig hinausgezögert hätte.

Rodja saß auf dem Bock der Kalesche, die ihn hergebracht hatte. Tanja lief zu ihm. »Rodja, mein Lieber, wenn du in Sarepta bist, fahr zum ›Adler‹. Graf Dobrynin ist dort!«

»Heilige Himmelsmutter!« Rodjas bärtiges Gesicht war ein einziges Strahlen. »Er ist hier? Seine Gnaden? O Gott, Tanjuschka... Verzeihung, Euer Gnaden, meine ich! Ich bin ganz durcheinander vor Freude!«

»Fahr zu, Rodja, fahr zu! Und sag ihm, daß ich komme. Noch heute abend, hörst du!«

Der Alte ließ die Peitsche um die Pferdeköpfe schnalzen, und sie zogen so heftig an, daß Doktor Wier in seinen Sitz zurückgedrückt wurde. »Lauft, ihr Teufelchen, ihr Satansbraten!« schrie Rodja. »Oder soll Seine Gnaden euch für lahme Kalmückenstuten halten?«

Tanja raffte ihre Röcke und lief die geschwungene Treppe zum Oberstock hinauf. In ihrem Ankleidezimmer riß sie die Schranktüren auf und stöberte in ihren Kleidern. Einen Armvoll nahm sie heraus und hielt sie sich einzeln vor dem Spiegel an. Das Grüne hier... nein, es machte sie vielleicht blaß. Und das Rote mit der Stickerei? Es war sicherlich nicht mehr modern, und Andrej kam doch aus Petersburg. Dann das Violette aus Organdy, dessen weiter Rock mit unzähligen Metern Seidensamtband besetzt war...

Tanja sah hinreißend aus, als sie fertig war. Das Kleid hatte die Farbe ihrer Augen, die groß und feucht vor Erregung schimmerten, und ihre Zofe Aglaja hatte ihr Haar in so viele kleine Löckchen gebrannt und auf dem Hinterkopf kunstvoll zusammengerafft. »Wollen wir es noch pudern, Euer Gnaden?« fragte sie.

Tanja saß vor ihrem Toilettenspiegel und betrachtete sich mit zusammengezogenen Augenbrauen. »Warte noch!« Dann stand sie unvermittelt auf.

»Nein, das ist nicht das Richtige. Es ist ganz falsch. Kämm mir die Haare wieder aus. Aglaja. Ich will sie glatt und gescheitelt tragen und zu einem Zopf geflochten.« Sie nahm den Schmuck ab. »Und dann brauche ich einen Leinenrock und eine bestickte weiße Bluse. Akulina hat beides von mir zu ihrem Verlobungsfest geschenkt bekommen. Ich weiß, daß sie die Sachen noch nicht getragen hat. Lauf zu ihr und sag, sie möchte sie mir geben. Sie kann morgen nach Zarizyn fahren und sich einen neuen Rock und eine neue Bluse kaufen. Nun geh und starr mich nicht so an. Der Rock wird mir ein bißchen weit sein, wir müssen ihn enger nähen.«

Während Aglaja fort war, schlüpfte Tanja aus dem Kleid und dem Schnürleibchen. Dann griff sie selbst nach Kamm und Bürste und bearbeitete ihr Haar so lange, bis es wieder glatt zur Taille hinunterfiel. »Tatarenhaar«, hatte Andrej die feste, knisternde Fülle manchmal genannt und sich die langen Strähnen um die Hand gewickelt. Ach, Andrej, Andrej…

Rodja wartete mit der Kalesche vor dem Portal, als Tanja aus dem Haus trat, und starrte sie mit offenem Mund an. »Laufen die Jahre jetzt rückwärts? Ihr seht aus wie damals, Euer Gnaden, als Ihr aus Krasnij Kabak kamt.«

»Genauso will ich ja auch aussehen, Rodjenka, alter Dummkopf«, sagte sie liebevoll und schwang sich zu ihm auf den Kutschbock.

Andrej war in seinem Zimmer, als Tanja im ›Adler‹ eintraf. Er trug die Obristenuniform der Preobraschenskij und riß die Tür auf, noch ehe sie angeklopft hatte, so, als habe er mit angehaltenem Atem darauf gewartet, das Geräusch ihrer Schritte auf dem teppichbelegten Korridor zu hören.

Ein, zwei Herzschläge standen sie einander stumm gegenüber. Tanjas Augen umfaßten sein braunes, kühnes Gesicht mit der Narbe auf der linken Wange, den schmalen, empfindsamen Mund, das feste Kinn, das dunkle Haar, das ihm in die Stirn fiel – und sie sah, daß es an den Schläfen weiß schimmerte, sah auch den halb forschenden, halb erlösten Blick, mit dem er sie anschaute – und alles, was sie hatte sagen wollen, was sie sich zurechtgelegt hatte, war fort, wie weggeblasen aus ihrem Kopf. Sie spürte ihr Herz schlagen, hoch oben im Halse klopfte es und machte ihr die Kehle eng, und am liebsten hätte sie geweint und schluckte an ihren Tränen, und dann sagte sie nur: »Ich bin da, Andrej. Ich bin gekommen.«

Er machte einen Schritt zur Seite, um ihr die Tür freizugeben, und als sie nicht rasch genug eintrat, nahm er sie bei den Schultern und zog sie ins Zimmer und warf die Tür mit einem Schwung zu.

Sie erwartete, daß er sie jetzt küssen würde. Aber er hob nur die Hände und strich über ihr Gesicht, ganz langsam, wie ein Blinder, der die Konturen ertasten muß. Er streichelte ihren

Scheitel, die Wangen, und nun weinte sie doch, und er sah es und tupfte ihr mit dem Finger die Tränen ab. Und das erste, was er sagte, war: »Da bist du also!« Er versuchte sein altes, schiefes, spöttisches Lächeln, aber es zersprang, und dann faßte er sie um die Hüften, hob sie hoch und setzte sie in den großen Lehnstuhl beim Fenster.

»Tanjuschka«, sagte er, »ach, Tanjuschka...«

Sie streckte ihm die Hände hin, und er nahm sie und legte sein Gesicht hinein. Sie blickte auf den dunklen Kopf mit den weißen Schläfen, und eine große, warme Zärtlichkeit überkam sie. »Ich bin da. Alles ist gut.«

Er murmelte etwas, das wie »Ich habe so nach dir gehungert« klang, und sie spürte seine Lippen in der Innenfläche ihrer Hand und zog ihn zu sich hoch, damit er sie endlich, endlich küßte.

Und es war wie in jener ersten Nacht, da sie in seinem Arm gelegen, und wie in allen Nächten, die darauf gefolgt, und an allen Tagen, die sie mit ihm gelebt hatte: er war ihr Mann, und sie gehörte ihm, wie sie außer ihm keinem gehört hatte.

Längst war es dunkel geworden, doch sie entzündeten kein Licht. Durch die Raffgardinen fielen Mondlichttupfen ins Zimmer, irgendwo in der Stille der Nacht schrie ein Vogel. Tanja lag nackt auf dem breiten Bett, den Kopf in Andrejs Armbeuge, und genoß das Gefühl der Mattigkeit nach dem Abklingen der Lust.

Auf dem Boden lagen verstreut ihre und Andrejs Kleidungsstücke, achtlos von ungeduldigen Händen hingeworfen, stumme Zeugen des Verlangens, das sie zueinander getrieben hatte.

Tanja lachte leise, und Andrej hob den Kopf. »Was ist?«

»Deine schöne Obristenuniform... jetzt liegt sie da!«

Er wickelte sich eine Strähne ihres schwarzen Haares um die Finger. »Ich dachte, du kämest in großer Toilette, da wollte ich dir nicht nachstehen.«

»Ich wollte auch so kommen... mein schönstes Kleid hatte ich an, und Aglaja hatte mir eine so elegante Frisur gemacht, aber dann dachte ich, es sei falsch, und...« Sie legte sich zurück und schlang die Arme um seinen Hals. »Ich hatte plötzlich Angst, dich wiederzusehen. Du auch? Bist du deshalb nicht zu mir gekommen?«

»Auch«, sagte er. »Ich fürchtete, du hättest dich inzwischen in einen angejahrten, fetten Gutsbesitzer verliebt.«

»Falsch!« Sie lachte plötzlich wie ein Kind. »Er ist jung, gerade achtzehn und Fähnrich bei der Garde... Weißt du nicht, daß sich ältere Frauen meist junge Geliebte nehmen?«

»Seinen Namen, Madame!« ging er auf ihr Spiel ein. »Ich werde mich mit ihm schießen.« Als sie sich ihm entwinden wollte hielt er sie fest und drehte sie auf den Rücken. Im matten Nachtlicht sah er sehr jung aus und sehr glücklich.

»Finden Sie doch selbst heraus, wer mein Geliebter ist... Auf jeden Fall ist er liebenswürdiger als Sie. Er sagt mir jeden Tag, daß er ohne mich nicht leben kann!«

Das Gewicht seines Körpers drückte sie in die Kissen, als er sie wieder zu küssen begann, kleine, hingetupfte Küsse auf ihre Wangen, ihren Mund, den Hals, die Brust. »Also schön, ich sag's. Ich sage es, so oft du es hören willst, weil du anscheinend ebensoviel Wert auf Gefühlsbeteuerungen legst wie auf das Gefühl selbst. Ich kann zwar ohne dich leben – aber ich mag es nicht. Es macht so verteufelt wenig Spaß. Bist du nun zufrieden?«

Er fuhr fort sie zu küssen, und die Berührung seiner Lippen setzte ihren Körper von neuem in Flammen. »Nicht, Andrej«, murmelte sie, »ich muß gehen.«

Er richtete sich auf. »Jetzt schon? Ich dachte...«

»Rodja wartet.«

»Dann schick ihn heim.«

Sie setzte sich hoch. »Darum geht es nicht. Ich muß nach Bjely Dom zurück. Wir sind nicht in Petersburg. Hier kennt mich jedes Kind...«

»Ich verstehe. Die ehrbare Witwe des ehrbaren Boris Tutscharew muß Rücksichten nehmen. Sie hat einen Ruf zu verlieren.«

»Ja«, sagte sie. »Nur, wie du es aussprichst, klingt es scheußlich. Es... es ist hier eben alles ein wenig anders als früher.«

»Und du meinst«, sagte er gedehnt, »es wird kein Gerede geben, wenn ich nach Bjely Dom komme?«

»Das kümmert mich nicht. Jeder kann wissen, daß ich dich liebe. Nur... ich will nicht des Morgens wie irgendein Frauenzimmer von der Straße aus dem Gasthof schleichen. Begreifst du das nicht?«

»Also heimliche Liebe am Mittag.« Seine Stimme klang spöttisch. »Und du hast keine Angst, man könnte dir trotzdem deine Sünden vom Gesicht ablesen, mein Kind?«

Tanja stand auf. Eine heftige Erwiderung lag ihr auf der Zunge, doch sie schluckte sie hinunter und sagte statt dessen: »Du verstehst ganz gut, was ich meine. Du willst mich nur ärgern.« Sie ging zum Tisch hinüber, schlug Feuer und entzündete den dreiarmigen Kerzenleuchter. Das honigfarbene Licht umfloß ihren nackten Körper, diesen Körper, nach dem es ihn so verlangt hatte und noch immer verlangte.

»Komm her«, sagte er, und als sie sich nur zögernd umwandte, schnellte er hoch und griff nach ihr. Sie wehrte sich, als er sie aufhob und auf das Bett warf, aber es war ihm gleichgültig. Wieder begann er sie zu küssen, wild, beinahe grausam, seine Hände strichen über ihre Brust, die Hüften, und es war keine zärtliche Berührung, sondern er fügte ihr Schmerz zu. Als er sie nahm, schrie sie unterdrückt auf, und sie kämpfte mit ihm, halb Abwehr noch und halb schon wieder Hingabe. Er tat ihr weh, er war rücksichtslos, und mit der Klarheit der Liebenden begriff sie, warum das so war. Er wollte ihr beweisen, daß sie immer noch ihm ganz allein gehörte, so wie früher. Und er wollte es sich beweisen. Sie begriff auch, daß es nicht genügte, ein bäuerliches Gewand anzuziehen und sich das Haar zu einem dicken Zopf zu flechten, um die Jahre auszulöschen, die jeder für sich gelebt und die zumindest sie verändert hatten. Nicht einmal Liebe allein genügte. Es würde Verständnis brauchen und Geduld. Aber ob Andrej Geduld besaß? Es war das letzte, was Tanja dachte, bevor alles in einem wilden Wirbel versank. Sie selbst wurde mitgerissen, und der Schmerz war Lust, und die Lust war Schmerz, und sie schrie beides aus sich heraus und umklammerte Andrej und warf sich ihm entgegen.

Später lag er schwer atmend neben ihr, bis er sich aufrichtete und in ihr Gesicht blickte. »Wirf mir irgend etwas an den Kopf, wenn du willst«, sagte er leise. »Oder schrei mich an, oder schlag mit den Fäusten auf mich ein. Tu, was du willst, aber ich konnte nicht anders.«

»Ich weiß«, murmelte sie, ohne die Augen zu öffnen. »Ach, Andrej, es wird nicht leicht sein mit uns beiden. Es war eigentlich nie leicht, aber... Gott helfe mir, ich liebe dich.«

Am nächsten Vormittag kam er nach Bjely Dom. Tanja war mit Pawel, Pierre Brancourt und Fedja Sidurin auf der Pferdekoppel hinter den Stallgebäuden. Der Stallmeister hatte das Kind im Reiten unterrichtet, und einen besseren Reitlehrer hätte Tanja nicht finden können. Pawel saß ausgezeichnet im Sattel und hatte auch vor dem Springen, mit dem er vor kurzem begonnen hatte, keine Angst.

Sidurin hatte ein paar Hürden auf der Koppel aufstellen lassen, niedrig zwar, mit Rücksicht auf die kurzen Beine von Sbogar, Pawels Pony, aber der Junge drängte, daß er bald ein größeres Pferd bekäme. Heute früh hatte Tanja es ihm halb und halb versprochen. »Sobald du auf Sbogar alle Hindernisse einige Male fehlerfrei hintereinander nimmst, kannst du dir eines aussuchen.«

Mit lächelndem Stolz beobachtete sie jetzt ihren Sohn, wie er sich auf das Pony schwang, das ein Pferdeknecht auf die Koppel geführt hatte. Pawel hieb ihm die Hacken in die Seiten und ließ es angaloppieren. »Passen Sie auf, Maman, jetzt reite ich eine Attacke!« rief er mit seiner hellen Knabenstimme und tat, als ziehe er einen imaginären Säbel aus der Scheide. Mit wildem, kriegerischem Geschrei jagte er quer über die Koppel, hin und zurück, ehe er Sbogar vor Tanja, Fedja und Pierre Brancourt durchparierte. Seine braunen Augen blitzten, das halblange, schwarze Haar, das sich in leichten Locken um sein gerötetes Gesicht kringelte, war zerzaust. »Und jetzt nehme ich alle Hindernisse! Hoj-hoh, Sbogar, mein Pferdchen, zeig, was du kannst.«

Er riß das Pony herum und galoppierte auf die erste Hürde zu. Vor dem Sprung gab er ihm den Kopf frei, wie Sidurin es ihn gelehrt hatte, und nahm das Hindernis, flach auf dem Pferdehals liegend. Als er weiterritt, auf das nächste zu, das um ein weniges höher war, wandte er sich im Sattel um. »Sehen Sie, daß ich es kann, Maman! Sehen Sie es?«

In diesem Augenblick kam eine der Hausmägde und meldete Tanja Andrejs Besuch.

»Schon? Und wo ist er? Im Empfangssalon? Danke, Jelena, ich komme gleich mit.«

Pawel sah, daß seine Mutter zum Haus zurückkehrte, und rief: »Maman, was ist denn? Warum bleiben Sie nicht hier?«

»Mach nur weiter, Söhnchen, ich habe Besuch. Wir kommen gleich wieder.« Sie raffte den Rock ihres Morgenkleides aus weißem, mit roten Streublümchen besticktem Musselin, und rannte davon.

Andrej saß auf einem Sofa beim Fenster, als sie den Salon betrat. »Mein Gott, wie hübsch du bist«, sagte er und nahm sie in die Arme. So fand sie die Magd, die hinter Tanja in der Tür auftauchte, und eine halbe Stunde später wußte es ganz Bjely Dom: Ihre Gnaden hat sich von dem fremden Besucher küssen lassen. Heilige Schmerzensmutter, womöglich geht sie mit ihm nach St. Petersburg zurück!

Es wurde geschwatzt, gemutmaßt und getuschelt, Malascha Andrejewna hatte schon wieder einmal nasse Augen bei der bloßen Vorstellung, Tanja könnte Bjely Dom verlassen, bis Pelageja Ossipowna dazwischenfuhr: »Maul halten, ihr Gänse! Und du, Malascha, heul nicht um ein Ei, das erst noch ausgebrütet werden muß und bei dem keiner voraussieht, was herauskommt.«

Pelageja wußte, wer Andrej Dobrynin war und in welcher

Beziehung Tanja zu ihm gestanden hatte, bevor sie Boris Semjonowitschs Frau wurde. Deshalb ahnte sie Unheil. Aber natürlich klatschte sie nicht mit der Dienerschaft darüber. Statt dessen scheuchte sie Axinja, die Köchin, und die Mägde mit dem Auftrag hoch, ein Festessen wie zu Ostern auf den Tisch zu bringen, ordnete an, daß das Tafelsilber und das Kristall noch einmal geputzt und der Tisch mit den besten Damasttüchern gedeckt werde, ehe sie sich auf die Suche nach Rodja machte. Er saß bei den Stallungen am Brunnen und flickte an einem Zaumzeug.

Pelageja Ossipowna setzte sich ohne viel Umschweife neben ihn und sagte: »Da ist er nun also gekommen, dein Graf Dobrynin, und man weiß nicht, was man davon halten soll. Mir jedenfalls gefällt die Sache nicht.«

»Ah... und warum nicht?«

»Man kennt doch seinen Ruf, und du mußt noch besser Bescheid wissen, weil du einmal sein Kutscher warst.«

Rodja spuckte auf das lederne Zaumzeug und rieb es mit dem Ärmel blank. »Sei keine Glucke, Pelageja Ossipowna. Sie lieben sich.«

»Liebe, Liebe!« sagte sie hitzig. »Was ist das schon? Man meint, einen Klumpen Gold in der Hand zu haben, und wenn man genauer hinsieht, ist es Hühnermist.«

Rodja blinzelte in die Sonne. »Hör zu, Pelageja«, sagte er ruhig. »Du hast recht, ich kenne Graf Dobrynin länger als jeder hier. Ich kenne auch die ganze Geschichte mit ihm und Ihrer Gnaden, und als sie anfing, bin ich in eine Kirche gerannt und habe zu allen Heiligen gebetet, daß sie aufhört. Weil auch ich mir eingebildet habe, Graf Dobrynin wäre nichts für Ihre Gnaden. Darüber sind zehn Jahre vergangen. Und ich sag' dir eines: Wenn heute noch einer zu mir kommt und vergleicht die Liebe zwischen den beiden mit Hühnermist, kriegt er welche aufs Maul, so wahr ich Rodja Grigorjewitsch Pleschtschew heiße.«

»Du redest wie ein Idiot. Ich will doch nur nicht, daß Ihre Gnaden unglücklich wird.«

»Jetzt zumindest ist sie glücklich«, sagte Rodja. »Und Graf Dobrynin auch. Was später wird – wer kann das wissen? Es ist so eine Sache mit dem Glück. Ewig dauert es nie. Aber soll man deshalb ganz darauf verzichten? Ich hab' eine Katze, wie du weißt, und meine Stinja liebt nichts so sehr, als wenn ich mittags ein Schläfchen halte und sie dann auf meiner Brust liegen kann. Dann schnurrt sie so laut, daß ich kaum die Augen zukriege. Länger als ein Stündchen dauert er nie, so ein Mittagsschlaf, und damit ist die Herrlichkeit vorüber für Stinja. Bestimmt ist sie dann traurig, denn so ein Tier kann genauso gut Freude und

Zorn, Angst und Kummer empfinden wie ein Mensch. Aber soll ich ihr deshalb das Vergnügen nehmen und sie gar nicht erst auf meine Brust lassen und sie streicheln und mit ihr reden, wie sie's gern hat? Nur damit sie es hinterher nicht vermißt? Ich denke, dann wäre sie viel ärmer dran, weil sie niemals etwas hätte, was sie froh macht. Und deshalb meine ich auch, du solltest deine Nase in Axinjas Suppentopf stecken, denn dafür bist du da, und nicht zwischen Ihre Gnaden und Andrej Petrowitsch. Vielleicht heiraten sie ja auch, und alles ist gut.«

»Ein Idiot ist er, ich hab's ja gesagt!« schnaubte Pelageja Ossipowna. »Faselt von seiner Katze, wenn es um so ernste Dinge wie das Glück Ihrer Gnaden geht. Und überhaupt – wann wäre jemals durch eine Hochzeit alles gut geworden! Meist hat mit ihr das schlimmste Elend erst angefangen.«

»O Herr!« Rodja verdrehte die Augen, stand auf und nahm das Zaumzeug, um es in die Sattelkammer zu bringen. »Sie ist zu dumm, um mich zu verstehen. Aber was soll man machen! Du hast Kluge und Dumme, Gute und Böse – und alte Weiber erschaffen, und dein Ratschluß ist unerforschlich.«

Pawel hatte seiner Mutter mit gerunzelter Stirn nachgeblickt, wie sie so eilig davongelaufen war. Es verging eine halbe Stunde, bis sie endlich zurückkam – Zeit genug, um die Ungeduld eines Siebenjährigen in kindlich-zornigen Trotz zu verwandeln.

Sbogar spürte das und reagierte mit schnaubender Nervosität. Ein paarmal scheute er vor einem Hindernis, und als der Junge den Sprung erzwingen wollte, setzte das Pony zu spät ab. Seine Hufe rissen die Hürde ein, es brach vorn in die Knie, als es aufkam, und Pawel flog aus dem Sattel.

Er war zornrot, als er aufstand, und verbiß sich das Weinen. Erschrocken lief Tanja zu dem Jungen hin. »Hast du dir weh getan, Liebling?«

»Nein, Maman«, erwiderte er und schob trotzig das Kinn vor. »Überhaupt nicht. Und es war Sbogars Schuld, nicht meine. Wenn ich ein größeres Pferd hätte…«

»Dann wäret ihr genauso gestürzt, weil du es zu kurz hast abspringen lassen.« Andrej war Tanja nachgekommen und lächelte Pawel an. »Guten Tag, Pawel Borissowitsch. Ich freue mich, dich kennenzulernen. Deine Mutter hat mir viel von dir erzählt. Ich bin Andrej Dobrynin. Wenn du magst, kannst du mich Onkel Andrej nennen.«

»Guten Tag.« Pawels braune Augen waren voller Trotz. Wegen dieses Fremden war seine Mutter Hals über Kopf davongerannt und hatte eine halbe Stunde gebraucht, um wiederzukommen. Und nun hatte sie seinen Sturz gesehen und nicht, wie elegant er vorher alle Hindernisse genommen hatte. Sicherlich wurde es jetzt nichts mit einem anderen Pferd…

Pawel blinzelte, um die aufsteigenden Tränen zu unterdrücken. »Ich weiß schon, wie man reiten muß«, stieß er hervor. »Aber Sbogar taugt nicht zum Springen.« Er drehte sich um und lief zu dem Pony hinüber. Er liebte es sehr, aber irgendwie mußte er seiner Enttäuschung Luft machen. Deshalb trommelte er mit seinen kleinen Fäusten auf den Sattel und schrie zornig: »Er ist schuld, nur er, er, er!«

»Pawel!« rief Tanja. »Was fällt dir ein! Laß sofort Sbogar in Ruhe und komm her!«

»Nein!« schrie Pawel unter Tränen. »Ich will nicht!« Dann sprang er in den Sattel und ritt mit Sbogar zu den Stallgebäuden.

»Um Himmels willen, Monsieur Brancourt, sagte Tanja halb lachend, halb entrüstet, »bestätigen Sie mir, daß mein Sohn sich im allgemeinen nicht so benimmt, sondern recht wohlerzogen ist. Was soll Graf Dobrynin sonst von uns halten.«

»Mir scheint«, erwiderte Andrej amüsiert, »er ist ganz dein Sohn. Also geniere dich nicht; ich finde ihn reizend.«

»Trotzdem, geben Sie ihm irgendeine Strafarbeit auf, Monsieur. Und Pelageja Ossipowna werde ich sagen, daß Pawel heute nicht mit uns ißt, sondern in seinem Zimmer. Man darf solche Ungezogenheit nicht einfach hinnehmen.«

Damit hatte Tanja zweifellos recht, aber in Pawels Kinderhirn malte es sich anders. Der Fremde war daran schuld, daß er allein essen mußte. Er wollte ihn nicht dabei haben, wenn er sich mit Maman unterhielt. Und wie er gelacht hatte, als er, Pawel, davongeritten war. Ausgelacht hatte er ihn. Oh, er war häßlich und eingebildet, und daß Monsieur Brancourt ihm während des Unterrichts predigte, man müsse zu Gästen besonders freundlich sein, fand Pawel höchst überflüssig. Er wollte nicht freundlich zu Graf Dobrynin sein.

Am Nachmittag mühte sich das Kind mit seiner Strafarbeit ab, und als es einmal aus dem Fenster blickte, sah es seine Mutter mit Andrej die Allee hinunterreiten. Sie kamen zum Abendessen zurück. »Nun, Söhnchen«, fragte Tanja, und ihre Augen strahlten, wie Pawel es nie zuvor an ihr bemerkt hatte, »ist die Trotzlaune vorbei?«

Er blickte sie an und fand sie wunderschön in ihrem roten Kleid. Aber es freute ihn nicht, sondern machte, daß er einen dicken Kloß in der Kehle bekam. Sie sollte nicht so schön und strahlend sein, und Graf Dobrynin sollte sie nicht so ansehen…

Später, als er von Marinja, seinem neuen Kindermädchen zu

Bett gebracht worden war, drückte Pawel das Gesicht in die Kissen und weinte. Aber es war nicht das Weinen eines trotzigen Kindes, diesmal weinte er, weil er unklar empfand, daß etwas anders geworden war in seinem Leben und daß es nie mehr so werden würde wie vordem.

Tanja behielt recht: Liebe allein genügte nicht. Und es genügte auch nicht, sich einen Zopf zu flechten und einen Bauernrock anzuziehen, um das Rad der Zeit zurückzudrehen.

In Andrejs Vorstellung war Tanja genauso geblieben, wie sie früher gewesen war, und diese Erinnerung hatte er wiederzufinden geglaubt, als er nach Sarepta kam.

Er fand sie auch, wenn er mit ihr allein war, wenn sie miteinander ausritten, in die Steppe oder zum Fluß, wenn sie im Schatten der wilden Kirschbäume lagen und Tanja sagte: »Es ist so schön, daß du da bist. Ich bin so glücklich.«

Aber dann kam die Rückkehr nach Bjely Dom, und das hieß Rückkehr in das Leben, das Tanja ohne Andrej geführt und das sie zu dem gemacht hatte, was sie heute war. Andrej wußte, daß Boris Tutscharew zu den reichsten Männern Rußlands gehört hatte, und anfangs belustigte es ihn ein wenig und rührte ihn zugleich, mit welch zähem Eifer Tanja daran gegangen war, dieses riesige Vermögen, das zu einem großen Teil aus Liegenschaften mit vielen tausend Leibeigenen bestand, verwalten zu lernen.

Sie hatte Boris' Sekretär Sorikow aus Petersburg nach Bjely Dom geholt. Er und der Schreiber Julij Viktorowitsch waren vollauf damit beschäftigt, mit den Verwaltern der einzelnen Güter zu korrespondieren. Tanja ließ sich vierteljährlich Abrechnungen und Rechenschaftsberichte vorlegen und schrieb selbst oft noch seitenlange Anweisungen: daß die Hütten der Leibeigenen repariert werden müßten, mit einem festen, soliden Dach. Wieviel Pud Hirse, Buchweizen, Mehl, Hafer und Salz jedem zuzuteilen seien. Daß jeder ein paar Hühner und ein Schwein halten müsse und, wenn er wollte, auch Bienen und daß jedem ja genug Gartenland bliebe, um sein eigenes Gemüse anzubauen. Sie sorgte sich, ob die Leute anständig gekleidet waren, verlangte, daß auch darin an nichts gespart werde und daß man in Krankheitsfällen einen Arzt zu Rate zog! An der Tafel der Kaiserin hatte sie Kartoffeln kennengelernt, jenes so mißtrauisch begutachtete Gewächs aus Amerika; sie hatte Geschmack daran gefunden und Berichte über Art und Möglichkeiten des Anbaus studiert. Danach hatte sie kurzerhand Saatkartoffeln kommen und mehrere Äcker in Bjely Dom damit bestellen lassen.

»Wir probieren es hier aus«, sagte sie zu Andrej. »Wenn die

Ernte gut wird und meine Bauern sie gern essen, lasse ich im nächsten Frühjahr auf allen Gütern Kartoffeln anpflanzen. Man kann sie den Winter über aufbewahren, ohne sie einzusalzen wie das übrige Gemüse, man kann sie kochen, braten, reiben und kleine Kuchen daraus backen, und ich finde, sie schmecken besser als die ewige Kascha aus Buchweizen oder Hirse.«

Tanja selbst lebte denkbar einfach. Sie hatte das Heer der Dienstboten in Petersburg zurückgelassen und begnügte sich mit Pelageja Ossipowna, ihrer Zofe Aglaja, der Köchin und ein paar Hausmägden. Pawel hatte Malascha und sein Kindermädchen, und im nächsten Jahr würde außer Pierre Brancourt noch ein Lehrer hinzukommen, der ihm Schieß- und Fechtunterricht erteilen sollte. Pawels Vormund, der in Petersburg lebte, ein entfernter Vetter Boris Tutscharews, würde sich nach einer geeigneten Person umsehen.

Noch in diesem Jahr wollte sie mit dem Bau einer Schule für die Leibeigenen beginnen. »Die Kinder sollen lesen, schreiben und rechnen lernen, und die Erwachsenen auch, wenn sie wollen. Weißt du noch, Andrej, wie sehr ich es mir gewünscht habe und wie glücklich ich war, als man es mich lehrte. Es ist so schrecklich, in Unwissenheit gehalten zu werden. Und im nächsten oder übernächsten Jahr will ich eine Fabrik errichten lassen, ähnlich wie in Sarepta, eine Weberei vielleicht oder eine Strumpfwirkerei oder sogar eine Schönfärberei. Bis jetzt wird in Rußland alles Garn, Zwirn und Leinwand zum Bleichen nach Holland geschickt. Aber in Sarepta gibt es einen Deutschen namens Fries. Er hat in Holland gelebt und die Methoden des Bleichens und Färbens ausgiebig studiert. Er könnte meine Leibeigenen darin unterweisen. Natürlich würde ich ihnen dann Löhne zahlen, sie hätten ein Handwerk erlernt, das sie und ihre Familien ernährt, und das, meine ich, wäre der erste Schritt, sie von der Leibeigenschaft freizumachen. Boris hat es oft gesagt: Sie müssen Gelegenheit bekommen, für sich selbst zu sorgen, und Verantwortungsgefühl statt Gehorsam entwickeln, erst dann kann man ihnen die Freiheit geben. Jetzt sind sie zu unwissend dazu.«

Es war während eines Ausritts. Sie waren ein Stück durch die graugelbe, in der nachmittäglichen Sommerhitze brütende Steppe getrabt und dann in weitem Bogen zur Wolga zurück, um die Pferde zu tränken. Am Zügel führten sie sie durch das Uferdickicht. Hier war es schattig zwischen mannshohem Schilf und Strauchwerk, durch das sich ein schmaler Pfad schlängelte.

»Eine Schule… eine Fabrik«, sagte Andrej gedehnt, »das klingt so, als wolltest du dich bis zum Ende deiner Tage hier vergraben.«

»Nein, gewiß nicht. Nur... ich bin gern hier, und ich will sichergehen, daß alles so wird, wie ich es vorhabe. Dann können sich Bjelkin und Sidurin darum kümmern.«

»Und du? Setzt du dann deine Reformen auf deinen anderen Landgütern fort?« An Andrejs Schläfe pochte eine kleine Ader.

»Vielleicht halte ich mich eine Zeitlang dort auf, ich weiß es noch nicht. Wirklich zu Hause fühle ich mich nur in Bjely Dom, aber ewig kann ich schon Pawels wegen nicht hierbleiben. Die Zeit vergeht so schnell. Eines Tages kommt er in die Kadettenschule, später, so hoffe ich, auf die Universität. Ich möchte, daß ihm alle Türen offenstehen, und dafür müssen wir natürlich in Petersburg leben.«

»Du richtest also dein Leben nach deinem Sohn aus. Und welche Rolle spiele ich darin? Die eines gelegentlichen Liebhabers?«

Sie blickte ihn aus erschrockenen Augen an. Dann schlang sie die Pferdezügel um einen Weidenast und lehnte sich gegen den knorrigen, halb verkrüppelten Stamm. »Ach, Andrej, das ist doch Unsinn! Du weißt genau...«

»Gar nichts weiß ich«, schnitt er ihr das Wort ab, »außer, daß du tausenderlei Vorhaben hast, die sich um alles mögliche drehen, aber nicht um uns. Hör zu, Tanja: Ich bin hergekommen, weil ich dich liebe und dich heiraten möchte, sobald der Krieg zu Ende ist. Das ist wahrscheinlich nur noch eine Frage von zwei oder drei Monaten. Und wie soll es dann weitergehen mit uns?«

»Ich dachte, du kämest dann wieder hierher. Die Kaiserin wird dir gewiß Urlaub geben. Du warst so lange im Krieg, sie kann ihn dir nicht verweigern. Wir müssen doch nicht sofort heiraten, ich meine, wegen Pawel... Laß ihm ein wenig Zeit, sich daran zu gewöhnen.«

»Schon wieder Pawel!« sagte er hitzig.

»Mein Gott, ja! Er ist mein Sohn, und du weißt doch...«

»Freilich weiß ich's: Er kann mich nicht ausstehen. Und das, obwohl ich mir wahrhaftig Mühe mit ihm gegeben habe.«

Tanja schwieg bedrückt. Es war tatsächlich so: Ihr Sohn verhielt sich ablehnend, ja geradezu störrisch gegen Andrej. Er hatte ihm ein neues Sattelzeug für Sbogar geschenkt – er benutzte es nicht. Er hatte ihm von einem Schneider in Sarepta eine Uniform anfertigen lassen, genau seiner eigenen der Preobraschenskij nachgebildet, dazu einen kleinen Degen und zwei Kinderpistolen, die aufs Haar echten Duellpistolen glichen – Pawel hatte sich höflich, aber ohne Begeisterung bedankt und trug die Sachen nicht. Während der Mahlzeiten, die sie gemeinsam einnahmen, oder bei gelegentlichen Spazierfahrten blieb der Junge einsilbig und benutzte die nächstbeste Gelegenheit, sich davonzustehlen – kurzum, alle Versuche Andrejs, das Kind für sich zu gewinnen, waren gescheitert.

»Er ist eifersüchtig auf dich«, sagte Tanja, »und so etwas vergeht nicht von heute auf morgen.«

»Wahrscheinlich nicht. Aber ich finde es falsch, darauf Rücksicht zu nehmen. Er muß lernen, sich mit mir abzufinden, dann werden wir schon miteinander auskommen.«

Tanja seufzte. Sie setzte sich ins Gras und bat: »Komm her, Andrej.« Und als er vor ihr stand, nahm sie seine Hand und legte ihre Wange hinein. »Ich liebe dich, ich will dich heiraten – aber ich brauche ein wenig Zeit.«

»Wegen Pawel, ich weiß.« Er zog seine Finger zurück. »Und um deine Schule zu bauen und die Fabrik und was dir sonst noch einfällt. Ach, geh doch zum Teufel!«

»Andrej!«

Er blickte auf sie hinunter, und sein zorniges Gesicht glättete sich. »Fang nicht an zu heulen, ich hab's nicht so gemeint. Aber wie stellst du dir unsere Zukunft nun im Ernst vor? Freilich würde mich die Zarin für eine gewisse Zeit beurlauben, um hierzubleiben. Doch dann? Ich bin Offizier, mein Kind, meine Aufgaben liegen in St. Petersburg, nicht in Bjely Dom oder sonstwo auf dem Lande. Du wirst dich also dazu entschließen müssen, mit mir in Petersburg zu leben.

»Ja«, sagte sie, »gewiß. Aber...«

»Kein Aber! Einmal im Jahr können wir deinem verdammten Bjely Dom einen Besuch abstatten, und wenn Bjelkin nicht alles in deinem Sinn weiterführt, kannst du ihn meinetwegen mit der Pferdepeitsche vom Gutshof prügeln. Aber deine hauptsächliche Pflicht, Tanjuschka, wird es sein, mich zu lieben. Haben wir uns verstanden?«

Er beugte sich zu ihr hinunter und gab ihr einen Kuß. Und sie schloß die Augen und dachte, daß sie einmal Jahre ihres Lebens dafür gegeben hätte, wenn Andrej sie heiratete. Warum war sie jetzt nicht so glücklich darüber, wie sie es sein sollte?

Es blieb nicht ihre letzte Auseinandersetzung. Andrej mußte Tanja zugestehen, daß sie die Leitung von Bjely Dom ebensogut wie ein Mann in ihre Hände genommen hatte, aber er tat es nur widerwillig. Daß sie klug war, hatte er immer gewußt, ihre Energie und Zielstrebigkeit hatten ihm imponiert, doch jetzt wandte sie all dies auf Dinge, die nicht ihn betrafen, und das behagte ihm nicht.

»Du hast den Starrsinn eines Maultieres«, sagte Andrej.

»Gut, gut, ich bewundere dich. Bjely Dom ist ein Mustergut, alles, was du vorhast, ist ausgezeichnet – aber warum, um Himmels willen, kannst du nicht eine Spur von unserer gottgesegneten russischen Faulheit haben? Eine Spur Talent, das Leben zu lassen, wie es ist, und dir vorzumachen, daß es gerade so angenehm ist? Selbst Gott hat die Welt in sechs Tagen erschaffen und am siebenten damit aufgehört, obwohl er bestimmt noch einiges würde gefunden haben, das man hätte ändern können. Du an seiner Stelle wärst in tausend Jahren nicht damit fertig.«

Sie lachte und gab ihm einen Kuß. »Gott hat uns eben einiges zu tun übrig gelassen. Kommst du mit ins Dorf? Malascha Andrejewna hat mir eine üble Geschichte von Ossip, dem Schmied, erzählt. Er säuft neuerdings wie ein Loch, der dumme Kerl, und prügelt seine Frau. Ich werde ihm eine Standpauke halten, daß ihm Hören und Sehen vergeht.«

Ein anderes Mal mußte sie nach Saratow, um Bauholz für die Schule zu kaufen. »Natürlich könnte ich Bjelkin schicken, aber er nimmt sicherlich das billigste und glaubt noch, mir einen Dienst zu erweisen. Deshalb will ich es selbst aussuchen.«

Dann wieder verbrachte sie viele Stunden in Sarepta bei Christoph Fries wegen der Schönfärberei, zu der sie sich nun doch statt einer Weberei oder Strumpfwirkerei entschlossen hatte, und zu guter Letzt kam Sorikow, ihr Sekretär, von einer Inspektionsreise zurück, und sie konferierte ganze Vormittage mit ihm, entwarf Briefe und neue Anordnungen und war dann für niemanden zu sprechen.

Als Andrej ihr Vorwürfe machte, blickte sie ihn unglücklich an.

»Aber das ist doch wichtig. Es ist meine Pflicht, mich dieser Dinge anzunehmen. Wenn ich es nicht täte, käme ich mir wie eine Drohne vor.«

»Das bin dann wohl ich in deinen Augen«, entgegnete er scharf. »Schließlich kümmere ich mich nur sehr oberflächlich um die Verwaltung meiner Güter. Aber ich bin überzeugt, daß meine Leibeigenen trotzdem keinen Hunger leiden, in Lumpen gehen und gequält werden. Das hat es schon zu Tante Anastasias Zeiten nicht gegeben, und ich habe sämtliche Inspektoren und Haushofmeister von ihr übernommen. Es sind anständige Leute, auf die ich mich verlassen kann. Bei dir wird es ebenso sein, denn ich glaube kaum, daß Tutscharew Ungerechtigkeiten und Grausamkeiten seinen Leibeigenen gegenüber geduldet hätte.«

Sie schwieg unglücklich, und Andrej fuhr in ruhigerem Ton fort: »Ich habe es dir noch nicht erzählen können, aber gestern kam ein Kurier mit einem Handschreiben der Kaiserin – ich muß nach Petersburg zurück. Wahrscheinlich werde ich nicht mehr an die Front geschickt, in Fokshani sollen Friedensverhandlungen mit den Türken stattfinden. Grigorij Orlow ist damit betraut. Der Krieg geht zu Ende, Tanja, und du weißt, was ich dann möchte...«

Aus allem, was er sagte, hatte sie nur eines herausgehört: Er reiste ab. »Wann... wann fährst du?« fragte sie mit blassen Lippen.

»In drei Tagen. Länger kann ich es nicht hinausschieben, das siehst du hoffentlich ein.«

»Natürlich, aber...« Sie stockte, kam zu ihm und legte ihm die Arme um den Hals. Er betrachtete sie forschend, und sie ahnte, was er erwartete. Daß sie spontan sagen würde: Ich komme mit.

Aber das konnte sie nicht, obwohl es ihr fast das Herz zerriß, ihn gehen zu lassen. »Komm bald wieder«, sagte sie nur. »Bitte... Vielleicht ist Pawel bis dahin vernünftig geworden. Und wenn die Schule gebaut ist und Christoph Fries sich um die Färberei kümmert, wie er versprochen hat, dann gehe ich mit nach Petersburg. Nur sei jetzt nicht ungeduldig, bitte.«

Drei Tage später reiste er ab. Er hatte Tanja am Vorabend Lebewohl gesagt und sie gebeten, nicht auch noch am Morgen nach Sarepta zu kommen, wenn er aufbrach. »Ich mag keine öffentlichen Verabschiedungen. Man steht herum, weiß nichts Rechtes mehr zu sagen, weil alles schon gesagt worden ist, es gibt Rührseligkeiten und Tränen – und das alles vor den Augen Fremder.«

Sie hatte sich gefügt und sich bemüht, nicht zu weinen, als er sie zum letztenmal umarmte. »Gott mit dir, Andrej«, sagte sie erstickt und klammerte sich an ihn, als wolle sie ihn nie mehr loslassen. Und so war schließlich er es, der sanft ihre Hände löste. »Jetzt tut es dir leid, was, daß du außer mir so viele andere Dinge im Kopf hast?« fragte er mit einem kleinen spöttischen Lächeln, das seine Augen nicht erreichte. »Aber ich habe es dir im voraus gesagt. Nur warst du zu eigensinnig, um auf mich zu hören. Geh jetzt, Tanja, geh rasch!« Und er schob sie zur Tür.

Sie stand schon auf dem Korridor, nun doch mit tränenblinden Augen, als sie sich noch einmal zurückwandte. »Andrej, Andrej...« Sie warf sich in seine Arme, und er hielt sie fest und küßte sie mit verzweifelter Heftigkeit. Dann stieß er sie von sich und wiederholte: »Bitte geh! Geh endlich! Ach, der Teufel hole Bjely Dom und alles, was dich hier festhält!«

Sie wollte etwas erwidern, doch der Blick seiner Augen hinderte sie, und so stürzte sie davon, ohne sich noch einmal umzuwenden.

Unten wartete Rodja, und sie warf sich in den Wagen und rief mit überkippender Stimme, während sie die Tür hinter sich zuzog: »Fahr zu! Fahr nach Hause, Rodja!« Als die Pferde anzogen, krümmte sie sich auf der Polsterbank zusammen und krallte die Nägel in den Stoff. Das Schluchzen stieß sie, und sie biß sich in die Handflächen, um nicht zu schreien.

Grigorij Alexandrowitsch Potemkin lag im Bett einer Hure. Seit zwei Tagen und Nächten hatte er getrunken; jetzt schlief er seinen Rausch aus.

Die Hure – sie hieß Wera Kornejewna Polzewa – betrachtete ihn, wie er da lag, die halblangen dunklen Haare wirr und schweißverklebt. Er roch nach Schnaps, die schwarze Binde, die sonst sein zerstörtes Auge verbarg, lag am Boden vor dem Bett. Wera Kornejewna warf einen halb mitleidigen, halb angewiderten Blick auf die leere Augenhöhle, dann hob sie die Binde hoch und legte sie auf den Holztisch beim Fenster.

Als Wera Komejewna Potemkin am Arm rüttelte, wälzte er sich grunzend auf die Seite und schüttelte ihre Hand ab, als sei sie ein lästiges Insekt. »He«, sagte Wera, »steh auf. Du warst lange genug hier. Ich muß das Bett machen. Und dann gehe ich aus.«

»Laß mich in Frieden«, murmelte er. »Ich will schlafen.«

»Nicht mehr hier!« zeterte sie und knuffte ihn in die Seite. »Los, wach auf, oder du kriegst ein Schaff Wasser über den Schädel!«

Jetzt richtete er sich hoch, fuhr sich mit gespreizten Fingern durch das Haar und blinzelte das Mädchen aus seinem einen Auge an. »Wer, zum Teufel, bist du? Und wie bin ich hierhergekommen?«

»Du warst ganz schön besoffen, was? Ich heiße Wera Kornejewna…«

Er stierte sie an, versuchte, sich zu erinnern, aber es gelang ihm nicht. »Ich habe Hunger«, sagte er und legte sich zurück. »Bring mir etwas zu essen. Und hast du Schnaps im Haus?«

»Für dich nicht. Und deinen Bauch kannst du dir woanders vollschlagen. Gleich gegenüber ist eine Garküche!«

Er rülpste und kratzte sich die Brust. »Du weißt nicht, wer ich bin, was? Ich heiße Potemkin, Grigorij Alexandrowitsch, Generalmajor Ihrer Majestät.«

Die Kornejewna lachte schrill. »Ah ja. Und ich bin die Fürstin Trubetzkaja, Erste Staatsdame Ihrer Majestät. Bei Gott, du bist ja immer noch besoffen! Aber das schert mich nicht. Steh jetzt auf und verschwinde!« Sie versuchte, ihn aus dem Bett zu zerren, doch er versetzte ihr eine schallende Ohrfeige. Der Schlag war so heftig, daß Wera Kornejewna quer durch das kleine Zimmer flog und einen Stuhl umriß. »Du Schwein!« schrie sie, »du gottverdammtes, dreckiges Schwein!« Ihre Lippe war aufgeplatzt und blutete. »Na warte, das zahl' ich dir heim.« Sie raffte sich hoch und wollte zur Tür. »Ich schreie das ganze Haus zusammen! Ich hole die Polizei...«

Mit einem geschmeidigen Satz, den man diesem massigen Körper kaum zutraute, war er aus dem Bett und verstellte ihr den Weg. Seine große Hand preßte sich auf ihren Mund. »Maul halten! Warte, ich kleb' dir ein Pflaster drauf.« Er schob sie vor sich her zu der Kommode, auf der seine Sachen lagen, wühlte in der Tasche seines Mantels und förderte einen Packen Geldscheine zutage. Einen Hundertrubelschein zupfte er heraus, spuckte darauf und klatschte ihn ihr auf die Lippen. »Na, reicht das?«

Fünf Minuten später war er gegangen. Am Heumarkt fand er eine Mietdroschke und ließ sich zum Haus seines Schwagers Samojlow bringen, in dem er seit seiner Rückkehr aus dem Krieg wohnte. Seine Zimmer befanden sich im ersten Stock, drei ineinandergehende Räume, düster möbliert, die Fenster gingen auf den Hof hinaus.

Potemkin läutete seinem Diener Granja. »Bring mir zu essen«, befahl er. »Und dann will ich baden und rasiert werden.«

»Sogleich, Herr. Aber, mit Verlaub, man hat sich Sorgen um Euch gemacht. Herr Samojlow wollte schon den Polizeipräfekten benachrichtigen, daß ihr seit zwei Tagen verschwunden seid. Man vermutete, daß Euch etwas zugestoßen sei – ein Unfall oder Schlimmeres. Erlaubt, daß ich deshalb zuerst Seiner Wohlgeboren melde, daß Ihr zurück seid.«

Potemkin legte sich auf den Diwan und schloß die Augen. »Meinetwegen, aber ich will niemanden sehen«. Er blieb reglos liegen, während Granja hinauseilte und die Flügeltür ins Schloß zog. Er dachte an Orlow.

Morgen würde der verhaßte Favorit nach Fokshani abreisen, zum Friedenskongreß. Sein Gefolge war zusammengestellt, ein Heer von Höflingen, Bediensteten und Soldaten. Kutschen und Equipagen standen bereit, ein ganzer Troß, und man erzählte, daß der Fürst etliche Tonnen voller Rubelmünzen mit sich führe, um sie während der Reise unter das gaffende Volk am Straßenrand zu werfen. Er habe für sich und seine Begleitung juwelenbestickte Kleider anfertigen lassen und die prunkvollsten Uniformen; das mitgenommene Tafelgeschirr sei aus massivem Silber und die Kutsche, in der er reiste, gliche fast aufs Haar der der Zarin, ein fahrendes Haus mit acht Fenstern, innen mit kostbaren Teppichen und Fellen ausgeschlagen, und die Vorhänge seien aus Brokat, mit echten Goldfäden durchwirkt.

Freilich erzählte man auch, Katharina habe ihm diese ungeheure Prachtentfaltung nicht nur als ihrem Vertreter beim Friedenskongreß zugestanden, sondern um ihn bei Laune zu erhalten, damit er nicht noch im letzten Augenblick alles hinwarf und hierblieb. Es hieß, Katharina habe Orlow förmlich anflehen müssen, nach Fokshani zu reisen; er war voller Mißtrauen und Eifersucht und wollte sie keinen Tag allein lassen. Und in Wahrheit diene sein Auftrag ja auch nur dem einen Zweck – ihn vom Hofe und aus der Nähe der Zarin zu entfernen.

Gleichgültig, wer recht hat, dachte Potemkin düster, ich bin der Kaiserin deshalb um keinen Schritt näher gekommen. Sie übersieht mich. Sie behandelt mich mit verletzender Kälte, und ich begreife nicht, warum sie mich überhaupt noch bei Hof zu sehen wünscht. Macht es ihr Freude, mich zu quälen?

Er stand auf und ging in das Kabinett nebenan, wo auf seinem Schreibtisch, der mit Büchern und Schriften bedeckt war, eine Karaffe mit Schnaps stand. Er verzichtete darauf, sich ein Glas einzuschenken, sondern setzte das Gefäß einfach an den Mund und trank in gierigen Zügen. Dann schleuderte er es auf den Boden, fegte einen Teil dessen, was auf der Schreibtischplatte lag, hinterher und warf sich in den hochlehnigen Stuhl. »Es muß ein Ende haben«, sagte er halblaut und griff nach Papier und Feder. Einige Augenblicke starrte er düster, mit bösartig verzogenem Mund auf das leere weiße Blatt, dann begann er zu schreiben.

›Majestät! Allergnädigste Kaiserin!

Ich gehe durch eine Hölle, und nur Gott im Himmel und Eure Majestät kennen die Ursache meiner Leiden. Geben Sie allergnädigste Order, daß ich zu meinem Regiment zurückkehre. Es ist mein Wunsch, für Eure Majestät zu siegen oder zu sterben. Euer untertänigster, bis in den Tod ergebener Potemkin.‹

Katharina erhielt den Brief am späten Nachmittag. Sie überflog die wenigen Zeilen und nickte. Ja, dachte sie, ja, er soll gehen! Er macht mich unruhig, dieser Potemkin. Ich will das nicht. Ich brauche Ruhe, Frieden… Verrückt, daß ich so lange gezögert habe, ihn fortzuschicken.

Die Kaiserin wandte sich um und läutete nach einem ihrer Sekretäre. »Herr Chrapowitzkij?«

»Zu dienen, Kaiserliche Majestät?« Der junge Mann trat mit einer Verbeugung ein.

»Generalmajor Potemkin bittet darum, an den Kriegsschauplatz zurückkehren zu dürfen. Es sei ihm gewährt. Er mag abreisen, sobald er will. Eine Verabschiedung ist nicht notwendig.« Und dann fügte sie leiser hinzu: »Aber lassen Sie ihm bestellen, daß ich seine gnädige Kaiserin bin...«

»Dieser Wassiltschikow ist reizend«, sagte Praskowja Bruce. Sie klappte ihren Fächer auf und begann sich Luft zuzufächeln, während sie dem jungen Gardeleutnant nachblickte. Anfang der Zwanzig mochte er sein; gutgewachsen, mit einem klaren, liebenswürdigen Gesicht und verträumten Augen.

Man hatte sich in Praskowjas Apartment in Zarskoje Selo zusammengefunden: Alexander Wassiltschikow, Graf Panin, die beiden Brüder Tschemyschew und Fürst Barjatynskij. Vorwand, den jungen Wassiltschikow einzuladen, war eine Sammlung von Schnupftabakdosen, die er besaß und die die Gräfin Bruce angeblich für ihren Gatten erwerben wollte. Man hatte Tee miteinander getrunken, die Schnupftabakdosen begutachtet, und dann hatte Wassiltschikow sich verabschiedet, um seinen Dienst anzutreten. »Wirklich«, bestätigte Praskowja noch einmal, »er ist reizend. Und genau das, was Ihre Majestät jetzt braucht.«

Graf Nikita Panin faltete die Hände über seinem mächtigen Bauch. Sein kluges Hamstergesicht wirkte ein wenig bedenklich. »Natürlich wäre er der Richtige, aber meinen Sie nicht, daß es noch zu früh ist, die Aufmerksamkeit der Kaiserin auf ihn zu lenken? Fürst Orlow ist gerade eine Woche lang fort.«

Praskowja lachte. »Die Zarin ist eine sehr temperamentvolle Frau. Wenn sie nicht gerade eine Meinungsverschiedenheit mit Orlow hatte, war er so gut wie jede Nacht bei ihr. Ich weiß, daß die erzwungene Abstinenz sie nervös macht. Deshalb finde ich, wir sollten es wagen, ihr Wassiltschikow zu präsentieren.«

Barjatynskij nickte. »Aber ist er nicht ein wenig jung?«

»Nun, das...« Die Gräfin zupfte die Spitzenmanschetten ihres silbergrauen Bombasinkleides zurecht. »Ihre Majestät ist in einem Alter, wo die Jugend immer größere Anziehungskraft bekommt. Außerdem haben seine zwanzig Jahre noch einen Vorteil: sie werden ihn hindern, seine Stellung als kaiserlicher Favorit auf allzu unverschämte Weise zu mißbrauchen. Auf keinen Fall würde man sich mit ihm einen zweiten Orlow heranziehen.«

»Gewiß nicht«, sagte Panin. »Ich habe ihn lange Zeit studiert; er ist bescheiden und leicht zu lenken. Als ich ihm andeutete, zu welch hoher Gunst er möglicherweise aufsteigen könnte, war er so verwirrt und überwältigt, daß ich ihn hindern mußte, mir die Hände zu küssen. Er sei dessen nicht würdig, meinte er. Die Kaiserin stünde so hoch über ihm, daß er nicht wagen dürfe, seine Augen zu ihr zu erheben.«

»Nun, wenn er ihr gefällt, wird sie schon zu ihm hinuntersteigen«, erwiderte die Bruce mit einem boshaften Augenfunkeln.

Panin stand auf. »Gott gebe, daß Sie recht behalten. Orlows Sturz ist eine politische Notwendigkeit – sonst würde ich mich nicht so dafür einsetzen. Er und sein Bruder Alexej sind zu mächtig geworden. Gegen Alexej kann man seiner militärischen Erfolge wegen nichts unternehmen – aber ich denke mit Grauen an den Tag, an dem er zurückgekehrt. Seine Unverschämtheit wird keine Grenzen kennen, es sei denn, der Fall seines Bruders setzt ihm einen Dämpfer auf.«

Drei Tage später übersiedelte der Hof wieder ins Winterpalais, und Alexander Wassiltschikow wurde zur Leibgarde der Kaiserin abkommandiert. Er stand mit anderen jungen Offizieren in Reih und Glied, wenn Katharina des Morgens ihre Privatgemächer verließ. Er begleitete sie mit den anderen in die Eremitage und in den Sommerpalast, und des Abends stand er wieder in dem marmornen Flur mit den kostbaren Deckenmalereien, wenn sie sich zur Ruhe begab.

Katharina beachtete ihn nicht. Niemals verhielt sie den Schritt, und niemals lächelte sie ihm zu. Dennoch wußte sie sehr genau, wer er war. Ein junger Mann, der, wie Praskowja gesagt hatte, sie anbetete. Und der, wie Panin behauptete, der angenehmste Gefährte ihrer einsamen Stunden sein könnte, wenn sie endlich, endlich den lange notwendigen Entschluß faßte, Orlow einen Nachfolger zu geben.

Freilich, Panin, der gewiegte Diplomat, hatte es anders formuliert. Orlow habe sich in früheren Jahren um die Krone verdient gemacht, doch das sei längst abgegolten. Inzwischen sei er ein Geschwür im Staatsgefüge geworden. Oh, er hatte nichts ausgelassen, der Herr Außenminister. Er hatte Orlows Anmaßung angeprangert, seine Unfähigkeit, ihm übertragene Aufgaben zu bewältigen, seinen dennoch ungebrochenen Hochmut, seinen schädlichen Einfluß auf die Regierungsgeschäfte. Und zu guter Letzt hatte er Paul ins Treffen geführt. Der Thronfolger hasse Orlow; für ihn sei er der Mörder seines Vaters – und einschränkend hatte Panin hinzugefügt, Peter III. sei zwar an einem Darmleiden verschieden, doch in Pauls Augen sei der Fürst moralisch an Peters Tod schuld. Für den Zarewitsch male sich das so: Orlow habe sich in die Ehe seines Vaters gedrängt, er habe Katharina zum Thron verholfen, und danach sei der ehemalige Kaiser an Leib und Seele gebrochen gewesen – so sehr, daß sein Lebenswille starb und er seiner schweren Krankheit nichts mehr entgegenzusetzen gewußt habe. Und als Katharina widersprach – nicht nur aus Loyalität Grigorij gegenüber, sondern weil alle Anschuldigungen gleichermaßen sie trafen, hatte der Außenminister hinzugefügt: »Erinnern sich Eure Majestät nicht mehr daran, daß Sie einst Orlow sogar heiraten wollten? Ich habe es verhindert, indem ich Eurer Majestät klarmachte, daß eine Frau Orlow niemals über Rußland herrschen könnte.«

Was er nicht aussprach, war: Schon damals hätte ich sonst meinen ganzen Einfluß geltend gemacht, daß du, Katharina, nur bis zur Volljährigkeit des Zarewitsch die Macht ausüben würdest – als Regentin, nicht als Kaiserin! Und dann wäre in ein paar Wochen Paul Petrowitsch Zar von Rußland. Ich weiß, daß er das will, und jeder, der Orlows Feind ist, kann Pauls Verbündeter bei diesem Plan werden – auch ich.

Katharina begriff die Drohung. Wenn sie Orlow noch liebte, hätte sie trotzdem Paul, Panin und wem auch immer widerstanden, im Bewußtsein dessen, daß ihre Anhängerschaft stärker war. Aber sie liebte ihn nicht mehr. Deshalb wollte sie auch nicht mehr um ihn kämpfen.

Am Vorabend war Praskowja zu ihr gekommen. Sie hatte ihr erzählt, daß Orlow seit langem ein Verhältnis mit der Fürstin Golitzyn habe. Es war keine Lüge; nur hatte die Gräfin verschwiegen, daß dieses Verhältnis beendet worden war, nachdem Katharina sich offiziell mit Grigorij ausgesöhnt hatte. Sie hatte immer gewußt, daß er sie betrog, und zwar jedesmal dann, wenn er sie demütigen wollte – aus eingebildeter oder berechtigter Ursache. Sie hatte darunter gelitten – und verziehen. Und niemals hatte jemand außer Grigorij selbst es gewagt, ihr von seinen Affären zu sprechen. Jetzt hatte Praskowja es getan, hatte sich in heuchlerischer Entrüstung darüber ausgelassen, und die Kaiserin von Rußland konnte es nicht mehr ignorieren. Sie wollte es auch nicht. Es war zu Ende.

Und da war nun dieser Wassiltschikow…

Am nächsten Morgen, als Katharina das Winterpalais verließ, um auf dem Marsfeld einer Truppenparade beizuwohnen, blieb sie vor dem jungen Offizier stehen. »Leutnant Wassiltschikow, nicht wahr?«

Er stand in militärisch strammer Haltung. »Zu Befehl, Kaiserliche Majestät.«

Und dann geschah, was er als das große, unglaubliche Wunder seines Lebens ansah: Die Zarin lächelte ihm zu und sagte: »Ich möchte, daß Sie mich auf das Marsfeld begleiten, Leutnant.«

Für Alexander Wassiltschikow war es ein Traum. Er saß im Wagen der Kaiserin. Er ritt hinter ihr, als sie die Parade abnahm, hin und wieder wandte sie den Kopf, lächelte ihm zu und meinte: »Was für ein farbenprächtiges Bild!« Oder: »Welch ein schöner, sonniger Tag.« Oder: »Kommen Sie nur näher heran, damit Sie alles genau beobachten können.«

Und er antwortete jedesmal »Zu Befehl, Kaiserliche Majestät«, bis sie es ihm lächelnd verwies. »Ich möchte mich mit Ihnen unterhalten. Also sagen Sie ganz einfach ja oder nein. Und erzählen Sie mir ein wenig von sich.«

Am Abend wurde Wassiltschikow zu Doktor Rogerson, dem Leibarzt Ihrer Majestät, befohlen.

Das war der erste Wermutstropfen im Becher seines Glücks, denn der Leibarzt hatte den Auftrag, Wassiltschikow zu untersuchen, ob er nicht an einer galanten Krankheit litte. Danach erschien Praskowja Bruce. »Ihre Majestät hat den Wunsch geäußert, mit Ihnen zu soupieren.« Ihr Lächeln war wissend und kupplerisch. Sie schlug dem jungen Leutnant leicht auf die Schulter. »Viel Glück, mon cher. Und seien Sie nicht gar zu ehrfürchtig. Im entscheidenden Augenblick liebt es die Kaiserin, wenn ein Mann ein Mann ist.«

Wassiltschikow war nicht unerfahren im Umgang mit Frauen. Er hatte seine Liebesaffären gehabt, aber keine hatte sich auf so peinigende Weise angelassen, und er vergaß die Beschämung erst allmählich, als er mit der Kaiserin allein war. Katharina war von sprühender Lebhaftigkeit. Sie lachte viel, weil sie wußte, daß es ihr gut stand, das weiche Kerzenlicht schmeichelte ihrer Haut und verbarg die ersten Spuren des Alters.

Wassiltschikow hatte reichlich dem Champagner zugesprochen – um seine Befangenheit zu überwinden, und aus Furcht, er könne sich wie ein Tölpel benehmen und die Zarin ihn lächerlich finden.

Doch davon war Katharina weit entfernt. Er war ein bezaubernder Junge, er gefiel ihr immer mehr; sie wollte ihn haben.

Als er aufstand, um Champagner nachzuschenken, lehnte sie sich an ihn. »Meine gute Praskowja und Graf Panin haben recht: Sie sind ein Mann, dem man sehr zugetan sein muß. Ich bin es, mein kleiner Leutnant...«

»Kaiserliche Majestät...«, stammelte er, und sie lachte dunkel und leise.

»Für heute laß die Majestät. Morgen wollen wir uns wieder daran erinnern. Jetzt bin ich nur eine Frau, die geliebt werden will. Warum küßt du mich nicht endlich?«

Wassiltschikow schlief nicht in dieser Nacht. Er lag neben Katharina, und er dachte immer wieder: Ich habe die Kaiserin umarmt. Sie hat gesagt, daß sie mich liebt. Sie war glühend und zärtlich, und ich habe sie glücklich gemacht.

Noch im Schlaf lag ihre Hand auf seiner nackten Brust, als wolle sie ihn festhalten, und er wagte nicht, sich zu rühren. Er fand sie wunderbar, und er liebte sie wirklich.

Als Andrej in Petersburg eintraf, war es das erste, was er erfuhr: Katharina hatte einen neuen persönlichen Generaladjutanten – die offizielle Bezeichnung für den kaiserlichen Liebhaber. Wassiltschikow wohnte schon im Winterpalais; und sobald Orlows Räume renoviert und neu eingerichtet waren, würde er dort einziehen. Grigorij Orlows persönliche Habe war bereits in sein vor der Stadt gelegenes Schloß Gatschina gebracht worden.

Andrej empfand großes Mitleid mit Grigorij; daß er früher oder später den Abschied bekommen werde, hatte auf der Hand gelegen, aber die beschämende Eile, mit der es während seiner Abwesenheit geschah, erregte seinen Abscheu.

Katharina befahl Andrej gleich am Tage nach seiner Ankunft ins Winterpalais. Aber sie empfing ihn nicht allein. Wassiltschikow war dabei – wenigstens zuerst. Er war immer dabei, bei Audienzen, bei den hochoffiziellen und privaten Abendgesellschaften, bei Kabinetts- und Senatssitzungen. Der Hofklatsch wußte zu berichten, daß ihm die Zarin nach der ersten Nacht hunderttausend Rubel zum Geschenk gemacht habe. Außerdem hatte er den Titel eines Kammerherrn erhalten, und auf seinem Uniformrock funkelte der Alexander-Newskij-Orden.

Als Andrej das kaiserliche Arbeitszimmer betrat, kam die Zarin mit ausgestreckten Händen auf ihn zu. »Mein lieber Oberst Dobrynin, wir freuen uns, Sie gesund wiederzusehen. Sicherlich werden Sie uns viel zu erzählen haben. Wie steht es in Sarepta?«

Er verneigte sich. »Recht gut, Majestät. Ich habe einen detaillierten Bericht über die Tutelkanzlei abgefaßt. Er enthält sämtliche Angaben über den Aufbau der Kolonie, ihren heutigen Stand und die Entwicklungsmöglichkeiten.«

»Nun, das werden wir gemeinsam durchsprechen, sobald ich den Rapport gelesen habe. Vielleicht kann Sarepta ein Schulbeispiel für andere Kolonien werden. Darüber müßte man im Reichsrat sprechen, und ich möchte Sie bitten, in diesem Sinn ein Referat vorzubereiten.«

Sie deutete auf einen Stuhl. »Aber setzen Sie sich doch, mein Lieber. Sie kennen Herrn von Wassiltschikow?«

»Gewiß«, sagte Andrej und verneigte sich flüchtig in die Richtung des neuen Günstlings. Er kann ja nichts dafür, dachte er. Trotzdem fiel sein Lächeln gezwungen aus. Katharina sah es und runzelte die Stirn.

»Lassen Sie uns allein, Herr von Wassiltschikow«, bat sie kurz. Und als er nach einer Verbeugung langsam zur Tür ging, fügte sie gereizt hinzu: »Ich habe nicht gebeten, daß Sie wie eine Schnecke schleichen sollen.«

Wassiltschikow wurde rot und warf ihr einen unglücklichen Blick zu. Es war nicht das erstemal, daß sie ihn anfuhr; sie behandelte ihn nach Lust und Laune.

Katharina wartete, bis die Türsteher die hohe Flügeltür hinter Wassiltschikow geschlossen hatten. Dann wandte sie sich Andrej zu. »Zum Donner, setzen Sie sich endlich. Sie brauchen nicht zu warten, bis ich es tue. Wir sind doch unter vier Augen. Sie sind Orlows Freund, Graf Dobrynin, einer der letzten, die er hat, und ich weiß das zu schätzen.« Sie holte tief Atem. »Nun, man wird es Ihnen zugetragen haben – ich habe mit Orlow gebrochen. Sie kennen ihn recht gut. Was, glauben Sie, wird er tun, wenn er es erfährt?«

»Was kann er tun, Majestät?« erwiderte Andrej zurückhaltend. »Doch eigentlich nichts. Er muß es hinnehmen, und schließlich trifft es ihn nicht ganz unvorbereitet.«

»Ja, nicht wahr...« Sie lief unruhig auf und ab. »Es ging wirklich nicht mehr mit uns, und was geschehen ist, hat er sich allein zuzuschreiben. Ich war geduldig wie keine zweite.«

»Zweifellos wird Eure Majestät das am besten wissen«, sagte Andrej, weil er spürte, daß sie eine Antwort von ihm erwartete.

»Allerdings!« Sie hob den Kopf, die blauen Augen blickten wieder kühl und klar. »Und es ist mir auch gleichgültig, ob Fürst Orlow es einsieht oder nicht. Das einzige, was mich bedrückt, ist, daß er es vielleicht in Fokshani von jemandem hört, der nicht sein Freund ist. Wenn irgendein Kurier die Nachricht mitbringt... Kurz und gut, ich möchte, daß Fürst Orlow nicht unvorbereitet nach Petersburg zurückkehrt. Er soll wissen, welche Veränderungen ihn hier erwarten, und er soll es bald wissen, damit er sich darauf einstellen kann. Sie sollen es ihm schreiben.«

Andrej starrte sie an, als habe er nicht recht gehört. »Majestät, das...«

»Sie sind doch sein Freund!« beharrte sie. »Sie werden schon die rechten Worte finden.«

»Ich glaube«, sagte er langsam, »es gibt jemand, der für eine solche Nachricht noch viel eher die richtigen Worte hat – Eure Majestät selbst.«

»Unsinn!« erwiderte sie scharf. »Ich habe lange darüber nachgedacht, ein Brief von Ihnen ist die beste Lösung, bevor ihm eine dritte Person alles zuträgt.«

»Und Eure Majestät wollen wirklich nicht... Bedenken Sie, wie wohl Orlow eine kleine freundschaftliche Geste tun muß. Ein paar Zeilen von Ihrer Hand... Ich meine, das ist man ihm schuldig!«

Sie warf den Kopf zurück. »Natürlich werde ich mit ihm sprechen – später, wenn er sich beruhigt hat. Aber fürs erste... Nein, nein, ich will, daß Sie es ihn wissen lassen. Heute abend geht ein Kurier mit eiligen Depeschen nach Fokshani ab. Sie werden ihm Ihren Brief mitgeben.«

Wie klein erschien sie ihm plötzlich, die Frau, die man Katharina die Große nannte! Andrej stand auf. »Ich nehme an, dies ist eine offizielle Order, Majestät.«

»Gewiß, Oberst Dobrynin.«

»Dann mögen Eure Majestät gütigst gestatten, daß ich mich zurückziehe, um den befohlenen Brief zu schreiben.«

An der Tür hielt sie ihn noch einmal zurück. »Was ich noch sagen wollte – eigentlich hatte ich erwartet, daß Sie nach Ihrer Rückkehr aus Sarepta um eine Heiratserlaubnis nachsuchen würden... Madame Tutscharewa ist nicht mit Ihnen gekommen?«

»Nein, Majestät«, erwiderte Andrej, verneigte sich und ging.

Er hätte den Brief an Orlow nicht mehr zu schreiben brauchen. Grigorij Grigorjewitsch wußte zu diesem Zeitpunkt bereits, was in Petersburg geschehen war. Obreskow, der ehemalige russische Gesandte in Konstantinopel, zu Kriegsbeginn von der Hohen Pforte in den Sieben Türmen eingekerkert und jetzt freigelassen, war Mitglied der russischen Delegation in Fokshani. Seine Frau lebte in Petersburg, und natürlich hatte sie ihrem Gatten den neuesten Hofklatsch brieflich mitgeteilt. Da auch diese Post durch Eilkuriere befördert wurde, dauerte es keine drei Wochen, bis man in Fokshani über Alexander Wassiltschikow informiert war. Und Obreskow hatte nichts Eiligeres zu tun, als Grigorij Orlow scheinheilig sein Bedauern auszudrücken.

Orlow sagte nichts, als Obreskow mit genußvoller Bosheit hinzufügte: »Wie es heißt, soll Herr von Wassiltschikow in

Kürze Ihre Wohnung im Palast beziehen. Sie wird nur noch nach seinen Wünschen eingerichtet.« Er schwieg und ließ den Gesandten einfach stehen. Schwankend, wie ein Betrunkener, ging er durch die Gassen von Fokshani, das Gesicht weiß wie Papier.

Wie immer trug er das Bild Katharinas unter dem herzförmigen Tafeldiamanten an seinem Uniformrock. Er umklammerte es mit seinen mächtigen Händen, als wolle er den Stein zerdrücken.

Wassiltschikow... dachte er. Er versuchte sich an den Namen zu erinnern, ein Gesicht dahinter zu entdecken, aber es gelang ihm nicht. Wirklich in seiner Vorstellung war nur Katharina, ihr nackter Leib auf dem Bett, der einem anderen entgegendrängte, die Wollust in ihren Zügen, die ein anderer weckte – und nach der Vereinigung die satte Zärtlichkeit in ihrem Lächeln, das einem anderen galt. Es war unerträglich!

Irgendwann fand sich Orlow im Christenviertel der kleinen moldauischen Stadt wieder. Hier gab es Schenken; das gelbe Licht der Öllampen war schon entzündet, denn es dunkelte. Der wehmütige Klang von Zimbal und Flöte hing in der Luft, der Himmel war von ziehenden Wolken bedeckt, und der Mond, der ab und an dazwischen hervorlugte, war schief und bleich und von spitzer Schmalheit wie eine gebogene Sichel.

Orlow taumelte die ausgetretenen Steinstufen zu einer Schenke hinunter und schlug den Perlenvorhang beiseite. »Bring mir Schnaps«, sagte er zu dem Wirt. »Viel Schnaps. Und dann besorg mir Pferde und einen Wagen. Er muß nicht gut sein, aber er muß bis St. Petersburg halten. Danach kann er auseinanderfallen.«

Es war eine armselige Kibitka, in der Orlow zwei Stunden später Fokshani verließ. Aber das Pferd davor schien zäh und ausdauernd. Und der Mond war immer noch spitz und bleich und gebogen, das scharfe Profil eines Menschengesichts mit einem höhnisch lächelnden Mund. Orlow war betrunken, aber er fuhr wie der Teufel. Irgendwann schlief er zwei, drei Stunden in der Kibitka, eine alte Decke über sich gezogen, dann fuhr er weiter. Er wechselte die Pferde auf allen Poststationen und trieb jedes von ihnen fast zuschanden und erreichte Petersburg in vierzehn Tagen. Er war schneller als jeder Kurier, der sein Verschwinden aus Fokshani hätte melden können.

Wenige Werst vor der Stadt jedoch, in dem kleinen Dorf Wolotschiska, hielt er noch einmal an, um das Pferd zu tränken. Es war hoher Mittag und für September ungewöhnlich warm.

Schwankend vor Erschöpfung stieg Orlow vom Wagen. In einer Stunde, dachte er, bin ich in Petersburg. Er führte das

Pferd zur Tränke, und im gleichen Augenblick war ihm, als explodiere in seinem Hirn ein greller Blitz. Er stöhnte, stolperte noch ein, zwei Schritte, während rote Nebel vor seinen Augen wallten. Der Schweiß brach ihm aus allen Poren, eine schreckliche Übelkeit erfaßte ihn, dann brach er langsam in die Knie und fiel vornüber.

Er kam erst wieder zu sich, als ihn jemand auf den Rücken drehte und ihm kaltes Wasser über den Kopf goß. Verschwommen erkannte er zwei Frauen, die neben ihm im Staub kauerten, eine junge und eine alte. Ihre derben, bäuerlichen Gesichter waren halb neugierig, halb erschrocken.

Orlow versuchte sich aufzurichten, aber alles drehte sich um ihn, und schwach wie ein Kind sank er wieder zurück. »Bleibt liegen, Herrchen«, sagte die Alte. »Und du, Ronja, mein Täubchen, hol Petruschka und den Vater, damit sie ihn ins Haus tragen können.«

Orlow kämpfte gegen die Wellen von Übelkeit und Schwäche an, die ihn überrollten, in seinen Ohren dröhnte das Blut, und für einen Augenblick sprang ihn die Angst an, daß dies seine Todesstunde sei. Er atmete tief und röchelnd ein und krallte seine Finger in den Straßenstaub. »Nein«, murmelte er. »Nicht… nicht sterben…«

Die alte Frau tauchte ihr Kopftuch ins Wasser und legte es ihm auf die Stirn. »So schnell stirbt sich's nicht, Herrchen. Bleibt nur ruhig. Mein Sohn Petruschka und Semjon Nikititsch, mein Mann, werden gleich hier sein. Sie sind im Rübenfeld hinter dem Haus.«

Die beiden kamen wenige Augenblicke später. Vergeblich versuchten sie, den Riesen Orlow aufzuheben, um ihn in die Hütte auf der anderen Straßenseite zu tragen. »Faßt ihn unter den Armen«, sagte die Alte, »Ronja und ich nehmen die Beine.«

Diesmal gelang es Grigorij, sich aufzusetzen. »Helft mir nur aufstehen«, sagte er keuchend vor Anstrengung. »Dann gehe ich allein…« Er schaffte es tatsächlich, gestützt auf die beiden Männer und hin und her schwankend wie ein Betrunkener. Danach war er so kraftlos, daß er sich in dem einzigen Raum der Lehmkate auf die Ofenbank fallen ließ und mit aller Macht gegen eine neue Ohnmacht ankämpfen mußte. »Mein Uniformrock… im Wagen… holen, bitte!«

Semjon Nikititsch brachte ihn und er war es auch, der zuerst das Porträt der Zarin unter dem Diamanten entdeckte. »Unser Mütterchen«, sagte er fast andächtig. »Matuschka Jekaterina… Wer seid Ihr, Herr, daß Ihr das Bild der Kaiserin, Gott segne sie, besitzt?«

Grigorij Grigorjewitsch schwieg einen Augenblick. »Gib mir den Rock«, bat er dann heiser. Wieder umklammerte er den Diamanten mit dem Bildnis, und sein Mund verzerrte sich, als litte er große Schmerzen.

»Ich«, sagte er, »bin ein Mann, der durch sie sehr unglücklich geworden ist. Ich bin Grigorij Orlow.«

Das Dorf Wolotschiska gehörte zum Gut Tresnjaba, dessen Besitzer Lasar Jefremowitsch Borawkin hieß. Borawkin war ein Mann, der das Landleben liebte. Nach Petersburg kam er selten. Dennoch wußte er über die Vorgänge bei Hof Bescheid, als lebe er dort. Sein Sohn Roman war nämlich Fähnrich bei den Ismailowskij – und da er ein guter Sohn war, schrieb er regelmäßig Briefe nach Hause und kam auch öfters seine Eltern besuchen. Gestern erst war er von einem solchen Besuch nach Petersburg zurückgekehrt, und so kam es, daß Borawkin genauestens über allen Klatsch, ja sogar über die politischen Neuigkeiten informiert war. Deshalb wollte er seinen Ohren nicht trauen, als sein Verwalter kurz nach dem Mittagsschlaf mit allen Zeichen der Aufregung in die große, ebenerdig gelegene Stube getrampelt kam, die Borawkin als Eß- und Wohn- und Empfangszimmer diente, und behauptete, Fürst Orlow sei in Wolotschiska. »Du spinnst, Michail Wassiljewitsch«, sagte Borawkin milde, denn er hatte gut gegessen und noch besser geschlafen. »Oder bist du hellichten Tags schon besoffen? Fürst Orlow ist viele hundert Werst entfernt, um mit den verdammten Türken Frieden zu schließen. Wie kann er dann hier sein?«

»Das weiß ich nicht, Herr«, erwiderte der Verwalter. »Aber er ist es. Vor der Viehtränke hat er seine Kibitka angehalten, ist ausgestiegen, und dann ist er plötzlich umgefallen wie ein verendender Stier. Ronja Semjonowna und ihre Mutter, die alte Awdokja, haben ihn gefunden, und jetzt ist er in ihrem Haus.«

Borawkin schob die speckige Mütze, mit der er tagaus, tagein, sommers wie winters, seinen Kopf bedeckte, zur Seite und kratzte sich. »Ein Verrückter, der sich für den Fürsten hält, das wird es sein… Man sollte die Polizei benachrichtigen.«

»Nein«, widersprach Michail Wassiljewitsch, »glauben Sie es mir, Wohlgeboren, er ist wirklich Fürst Orlow. Er hat einen Uniformrock mit Schnüren aus echtem Gold und einem Bild der Kaiserin unter einem riesigen Diamanten. Ich werde doch unsere Zarin erkennen, Euer Gnaden, und auch den Uniformrock eines großen Herrn.« Das klang so überzeugend, daß Borawkin wankend wurde. Er erhob sich ächzend.

»Laß anspannen, Michail Wassiljewitsch. Ich fahre selbst ins Dorf, um mir den Fremden anzusehen – ist es Fürst Orlow, so muß man ihn hierher bitten. Und ist er's nicht, dann wird man ihm die Haut in Streifen vom Körper ziehen, dem Betrüger. Und dich werde ich eigenhändig mit meinem Stock mit der Eisenspitze durchprügeln, weil du ein so dummer Mensch bist.«

Der Verwalter fuhr mit durch den kleinen Birkenwald, vorbei an den Rüben- und Kohlfeldern nach Wolotschiska. Orlow lag noch immer auf der Ofenbank. Sein erschöpfter Körper, dem er zwei Wochen hindurch kaum Essen und noch weniger Schlaf gegönnt hatte, war am Ende. Da gab es nicht mehr zu befehlen: Steh auf, du mußt weiter. Weiter nach Petersburg, und vor dem Winterpalais wirst du aus der Kibitka steigen, und die Wachen werden dich passieren lassen, und du gehst die Treppen hinauf und reißt die Tür zu ihrem Zimmer auf. Dann muß sie es dir ins Gesicht sagen, daß sie dich nicht mehr liebt, sondern einen Milchbart namens Wassiltschikow. Und wenn sie es sagt, dann rennst du dir den Schädel an der Wand ein – vor ihren Augen.

Ja, das hatte Orlow vierzehn Tage und vierzehn Nächte lang gedacht, es hatte ihn wachgehalten, wenn die Zügel seinen Händen entgleiten wollten und die staubige Straße vor seinen müden Augen auf und ab schwankte, als wären es die Planken eines Schiffes. Doch nun hatte sein Körper seinen Willen unterworfen. Er schlief einen todesähnlichen Schlaf und erwachte kein einziges Mal bis zum späten Abend.

So wußte er auch nicht, daß Lasar Jefremowitsch Borawkin draußen vor der Hütte mit Awdokja einen ziemlich lautstarken Disput hatte, weil der Gutsherr darauf bestand, sich den fremden Ankömmling anzusehen, und die Alte es ihm mit Rücksicht auf dessen Schlaf verwehren wollte. Sieger blieb natürlich Borawkin. Wozu ist man der Herr, wenn man seinen Leibeigenen nicht ab und zu Maulschellen versetzen darf – obwohl er, zu seiner Ehre sei es gesagt, selten davon Gebrauch machte, denn er war ein gutmütiger Mensch, der sogar eine Fliege aus seinem Weinglas fischte und sie neben sich auf den Tisch setzte, bis sie trocken war und davonfliegen konnte. Er sagte auch selten zu einem Menschen ›du Schwein‹ oder ›du dreckiger Hund‹, weil er die Tiere liebte und sie durch solche Vergleiche nicht beleidigen wollte, sondern beschränkte sich auf Beschimpfungen wie ›dämlicher Stiefelpisser‹ oder ›siebenschwänziger Teufel‹, Awdokja nannte er eine schiefmäulige Kanaille, und sicherlich hätte er ihr noch mehr an den Kopf geworfen, wenn sie ihm nicht nach der Ohrfeige die Tür freigegeben hätte. Ja, und dann stand er vor Orlow und verzichtete auf alle ordinären Worte, obwohl er in seinem gerechten Zorn über die Halsstarrigkeit der Alten noch einige auf Lager hatte, und flüsterte nur: »Heiliger Sergius, er ist es wirklich. Es ist Seine Durchlaucht.«

Borawkins Frau Galina Petrowna saß hinter dem Haus unter einem Apfelbaum und kaute Sonnenblumenkerne, als der Gutsbesitzer zurückkam. Sie war dick und lebhaft, von raschem Verstande und noch rascherem Mundwerk. Deshalb hatte im Grunde auch sie auf Tresnjaba die Hosen an, wenngleich Lasar Jefremowitsch in dem glücklichen Wahn einherging, er sei der Herr.

Als er jetzt seiner Galina berichtete, daß Orlow in Wolotschiska sei – »... ich habe ihn mit eigenen Augen gesehen, meine Liebe, und deshalb beschwöre ich Sie, lassen Sie unverzüglich das große Zimmer im Oberstock, das mit der geschnitzten Altane und den Samtvorhängen, für ihn herrichten –, spuckte sie nur ein paar Sonnenblumenkerne ins Gras und stopfte sich eine kleine Handvoll neuer in den Mund. Sie litt an Verdauungsbeschwerden, und es gibt kein besseres Mittel dagegen als Sonnenblumenkerne.

»Und dann lassen Sie ein Ferkel schlachten«, fuhr Borawkin aufgeregt fort, »und Michail Wassiljewitsch soll zusehen, daß er ein paar Rebhühner schießt. Die kochst du dann mit gesäuertem Kohl in Weinsauce.«

Die Borawkina war gastfrei, gewiß hätte sie Orlow wie einen heimgekehrten Sohn empfangen, aber dafür mußte man erst wissen, ob er wirklich kam. »Sagten Sie nicht, er sei vor Erschöpfung zusammengebrochen, Lasar Jefremowitsch? Und jetzt schläft er so fest, daß es unmöglich ist, ihn zu wecken? Nun, dann wird er, sobald er von selbst erwacht, den Wunsch haben, sofort weiterzureisen. Warum sonst wäre er bis Wolotschiska gejagt, als sei der Teufel hinter ihm her. Und überhaupt...« Sie schwieg einen Moment, und ihr gewaltiges Doppelkinn schwabbelte vor Aufregung. »Gestern noch hat Roman erzählt, daß Fürst Orlow zum Friedenskongreß in Fokshani sei. Wieso ist er dann hier? Friede mit den Türken kann nicht sein, sonst hätten alle Glocken geläutet, und man hätte die Salutschüsse der Petersburger Kanonen bis hierher gehört. Also geht der Krieg weiter, und Orlow hat den Kongreß verlassen. Bleibt nur die Frage, warum.«

»Das geht uns nichts an, zum Teufel!« brüllte Lasar Jefremowitsch. »Oder willst du hingehen und ihn fragen? Einen Fußtritt wird er dir geben, daß du eine halbe Werst weit fliegst, trotz deines fetten Hinterns.«

Galina lächelte milde. »Sie haben nicht mehr Verstand als ein Perlhuhn, Lasar Jefremowitsch. Denken Sie doch nach. Roman hat auch erzählt, daß die Zarin, Gott segne sie, einen neuen Günstling hat. Walschikow oder so ähnlich… Und wenn man das in Tresnjaba weiß, kann man es genausogut in Fokshani wissen. Gehen nicht täglich Kuriere hin und her, die alle Neuigkeiten mitbringen? Der Fürst kann also wegen dieses Walschikows nach Petersburg zurückgekehrt sein, oder um Ihre Majestät… guter Gott und alle Heiligen!« Die Borawkina verfärbte sich. »Man muß die Kaiserin warnen. Vielleicht hat sie gar keine Ahnung, daß Fürst Orlow auf dem Weg zu ihr ist.«

So kam es, daß eine Stunde später ein Knecht mit dem besten Pferd Lasar Jefremowitschs auf dem Weg nach Petersburg zur Kaserne des Ismailow-Regiments war. Er hatte Gluck, der Fähnrich Roman Lasarowitsch Borawkin tat Dienst an diesem Abend, der Knecht konnte ihm den Brief seines Vaters persönlich übergeben, und noch vor Einbruch der Dunkelheit sprengte eine berittene Ordonnanz zum Winterpalais.

Staatsrat Teplow überbrachte Katharina die Nachricht, daß Orlow in Wolotschiska sei, offenbar auf dem Wege zu ihr, und sie wurde so bleich, als sei alles Blut aus ihrem Körper entwichen. »Er… er hat den Friedenskongreß verlassen? Er kommt hierher? O mein Gott!« Unbändige Angst erfaßte sie. Was hatte er vor? Was wollte, was konnte er ihr antun? Einen Augenblick war sie völlig hilflos. »Teplow, was soll geschehen? So sagen Sie doch etwas!«

Der untersetzte Mann mit den hellgrauen, tiefliegenden Augen verneigte sich. »Das liegt bei Eurer Majestät. Wollen Sie den Fürsten empfangen und dafür Vorkehrungen treffen, oder…«

»Nein«, fiel sie ihm ins Wort. Ihre Stimme klang hoch und schrill. »Ich will ihn nicht sehen, auf keinen Fall. Man soll ihn hindern, überhaupt herzukommen! « Sie stürzte zur Tür und rief in das Vorzimmer: »Leutnant Raskowskij! Leutnant Jaschin! Befehl an alle Wachhabenden! Die Wachen an sämtlichen Portalen sind zu verstärken. Fürst Orlow darf auf keinen Fall passieren. Sollte er vor dem Winterpalais eintreffen, bitte ich um sofortigen Rapport. Und außerdem…«

Sie wandte sich an Teplow. »Wo ist er, sagen Sie? In Wolotschiska? Veranlassen Sie, daß er dort oder auf dem Weg hierher von einer Schwadron Gardereitern abgefangen wird. Unter ihrer Bedeckung ist der Fürst auf sein Schloß Gatschina zu bringen. Er hat dort Aufenthalt zu nehmen, bis ich andere Order erteile. Aber beeilen Sie sich, um Himmels willen. Wir dürfen keine Zeit verlieren.«

Sie ging in ihr Schlafzimmer, winkte ihren Kammerfrauen, sie allein zu lassen, und sank auf das Bett. Ihr Gesicht brannte. Sie preßte die Hände gegen die Schläfen und brach in Tränen aus. Noch immer war Angst die vorherrschende Empfindung in ihr, Angst vor Orlows unberechenbarem Charakter, vor seiner Wildheit, seiner Wut. Aber gleichzeitig empfand sie tiefen, unstillbaren Groll. Er hatte den Friedenskongreß verlassen, und das bedeutete, daß dieser gescheitert war, durch Orlows Schuld. Das war nicht zu verzeihen!

Fieberhaft wartete Katharina, daß jemand käme und meldete, man habe Orlow abgefangen und nach Gatschina gebracht. Aber ihre Geduld wurde auf eine harte Probe gestellt. Es war nach Mitternacht, als Leutnant Djagilow, der die Schwadron nach Wolotschiska geführt hatte, im Winterpalais eintraf. Die Zarin sprach selbst mit ihm, und ihr Gesicht war noch immer bleich unter der Schminke. »Er ist also in Gatschina – und in welcher Verfassung? Halten Sie mit nichts hinter dem Berge, Leutnant, ich will die Wahrheit wissen.«

»Er schlief, als wir in Wolotschiska eintrafen, Eure Majestät. Es machte Mühe, ihn zu wecken. Er schien krank zu sein und sehr elend.«

»Und weiter?« forschte sie.

»Man hatte den Eindruck, er sei… nun, er sei nicht ganz bei sich. Er stand auf, ließ sich zu der Kibitka führen, mit der er gekommen war, und stieg ein. Als wir neben ihm herritten, hielt er plötzlich an und fragte: »Da Ihre Majestät mir ein Ehrengeleit nach Petersburg entgegenschickt, ist sie wohl sehr erfreut über meine Rückkehr?« Ich erwiderte: »Gewiß ist sie erfreut, aber wir sollen Sie nicht nach Petersburg bringen, sondern nach Gatschina, Durchlaucht. Sie müssen ein paar Wochen Quarantäne halten wie jeder, der aus dem Süden kommt.« Er hat mich angestarrt, als höre er das Wort Gatschina zum erstenmal. Dann sagte er: »Ach so, ja… nun gut.« Aber er machte keine Anstalten weiterzufahren. Da habe ich Wachtmeister Stolejpin befohlen, sich neben ihn zu setzen und die Zügel zu nehmen. So sind wir nach Gatschina gekommen. Wir haben die Dienerschaft geweckt, und der Fürst ist sofort in seine Zimmer gegangen. Mehr weiß ich nicht, Majestät.«

Er ist krank, dachte Katharina. Oder spielt er Komödie, um mich in Sicherheit zu wiegen? Und wenn ich nichts mehr befürchtete, steht er plötzlich vor mir. .. Laut sagte sie: »Ich danke Ihnen, Leutnant. Ich weiß die Gewissenhaftigkeit, mit der Sie und Ihre Leute meinem Befehl nachgekommen sind, zu schätzen. Man wird Ihnen morgen tausend Rubel aus der kaiserlichen Privatschatulle auszahlen.«

Sie zog die Schultern zusammen, als sie allein war. Sie hatte immer noch Angst, mehr als jemals zuvor in ihrem Leben.

Orlow saß in seinem riesigen Schlafzimmer in Gatschina, das genauso düster war wie das ganze Schloß mit seinen wuchtigen Mauern, den schmalen schießschartenartigen Fenstern, den Deckengewölben und hallenden Fluren.

Er hatte an Katharina geschrieben, jeden Tag, seit er hier war, und darum gefleht, mit ihr sprechen zu dürfen. Nicht eine einzige Zeile der Erwiderung hatte sie gehabt. Und dieses Schweigen war schlimmer als offener, heißer Zorn. Es zog ihm den Boden unter den Füßen weg. Es zerstörte ihn.

Wenn ich morgen nichts von ihr höre, dachte er, gehe ich übermorgen an den Hof. Ich muß sie sprechen. Sie kann mich nicht abweisen wie einen lästigen Bettler.

Doch am nächsten Tag hörte er etwas von Katharina. Sie schickte ihm eine Million Rubel. Iwan Betzkoj und der Geheime Rat Adam Wassiljewitsch Alsufjow überbrachten die Anweisung auf die kaiserliche Privatschatulle. Außerdem übermittelten sie die Anordnung der Zarin, Orlow habe seine sämtlichen Ämter und Würden niederzulegen; nur die Titel möge er behalten. Der Aufenthalt in Gatschina könne von ihm nach Belieben beendet werden, wenn er sich auf Reisen begäbe; nur nach Petersburg und Moskau dürfe er nicht kommen.

Orlow wandte sich ab. Seine Schultern zuckten, und die beiden dachten, er weine. Aber es war Lachen, das ihn schüttelte, lautlos zuerst, bis es sich in keuchenden, heiseren, bösen Tönen Bahn brach. Betzkoj überlief es kalt. Er trat hinter Grigorij. »Fürst, ich bitte Sie…«

Orlow fuhr herum. »Was bitten? Was bitten?« Seine Stimme überschlug sich: »Hier wird doch nur befohlen, nicht wahr? Aber im Ernst, mein Lieber, was geschähe, wenn ich nach Petersburg käme?«

»Dann«, sagte Alsufjow steif, »hat Ihre Majestät Order gegeben, Sie sofort nach Ropscha zu bringen und dort unter strengster Bewachung festzuhalten.«

Grigorij wich zurück, aschfahl im Gesicht. »Ropscha? Hat sie wirklich Ropscha gesagt? Bei Gott, das ist satanisch! Erst der Ehemann, dann der Liebhaber. Und vielleicht wird der Liebhaber genau wie der Ehemann…« Wieder lachte er – dieses grelle, verzweifelte, irrsinnige Lachen, bis ihm Tränen in die Augen schossen. Er packte Betzkoj an den Aufschlägen seines

Rockes aus grau-grün gemustertem Seidensamt. »Ropscha, wahrhaftig, das ist gut! Sagen Sie mir nur eines, Betzkoj: Muß ich in Zukunft meine Speisen vorkosten lassen? Genügt es nicht mehr, daß mein Leibdiener Ilja vor meiner Tür schläft? Braucht es mehr für meine Sicherheit? Dieses Ropscha läßt mich allerhand vermuten…«

Betzkoj wich zurück und strich sein Spitzenjabot glatt. »Kommen Sie, Herr von Alsufjow, unsere Mission ist beendet.«

Der Geheime Rat zögerte. »Sogleich. Aber da wäre noch… Ein kaiserlicher Befehl, Durchlaucht. Ihre Majestät wünscht das Porträt zurück, das Sie da tragen, das mit dem Diamanten…«

Orlows Schultern sanken nach vorn. Er zögerte, dann riß er das Bild von seinem Uniformrock. Aber er gab es Alsufjow nicht. Mit seinen mächtigen Händen brach er nur den riesigen Edelstein los und warf ihn dem Geheimen Rat vor die Füße. »Da, nehmen Sie. Und sagen Sie Ihrer Majestät, das Bild… ihr Bild kann man nur dem toten Orlow entreißen. Solange er lebt, wird er es behalten.«

»Gehen wir«, sagte Betzkoj. Er blieb schweigsam während der ganzen Fahrt nach Petersburg, überließ es Alsufjow, der Zarin Bericht zu erstatten, und ließ sich zur Wassiljewskij-Insel zum ehemaligen Tolskijschen Palais bringen.

Andrej Dobrynin war zu Hause und empfing ihn sofort. Iwan Betzkoj lehnte dankend das Glas Wein ab, das ihm angeboten wurde, und erklärte, sich nicht aufhalten zu wollen.

»Ich komme soeben von Fürst Orlow. Er macht einen besorgniserregenden Eindruck. Meiner Ansicht nach ist er krank – nicht physisch, sondern seelisch. Sie sind sein Freund, wie man weiß, Sie sollten sich seiner ein wenig annehmen.«

»Sie sehen, daß ich zum Ausgehen angekleidet bin. Wären Sie nur zehn Minuten später gekommen, hätten Sie mich nicht mehr angetroffen, weil ich nach Gatschina gefahren wäre.« Andrej forschte in Betzkojs Miene. »Was meinen Sie damit, daß der Fürst seelisch krank ist? Natürlich leidet er unter der Abkehr der Kaiserin, das ist doch nur normal…«

»Gewiß. Aber was er sagt und tut, kann man nur mit… nun ja, mit einer momentanen geistigen Zerrüttung entschuldigen. Fahren Sie hin und sehen Sie selbst. Und wenn Sie es wohlmeinen mit ihm, versuchen Sie, ihn zu bewegen, gewisse Dinge seiner verirrten Fantasie nie mehr auszusprechen. Das ist eine sehr ernste Warnung, Graf Dobrynin.«

Am nächsten Tag suchte Andrej bei Katharina um eine Privataudienz nach. Die Kaiserin ließ ihm durch Bezborodko, einen ihrer Sekretäre, ausrichten, wenn es irgend etwas von

Wichtigkeit gäbe, das er ihr mitzuteilen wünsche, so möge er das am Abend beim Empfang tun. Man sei in vertrautem Kreise, so daß er ohne Scheu sprechen könne.

Andrej erschien spät; als er eintraf, waren schon ein gutes Dutzend Personen in Katharinas privatem Wohnzimmer versammelt.

Die Zarin winkte Andrej zu. »Willkommen, Graf Dobrynin. Ich dachte schon, Sie kämen nicht mehr. Herr von Wassiltschikow, ein Glas Champagner für den Grafen. Oder hätten Sie lieber Wein?«

»Vielen Dank, Majestät.« Andrej verbeugte sich. »Ich trinke gern einen Schluck Champagner.«

»Setzen Sie sich zu mir.«

Katharina lehnte sich zurück und verschränkte die Arme. »Sie haben um Audienz nachgesucht, Graf Dobrynin. Weshalb?«

Andrej zögerte. »Noch immer glaube ich, es wäre besser, wenn mir Eure Majestät ein Gespräch unter vier Augen gewährten...«

»Unsinn!« sagte sie ungeduldig. »Reden Sie jetzt und hier. Um was geht es?«

»Um Fürst Orlow. Er bittet um die Gnade...«

»Nein! Über Orlow wünsche ich nicht zu sprechen. In keinem Fall.«

»Einmal«, sagte Andrej, »haben Sie an meine Freundschaft für Orlow appelliert, Majestät. Sie besteht auch jetzt noch, gerade jetzt, wo er krank und verzweifelt ist. Sie können ihn durch ein Wort der Güte heilen. Erlauben Sie, daß er zu Ihnen kommt.«

Katharinas Nasenflügel bebten. »Graf Dobrynin, ich bin es nicht gewöhnt, daß man meinen Wünschen zuwiderhandelt. Fürst Orlow ist kein Gesprächsthema zwischen uns. Er hat dem Reich unermeßlichen Schaden zugefügt. Der Friedenskongreß ist abgebrochen, der Krieg geht weiter. Und da wagen Sie es, sich als Orlows Fürsprecher aufzuwerfen?«

»Sie wissen, warum er Fokshani verlassen hat«, sagte Andrej leise. »Und da Sie es wissen und ihn kennen, sollten Sie eine Spur Verständnis aufbringen.«

Die Zarin sprang auf. »Zum allerletzten Male, Graf Dobrynin, schweigen Sie! Oder – wenn Sie das nicht können, steht es Ihnen frei, sich zurückzuziehen.«

Andrej stellte sein Champagnerglas auf einen niedrigen Tisch neben dem Sofa. »Ich vermutete, daß es sinnlos sein würde, aber ich wollte es wenigstens versuchen.« Er verneigte sich vor Katharina, blickte in die Runde, in die teils erschrockenen, teils hämischen Gesichter, und lächelte spöttisch. »Eure Majestät, meine Herrschaften, ich wünsche allerseits einen guten Abend.«

Am nächsten Tag überbrachte ihm eine Ordonnanz den Befehl, daß er sich unverzüglich zur Armee zurückzubegeben habe, unter den Oberbefehl des Generalmajors Potemkin, und drei Stunden später befand sich Andrej bereits auf dem Wege nach Ismail.

In einer Postmeisterei, ein paar Werst von Pskow entfernt, schrieb er an Tanja. Er saß in dem für eine Nacht gemieteten Zimmer, den dunklen Kopf im matten Kerzenschein über das Papier gebeugt; es war sehr still um ihn und das Kratzen seiner Feder das einzige Geräusch. Andrej schrieb, daß er Tanjas Eigensinn verflucht habe, als er Bjely Dom verließ, weil sie nicht mit ihm kommen wollte. Jetzt danke er dem Himmel dafür. »Du bist dort glücklicher und besser aufgehoben als in Petersburg. Tanjuschka, während ich – wie heißt es so treffend – »mit Gott für die Zarin und Rußland« danach trachten werde, möglichst viele Türken umzubringen, um nicht selbst umgebracht zu werden. Im übrigen heißt es, es sei Grigorij Orlows Schuld, daß der Krieg fortgesetzt wird. Ich bezweifle das. Wahrscheinlich wären die Friedensverhandlungen so oder so gescheitert, nur ist es ungemein bequem, dies einem Mann anzuhängen, der ohnehin in Ungnade ist. Auch ich bin es inzwischen, weil ich bei der Zarin für Orlow gebeten habe.«

Es wurde ein langer Brief; Andrej berichtete Tanja alles, was in Petersburg geschehen war. Die Kerzen brannten knisternd herunter, und es war nach Mitternacht.

»Siehst Du, Tanjuschka«, schrieb Andrej am Ende, »und darum bin ich nun froh, Dich in Bjely Dom zu wissen. Bleibe dort, bis ich zurückkomme – und wenn ich im Leben jemals etwas mit heißem Herzen gewollt habe, dann ist es dies: zurückzukommen zu Dir. Dann werde ich Dich zum letztenmal fragen, ob Du mich heiraten willst, und wenn Du dann nicht ja sagst, werde ich in die üblen Angewohnheiten meines früheren Lebens zurückfallen: spielen, trinken, Weibergeschichten und Ehrenhändel.

Adieu, Tanjuschka, Gott mit Dir und meinetwegen auch mit Deinem verflixten eigensinnigen, eifersüchtigen Pawel und Deiner Schule und der Färberei und was Dich sonst noch hindert, mich ohne alle Vorbehalte zu lieben!«

Siebzehn Tage später traf Andrej im russischen Heerlager vor Ismail ein. Immer wieder hatte er unterwegs in den schnellen Kutschen der Extrapost endlose Kolonnen von Soldaten überholt, die alle in Richtung Front marschierten. Auf schweren Lafetten wurden Kanonen gezogen, zahllose Fouragetransporte quälten sich über die staubigen Straßen, beladen mit Munition, Verpflegung und Winterausrüstung. Und dann kam der Herbstregen und verwandelte alles Land in eine Schlammwüste. Im russischen Lager traten die ersten Fälle von Typhus und Cholera auf, und die Stimmung unter den Männern, die darauf gehofft hatten, zum Herbst nach Hause zurückzukehren, war deprimiert. Erst im November rauchte ein neuer Hoffnungsschimmer auf. Es war der Zarin gelungen, einen zweiten Friedenskongreß in Bukarest durchzusetzen. Langwierig und zäh waren die Verhandlungen; sie zogen sich über den ganzen Winter hin und endeten dennoch ohne Ergebnis. Die Pforte war nicht bereit, die russischen Friedensbedingungen zu akzeptieren.

Und wieder dröhnten die Kriegstrommeln, riefen zu Sieg und Tod, ertönte das Kriegsgeschrei: Mit Allah oder mit Gott wider den Feind!

Katharina befahl Generalfeldmarschall Rumjantzow, an der Türkenfront vorzurücken. Er müsse mit seinen Armeen die Donau überschreiten, um mit Waffengewalt das zu erreichen, was man durch Verhandlungen nicht hatte durchsetzen können.

Die Stellungen bei Ismail und Braila wurden geräumt, und Andrej schrieb an Tanja im Morgengrauen vor dem Aufbruch: »Wir greifen an. Warten ist Rückschritt, hat Rumjantzow gestern bei einer Lagebesprechung gesagt. Wir Offiziere versuchen, den Soldaten Kampfgeist zu vermitteln – das fällt schwer, da der Krieg nun schon so lange dauert und die allgemeine Ansicht vorherrscht, man habe genug gesiegt, der Rest sei Sache der Diplomaten. Aber wir marschieren, und ich rechne damit, heute mittag dem türkischen Heer gegenüberzustehen…«

Er irrte sich. Die Türken wichen zurück bis zur Donau. Die von ihnen erwartete Entsatzarmee war noch nicht eingetroffen; man wollte kein Risiko eingehen. Und da lag nun der Fluß nach tagelangem Fußmarsch, nachdem sich Pferde und Wagen durch den morastigen Schlamm von lehmiger Erde und geschmolzenem Schnee gequält hatten, da lag er im ersten fahlen Frühlicht, breit, glänzend, mit kleinen hüpfenden Wellen und baumbestandenen Inseln in der Mitte, und am anderen Ufer sah man die türkischen Laufgräben und Geschützbatterien. Einen Tag und eine Nacht noch zögerte Rumjantzow den Angriff hinaus, um den erschöpften Männern Zeit zum Atemholen zu geben. Er führte einige schnelle, wendige Boote mit und hatte Flöße bauen lassen, die, aneinandergebunden, eine Art Brücke bildeten, auf der Infanterie und Artillerie ans andere Ufer gelangen konnten, freilich ständig dem türkischen Geschoßhagel ausgesetzt.

Der Tag des Angriffs zog grau und regnerisch herauf. Über Wasser und Wald schwammen träge Nebelschwaden, und im russischen Lager wurde ein Feldgottesdienst abgehalten.

Dann wurde zum Angriff geblasen. Die Tambourmajore trommelten dumpf und mit aufpeitschendem Rhythmus, als drei Infanterieregimenter, darunter das von Andrej, zu den Booten marschierten.

Das Trommeln wurde von den ersten Einschlägen der türkischen Kartätschen übertönt, sobald die Boote zu Wasser gelassen waren. Andrej stand am Bug des einen, vor sich in einem zweiten sah er Grigorij Alexandrowitsch Potemkin, der Marschall Rumjantzow gebeten hatte, die Operation leiten zu dürfen. Reglos, das bleiche Gesicht dem jenseitigen Ufer zugewandt, stand er da, und die heulenden Geschosse, die rechts und links von ihm klatschend ins Wasser schlugen, schienen ihn nicht im geringsten zu kümmern. Als der Fluß seichter wurde, war Potemkin der erste, der aus dem Boot sprang und sich mit dem Ruf: »Vorwärts! Mit Gott für die Zarin!« den anstürmenden Türken entgegenwarf. Indessen überquerte auch die Kavallerie auf ihren Pferden schwimmend den Fluß, von türkischen Berittenen empfangen. Zwei der russischen Boote waren von Kanonenkugeln und Flatterminen getroffen worden und barsten auseinander, als wären es Spielzeuge, die ein mutwilliges Kind zerfetzte. Wer von der Besatzung noch schwimmen konnte, versuchte, sich auf die russische Seite zurückzuretten. Doch dort wurden die, die nicht verwundet waren, auf die Flöße getrieben, die in großer Hast durch armdicke Taue miteinander verbunden wurden.

Die Russen erlitten schwere Verluste. Ein Teil wandte sich angesichts der türkischen Übermacht zur Flucht, aber sie wurden von ihren Offizieren zurückgedrängt. Der junge Fähnrich, der die Standarte mit dem Zarenadler trug, fiel; eine türkische Lanze bohrte sich ihm in den Hals. Es war Potemkin, der sich, den blanken Säbel in der Faust, zu ihm durchkämpfte und dem Sterbenden die Fahne entriß. »Vorwärts, Brüder!« schrie er. »Gebt es den verfluchten Hunden! Kämpft! Schlagt zu! Siegt!«

Die Türken wehrten sich verbissen, aber schon gegen Mittag hatten sie ihre befestigten Stellungen aufgeben müssen, und als sich die Russen zu immer neuen Angriffskolonnen formierten und nach vorn stürmten, sahen sie schließlich ihr Heil nur noch in der Flucht. Als die Dämmerung herniedersank, schwiegen die Waffen.

Von Westen her zog ein Gewitter auf, und der Himmel verfinsterte sich rasch, während die russischen Soldaten das Schlachtfeld nach Toten und Verwundeten absuchten. Feldschere versorgten die Verletzten, so gut es ging, und für die Gefallenen wurden Massengräber ausgehoben. Marschall Rumjantzow aber sandte einen Kurier mit der Siegesmeldung nach Petersburg. Darin stand auch, daß er Generalmajor Potemkin wegen der beispiellosen Tapferkeit, die er an diesem Tag gezeigt und die nicht wenig zum Erfolg der militärischen Operation beigetragen habe, zur Beförderung zum Generalleutnant vorschlage.

Potemkin war verwundet worden; er hatte einen Säbelhieb über den linken Arm bekommen. Es war eine Fleischwunde, aber er hatte sehr viel Blut verloren und dennoch weitergekämpft.

Am nächsten Morgen wurde ein Appell abgehalten, um die Listen der Toten und Verwundeten zusammenzustellen. Es waren Tausende, aber Potemkin sagte, als er Andrej auf dem Wege zu Marschall Rumjantzows Quartier traf: »Es war ein großer Sieg. Wir müssen Gott danken.«

»Wir schon«, erwiderte Andrej, »weil wir mit dem Leben davongekommen sind. Aber die anderen... Mein kleiner Trommler ist heute früh gestorben und mehr als die Hälfte meines Regiments gefallen. Deshalb meine ich, daß es ein teuer erkaufter Sieg ist.«

Potemkin blieb stehen. »Zweifellos. Und wir werden noch größere Opfer bringen müssen, Oberst Dobrynin, dank Ihres Freundes Orlow!« Er spie den Namen förmlich aus, und sein voller Mund verzog sich, als empfände er großen Widerwillen. »Wenn ich denke, daß wir schon ein Dreivierteljahr lang Frieden haben könnten, wenn Fürst Orlow nicht auf so unverantwortliche Weise die Verhandlungen abgebrochen hätte!«

»Das ist ein alter Zopf«, sagte Andrej ruhig. »Inzwischen war Bukarest, Exzellenz, und damit hatte Orlow nichts zu tun.«

»O doch! Denn seine Pflichtvergessenheit hat allen späteren Unverschämtheiten der Pforte Vorschub geleistet. Und wenn Sie die Gefallenen beklagen, Oberst Dobrynin, dann sollten Sie Orlow um ihretwillen hassen. Statt dessen haben Sie bei der Zarin für ihn gebeten...«

»Sie sind gut informiert. Deshalb müßten Sie auch wissen, daß es für Sie keinen persönlichen Grund mehr zur Feindseligkeit gegen Orlow gibt. Er ist abgesetzt, entmachtet...«

»Aber er verkehrt wieder bei Hof. Das ist Ihnen doch bekannt? Eines Tages ist er, trotz des Verbotes Ihrer Majestät, im Winterpalais erschienen, als ob nichts geschehen wäre. Und niemand – niemand hat ihm seinen Degen durch die Brust gerammt. Niemand hat sich auf ihn gestürzt und ihn getötet, obwohl er es hundertfach verdient hätte.«

»Sie hätten es zweifellos getan«, sagte Andrej ironisch. »Aber vergessen Sie nicht, daß Ihre Majestät auch nicht nach den Wachen gerufen hat, um Orlow verhaften zu lassen. Und es ist ein offenes Geheimnis, daß Wassiltschikow sie inzwischen zum Sterben langweilt…«

Potemkin verfärbte sich. »Schweigen Sie! Wahrhaftig, Dobrynin, wenn wir nicht im Krieg wären, Sie würden noch heute Bekanntschaft mit meinem Degen machen!«

»Nun, wenn wir Glück haben und beide mit heiler Haut zurückkommen, dann können wir es nachholen.« Andrej grinste schief und ließ Potemkin einfach stehen.

Die Bestätigung von Potemkins Beförderung zum Generalleutnant kam, als das Heer Silistria erreicht hatte und mit der Belagerung begann.

Tag um Tag dröhnten die russischen Kanonaden, längst waren die Vorstädte in Flammen aufgegangen, aber das osmanische Heer wehrte sich mit dem Mut der Verzweiflung.

Und dann tauchte im russischen Lager das Gerücht auf, die Entsatzarmee unter dem Großwesir Muhsinzade Muhammed-Pascha habe das russische Heer von beiden Seiten umgangen, um es in die Zange zu nehmen und ihm so den Rückzug über die Donau abzuschneiden. In der Nacht verließen zwei Spähtrupps in verschiedenen Richtungen das Lager der Russen. Einen von ihnen führte Andrej. Er hatte sich freiwillig dazu gemeldet, weil Leutnant Juschenko, der ursprünglich die aus zehn Männern bestehende Schar hatte begleiten sollen, sich beim Reinigen seiner Pistole in die Hand geschossen hatte. Juschenko war einundzwanzig Jahre alt, ein stiller Träumer, der Gedichte las und an der Grausamkeit des Krieges bis zum Kranksein litt. Andrej war ziemlich sicher, daß er sich absichtlich verletzt hatte, um nach Hause geschickt zu werden.

Jetzt saß er in seinem Zelt, bleich, mit verpreßtem Mund, denn er hatte Schmerzen, und er würde seine linke Hand nie wieder gebrauchen können. »Es tut mir leid.« hatte er gesagt, als Andrej nach ihm sehen kam. »Ich wollte es nicht… Ich weiß gar nicht, wie es passieren konnte, Herr Oberst.«

Andrej hatte ihm zugenickt. »Schon gut, Leutnant. Es war ein Unglücksfall. Seien Sie froh, daß er so glimpflich abgelaufen ist.« Und dann war er selbst mit seinen Männern auf Spähtrupp geritten. Es war eine klare, schon ein wenig kühle Nacht. Die Vorstadt von Silistria, deren Ruinen schwarz und ausgebrannt in den Himmel ragten, blieb hinter ihnen zurück.

Sie ritten durch ein gespenstisch leeres Gebiet. Die Dörfer, die Gehöfte und Fischerhütten am Weg, alles war schon seit Wochen verlassen. Die Hand des Krieges lastete schwer auf dem Land.

Nach zwei Stunden erreichten sie ein unwegsames Waldstück, das sich in südwestlicher Richtung bergauf zog. Manchmal mußten sie absteigen und ihre Pferde beim Zügel nehmen, um sich durch das Gewirr von Bäumen und Gestrüpp einen schmalen Pfad zu suchen.

»Wir hätten am Flußufer bleiben sollen«, murrte Wachtmeister Stolowjew, ein alter, erfahrener Haudegen, der sämtliche Feldzüge seit Kriegsbeginn mitgemacht hatte.

»Dann wären wir ins Sumpfgebiet geraten« erwiderte Andrej gemütlich. »Hast du das vergessen? Also halt's Maul und bleib hinter mir. In einer halben Stunde sind wir auf der Hügelkuppe und haben freie Sicht. Wenn in der Flußebene tatsächlich ein Teil von Muhsinzade Muhammed-Paschas Armee lagert, müssen wir sie von dort aus sehen.«

»Heilige Schmerzensmutter, und dann denselben Weg noch mal zurück!« stöhnte Stolowjew. »Mein Gesicht ist jetzt schon so zerkratzt, als hätte ich eine Jungfrau vergewaltigt. Verdammtes Dornengestrüpp! Nicht mal einen vernünftigen Wald gibt es hier wie daheim in Perawonje, durch den ein anständiger Christenmensch aufrecht gehen kann.«

Er mußte nicht mehr denselben Weg zurückreiten. Er war der erste, der, von einem türkischen Säbel getroffen, fiel, kaum daß sie freies Gelände erreicht hatten. Die Gerüchte hatten nicht getrogen. Muhsinzade Muhammed-Paschas Armee hatte sich zwei Tagesmärsche vor Silistria geteilt, um den russischen Belagerern von beiden Seiten in die Flanke zu fallen. Unten im Tal, nur einige Werst entfernt, sah man ihre Lagerfeuer, und Andrejs kleiner Trupp fiel einer dreifachen Übermacht von türkischen Spahis in die Hände, die auf kleinen, schnellen Pferdchen die Gegend erkundeten.

Nur zwei russische Soldaten erreichten im Morgengrauen wieder die russischen Stellungen von Silistria. Die anderen hatte man niedergemacht.

»Auch Oberst Dobrynin?« fragte Potemkin, der die beiden vorführen ließ. Der eine nickte. Baschin hieß er. Ein junger Bursche mit blondem Haar und den blauen Augen des Ukrainers.

»Er hat ein paar der verfluchten Mohammeds mitgenommen. Aber dann bekam er einen Hieb über den Kopf und stürzte. Ich hab's gesehen; er blieb liegen wie ein gefällter Baum. Er war tot.«

Tanja erhielt die Nachricht einen Monat später. Die Zarin selbst teilte sie ihr in einem Handschreiben mit.

Es war ein Tag im Herbst, der so schön war, als wolle die Natur, ehe sie sich zum großen Sterben anschickte, noch einmal alle Leuchtkraft sammeln im Rausch der Farben und des Lichts.

Die Bäume im Park von Bjely Dom flammten in Rot und Gelb und Braun und Gold. Die weißen Stämme der Birken leuchteten seidig in der Sonne. Die Luft roch nach Frische und aufgebrochener feuchter Erde. Schwärme von Kranichen und Wildgänsen sammelten sich auf den abgeernteten Feldern und stießen mit schrillem Schreien in keilförmigen Formationen in den stahlblauen Himmel.

›...er ist gestorben für Rußland‹ schrieb die Zarin. ›Wollte Gott, er lebte noch, denn ich vermag mir vorzustellen, meine liebe Madame Tutscharewa, was sein Verlust Ihrem Herzen bedeutet...‹

Tanja schrie nicht und weinte nicht. Sie saß in ihrem sonnendurchfluteten Schreibzimmer, den Brief der Kaiserin vor sich auf dem mit Intarsien verzierten Kirschbaumsekretär, und starrte darauf nieder. Und etwas starb in ihr, während sie die Worte noch einmal las und dabei die Lippen bewegte, als begriffe sie sonst deren Sinn nicht.

Einen Augenblick lang dachte sie: Ich halte das nicht aus. Ich werde wahnsinnig. Oder mein Herz hört auf zu schlagen. O Gott, wie ist es möglich, daß ich noch sehe, höre, atme, fühle...

Und dann las sie weiter, ganz mechanisch: ›Wenn Sie nach Petersburg kommen, meine Liebe, werden wir gemeinsam um ihn weinen. Ja, ich hoffe sehr, daß Sie nun kommen werden. Es gibt hier mancherlei, das Sie von Ihrem Schmerz wird ablenken können. Der Großfürst ist verlobt und soll noch diesen Monat heiraten. Eine deutsche Prinzessin ist es – Wilhelmine von Hessen-Darmstadt, die bei ihrem Übertritt zum orthodoxen Glauben den Namen Natalja Alexejewna erhielt. Wir bekommen also wieder einen ›Jungen Hof‹, und der Platz einer Ehrendame bei Ihrer Kaiserlichen Hoheit wäre gerade das Rechte für Sie...‹

Tanja nahm den Brief und faltete ihn sehr sorgfältig zusammen. Und dann zerriß sie ihn ebenso sorgfältig in viele kleine Teile. Sie stand auf und verließ das Zimmer. Über den breiten Korridor ging sie die geschwungene Treppe mit dem geschnitzten Geländer hinunter, durch das Gartenzimmer in den rückwärtigen Teil des Parks. Eine kleine schmiedeeiserne Pforte in der Mauer führte zu dem Wirtschaftshof mit den Stallgebäuden und Scheunen.

Rodja striegelte die beiden Kutschpferde, mit denen sie am Nachmittag nach Sarepta hatte fahren wollen. Als er Tanja kommen hörte, blickte er auf.

»Andrej ist tot«, sagte sie mit steifen Lippen, und sie konnte immer noch nicht weinen. Sie konnte nur immer wieder dasselbe sagen, monoton wie eine Litanei. »Andrej ist tot. Verstehst du, Rodja, er ist tot. Andrej ist tot . «

Sie blieb starr und steinern. Es war anders als bei Boris' Tod. Damals hatte sie gehadert, nach dem Warum gefragt, und Schmerz und Selbstvorwürfe hatten ihr Herz zerrissen. Und eines Tages, als sie genug gelitten, genug geweint hatte, hatte sie begriffen, daß das Leben nicht anders zu haben war als in der Mischung von Glück und Leid. Und in dieser Erkenntnis hatte schon die Genesung gewohnt.

Jetzt jedoch empfand sie nichts außer einer tödlichen, grauenvollen Leere.

In der Nacht schlief Rodja heimlich vor ihrer Tür auf einem Lager aus ein paar Decken und folgte ihr, wohin sie in den nächsten Tagen auch ging. Sie schien es nicht zu bemerken. Sie lebte wie unter einem Glassturz. Was um sie herum geschah, war ferngerückt, außerhalb von dem, was sie dachte und fühlte.

Und dann, eines Abends, geschah das, was Rodja in all diesen Tagen voll dumpfer Furcht hatte kommen sehen. Es war schon dunkel, als Tanja sich noch einmal Takshir satteln ließ und Bjely Dom verließ. Rodja war gerade in seiner Hütte neben den Stallgebäuden, um ein wenig Ordnung zu machen und Stinja, die Katze, zu füttern. Als er den Hufschlag hörte, blickte er durch das kleine Fenster und sah den Rappen mit Tanja auf dem Rücken davongaloppieren. Wenige Minuten später jagte Rodja ihr nach. Er ritt Schutnik, ein kräftiges, ausdauerndes Kosakenpferd, dessen Box der Stalltür am nächsten stand, und hatte sich nicht einmal die Zeit genommen, dem Tier einen Sattel aufzulegen.

Der Abend war still, Takshirs Hufschlag in der Ferne verklungen. Rodja spürte, wie ihm der Schweiß ausbrach. Wohin hatte Tanja sich gewandt? In die Steppe? Zum Fluß? Auf die Straße nach Zarizyn? Oder in die Wälder, die nach Nowo Turgaisk führten?

Auf gut Glück lenkte er sein Pferd zum Fluß hinunter. Und als er den Uferpfad erreicht hatte, begegnete ihm plötzlich Takshir allein. Sekundenlang war Rodja vor Angst wie gelähmt. Dann sprang er vom Pferd, hielt die Hände vor den Mund und schrie: »Tanjuschka!«

Mannshohes Strauchwerk verdeckte ihm die Sicht zum Wasser. Gewaltsam zwängte er sich hindurch. Und da sah er sie. Sie war weiter stormaufwärts geritten, wo an einer Krümmung des Flusses ein paar Boote am Ufer lagen, mit denen die Leute von Bjely Dom zum Fischen fuhren. Eines davon hatte sie losgebunden und ruderte nun auf die Mitte des Flusses zu.

»Tanja! Tanjuschka!« schrie Rodja wieder, wohl wissend, was sie vorhatte. »Komm zurück!«

Er riß sich seine Jacke und das Hemd vom Körper und zerrte an den Stiefeln. Dann warf er sich ins Wasser und schwamm auf die dunkle Silhouette von Tanjas Kahn zu.

Als er noch einen Steinwurf weit von ihr entfernt war, sah er, wie sie aufstand. Ein paar Augenblicke verharrte sie reglos in dem schwankenden Boot, dann sprang sie. Rodjas gurgelnder Schrei und der klatschente Aufschlag ihres Körpers im Wasser kamen fast gleichzeitig.

Tanja ging unter, tauchte wieder auf, und während er mit verzweifelten Schwimmbewegungen auf sie zustrebte, sah er für Sekunden ihr weißes, starres Gesicht, ehe sich die dunkle Flut des Stromes wieder darüber schloß. Rodja holte tief Atem, tauchte und entdeckte ein Stück weiter vorn die treibende Gestalt. In einer letzten Kraftanstrengung bekam er sie zu fassen.

Tanja wehrte sich, schlug um sich und suchte seinem Griff zu entkommen. In Rodjas Ohren dröhnte das Blut. Luft, dachte er, Luft... O Himmelsmutter, ich ersticke. Meine Lungen zerplatzen.

Noch immer hielt er Tanja fest, und so tauchten sie auf, und sie schrie wie eine Rasende: »Nein, nein, laß mich! Ich will nicht!« Sie kämpften miteinander, und plötzlich war sie, von der Gewalt der Strömung getrieben, über ihm und drückte ihn mit dem Gewicht ihres Körpers und des nassen, schweren Kleides nach unten.

Das Dröhnen in Rodjas Ohren schwoll zu einem infernalischen Orkan an, und er wußte: Das ist das Ende. Ich werde sterben, zusammen mit Tanjuschka... Er wußte nicht mehr, daß er sie losließ. Seine Arme, seine Beine zuckten. Ein Schrei drängte sich auf seine Lippen, doch er blieb lautlos, vom Wasser erstickt. Und dann wurde alles klein und fern und wesenlos.

Das erste, was er wieder wahrnahm, war das Schluchzen einer Frau, unterbrochen von gestammelten Wortfetzen.

»Rodja, um Christi Barmherzigkeit willen, wach auf. Alles ist meine Schuld. Verzeih mir, bitte, Rodja…«

Er spürte, wie jemand seine Arme bewegte, hin und her, nach oben und unten, in einem gleichmäßigem Rhythmus. Rasselnd holte er Atem. Es stach und schmerzte, und vor seinen Augen tanzten feurige Räder. Er war so schwach, daß er meinte, kein Glied rühren zu können, und die Übelkeit wuchs, bis er sich keuchend erbrach.

Die Frau hielt seinen Kopf, und dann hörte er das Reißen von Stoff und spürte, wie sie ihm mit einem nassen, weichen Lappen über das Gesicht wischte.

Rodja würgte und hustete und spuckte, und noch immer hatte er das Gefühl, ersticken zu müssen, aber allmählich wurde ihm besser,und als er die Augen öffnete, erkannte er Tanja, die sich über ihn beugte. Sie weinte, und das schwarze Haar hing ihr in nassen Strähnen ins Gesicht.

»Ach, Rodja«, stammelte sie und küßte ihn, »ich habe solche Angst um dich gehabt.«

Sie zitterte am ganzen Körper und begriff selbst nicht mehr, wie sie die Kraft aufgebracht hatte, mit dem leblosen, schweren alten Mann zum Ufer zurückzuschwimmen und ihn die flache Böschung hinaufzuziehen. Aber sie hatte Rodja nicht sterben lassen können.

»Tanjuschka…«, murmelte Rodja schwach, doch sie legte ihm die Hand auf den Mund. »Sprich jetzt nicht. Bleib ruhig liegen.«

Er tastete nach ihrem Gesicht. »Du weinst? Endlich weinst du. Das ist gut. Ach, Tanjuschka, versprich mir…«

Sie wußte, was er meinte, und nickte. »Ja, Rodja. Ich verspreche es. Ich tue es nicht wieder. Du mußt keine Angst haben, es ist vorbei. Vorhin im Wasser, als ich dachte, du…« Ihre Stimme brach. Sie nahm seine Hand und legte ihre Wange hinein. »Da habe ich geschworen: Wenn ich es schaffe, dich lebend ans Ufer zurückzubringen, will auch ich leben.«

Er lächelte schwach. »Andrej… Andrej würde es nicht anders wollen.«

»Meinst du? Ach, Rodja, es ist so schwer…«

»Ich weiß, Töchterchen. Aber du hast noch viel, um dessentwillen du es durchstehen mußt. Man kann sich nicht einfach davonstehlen, wenn man ein Söhnchen hat – und das hier…«

Er nahm eine Handvoll Erde und drückte sie ihr zwischen die Finger. »Ich meine Bjely Dom. Du denkst, du bist entwurzelt. Aber das stimmt nicht. Deine Wurzeln sind hier, und sie reichen tief. Es gibt so vieles, was du noch tun willst. Du hast es nur vergessen.«

Er schwieg erschöpft, und Tanja betrachtete die feuchte, dunkle Erde in ihrer Hand. Wie recht Rodja hatte! Dies hier band sie an das Leben. Dies und Pawel.

Es war die Stunde des Sonnenuntergangs, in der von allen Minaretten die Muezzins zum Gebet riefen, als der jüdische Renegat Nathan ben Ephraim mit seinen Begleitern in Konstantinopel einritt. Sein Haus lag an der Küste des Marmarameeres, und von dem flachen Dach aus konnte man das gewaltige Fort der Sieben Türme sehen.

Da zwei Vorreiter Nathan ben Ephraims Heimkehr gemeldet hatten, erwartete ihn seine Tochter Rabbea bereits im Vorhof. Nach moslemischer Sitte war sie verschleiert, nur die hohe, noch kindliche Stirn mit dem spitzen Haaransatz und die rehbraunen Augen, die die ganze stille Heiterkeit ihrer neunzehn Jahre widerspiegelten, ließ der lindgrüne Musselin frei.

Rabbea warf sich in die Arme ihres Vaters. »Ich bin so froh, daß ihr gesund zurück seit. Seit ich von der Belagerung Silistrias erfuhr, war ich in Angst um dich und Mutter.«

Nathan ben Ephraim strich ihr lächelnd über den Kopf. »Hast du vergessen, daß uns nur geschehen kann, was Allah uns vorausbestimmt hat? Freilich war es nicht angenehm, viele Tage lang in der Stadt eingeschlossen zu sein. Aber schließlich hat Muhsinzade Muhammed-Pascha den Feind bis über die Donau zurückgeschlagen, und wir konnten Silistria ungehindert verlassen.«

Indessen waren auch Nathan ben Ephraims schwerbewaffnete Sklaven, die ihn auf der Reise nach Silistria begleitet hatten, aus den Sätteln gestiegen. Zwei von ihnen halfen Abigail, Nathans Weib, aus ihrer von einem Kamel getragenen Sänfte. Abigails Augen leuchteten auf, als Rabbea auf sie zulief. »Mein liebes Kind, laß dich umarmen.« Sie schob den Schleier zur Seite und küßte ihre Tochter auf die Stirn. Dann wandte sie sich den beiden Sklaven zu. »Bringt den Kranken ins Haus. Stavros soll sich um ihn kümmern. Ich sehe später nach ihm.«

Stavros war der Majordomus, ein Grieche, den Nathan ben Ephraim vor einigen Jahren gekauft hatte. Gerade erschien er im Hausportal, begleitet von Dienerinnen, die silberne Wasserbecken trugen und einen großen zusammengerollten Teppich. »Gesegnet sei Eure Heimkehr, Herr!« rief Stavros und verneigte sich. »Und auch die Eure, Herrin!« Auf ein Zeichen von ihm rollten zwei Dienerinnen den Teppich auf dem Boden aus. »Es ist die Zeit des Abendgebetes. Wenn Ihr Euch dafür reinigen wollt…«

»Gewiß, Stavros«, sagte Nathan ben Ephraim freundlich. »Heute haben wir mehr denn je Grund, Gott zu danken.« Er tauchte die Hände in ein Wasserbecken und vollzog die rituellen Waschungen, ehe er sich auf dem Teppich, das Gesicht nach Mekka gewendet, niederwarf. Die anderen taten es ihm gleich.

Abigail hatte die Augen geschlossen, während sie dachte: »0 Yaweh, mein Herr und Gott, verzeihe mir. Verzeih uns. Ich flehe darum seit siebzehn Jahren, seit Nathan, mein Mann, dem alten Glauben abgeschworen und sich zum Islam bekehrt hat. Mein Kind Rabbea und ich mußten es ihm gleichtun, denn wir schulden ihm Gehorsam. Freilich steht der Gehorsam, den wir dir schulden, höher, und dies, Yaweh, ist meine Sünde. Aber ich liebe meinen Mann; wenn du ihn verdammst, weil er im Glauben seiner Väter schwach geworden und müde der Verfolgung seines Volkes, so will ich mit ihm verdammt sein. Und wenn du mir verzeihst, so verzeihe auch ihm und sei gnädig meinem Kind, das ich, seit es alt genug dazu war, heimlich in allen Gesetzen und Geboten des jüdischen Glaubens unterweisen ließ. Richte uns nicht nach unserer Schwachheit, o Herr, sondern erbarme dich unser in deiner Güte…«

Abigail spürte, wie es ihr heiß in die Augen stieg. Hastig wischte sie die Tränen ab und hob den Blick. Ihr Mann kniete noch immer und berührte mit der Stirn den Boden. Sie hatte ihn nie gefragt, ob er in all den Jahren auch dem Herzen nach ein gläubiger Moslem geworden war, oder ob er sich nur dem Schein nach gebeugt hatte nach jener Schreckensnacht, in der im Judenviertel von Konstantinopel die Häuser brannten und wilde Horden von Janitscharen mit dem Ruf: »Tötet die Ungläubigen!« Männer, Frauen und Kinder niederschlugen und ihre Habe mit gierigen Händen an sich rafften. Nathan, Abigail und die zweijährige Rabbea hatten überlebt. Aber auch ihnen hatte man das Haus angezündet, während sie sich mit vielen anderen in die unterirdischen Kanäle der Stadt geflüchtet hatten und dort das Ende des Tötens und Raubens abwarteten. Am Morgen, als alles vorüber war und sie vor den rauchgeschwärzten Trümmern ihres Hauses standen, hatte Abigail Nathan ben Ephraim zum erstenmal weinen sehen. Und was er gesagt hatte, würde sie bis zu ihrem letzten Atemzug nicht vergessen: »Welch ein Fluch, das auserwählte Volk zu sein! Welch ein Gott, der seine Kinder seit Jahrhunderten verfolgen läßt! Liebt er ihr vergossenes Blut, ihr Schreien und Wehklagen? Erfreuen ihn die Qualen der Unschuldigen, die Furcht seiner Kinder? Dann, Yaweh, bist du ein furchtbarer Gott, und deine Züchtigungen sind unmenschlich, unbegreiflich, unverzeihlich. Und ich, Nathan, der Sohn Ephraims, der ich ein lebendiges Herz habe, das fühlt und leidet, kann nicht mehr zu dir beten.«

Ja, so war das gewesen damals, und wenige Wochen später, in denen Nathan düster und in sich gekehrt gewesen war, war er zum moslemischen Glauben übergetreten. Wie hätte Abigail da noch nach dem Warum fragen mögen. Sie war diesen Schritt mit ihrem Mann gegangen, und das Kind Rabbea, das noch zu klein gewesen, als daß man es hätte um seinen Willen fragen können, auch. Aber niemals hatte Abigail aufgehört, zu Yaweh, ihrem alten Gott, zu beten und sich nach Jerusalem, der heiligen Stadt zu sehnen, von der alle Juden träumten als von dem Ort, der einst ihnen gehört hatte und ihnen wieder gehören würde – irgendwann, wenn es Yaweh gefiel, sein Volk von neuem zu sammeln.

Nathan ben Ephraim hatte sein Gebet beendet und stand auf. Auch die anderen erhoben sich; man wandte sich den Pferden und den Lastkamelen zu, die abgesattelt und versorgt werden mußten.

Abigail winkte Stavros, dem Griechen. »Wir haben einen christlichen Sklaven gekauft; er ist krank und liegt im Fieber in meiner Sänfte. Sorge dafür, daß er zu Bett gebracht wird. und gib ihm ein Zimmer in meiner Nähe, nicht im Sklavenhaus.«

Der Kranke hatte die Augen geöffnet, als er ins Haus getragen wurde. Aber er nahm nichts von seiner Umwelt wahr. Er glühte vom Fieber, murmelte unablässig vor sich hin, und sein Kopf war verbunden. Das Gesicht war ausgemergelt, Kinn und Wangen waren von einem dunklen, wildwuchernden Bart bedeckt.

Manchmal schossen Fetzen der Erinnerung durch sein Hirn. Das Gefecht mit den Türken. Blitzende Schwerter im ungewissen Nachtlicht. Stolowjew, der auf der Erde lag, den Kopf vom Rumpf getrennt. Er selbst, der mit drei türkischen Spahis zugleich kämpfte, und die jähe Erkenntnis: Es ist umsonst. Sie schaffen uns. Es sind zu viele. Auch an den Schrei erinnerte er sich noch, den Baschin, der junge Ukrainer, ausgestoßen hatte: »Oberst Dobrynin! Vorsicht!«

Er war herumgefahren, aber für den Bruchteil eines Augenblicks zu spät. Ein weißer Pferdeleib tauchte vor ihm auf, blaugoldene Verschnürungen blitzten auf einem Uniformrock, und der Mann im Sattel hatte einen schmalen, lang herunterhängenden Oberlippenbart gehabt. Seltsam, wie sich so etwas einprägte. Mit einem breiten Grinsen hatte er den hocherhobenen Säbel heruntersausen lassen.

Irgendwann in der Morgendämmerung mußte Andrej wieder zu sich gekommen sein, aber nur für Augenblicke. Er entsann sich, daß er gesehen hatte, wie der Himmel hell wurde und die Sterne verblaßten. Und dann hatte es jäh und grell hinter den bewaldeten Hügeln im Osten aufgeflammt. Die Sonne kündigte sich mit gleißenden Strahlenbündeln an, die ihn wie spitze Pfeile trafen. Sie taten seinen Augen weh, und er versuchte, sich davor zu schützen, aber er war wie gelähmt, unfähig, den Arm zu heben oder den Kopf zu drehen. Das konnte er erst viel später, als die Sonne schon wieder schräg am Himmel stand, und als er sich bewegte, flatterte dicht neben ihm ein Schwarm schwarzer Vögel auf: Krähen. Sie hatten auf einem Pferdekadaver gesessen und mit ihren großen, harten Schnäbeln Fleischfetzen aus der blutverkrusteten Wunde gepickt, die ein Säbelhieb dem Tier an der Kehle geschlagen hatte.

Sie blieben, die Krähen, und flogen nur aufgeregt kreischend ein paar Runden, ehe sie in einiger Entfernung wieder zur Erde herabstießen.

Diesmal saßen sie auf der Leiche eines Menschen. Andrej sah es, als es ihm endlich gelungen war, sich halb aufzurichten. Es war Rabinskij, einer von seinen Leuten, und er war nackt. Die Türken hatten ihm die Uniform und die Stiefel ausgezogen. Er lag auf dem Rücken, und sein Bauch war eine riesige klaffende Wunde.

»Weg! Weg da!« wollte Andrej schreien. Aber es wurde nur ein Flüstern. Mit den Händen tastete er über die Erde, auf der Suche nach einem Stein, um die Vögel damit zu verjagen. Er fand nur ein Grasbüschel, das er mit letzter Kraft ausrupfte. Zu werfen vermochte er es nicht mehr. Er fiel hin, mit dem Gesicht nach unten, die Hände in den Boden gekrallt.

Eine Weile blieb er liegen, dann versuchte er abermals, sich hochzustemmen. Aufzustehen vermochte er nicht, und so bewegte er sich kriechend auf Händen und Knien vorwärts, legte immer wieder Pausen ein, in denen der Schmerz in seinem Kopf ihn fast um den Verstand brachte, aber er gab nicht auf. Er kroch weiter.

Irgendwann in der Dunkelheit tauchten die Umrisse eines Bauernhauses auf. Das windschiefe Tor war offen, er sah einen Ziehbrunnen, aber er wußte, er würde nicht die Kraft haben, den Eimer an der Winde hochzuziehen, um zu trinken, wenngleich seine Kehle wie ausgedörrt war.

Das Gehöft war verlassen; seine Bewohner mit ihrer Habe vor den Soldaten geflüchtet. Andrej kroch in den leeren Stall, wühlte sich zwischen faulig riechendes Stroh und dachte: Wenigstens bin ich nicht unter freiem Himmel. Und die Krähen… die Krähen werden mich nicht bekommen.

In der Nacht kam das Fieber, und er wußte nichts mehr von sich. Da waren nur ganz wenige Momente klaren Begreifens, alles andere versank in Schmerzen und Delirium.

So fand ihn Nathan ben Ephraim vier Tage später, als er Silistria sogleich nach Rumjantzows Abzug verließ und auf dem Wege nach Konstantinopel haltmachte, um seine Pferde und Kamele zu tränken.

Einer seiner Sklaven hatte Andrej stöhnen gehört und war in den Stall gekommen. »Ein Russe!« schrie er, als er wieder ins Freie stürzte. »O Allah, da drinnen liegt ein Russe. Er hat etwas gesagt, und ich kenne seine Sprache, auch wenn ich sie nicht verstehe. Herr, du tust ein gutes Werk, wenn du mir erlaubst, daß ich ihm die Kehle durchschneide und seine verfluchte Seele zur Hölle schicke.«

Es war Abigail, die verhinderte, daß Andrej getötet wurde. Als erstes säuberte sie die furchtbare Wunde, die er davongetragen hatte, verband sie notdürftig mit den Streifen eines Musselinschleiers und flößte ihm zu trinken ein. Dann befahl sie, daß man ihn in ihre Sänfte trug.

Aber davon wußte Andrej nichts. Nur manchmal glaubte er, eine Frau über sich gebeugt zu sehen, mit dunklen, schwerlidrigen, traurigen Augen. Aber diese Frau konnte genauso gut ein Gebilde seiner Fieberfantasien sein. Bei klarem Bewußtsein erkannte er Abigail erst, als er in einem kühlen, abgedunkelten Zimmer lag, in einem Bett mit linnenbezogenen Decken.

Abigail war dabei, seinen Kopfverband zu erneuern, und strich eine Salbe auf die Wunde, die sich quer über den ganzen Schädel zog. Ihre Hände waren sanft und geschickt; sie gewahrte, daß sein Blick klar war, und sagte lächelnd: »Willkommen in der Welt…«

Er verstand sie nicht, denn sie sprach Türkisch. Und als er stockend auf russisch und dann auf französisch fragte: »Wo bin ich? Wer sind Sie?«, schüttelte sie den Kopf und bedeutete ihm durch Gesten, nichts zu fragen, sondern abzuwarten und zu schlafen.

Er schlief tatsächlich sogleich wieder ein, und als er das zweitemal erwachte, war wiederum Abigail bei ihm und mit ihr eine unverschleierte alte Frau, schwarz gekleidet, auf dem Kopf den Scheitel, die Perücke der strenggläubigen Jüdinnen. »Guten Abend«, sagte sie in einem etwas kehlig klingenden Russisch. »Ich bin Thamar. Abigail, Nathan ben Ephraims Weib, hat nach mir geschickt, weil ich deine Sprache spreche. In meiner Jugend habe ich eine Zeitlang in Kiew gelebt. Du bist doch Russe, nicht wahr?«

»Ja«, sagte er. Unruhe trat in seine Augen. »Aber…«

»Und du bist Offizier«, unterbrach ihn die alte Frau. »Als man dich fand, trugst du noch deine Uniformhose. Wie heißt du?«

»Andrej«, erwiderte er. »Andrej Petrowitsch Dobrynin. Und wo bin ich?«

»In Istanbul – oder Konstantinopel, wie ihr Russen es nennt. In Nathan ben Ephraims Haus. Er hat dich mitgenommen. Du warst sehr krank, und Abigail und ihre Tochter Rabbea haben dich gepflegt.«

Er versuchte sich aufzusetzen, aber er war zu schwach dazu und fiel wieder auf das Bett zurück. »In Konstantinopel«, murmelte er. »Mein Gott…«

»Es war der einzige Weg, dich zu retten. Vorläufig wirst du hierbleiben müssen, bis der Krieg zu Ende ist. Du würdest hingerichtet, wenn außerhalb dieses Hauses jemand erführe, wer du bist. Aber wenn Frieden ist, kannst du nach Rußland zurückkehren.«

Die Unterhaltung hatte ihn erschöpft. Er schloß die Augen. Kleine Schweißtropfen traten auf sein Gesicht. Abigail tauchte ein Tuch in eine Schale mit parfümiertem Wasser und wischte sie ihm ab . »Er muß jetzt Ruhe haben«, sagte sie zu Thamar. »Aber ich wäre dir dankbar, wenn du in der nächsten Zeit mein Gast bist, weil du die einzige bist, die mit dem Fremden reden kann.«

Thamar lebte bei ihrem Sohn Joab in der Mellah, dem Judenviertel von Istanbul. Joab war Rabbi, und Abigail hatte ihn viele Jahre hindurch besucht, anfangs nur von Aisha, einer alten, halbtauben Sklavin begleitet. Aisha liebte Abigail; sie würde niemals etwas tun, was ihr schaden könnte, deshalb war auch nie ein Wort von den heimlichen Zusammenkünften im Hause des Rabbi über ihre Lippen gekommen. Später hatte Abigail auch Rabbea mitgenommen, zu Sabbatfeiern, zum Pesach-Fest, zum Rosh-Hashana und dem Yom Kippur. Joab hatte Rabbea von der heiligen Stadt Jerusalem erzählt und der Geschichte des Volkes Israel, er hatte sie in den Zehn Geboten Mose unterwiesen und in den Talmud eingeführt. Er war ein kluger, wahrhaft frommer Mann; deshalb hatte er ein gütiges Herz. Er wußte um Schwachheit und das Leid, das daraus wachsen konnte. Er wußte um Sünden, die getan wurden, weil man zuwenig liebte – oder zuviel. Er wußte, daß nicht jeder zum Märtyrer geschaffen war und nicht jeder ein Held des Glaubens sein konnte. Aber er war sicher, daß Gott dies alles noch viel besser wußte, und das hatte den Rabbi Joab duldsam gemacht. Wie hätte er Abigail in ihrer Gewissensnot zurückweisen und ihr den Trost versagen können, den sie im alten Glauben fand? Und wie hätte er das Kind Rabbea entgelten lassen sollen, daß ihr Vater seinen Gott verleugnet hatte?

Seit Thamar im Hause Nathan ben Ephraims wohnte, kam Joab sie einige Male besuchen. Dabei lernte er auch Andrej kennen, dem es jeden Tag ein wenig besser ging. Thamar hatte angefangen, ihm das Türkische beizubringen. Anfangs ging es noch recht mühsam, weil Andrej sehr schwach war und das Sprechen ihn anstrengte. Aber als Rabbea ihm eines Morgens einen belebenden und kräftigenden Trank aus Tamariskenkörnern mit Pfeffer und Zimt brachte und er zu ihr auf türkisch »Danke schön« sagte, strahlten ihre braunen Augen, als habe er ihr ein Geschenk gemacht.

Es war im Oktober, als Andrej so weit genesen war, daß er stundenweise aufstehen und umhergehen konnte. Da wurde er eines Nachmittags zusammen mit Thamar zu Nathan ben Ephraim gerufen. Der jüdische Renegat saß mit untergeschlagenen Beinen auf einem Kissen, neben sich ein Taburett mit allerhand Briefschaften und Papieren.

Nathan ben Ephraim lächelte freundlich und deutete auf einen Diwan. »Setzt euch dorthin. Dich, Thamar, habe ich hergebeten, weil du übersetzen mußt, was ich mit dem Fremden zu reden habe. Bitte, sage ihm zunächst, daß ich mich über seine fortschreitende Genesung freue. Wenn ich mit ihm spreche, werde ich ihn der Einfachheit halber Andrej und du nennen. Er möge das nicht als Geringschätzung auffassen, sondern als Notwendigkeit, da er doch als mein Sklave gilt.«

Andrej nickte, als Thamar ihm Nathan ben Ephraims Worte wiedergegeben hatte. Er hegte große Dankbarkeit für Nathan und Abigail, denn ohne sie, das war ihm klar, würde er nicht mehr leben. Als er ihm das durch Thamar sagen ließ, winkte Nathan ab. »Wir haben nicht an Dank gedacht, als wir dich mitnahmen. Muß man nicht jedem in Not Geratenen helfen? Aber ich bitte dich inständig, daß du nichts tust, was dich und uns in Gefahr bringt. Wenn du dich beispielsweise mit dem Gedanken an eine Flucht nach Rußland trägst, schlag ihn dir aus dem Kopf. Es ist Krieg, und die Landesgrenzen sind zehnmal so streng bewacht wie in friedlichen Zeiten. Man würde dich unweigerlich ergreifen, und da wir dich gepflegt und versteckt haben, wäre das auch unser Ende. Das kannst du nicht wollen.«

Andrej nagte an der Unterlippe. »Ich habe tatsächlich an

Flucht gedacht, mit einem ausländischen Schiff vielleicht. Freilich, ohne Geld würde sich kein Kapitän bereitfinden, mich heimlich an Bord zu nehmen und zu verstecken, aber...« Er blickte Thamar an. »Sag ihm, daß ich gehofft habe, er würde mir das Geld leihen.«

Nathan ben Ephraim schüttelte den Kopf. »Bei Allah, nein! Und glaube mir, daß es nicht wegen der kleinlichen Sorge ist, ich bekäme mein Eigentum nicht zurück. Ich würde dir das Geld schenken, wenn es dir nützte. Aber das Wagnis ist zu groß. Du wärest nicht der erste, dessen Flucht verraten oder entdeckt würde, und dann sind wir alle an Leib und Leben bedroht.«

Er beugte sich nach vorn. »Ich muß dich bitten hierzubleiben. Der Krieg währt nicht ewig, und bis dahin bist du sicher in meinem Hause. Es wird dir nicht schlecht gehen. Du brauchst keine niedrige Sklavenarbeit zu verrichten, nicht einmal um den Schein zu wahren. Wie du weißt, unterhalte ich ein Handelshaus. Ich beliefere das osmanische Heer mit Waffen, Zelten, Munition und Lebensmitteln. Aber ich importiere auch Teppiche, Gewürze, Seidenstoffe und Kaffee in das christliche Abendland. Schiffsladungen und Karawanen mit meinen Wagen gehen nach Frankreich, Österreich, Italien und Deutschland. Das erfordert gelegentlich einen Briefwechsel; Listen und Rechnungen müssen ausgestellt und Angebote unterbreitet werden. Auch Nachfragen sind zu beantworten. Du, Andrej, bist der französischen Sprache mächtig, die die gebildeten Leute in all diesen Ländern reden. Deshalb sollst du, wenn du völlig gesund bist, für mich derartige Schreibarbeiten erledigen, und ich kann guten Gewissens sagen, daß ich dich wegen deiner Sprachkenntnisse in Silistria gekauft habe. Nur bitte, versprich mir, daß du hierbleiben wirst.«

Andrej blickte auf den Marmorboden, den farbenfrohe Teppiche bedeckten, und schwieg eine Weile. »Es ist gut«, sagte er dann stockend, »Sie haben mein Ehrenwort, daß ich keinen Fluchtversuch unternehmen werde. Aber es gibt da jemanden in Rußland.. . eine Frau... Wir wollten heiraten, sobald der Krieg zu Ende ist...«

»Das kannst du doch auch. Du bist am Leben, du wirst gesund werden und zurückkehren.«

»Aber man wird vermuten, daß ich tot bin, und man wird es ihr mitteilen! Gibt es denn keine Möglichkeit, ihr Nachricht zukommen zu lassen, einen Brief? Ich werde ihr nicht schreiben, wo ich bin, nur, daß ich lebe...«

Nathan ben Ephraim senkte die Lider über die Augen. »Gewiß, das können wir versuchen. Ich werde mich umhören, wem man deinen Brief anvertrauen kann. Geh nur und schreib ihn indessen.«

Eine Viertelstunde später kam Andrej zurück und überreichte Nathan ben Ephraim seinen Brief an Tanja. Die Adresse war dreifach geschrieben, von Thamar auf türkisch, von Andrej in kyrillischer und lateinischer Schrift. Er wußte ja nicht, wer alles den Brief befördern würde.

Wieder allein, blickte Nathan ben Ephraim auf den Umschlag. »Tanja Iwanowna Tutscharewa«, las er halblaut und seufzte. Dann ging er zu dem Kohlenbecken in einer Ecke des Raumes, in dem ein schwaches Feuer glimmte. Er zerriß den Brief in kleine Fetzen und verbrannte sie zu Asche.

Diese Tanja Iwanowna Tutscharewa tat ihm leid. Sie würde nicht erfahren, daß Andrej noch lebte. Doch in Zeiten wie den heutigen war es zu gefährlich, einem Fremden einen Brief anzuvertrauen, der an eine Frau in Rußland gerichtet war. Briefe konnten geöffnet und gelesen werden...

Der erste Schnee in diesem Winter fiel in der Nacht zum 16. Oktober auf St. Petersburg. Paul Petrowitsch, Zarewitsch von Rußland, sah es, als er im Morgengrauen erwachte. Ein Geräusch hatte ihn geweckt, und einen Augenblick lang lag er halb schlaftrunken, halb furchtsam zwischen den Seidenkissen und Decken und suchte die dichten Samtvorhänge, die sein Bett umgaben, mit seinen Blicken zu durchdringen. War jemand in seinem Schlafzimmer? Da – das waren doch Schritte! Und jetzt schob eine Hand den Vorhang beiseite.

Paul Petrowitsch fuhr mit einem unterdrückten Schrei hoch.

»Um Gottes willen, Paul, mein Gemahl! Habe ich Sie geweckt? Das wollte ich nicht...« Großfürstin Natalja Alexejewna von Rußland, ehemals Wilhelmine von Hessen-Darmstadt und seit sechs Tagen mit Paul verheiratet, stand im Nachtgewand vor dem Bett. »Mir war kalt, da bin ich aufgestanden und habe Holz im Ofen nachgelegt.«

Pauls verzerrtes Gesicht glättete sich. »Sie haben mich erschreckt. Wie dumm von mir. Und wie dumm von Ihnen, aufzustehen, um das Feuer anzuheizen. Sie sind nicht mehr in Ihrem lächerlichen kleinen Fürstentum. Sie sind die zukünftige Zarin von Rußland, und für jede Handreichung stehen Ihnen Dutzende von Dienern zur Verfügung. Ich werde morgen dem Stubenheizer Stockhiebe verabreichen lassen, daß er nicht für ein anständiges Feuer gesorgt hat, das die ganze Nacht brennt.«

»Ach nein«, sagte Natalja, »es hat ja gebrannt, nur nicht genug. Draußen liegt nämlich Schnee. Und es schneit immer noch weiter. Sehen Sie nur!«

Paul blickte mißmutig zum Fenster, als Natalja die Gardinen beiseite zog. »Tatsächlich! Mögen Sie das? Ich nicht. Er ist ein verdammtes weißes Leichentuch, der Schnee! Wissen Sie, daß die Trauergewänder der Chinesen weiß sind? Sie haben ganz recht damit. Sterben und Winter, das paßt zusammen!« Er legte sich zurück. »Wenn ich Zar bin, werde ich die Krim dem russischen Reich einverleiben. Ich werde nicht so dumm wie meine Mutter sein, die einmal erobertes Land zurückgeben will – für die Unabhängigkeit der Tataren. Und dann werden wir jeden Winter auf der Krim verbringen. Dort ist es nämlich immer warm, und Sie werden des Nachts nicht aufstehen müssen, um den Ofen zu heizen.«

»Es tut mir leid, daß ich Sie damit erschreckt habe.«

»Ich habe einen sehr leisen Schlaf«, sagte er. »Und das ist gut. Niemand wird mich im Schlaf überraschen können. Kein Dieb, kein Mörder…«

»Um Gottes willen, wie können Sie so etwas sagen! Wer sollte Sie denn umbringen wollen!«

»Meine Mutter. Sie hat schon zwei Zaren ermorden lassen, um Kaiserin zu sein. Meinen Vater und Iwan VI. Antonowitsch. Jetzt wäre ich der rechtmäßige Zar, denn ich bin volljährig, und sie hätte nur bis zu diesem Zeitpunkt die Regentschaft für mich ausüben dürfen. Es liegt also auf der Hand, daß sie mir nach dem Leben trachtet!« Er griff nach ihrem Nachthemd. »Kommen Sie ins Bett, Sie zittern ja. Wirklich, ich habe Angst gehabt, so lange ich denken konnte. Nur jetzt nicht mehr – seit Sie da sind. Wir werden immer zusammen schlafen, ja? Dann werde ich mich nie mehr fürchten. Es ist schlimm, wenn man allein ist, Natalja. Ich will nicht mehr allein sein…« Ungeschickt begann er sie zu streicheln, und sie wehrte sich anfangs. »Nein, nicht… bitte nicht, Paul.« Sie war müde. Die ununterbrochene Kette von Festlichkeiten seit ihrer Hochzeit, die Empfänge, Bälle und Soireen strengten sie an. Außerdem empfand sie die körperliche Liebe als etwas unsagbar Peinvolles. Paul war hastig und ungestüm, er fügte ihr Schmerzen zu, und sie ekelte sich vor dem, was er mit ihr tat.

Trotzdem erlahmte auch jetzt sehr rasch ihr Widerstand. Sie schloß die Augen und seufzte. Soviel wußte sie schon, seit sie verheiratet war: Paul konnte sehr hartnäckig sein. Er würde keine Ruhe geben, also war es besser, ihn gewähren zu lassen. Um so rascher ging es vorbei.

Später schlief er fast augenblicklich ein. Natalja aber lag noch eine ganze Weile wach. Ihr war nach Weinen zumute, und sie wäre am liebsten wieder aufgestanden, weil ihr Pauls körperliche Nähe zuwider war.

Aber er war der künftige Zar von Rußland; eines Tages würde sie neben ihm auf dem Thron sitzen. Und da er sie liebte – wenigstens hatte er es oft beteuert –, würde sie Macht über ihn haben. Ein kleines Lächeln huschte um ihre Mundwinkel, und sie entkrampfte sich unter der schweren Bettdecke. Alle Tage wollte sie neue Kleider haben und Juwelen und Pelze. Ihre Eleganz sollte sprichwörtlich werden in St. Petersburg. Ihre Räume würde sie ganz à la Versailles einrichten lassen, und ein goldenes Tafelgeschirr brauchte sie und die schönsten Pferde und Equipagen. Der Mann aber, der ihr zu all diesem verhalf, lag neben ihr. Was tat es, daß sie an seiner Liebe keinen Gefallen fand. Das andere wog mehr, viel mehr…

Eine dichte Menschenmenge säumte die Straße, als der lange Zug der Karossen mit dem kaiserlichen Wappen in den Newskij-Prospekt einbog. In der ersten Karosse saß die Zarin, ihr gegenüber das Thronfolgerpaar. Die Leute jubelten und warfen die Arme in die Luft. »Es lebe unsere Kaiserin! Gott segne Matuschka Jekaterina.« Die Hochrufe auf den Zarewitsch und seine junge Frau klangen etwas dünner. Dennoch beugte sich Natalja zum Fenster und winkte mit strahlendem Lächeln.

Der Zarewitsch saß mit verkniffenem Mund in der anderen Ecke. Es geschah höchst selten, daß er winkend die Hand hob. Sie fuhren zum Orlowschen Palais an der Mojka. Alexej Orlow war von der Flotte im Archipelagus zurückgekehrt und gab zu Ehren des neu vermählten Großfürstenpaares ein Galasouper. Natürlich war es unmöglich, eine Einladung des Generaladmirals der russischen Flotte und Siegers von Tschesme auszuschlagen. Aber Paul Petrowitschs Haß auf alles, was Orlow hieß, war trotz Grigorijs Sturz nicht geringer geworden.

»Er gibt dieses Souper nur, um aller Welt zu beweisen, daß er immer noch mächtig genug ist, uns nach seiner Pfeife tanzen zu lassen«, hatte er auf dem Weg zur Kutsche zu Natalja gesagt. »Und ich wette, daß die ganze verfluchte Orlowbande versammelt ist. Ah, mir wird übel, wenn ich nur daran denke.«

Alexej Orlow kam der kaiserlichen Karosse barhäuptig entgegen, nachdem sie die Baustelle der St.-Isaaks-Kathedrale passiert hatte. Er trug eine juwelenbestickte Uniform und alle Orden und Ehrenzeichen. Katharina ließ halten, als sie ihn erblickte. Alexej riß den Wagenschlag auf, kniete nieder und küßte ihr die Hand. »Ich bin glücklich, daß Ihre Kaiserliche Majestät meinem Haus die Ehre geben«, sagte er, und seine Augen blitzten verwegen wie eh und je.

Es waren sechshundert Gäste geladen, und an der Tafel saß Alexej neben Katharina und Grigorij Orlow ihr gegenüber.

Für einen oberflächlichen Betrachter sah er besser aus als im vergangenen Jahr; er war hagerer geworden, denn er suchte seine Trunksucht zu zügeln. Seine Gesichtsfarbe war frisch, weil er neuerdings viel ritt und jagte. Er sprach gedämpfter, liebenswürdiger, ohne seine übliche polternde Großspurigkeit. Aber wer genauer hinsah, begriff, daß dies alles nur Tünche war.

Niemals erreichte ein Lächeln seine Augen. Sie waren düster, die Augen eines Menschen, der tausend Tode gestorben war und täglich aufs neue Stück um Stück starb.

Nach dem Souper erhob sich Grigorij. »Ich habe ein Geschenk für Eure Kaiserliche Majestät. Wollen Sie mir die Güte erweisen, es anzusehen?«

»Ein Geschenk? Aber Fürst...« Katharina war überrascht und verwirrt.

Orlow winkte dem Haushofmeister, der den riesigen, blumengeschmückten Saal verließ und wenige Augenblicke später mit einem roten Samtkissen zurückkam. Darauf lag etwas, das mit einem Tuch verdeckt war.

Ringsum waren die Gespräche verstummt. Jedermann versuchte einen Blick auf Orlow zu werfen, der dem Haushofmeister das Kissen abnahm und auf die Zarin zuging. Als er neben ihrem Stuhl stand, zog er das Tuch beiseite.

Es ging wie ein Aufstöhnen durch den riesigen Saal: Bewunderung, Fassungslosigkeit, vielleicht auch eine Spur von Neid. Katharina aber starrte vollkommen überwältigt auf den riesigen Diamanten, der auf dem blauen Samtkissen lag. Sie kannte ihn. Er kostete 460 000 Rubel, und sie hatte ihn nicht gekauft, weil er ihr zu teuer gewesen war. Fast 195 Karat wog er, der größte aller geschliffenen Diamanten. Ein Wunder aus dem Schoß der Erde, dem Künstlerhände ein unbeschreiblich gleißendes, sprühendes Feuer verliehen hatten.

Der Großfürst stieß Natalja an. »Das muß der Diamant aus dem Schatz des berüchtigten Schahs Nadir sein. Zuvor war er das Auge einer indischen Brahmastatue. Räuber haben ihn herausgebrochen. Es heißt, er bringe Unglück.«

»Mein Geschenk für Eure Kaiserliche Majestät«, sagte Orlow.

Katharinas Gesicht hatte etwas Hilfloses. »Grigorij, mein Freund, das ist zuviel... Das kann ich nicht annehmen.«

Er wurde plötzlich ernst, und sie kannte ihn lange genug, um zu wissen, daß er meinte, was er nun sagte. Und verrückt genug, es zu tun, war er auch.

»Wenn Eure Majestät mein Geschenk zurückweisen, lasse ich den Stein in tausend kleine Splitter zerschlagen und werfe sie in die Newa.«

»Nun denn...« Katharina atmete tief. »Dann will ich aber, daß mit diesem Stein Ihr Name für alle Zeiten verbunden bleibt. Er soll fortan »der Orlow« heißen, und ich will ihn in meinem Zepter tragen.« Sie streckte die Hände aus und nahm das Kissen mit dem Diamanten. »Wie ich Ihnen dafür danken soll, mein Fürst, weiß ich allerdings nicht.«

Jetzt lachte er wieder. »Es braucht keinen Dank, Majestät. Ihre Freude ist mir genug...« Er trat zurück, und die Zunächstsitzenden erhoben sich von ihren Plätzen und drängten sich um die Kaiserin, um den Diamanten besser betrachten zu können.

In diesem Augenblick trat Fjodor Orlow, Grigorijs und Alexejs jüngerer Bruder, auf die Kaiserin zu und flüsterte ihr etwas ins Ohr. Irritiert blickte sie auf und nickte.

Fjodor verließ den Saal und kam kurz darauf mit Staatsrat Teplow zurück. Teplow hatte sich nicht einmal die Zeit genommen, seinen Mantel abzulegen. »Ich bitte um Vergebung, Kaiserliche Majestät. Soeben traf ein Kurier aus Orenburg von General Reinsdorp ein. Er brachte einen Brief, dessen Inhalt von größter Wichtigkeit ist. Deshalb hielt ich es für meine Pflicht, Eure Majestät sofort zu verständigen.«

Katharina faltete das Schreiben auseinander und las.

›Ihrer Majestät, der Kaiserin von Rußland, Katharina II.

Eure Kaiserliche Majestät!

Hierdurch setzte ich Sie in Kenntnis, daß der aus dem Arrest entflohene Donkosak und Raskolnik Jemeljan Pugatschew eine Räuberbande gebildet und einen Aufruhr im Gebiet des Jajk angezettelt hat. Des weiteren behauptet er in unglaublicher Frechheit, er sei der hochselige Zar Peter III. Fjodorowitsch, Anno 1762 nicht gestorben, sondern seinen Feinden entkommen und nun aus dem Ausland zurückgekehrt, um seinen Thron wieder einzunehmen und sein gutes Volk in Frieden und Gerechtigkeit zu regieren. Die Leute glauben ihm; Soldaten, Bauern, Altgläubige und freie Kosaken laufen in Scharen zu ihm über, ja sogar Baschkiren, Kalmücken und Tataren. Sie haben etliche Festungen längs des Jajk eingenommen und zerstört und ziehen mordend und brennend weiter. Pugatschews nächstes Ziel, so heißt es, sei Orenburg, und ich bereite mich mit dreitausend treuen Soldaten sowie siebzig Kanonen auf eine Belagerung vor. Doch einer großen Übermacht sind wir nicht gewachsen. Darum beschwöre ich Eure Majestät, Entsatz zu schicken, damit der Usurpator nebst seinen Anhängern seiner gerechten Strafe zugeführt werden kann. Ich bin Eurer Majestät ergebenster Diener, Reinsdorp.«

Die Zarin war blaß geworden; in einer heftigen Aufwallung zerknüllte sie den Brief zwischen den Fingern. Pugatschew... ein Name, den sie nie gehört. Ein schmutziger kleiner, unwissender Kosak – und wagte es, sich als der tote Zar auszugeben...

Ich muß ruhig bleiben, dachte Katharina, ganz ruhig. Das ist keine Gefahr. Reinsdorp übertreibt, und Teplow hat sich davon ins Bockshorn jagen lassen. Unzufriedene gibt es immer, und Kosakenunruhen hat es gegeben, seit Rußland besteht. Das erste richtige Bataillon, das man ihm entgegenwarf, würde diesen Pugatschew zermalmen.

Katharina glättete den Brief wieder und faltete ihn zusammen, ehe sie ihn Teplow übergab. »Ich danke Ihnen, daß Sie sogleich gekommen sind, mon cher. Aber es ist sicherlich nicht nötig, sich Sorgen zu machen, geschweige denn heute noch Entscheidungen zu treffen. Wir werden darüber im Lauf der Woche im Kriegskollegium beraten.«

Dies aber war die Wirklichkeit: In Berda, einem Provinznest, sieben Werst vor Orenburg, hatte der Mann, der sich Peter III. nannte, sein Hauptquartier aufgeschlagen. Eine riesige Zeltstadt erhob sich da, ein Lager mit Lehmhütten, Wagen, Pferden, Vieh und erbeuteten Kanonen. Als die ersten Kosaken zu Pugatschew gestoßen waren, hatten sie ihn gefragt: »Was sollen wir mitnehmen?« Und er hatte geantwortet: »Nur eine Brotkruste. Das andere holen wir uns unterwegs .«

Er hatte Wort gehalten. Seinen Weg von Jaizk bis hierher kennzeichneten ausgeplünderte Gehöfte, Speicher und Siedlungen. Die Offiziere hatte man aufgehängt, ihre Häuser ausgeraubt und bis auf die Grundmauern niedergebrannt. Es war, als habe es nur dieses einen Mannes bedurft, um von überallher, aus Dörfern und Städten, aus den weiten Steppenebenen und durch das Völkertor des Ural die Armen und Entrechteten und Verzweifelten zusammenströmen und zu den Waffen greifen zu lassen.

Tag um Tag kamen sie, in kleineren und größeren Trupps, und unterwegs schlossen sich ihnen immer mehr an.

Anfang November zählte Pugatschews Anhängerschaft schon über dreißigtausend Mann. Er blieb zunächst vor Orenburg, das von allen anderen Garnisonen abgeschnitten war, und war bestrebt, die ihm zugelaufenen Scharen von Bauern, Nomaden und Industriearbeitern aus dem Ural zu einer gut gedrillten Armee zusammenzufügen.

Auch nach Bjely Dom drang die Kunde von dem Aufstand, der im Jajk-Gebiet wütete, und Oberst Zipletow, der mit Lydja Wassiljewna aus Zarizyn zu Besuch kam, war der Meinung, Tanja solle, nur der Vorsicht halber, nach Moskau oder St. Petersburg gehen, bis der Aufrührer gefangen und die Revolte niedergeschlagen sei.

»Nicht, daß unmittelbare Gefahr droht«, sagte der Oberst, »doch man kann nicht wissen, wieviel Anhängerschaft dieser Pugatschew noch findet. Es laufen ihm nicht nur Soldaten und Kosaken zu, sondern ganze Dörfer leibeigener Bauern.«

Tanja lächelte. »Aber meine Leibeigenen nicht. Was sollten sie für einen Grund haben? Es geht ihnen gut, sie nennen mich ›Mütterchen‹, wie Sie wissen, und oft genug bringen sie mich in Verlegenheit, wenn sie mir die Hände küssen wollen und mir ihre Kinder bringen, damit ich sie segne.«

Lydja Wassiljewna nahm einen Schluck von dem heißen Gewürzwein. »Das ist wahr – die Leute lieben Sie. Aber auch sie können verhetzt werden und aufgestachelt, abgesehen davon, daß es die Bauern anderer Güter nicht so gut haben wie die Ihren. Und wenn es erst einmal heißt: »Hängt die Gutsbesitzer auf! Zündet ihre Häuser an!«, dann wird man auch vor Bjely Dom nicht haltmachen. Da gibt es keine Unterschiede mehr, fürchte ich.«

Tanja lehnte sich zurück und blickte zum Fenster, vor dem der Schnee sich türmte. In diesem Winter lag er fast drei Arschinen hoch, und noch immer war der Himmel grau, mit schweren Wolken, die ihre weiße Last über Steppe und Strom abschüttelten.

»Sie müßten sie nur sehen, Lydja Wassiljewna«, sagte sie, »wie eifrig sie Tag für Tag in die neue Schule kommen. Kein Wetter hält sie ab, weder die Kinder noch die Großen. Der älteste Schüler ist Archip Lwowitsch, achtundsiebzig Jahre alt. Er kommt mit seinem Urenkel Aljoscha, und Archip sagt, der Teufel solle ihn holen, wenn er nicht ebenso schnell lesen und schreiben lernte wie der Junge.«

Manchmal wohnte Tanja dem Unterricht bei. Sie sah die Kinder mit ihren wißberigen Mienen, die Älteren, wie sie sich plagten, mit oft so ungelenken Fingern, die Buchstaben und Zahlen zu malen, die Geheimnisse des Addierens zu begreifen oder ein paar einfache Sätze zu lesen. Und Tanja erinnerte sich daran, wie sie selbst einst mit so heißem Eifer dies alles hatte lernen wollen – und wie glücklich sie gewesen war, als es ihr gelang.

Im Frühjahr, gleich nach der Schneeschmelze, wollte sie mit

dem Bau der Färberei beginnen. Ihr Vorhaben hatte sich herumgesprochen, und wenn sie durch die Bjely Domschen Dörfer ging, war sie immer wieder angehalten worden: »Ist es wahr, Euer Gnaden? Man kann dort ein Handwerk erlernen – und wenn man gute Arbeit tut, bekommt man Geld dafür? Oh, Euer Gnaden, wenn das so ist, dann denkt an mich mit Eurer Färberei.«

Und da redete Lydja Wassiljewna, daß die Leute verhetzt und aufgestachelt werden könnten und daß man keine Unterschiede machen werde zwischen schlechten und guten Herren und sie allesamt aufhängen?

Tanja vermochte es nicht zu glauben. Und sie vermochte auch nicht um einer vagen Angst willen Bjely Dom zu verlassen. Rodja hatte es gesagt: »Hier sind deine Wurzeln, und sie reichen tief.« Wie recht er hatte!

Sie war seit jenem Abend am Wolgaufer einen langen, schweren Weg gegangen. Und es ist auch nicht wahr, daß die Zeit alle Wunden heilt – die um Andrej heilte nie. Man mußte nur lernen, damit zu leben. Einem Amputierten wuchsen auch die Gliedmaßen nicht mehr nach, aber er versuchte, sich ohne sie zu behelfen. Es gab Krücken, und Bjely Dom war solch eine Krücke für Tanja.

Nein, sie würde nicht fortgehen!

»Wo ist dieser Pugatschew jetzt? Doch immer noch vor Orenburg, nicht wahr?« fragte Tanja. »Dann wird er kaum bis an die Wolga kommen. Und wie Sie sagen, hat sich die Zarin nach anfänglichem Zaudern nun doch entschlossen, den Aufständischen starke Truppen entgegenzuwerfen.«

»Gott, ja...« Zipletows Antwort kam zögernd. »Ihre Majestät hat die Generale Karr und Freimann entsandt, allerdings mit Regimentern, die zum größten Teil aus frisch ausgehobenen Rekruten und alten Männern bestehen. Ob sie einem Krieg an so vielen Fronten – denn Pugatschews Leute greifen heute um Orenburg an, morgen um Jaizk, übermorgen um Werchnje Osernaja oder Ufa – gewachsen sind, weiß ich nicht. Es heißt sogar, Karr sei wieder nach Petersburg abgereist und habe Freimann den Kampf überlassen, nachdem er empfindliche Niederlagen einstecken mußte. Die Unseren sind überall geschlagen worden, und dem Sieger laufen die Leute nach. Das macht die Sache so gefährlich, auch für uns hier. Solch ein Aufstand ist wie ein Feuer, das um sich greift.«

Der Winter ging dahin, und es sah aus, als behielte Oberst Zipletow recht mit seinen Befürchtungen. Zum Ende des Jahres waren die Provinzen Orenburg, Perm, ein Teil von Simbirsk und die meisten der 92 Hüttenwerke im Ural in der Hand der Rebellen. Und wo sie auch hinkamen, überall liefen die Soldaten, die Bauern, die Industrie- und Bergwerksarbeiter zu ihnen über.

Es war tatsächlich wie ein Feuer, das sich ausbreitete. Jaizkische Kosaken, die ersten, die sich Pugatschew angeschlossen hatten, ritten heimlich durch das Land. Sie verbreiteten Pugatschews Manifeste und sprachen von der Freiheit und der grausamen Rache, die man nehmen wolle für alle erlittene Unbill. Es werde keine Rekrutierungen mehr geben, keine Steuern, keine verbrecherischen Adligen, keine korrupten Richter und Beamten.

Sie kamen auch ins Wolgagebiet, durchstreiften die Gegend von Saratow bis Astrachan und waren in Nowo Turgaisk, Tschitscheska und Bjely Dom.

Zwar sagten die Bauern immer noch: »Gott segne Ihre Gnaden, die Prinzessin Tutscharewa. Sie ist gut zu uns, und es mangelt uns an nichts.« Zwar küßten sie Tanja nach wie vor die Hände, wenn sie sie sahen, und die Besonnenen mahnten die, die sich die Köpfe heißreden wollten über die Freiheit. Deshalb blieb es äußerlich ruhig in Bjely Dom, aber unter der Oberfläche gärte es.

Da war ein Pferdeknecht, Sergej Fomitsch, ein bärenstarker junger Kerl, der gerne Händel suchte, raufte und vor dem kein Mädchen, wenn es jung und drall war, sicher war. Fedja Sidurin mochte ihn nicht. »Er taugt nichts, der Halunke«, hatte er schon öfters zu Tanja gesagt. »Ist faul wie ein Dachs im Winter und frech und aufsässig. Ihr solltet ihn verkaufen, Euer Gnaden, und wenn Ihr nur dreißig Rubel für ihn bekommt.«

Aber Tanja haßte es, daß man Menschen wie ein Stück Vieh auf dem Markt feilbieten konnte, und duldete es auf keinem ihrer Güter.

Also blieb Sergej Fomitsch in Bjely Dom, und des Sonntags, wenn die Stallarbeit getan war und jedermann frei hatte bis zum Abend, fuhr er oft mit seinen Schneebrettern nach Nowo Turgaisk und Tschitscheska zu den Kosaken.

Wenn er zurückkam, ging er zu diesem und jenem in die Stube, und hinter sorgsam verschlossenen Türen wurde geflüstert: »Ein Narr ist, wer nicht die Freiheit will. Sollen wir immer angewiesen bleiben auf die Gnade oder Ungnade unserer Herren? Ist es nicht besser, für sich selbst zu sorgen?«

Er hatte Feuer und Überzeugungskraft, dieser Sergej Fomitsch, und wenn er so redete, vergaß man, daß er sonst nicht viel taugte. – Und dann, nach einem Streit mit Fedja Sidurin, war er plötzlich verschwunden. Der Stallmeister kam des Morgens und meldete es Tanja. »Er hat ein Pferd mißhandelt, Euer Gnaden. Mit einer Eisenkette hat er darauf eingeschlagen, weil es, wie er behauptete, nach ihm ausgekeilt hätte. Da ist mir die Galle übergelaufen. Ich hab' ihn beim Kragen gepackt und aus dem Stall geworfen. »Melde dich morgen bei Herrn Bjelkin«, hab' ich gesagt. ›In Zukunft kannst du Feldarbeit tun.‹ Ja, und heute früh war er fort – einfach davongelaufen. Seine Mutter, die alte Sinajda, sitzt bei Axinja in der Küche und heult. Sie sagt, sie weiß von nichts, er hat sich ganz heimlich davongemacht. Ich lasse gleich ein paar Suchtrupps zusammenstellen, und den Gendarmerieposten in Nowo Turgaisk sollte man auch benachrichtigen.«

»Unsinn, Fedja Martynowitsch«, sagte Tanja. »Lassen Sie ihn laufen. Sie hatten ja immer Ärger mit ihm und wollten ihn los sein.« Sie war überzeugt, den entflohenen Leibeigenen nie mehr wiederzusehen. Aber sie irrte sich. Es war Ende April, als sie eines Tages nach dem Mittagessen nach Sarepta hinüberritt, um mit Christoph Fries einige Fragen wegen der Färberei zu klären, die im Herbst eröffnet werden sollte. Anschließend schaute sie noch bei Westmanns herein, um sich nach Lisa zu erkundigen, und verplauderte sich dort, so daß es schon dämmerte, als sie den Heimweg antrat. Georg Westmann erbot sich, sie zu begleiten, doch Tanja wehrte ab. »Unsinn, in einer halben Stunde bin ich daheim. So lange ist es noch hell. Außerdem was soll mir schon passieren.«

Bald hatte sie den Sarpabach erreicht und bog in die Straße zwischen Saratow und Zarizyn ein. Sie ließ Takshir in gemächlichem Trab gehen. Der Abend war frisch und klar, eine blasse Mondsichel schwamm am Himmel, und die ersten Sterne gingen auf. Der Winter war vorüber, das Eis auf den Flüssen, Seen und Bächen gebrochen; in kleinen, hüpfenden Wellen strömten sie wieder dahin, in denen sich des Tages die Sonne spiegelte.

Im Vorüberreiten blickte Tanja auf die träge dahinfließende Wolga. Sie war über die Ufer getreten wie jedes Jahr nach der Schneeschmelze, und die wilden Kirschbäume, die Weiden und Erlen standen halb im Wasser. Tanja dachte darüber nach, was man ihr in Sarepta erzählt hatte: Daß Pugatschew von den Armeen des Prinzen Golitzyn bei Tatischtschew entscheidend geschlagen worden sei, Orenburg befreit und Jaizk nach dreieinhalbmonatiger Belagerung von General Mansurow entsetzt. Pugatschew allerdings war mit einer Handvoll Getreuer entkommen, und niemand wußte, wo er sich versteckt hielt.

Das Tageslicht war jetzt fast ganz geschwunden, nur ein

Streifen am Horizont spendete noch ein wenig Helligkeit, und Tanja beschleunigte ihren Ritt, damit sie nicht im Finstern nach Haus käme. Da tauchten plötzlich drei Männer vor ihr an der Wegkreuzung auf. Sie trugen Schafspelze und Stiefel und versperrten den Weg.

Einer, ein riesiger Kerl mit einem langen schwarzen Bart, fiel Takshir in die Zügel, während ein anderer Tanja aus dem Sattel riß. »Sie ist es«, sagte er. »Und das Gäulchen ist es auch. Ein Pferd, Freunde, das zwanzigtausend Rubelchen wert ist. Ich hab' es euch ja gesagt, sie ist immer noch so dumm, allein in der Gegend herumzureiten.«

Tanja erkannte ihn nicht sofort, denn er war zerlumpt und schmutzig, und um den Kopf trug er einen breiten Verband. Dann sah sie, wie er lachte, mit blitzenden Zähnen, und da wußte sie, wer er war.

»Sergej Fomitsch!«

»Zu dienen, Euer Gnaden!« erwiderte er höhnisch und hielt sie in seinen Armen wie in einen Schraubstock gepreßt. »Das hättet Ihr nicht gedacht, daß wir uns wiedersehen, was? Und unter so widrigen Umständen für Euch.«

Sie hatte Angst, aber wie immer in den entscheidenden Augenblicken ihres Lebens stärkte ihr etwas den Rücken, und es gelang ihr, sich zusammenzunehmen und äußerlich kühl und gelassen zu erscheinen. »Was fällt dir ein! Laß mich sofort los!«

»Maul halten!« sagte der dritte Mann und trat auf sie zu. »Halt sie fest, Sergej, ich sehe nach, ob sie Geld oder Schmuck bei sich hat.« Er griff nach ihr, und Tanja schrie auf vor Zorn und Empörung, als sie seine Hände unter ihrem Mantel spürte.

»Laß das, du Idiot«, sagte Sergej, »dazu haben wir später Zeit.«

In diesem Augenblick gelang es Tanja, sich loszureißen. Sie stürzte auf Takshir zu, den der Schwarzbärtige am Zügel hielt. Es war nicht leicht gewesen, das verschreckte Tier zu bändigen; immer wieder hatte es wiehernd ausgekeilt, doch nachdem es ein paar Fausthiebe auf die Nase bekommen hatte, stand es zitternd still.

Tanja versuchte, in den Sattel zu springen, doch Sergej Fomitsch war schneller und packte sie. Sie stürzte zu Boden, in der Hand die Reitpeitsche, die quer in einer Sattelschlaufe gesteckt hatte. Drei-, viermal schlug Tanja mit der ledernen Gerte zu, und an Sergejs dumpfem Wutschrei merkte sie, daß sie ihn empfindlich getroffen hatte. Er lag halb über ihr, und als er den Kopf hob, sah sie undeutlich die dunklen Striemen, die sich über seine Wangen zogen.

»Du Hure, du Miststück, warte, das sollst du mir büßen!« knirschte er. Er entwand Tanja die Peitsche und zerrte sie vom Boden auf.

Tanja schrie auf, hell und gellend, als Sergej Fomitsch sie ein paar Schritte in den Wald hineintrug. Dort waren drei Pferde angebunden. Der Leibeigene holte einen Strick aus seiner Tasche und fesselte Tanja die Hände auf dem Rücken. Dann wollte er ihr auch die Füße binden. Sie wehrte sich wie eine Rasende, versuchte nach ihm zu treten, aber gegen seine Bärenkräfte kam sie nicht an.

Da ertönten Hufschlag und Räderrollen auf der Straße, und der Kerl, der Stepan genannt wurde, brüllte: »Verdammt, da kommt wer. Sergej, laß sie. Wir müssen verschwinden.«

Mit einem Fluch ließ Sergej Tanja los und schwang sich in den Sattel des einen Pferdes. »Nehmt wenigstens den Gaul mit. Er ist zwanzigtausend Rubel…«

Er wurde von Takshirs schrillem, zornigem Wiehern unterbrochen. Danach hörte man einen Aufschrei und einen dumpfen Fall. Im nächsten Augenblick war die Kutsche, die aus der Bjely Domer Richtung kam und von vier Männern zu Pferd begleitet wurde, heran. »Was, zum Teufel, ist hier los?« rief eine Männerstimme. Tanja wollte um Hilfe schreien, aber es wurde nur ein Gurgeln daraus. Sie sah, wie Sergej, ohne sich weiter um sie oder seine beiden Kumpane zu kümmern, quer durch den Wald davonritt, versuchte, sich aufzurichten, und tat ein paar taumelnde Schritte auf die Straße. Dann wurde sie zum erstenmal in ihrem Leben ohnmächtig.

Als sie zu sich kam, lag sie auf einem gepolsterten Kutschensitz, und ein älterer Mann beugte sich über sie. »Madame Tutscharewa?« fragte er. »Nicht wahr, das sind Sie doch?«

Tanja nickte schwach.

»Ich dachte es mir. Ich bin Graf Berjadin. Tichon Anatolowitsch Berjadin. Ich wollte Sie aufsuchen in Bjely Dom, doch man sagte mir, daß Sie in Sarepta seien. Und da ich dort Quartier nehmen wollte, bin ich gleich weitergefahren, in der Hoffnung, Sie dort noch zu treffen und einen Zeitpunkt auszumachen, an dem Ihnen mein Besuch genehm ist.«

»Takshir, mein Pferd«, sagte Tanja mühsam, weil ihr die Lippen geschwollen waren von Sergejs brutalen Schlägen. »Ich bin… überfallen worden… drei Männer…«

»Drei? Parbleu, dann ist uns einer entkommen. Meine Begleiter haben nur zwei von ihnen dingfest gemacht. Der eine lag am Boden, vom Pferd geworfen, der andere versuchte davonzulaufen, aber wir haben ihn eingeholt. Und das Pferd haben wir auch.«

»Der dritte ist durch den Wald geflüchtet. Sergej Fomitsch, ein entlaufener Leibeigener von meinem Gut...«

»Einen Augenblick, Madame. Ich gebe sofort Order, ihn verfolgen zu lassen.« Graf Berjadin stieg aus dem Wagen. Als er zurückkam, lächelte er beruhigend. »Sie werden ihn schon fassen. Außerdem sollte man ein Aufgebot Ihrer eigenen Leute zusammenstellen, um die Gegend abzusuchen.«

Eine Viertelstunde später war Tanja in Bjely Dom. Sie bat Berjadin, mit seinen Begleitern ihr Gast zu sein, und der Graf nahm die Einladung nur zu gern an.

Er sei gekommen, so sagte er, weil er sich mit der Absicht trage, ein Gestüt auf seinem in der Kursker Gegend gelegenen Landgut aufzubauen. Auf dem Jaizker Pferdemarkt hatte ein Inspektor von ihm fünf Stuten und drei Hengste aus Tanjas Zucht ersteigert, und dadurch war er auf Bjely Dom aufmerksam geworden. »Ich wollte Ihre Stallungen sehen, die ganzen Anlagen, wollte wissen, welche Rassen Sie miteinander gekreuzt haben und wie Ihre Methoden des Zureitens für Armeepferde, Renner und Traber sind.«

Tanja hörte nur mit halbem Ohr zu. Das Entsetzen zitterte noch in ihr nach. »Gewiß«, sagte sie, »morgen werden wir uns ausführlich darüber unterhalten. Mein Stallmeister kann Ihnen alles zeigen, und selbstverständlich können Sie so lange bleiben, wie Sie wollen.«

Sergej Fomitsch wurde am nächsten Tag von einem der Suchtrupps, die Bjelkin noch am Abend zusammengestellt hatte, aufgestöbert. Er und seine Kumpane hatten zu Pugatschews Rebellen gehört und zuletzt bei Jaizk gekämpft. Nach Pugatschews Niederlage hatten sich die Überlebenden, sofern sie nicht mit ihrem Anführer geflohen waren, in alle Himmelsrichtungen verstreut und versucht, sich mordend und raubend auf eigene Faust durchzuschlagen. Sergej Fomitsch hatte die beiden anderen überredet, sich in die Gegend von Bjely Dom zu wenden. Er wußte, daß Tanja täglich und zumeist allein mit Takshir ausritt, und sah es als ein leichtes an, sie zu überfallen. Sie hatten nicht nur das wertvolle Pferd haben wollen, um es irgendwo zu verkaufen, sondern sie wollten Tanja mitnehmen und in ihrer Höhle versteckt halten, um Geld für ihre Freigabe zu erpressen.

Es gab keine lange Gerichtsverhandlung gegen Sergej, Prochor und Stepan. Sie wurden in Ketten nach Zarizyn überführt und dort zwei Tage später öffentlich hingerichtet.

Am selben Morgen ging Tanja in Bjely Dom durch den Park und die kleine Mauerpforte, die zu den Stallungen und den

Wohnungen der Leibeigenen führte. Sie klopfte an, bevor sie Sinajdas Stube betrat.

Das Zimmer war voller Frauen. Sie beteten, und Sergejs Mutter saß auf der Holzbank unter der Schönen Ecke. Vor dem Bildnis der Muttergottes brannte ein Öllämpchen.

Tanja blieb auf der Schwelle stehen. »Ich bin gekommen, um dich zu fragen, ob ich dir auf irgendeine Weise helfen kann, Sinajda.«

Die Alte schwieg. Erst nach einer langen Zeit fragte sie: »Er ist jetzt tot, nicht wahr? Mein Sergej ist tot?«

»Ja, Sinajda. Es... es sollte heute morgen geschehen.«

Sinajdas dunkle, ein wenig schräggestellte Augen in dem runzligen, wie von altem Pergament überzogenen Gesicht wurden hart.

»Dann geht und laßt uns für ihn beten. In Euren Augen ist er ein Verbrecher, und Gott ist mein Zeuge, daß ich viel um ihn geweint habe. Aber ich habe eingesehen, daß es nicht seine Schuld ist, wenn er das Herz eines freien Mannes in der Brust hatte. Er war nicht zur Demut geboren. Daher rührten seine Wildheit, sein Aufbegehren, seine Gewalttätigkeit. Und wenn Ihr nicht wäret, könnte er noch leben.«

»Sinajda!«

Die alte Frau schlug nicht die Augen nieder. »Mußtet Ihr immer allein herumreiten? Mußtet Ihr ein Pferdchen für zwanzigtausend Rubel haben? Ihr habt ihn in Versuchung geführt, meinen Sohn. Ihr habt die Schlinge gelegt, in der er sich fing.«

Tanja wandte sich ab. Sie war blaß, ihre Lippen zitterten. »Mein Vater«, sagte sie leise, »ist von seinem Herrn, dem Grafen Gjurin, zu Tode geprügelt worden, weil ich davongelaufen war. Deshalb weiß ich, wie dir zumute ist. Ich trage es dir nicht nach.«

Sie hätte noch mehr sagen können. Daß Sergej durch seinen Tod um nichts besser wurde, als er zu Lebzeiten gewesen war. Daß er gewalttätig gewesen war, voller Neid und Freude am Bösen. Und daß er, wenn er nicht als Leibeigener, sondern als Herr geboren worden wäre, nicht nur ein Pferd mit einer Eisenkette geschlagen hätte, sondern die Menschen, die ihm anvertraut waren. Ihm hatte nicht die Freiheit der Armen am Herzen gelegen, sondern die Rache. Und die Welt, die er hatte haben wollen, glich der jetzigen aufs Haar. Nur die Machtverhältnisse wären vertauscht worden. Wer arm gewesen war, wäre reich und die Reichen arm.

Darum war Sergej kein Märtyrer, sondern einer, der für seine bösen Taten gerichtet wurde. Ein Räuber und Mörder.

Aber konnte man das einer alten Frau sagen, deren Herz zerrissen war vom Kummer um den einzigen Sohn?

Tanja ging hinaus und schloß die Tür hinter sich. Drinnen begannen die Mägde wieder zu beten.

Graf Nikita Iwanowitsch Panin verbeugte sich vor der Zarin. »Ich danke Eurer Majestät für die Gewährung dieser Audienz.«

Katharina lächelte ihm zu. Es fiel etwas gezwungen aus. »Warum so förmlich? Wir sind allein, mein Lieber. Also setzen Sie sich und sagen Sie ohne Umschweife, was Sie auf dem Herzen haben.«

»Wie Euer Majestät befehlen. Ich komme her, weil ich – und nicht nur ich allein – in Sorge bin. Es geht um den Generalleutnant Grigorij Potemkin.«

Eine rasche Röte schlug der Kaiserin ins Gesicht. »Ich dachte es mir. Und was versetzt Sie dabei so in Sorge?«

»Ihre Majestät haben geruht, den Generalleutnant in diesem Winter in die Hauptstadt zurückzurufen. Sie haben ihn vor allen anderen ausgezeichnet...« Panin zögerte und wischte sich mit einem Spitzentuch über die Stirn.

»Weiter?« fragte Katharina.

»Nichts weiter, Majestät, außer, daß ich Sie bitten möchte, sich in allem Ernst die Folgen klarzumachen, falls Herr von Potemkin zu noch größerer Bedeutung aufsteigen sollte. Hat er noch weitere Gunstbeweise zu erwarten, so möge Eure Majestät sich gewisse Charaktereigenschaften des Herrn Generalleutnants ins Gedächtnis rufen. Er ist ehrgeizig, unerträglich stolz, um nicht zu sagen hochfahrend, und von einer perfiden Launenhaftigkeit. Eine Berufung zu Ihrem persönlichen Generaladjutanten beispielsweise würde Ihnen viel Verdruß bereiten und weder die Zustimmung Ihrer Untertanen noch die Europas finden.«

»Sie vergessen den Großfürsten«, sagte Katharina. »Ihm vor allem wäre es doch ein Dorn im Auge, wenn Generalleutnant Potemkin eine Stellung bekleidete, die ihm schon Fürst Orlow verhaßt gemacht hat.« Der Außenminister schwieg, und die Zarin kam hinter ihrem Schreibtisch hervor. »Wassiltschikow scheint niemand zu fürchten – warum auch? Er ist unbedeutend und langweilig. Aber wieso haben Sie die Stirn, anzunehmen, daß ein solcher Mann auf die Dauer gerade der Rechte für mich ist? Halten Sie mich für so anspruchslos? Panin, Panin... Ich habe mich damals von Orlow getrennt, nicht zuletzt auf Ihr Bestreben hin. Ich habe mir Wassiltschikow von Ihnen präsentieren lassen, und ich gebe zu, daß er ein reizender Junge ist. Aber

Sie und ich und eigentlich jedermann, der mich kennt, müßte wissen, daß er mich nicht auf ewig fesseln kann.«

»Das erwartet auch niemand, Majestät«, erwiderte er rasch. »Es handelt sich lediglich um Herrn von Potemkin...«

»Ich bin keine Gans, Panin«, unterbrach ihn die Kaiserin, und ihre blauen Augen funkelten vor Zorn. »Ich lasse mich beraten, wo es die Staatsräson oder das Wohl Rußlands erfordern. Meine Entscheidungen, wenn sie so persönlicher Art sind, treffe ich allein. Im übrigen scheint mir Ihre Handlungsweise voreilig. Es ist wahr, ich habe Herrn Potemkin vom Kriegsschauplatz zurückberufen. Ich habe keinen Hehl daraus gemacht, daß ich ihn achte und hochschätze. Er ist mir in diesem schweren Winter durch seinen Rat und seine Ergebenheit eine große Stütze gewesen, und ich bedaure zutiefst, daß er sich vor einigen Wochen gänzlich zurückgezogen hat. Wie man hört, lebt er im Alexander-Newskij-Kloster und trägt sich mit dem Gedanken, Mönch zu werden.«

»Täte er es doch!« entfuhr es Panin.

Katharinas Brauen zogen sich zusammen. »Wie können Sie so etwas sagen! Als ob Rußland so reich an Männern mit den Geistesgaben eines Potemkin wäre, daß man es sich erlauben kann, ihn hinter Klostermauern verschwinden zu lassen. Sie können versichert sein, Graf Panin, daß ich alles versuchen werde, ihn der Welt zu erhalten. Er hat eine große Zukunft vor sich.«

Panin blickte sie mit seinen kleinen dunklen Mausaugen nachdenklich an. Er begriff, daß seine Mission gescheitert war, und stand auf. »Alles, was ich sagte, geschah aus dem ehrlichen Bestreben heraus, Eure Majestät vor Schaden zu bewahren. Sollte ich in Ihren Augen zu weit gegangen sein, bitte ich das zu verzeihen.«

»Gewiß«, sagte sie obenhin und reichte ihm die Hand zum Kuß.

Damit war er verabschiedet.

Am nächsten Tag für die Equipage der Gräfin Bruce vor dem Kloster des heiligen Alexander Newskij vor. Es war ein Freitag und das große Tor mit dem steinernen Bogen und der Glocke daran geschlossen. Als Praskowja Alexandrowna läutete, dauerte es eine lange Zeit, bis die kleine Holzklappe an einem der Torflügel zurückgeschoben wurde und das bärtige Gesicht eines Mönchs dahinter erschien.

»Was ist Euer Begehr?« fragte er, nachdem er die Gräfin in ihrem Weißfuchsmantel und der Pelzkappe auf dem dunklen Haar gemustert hatte.

Praskowja lächelte. Es sah arrogant aus. »Ich möchte Seine Exzellenz, den Generalleutnant Grigorij Alexandrowitsch Potemkin sprechen. Ich habe ihm eine Nachricht Ihrer Majestät zu übermitteln.«

Einer der hölzernen Torflügel schwang knarrend auseinander. »Wir haben bestimmte Räume für Besucher. Ich bringe Euch dorthin, und Ihr mögt warten, bis Bruder Grigorij bereit ist, mit Euch zu reden.«

Der Mönch, der ihr auftat, trug eine Kutte aus Sackleinwand und Sandalen an den nackten Füßen. Er ging Praskowja voran zu einem niedrigen, langgestreckten Gebäude aus altersgeschwärztem Holz. Ein paar Stufen führten zu einer Veranda, die sich um das ganze Haus zog. Dahinter lagen kleine, zellenartige, düstere Zimmer. In eines davon wurde Praskowja geführt. »Setzt Euch, wenn Ihr wollt«, sagte der Mönch und ließ sie allein.

Praskowja verzichtete darauf, auf der rohen Holzbank Platz zu nehmen, die die einzige Sitzgelegenheit in dem kahlen Raum war. Fröstelnd ging sie auf und ab. Die Zeit dehnte sich, schien im Schneckentempo voranzukriechen, und Potemkin kam nicht.

Es verging fast eine Stunde, bis er erschien. Er trug eine Mönchskutte, war bleich und abgemagert, mit wildem Haar und Bart.

»Praskowja Alexandrowna«, sagte er ohne ein Lächeln. »Was wollen Sie von mir?«

Sie war durchgefroren, zornig und nervös durch das lange Warten. »Ich – nichts! Oder glauben Sie, daß ich stundenlang hier ausharren würde, wenn ich in eigener Sache käme? Hat Ihnen der Pförtner nicht gesagt, daß ich eine Nachricht der Zarin überbringe? Aber zuvor muß ich eines wissen: Sind Sie dem Alexander-Newskij-Orden beigetreten?«

Potemkin senkte den Kopf. Seine breiten behaarten Hände mit den abgebissenen Nägeln umklammerten ein Kreuz, das er an einer Schnur um den Hals trug. »Ich werde es tun, wenn ich würdig genug dazu bin. Vielleicht finde ich dann Frieden.«

Praskowja lachte. »Was sind Sie doch für ein Komödiant, Grigorij Potemkin! Sie sind ebensowenig mönchisch wie ich. Also kommen Sie, lassen Sie sich Ihren wilden Bart abnehmen und beenden Sie das Theater.«

»Nein«, sagte er. »Es ist kein Theater. Ich kehre der Welt den Rücken, da sie mir das einzige Glück versagt, nach dem ich mich seit Jahren sehne.«

»Sie meinen die Zuneigung der Kaiserin...« Und als er schwieg, fuhr sie rasch fort: »Aber sie gehört Ihnen doch! Ihre

Majestät hat mich hergeschickt und – merken Sie wohl, Herr von Potemkin – Ihre Majestät bittet, daß Sie an den Hof zurückkehren.«

Seine massigen Schultern sanken nach vorn. »Wozu? Hat sie mich noch nicht genug leiden gemacht? Als sie mich nach Petersburg rief – mein Gott, mit welchen Hoffnungen kam ich her. Aber sie...« Er wandte sich ab. »Gehen Sie. Sagen Sie Ihrer Majestät, daß mein Entschluß unwiderruflich ist.«

Praskowja blickte ihn von der Seite an und fragte sich, was die Kaiserin an einem solchen Mann fand. Freilich konnte er in seinen guten Stunden sehr unterhaltsam sein. Er war gebildet, geistreich, witzig, wenn er wollte – aber bei all dem war er doch ein Barbar.

Sie holte tief Atem. »Und wenn Ihre Majestät Ihnen nun sagen läßt, Sie mögen sich noch heute bei ihr um die Stellung eines persönlichen Generaladjutanten bewerben?«

Er fuhr herum. Mit zwei Schritten war er bei ihr und umfaßte ihre Schultern. Er tat ihr weh, und er roch nach Schweiß, daß ihr fast übel wurde. »Wenn das ein Scherz ist... etwas, das Sie sich ausgedacht haben, um mich der Lächerlichkeit preiszugeben...«

»Zum Teufel, es ist wahr! Gehen Sie und schreiben Sie Ihre Bewerbung. Ich nehme sie mit. Morgen erwartet Sie Ihre Majestät. Meinen Glückwunsch, Exzellenz, Sie haben es erreicht.«

Potemkin verließ das Alexander-Newskij-Kloster am nächsten Morgen in aller Frühe. Als er das Haus seines Schwagers Samojlow betrat, erwartete ihn bereits ein Handschreiben der Kaiserin, in dem sie seine Ernennung zu ihrem persönlichen Generaladjutanten bestätigte. Und in der darauffolgenden Nacht empfing ihn Katharina in ihrem Schlafzimmer.

Es war die Stunde, auf die Grigorij Potemkin fast zwölf Jahre lang gewartet und von der er oft genug geglaubt hatte, daß sie niemals schlüge. Er hielt die Frau, die er liebte, in den Armen, und es war die Kaiserin von Rußland.

Katharina hatte schön sein wollen in dieser Nacht. Sie trug ein Kleid aus burgunderrotem Samt, mit Goldstickerei und cremefarbener Chantilly-Spitze. Er hatte keinen Blick dafür. Er sah nur sie, und als sie zu ihm kam und er sie küßte, ein Kuß, der kein Ende nahm, und sie sich schwach und willenlos wie eine Puppe fühlte, zerriß er das Kleid, riß es einfach herunter und hob sie hoch und trug sie zum Bett.

Sie liebten sich schamlos, besinnungslos – und sie konnten nicht genug voneinander bekommen.

Irgendwann fragte Katharina – die Kerzen waren längst heruntergebrannt und verloschen, und durch die zugezogenen Portieren schimmerte erstes fahles Tageslicht: »Bist du glücklich, Geliebter?«

»Ja«, erwiderte Potemkin. »Und ich werde beten, daß ich es bleibe.«

Sie lachte leise und warm. »Wovor hast du Angst? Daß ich eines Tages genug von dir bekommen könnte?«

Er richtete sich auf und blickte sie an, wie sie da auf dem zerwühlten Bett lag. Ihre Haut schimmerte weiß, ihr Körper war voll und sehr fraulich. Das Dämmerlicht verbarg die Spuren des Alters.

»Wenn das geschieht«, sagte Potemkin langsam, »wenn es eines Tages einen anderen gibt, der dir mehr ist als ich, so wird dieser Mann mich nicht überleben.«

Ihr Lächeln erstarb. »Wie kannst du das denken! Ich liebe dich doch. Ich werde dich immer lieben.«

»Das hast du auch denen gesagt, die vor mir waren. Oder hast du sie nicht geliebt?«

»Nicht so wie dich. Bitte, sei gut zu mir. Nicht nur heute, sondern immer…«

»Ich möchte lieber sterben, als dich kränken.« Er küßte sie, aber der Augenblick, da er so ganz ohne Zweifel glücklich gewesen, war vorüber. Da war so viel Dunkles in ihm, der Zwang zum Grübeln, der jedes warme Glück, jedes Gefühl von Sicherheit, Ruhe, Frieden annagte, bis Stück um Stück verlorenging und zu guter Letzt das Skelett seiner quälerischen Ängste übrigblieb. Sei gut zu mir… Das war so, als ob man einem Blinden sagte: Hör auf, blind zu sein; du mußt jetzt sehen können.

Potemkin konnte nicht lieben, ohne zu leiden und leiden zu machen, nicht einmal in ihrer ersten Nacht. Er hielt Katharina von Rußland im Arm, und während sie so einschlief und er auf ihren Atem hörte, versuchte er, das Glücksgefühl von vorhin zurückzurufen. Es gelang ihm nicht. Er lag und blickte auf die wachsende Helligkeit des Morgens hinter den Fenstern und dachte daran, daß er eines Tages Orlows Schicksal teilen mochte. Er war ganz und gar abhängig von Katharinas Wohlwollen, es gab keine Sicherheit außer der ihrer Liebe. Und Liebe konnte sich wandeln, es sei denn… Grigorij Potemkin zog scharf den Atem ein. Den Liebhaber konnte man fortschicken, den Gatten nicht.

Das ist es! dachte er, und die bloße Vorstellung machte, daß sein Herz wild gegen die Rippen hämmerte. Sie muß mich heiraten.

Er streckte sich lang aus und schloß die Augen. Sie muß mich heiraten…

Grigorij Alexandrowitsch Potemkin hatte ein neues Ziel, dem er nachjagte.

Rabbea, Nathan ben Ephraims Tochter, sah Andrej aus dem kleinen Kontor kommen, in dem er für ihren Vater Übersetzungen anfertigte und Briefe und Rechnungen in der fremden, geschwungenen Schrift des Abendlandes schrieb. Es war ein Freitag; vor einer halben Stunde waren die Abendgebete beendet worden, und die Sonne sandte ihre letzten schrägen Strahlen über den marmornen Innenhof.

Rabbea winkte Andrej heran. »Komm her, ich muß dir etwas erzählen. In einer Woche gehen wir in unser Landhaus in den Bergen. Freust du dich?«

Andrej blickte lächelnd auf sie herunter. Sie war verschleiert, wie immer, wenn sie mit ihm sprach; er kannte nur ihre sanften braunen Augen mit den feingezeichneten Brauen und die kindlich runde Stirn. »Warum soll ich mich freuen! Ist es dort schöner als hier?«

»Aber ja! Vor allem, wenn der Sommer kommt. Dann ist es weniger heiß.« Sie deutete auf die Bank. »Setz dich doch.«

»Nein, Fräulein, das gehört sich nicht für einen Sklaven. Wenn man uns sieht...«

»Dann laß uns in den Garten gehen. Ich werde sagen, daß ich dir befohlen habe, mir ein paar Kirschblütenzweige zu pflücken. Dabei kann niemand etwas finden.«

Der parkähnliche Garten erstreckte sich bis hinunter ans Ufer des Marmarameeres. Es glänzte golden im schwindenden Sonnenlicht, schwarz hoben sich zwei Galeeren von der glitzernden Oberfläche ab. Sie nahmen Kurs auf den Hafen, und da es ein windstiller Abend war, hörte man das Rauschen der jeweils vierundzwanzig Ruder, wenn sie im gleichmäßigen Rhythmus das Wasser teilten.

Rabbea lehnte sich gegen die niedrige, durchbrochene Steinmauer, die den Kiesweg einfaßte, »Dort drüben steht ein Kirschbaum. Hole mir ein paar Zweige, ja?«

Sie blickte Andrej nach, wie er davonging, und ihr Herz zog sich zusammen. Er sah so gut aus, er war ein richtiger Mann, und sie liebte ihn. War er denn aus Stein, daß er es nicht merkte?

»Ist das genug, Fräulein?« fragte Andrej, als er mit einem Armvoll Blütenzweigen zurückkam. »Oder soll ich noch mehr holen?« Er sprach jetzt schon recht gut Türkisch.

»Danke, nein«, erwiderte Rabbea. »Ich will die Zweige mit in mein Zimmer nehmen. Leg sie vorläufig hier auf die Mauer. «

Sie lächelte ihn scheu an. »Mein Vater war heute im Serail. Er hat Neuigkeiten mitgebracht. Die Soldaten deines Landes haben diesmal Silistria erobert und auch Varna. Der Seraskier, Großwesir Muhsinzade Muhammed-Pascha, ist nach Istanbul zurückgekehrt, und Sultan Abdul Hamid will in drei Tagen einen Diwan zu Pferde abhalten.«

»Was bedeutet das?« fragte Andrej.

»Der Diwan zu Pferd ist eine Ratssitzung, bei dem die Fragen des Krieges und des Friedens besprochen werden. Vielleicht wird Abdul Hamid bald Frieden mit deiner Kaiserin schließen. Oder deine Landsleute erobern eines Tages auch noch Istanbul. So oder so wirst du dann ein freier Mann sein und kannst in deine Heimat zurückkehren.«

Ehe sie zurückweichen konnte, hatte er ihre Hand ergriffen und einen Kuß darauf gedrückt. »Danke, Rabbea, danke, daß du es mir gesagt hast.«

Sie zog die Finger zurück und war halb glücklich, halb erschrocken. »Warum hast du das getan?«

Er lächelte. »Bei uns ist es üblich, einer Dame die Hand zu küssen.«

Ihre Augenlider mit den langen, dunklen Wimpern flatterten. »Eben hast du zum erstenmal Rabbea und du zu mir gesagt…«

»Das ist mir herausgerutscht. Es tut mir leid. Ich wollte Euch nicht kränken.«

»Aber das hast du auch nicht. Wirst du sehr glücklich sein, wenn du uns verlassen kannst?«

Glücklich? Andrej atmete tief ein. O Gott, es gab kein Wort dafür, mit dem man ausdrücken konnte, was es bedeutete, wieder frei zu sein, wieder er selbst. Wie oft hatte er aufs Meer hinausgestarrt, den Schiffen nach, und gewünscht, mit einem von ihnen fliehen zu können.

Noch zwei Briefe hatte er an Tanja geschrieben, aus Sorge, der erste habe sein Ziel nicht erreicht, und Nathan ben Ephraim hatte sie entgegengenommen und versprochen, sie weiterzuleiten. »Wenn Allah es will, wird sie sie bekommen«, hatte er gesagt. »Und wenn nicht – sei nicht ungeduldig, mein Freund. Du wirst zurückkehren zu ihr, und wenn sie dich wahrhaft liebt, wirst du sie wiederfinden, wie du sie verlassen hast.«

Wenn Allah es will… Sie machte Andrej rasend, diese Formel der unbedingten Ergebenheit in ein Schicksal, das man nicht selbst bestimmen konnte. War man Spielball in der Hand eines Gottes, der Gebete erhörte oder auch nicht – je nachdem, wie es ihm gefiel?

Dennoch betete er in diesen Tagen und Wochen, er, der nie besonders fromm gewesen und sich nie besondere Gedanken über den Glauben gemacht hatte, in dem er geboren und erzogen worden war. Es waren wilde, flehentliche, trotzige und verzweifelte Gebete: »Beende den Krieg. Vergib mir, wenn ich nicht dankbar genug bin für meine Rettung in einer Zeit, da täglich Tausende sterben. Aber ich hasse das Leben, das ich jetzt führen muß, hörst du, ich halte es nicht lange mehr aus Ich will heimkehren, heim zu Tanja, heim nach Rußland...«

Und da fragte dieses Kind Rabbea, ob er glücklich sein werde, wenn er fortgehen konnte!

»Ja«, sagte er, »natürlich bin ich das. Könnt Ihr das nicht verstehen?«

»Doch, nur...« Sie wandte sich zur Seite, ihre schmalen, schönen Hände, deren Nägel sie mit Henna gefärbt hatte, umklammerten den Mauerrand. »Wir werden dich vermissen. Mein Vater und meine Mutter haben dich sehr gern. Und ich auch.«

Eine warme Welle der Zuneigung erfaßte Andrej. »Auch ich werde Euch vermissen«, sagte er aufrichtig. »Aber vielleicht komme ich einmal zurück nach Konstantinopel, wenn normale, friedliche Zeiten herrschen, um Euch wiederzusehen. Ihr werdet dann allerdings verheiratet sein, und Euer Gatte wird Euch wie einen Schatz hüten und nicht erlauben, daß ich ein paar Worte mit Euch wechsle.«

»Ich will nicht heiraten!«

Jetzt lachte er. »Das haben schon viele gesagt und sehr rasch ihre Meinung geändert. Wartet nur ab, wenn Euer Vater Euch einem wohlhabenden, hübschen jungen Mann zuführt.«

»Du nimmst mich nicht erst«, sagte sie heftig. »Aber ich schwöre es: Ich werde niemals heiraten, weil...« Sie stockte und sprach es dann doch aus. »Der, den ich möchte, den kann ich nicht bekommen. Und der, den mein Vater für mich aussucht, wird ein Moslem sein...«

»Aber Ihr seid doch auch...«

Leidenschaftlich schüttelte sie den Kopf. »Nein. Ich weiß, das du mich nicht verrätst, Andrej, deshalb sage ich es dir. Ich bin Jüdin, nicht nur der Geburt, auch dem Glauben nach. Das andere ist nur Schein.«

»Und dein Vater?«

»Mein Vater ist zum Islam übergetreten, als ich zwei Jahre alt war. Zwar weiß er von der Freundschaft meiner Mutter mit Thamar und Joab, aber er weiß nicht, daß der Rabbi mich im alten Glauben unterwiesen hat. Das weiß nur meine Mutter. Manchmal feiern wir heimlich den Sabbat und das Passah-Fest.

Begreifst du nun, daß ich nie, nie einen Moslem zum Mann nehmen kann? Er würde mich einsperren in seinem Hause, und ich könnte weder den Rabbi noch die Synagoge jemals wieder besuchen.«

Sie erschien ihm rührend in dem tiefen Ernst, mit dem sie von ihrem Glauben sprach. Aber gleichzeitig empfand er Angst um sie und Abigail. Er griff nach Rabbeas Händen. »Aber Ihr werdet doch vorsichtig sein?«

»Gewiß.« Sie lächelte, ein Lächeln, das er nicht sehen konnte, weil sie verschleiert war, und gleichzeitig war ihr nach Weinen zumute. »Ach, Andrej«, murmelte sie erstickt und senkte den Kopf. »Andrej, warum ist alles nur so schwer…«

»Du liebst einen Mann deines Glaubens, nicht wahr?« fragte er ahnungslos.

Stumm schüttelte sie den Kopf. Ach, er hatte nichts begriffen, gar nichts!

»Aber du hast vorhin gesagt…«

»Gesagt, gesagt!« stieß sie unter Schluchzen hervor. »Du bist so klug, Andrej, und gleichzeitig so dumm!«

Jäh erkannte er die Wahrheit. »Rabbea, Kind…«

»Nenn mich nicht so! Ich bin kein Kind. Ich bin neunzehn Jahre alt, und ich…«

»Bitte, sprich es nicht aus. Du würdest es dir und mir nicht verzeihen, wenn du es tätest.«

Einen Moment war es sehr still zwischen ihnen. Die Sonne war mittlerweile untergegangen, nur am Horizont war noch ein schmaler, blutroter Streifen. Rabbea blickte zu Andrej auf. Sie zitterte. Und dann riß sie sich mit einer raschen Bewegung den Haik vom Gesicht. Es war das erstemal, daß er sie ohne Schleier sah, und die Vollkommenheit ihrer Züge erschien ihm wie ein kleines Wunder. Er war sicher gewesen, daß sie nicht häßlich war. Sie hatte einen makellosen Teint und große, mandelförmige Augen. Aber daß sie so bezaubernd war mit dem sanften Oval ihrer Wangen, der schmalen, ein wenig gebogenen Nase und dem weichen, leidenschaftlichen Mund, hatte er nicht erwartet.

»Sieh mich an«, bat sie. »Sieh mich genau an, Andrej. Und dann sag mir, ab du mich schön findest.«

»Als ob du das nicht wüßtest«, erwiderte er fast grob. »Und nun hör auf, mir den Kopf zu verdrehen. Ich bin ein Mann, Rabbea, und ich habe verdammt lange wie ein Mönch gelebt. Aber das bedeutet noch lange nicht, daß ich…«

Sie stieß einen kleinen, erstickten Laut aus, und dann hing sie plötzlich an seinem Hals. »Küß mich«, flüsterte sie. »Bitte, Andrej, küß mich ein einziges Mal! «

Der Duft, der von ihr ausging, die zärtliche Wärme ihres Körpers, den er so nah, so jung und so verlockend spürte, brachten ihn für einen kleinen Augenblick um den Verstand. Ohne daß er es wollte, legte er seine Arme um sie und berührte ihre Lippen. Dann stieß er sie heftig von sich. »Nein. Nein, Rabbea...«

»Du liebst mich nicht?« fragte sie leise.

»Nein. Jedenfalls nicht so, wie du es möchtest.«

»Es... es gibt eine andere Frau in Rußland, nicht wahr?«

»Ja.«

»Ist sie schöner als ich?«

Ein kleines amüsiertes Glitzern trat in seine Augen. Der Augenblick der Versuchung war vorüber. »Wie jung du noch bist, Rabbea! Ja, sie ist schön, aber anders als du. Man kann euch nicht vergleichen. Nur im Wesen ähnelt ihr euch ein wenig. Sie ist impulsiv wie du, und ebenso gut und hilfsbereit und kompromißlos. Und nun komm. Binde dir diesen verdammten Schleier wieder um und laß uns ins Haus zurückkehren. Es wird dunkel.«

Sie gehorchte schweigend. Ihr Blick war hilflos wie der eines verirrten Kindes.

»Ich schäme mich so«, murmelte sie.

Andrej nahm ihre Hand. »Warum? Was ist Schlechtes daran, jemanden zu lieben?«

»Aber ich habe mich dir an den Hals geworfen.«

»Unsinn. Du hast mir ein Geschenk gemacht. Nein, sag jetzt nichts. Ich könnte fast dein Vater sein, Rabbea, und du bist ein bezauberndes Mädchen. Glaubst du nicht, daß es einen Mann stolz machen muß, von solch einem Mädchen geliebt zu werden?«

»Ich... ich weiß nicht.«

»Aber ich weiß es«, sagte er und tupfte ihr lächelnd durch den Haik einen Kuß auf die Wange.

Das Landhaus, das Nathan ben Ephraim besaß, lag in den Bergen von Kesan, eine Tagesreise von Konstantinopel entfernt. Da man das Frühjahr und den Sommer dort verbringen wollte, verließ zwei Tage vor dem Aufbruch der Familie eine kleine Karawane von Lastkamelen, beladen mit allerlei Kisten und Truhen voller Hausrat, Kleidern und Lebensmittelvorräten, die Stadt. Andrej sollte mit Nathan ben Ephraim, Abigail und Rabbea reisen, da der jüdische Renegat im Hafen noch einige Geschäfte mit einem französischen Schiffskapitän abzuwickeln hatte, bei denen Andrej ihm als Dolmetscher dienen mußte.

»Ich habe auch in den kommenden Wochen einige Male in Konstantinopel zu tun«, sagte Nathan ben Ephraim, »und dann wirst du mich begleiten, Andrej.« Sie waren allein, deshalb fügte er mit einem Lächeln hinzu: »Es wird dir nur recht sein, denn hier erfahren wir am ehesten etwas über den Fortgang des Krieges oder neue Friedensverhandlungen.«

»Es heißt, es habe vor zwei Tagen ein Diwan zu Pferde stattgefunden«, erwiderte Andrej. »Habt Ihr nicht gehört, was dabei beschlossen wurde?«

»Noch nicht. Aber ich denke, daß man morgen im Basar davon berichten wird. Dort verbreiten sich Neuigkeiten am schnellsten. Wenn du willst, gehen wir zusammen hin.«

Doch dazu kam es nicht mehr, denn die Nacht, die Nathan ben Ephraim in seinem weißen kühlen Haus am Marmarameer verbrachte, war seine letzte. Und mit ihm starben Abigail, sein Weib, und zweihundertfünfzig Juden, Männer, Frauen und Kinder in der Mellah von Konstantinopel.

Denn folgendes war auf dem Diwan zu Pferde beschlossen worden: Der Krieg ging weiter. Großwesir Muhsinzade Muhammed-Pascha war seiner sämtlichen Ämter enthoben worden. Sein Nachfolger, Muhammed Derwisch-Pascha, war auch der neue Oberbefehlshaber des Heeres, und Sultan Abdul Hamid hatte ihm vier Roßschweife verliehen und die grüne Fahne des Propheten anvertraut. Der junge Sultan, der im letzten Dezember nach dem Tod seines Bruders Mustafa III. den Thron des Osmanenreiches bestiegen hatte, war ehrgeizig und brannte darauf, sich Kriegsruhm zu erwerben. Aber die Kassen des Schatzamtes waren leer. Schlimmer noch: Der Defterdar hatte im Namen des Sultans schon in den vergangenen Jahren immense Summen von venezianischen und jüdischen Bankiers aufgenommen, um die Feldzüge zu finanzieren. Jetzt verlangten die Seepaschas neue Kriegsgaleeren mit starker Bestückung, der neue Großwesir Waffen, Munition, Fourage und Pferde für das Heer. »Und woher sollen wir das Geld dafür nehmen?« fragte der Defterdar, »da wir doch so große Schulden haben, daß uns kaum noch jemand etwas leiht!«

Der Sultan wurde weiß vor Zorn. Seine Stimme klang schneidend. »Du redest wie ein altes Weib und handelst auch so. Was erwartest du? Daß ich, der Sultan aller Sultane, Allahs Statthalter, Beherrscher der Gläubigen und Großkhan der Khane, in die Mellah gehe und mich vor den Ungläubigen zu Boden werfe: ›Seid gnädig, ich kann euch nichts zurückgeben von dem, was ich euch schulde. Statt dessen flehe ich euch an, mir noch mehr zu leihen!‹ An ihnen ist es, mir zu danken, daß ich ihr schmutziges Geld überhaupt angenommen habe. Sie leben unter meinem Schutz, großmütig hat man ihnen gewährt, ihre Synagogen zu bauen, obwohl ihr Irrglauben der wahren Lehre Allahs Hohn spricht. Sie haben Handel betrieben und Reichtümer angesammelt – zweifellos durch Wucher und Betrug. Meine Steuereintreiber haben sie belogen und ihnen zu wenig Abgaben bezahlt, sie haben sich an der Not der Armen gemästet, wie sie es seit eh und je taten. Wucherzinsen genommen, Gutgläubige übers Ohr gehauen und ihre Schuldner listig um ihre Habe geprellt. Und alles das konnte geschehen, weil man sie bisher mit unverständlicher Milde behandelte, statt sie für ihre Verbrechen zu strafen. Und nun frage ich euch: Soll dies noch länger so fortgehen?«

»Nein!« schrien alle durcheinander. »O Herr, du hast wahr gesprochen. Wir preisen deine Weisheit.« Und keiner verwunderte sich, daß sich des Sultans Zorn nur gegen die Juden richtete, nicht gegen die Venezianer, denen er gleichfalls Geld schuldete. In Zeiten des Krieges, da sich im Mittelalter die russische und die türkische Flotte schwere Gefechte lieferten, gebot es die Klugheit, sich die Republik Venedig nicht zum Feind zu machen. Ausschreitungen gegen ihre in Konstantinopel angesiedelten Bürger hätte die Signoria sicherlich nicht stillschweigend hingenommen.

Aber um die Juden kümmerte sich niemand. Wurden sie nicht überall geschmäht, gehaßt und verfolgt? Man pferchte sie in Gettos zusammen, man lieh sich Geld von ihnen, und es gab kaum einen Herrscher in Europa, der nicht hoch bei ihnen verschuldet war. Wurde aber die Schuldenlast zu groß, gab es ein einfaches Mittel, sie zu tilgen: Einem toten Gläubiger brauchte man nichts mehr zurückzuzahlen. Und wie vorteilhaft war es, anschließend auch noch sein Vermögen zu konfiszieren.

Gründe dafür fanden sich immer.

In jener Nacht, da die Janitscharen des Sultans die Mellah von Konstantinopel stürmten, hieß es, die Juden hätten eine Verschwörung gegen Abdul Hamid geplant, und da es dem Pöbel lautstark und überzeugend genug verkündet wurde, zogen viele Hunderte mit, um zu plündern, zu zerstören, zu töten.

Es war der Tag, an dem David Joabs Sohn, seine Bar Mitzva feierte, jene Zeremonie, durch die dreizehnjährige Knaben in die Gemeinschaft der jüdischen Männer aufgenommen werden. Thamar und Ruth, Joabs Frau, hatten eine Feier für den Abend ausgerichtet, zu der auch Rabbea und Abigail geladen waren.

Und da geschah das Entsetzliche, Unbegreifliche.

Die Janitscharen drangen zuerst in die Synagoge ein, rafften die goldenen und silbernen Altargefäße und Leuchter an sich und brachten die Nachbildung der Bundeslade mit den Zehn Geboten, die als Allerheiligstes dort aufbewahrt wurde, nach draußen, um sie in die Gosse zu werfen und mit ihren Stiefeln zu zertrampeln. Dann legten sie Feuer. Ihr Schreien brachte alle, die bei Joab an diesem Abend versammelt waren, auf den Plan, denn sein Haus lag neben der Synagoge. Es war David, der als erster ins Freie stürzte.

Er schrie mit seiner hellen Knabenstimme. »Die Synagoge brennt! O Gott, sie haben unsere Synagoge angezündet!« Seine Mutter Ruth versuchte ihn zurückzureißen, doch es war zu spät. David ben Joab war der erste, der in dieser Nacht starb, weil ein Janitschar ihm seinen Säbel quer über den Hals zog. Ruth warf sich über ihr zusammengebrochenes Kind, jemand riß sie hoch und schrie: »Verreck, du jüdische Hure!« und durchbohrte ihr die Brust.

Ein anderer trennte Joab den Kopf vom Rumpf, und dann waren sie über Thamar, zerschlitzten ihr den Leib mit ihren Messern und Schwertern, und die Flammen schlugen hoch aus dem Dach der Synagoge.

Abigail und Rabbea, die gleichfalls aus Joabs Haus ins Freie gelaufen waren, versuchten zu fliehen. Sie waren mit einer gemieteten Sänfte gekommen, deren Träger sie schon im venezianischen Viertel entlohnt und fortgeschickt hatten. Jetzt trachteten sie, unerkannt wieder dorthin zu gelangen, doch nachdem sie ein paar dunkle, ärmliche, noch menschenleere Gassen entlanggerannt waren, fielen sie einem Trupp Janitscharen in die Hände.

Abigail schrie in ihrer Todesangst: »Laßt uns durch. Um Allahs Barmherzigkeit willen…«

Daß sie den Namen Allahs anrief, bewirkte, daß man ihr und Rabbea die Schleier von Kopf und Gesicht herunterriß und der Onbaschi des Haufens sie vor sich zerren ließ: »Wer seid ihr? Was sucht ihr hier?«

Abigail schwieg, weil sie im gleichen Moment begriff, daß die Wahrheit Nathan, ihren Mann, das Leben kosten konnte. Doch Rabbea antwortete: »Dies ist meine Mutter. Und mein Vater Nathan ben Ephraim ist ein Freund des Sultans und geht im Serail ein und aus. Wenn ihr Hand an uns legt, wird es euch den Kopf kosten.«

Nathan ben Ephraim… Man kannte den Namen des Heereslieferanten, deshalb ließ man die beiden Frauen passieren. Sie rannten weiter, und hinter ihnen blieben das Schreien der Verwundeten, Sterbenden, Verzweifelten, das Prasseln der Flammen und die Rufe der Janitscharen: »Tod allen Ungläubigen!« zurück.

Im venezianischen Viertel fanden sie einen Sänftenträger, der sie zum Hafen brachte, und von dort aus ließen sie sich auf die türkische Seite übersetzen.

Aber die Schrecken dieser Nacht waren noch nicht zu Ende. Als die Janitscharen in ihre Kasernen zurückkehrten, nachdem ihr blutiges Geschäft in der Mellah vollbracht war, und die einzelnen Onbaschi ihrem Aga, dem obersten Anführer, Bericht erstatteten, fiel auch der Name Nathan ben Ephraims. »Seine Frau und seine Tochter waren im Judenviertel«, meldete der Offizier, dem Rabbea und Abigail in die Arme gelaufen waren, und der Aga ließ sich den Vorfall in allen Einzelheiten erzählen. Er war nicht besonders gut auf Nathan ben Ephraim zu sprechen, weil er, so meinte er, zuviel Einfluß im Serail gewann. Er war seit einigen Jahren der größte Heereslieferant, sehr zum Mißvergnügen von Ibrahim ben Suleiman, dem Janitscharen-Aga. Sein Bruder Jussuf besaß nämlich ebenfalls ein Handelshaus und hatte früher die Armee mit Lebensmitteln beliefert. Doch in letzter Zeit hatte Nathan ben Ephraim ihn fast völlig verdrängt.

Der Bericht des Onbaschi hatte einen Verdacht in Ibrahim ben Suleiman geweckt, dem er nachgehen wollte. Deshalb schickte er einen Trupp Janitscharen zum zweitenmal in die Mellah, mit dem Befehl, drei oder vier Juden lebend vor ihn zu bringen.

Es gibt gewisse Arten, einen Menschen zu verhören, denen nur wenige gewachsen sind. Zwei der verhafteten Juden widerstanden zwar allen Folterungen, und kein Wort kam über ihre Lippen, als man sie auspeitschte, ihnen kleine, spitze Holzpfeile unter die Fingernägel trieb, die man anzündete und abbrannte, sie zwang, in einem Becken voll glühender Kohle zu stehen und ihnen zuletzt die Augen ausstach. Aber der dritte, ein junger Mann, den sie mit seinem Vater verhaftet hatten und der die grauenvolle Szene mit ansehen mußte, brach zusammen: »Ich will alles sagen, alles, was ich weiß. Nur schont mich und meinen Vater.«

Es war im Morgengrauen, als sie zu Nathan ben Ephraim kamen. Der Kislar-Aga, der höchste Haremsbeamte und Oberste der Eunuchen des Sultans, führte sie an. Vier Fackelträger und zwanzig Tschauschen waren es, ein Schreiber des Defterdars und drei Eunuchen, riesenhafte Kerle, vor denen jeder in Konstantinopel entsetzt zurückwich. Es waren drei der sieben berüchtigten Stummen des Sultans, die Vollstrecker seiner

Todesurteile. Man hatte ihnen die Zungen herausgerissen, damit sie niemandem erzählen konnten, wen sie in den Tod geschickt hatten. Es starben viele ohne eine öffentliche Gerichtsverhandlung – und für sie waren die Stummen zuständig. Sie brachten ihnen den schwarzen Kaftan und die seidene Schnur und erdrosselten sie schnell und lautlos.

Die Tschauschen des Sultans erschlugen Nathan ben Ephraims Türhüter, weil er sie nicht sogleich einlassen wollte, und trieben danach alle Sklaven im Hof zusammen. Dann holten sie Nathan ben Ephraim, Abigail und Rabbea aus dem Bett. Auch sie wurden in den Hof gebracht.

Nathan wehrte sich heftig: »Was soll das? Bin ich ein Verbrecher, daß ihr mich so behandelt? Edler Kislar-Aga, sagt ihnen, daß sie mich loslassen sollen.«

Der Oberste der Eunuchen senkte den Kopf. »Der Sultan schickt dir seine Stummen, Nathan ben Ephraim. Dir und deinem Weib.«

»Aber warum? Wessen beschuldigt man mich? Und was hat Abigail…«

»Sie ist vom wahren Glauben abgefallen! Ihr Bekenntnis zu Allah und seinem Propheten war Lüge. Statt dessen hat sie an Sabbatfeiern teilgenommen und jede Möglichkeit genutzt, die elenden Riten und Feste der jüdischen Religion einzuhalten. Und nicht nur das: Sie hat auch das Herz ihrer Tochter mit ihrem falschen Gott vergiftet. Alles, was für dein Weib gilt, gilt auch für sie.«

»Das ist nicht wahr!« schrie Nathan ben Ephraim. »Rabbea, Abigail, ihr könnt doch nicht…«

»Doch«, sagte Abigail in diesem Moment sehr ruhig. Auch sie lag, von den Tschauschen zu Boden geworfen, auf den Knien. Mit einem Arm hielt sie Rabbea an sich gedrückt. »Ich bin Jüdin. Mein Bekenntnis zu Eurem Gott, Kislar-Aga, war nur ein Lippenbekenntnis. Siebzehn Jahre lang habe ich in der Furcht gelebt, mein Geheimnis könnte entdeckt werden. Jetzt ist es geschehen, aber bei meinem Gott, der mir heilig ist, schwöre ich, daß Nathan, mein Mann, nichts von alldem gewußt hat. Er ist unschuldig!«

Nathan ben Ephraim blickte die beiden Frauen an. Andrej, der mit den anderen Sklaven neben dem Hausportal zusammengetrieben worden war, sah, wie seine Lippen zitterten. Dann schlug Nathan die Hände vor das Gesicht.

Der Kislar-Aga hielt seine Reaktion für das Entsetzen eines Mannes, der in der Tat ahnungslos gewesen und sich nun auf das schändlichste belogen und betrogen sah.

»Laßt ihn los! « befahl er den Tschauschen. »Und du steh auf, Nathan ben Ephraim. Mir scheint, dies alles ist wahrhaftig ohne dein Wissen und Wollen geschehen. Deshalb bist du, wenngleich jeder Mann für das, was in seinem Hause geschieht, verantwortlich ist, nicht vollkommen zu verurteilen. Ich werde mich beim Sultan für dich verwenden, und du magst vorerst nur in das Fort der Sieben Türme gebracht werden, bis der Sultan entscheidet, ob er dir dein Leben schenken will. Allerdings mußt du dich hier vor meinen Augen von deiner Frau und deiner Tochter lossagen.«

Wieder schwieg Nathan ben Ephraim. Dann bat er mit leiser Stimme: »Gestattet Ihr, daß ich mit meinem Weib und meiner Tochter ein paar Worte rede?« Und als der Kislar-Aga zustimmte, wandte er sich zu den beiden Frauen. Er zog sie vom Boden hoch und legte die Arme um sie, und auf einen Wink des Kislar-Aga ließen es die Tschauschen geschehen. »Werdet ihr den Kaddisch, das Totengebet, für mich sprechen, wenn ich sterbe?« fragte Nathan ben Ephraim, und Abigail warf sich mit einem erstickten Schluchzen an seine Brust.

»Ja, mein Liebling! Aber willst du nicht tun, was der Kislar-Aga dir rät? Du sollst nicht sterben, weil Rabbea und ich…«

Mit einer sanften Gebärde umfaßte er ihr Gesicht. »Ich war schwach, und du warst stark. Ich dachte, euch glücklich zu machen, weil ich den Weg der Schwachheit ging. Und welche Last habe ich dir damit aufgelegt. Abigail, mein Liebes. So laß mich wenigstens jetzt stark sein. Rabbea, mein Kind…«

Das Mädchen hatte nur sein Nachtgewand an. Bis zu den Hüften fiel das braune, dichte Haar. »Ja, Vater?«

»Kannst du das Schema Yisrael? Dann bete es nach dem Kaddisch für uns alle.«

Rabbea nickte. Sie dachte an Joab, den sie hatte sterben sehen, und Thamar und Ruth und den dreizehnjährigen David, der heute seine Bar Mitzva gefeiert hatte. Sie dachte an die vielen, die gestorben waren und noch sterben würden, und hätte am liebsten geschrien vor Verzweiflung. Dennoch begann sie zu beten. Die Worte kamen zögernd zuerst, mit langen Pausen, ihre Stimme schwankte, und Andrej sah, daß sie weinte. Er stand in der ersten Reihe der Sklaven, vor sich ein gutes Dutzend Tschauschen, die blanken Schwerter in der Faust.

Nathan ben Ephraim war auf den Kislar-Aga zugetreten. »Ich bekenne mich zu dem, was meine Frau und meine Tochter taten. Laßt die Stummen ihres Amtes walten.«

Die drei Eunuchen hatten sich bis jetzt im Hintergrund gehalten. Sie trugen das Hinrichtungsgewand, Westen aus roter

Seide, darüber einen gleichfarbigen Sarroual mit einem schwarzen, breiten Gürtel. Ihr Schädel war glattrasiert bis auf eine einzige schwarze Strähne, die zu einem Zopf geflochten war.

Ein Aufstöhnen ging durch die Sklaven, als die drei auf einen Wink des Kislar-Aga ein mitgebrachtes Bündel auf dem Boden ausbreiteten und den schwarzen Kaftan für Nathan ben Ephraim herausholten. Er legte ihn sich selbst an und ließ keinen Blick von Abigail und Rabbea, als zwei der Eunuchen ihn ergriffen und seine Arme auf den Rücken drehten. Der dritte trat mit der seidenen Schnur hinter ihn. Rabbea hatte den Kaddisch beendet. Ihre Stimme wurde lauter, während sie nun begann, das Schema Yisrael, das Bekenntnisgebet der Juden zu ihrem Glauben, zu sprechen. Ihr Gesicht war tränenüberströmt.

»Höre Isral, der Ewige, unser Gott, der Ewige, ist eins…«

Auch Abigail fiel ein, und Nathan versuchte, noch ein paar Worte mitzusprechen, doch der Stumme mit der seidenen Schnur war schnell. Er legte ihm die Schlinge um den Hals und erdrosselte ihn.

Das war der Augenblick, da Abigail einmal aufschrie wie ein zu Tode getroffenes Tier. Nathan ben Ephraim war zu Boden gesunken, und sie wollte zu ihm, sich über ihn werfen, doch die Stummen ergriffen auch sie und legten ihr die Schlinge um den Hals.

»…ta'asse iti Shalom, Adonai«, betete Rabbea auf hebräisch, wie Joab es sie gelehrt hatte, »gib uns den Frieden, Herr.« Und dann schrie sie: »Mutter! Vater!« und fiel auf die Knie, weil alle Kraft sie verlassen hatte, und kroch zu den beiden Toten hin.

Sie war halb wahnsinnig vor Grauen und wiederholte immer wieder schreiend: »Mutter! Vater! Ta'asse iti Shalom, Adonai! Ta'asse iti Shalom«, bis der Kislar-Aga sie an der Schulter berührte.

»Laß es genug sein. Steh auf jetzt und geh zu den Sklaven hinüber, damit der Schreiber des Defterdars eure Namen auf eine Liste setzen kann.«

Rabbea zuckte hoch. »Zu den Sklaven? Warum? Wo bleiben deine Stummen?«

Das bartlose, teigige Gesicht des Kislar-Aga verzog sich zu einem Lächeln. »Der Sultan ist dir gnädig. Er hat nur deine Eltern zum Tode verurteilt.«

»Und ich? Was wird aus mir?«

»Man wird dich morgen mit den anderen Sklaven auf dem Basar verkaufen, und der Erlös gehört wie alles, was dein Vater sein eigen nannte, dem Sultan.«

»Nein, o nein! « flüsterte Rabbea. »Ich will sterben! Sei barmherzig, Kislar-Aga, gib deinen Stummen den Befehl, auch mich zu töten!«

Für ein paar Augenblicke war die Aufmerksamkeit der Tschauschen von den Sklaven abgelenkt, weil alle zu Rabbea und dem Kislar-Aga hinblickten. Diesen Moment nutzte Andrej, die zwei, die vor ihm standen, zur Seite zu schieben.

Mit drei langen Sätzen hatte er das Mädchen erreicht und hob es auf seine Arme. Dann stürzte er davon, auf das offenstehende Tor zu. Es ging so rasch, daß weder der Kislar-Aga noch die Tschauschen noch die Stummen, die sowieso nur auf strikte Befehle hin handelten, recht begriffen, was geschah. Es gelang Andrej, die Straße zu erreichen, ehe der Kislar-Aga, gleichzeitig mit dem Schreiber des Defterdars, brüllte: »Ihm nach! Haltet ihn! Fangt ihn ein!«

Andrej wandte sich nach rechts und jagte die Straße entlang.

Sie führte zum Meer hinunter; ein paar Villen, ähnlich der Nathan ben Ephraims, standen noch dort, dann kam das felsige Ufer, das ziemlich steil zum Wasser abfiel. Wenn es ihm gelang, ein Boot zu finden, mit dem er hinüberrudern konnte auf die Seite von Galata, dann waren sie vielleicht gerettet.

Rabbea wurde schwer in seinen Armen. Bisher hatte sie alles in halber Betäubung über sich ergehen lassen. Jetzt merkte sie, daß Andrej zu keuchen anfing, und hob den Kopf . »Laß mich! Lauf allein weiter. Sie dürfen dich nicht bekommen.« Ihre Stimme war dünn und ohne Hoffnung.

»Nein!« preßte er mit zusammengebissenen Zähnen hervor. »Allein schaffst du es nicht. Ich nehme dich mit.«

Aber er schaffte es auch nicht.

Die Straße endete zwischen Geröll, Gestrüpp und Felsen. Weiter unten kam eine kleine Sandbucht. Atemlos, mit jagendem Herzschlag, suchte Andrej sich einen Weg hinab. Einmal stolperte er und rutschte aus, Rabbea entglitt seinen Armen. Sie schrie unterdrückt auf, hielt sich an einem niedrigen Tamariskenstrauch fest und zog sich hoch. Da tauchten die ersten Verfolger am Ende der Straße auf.

»Lauf, Rabbea!« rief Andrej. »Du mußt zur Mellah, hörst du? Zur Mellah! Dort wird man dir…«

Weiter kam er nicht. Zwei Tschauschen warfen sich auf ihn, rissen ihn zu Boden. Ein dritter schrie: »Das Mädchen! Wir müssen dem Mädchen nach.« Andrej wehrte sich verbissen, es gelang ihm, den einen Tschauschen abzuschütteln. Doch der zweite, ein geschmeidiger, sehniger Kerl, legte seine Fäuste um Andrejs Hals. Mit aller Kraft drückte er zu.

Andrej bäumte sich auf, suchte dem Würgegriff zu entkommen. Das Blut rauschte in seinen Ohren. Er gurgelte, hatte das Empfinden, daß seine Lungen platzten, dann verlor er das Bewußtsein.

Als er erwachte, lag er auf einem faulig riechenden Strohlager in einem Bau, der nur durch ein paar vergitterte Mauerluken oben an der Decke spärliches Licht erhielt. Seine Kehle schmerzte, und als er sich aufrichtete, merkte er, daß er mit einem Halseisen an die Mauer gekettet war. Auch an den Hand- und Fußgelenken trug er Ketten.

Er war nicht allein. Etwa sechzig Männer mochten sich in dem niedrigen Keller befinden, dessen Mauern aus glitschigen Quadern zusammengefügt waren.

»Du lebst also doch«, sagte jemand neben Andrej. »Als sie dich vorhin hereinschleppten, dachte ich, du würdest in der nächsten halben Stunde krepieren.«

Der so sprach, war ein riesiger Neger. Grinsend entblößte er seine weißen Zähne. »Willkommen im Bagno!«

»Im Bagno...« wiederholte Andrej und suchte seine Benommenheit abzuschütteln.

»Ja«, sagte der Schwarze. Seine Stimme klang heiser und guttural. »Tschauschen haben dich gebracht. Also bist du ein Sklave des Sultans. Hast zu fliehen versucht, was?«

»Ich... ich sollte morgen auf dem Basar verkauft werden«, erwiderte Andrej mühsam, denn das Sprechen schmerzte.

»Na, das hat sich erledigt. Wer hier ist, wird nicht mehr verkauft. Es gibt nur zwei Arten, mit aufsässigen Sklaven fertigzuwerden. Die eine ist, ihnen den Kopf abzuschlagen, die andere, sie als Ruderer auf die Galeeren zu schicken. Sei froh, daß du so kräftig bist. Deshalb bist du jetzt hier und nicht auf dem Schindanger. Heute abend werden wir aufs Schiff gebracht.«

Andrej schloß die Augen. Aus, dachte er. Das ist das Ende des Grafen Andrej Petrowitsch Dobrynin. In diesem Moment hat er aufgehört zu existieren.

»Da war ein Mädchen«, sagte er stockend. »Ich bin mit ihm zusammen geflohen. Hast du gehört, was aus ihm geworden ist?«

»Nein«, erwiderte der Neger. »Woher sollte ich?«

»Nun, ich dachte, die Tschauschen, die mich herbrachten, hätten darüber geredet.«

»Die haben nichts gesagt. He, warum heulst du denn? Warst du in die Kleine verliebt?«

Andrej erfuhr niemals, was aus Rabbea geworden war. Und als vier Monate später, am 21. Juli, nachdem die Türken Niederlage auf Niederlage gegen die russischen Heere hatten hinnehmen müssen, in Kutschuk Kainardsche endlich Frieden geschlossen wurde, befand er sich auf einem türkischen Kauffahrteischiff in den Gewässern vor Marokko. Daß der Krieg zu Ende war, wußte er nicht. Erst als sie wieder Konstantinopel anliefen, schnappte er ein paar Gesprächsfetzen von Matrosen auf, die sich oberhalb des Ruderraums auf dem Schandeck darüber unterhielten.

Andrej starrte auf seine Hände. So war er nun also da, der Frieden. Doch für ihn kam er zu spät. Ein Galeerensklave konnte nicht hingehen und sagen: »Ich bin russischer Offizier. Ich beantrage, in mein Heimatland zurückkehren zu dürfen.« Bestenfalls hätte man ihn ausgepeitscht und für ein paar Stunden bei schwerer See auf den Bugspriet gebunden. Und schlimmstenfalls wäre er zu Tode geprügelt worden – als Offizier eines Landes, das den Krieg gewonnen hatte.

Aber war der Tod nicht besser als dieses elende, menschenunwürdige Dasein? Andrej begriff sich manchmal selbst nicht, warum er sich nicht längst den Schädel an der Schiffswand eingerannt hatte, um ein Ende zu machen, oder, wenn die Rudermannschaften abgelöst wurden, über Bord gesprungen war. Und manchmal kam ihn auch ein großes Wundern an, daß er nicht nach allem, was ihm widerfahren, den Verstand verloren hatte.

Aber etwas in ihm, ein kleiner, unbesiegbarer Funke Leben, hinderte ihn, steifte ihm den Nacken, ließ nicht zu, daß er sich aufgab.

Er mußte dies hier bestehen. Es war nicht die Endstation, konnte es nicht sein. Es war nicht nur Hunger, der ihn zwang, Tag um Tag die immer gleichbleibende Suppe aus Wurzelgemüsen und Bohnen, deren Geruch allein ihm Übelkeit bereitete, zu essen. Was er dazu tun konnte, um bei Kräften zu bleiben, wollte er tun. Es war nicht Ergebenheit in sein Schicksal oder Furcht vor Strafe, die ihn veranlaßten, still und ohne Aufmucken das Ruder zu bedienen. Er hatte gesehen, wie sie den Verzweifelten, Rebellischen oder einfach nur Erschöpften die Zähne einschlugen, sie mit Peitschen und Eisenketten prügelten, bis sie wimmernd und blutend fortgeschleift wurden. Er wollte seine gesunden Glieder behalten.

Und während er am Ruder den Rücken krümmte, sich nach vorn und zurück beugte auf der harten Holzbank, immer wieder, Stunden, Ewigkeiten lang, hatte er sich angewöhnt, Lomonossows Petriade herzusagen oder französische Bühnenmonologe aus dem ›Coriolan‹ oder ›Le mort de Caesar‹, soweit sie ihm einfielen. Er suchte sich an die Schriften von Descartes zu erinnern, Montesquieu, Voltaire – und er tat es, um nicht stumpfsinnig zu werden.

Nicht nachlassen, sich nicht aufgeben, sich nicht an den Abgrund treiben lassen, hinter dem nackte, schreiende Verzweiflung lauerte. Einen anderen Weg, dies zu überleben, gab es nicht.

Und es gab eine Zauberformel, die er immer wieder, wenn nachtdunkle Hoffnungslosigkeit ihn zu übermannen drohte, aus seinem Gedächtnis hervorholte: Er hatte es Tanja geschrieben in den Briefen, die er Nathan ben Ephraim übergeben hatte: »Ich komme zurück zu Dir. Ich weiß nicht, wann das sein wird, Geliebte, aber ich komme...«

Gelegentlich gelang einem Galeerensträfling die Flucht. Gelegentlich gab es Meutereien – er hatte davon reden hören –, bei denen sie alle entkamen. Nur dies, dies jetzt mußte er überleben.

Der Reiter, der die Allee nach Bjely Dom heraufgesprengt kam, lag flach über dem Pferdehals und schrie schon von weitem: »Madame Tutscharewa! Rasch, man soll Madame Tutscharewa holen.«

Franz Köhler war es, der Neffe des Gemeindevorstehers von Sarepta, und die Magd, die vor dem Herrenhaus die Treppe fegte, rannte eilig in die Halle.

Tanja die den Jungen ebenfalls hatte rufen hören, kam aus dem oberen Geschoß herunter. »Was ist? Was gibt es denn?«

Franz Köhler war der Magd auf dem Fuße gefolgt. »Eine Nachricht vom Oheim, Madame. Pugatschew ist vor Zarizyn von den Kaisertreuen zurückgeschlagen worden. Er ist auf dem Wege hierher. Wir müssen flüchten. Packen Sie nur das Notwendigste zusammen, es kann sein, daß die Rebellen noch vor Abend hier sind.«

Tanja war blaß geworden. »Ich danke dir, Franz.«

Sie blickte dem Jungen nach, wie er wieder davonritt. Ihr war nach Weinen zumute, aber sie wußte, sie durfte jetzt nicht den Kopf verlieren, sondern mußte ruhig und entschlossen handeln.

Auf ihr Bitten hin riefen Bjelkin, Sidurin und Pelageja, die leibeigenen aus den Dörfern und die in Bjely Dom Bediensteten auf dem Platz vor der Schule zusammen. Tanja sprach zu ihnen. »Es ist möglich«, sagte sie, »daß die Aufständischen hier alles niederbrennen. Und wer es zu hindern sucht, kann dabei umkommen. Man erzählt sich auch, daß Pugatschew jeden aufhängen läßt, der sich weigert, ihm als dem angeblichen Zaren den Treueeid zu leisten. Bis jetzt habe ich mich immer für euch verantwortlich gefühlt. Jetzt kann ich es nicht mehr, denn ich bin nicht mehr in der Lage, euch zu schützen. Ihr müßt nun tun, was ihr für richtig haltet. Ihr könnt euch in Sicherheit bringen oder euch den Rebellen anschließen, ganz wie ihr wollt. Wer flüchten will, soll Lebensmittelvorräte mitnehmen; es kann sein, daß wir uns ein paar Tage verstecken müssen.«

Ihre Stimme schwankte. Sie kniff die Augen zusammen, um die aufsteigenden Tränen zurückzuhalten, doch es gelang ihr nicht. Mit einem erstickten Laut drehte sie sich um und wollte davongehen.

»Euer Gnaden!« Es war Ossip, der Schmied, der sie zurückhielt. »Und wenn wir alle hierbleiben und uns hier verbarrikadieren? Dann können wir die verfluchten Teufel doch in die Flucht schlagen?«

Unter Tränen schüttelte sie den Kopf. »Nein, Ossip. Es sind zu viele. Wir kommen nicht gegen sie an. Und euch droht ja auch keine Gefahr. Pugatschew hat euch die Freiheit versprochen...«

Der vierschrötige Mann spuckte aus. »Von solch einem Lumpengesindel lasse ich mich nicht befreien. Oder ihr, Brüder? Denkt doch mal nach, was das für eine Freiheit ist? Die von Räubern und Mördern, die man eines Tages an den nächsten Baum hängen wird.«

»Dich wird man hängen!« gellte da eine Altfrauenstimme auf. Es war die alte Sinajda, die sich nach vorn drängte. »Mein Sergej hat es gesagt: Es ist der Zar, der kommt, und wer sich gegen ihn stellt, wird sterben. Jetzt reden sie, er sei ein Donkosak namens Pugatschew. Aber das sind dreckige Lügen! Ihr alle habt meinen Sergej gekannt. Glaubt ihr, er wäre einem Betrüger auf den Leim gegangen?«

Tumult erhob sich nach Sinajdas Worten. »Sie hat recht!« riefen die einen, und andere empörten sich: »Seit wann gebt ihr was auf Weibergeschwätz? Die Alte spinnt! Man weiß ja, daß ihr Sergejs Tod das bißchen Verstand geraubt hat. Ein Raufbold und Taugenichts war er, und sie tut so, als sei er ein Märtyrer gewesen!«

Ein paar Augenblicke lang hörte Tanja auf die Streitenden, dann wandte sie sich ab und ging. Vor dem Portal des Herrenhauses holte Rodja sie ein. Sein bärtiges Gesicht war von Sorge gezeichnet. »Es sind nur wenige«, sagte er, »und Gott verdamme sie, die es mit den Rebellen halten und davon faseln, Pugatschew mit Brot und Salz zu empfangen. Die meisten wollen mit Euch flüchten und zurückkommen, sobald der Teufelsspuk vorbei ist. Man kann aufbauen, was sie zerstören. Man muß nur den Kopf auf den Schultern behalten.«

»Ach, Rodja...« Einen Moment lehnte sie die Wange an seine Brust. »Rodja, mein Guter, wenn uns dies doch erspart bliebe.«

»Je nun...« Er versuchte zu lächeln, aber es wurde nur ein schiefes Grinsen daraus. »Wir müssen es nehmen, wie es kommt. Und vielleicht wird es ja auch gar nicht so arg, und die Schweinehunde plündern uns nur ein bißchen aus und ziehen weiter. Es heißt ja, die kaiserlichen Armeen seien dicht hinter ihnen.«

»Vielleicht«, sagte sie und wagte doch nicht, darauf zu hoffen. »Rodja, ich möchte nicht, daß Pawel das allgemeine Durcheinander unseres Aufbruchs miterlebt. Es würde ihn nur ängstlich machen. Du holst dir Pferd und Wagen und fährst vorher mit ihm nach Sarepta zum Ökonomus Köhler. Wir anderen kommen später nach.«

»Aber...«

»Kein Aber, Rodja. Das Kind muß so schnell wie möglich aus dem Haus, und ich kenne niemanden, dem ich es ruhigeren Herzens anvertrauen würde als dir.«

Er blickte sie unglücklich an. »Warum kommt Ihr nicht auch gleich mit?«

»Ich habe noch zu tun«, erwiderte sie kurz, und er wußte, wenn sie so mit ihm sprach, waren Widerreden zwecklos.

Eine halbe Stunde später verließ er mit Pawel Bjely Dom. In fliegender Eile hatte Tanja noch einen Teil ihrer wertvollsten Schmuckstücke in den Saum von Rodjas weitem Kutschermantel eingenäht. Ketten, Ringe, Ohrgehänge und Armbänder. Pawels Gesicht war verstört; seine Mutter hatte ihm zwar nur gesagt, man erwarte, daß hier in der Nähe eine Schlacht gegen die Rebellen stattfinden werde und deshalb sei es besser, sich mit den Leuten von Sarepta für einen oder zwei Tage in die Steppe zu flüchten. Aber instinktiv spürte er, daß Schlimmeres hinter diesem hastigen Aufbruch steckte. Pawel trug einen Bauernkittel über Hose und Stiefeln; sonst durfte er diese Sachen nur anziehen, wenn er mit Rodja zum Fischen ging oder Fedja Sidurin ihn auf einen Inspektionsgang durch die Pferdeställe mitnahm. Aber Tanja wollte, daß der Junge keinesfalls wie ein Herrschaftskind aussah, falls er und Rodja herumstreifenden Rebellen begegneten.

»Gott mit euch«, sagte Tanja, als Pawel in die Kibitka geklettert war, und küßte beide, den alten Mann und das Kind. »Ich komme mit den anderen nach, so rasch ich kann.«

Dann rannte sie ins Haus zurück.

Indessen durchfuhr Rodja das Birkenwäldchen und bog in die alte Hetmanstraße nach Zarizyn ein. Pawel kauerte stumm neben ihm. Einmal legte Rodja ihm die Hand auf seine Schulter. »Hast du Angst, Pawel Borissowitsch? Das mußt du nicht. So eine oder zwei Nächte unter freiem Himmel schlafen, das wird dir gefallen. Haben dir unsere Pferdehirten nie davon erzählt? Oder Lopuscha, der Jäger aus Tschitscheska? Der ist oft viele Wochen lang unterwegs, bis zum Basckkirenland und dem Uralgebirge. Einmal, so hat er mir gesagt, hat er dort in einer mondhellen Nacht einen weißen Wolf gesehen.«

»Einen weißen Wolf?« fragte Pawel ungläubig und war durch Rodjas Geschwätz ein wenig abgelenkt von seiner Furcht.

»Ja, schneeweiß. Er muß steinalt gewesen sein, daß er kein dunkles Haar mehr an seinem Körper gehabt hat.« Rodja wandte den Kopf nach hinten. Die Kibitka hatte nur ein Dach aus Weidengeflecht, keine Rückwand, und so konnte er auf der Straße die gewaltige Staubwolke sehen, die sich rasch näherte. Wenige Augenblicke später vermochte er schon dunkle Punkte auszumachen, die größer und größer wurden: Reiter auf ihren Pferden.

Mit einem harten Ruck an den Zügeln brachte Rodja das Gäulchen zum Stehen. »Da kommen Soldaten, Pawel Borissowitsch, und man weiß nicht, ob Freund oder Feind. Es ist besser, wir verbergen uns .«

Die Kibitka und das Pferd zu verstecken erschien ihm zu riskant. Das Gäulchen könnte wiehern, wenn es andere vorüberreiten hörte. Und das wäre womöglich ihr Ende. So hob Rodja Pawel vom Wagen und zog ihn in das dichte Gestrüpp, das sich zum Wolgaufer hinunterzog.

Es war in der Tat Pugatschews Vorhut, etwa dreihundert Berittene, die da heranpreschten. Guter Gott, dachte Rodja, als sie auf der Höhe des Wäldchens waren, wo die Straße nach Bjely Dom abzweigte, laß sie vorüberreiten. Er lag neben Pawel im Ufergestrüpp, den linken Arm um das Kind geschlungen, und flüsterte: »Verhalte dich ganz still, Söhnchen, wenn sie herankommen. Keinen Laut, verstehst du?« Er selbst spähte zwischen den Zweigen hindurch zur Straße .

Und da sah er es: Aus dem Wäldchen kamen etwa zwei Dutzend Männer, Leibeigene aus Bjely Dom, mit Äxten, Mistgabeln und Knüppeln bewaffnet, und die vorderste Linie der Reiter hielt an. Die anderen preschten zunächst vorüber, rissen dann aber ihre Pferde herum und galoppierten zurück.

Nach einer kleinen Weile trennten sie sich. Etwa fünfzig von ihnen ritten weiter nach Sarepta, die anderen schlugen den Weg nach Bjely Dom ein.

Die Leibeigenen – Rodja konnte nicht erkennen, wer es war, dazu war die Entfernung zu groß, aber er vermutete, daß es sich um diejenigen handelte, die vorhin der alten Sinajda das Wort geredet hatten – folgten den Reitern auf der Hetmanstraße. Sie waren es auch, die das Pferdchen und den Wagen entdeckten und kurzerhand mitnahmen. Gott lasse ihre Verräterzungen verdorren und ihre Hände abfaulen, dachte Rodja, und die Angst um Tanja wuchs und wuchs, so daß sie ihm das Herz abdrückte.

Aber selbst wenn er zurückgelaufen wäre nach Bjely Dom – er hätte ihr nicht helfen können. Was vermochte ein einzelner gegen ein paar Hundert?

Jemeljan Pugatschew selbst befand sich mit seinen engsten Getreuen unter den dreihundert Reitern, die nach Bjely Dom kamen. Tanja war mit Sidurin und etlichen Knechten bei den Stallungen, um das Vieh, die Reit- und Kutschpferde und die Stuten, die nicht auf der Sommerweide waren, weil sie fohlen sollten oder gerade gefohlt hatten, freizulassen. An Gegenwehr war nicht zu denken. Zwar versuchten Beherzte noch, mit Messern und Beilen auf die Angreifer loszugehen, aber Pugatschews Reiterei bestand in der Hauptsache aus kampferprobten Kosaken. Schüsse knallten, Schwertklingen blitzten, und in wenigen Minuten waren die Auffahrt von Bjely Dom und der Platz vor den Gesindewohnungen voller Toter und Sterbender.

Fedja Sidurin war einer der ersten, der, von einer Kugel getroffen, hinsank. Die Knechte rannten durch die Stallgasse davon, aber ihre Verfolger holten sie ein und nagelten zwei von ihnen mit ihren Schwertern an den hölzernen Trennwänden der Boxen fest, bis die anderen mit erhobenen Armen um Gnade flehten. Tanja kniete draußen neben dem sterbenden Sidurin.

»Malascha... Anfisa...« murmelte er mühsam. Die Kugel hatte ihn in den Rücken getroffen. Er lag auf dem Gesicht, versuchte sich aufzurichten, und hellrotes, schaumiges Blut quoll aus seinem Mund. Tanja hielt seinen Kopf. Ihr Rock wurde blutig, ihre Hände, aber sie harrte aus, bis ein Kosak sie hochriß und vor sich in den Sattel zerrte. Wegen ihres einfachen Leinenkleides hielt er sie für eine Bedienstete. »Komm, Täubchen, zu den anderen!«

Sie hatten die Überlebenden von Bjely Dom vor der Freitreppe des Herrenhauses zusammengetrieben, aus dem Inneren drang der Lärm rauher Stimmen. Die Kosaken rissen Schränke und Schubladen auf, rafften zusammen, was ihnen von Wert erschien, und zerschlugen in blinder Zerstörungswut Spiegel, Fenster und Porzellan. Andere plünderten Küche, Keller und die Vorratsspeicher, stachen Schweine und Hühner ab und schleppten grölend die Schnaps- und Weinfässer ins Freie.

Pierre Brancourt drängte sich zu Tanja durch. »Sind Sie verletzt, Madame? Sie sind ganz voller Blut.«

Sie blickte auf ihre Hände und das Kleid. »Nein, das ist nicht von mir. Fetja Sidurin… Man muß es Malascha sagen.«

Dann schleppten zwei Kosaken einen der geschnitzten Armsessel, die immer in der Halle gestanden hatten, heraus. Ein Mann nahm darauf Platz. Er trug einen rotseidenen Kaftan, mit Goldborte besetzt, weiche Stiefel aus feinstem Saffian und ein juwelenbesetztes Krummschwert am Gürtel. Einige andere Männer, darunter eine Leibwache von gleichgekleideten, stark bewaffneten Kosaken, nahmen neben und hinter ihm Aufstellung.

Einer von ihnen entrollte ein Blatt Papier und begann zu lesen: Hört, was der großmächtige Zar, unser Väterchen, Peter III. Fjodorowitsch, euch zu sagen hat. Dies ist mein Dekret an euch, meine Kinder. So wie eure Väter und Vorväter den früheren Zaren bis zum letzten Blutstropfen gedient haben, so werdet auch ihr, meine Freunde, dem Vaterland und mir, eurem Herrn und Zaren Peter Fjotorowitsch, dienen. Ich, der große Zar, werde euch belohnen. Ich vergebe denen, die gegen mich gesündigt haben, so sie mir den Untertaneneid leisten. Und ich verspreche euch die Flüsse von den Bergen bis an das Meer und das Land und die Viehweiden und Löhnung, Pulver, Blei, Nahrung, und ewige Freiheit. Das gleiche gilt für eure Kinder. Ich, der große Herr und Zar aller Reußen, werde euch so belohnen.«

Der Klang seiner Stimme erinnerte Tanja an etwas. Sie blickte auf und erkannte den Mann, der nun das Papier wieder zusammenrollte und einem anderen übergab. Es war German Jurjewitsch Ljubow, der einst als Student zu Andrej's Freundeskreis gehört und ihr, Tanja, Unterricht im Lesen und Schreiben erteilt hatte, bis er zudringlich geworden war und Nikita, Andrejs Leibdiener, ihn hinauswarf.

Ljubow, der plötzlich ein Jahr nach Katharinas Thronbesteigung über anscheinend unbegrenzte Geldmittel verfügte und Andrej ständig große Summen lieh, bis er ihn ganz in der Hand gehabt hatte. Und dann hatte er Andrej erpreßt. Ljubow und seine Gesinnungsfreunde wollten die Zarin stürzen, und Andrej sollte ihnen das Mittel dazu liefern: den Beweis, daß Zar Peter III. in Ropscha mit Wissen und Willen Katharinas ermordet worden war. Denn Andrej war dort gewesen in jener Nacht…

Damals hatte sich Tanja zu Boris Tutscharew geflüchtet. Sie

hatte ihm alles gesagt, und noch am gleichen Tag war Ljubow verhaftet worden. Er gab die Namen seiner Mitverschwörer preis, aber zwei Wochen später gelang ihm die Flucht. Seitdem war er spurlos verschwunden gewesen. Und nun stand er hier auf der Treppe von Bjely Dom und verlas Pugatschews Manifest...

Er trug die Haare halblang nach Kosakenart, er war älter geworden und noch immer hager und von schlechter Haltung. Und seine eng zusammenstehenden Augen waren nicht wie damals nur kalt, sondern grausam und gnadenlos. Es waren die Augen eines Geiers.

Pugatschew hob die Hand. »Ich, euer Zar, sage euch noch etwas: Wir müssen zerstören, um Neues aufbauen zu können. Wir müssen die Bojaren und Gutsbesitzer, die Offiziere und korrupten Beamten, diesen ganzen Rattenschwanz von Blutsaugern hinwegfegen. Niemand von ihnen und ihrer Brut darf übrigbleiben, denn sie sind Kinder des Satans. Nur ein toter Herr ist ein guter Herr.«

Zustimmendes Geschrei und Gejohle erhob sich nach seinen Worten unter den Rebellen. Nur die Leibeigenen von Bjely Dom schwiegen. Pugatschew runzelte die Stirn., Wo ist euer Herr?«

Stille. Er blickte auf gesenkte Köpfe. Ljubov trat einen Schritt nach vorn. »Der Zar ist es nicht gewöhnt, zweimal zu fragen. Also antwortet: Wo ist euer Herr?«

In diesem Augenblick trat Tanja nach vorn. »Ich bin es.« Sie vermied es, Ljubow anzusehen, aber sie spürte, wie er sie anstarrte. Er zog scharf den Atem ein, und da wußte sie, daß er sie erkannt hatte. Pugatschew beugte sich in seinem Armsessel nach vorn. »Ein Frauenzimmer. Bist du Witwe?«

»Ja«, sagte sie.

»Und wie heißt du?«

Sie hatte höchst selten von ihrem Titel Gebrauch gemacht; jetzt tat sie es. »Tanja Iwanowna Prinzessin Tutscharewa.«

Ljubow lachte plötzlich, und Pugatschew wandte sich um. »Was ist los, German Jurjewitsch?«

»Ich kenne diese Frau, erhabener Zar. Sie ist eine Leibeigene, die ich vor Jahren von ihrem Vorbesitzer für eintausendfünfhundert Rubel gekauft habe. Wie Ihr wißt, mußte ich dann aus Rußland fliehen, und das Vögelchen ist bei Tutscharew untergeschlüpft. Aber daß er es geheiratet hat... Ich kannte ihn nur flüchtig, doch ich hätte nie geglaubt, daß er ein solcher Narr ist.«

Pugatschew blickte Tanja an. »Ist es wahr, was er sagt?«

Sie nickte stumm. Einen Moment lang verschwamm alles vor

ihren Augen: Pugatschew in seinem karmesinrotem Rock und der hohen Mütze, Ljubow, die wilden, bärtigen Gesichter der Rebellen. Sie senkte den Kopf, niemand sollte sehen, daß sie weinte.

In diesem Augenblick sagte Pugatschew: »Hängt sie auf.«

Hinter sich hörte sie ein paar Frauen aufschluchzen. »Nein! Nicht Ihre Gnaden! Sie ist immer gut zu uns gewesen.« Und andere fielen ein: »Ja, das ist wahr! Sie hat nichts Böses getan.«

Die beiden Kosaken, die Tanja ergreifen wollten, um sie zu dem Ahornbaum zu schleppen, an dem ein Dritter bereits eine Schlinge über einen Ast geworfen hatte, zögerten und blickten Pugatschew an. Er musterte Tanja mit einem undeutbaren Lächeln. Dann winkte er Ljubow. »Du sagst, du habest sie gekauft. Erhebst du Anspruch auf sie als dein Eigentum?«

»Ja«, sagte Ljubow, ohne zu zögern.

»Nun gut. Dann mag sie am Leben bleiben. Sie gehört dir.«

Die beiden Kosaken ließen Tanja los und versetzten ihr einen Stoß, daß sie auf die Knie fiel. »Danke dem Zaren für seine Gnade.«

Sie lag da und rührte sich nicht. Erst als Ljubow auf sie zutrat und mit einem widerlichen Grinsen sagte: »Nun, Tanjuschka, mein Täubchen…« sprang sie auf die Füße und wich zurück. »Faß mich nicht an. Ich bringe mich um, wenn du mich anfaßt!«

Sie wollte davonstürzen, nicht in der Hoffnung, ihm zu entkommen, sondern daß man auf sie schießen werde, sobald sie sich zur Flucht wandte, aber mit der Behendigkeit, die er schon früher besessen hatte, setzte Ljubow ihr nach und riß sie zurück. »Hiergeblieben, du Luder! Dir werde ich's zeigen!« Er holte aus und schlug ihr mit aller Kraft ein paarmal ins Gesicht. »Da, da und da… So, und jetzt knie nieder vor Seiner Majestät, dem Zaren, und danke ihm für dein elendes Leben!«

Tanjas Lippe war aufgeplatzt und blutete. »Nein«, sagte sie mühsam. »Ich habe nichts zu danken. Und er ist nicht der Zar. Er ist Jemeljan Pugatschew, ein Betrüger.«

Ljubow hob zum zweitenmal den Arm, um sie zu schlagen, aber Pugatschew winkte ab. »Laß das! Ich weiß etwas Besseres, um sie kirre zu kriegen. Hängt an ihrer Stelle ein paar ihrer Leute auf. Zuerst den da im schwarzen Rock.« Er deutete auf Pierre Brancourt, der ziemlich weit vorn stand. »Dann die Frau dort drüben… und…« – er blickte sich suchend um – »und den kleinen Jungen.« Die Frau war Malascha Andrejewna und der Junge Bjelkins neunjähriger Sohn Wassilij. Irina Bjelkina schrie gellend auf, als die Kosaken das Kind mit sich zerrten. »Nein, nein! Wassja, mein Kind! O Gott, Wassjenka! Gnade, Herr,

Gnade! Ihr könnt doch nicht ein unschuldiges Kind...« Ihre Stimme erstarb, weil einer der Rebellen ihr seinen Gewehrkolben über den Kopf schlug.

Tanja war vor Pugatschew auf die Knie gefallen. Vor Entsetzen konnte sie nur stammeln. »Vergebung, Herr! Ich bereue, was ich gesagt habe. Es war eine Lüge. Ihr seid der rechtmäßige...«

»Maul halten!« sagte er grob. »Du kommst später dran. Erst werden diese drei für deine Frechheit hängen – und jeder, der mich nicht als seinen Zaren anerkennt, ebenfalls.«

Es war das Grausamste, was Tanja jemals erlebt hatte, und sie würde es niemals vergessen können: Malascha, ihre gute, weichherzige Malascha, die bis zum letzten Augenblick betete. Pierre Brancourt, der bleich und wortlos starb, und das Kind, das nach seiner Mutter schrie, bis der Tod es verstummen machte.

»So«, sagte Pugatschew, als alles vorüber war. »Und nun zu dir, Tutscharewa. Ich bin bereit, deinen Dank entgegenzunehmen.«

Ljubow ließ Tanja los, und sie sank zu Boden, als sei alle Kraft aus ihr gewichen. »Ich danke Euch, Kaiserliche Majestät, für die Gnade, die Ihr mir erwiesen habt.« Ihre Stimme war nicht viel mehr als ein von keuchenden Atemzügen unterbrochenes Schluchzen. Dann bedeckte sie das Gesicht mit den Händen.

So blieb sie, bis Ljubow mit dem Fuß nach ihr stieß. »Steh auf.

Tanja reagierte nicht sofort. »Aufstehen, habe ich gesagt!«

Ljubow wollte zum zweitenmal nach ihr treten, da wurde er zurückgerissen. »Laß sie! Du siehst doch, daß sie am Ende ist.«

Der Mann, der das sagte, hatte die ganze Zeit neben Pugatschews Armstuhl gestanden und gehörte offenbar zu seinem engsten Kreis. Er hatte braune Haare und ein häßliches, pockennarbiges Gesicht, in dem nur die dunklen, melancholischen Augen schön waren.

Ljubow schüttelte seinen Arm ab. »Was geht es dich an? Sie gehört mir, ich kann mit ihr tun, was ich will.«

»Das kannst du nicht!« Der andere wandte sich zu Pugatschew. »Kaiserliche Majestät, Ihr habt allen Leibeigenen die Freiheit versprochen. Wie kann dann diese Frau Ljubows Besitz sein, selbst wenn er behauptet, sie vor Jahren gekauft zu haben?«

»Halt dein Maul!« fuhr Ljubow auf. »Ein dreckiger Pole – und nimmt sich heraus, die Entscheidung des Zaren zu kritisieren!«

Pugatschew hob die Hand. »Streitet euch nicht. Kolarski hat recht, Ljubow. Unter meiner Herrschaft gibt es keine Leibeigenen mehr.« Er lachte, und ein seltsames Funkeln trat in seine Augen. »Aber seit alters her haben Kosaken in Frauen eine Kriegsbeute gesehen. Manchmal kam es vor, daß mehrere Männer auf dieselbe Frau Anspruch erhoben; dann haben sie nach guter alter Kosakenmanier darum gekämpft.«

»Ich bin bereit dazu«, sagte Kolarski, ohne zu zögern.

Und du, German Jurjewitsch?«

Ljubows Augen waren dunkel vor Wut. »Was für eine Verrücktheit! Ich habe zuerst gesagt, daß sie mir gehört. Jetzt kann man sie mir doch nicht wieder wegnehmen.«

»Ihr kämpft heute abend nach Sonnenuntergang um sie«, entschied Pugatschew. »Aber nicht mit dem Degen, sondern mit Peitschen. Jeder schlägt abwechselnd zu, einmal du, einmal er, zum Rhythmus der Trommel. Sieger ist, wer den anderen kampfunfähig gemacht hat, und ihm gehört danach die Frau. Jetzt bringt sie fort. Bindet sie irgendwo an, damit sie nicht davonläuft. Das Vergnügen eures Kampfes will ich mir nicht entgehen lassen.«

Kolarski verneigte sich wieder. »Ich danke Euch, Kaiserliche Majestät.« Dann beugte er sich zu Tanja hinunter und half ihr aufstehen. »Wir kennen uns«, sagte er leise auf französisch. »Erinnern Sie sich an Jaizk? An den Gasthof am Bladwinnij-Prospekt? Damals haben wir miteinander gesprochen. Haben Sie keine Furcht, ich will Ihnen nichts Böses, ich will Ihnen helfen.«

Sie schaute zu ihm auf, noch immer namenloses Entsetzen im Blick, und begriff nicht, was er sagte. Willenlos ließ sie sich fortführen.

Der Hauptteil des Rebellenheeres kam noch vor Sonnenuntergang nach Bjely Dom. Ein paar hundert Berittene waren es, mehrere tausend Baschkiren, Kalmücken und Tataren, und die große Menge des Fußvolkes. Sie führten an die vierzig Kanonen mit sich und im Troß Wagenladungen voller Beute. Auch Frauen und Kinder waren dabei, Angehörige der Rebellen oder Gefangene, die sie einfach mitgeschleppt hatten. Das Heer schlug sein Lager im Park, im Wirtschaftshof und auf den Pferdeweiden von Bjely Dom auf.

Man hatte Tanja an die Balustrade der Freitreppe gebunden. Wenn sie aufblickte, sah sie in den Ahornbaum, an dessen starken Ästen jetzt außer Brancourt, Malascha und Wassja noch vier weitere Leute aus Bjely Dom hingen. Ossip, der Schmied,

Pelageja Ossipowna, der alte Archip Lwowitsch und seine Tochter Marischka. Sie hatten sich geweigert, Pugatschew zu huldigen und den Treueeid zu leisten, und man hatte kurzen Prozeß mit ihnen gemacht. Alle anderen, die man vor den Usurpator geführt, hatten ihm die Hand geküßt und ihn mit »allergnädigster Zar« angeredet. Nach der Eidesleistung hatten sie gehen können, wohin sie wollten.

Irgendwann tauchte Kolarski neben Tanja auf. Die Sonne stand schon schräg über den Baumwipfeln, aber es war noch immer unerträglich heiß. Der Pole brachte Tanja einen Krug Stutenmilch und eine Schüssel mit gesottenem Hühnerfleisch und Bohnen. »Sie müssen halb verhungert und verdurstet sein«, sagte er. Sie schwieg und blickte an ihm vorbei. Er zog ein Messer aus dem Gürtel und durchtrennte das Hanfseil, mit dem ihre Hände gefesselt waren. »So nehmen Sie doch – bitte...«

Nach einigem Zögern ergriff sie den Krug mit Stutenmilch und setzte ihn an die Lippen. Essen konnte sie nichts, aber die unbarmherzige Sonnenglut, der sie den ganzen Tag über ausgesetzt gewesen war, hatte sie ganz schwach vor Durst gemacht. Sie trank, ohne abzusetzen, und stellte erst den leeren Krug auf den Boden zurück.

»Soll ich noch mehr bringen?« fragte Maxim Kolarski.

Sie schüttelte den Kopf. »Nein...«

Sie erinnerte sich jetzt wieder ihrer ersten Begegnung in Jaizk mit ihm und an vieles, was er damals gesagt hatte. Von Ungerechtigkeit und Unterdrückung hatte er gesprochen und daß die Zarin sich den Teufel darum schere. Die Kosaken, so hatte er gemeint, brauchten nur einen Führer, und es könne eine Rebellion entbrennen, die das Reich in seinen Grundfesten erschüttere. Nun, darin hatte er recht behalten. Jemeljan Pugatschew war der Führer – aber Ungerechtigkeit und Unterdrückung wüteten schlimmer denn je. War dieser Mann namens Kolarski blind dafür? Oder hatte ihn der allgemeine Blutrausch angesteckt?

Pugatschew kam aus dem Haus. Er hatte getrunken; seine Augen waren glasig, und er schwankte leicht. »Es ist soweit!« schrie er und klatschte in die Hände. »He, Perfiljew, Gorschkow, Slawat, Tworagow, wo bleibt ihr? Wir wollen den Kampf sehen. Holt die Peitschen. Und du, Perfiljew, schlägst die Trommel.«

Auch Ljubow hatte getrunken. Vielleicht aus Zorn, vielleicht, um sich Mut zu machen. Breitbeinig stellte er sich vor Tanja hin. »Seltsam«, sagte er mit schwerer Zunge, »daß du immer noch in der Lage bist, die Männer verrückt zu machen. Ich kenne Kolarski, seit er sich uns angeschlossen hat. Er hat für

Frauen nie etwas übrig gehabt. Hat nur immer von der Revolution und der Freiheit Polens geschwafelt. Dafür lebt er und stirbt er. Und kaum sieht er dich, ist er bereit, sich für dich die Haut in Streifen abziehen zu lassen. Wie machst du das, du Hexe?«

Kolarski stand schon auf dem Rasen, auf dem der Kampf stattfinden sollte, nur noch mit Hose und Stiefeln bekleidet. Tworagow brachte die Peitschen. Typische Kosakenpeitschen waren es, mit denen die Pferde auf der freien Weide eingefangen wurden. Sie hatten einen kurzen, geflochtenen Stiel und eine überlange Schnur. Maxim Kolarski ergriff die seine und ließ sie probehalber ein paarmal durch die Luft zischen.

Die Sonne war gerade untergegangen, aber es war noch immer drückend heiß, und der Wind, der aus der Steppe kam, brachte den Geruch verdorrten Grases und den Geschmack von Staub mit. Um den Kampfplatz hatten sich Neugierige versammelt. Kopf an Kopf standen sie da, schoben und drängelten sich durcheinander, um besser sehen zu können, und brüllten anfeuernde Zurufe zu den beiden Männern hinüber. Es trat erst Stille ein, als Perfiljew den Trommelschlegel hob. Er wartete ein, zwei Augenblicke, bevor er ihn auf die gespannte Ziegenhaut hinuntersausen ließ.

Ljubow umklammerte den Peitschenstiel und holte in weitem Bogen aus. Surrend durchschnitt die Lederschnur die Luft. Kolarski stand ganz ruhig und sprang erst in allerletzter Sekunde zur Seite. Grasnarben spritzten auf, als die Peitsche den Boden traf.

Die Männer johlten durcheinander. »Fehlgetroffen, German! Ha, man merkt, daß du nicht in einer Kosakenhütte geboren bist. Du mußt ihn täuschen. Erst so tun, als schlügst du rechts, und dann – hui – im Nu kriegt er die Peitsche links über das Fell.«

Perfiljew hob wiederum den Trommelschlegel. »Jetzt du, Maxim!« Kolarski hob den Arm, aber er schlug noch nicht zu. Er wartete, betrachtete Ljubow mit unbewegtem Blick. Kein Muskel zuckte in seinem Gesicht. Ljubow wurde nervös. »Was ist!« rief er mit überkippender Stimme. »Schlag doch! Schlag zu, du Polakenschwein. Oder wagst du's nicht? Willst du aufgeben? Dann sag es!«

In diesem Augenblick traf ihn die Peitsche, ringelte sich um seinen Rücken und riß ihn zu Boden. Ljubow stieß einen Schrei aus, der halb Wut, halb Schmerz war. Der Hieb hatte ihm eine messerscharfe blutige Furche über die Rippen gezogen. Taumelnd versuchte er aufzustehen.' »Das war für das Polakenschwein«, sagte Kolarski. Ljubow brauchte eine Weile, bis er wieder auf den Füßen stand. Er keuchte mit halboffenem Mund, seine Augen sprühten vor Haß. Er riß die Peitsche hoch und schlug blindlings zu, noch ehe Perfiljew das Zeichen mit der Trommel gegeben hatte, einmal, zweimal, dreimal…

Klatschend traf er den Polen auf der Brust und über die Schultern, während die Umstehenden in Entrüstungsschreie ausbrachen. Pugatschew war aufgesprungen. »Nehmt ihm die Peitsche weg! Perfiljew, Tworagow, Slawat, los doch!«

Slawat, der Sohn des Baschkirenhäuptlings Julai, war der erste, der dem Befehl gehorchte. Mit der Geschmeidigkeit seiner Rasse sprang er Ljubow an. Durch den Aufprall stürzten beide, und dann waren die anderen über ihnen, und Perfiljew trat Ljubow auf die Hand, als er nicht gleich die Peitsche loslassen wollte.

»Du kämpfst hinterlistig wie Ratte«, sagte Slawat in seinem fehlerhaften Russisch. »Nicht wie Mann.« Er spuckte dem noch am Boden Liegenden ins Gesicht und wandte sich Kolarski zu. Der Pole blutete stark, wo die Peitsche ihm das Fleisch aufgerissen hatte, aber er stand aufrecht. »Slawat haben Wundsalbe, die nehmen Schmerz. Ich dir bringen für Verband.«

Pugatschew stand noch immer auf dem Treppenabsatz. »Slawat hat recht!« schrie er. »Der Teufel soll mich holen, wenn das ein ehrlicher Kampf war. Steh auf, Ljubow! Höre, was dein Zar beschließt. Da du gegen die Regeln verstoßen hast, erkläre ich dich als unterlegen. Sieger ist Maxim Kolarski. Die Frau mag ihm gehören.«

Tanja sah Ljubow erst am nächsten Mittag wieder. Sie hatte gerade ein Schaff Wasser vom Brunnen geholt und wollte es in die Kammer des Gesindehauses tragen, in die man sie und Kolarski gestern nach dem Kampf gebracht hatte.

Ljubow kam von Pugatschew; einige Späher, die er ausgeschickt hatte, meldeten, daß General Michelson nur noch einen Tagesmarsch entfernt sei, daß Golitzyn sich von Kasan mit mehreren tausend Mann aufgemacht habe, General Mansurow sich mit seinen Husaren hinter Sysran befinde und Oberstleutnant Melin mit Reiterei und Infanterie von Jaizk heranrücke. Deshalb ließ Pugatschew seine sämtlichen Kommandeure und engsten Berater, aus denen er, getreu dem Muster des Zarenhofes, ein Kriegskollegium gebildet hatte, zu einer Lagebesprechung zusammenrufen, und Ljubow sollte Perfiljew und Tworagow benachrichtigen.

Er ging langsam und hielt sich schief, weil er Schmerzen litt.

Als er Tanja erblickte, verzog sich sein Gesicht zu einer höhnischen Grimasse. »Na, wie fühlt man sich als Polenhure? Ist er gut im Bett, der Pockennarbige? Oder war er heute nacht nicht imstande, es dir zu besorgen, weil ihm das Fell in Fetzen hängt?«

Tanja wollte wortlos an ihm vorbei ins Haus, aber er vertrat ihr den Weg. »Laß das Getue! Jeder von uns kann morgen sterben auch dein Kolarski. Dann wirst du froh sein, wenn ich mich deiner annehme. Eine Frau beim Troß braucht einen Beschützer, sonst greifen ihr alle unter den Rock.«

Er war immer gemein gewesen, ohne eine Spur von Gefühl in seinem Denken und Handeln, intrigant und voller Freude am Bösen, aber niemals so abstoßend niedrig. Er mußte seit seiner Flucht aus Petersburg durch die Gosse gewatet sein, und ihr Geruch haftete an ihm.

»Gib den Weg frei, du Ratte!« sagte Tanja.

Seine Augen flackerten, einen Moment lang dachte sie, er werde sie schlagen, aber dann trat er beiseite und verneigte sich übertrieben. »Bitte sehr, Euer Wohlgeboren. Ich stelle fest, daß Wohlgeboren wesentlich besserer Stimmung sind als gestern. Das Witwendasein war wohl doch nicht so ganz das Rechte.« Sein Lachen schallte ihr nach, als sie den Flur entlangging zu Kolarskis Zimmer.

Der Pole saß mit nacktem Oberkörper beim Fenster. Die Peitschenstriemen waren zu dicken Wülsten aufgequollen und mit blutigem Schorf bedeckt. Knirschend biß er die Zähne aufeinander, als Tanja sich daran machte, die Wunden zu waschen, bevor sie aus einem Tiegel Slawats Salbe auf breite Lagen Mull strich und einen neuen Verband anlegte. Seine Haut war heiß, die Augen glänzten; er mußte Fieber haben. Er hatte auch in der Nacht gefiebert, war unruhig gewesen und hatte im Schlaf vor sich hingemurmelt, polnische Worte, die sie nicht verstand. Da hatte sie gedacht, daß jetzt die beste Gelegenheit sei, davonzulaufen. Aber als sie leise aus der Tür schlüpfen wollte, war er wach gewesen. »Bleib hier. Es hat keinen Zweck, zu flüchten. Überall sind Wachen, du kämst nicht aus dem Lager.« Und als sie stehengeblieben war, die Klinke noch in der Hand, hatte er hinzugefügt: »Begreif endlich, daß du bei mir am sichersten bist. Ich habe dich doch nur zu mir genommen, um dich zu schützen.«

Tanja befestigte den Verband, dann half sie Kolarski das Hemd anziehen.

»Sie sollten sich wieder hinlegen«, sagte sie. »Um so eher wird es Ihnen bessergehen.«

Er gehorchte, ein Zeichen, daß er sich wirklich elend fühlte. »Und du?« fragte er mit geschlossenen Augen, als er auf dem

Bett lag. »Was willst du tun?«

Sie hob die Schultern. » Ich weiß nicht. Tragen Sie mir etwas auf. Haben Sie Hunger? Soll ich zusehen, daß ich etwas zu essen bekomme?«

»Später. Jetzt möchte ich mit dir reden. Du hältst mich für einen Verbrecher, nicht wahr?«

»Wie nennt man einen Menschen, der mit einer Horde anderer fremde Häuser anzündet, fremdes Land verwüstet, sich an fremder Habe bereichert und Unschuldige umbringt?«

»Dann ist deine Zarin auch eine Verbrecherin. Was sie in Polen gemacht hat, war nackter, brutaler Raub. Seit Beginn dieses Jahrhunderts hat Polen russische Armeen auf seinem Grund und Boden dulden müssen. Es ist nichts anderes mehr als ein Gasthaus am Weg, das den Russen dient, damit sie um so rascher auf den Schlachtfeldern Mitteleuropas auftauchen können. Poniatowski ist ein König von Katharinas Gnaden, die eigentlichen Herrscher waren und sind Repnin und Saldern und Stackelberg, ihre Gesandten, die mit grausamer Härte erzwingen, was die Zarin befiehlt. Oder weißt du nicht, daß auf dem Reichstag von 1767 der russische Botschafter zwei Bischöfe, einen Senator und einen Abgeordneten, die es gewagt hatten, gegen seine unbilligen, verbrecherischen Forderungen zu protestieren, verhaften und nach Sibirien deportieren ließ? Weißt du nicht, mit welcher Brutalität die Konföderation von Bar niedergeknüppelt wurde, die nur dem Ziel diente, Polen wieder unabhängig zu machen? Ich weiß es, denn ich habe mitgekämpft.«

Er schwieg und atmete schwer, und Tanja sagte: »Sie sollten sich nicht so erregen. Es schadet Ihnen.«

Er wischte ihren Einwand mit einer Handbewegung fort. »Das sitzt wie ein Pfahl in meinem Fleisch: Mein Land, das ich liebe, von russischen Bajonetten niedergeworfen zu sehen, ausgeraubt, bestohlen... Oder ist es etwa kein Diebstahl, daß Rußland alles Land jenseits der Düna und des Dnjepr annektiert hat? Und daß mit seiner Duldung Österreich und Preußen sich nicht weniger große Gebiete einverleibten – einfach, indem sie sie besetzten? Soll man dazu schweigen? Die Fäuste ballen und warten, daß die Zarin mehr und noch mehr von unserem Land zu russischem macht und der Preußenkönig zu deutschem – bis es kein Polen mehr gibt?«

»Deshalb haben Sie sich Pugatschew angeschlossen?«

Er fuhr auf. »Dieser Mann ist Zar Peter III.! Seine Gegner haben die Lüge in die Welt gesetzt, er sei Jemeljan Pugatschew.«

»Sie glauben das wirklich?« fragte Tanja überrascht.

»Natürlich! Weil es die Wahrheit ist. Es hat tatsächlich einen

Donkosaken namens Pugatschew gegeben, und er hat in früheren Jahren dem Zaren irgendeinen Dienst erwiesen. Näheres darüber weiß ich nicht. Ich weiß nur, daß Pugatschews Witwe mit ihren Kindern in Kasan lebte, als wir es eroberten. Jetzt ist sie bei uns. Der Zar hat sie und die Kinder mitgenommen – aus Dankbarkeit ihrem verstorbenen Mann gegenüber. Du kannst mit ihr reden – sie wird es dir bestätigen. Für sie ist der Zar der Zar, und ihr Mann ist tot.«

Von draußen hörte man das Geräusch herangaloppierender Pferde. Viele mußten es sein, dreißig, vierzig oder mehr, denn der Boden dröhnte unter ihren Hufen. Kolarski war vom Bett hochgefahren. Trotz seiner Schmerzen war er mit zwei langen Sätzen beim Fenster und spähte hinaus. Sein Gesicht entspannte sich. »Es sind die Unseren, die gestern nach Sarepta geritten sind.« Er wandte sich um, weil Tanja einen ächzenden Laut ausgestoßen hatte. »Was ist los? Du bist ganz blaß geworden.«

Sie wich seinem Blick aus. »Nichts. Ich... ich war nur erschrocken über den Lärm.«

Zögernd fügte sie hinzu: »Außerdem habe ich Freunde in Sarepta.« Ihm von Pawel zu erzählen, wagte sie nicht. Falls er und Rodja den Rebellen begegnet waren, so mochten sie das Kind wegen seiner Kleidung für einen Bauernjungen halten. Daß er ein Prinz Tutscharew war, hätte ihn das Leben kosten können.

Kolarski hatte sie beobachtet. »Du machst dir Gedanken, was aus deinen Freunden geworden ist, was? Das kann ich dir sagen. Gestern nachmittag schon kamen zwei Meldereiter der Unseren aus Sarepta. Der Ort war verlassen und menschenleer. Seine Bewohner hatten die Flucht ergriffen.«

»Es... es hat keine Toten gegeben?« fragte sie stockend. »Aber warum kommen die Reiter erst jetzt zurück? Haben sie die Flüchtlinge vielleicht verfolgt?«

»Unsinn. Sie sind über Nacht dortgeblieben.«

»Und wahrscheinlich haben sie alles ausgeplündert.«

»Kann schon sein. Wenn du es genau wissen willst, geh hinaus und frage sie.«

Sie ging tatsächlich, und Kolarski blieb am Fenster und ließ sie nicht aus den Augen. Draußen waren die Männer damit beschäftigt, ihre Pferde zu tränken. Sie redeten lebhaft durcheinander – von der Beute, die sie gemacht hatten, der Schnapsbrennerei, die man geplündert, der Weberei und der Tabakfabrik.

»Ein Jammer ist's nur, daß kein Mensch mehr da war!« schrie ein rotbärtiger Kerl, dessen aufgeschlitzte Nasenlöcher ihn als ehemaligen Sträfling auswiesen. »Geld und Schmuck haben sie mitgenommen, die Teufelsbraten. Sie müssen Posten aufgestellt haben, daß sie unser Kommen so schnell bemerkten. Na, wenigstens haben wir ihnen den Roten Hahn auf die Dächer gesetzt.«

Tanja wich zurück, als sie unter den Ankömmlingen Bauern aus Bjely Dom und Kosaken aus Nowo Turgaisk und Tschitscheska gewahrte. Da waren Awdej Lukanowitsch und Miron, sein Sohn, der im letzten Herbst beim Holzfällen von einem stürzenden Baum getroffen worden war und viele Wochen zwischen Leben und Tod gelegen hatte. Tanja hatte täglich eines der Hausmädchen ins Dorf geschickt, damit es sich in der Krankenpflege mit Mirons Mutter Glafira abwechseln könnte. Da war Dimitri Jakowlewitsch, dessen Tochter ein uneheliches Kind erwartete. Dimitri hatte das Mädchen grün und blau geschlagen und hinausgeworfen, und Tanja hatte es im Herrenhaus aufgenommen. Da waren Anton und Wladislaw, Jurij und Irinar, Timofej und Leonid und Simon…

Miron Awdejewitsch sah Tanja zuerst und stieß seinen Vater an. »Hol's der Teufel, das ist doch…«

Jetzt wurden auch die anderen aufmerksam und musterten Tanja mit einer Mischung aus Furcht, Verlegenheit und Dreistigkeit. Simon, der aus Nowo Turgaisk stammte, wandte sich an den Rotbärtigen. »He, Brüderchen, habt ihr nicht gesagt, alle Gutsbesitzer und Adligen würden aufgehängt?«

»Freilich! Ich kann die, bei denen ich eigenhändig mitgeholfen habe, gar nicht mehr zählen.«

»Aber die da…« Simon zeigte auf Tanja und verstummte, als Awdej Lukanowitsch ihn mit der Faust in den Rücken boxte. »Maul halten, Söhnchen.«

Die Augen des Rotbärtigen wurden wachsam. »Wieso, Alter? Was soll er nicht sagen? Geht's um das Frauenzimmer da? Wer ist es denn?«

»Je nun…« Awdej drehte seine Mütze zwischen den Fingern. »Es ist so, daß wir meinten, sie zu kennen. Eine Ähnlichkeit, Bruder, weiter nichts. Vergiß es.«

»Eine Ähnlichkeit mit einer Adligen, was?« Der Rotbärtige stieß Simon und Awdej beiseite und ging auf Tanja zu. »Hübsch…« Mit seiner Reitpeitsche hob er ihr unter dem Gelächter der Umstehenden den Rock hoch. Im nächsten Augenblick flog etwas Blitzendes durch die Luft und bohrte sich in seinen Ärmel. Ein Messer war's, und mit einem erschrockenen Aufschrei ließ der Rotbärtige die Peitsche fallen. »Hölle und Teufel, wer war das?«

»Ich«, rief Maxim Kolarski. Er stand im offenen Fenster und lächelte grimmig. »Bist du nicht Badajew, den sie auch Krassnaja Boroda – Rotbart – nennen? Dann hör zu. Ich nehme an, daß du mich kennst. Die Frau ist Tanja Iwanowna Tutscharewa, die Herrin dieses Gutes hier... die ehemalige Herrin«, verbesserte er sich, als Murren unter den Männern laut wurde. »Und sie gehört mir. Wer's nicht glaubt, mag den Zaren fragen. Es kann nur sein, daß man ihm danach die Zähne einschlägt, weil der Zar dumme Frager nicht leiden kann. Und eines könnt ihr euch alle hinter die dreckigen Ohren schreiben: Wer Tanja Iwanowna anrührt, macht mit meinem Messer Bekanntschaft.«

Der Rotbärtige rieb sich seinen Ärmel, ein wenig Blut kam durch den Stoff.

»Ich habe gar nicht gewußt, daß du so ein rabiater Kerl bist, Kolarski. Nichts für ungut, und schon gar nicht wegen eines Weiberrocks. Es gibt ja genug von der Sorte.«

Als Tanja ins Haus zurückkehrte, hatte Kolarski seinen Platz am Fenster verlassen und saß wieder auf dem Bett.

»Heute nacht wolltest du davonlaufen. Siehst du jetzt ein, wie gefährlich das ist. Wenn man dich ergreift, würdest du vergewaltigt oder aufgehängt – oder beides.«

Sie setzte sich und faltete die Hände um die Knie. »Das heißt also, ich soll bei Ihnen bleiben, bis... bis wann?«

»Bis es dir nicht mehr schadet, fortzugehen. Vielleicht, wenn wir in Moskau sind – oder in Petersburg.«

»Und wenn Sie im Kampf fallen? Was wird dann aus mir?«

»Darüber habe ich noch nicht nachgedacht. Aber du hast recht... Darüber muß ich mit dem Zaren sprechen. Er wird einen Weg finden. Er ist mir zu Dank verpflichtet, genau wie diesem Pugatschew. Wenn ich mit ihm rede, wird er für den Fall meines Todes für dich genauso wie für Sofia Pugatschewa sorgen. Ihr tut auch niemand etwas zuleide, weil jeder weiß, daß sie unter des Kaisers Schutz steht.«

Sie schwieg eine Weile, dann sagte sie: »Da draußen, da waren Leibeigene aus Bjely Dom dabei. Sie haben sich euch angeschlossen. Warum? Sie hatten es doch gut bei mir.«

»Ich weiß. Ich war im Herbst und im Winter öfters in Nowo Turgaisk und in Tschitschleska.« Er lächelte, als er ihren erstaunten Blick auffing, und fügte hinzu: »Der Zar hatte mich geschickt, um zu erkunden, wie die Kosaken und Leibeigenen an der Wolga zu ihm stünden. Man hat viel Gutes von dir gehört. Von deiner Schule und der Färberei, die du eröffnen wolltest.«

»Alle die Männer, die ich draußen gesehen habe, Awdej, Miron, Wladislow, Jurij, Irinar... ach, und bestimmt sind es noch etliche mehr, hätten in der Färberei arbeiten können. Ich hätte ihnen Löhne gezahlt. Sie hätten lernen können, mit der Freiheit umzugehen, lernen, was es heißt, unabhängig zu sein...«

»Aber noch waren sie nicht unabhängig. Und ihre ganze Zukunft hing von dir, von deinem Wohlwollen ab. Ist es da so schwer zu begreifen, daß ihnen das zu unsicher erschien? Nimm einen Wolf im Käfig. Er leidet keine Not. Er bekommt jeden Tag genügend zu fressen, ohne danach jagen zu müssen. Er kann krank werden oder alt – seine Futterschale ist gefüllt. Und nun öffne diesem Wolf die Käfigtür. Wird er nicht hinausstürmen in die Freiheit? Selbst auf die Gefahr hin, daß er nicht täglich seine Mahlzeit hat, seine Sicherheit und die berechtigte Hoffnung, daß es auch in Zukunft so sein wird? Die Freiheit wird ihm mehr gelten, und er wird Hunger und Entbehrungen dafür in Kauf nehmen, einfach aus dem Gefühl heraus: Ich gehöre nur mir selbst. Ich weiß, daß alle deine Leibeigenen sehr viel Dankbarkeit für dich empfinden. Aber an zuviel Dankbarkeit kann man ersticken.«

Es war viel Wahrheit in seinen Worten, und doch, und doch...

»Anarchie ist keine Freiheit«, sagte sie. »Es ist Zerstörung, Chaos, Brutalität, Ungerechtigkeit.«

»Es wird nicht so bleiben. Jetzt ist der Strom über die Ufer getreten, doch eines Tages wird er wieder eingedämmt sein.«

»Und wie viele müssen bis dahin sterben?« fragte Tanja.

Kolarski schwieg.

Er war eigentlich noch nicht kampffähig, als die Rebellenarmee am nächsten Tag acht Werst vor Zarizyn mit den Michelsonschen Truppen zusammentraf. Trotzdem bestand er darauf, die ihm unterstellten Artillerie-Abteilungen zu befehligen.

Der Troß blieb in Bjely Dom zurück. Denn so hatte es Pugatschew mit seinem Kriegsausschuß beschlossen: Man werde nicht warten, bis Michelson angriff, sondern sich ihm mit der geballten Streitmacht entgegenwerfen. »Er hat uns lange genug verfolgt wie ein blutgieriger Wolf«, hatte er gesagt. »Jetzt werden wir uns ihm stellen. Am Abend wird er mit den Resten seiner Leute in alle vier Winde zerstreut sein.«

Bevor er Bjely Dom verließ, brachte Maxim Kolarski Tanja zu Sofia Dimitrijewna Pugatschewa. Sie bewohnte mit ihren drei Kindern, einem Jungen und zwei kleinen Mädchen, ein geräumiges Zelt. Dahinter stand ein Planwagen, der mit allerhand Kisten und Kasten beladen war, zwei Pferde grasten in einiger Entfernung.

Die Pugatschewa war eine Frau mittleren Alters mit einem gutmütigen, bäuerlichen Gesicht. Sie wirkte scheu und verhärmt, und als Kolarski davon sprach, daß der Zar persönlich Tanja seinen Schutz angedeihen ließ, falls er, Maxim, nicht aus der Schlacht zurückkehrte, nickte sie nur, ohne den Blick zu heben.

Gleichwohl war sie freundlich zu Tanja, bot ihr, nachdem Kolarski sein Pferd bestiegen und davongeritten war, Platz auf einem Lederkissen an, über das ein handgeknüpfter Schafwollteppich gebreitet war, und entzündete das Feuer im Samowar, um Tee zu bereiten. Als Tanja sich anbot, ihr zu helfen, schüttelte sie den Kopf. »Bleibt nur sitzen – Ihr seid der Gast…«

Ein schöner Gast, dachte Tanja bitter, aber sie sprach es nicht aus. Statt dessen fragte sie: »Warum sind Sie hier, Sofia Dimitrijewna?«

Die Pugatschewa hob den Kopf. »Wo sollte ich sonst hin?« Es klang stumpf, hoffnungslos. »Mein Mann… ist desertiert, als er nach einer Verwundung wieder an die Türkenfront sollte. Unser Acker war nicht bestellt, wir litten Not, und er wollte heimlich daheimbleiben. Er hat sich versteckt, doch die Soldaten der Zarin kamen, ihn zu holen. Er konnte ihnen entkommen, und lange Zeit wußten wir nicht, wo er war. Dann hieß es, er sei abermals gefaßt worden und in Kasan in den Kerker geworfen.«

Sie strich sich eine Strähne ihres schwarzen, von grauen Fäden durchzogenen Haares unter das Kopftuch. »Ich habe versucht, mich und die Kinder allein durchzubringen, aber oftmals kamen wir vor Hunger nicht in den Schlaf. Dann tauchte wieder die Miliz in Zimoweskaja – so heißt unser Dorf – auf. Sie durchsuchten das Haus und den Keller, den Stall und die Scheune und sagten, Jemeljan sei abermals aus der Haft entkommen, bevor er zur Zwangsarbeit nach Sibirien deportiert werden konnte. Und dann hat man mich im letzten Winter mit den Kindern zum Verhör nach Kasan gebracht. Man sagte uns, Jemeljan sei ein Aufrührer und Hochverräter, und es war sehr schwer, die Herren von der Polizeipräfektur glauben zu machen, daß ich seit langer Zeit nichts mehr von ihm gehört hatte.

»Und weiter?« fragte Tanja. »Wie seid ihr aus Kasan herausgekommen?«

»Der… der Zar hat es erobert. Er sagte, mein Jemeljan sei tot, gestorben, als er an seiner, des Zaren, Statt gefoltert worden ist. Deshalb wolle er für mich und die Kinder sorgen.«

»Aber wie stellst du dir die Zukunft vor?« wollte Tanja wissen, und die Pugatschewa zuckte die Schultern. »Weiß ich's? Ich denke nicht darüber nach, und schlimmer, als es war, kann es nicht werden.«

In quälender Langsamkeit krochen die Stunden dahin. Einmal kam Trofim, der Sohn von Sofia Dimitrijewna, ins Zelt gerannt und rief: »Matuschka, sie kämpfen. Man kann die Kanonen bis hierher hören.«

Gegen Mittag kamen die ersten Verwundeten, von ihren Kameraden quer über die Sättel ihrer Pferde gelegt oder auf roh zusammengezimmerten Wagen.

Die im Lager zurückgebliebenen Frauen versorgten sie. Tanja zögerte zunächst, doch dann überwand sie sich und dachte: Es sind Menschen, sie haben Schmerzen, man kann sie nicht hilflos liegenlassen. Es war ein heißer Tag, und die Männer stöhnten vor Durst. Deshalb lief sie zum Brunnen, um Wasser zu holen.

Bald klebte auch ihr das Kleid am Körper, während sie von einem zum anderen ging und ihm den Krug an die Lippen setzte. Ihr Kopf schmerzte, und wenn sie sich aufrichtete, drehte sich alles um sie. Sie war nie in ihrem Leben ernstlich krank gewesen, deshalb maß sie ihrem Zustand zunächst keine große Bedeutung bei. Wenn es kühler wird, dachte sie, geht es mir sicherlich besser.

Ihr war, als rücke der Kanonendonner näher, aber ihr war zu elend, um sich zu ängstigen.

Dann am späten Nachmittag, erhielt sie Gewißheit über den Ausgang der Kämpfe. Kosaken sprengten ins Lager mit dem Ruf: »Rettet euch, Brüder, alles ist verloren!«

Was dann kam, war regellose Flucht. Frauen und Kinder liefen schreiend durcheinander, ein paar besonnene Männer versuchten die Pferde einzuspannen und auf die Wagen zu verladen, was sie mitnehmen wollten, und die Verwundeten flehten: »Vergeßt uns nicht, Brüder! Um Christi Barmherzigkeit, laßt uns nicht in die Hände der Soldaten fallen!« Aber niemand achtete ihrer.

Mit viertausend Mann waren sie am Morgen ausgezogen, und zurück kamen nur ein paar Hundert. Die anderen waren geflüchtet, in alle Winde zerstreut oder tot.

Tanja nutzte das allgemeine Durcheinander, um zum Herrenhaus zurückzulaufen. Aus dem Rufen und Schreien rings um sie her schloß sie, daß Michelsons Armee die Rebellen verfolgte. Ein kleiner Haufen der Aufrührer suchte zwar den Rückzug zu decken, aber niemand wußte, wie lange das möglich war.

Ich muß mich verstecken, dachte Tanja, während sie mit fliegendem Atem über die Pferdekoppel hetzte. Irgendwo im Haus, im Keller oder auf dem Dachboden, bis Michelson mit seinen Leuten hier ist

Sie erreichte den Wirtschaftshof, riß die Pforte zum Gemüsegarten auf und rannte taumelnd weiter in Richtung zum Park.

Ein neuer Trupp Reiter kam die Auffahrt herauf. Pugatschew war unter ihnen, Gorschkow, Tworagow und Maxim Kolarski. Irgend jemand schrie: »Legt Feuer! Das Adelspack soll nur noch rauchende Trümmer finden, wenn es zurückkommt.«

»Nein! O Gott, nein!« Tanjas Stimme ging in dem allgemeinen Lärmen und Schreien unter. Sie vergaß, daß sie sich eben noch hatte verstecken wollen – und wo wäre es auch möglich gewesen, wenn sie Bjely Dom anzündeten –, und stürzte auf Pugatschew zu. Es kam so unerwartet, daß sein Pferd scheute. Wiehernd ging es hoch und keilte aus und traf Tanja an der Schulter. Sie fiel, hörte noch Kolarskis erschrockenen Aufschrei, versuchte, sich zur Seite zu werfen, um den schlagenden Hufen auszuweichen, aber es gelang ihr nicht mehr. Sie hatte das Empfinden, ein Stein zerschmettere ihr den Brustkorb, und der Schmerz war so unerträglich, daß er ihr den Atem nahm. Dann legte sich ein Schleier über ihre Augen, und sie wußte von nichts mehr.

Ihr Ballkleid war aus rosa Organdy, und um den Hals trug sie ein Kollier aus Brillanten und Rubinen. Sie stand im Malachitensaal des Winterpalais, tausend Kerzen waren entzündet, und Andrej sagte: »Du bist die schönste Frau der Welt.«

Die goldenen Verschnürungen seiner Galauniform schimmerten im Licht, auf der Empore spielte ein Orchester, und Lakaien in der kaiserlichen Livree rissen die Flügeltüren vor der Zarin auf.

»Meine liebe Gräfin Dobrynina«, sagte Katharina, »ich freue mich, daß Sie gekommen sind.« Doch im nämlichen Augenblick drängte sich ein Mann nach vorn. »Sie ist keine Gräfin Dobrynina, sondern meine Frau.« Er ging auf Tanja zu und ergriff ihre Hand. »Erkennst du mich nicht mehr, meine Liebe? Ich bin doch Boris.«

Aber es war nicht Boris. Es war Maxim Kolarski. Er hob eine Pistole. »Sie haben meine Ehre beleidigt, Andrej Petrowitsch. Das ist nur durch Blut abzuwaschen.«

Tanja warf sich vor Andrej, und im gleichen Augenblick schoß Kolarski.

Tanja fühlte einen heißen, brennenden Schmerz, der sich in ihrer Brust ausbreitete. Kolarski beugte sich über sie. Sein Gesicht war undeutlich, verschwommen. Sie warf den Kopf hin und her und jammerte: »Lassen Sie Andrej in Ruhe, bitte!«

Kolarskis Gesicht kam näher. Er legte ihr die Hand auf die Stirn. »Natürlich, Tanja. Es ist schon gut. Hab keine Angst.«

Dann wandte er sich ab, jemand anderem zu, den sie nicht erkennen konnte. »Sie fiebert. Was kann man nur tun?«

»Nichts. Du hast schon genug für sie getan, indem du sie mitgenommen hast. Ohne sie säßen wir jetzt nicht hier fest, sondern wären in Sicherheit.«

»Aber ich konnte sie doch nicht zurücklassen, als Bjely Dom brannte und sie bewußtlos war von den Huftritten dieses verdammten Gauls. Es hätte ihren Tod bedeutet.«

Huftritte… Bjely Dom.. . Tanja wollte sich aufrichten, doch der Schmerz lähmte sie. Eine Weile lag sie still und versuchte Ordnung in ihre Gedanken zu bringen, Fiebertraum und Wirklichkeit voneinander zu trennen.

Wirklichkeit war Kolarski, der im Halbdunkel vor ihrem Lager kauerte. Es bestand aus Stroh und einer Decke, und als sie neben sich tastete, spürte sie nackten Steinboden unter ihren Fingern.

»Wo… wo bin ich?« fragte sie matt, und Kolarski beugte sich über sie. »In Tschernoi-Jar. Das ist der Keller im Hause des Kommandanten. Man hat uns gefangengenommen.«

Tschernoi-Jar… War das nicht eine der zahlreichen kleinen Festungen an der Wolga, südlich von Zarizyn? Aber wie kam sie hierher?

Bruchstückhaft wie die Bilder eines Kaleidoskops tauchten Erinnerungen in ihr auf: Pugatschew, das sich aufbäumende Pferd, der Schmerz, der sie ohnmächtig werden ließ. Ein anderes Mal hatte sie das Empfinden gehabt, auf einem rasend dahinjagenden Wagen zu liegen, vor sich, neben sich und hinter sich Reiter. Sie hatte Staub geschluckt, und das Rütteln des Wagens war eine einzige Qual für ihren gemarterten Körper gewesen, so daß sie schließlich wieder das Bewußtsein verloren hatte.

Beim nächsten Mal, als sie erwachte, halb benommen noch und dahindämmernd zwischen Sein und Ohnmacht, hatte sie Schreien und Schüsse gehört, und dann hatte der Wagen mit einem harten Ruck stillgestanden, als sei jemand den Pferden in die Zügel gefallen. Man hatte sie herausgezerrt, sie hatte geschrien, und eine rauhe, grobe Hand hatte ihr den Mund zugehalten. »Willst du wohl still sein, Rebellenhure!«

Mehr wußte sie nicht, aber es genügte ihr, nun, da sie wieder einigermaßen bei Verstand war, Bild um Bild zu einem Ganzen zusammenzusetzen. Kolarski hatte sie auf der Flucht vor Michelsons Soldaten mitgenommen, und irgendwann waren sie eingeholt und in Tschernoi-Jar eingekerkert worden. Es war widersinniger als jeder Fiebertraum, aber es war wahr.

»Durst«, murmelte Tanja, »trinken…« Pugatschews Hengst hatte sie übel zugerichtet, ihre Rippen schmerzten bei jedem Atemzug, und in ihren Schläfen bohrte der dumpfe Druck des Fiebers.

»Wir haben nichts«, sagte Kolarski. »Aber draußen sind Wachen. Ich will zusehen, daß sie etwas bringen.«

Es klirrte, als er aufstand und zur Tür ging. In dem schwachen Licht, das durch ein vergittertes Fenster einfiel, sah sie, daß er Ketten an Händen und Füßen trug. Der Mann, mit dem er vorhin gesprochen hatte, war gleichfalls gefesselt. Er saß am Boden auf einer Schütte Stroh. Tanja kannte ihn nicht; später erfuhr sie, daß er Padurow hieß und genau wie Kolarski seit dem Beginn des Aufstandes bei Pugatschew gewesen war.

Der Pole hämmerte mit den Fäusten an das Holz der Bohlentür. »He, ihr da, gebt uns zu trinken!«

»Halts Maul, Schweinekerl!« kam die Antwort von draußen. »Das ist keine Herberge, sondern ein Gefängnis – und noch viel zu gut für solche wie euch.«

»Aber wir haben eine Kranke hier – eine Frau, die völlig zu Unrecht festgenommen wurde… Sie ist die Prinzessin Tutscharewa, die Herrin von Bjely Dom…«

»Und ich bin der Kaiser der beiden Indien!« erwiderte der Wächter vor der Tür, und sein Kamerad lachte.

»Gibs auf, Maxim«, sagte Padurow. »Es hat keinen Sinn. An dem bißchen Durst wird sie schon nicht krepieren. Warten wir bis morgen – vielleicht holt man uns dann zum Verhör. Dann kann sie selbst sagen, wer sie ist, und vielleicht glaubt man ihr und uns, und sie wird freigelassen.«

Kolarskis Arme sanken herab. »Sag mir nur noch eins, Bruder: Wie heißt euer Kommandant?«

»Hauptmann Kustinjew. Lawrentij Stepanowitsch Kustinjew. Warum willst du das wissen, du Wanze?«

Kolarski schwieg. Er wandte sich von der Tür ab und kehrte zu Tanjas Lager zurück. »Kennst du einen Hauptmann Kustinjew?«

»Nein…«

»Kennst du irgend jemanden hier in der Gegend, der bezeugen kann, wer du bist?«

»In Zarizyn«, sagte sie schwach. »Oberst Zipletow…«

Kolarski nickte. »Vielleicht kann man ihm Nachricht schicken, und er kommt her.«

Sie blieben fünf Tage in ihrem Gefängnis, ohne daß jemand sie zum Verhör holte. Lediglich des Morgens wurde die Tür geöffnet, und einer ihrer Bewacher brachte Wasser, Brot und

Kascha, das für den ganzen Tag reichen mußte. Tanja fieberte noch immer, manchmal fantasierte sie auch, und die Schrecken, die sie durchlitten, erwachten in ihren Träumen zu grausamem, peinigendem Leben. Kolarski bestürmte täglich die Wachen, ihr zu helfen, doch die Männer lachten nur. »Für deine Hure soviel Aufwand? Du spinnst, Brüderchen!«

Am sechsten Tag wich Tanjas Fieber allmählich; gleichwohl war sie noch sehr schwach und dämmerte die meiste Zeit apathisch vor sich hin. Kolarski hatte ihren Unterrock in Streifen gerissen und ihr einen einigermaßen festen Brustverband angelegt; seitdem konnte sie sich etwas besser bewegen, und das Atmen tat nicht mehr so weh. Die Peitschenhiebe, die Ljubow ihm beigebracht, heilten schlecht, sie eiterten, doch Kolarski klagte nie.

Und dann, am Abend des sechsten Tages, als vor dem einzigen vergitterten Fenster schon die Dunkelheit stand, wurde plötzlich die Tür des Gefängnisses aufgeschlossen. Ihre Bewacher tauchten mit Pechfackeln auf. »Los, mitkommen!«

Kolarski stützte Tanja, als sie die feuchte, dunkle Treppe hinaufgeführt wurden und durch eine Halle, in der sich mindestens zwei Dutzend bis an die Zähne bewaffnete Soldaten aufhielten, in den Hof.

Auch hier brannten Fackeln und tupften safrangelbe Lichter auf die grauen Mauern und Pflastersteine. Die Soldaten waren den drei Gefangenen gefolgt. Und dann tauchte Hauptmann Kustinjew in der Haustür auf. Er war untersetzt, stiernackig und hatte einen gewaltigen Schnauzbart. Mit seiner Reitpeitsche deutete er auf Tanja. »Warum ist das Frauenzimmer nicht gefesselt?«

Einer der Wächter antwortete: »Wir hielten es nicht für nötig, Herr, sie ist krank und hilflos, wie Ihr seht.«

»Glaubst du? Und wenn sie nur Komödie spielt? Willst du riskieren, daß sie auf der Fahrt entkommt. Dummkopf? Wo ist der Schmied? Er soll sie sogleich in Ketten legen wie ihre Kumpane.«

Der Soldat rannte davon, und Kustinjew nahm eine Fackel aus der Halterung im Mauerwerk und leuchtete Tanja ins Gesicht. »Wie heißt du?«

»Tanja Iwanowna. Ich bin die Witwe des Prinzen Boris Tutscharew...«

»Und du hast dich zu dem Rebellenpack geschlagen?«

»Nein, Hauptmann.« Ihre Stimme zitterte. Tanja begriff, daß dies ihre einzige, vielleicht letzte Chance war. »Man hat mich überfallen und mitgenommen. Diese beiden hier werden es bestätigen. Als die Aufständischen mein Gut Bjely Dom stürmten...«

Kustinjew versetzte ihr eine Ohrfeige. »Du lügst! Seit wann hätten die Rebellen Adlige und Gutsbesitzer am Leben gelassen?«

In diesem Augenblick waren Räderrollen und Hufgetrampel von draußen zu hören. Ein hochgebauter geschlossener Karren, von zwei Pferden gezogen, schwankte schwerfällig durch die Einfahrt. Berittene Soldaten begleiteten ihn. Ihr Anführer sprang vom Pferd und grüßte militärisch, als er Kustinjew in seiner Hauptmannsuniform erblickte. »Wachtmeister Borjeskij mit zwölf Dragonern und vier Gefangenen aus Nawrinsk zur Stelle.«

Der Hauptmann nickte. »Meine Leute sind auch gleich aufbruchbereit, Wachtmeister. Aber zuvor muß das Frauenzimmer in Ketten gelegt werden. Tränkt inzwischen eure Pferde!«

Er ging an den Karren und versuchte einen Blick hineinzuwerfen, aber die übermannshohen Holzlatten waren zu dicht aneinandergenagelt. »Ist es wahr, daß der Räuber Fiska unter den Gefangenen ist?«

Der Wachtmeister nickte. »Er und noch drei andere Hauptleute der Rebellen. Wir ergriffen sie in der vergangenen Woche etwa zwei Werst von Nawrinsk entfernt, als sie mit einem gestohlenen Boot über die Wolga setzen wollten. Sie haben ausgesagt, daß sich Pugatschew mit den Resten seines Heeres in die Steppe am jenseitigen Ufer geflüchtet hat.«

»Ich weiß, ich weiß, das stand schon in dem Schreiben, das mir Oberst Stolypin durch einen Kurier schickte. Und nun sollen sie allesamt nach Moskau gebracht und dort vor Gericht gestellt werden...« Kustinjew spähte durch ein Astloch. »Welcher ist denn dieser Fiska?«

»Ich lasse sie alle vier herausführen, wenn Sie sie sehen wollen.« Borjeskij winkte zwei Dragonern. »Holt die Gefangenen ins Freie.«

An der Rückwand des Karrens befand sich eine mit schweren Eisenriegeln und Schlössern gesicherte Klappe.

Die vier Männer, die drinnen auf Stroh lagen, waren aneinandergekettet. »Na los, macht schon«, sagte der eine Soldat und versetzte dem ersten, der aus dem Karren kletterte, einen Stoß. Es war Ljubow. Fiska, der berüchtigte Gaidamak, der sich mit seinen Saporo gern schon im Winter Pugatschews Horden angeschlossen hatte, folgte. Dann kamen Tornow und Tschika, zwei Ilezkische Kosaken, die seit dem Beginn des Aufstands zu den Rebellen gehörten. Alle drei hatten sich an der Zerstörung von Sarepta beteiligt; deshalb kannten sie Tanja nicht. Einzig Ljubow blieb stehen, als traue er seinen Augen nicht, dann brach er in ein lautes höhnisches Gelächter aus. »So also sieht man sich wieder! Meine teure Tanja Iwanowna, mir scheint, unser Schicksal ist auf das Innigste miteinander verbunden.«

»Du kennst das Frauenzimmer?« fragte Kustinjew.

»Natürlich, und nicht erst seit heute.« Ljubows Augen funkelten vor boshaftem Vergnügen.

»Und wer ist sie? Eine von euch?«

»Gewiß. Eine entflohene Leibeigene, Tanja Iwanowna Nitenko heißt sie…«

»Du Schwein! Du verdammtes, widerwärtiges, rachsüchtiges Schwein!« Kolarski hätte sich trotz seiner Ketten auf Ljubow gestürzt, wenn ihn zwei Wachsoldaten nicht festgehalten hätten. »Was hat sie dir getan, daß du so dreckige Lügen über sie verbreitest? Warum willst du sie ins Elend stoßen?«

»Aber sie ist eine entflohene Leibeigene!« beharrte Ljubow, noch immer lachend. »Selbst unter der Folter könnte ich nichts anderes gestehen. Tanjuschka, mein Engel, was hat dieser Dreckspole nur an sich, daß du ihm sogar bis in die Gefangenschaft nachläufst? Macht er's dir so gut? Besser als Andrej?«

»Ich möchte dich umbringen«, sagte Maxim Kolarski plötzlich ganz ruhig. »Nimm dich in acht, German Ljubow. Von jetzt an wirst du keine ruhige Stunde mehr haben, denn ich werde über nichts anderes mehr nachdenken, als wie ich Gelegenheit finde, dir deinen verdammten Hals zuzudrücken.«

»Genug jetzt!« schrie Kustinjew dazwischen, »oder du kriegst einen Gewehrkolben zwischen die Zähne. Wachtmeister, bringen Sie die Gefangenen in ihren Wagen zurück. Ah, und da ist ja auch der Schmied. Willkommen, Foma Kusmitsch. Leg das Weibstück da in Ketten! Eine ganz abgefeimte Lügnerin ist sie – und gefährlich dazu.«

Foma Kusmitsch hatte die Ketten gleich mitgebracht. »Aber ein ordentliches Feuerchen brauche ich, um die Ringe zuzuschmieden«, sagte er, und es dauerte nur zehn Minuten, bis ein paar Knechte auf dem Hof Werg, Sägespäne und Holzscheiter zusammengetragen und entzündet hatten. Tanja schrie gellend auf, als ihr das heiße Eisen um die Gelenke gelegt wurde. Rotglühend war es an seinen Enden, und jeder Schlag, den Foma Kusmitsch mit seinem Schmiedehammer führte, um sie zu einem Ring zusammenzufügen, ließ sie sich schreiend aufbäumen. Es verging eine kleine Ewigkeit, bis der Schmied die Glut mit einem Guß kalten Wassers löschte.

Tanja schrie noch, als ein zweiter Pferdekarren, ebenso gegen jeden neugierigen Blick durch hohe Holzlatten geschützt, in den Hof gefahren kam. Mit Gewalt mußte man Tanja hineinheben. Padurow und Kolarski folgten. Wachtmeister Borjeskijs Dragoner saßen auf, ebenso die zehn Männer, die Kustinjew den Gefangenen als Bewacher auf die Reise mitgab. Denn so hatte es die Zarin in einem Ukas an alle Gouverneure der vom Aufruhr heimgesuchten Provinzen befohlen: Jeder, der Pugatschew angehangen hatte und gefangengenommen worden war, sollte nach Moskau gebracht und dort den strengsten Verhören unterworfen werden, bevor man ihn aburteilte.

Kustinjew wischte sich über die Stirn, als die Karren aus dem Hof rumpelten. Zwar teilte er gelegentlich Fußtritte, Ohrfeigen und Peitschenhiebe aus, aber das eben war selbst für ihn zuviel gewesen.

»Weiber!« sagte er mit zitternder Stimme und spuckte auf den Boden. »Gott im Himmel, warum hast du sie überhaupt erschaffen, wenn sie einem so die Nerven erschüttern können? Ich werde Wodka brauchen, ein ganzes Faß voll, damit mir die gräßlichen Schreie dieser Frau nicht mehr in den Ohren gellen.«

Pugatschew hätte mit seinem Fußvolk zwanzig Tage bis Moskau gebraucht – die Dragoner mit dem Gefangenentransport benötigten nur etwas mehr als zwei Wochen.

Die Gefangenen blieben den ganzen Tag in ihren Karren. Erst am Abend, wenn in einer Posthalterei Rast gemacht wurde, führte man sie heraus und brachte sie entweder in einen kalten, finsteren Kellerraum oder in den Stall, wo sie bewacht wurden.

Die Brandwunden an Tanjas Hand- und Fußgelenken heilten schlecht, die schweren Eisenringe scheuerten sie immer wieder auf. Aber dies war nicht das Schlimmste. Im Hause Kustinjews war sie zu krank gewesen, um sich ernstlich Gedanken über sich oder Pawel zu machen. Doch jetzt, auf der Fahrt nach Moskau, im Halbdunkel des schwankenden Karrens wurden alle Ängste riesig groß. Je mehr Tage vergingen, je mehr Werst sie von Bjely Dom trennten, um so unerträglicher wurden sie.

Wenn Rodja und Pawel noch lebten, würden sie inzwischen sicherlich nach Bjely Dom zurückgekehrt sein. Sie hätten es zerstört gefunden, niedergebrannt – und keine Spur von ihr. Mußten sie da nicht denken, daß sie tot sei, von den Rebellen umgebracht? Oder waren sie selbst den Aufständischen in die Hände gefallen und ermordet worden – um des Pferdchens willen, das vor die Kibitka gespannt war, oder auch nur aus grausamer Freude am Töten?

Wann, o mein Gott, würde sie Gewißheit haben?

Manchmal weinte Tanja, wenn der Karren Stunde um

Stunde über die staubigen Straßen schwankte, und dann kroch Kolarski neben sie und versuchte ihr Mut zu machen. »Es kann dir nichts passieren, in keinem Fall. Du hast doch Freunde in Moskau, Bekannte, die vor Gericht bezeugen werden, wer du bist. Oder aber – der Zar hat neue Truppen gesammelt und ist eher dort als wir. Dann wird er dich für die Leiden entschädigen, die du jetzt durchmachst.«

Der Zar... Kolarski und Padurow glaubten noch immer daran, daß sie für die Sache Peters III. gekämpft hatten. Sie sprachen oft darüber, riefen sich ihre Siege ins Gedächtnis, ihre Zukunftsträume, und beides bewahrte sie davor, der Verzweiflung anheimzufallen.

Tanja hätte manchmal schreien mögen, wenn sie so redeten. Hört auf! wollte sie sagen, ihr seid einem Betrüger aufgesessen, und er wird enden wie ein Betrüger! Es gibt keine Rettung mehr für euch. Findet euch damit ab!

Aber sie schwieg, denn sie hätten ihr doch nicht geglaubt. Padurow war ein Kosak, er hatte seinen Kriegsdienst geleistet und an der Türkenfront gekämpft. Dann war er desertiert. Er war ein Mann, der weder Tod noch Teufel fürchtete, und von einem fanatischen Haß gegen die Zarin beseelt, die, wie er meinte, die alleinige Schuld am Unglück und der Eniedrigung des Kosakenvolkes trug.

Was er und Kolarski erzählten, paßte in das Bild, das Tanja schon auf ihrer Reise nach Jaizk gewonnen hatte. Und so, wie sie damals die verzweifelte Auflehnung des kleinen Kosakenjungen Frol Minajew begriffen hatte, begriff sie auch jetzt, wie es zu diesem ungeheuren Ausmaß des Aufstandes hatte kommen können. Es war wahr: In den russischen Provinzen, in den Hüttenwerken im Ural, auf den großen Gütern herrschten noch immer Gewalt und Elend, trotz aller Reformpläne, die Katharina vor Kriegsausbruch gehegt und die in den Ansätzen steckengeblieben waren.

Bjely Dom, so erkannte Tanja jetzt, war eine friedliche kleine Insel gewesen, und sie selbst hatte immer nur mit Menschen Umgang gepflegt, die dachten und handelten wie sie. Freilich, auch die Kaiserin hatte einst so gedacht. Wie oft hatte sie davon gesprochen, daß es ihr Traum sei, die Leibeigenschaft aufzuheben. Wie oft war Boris begeistert aus den Sitzungen des Reichsrates heimgekehrt, wenn Katharina das Bild eines freien, in Gerechtigkeit und Wohlstand lebenden Rußland entworfen hatte. Eine Kaiserin, die ihr Volk liebte und sein Bestes wollte...

»Kann schon sein«, sagte Padurow, wenn Tanja davon erzählte. »Dank dieser Ideen hat sie ja ihre Anhängerschaft gefunden. Die Offiziere, die ihr damals zur Macht verhalfen, haben an sie geglaubt, sonst hätten sie niemals ihr Leben für den Umsturz gewagt. Der Zar sagt, er trüge es ihnen nicht nach. Sie waren irregeleitet, verführt, belogen…«

Tanja widersprach. »Ich weiß, daß die Kaiserin es ehrlich meinte. Sie hat so viel für Rußland getan. Sie hat Waisenhäuser, Findelhäuser, Hebammeninstitute und Schulen bauen lassen. Sie hat eine Versorgungskasse für die Kriegsopfer und Invaliden eingerichtet und die Erweiterte Akademie der Wissenschaften – der erste Schritt, wenigstens die gebildeten Leibeigenen, wenn sie sich dort eintragen ließen, freizulassen.«

»Aber wie lange liegt das zurück«, meinte Kolarski. »Ich gebe zu, es waren Anfänge, die in vielen Hoffnungen weckten. Aber inzwischen hat Katharina Alexejewna den Weg zur absoluten Gewaltherrscherin eingeschlagen – wie viele vor ihr, die einst als sogenannte Volksbeglücker an die Macht kamen. Alexander der Große, Caesar…Ich weiß nicht, wer sonst noch alles. Sie hatten Ideale, an die sie glaubten und die sie zu verwirklichen trachteten. Aber später ist anstelle des Wunsches, Großes und Gutes zu schaffen, der Wunsch nach eigener Größe gekommen, und im Schlepptau folgten Despotismus, Krieg, Ausbeutung und blutige Gewalt.«

Tanja unterdrückte die Bemerkung, daß es dann bei ihrem ›Zaren‹ wohl auch nicht anders sein werde. Darüber war mit Kolarski nicht zu reden. Er entstammte dem niederen polnischen Landadel, wie sie inzwischen von ihm wußte, und war ursprünglich von seiner Familie für den Beruf des Priesters bestimmt worden. Er hatte an den Universitäten von Dresden, Krakau und Warschau studiert und sich dann den polnischen Konföderierten angeschlossen, weil er, wie er sagte, die Unterdrückung seines Volkes nicht mehr habe tatenlos ertragen können. Er verfügte über einen leidenschaftlichen, durchdringenden Geist – deshalb erstaunte es Tanja immer wieder, mit welch naiver, kritikloser Gläubigkeit er Pugatschew anhing. Was hatte er an sich, dieser schmächtige Mann mit dem dunklen Gesicht und den auffallend hellen, scharfen Augen, daß er Männer wie Kolarski so bedingungslos an sich zu fesseln vermochte? Zweifellos verfügte er über Mut und militärisches Geschick, das bewiesen seine vielen Siege, die er trotz seiner ungeschulten, schlecht bewaffneten Haufen erfochten hatte. Aber darüber hinaus mußte mehr in ihm stecken. Die Macht, zu begeistern. Die Macht, glaubhaft zu machen, daß Terror und Mord das einzige Mittel gegen unerträgliche Lebensbedingungen waren. Wer ihn simpel als Schwindler oder Verbrecher bezeichnete, machte es sich leicht. Er war von allem ein wenig – und doch mehr. Ein Kosak vom Don, bedroht, gejagt, verfolgt – und er hatte die Fackel des Kampfes an einem Feuer entzündet, das schon lange schwelte. Das Feuer aber hatten andere gelegt.

Dies erkannte Tanja sehr klar in den sechzehn Tagen, während der sie in ihrem armseligen Karren, mit Eisenketten an Händen und Füßen, nach Moskau gebracht wurde.

Sie erreichten die Stadt am hellen Mittag. Von draußen drangen die Stimmen der Wasserverkäufer zu ihnen herein, der Bauern, die ihre Kürbisse und Melonen anpriesen, der Pastetenbäcker und fliegenden Händler. Die Gefangenen wurden in den Münzhof gebracht, und als Tanja ausstieg, sah sie über den grauen Mauern des kasernenartigen Gebäudes die grünen, goldenen und roten Zwiebeltürme der Basilius-Kathedrale und der Kremlkirchen in der Sonne leuchten.

Diesmal wurden die Gefangenen voneinander getrennt. Jeder bekam eine dunkle, dumpfe Zelle für sich allein, damit er sich nicht mit den anderen verständigen konnte. Anfangs empfand Tanja Erleichterung, daß man sie allein ließ. Aber je mehr Zeit verstrich, um so quälender war es ihr, daß es nun niemanden mehr gab, mit dem sie sprechen konnte.

Am Abend brachte man ihr Kohlsuppe, Brot und einen Krug Milch, und sie bat den Wächter inständig, ihr einen Priester zu schicken. Ein Mann der Kirche, so hoffte sie, werde ihre Geschichte glauben und einen Brief an den jetzigen Moskauer Gouverneur, Fürst Wolkonskij befördern. Der Fürst kannte sie; wenn er herkam, war sie frei.

Die Stunden krochen dahin, es wurde Nacht, und nichts geschah. Solange es hell war, war Tanja in dem engen Gelaß auf und ab gewandert, vier Schritte hin und vier Schritte her. Dann, in der Dunkelheit, hatte sie sich auf dem Lager verkrochen, das wieder nur aus feuchtem, übelriechendem Stroh bestand. Und dann kamen die Ratten. Tanja sah sie nicht, dazu war es zu finster, aber sie hörte sie hin und her huschen und sprang schreiend auf, als eine ihre Schulter streifte. Ihr erster Impuls war, zur Tür zu stürzen und so lange mit den Fäusten dagegen zu schlagen, bis jemand kam und die ekelhaften Tiere vertrieb. Aber sie wußte, es war sinnlos. Selbst wenn jemand sie hörte – niemand würde kommen. Sie war allein.

Irgendwann im Morgengrauen, nachdem sie stundenlang mit hochgezogenen Knien auf ihrem Lager gekauert hatte, fiel sie in einen erschöpften Schlummer, aus dem sie erst der Wärter weckte. »Mitkommen«, sagte er, mehr nicht.

Sie wurde wieder in den Hof geführt, wo eine Abteilung

Wachsoldaten auf sie wartete. Man band sie auf einem Pferd fest, das zwei Soldaten am Zügel führten. Die anderen saßen auf und folgten in langsamem Trab. Man brachte Tanja zur Polizeipräfektur. Schon vor dem Torbogen, der zur Straße führte, wartete eine Anzahl Schaulustiger. Es hatte sich herumgesprochen, daß man gestern sieben gefangene Rebellen, darunter eine Frau, in den Münzhof gesperrt habe und daß man sie täglich nacheinander zum Verhör zum Neglinny Projesd bringen werde.

Als die Leute Tanjas ansichtig wurden, begannen sie zu johlen. »Das ist sie, seht sie euch an, das Dreckstück! Gott strafe sie für ihre Sünden! Fahr zur Hölle, Hexe!«

Sie folgten Tanja, und unterwegs wurden ihrer immer mehr. Es war der Pöbel, der stets da zu finden ist, wo es etwas zu schmähen gibt, ohne Meinung, nur stark in der Masse und voller Gemeinheit. Sie hätten Pugatschew zugejubelt, wenn er in Moskau einmarschiert wäre. Nun, da sich seine Niederlage abzeichnete, wandten sie sich gegen die Verlierer.

Endlos schien der Weg zum Neglinny Projesd, Tanja hielt die Augen geschlossen, dankbar, daß ihre Bewacher jetzt so dicht neben ihr ritten, daß sie sie mit ihren Leibern schützten, und glitt halb ohnmächtig vom Pferd, als man sie vor dem säulengetragenen Portal der Polizeipräfektur losband.

In diesem Augenblick kam ein Mann die Stufen zur Straße herunter. Sein blondes Haar, straff zurückgekämmt und im Nacken mit einer schwarzen Schleife zusammengebunden, war von grauen Strähnen durchsetzt. Und er hatte die blauesten Augen, die man sich denken konnte. Tanja kannte niemanden mit solchen Augen außer...

»Grigorij Grigorjewitsch!« schrie sie auf, »Fürst Orlow!« und taumelte auf ihn zu, ehe jemand sie zurückhalten konnte.

Orlows Fuß stockte. Er starrte die Frau an, ihr zerfetztes Kleid, das wirre Haar, die Ketten an ihren erhobenen Armen.

Vor ihm fiel sie auf die Knie. Sie umklammerte seine Beine, entschlossen, sich eher von ihren Bewachern töten zu lassen, als ihn freizugeben. »Helfen Sie mir, ich bitte Sie. Um Andrejs willen, Hilfe...« Dann wurde sie ohnmächtig.

Der Tag, an dem Rodja starb, war so, als wollte die Erde ihm noch einmal zeigen, wie schön sie war. Der Fluß glitzerte in der Sonne, die bewaldeten Hügel am jenseitigen Ufer trugen das erste goldene Herbstlaub, und von dem Himmel hätte Marja, Rodjas Weib, gesagt, man könne, wenn man lange genug hinaufblickte, den blauen Mantel der Muttergottes sehen.

Rodja grub den Garten hinter dem Haus von Walentina

Nikititschna Fomina um. Es war schön; er liebte die Beschäftigung mit der Erde. Nie war sie für ihn tote Materie gewesen, sondern etwas wundervoll Lebendiges. Denn wenn er auch viele Jahre lang ein Kutscher gewesen war, so war doch Bauernblut in ihm, und das Leben hier, in der kleinen Kate am Don, bei Walentina Nikititschna, war ein wenig Heimkehr dorthin, von wo er ausgegangen war.

Stich um Stich warf Rodja die fette schwarze Erde um und dachte dabei, daß er in der nächsten Woche vielleicht schon das Feld pflügen könne, um Wintergerste zu säen. Man wußte nicht, was wurde – ob nicht Soldaten kamen oder Rebellen und alles niederwalzten –, dennoch mußte man den Acker bestellen. Rodja hätte es nicht ausdrücken können in seiner schlichten, einfältigen Art, aber er empfand es so: In einer Zeit, da so gar nichts mehr Bestand hatte, war es wichtig, beständig zu sein in dem, was Jahr um Jahr getan wurde – pflügen und säen und ernten. Das mußte sein, denn wie hätte man den Kreislauf der Natur mit ihrem Blühen, Reifen und Fruchttragen unterbrechen dürfen. Rodja stützte sich auf den Spaten und blickte eine kleine Weile über den Knüppelzaun zu der sanft ansteigenden Viehtrift hinüber, über die abgeernteten Melonen- und Sonnenblumenfelder, zwischen denen sich ein höckeriger Weg zu einem Birkengehölz hinaufschlängelte.

Dort oben wußte er Pawel und Walentina; sie waren Pilze sammeln gegangen, die die Alte für den Winter einlegte oder, auf lange Schnüre gezogen, trocknete.

Hoffentlich nimmt sich Pawel in acht mit seinem Fuß, dachte Rodja, und springt nicht herum wie ein Füllen auf der Weide. Aber er wird schon aufpassen. Er weiß ja, daß wir weiter müssen, sobald er kräftig genug dazu ist. Vor dem Schnee noch will ich mit ihm in Petersburg sein.

Denn das war die eine, einzige Aufgabe, die Rodja sich noch gesetzt hatte: Pawel zu seinem Vormund, dem Grafen Semjon Kyrillowitsch Masurow, zu bringen, damit er ihn aufziehe, wie es sich gehörte für den letzten Tutscharew.

Was danach für ihn selbst kam – ob er bei Pawel bleiben durfte, ob man ihn fortschickte, ob er irgendwo anders Arbeit fand oder Hunger und Armseligkeit erlitt –, darüber wollte Rodja nicht nachdenken. Es war ihm viel zu gleichgültig. Alles war ihm gleichgültig, außer der Sorge um Pawel, seit jener Nacht, in der er mit dem Kind nach Bjely Dom zurückgekehrt war und nur noch rauchende Trümmer vorgefunden hatte und verkohlte Leichen, die man nicht mehr erkennen konnte. Rodja harrte zwei Tage und zwei Nächte in Bjely Dom aus, schlief mit

Pawel in der Ruine des Herrenhauses – und hoffte vergeblich, irgend jemand käme zurück und wüßte zu berichten, was mit Tanja geschehen war.

Am dritten Tage tauchten ein paar Leute aus Sarepta auf, aber auch sie wußten nichts von ihr.

Christoph Fries sprach aus, was Rodja bis dahin sich nicht einzugestehen gewagt hatte, und er hatte Tränen in den Augen. »Sie muß tot sein. Es gibt so viele Tote hier, gewiß ist sie darunter. Es heißt, daß die Aufständischen alle Adligen und Gutsbesitzer ermorden.«

Pawel hatte stumm, mit leeren Augen dabeigestanden. Er weinte nicht mehr, nur in der ersten Nacht hatte er geweint, als er das zerstörte Bjely Dom und die unkenntlichen Toten gesehen hatte. Er hatte nach seiner Mutter geschrien und, als sie nicht kam, sich an Rodja geklammert: »Warum? Sag mir doch, warum ist das geschehen? Warum haben sie das getan?«

Rodja hatte ihn auf dem Arm gehalten, sein Gesicht gegen seine Wange gepreßt, und die Tränen des Kindes hatten sich mit seinen eigenen vermischt. »Weil der Mensch das Ebenbild Gottes ist«, hatte er gesagt, und seit Marjas und Dimitris Tod war er nie mehr von solch einem verzweifelten, hilflosen Zorn erfüllt gewesen.

Christoph Fries hatte versprochen, dafür zu sorgen, daß die Toten begraben würden. Er hatte Rodja und Pawel mitnehmen wollen in ihr Versteck in der Steppe, doch Rodja hatte sich auf den Weg nach Petersburg gemacht.

Es war als fühlte er, daß ihm nicht mehr viel Zeit blieb, und Tanja hatte ihm doch das Kind anvertraut. Er mußte sorgen, daß es zu seinem Vormund kam.

Er hatte Pawel eingeschärft, unterwegs niemandem zu sagen, wer er wirklich war. »Wenn uns jemand fragt, bist du mein Enkelsöhnchen. Deine Eltern sind tot, und ich habe in Petersburg eine verheiratete Schwester, zu der ich dich bringen will. Arme Kosaken sind wir, weiter nichts, denen man den Hof niedergebrannt hat.«

Aus Furcht, den Rebellen in die Hände zu fallen, waren sie des Nachts gewandert und hatten am Tage, irgendwo im Wald oder Feld versteckt, geschlafen.

So waren sie an den Don gelangt, in ein Gebiet, das nicht vom Aufstand berührt worden war. Walentina Nikititschna Fomina lebte in der Kosakenstaniza Alatowsk, etwa vierzig Werst von Tscherkask entfernt. Ihr Mann und ihre beiden Söhne waren im Türkenkrieg gefallen, alle drei im letzten Kriegsjahr, und seitdem war Walentina, so sagten die Leute von Alatowsk, ein wenig wunderlich im Kopf. Beispielsweise ging sie nicht mehr in die Kirche, nicht einmal zu Ostern, sie hatte die Ikone des heiligen Stephan aus der Schönen Ecke ihrer Stube verbannt, weil, wie sie sagte, er ihre Gebete nicht erhört habe. Und als Vater Ambrosius, der Pope von Alatowsk, zu ihr kam, um ihr in ihrem Leid den Trost der Kirche zu spenden, hatte sie gesagt, das sei eine Sache, die sie mit Gott allein abmachen müsse. Noch könne sie ihm nicht verzeihen, daß er den Tod ihres Stepan, ihres Michail und ihres Pawel zugelassen hatte. Sie litt wie ein Tier an ihrer Einsamkeit – bis zu jenem Morgen, an dem Rodja an die Tür ihrer Hütte pochte.

Drei Wochen war das jetzt her. In der Nacht war Pawel über eine Baumwurzel gestolpert und mit einem hellen Schmerzensschrei liegengeblieben. Als Rodja ihm aufhalf, versuchte er zwar weiterzuhumpeln, aber es gelang nicht, und innerhalb der nächsten Viertelstunde schwoll sein linker Knöchel zu doppeltem Umfang an.

Bis zum Morgen hatte Rodja das Kind getragen, doch dann war er selbst am Ende seiner Kräfte gewesen. Walentina Nikititschnas Hütte war die erste von Alatowsk, und deshalb hatte er sich ein Herz gefaßt und bei ihr angeklopft.

Er hatte seine Geschichte hervorgebracht: daß er ein Kosak von der Wolga sei mit einem armseligen Hof, den die Aufständischen niedergebrannt hätten. Und nun sei er, nachdem die Eltern des Jungen gestorben wären, auf dem Wege zu seiner Schwester, damit diese ihn versorge.

»Ein Kind großziehen ist Frauensache«, hatte er gesagt, und Walentina Nikititschna hatte genickt und ihre Tür weit aufgemacht.

»Für einen Mann redest du erstaunlich verständig«, sagte sie. »Komm herein und leg das Kind aufs Bett.«

Es gibt nichts Schlimmeres für einen Menschen, als nicht mehr gebraucht zu werden. Das ist, als habe man die Rinde eines Baumes zerstört, so daß er sterben muß, oder die Stützmauern eines Hauses eingerissen, so daß es früher oder später zusammenfällt.

Als Walentina noch für ihren Mann und ihre Söhne zu sorgen gehabt hatte, war sie stark und fröhlich gewesen. Nun, da sie allein war, für niemanden mehr vonnöten, war sie verkümmert. Und mehr als der Kummer um die Toten hatte das Bewußtsein an ihrem Herzen genagt: Du bist überflüssig. Alles, was du tust, dient nur dir allein, und deshalb ist es auch überflüssig. Ob du des Morgens aufstehst oder im Bett bleibst, ob du etwas zu essen kochst oder Vorräte für den Winter anlegst, wer fragt danach? Für wen ist es wichtig außer für dich, und was heißt das schon, da du doch keine Freude mehr hast, zu leben? Es ist besser für dich, zu sterben, wenn es doch niemanden mehr gibt, für den du da sein mußt.

Das änderte sich jetzt. Da waren zwei, die ihre Hilfe brauchten, das verstörte, armselige, kranke Kind und der alte Mann, dessen Blick so leer und stumpf war, als habe er selbst keinen Lebensmut mehr.

Walentina überließ Rodja und Pawel ihr Bett und wollte selbst in der angebauten Kammer schlafen, die früher ihren Söhnen gehört hatte. Die beiden Betten hatte sie im Winter verbrannt, weil sie den Anblick nicht ertrug, ohne in Tränen auszubrechen. Als Rodja widersprechen wollte, er und Pawel könnten doch die Kammer benutzen, fuhr sie ihm über den Mund. »Hast du Grütze im Hirn? Das Söhnchen braucht ein richtiges Bett für seinen Fuß und Decken, damit es ihn hochlegen kann. Und du legst dich dazu, damit es sich nachts nicht fürchtet. Für heute genügt, wenn ich mir Stroh und Decken auf den Boden lege, und morgen gehe ich zu Jossip Petrowitsch und bestelle ein Bett für mich. Er ist ein Künstler und tischlert Möbel, wie sie der Gouverneur nicht schöner hat.«

Walentina schlief nicht besonders gut in dieser Nacht. Nicht nur, weil ihr das Strohlager ungewohnt war, sondern weil sie immer wieder nach nebenan horchte, ob das Kind nicht etwa jammere oder weine.

Was muß es mitgemacht haben, das Söhnchen, dachte sie. Erst die Eltern verloren und dann das Zuhause. Wer weiß, wie lange es schon mit seinem Großväterchen unterwegs ist. Man muß ihm Zeit lassen, sich zu erholen, und wenn sie über den Winter bleiben. Was tut's? Platz habe ich genug.

Von dieser Überlegung ausgehend, bestellte sie am nächsten Tag gleich zwei Betten bei Jossip Petrowitsch, dem Tischler.

Als sie heimkam, war Rodja damit beschäftigt, das Stalldach zu flicken. »Es ist schon recht schadhaft«, rief er Walentina von der Leiter aus zu. »Aber wenn ich heute und morgen daran arbeite, ist es wieder dicht.«

Das war, wie gesagt, vor zwei Wochen gewesen, und seit einer Woche lief Pawel wieder herum, anfangs zwar noch humpelnd, aber mit jedem Tag ging es ein wenig besser, so daß er heute, trotz Rodjas Bedenken, Walentina Nikititschna zum Pilzesammeln begleitet hatte.

Noch immer war Pawel scheu und wortkarg, zuckte zusammen, wenn man ihn unvermittelt ansprach, oder weinte des Nachts im Schlaf. Er war gezeichnet von dem was hinter ihm lag.

Würde er je darüber hinwegkommen? Er klammerte sich an Rodja als den einzigen, der ihm noch geblieben war aus der untergegangenen Welt Bjely Doms. In der ersten Zeit verfolgte er ihn unablässig mit seinen Blicken, wenn er in der Stube hantierte, und ließ, wenn er hinausging, die Tür bis zu seiner Rückkehr nicht aus den Augen.

Aber da war Walentina Nikititschna. Sie kümmerte sich nicht nur um Pawels Fuß, erneuerte alle Stunden seine Umschläge und sorgte, daß er etwas Kräftiges zu essen bekam. Sie setzte sich auch viele Stunden des Tages zu ihm, erzählte ihm allerlei Geschichten, schalt, wenn er seinen Teller nicht leerte, und nahm ihn in ihre guten, mütterlichen Arme, wenn er plötzlich in Tränen ausbrach oder blaß und zitternd, als fröre ihn, unter seiner Bettdecke zusammenkroch wie ein kleines verängstigtes Tier.

Pawel sprach niemals von Tanja, auch nicht, wenn er mit Rodja allein war. Er hätte es nicht ausgehalten, von ihr zu reden und dabei zu denken, daß es sie nicht mehr gab. Und auch Rodja erwähnte sie nicht. Sie mußte tot sein; es bestand kein Zweifel daran, und seitdem war Rodja wie ein Baum, dessen Wurzeln abgestorben waren.

Da war nur noch Pawel, den er nach Petersburg bringen mußte… Und zuvor wollte er noch Walentinas Garten umgraben und vielleicht nächste Woche auf dem Feld die Wintergerste säen.

Es wurde Rodja warm an diesem Mittag, während er in geraden, sorgfältigen Furchen Walentinas Gartenerde umwarf, und der Schweiß stand ihm auf der Stirn. Als er fertig war, ging er zum Brunnen, um den Spaten zu säubern, und er wandte sich noch einmal um, um mit müder Zufriedenheit die aufgeworfenen schwarzen Erdschollen anzusehen, die nun bald die Last des Schnees tragen sollten. Und da geschah es, daß plötzlich der Boden unter ihm zu schwanken schien und alles, der Garten, die Kirschbäume, die Felder, vor seinen Augen verschwammen. Übelkeit stieg in ihm auf, der Spaten entfiel seinen Händen, und er sank auf dem Brunnenrand nieder und spurte, wie sein Herz aussetzte, ein, zwei Schläge lang, und dann einen schwerfälligen, holprigen Rhythmus widerwillig wieder aufnahm.

Er meinte, den Schlag seines Herzens so laut zu hören, als schlüge ein Trommler auf gespannte Ziegenhaut, es dröhnte in den Ohren und machte seinen Kopf schmerzen. Rodja preßte die Hände dagegen und schloß die Augen. Aber es drehte sich alles um ihn, und er rutschte langsam vom Brunnenrand herunter, fiel auf die Knie und dann nach vorn.

So fand ihn Pawel, der Walentina ein Stück vorausgelaufen war, und schrie hell auf: »Djeduschka, o Gott, was hast du?« Seit sie unterwegs waren, nannte er ihn so – Großväterchen –, und es geschah nicht nur um ihrer Sicherheit willen, sondern weil es so tröstlich klang für sie beide.

Mühsam hob Rodja den Kopf. »Es ist nicht schlimm, Söhnchen. Mach dir nichts draus, gleich ist es vorüber. Hab' wohl ein bißchen zu lange in der Sonne gearbeitet.«

Rodja lebte noch bis zum Abend. Er sah den roten Himmel vor dem Fenster, als die Sonne unterging, und wußte, daß er sie nicht mehr aufgehen sehen würde.

Da war nur noch eines...

Mühsam hob Rodja den Kopf und sah Pawel und Walentina an seinem Bett sitzen. »Komm her, Söhnchen«, bat er leise, und als das Kind sich über ihn beugte, malte er ihm mit dem Daumen das Kreuzzeichen auf die Stirn. »Gott segne dich. Und weine nicht. Auch wenn ich nicht mehr hier bin, werde ich aufpassen, daß Walentina tut, was ich ihr sage. Du mußt keine Angst haben... Und jetzt geh hinaus, ich will allein mit ihr reden.«

Pawel wollte sich über ihn werfen, doch Walentina hielt ihn zurück. »Laß ihn, Söhnchen. Wenn du ihn lieb hast, mach es ihm nicht schwer, sondern leicht.«

Dabei liefen ihr selbst die Tränen über das Gesicht.

Walentina hatte schon zu viele Leute sterben sehen, um nicht zu wissen, daß es mit ihm zu Ende ging. »Du willst über das Kind mit mir sprechen, nicht wahr?« fragte sie, nachdem Pawel die Kammer verlassen hatte. »Darüber mußt du dir keine Sorgen machen.«

»Gib mir meinen Mantel!«, bat Rodja und holte rasselnd Atem. O Gott, dachte er, nur dies Letzte laß mich noch sagen. Dafür gib mir Kraft.

Walentina tat, wie ihr geheißen, und legte den schweren Kutschermantel auf die Bettdecke. »Danke«, murmelte er. »Und jetzt fühl den Saum ab. Spürst du die Broschen und Ketten und Ringe, die darin eingenäht sind? Es ist Schmuck von Pawels Mutter. Ich hab' nicht gewagt, ihn hervorzuholen, aber du mußt es tun... eines Tages, wenn wieder Ruhe eingekehrt ist im Land.«

Und dann erzählte er, abgehackt und stockend, weil die Kräfte ihn immer mehr verließen, wer Pawel wirklich war und daß er deshalb nach Petersburg zu seinem Vormund, dem Grafen Semjon Kyrillowitsch Masurow, gebracht werden mußte. »Er ist ein Prinz Tutscharew, verstehst du, der einzige Erbe.

Seine Mutter hat ihn mir anvertraut, und jetzt vertraue ich ihn dir an. Versprich mir, für ihn zu sorgen und ihn nach Petersburg zu bringen...«

Walentina war viel zu verwirrt von dem Gehörten, als daß sie Einwände erhoben hätte. Sie nickte nur. »Gewiß, Rodja Grigorjewitsch. Und nun sei still. Das Sprechen strengt dich an. Wenn du willst, laufe ich rasch ins Dorf und hole Vater Ambrosius, damit er dich vorbereitet auf die ewige Reise...«

»Nein«, sagte er, »zu spät... Bleib hier... und danke, danke für alles. Du warst... sehr gut zu uns...«

Er versuchte, Walentina anzulächeln, und dieses Lächeln blieb in seinem Gesicht, als der Tod kam und mit sanften Schwingen hinwegtat, was für Rodja noch schwer und angstvoll in diesem Leben gewesen war.

Die Leute von Alatowsk begruben ihn, als sei er einer der Ihren gewesen, und obwohl es an diesem Tage zum erstenmal regnete, harrten sie alle an dem offenen Grab aus, bis Vater Ambrosius die Aussegnung beendet und das Gebet des großen Abschieds gesprochen hatte.

In der Nacht, die der Beerdigung folgte, trennte Walentina Rodjas Mantelsaum auf und holte die Schmuckstücke heraus. Sie verstand nicht viel von Schmuck, aber soviel begriff sie doch: daß diese Perlen, das Gold und die Juwelen ein kleines Vermögen waren, jedenfalls für Leute ihres Standes.

Nebenan in der Kammer schlief Pawel; Walentina stand leise auf und schlich auf Zehenspitzen zu seinem Bett. Ein Prinz Tutscharew war er, hatte Rodja gesagt, einer der reichsten Erben Rußlands. Aber wie er da lag, war er nichts als ein armes, einsames, verstörtes Kind, das sich in den Schlaf geweint hatte.

Über den Winter bleibt er noch hier, dachte Walentina. Erst nach dem Frühjahrsregen, wenn die Straßen wieder passierbar sind, kann man ihn nach Petersburg bringen.

Als sie am nächsten Morgen mit Pawel darüber sprach, erwiderte er nichts. Er wurde nur weiß wie ein Blatt Papier und rannte aus der Stube. Es regnete noch immer, und als Walentina Pawel nach einer Weile suchen ging, fand sie ihn zusammengekauert neben dem Pferdchen im Stall. Sein Gesicht war tränenverschmiert.

»Du bist ein dummer Kerl«, sagte Walentina grob. »Warum machst du denn den Mund nicht auf? Wenn du unbedingt schon jetzt nach Petersburg willst, fahre ich morgen nach Tscherkask und verkaufe etwas von deinem verdammten Schmuck. Ich werde Vater Ambrosius bitten mitzukommen. Er kann lesen und schreiben und besser reden als unsereins. Ihn wird man nicht zu übervorteilen wagen. Und dann kannst du wie ein Gospodin mit der Postkutsche reisen.« Sie zögerte und fügte hinzu: »Obwohl es Rodja sicherlich nicht recht wäre. Er meinte, in diesen Zeiten ist es zu gefährlich, wenn man weiß, wer du bist…«

Pawel schlug die Hände vor das Gesicht und stammelte, immer wieder von Schluchzen unterbrochen: »Aber ich will gar nicht weg! Ich will nicht nach Petersburg! Ich habe solche Angst…«

Jetzt hockte sich Walentina doch neben ihn. »Aber was willst du dann?«

»Hierbleiben…« sagte Pawel erstickt, und als Walentina die Arme um ihn legte, spürte sie, daß er am ganzen Körper zitterte.

Ihr war zumute, als wäre ein helles Licht in ihr Herz gefallen. »Du lieber Gott, Söhnchen…« murmelte sie, und Pawel drängte sich enger in ihre Umarmung wie ein kleines frierendes Tier. Er hatte noch eine vage Erinnerung an Petersburg und das riesige, prunkvolle Palais, in dem er mit seinen Eltern gewohnt hatte. Dort war er auch Semjon Kyrillowitsch Masurow begegnet – einem hageren, grauhaarigen Mann mit strengen Augen. Er hatte ausgesehen, als wäre er niemals in seinem Leben jung gewesen und niemals fröhlich. Wie hätte es da Pawel zu ihm hinziehen können? »Bitte«, flehte er, das Gesicht an Walentinas Brust vergraben, »laß mich hierbleiben. Schick mich nicht fort…«

Walentina schob ihn ein Stückchen von sich. Seine flehenden braunen Augen schnitten ihr ins Herz. Gleichwohl erwiderte sie: »Aber du bist ein Prinz, ein Hochwohlgeboren. Du kannst in einem Schloß wohnen und hundert Diener haben und so viele Rubel, daß man sie in einem Monat nicht zählen kann.«

Sie sagte es gegen ihre Überzeugung, denn wie gern hätte sie Pawel bei sich behalten. Wieder ein Söhnchen haben! Jemanden, für den es sich lohnte, auf der Welt zu sein. O heilige Mutter von Kasan, welch eine Versuchung!

»Ich will in keinem Schloß wohnen!« beharrte Pawel. »Und was soll ich mit hundert Dienern?«

»Aber ich habe Rodja versprochen, dafür zu sorgen, daß du nach Petersburg kommst«, wagte sie einen letzten Einwand, doch Pawel schlang die Arme um ihren Hals.

»Wenn er wüßte, daß ich lieber hier bin, müßtest du ihm versprechen, gut auf mich aufzupassen. Aber er ist tot. Er kann dir nicht mehr sagen, was besser für mich ist.«

Wieder erstickten Tränen seine Stimme, und Walentina zog ihn von neuem an sich.

»Warten wir das Frühjahr ab. Wenn du danach immer noch

hierbleiben willst, verspreche ich dir, daß du es kannst. Einverstanden?«

»Einverstanden«, wiederholte Pawel. Seit ein paar Jahren war er nicht mehr besonders für Zärtlichkeiten gewesen. Das, so fand er, war eine Sache für Mädchen, die immer jemanden abküßten. Doch jetzt war seine Erleichterung zu groß. Er preßte sein tränennasses Gesicht gegen Walentinas Wange. »Ich habe dich sehr lieb… Ich will bei dir sein und nirgendwo sonst.«

Walentina wußte, das es nicht recht war. Trotzdem nickte sie. »Ja, Söhnchen…«

Tanja soupierte mit Grigorij Orlow. Sie waren allein bis auf die Diener, die Schüsseln und Teller hinaustrugen und neue brachten.

Grigorij hob sein Champagnerglas. »Es tut gut, Sie wiederzusehen. Ich hatte es kaum mehr erwartet, nachdem Andrej…«

Ihre Augen wurden dunkel. »Darüber will ich nicht sprechen. Erzählen Sie mir lieber, weshalb Sie in Moskau und nicht in Petersburg sind.«

»Hier ist der Treffpunkt der Unzufriedenen.« Orlow lächelte verzerrt. »Wir befinden uns in illustrer Gesellschaft. Konstantin Hendrikow, Iwan Skawronskij, Melgunow, die Schuwalows und neuerdings sogar Wassiltschikow, mein Nachfolger im Bett Ihrer Majestät. Alexej und Fjodor sind noch bei Hof, aber wer weiß, wie lange sie es aushalten. Im nächsten Monat werden sie hier erwartet, zusammen mit der Kaiserin und dem gesamten Hofstaat, wenn der Prozeß gegen Pugatschew beginnt. Aber ich weiß nicht, ob ich dann noch hier bin. Ich habe keine Lust, mit Potemkin zusammenzutreffen. Alexej schreibt, er werde immer unerträglicher.«

Tanja schwieg und blickte auf ihre Hände. Sie trug lange, durchbrochene Handschuhe, um die Brandnarben zu verbergen, die sie davongetragen hatte, als man sie in Eisen schmiedete.

Nachdem sie Grigorij Orlow vor dem Gebäude der Polizeipräfektur zu Füßen gefallen war, war sie eine Viertelstunde später frei gewesen. Man hatte sie in ihr Palais an der Saltykow-Brücke gebracht.

Orlow kam schon am nächsten Tag, um sich nach ihrem Ergehen zu erkundigen. Er erreichte es, daß sofort ein Eilkurier nach Sarepta abgeschickt wurde, um etwas über Rodja und Pawel in Erfahrung zu bringen. »Sie, meine Liebe, sind noch in keinem Fall reisefähig. Sie würden unterwegs zusammenbrechen und dann in irgendeinem stinkenden, von Wanzen verseuchten Gasthof liegenbleiben. Der Kurier ist schneller hin und zurück, als Sie es jemals könnten.«

Sie fügte sich, weil Orlow recht hatte. Er wußte auch zu berichten, daß der Pugatschew-Aufstand nun endgültig niedergeschlagen sei; die umherstreunenden Banden hätten sich aufgelöst oder seien vom Militär auseinandergesprengt worden. Lediglich auf Pugatschew und eine Handvoll seiner Anhänger mache man noch Jagd; sie seien auf der Flucht durch die Steppe jenseits der Wolga.

Aber heute, zwei Wochen später, als Orlow Tanja vor dem Portal seines Moskauer Palais an der Neglinka aus dem Wagen half, empfing er sie schon mit der Nachricht, daß Pugatschew gefaßt worden sei. »Ich war zufällig beim Gouverneur, als ein Kurier es meldete. In Usen ist es passiert, das ist eine Siedlung Altgläubiger in der Steppe. Seine eigenen Anhänger haben ihn ausgeliefert. Jetzt sind sie alle schon auf dem Wege nach Moskau.«

Während des Soupers versuchten sie über andere Dinge zu sprechen. Orlow mühte sich, Tanja mit dem allerneuesten Moskauer und Petersburger Klatsch zu unterhalten, sie lachte manchmal darüber, aber sie spürten beide, daß jeder nur Komödie spielte. Nach dem Essen, als die Lakaien abgeräumt und nur noch frischen Champagner gebracht hatten, stand Orlow auf und kam um den Tisch herum zu Tanja.

»Lassen wir's, meine Liebe. Uns ist beiden nicht nach belangloser Konversation zumute. Dazu liegt zu vieles hinter uns, stimmt's?«

Er war ein wenig betrunken, nicht sehr, sondern gerade nur soviel, um weichgestimmt und leicht rührselig zu sein. »Wir haben beide verloren, woran unser Herz hing, und es lebt sich nicht besonders gut so. Aber ich denke manchmal, es ist immer noch besser, jemanden an den Tod zu verlieren als an einen anderen Menschen,von dem man weiß, daß er nichts taugt.«

Er beugte sich zu ihr. »Potemkin ist ein Teufel. Sie ist nicht glücklich mit ihm, aber sie ist ihm hörig. Er behandelt sie, daß es jedem Mann die Schamröte ins Gesicht treiben muß. Sie schreibt ihm die glühendsten Liebesbriefe, und er beantwortet sie oftmals überhaupt nicht. Er quält sie mit den unsinnigsten Vorwürfen und Eifersüchteleien – und ein Lächeln, ein gutes Wort von ihm lassen sie zerschmelzen. Es heißt sogar, sie habe Potemkin heimlich geheiratet.«

»Nein! Grigorij Grigorjewitsch, wie können Sie das glauben! Bestimmt ist es nur ein Gerücht.«

Orlows Stimme klang bitter. »Die Trauung soll vor kurzem in der Samsonjewskij-Kirche in Petersburg in aller Heimlichkeit stattgefunden haben. Trauzeugen sollen Potemkins Schwager,

Graf Samojlow, und der Kammerherr Tschertkow gewesen sein, außerdem Katharinas Hofdame Sawischna Perekusikhina. Seitdem läßt Potemkin Briefe von Katharina herumliegen, in denen sie ihn mit ›mein Gemahl‹ betitelt und von den ›heiligsten Banden‹ schreibt, die zwischen ihnen sind.«

Eine Weile war es still. Tanja blickte auf Orlows gesenkten Kopf, und er tat ihr grenzenlos leid. »Sie werden darüber hinwegkommen – eines Tages«, sagte sie endlich, aber es klang matt, denn sie wußte aus eigener Erfahrung, daß es Dinge gab, die man nie verwand.

Zwei Tage später kehrte der Kurier, den Orlow abgesandt hatte, aus Sarepta zurück. Der Fürst hatte Order gegeben, mit jeder Meldung, gleichgültig, wie sie ausfiel, zuerst zu ihm zu kommen. Wenn es eine schlechte ist, so hatte er gedacht, so will ich sie Tanja überbringen, damit sie nicht ganz allein dabei ist.

Friedrich Köhler hatte an Tanja geschrieben, und bevor Orlow seinen Wagen vorfahren ließ, erwog er, ob er das Siegel einfach aufbrechen und den Brief lesen sollte. Dann unterließ er es doch, aber als er Tanja in dem dämmrigen, mit roten Samtstühlen und dunklen geschnitzten Möbeln ausgestatteten Empfangssalon gegenüberstand, bat er: »Es wäre mir lieb, wenn Sie mich zuerst einen Blick in den Schrieb werfen ließen. Ich sage Ihnen, was darin steht.«

Sie nickte und brachte kein Wort hervor. Und sie dachte auch nicht daran, ein paar Kerzen zu entzünden, so daß Orlow ans Fenster trat. Es war Anfang November; noch hatte es nicht geschneit in diesem Jahr, aber der Himmel war von jener milchiggrauen Färbung, die Schnee verhieß.

»Der Junge lebt«, sagte Orlow nach einer Weile. »Köhler schreibt, daß einige seiner Leute Rodja und Pawel in Bjely Dom getroffen hätten, nachdem Pugatschew geflohen war. Sie waren alle der Meinung, daß Sie umgekommen seien, Tanja Iwanowna. Deshalb hat sich Rodja auf den Weg nach Petersburg gemacht, um Pawel zu seinem Vormund zu bringen.«

Sie tastete nach einem Stuhl. Orlow tat ein paar eilige Schritte zu ihr hin, weil er meinte, sie werde umsinken. »Begreifen Sie doch, Tanja, mein Herzchen, Ihr Pawel lebt. Freilich kann er noch nicht in Petersburg sein, wenn Rodja den Weg zu Fuß zurücklegt, wie Köhler schreibt. Die beiden brauchen Ruhepausen, aber ich habe Ihnen ja gesagt, daß Rodja klüger als wir alle zusammen ist. Kutschen können überfallen und ausgeplündert werden. Aber wer tut schon einem alten Mann mit einem Kind etwas zuleide, wenn sie nur recht armselig aussehen!«

Einen Moment ließ sie sich von Orlow festhalten. Dann bat sie: »Geben Sie mir den Brief«, und begann, halb blind vor Tränen, zu lesen.

Daß man das zerstörte Sarepta wieder aufbaue, daß auch der größte Teil der Bjely Domer Leibeigenen zurückgekehrt sei und sich notdürftig für den Winter einrichte. Im Frühjahr wolle man mit der Bestellung der Felder beginnen; auch seien einige Pferdeherden in der Steppe eingefangen worden, und die Leute hätten vor Freude geweint, daß sie, Tanja, das Massaker überlebt habe.

»Man rechnet damit, daß Sie zurückkommen, meine liebe Madame Tutscharewa, sobald Rodja und Ihr Söhnchen in Petersburg eingetroffen sind und sich von den Strapazen erholt haben…«

Tränen tropften auf den Brief, machten Köhlers Worte fast unkenntlich, und Orlow stand dabei und streichelte Tanjas Schultern.

»O Grigorij Grigorjewitsch, das werde ich Ihnen nie vergessen!« sagte sie zwischen Lachen und Weinen, und er tupfte ihr mit seinen großen Händen die Tränen fort, als er sah, wie sie vergeblich nach einem Taschentuch suchte.

»Aber ich habe doch gar nichts getan. Danken Sie Rodja, wenn er Ihnen das Kind gesund wiederbringt.«

»Gewiß will ich das! Aber Sie, Grigorij, haben mich die gute Nachricht wissen lassen. Und jetzt entschuldigen Sie mich für eine Viertelstunde. Ich will an den Grafen Masurow schreiben, daß ich morgen nach Petersburg abreise, und Anweisungen geben, ein paar Sachen für mich zu packen. Und dann habe ich Lust auf eine Ausfahrt. Ich muß den Himmel sehen und den Wind im Gesicht spüren. Lassen Sie uns nach Kolomenskoje fahren, ja, und in der Kasaner Kirche zwei Kerzen für Pawel und Rodja entzünden.«

Er nickte lächelnd und küßte ihr die Hand. »Nehmen Sie sich Zeit für Ihren Brief. Ich schicke indessen meinen Kutscher mit dem Wagen zurück. Er soll mein neues Troikagespann bringen. Es sind die schnellsten Pferdchen von ganz Moskau, wette ich, und Sie werden singen und schreien vor Freude, wenn wir mit ihnen dahinjagen.«

Orlow kutschierte das Gespann selbst. Doch bevor sie eine der zahlreichen Moskwa-Brücken überqueren konnten, kam ihnen ein Menschenauflauf entgegen. Eine starke Abteilung Berittener trieb ihn vor sich her, aber es war keine Hetzjagd, die da veranstaltet wurde; die geschlossene Phalanx der Soldaten diente nur dazu, zwei offenen Kibitken den Weg zu bahnen, auf deren jeder ein mannshoher Käfig befestigt war. Vor den Kibitken und hinter ihnen folgten Lafetten mit Kanonen.

Orlow lenkte die Troika an den Straßenrand. »Was ist da los, Freunde?« rief er den Leuten zu, die schreiend und gestikulierend den Berittenen vorausliefen. Ein alter Mann mit einem Kind auf den Schultern gab Antwort: »Sie bringen Jemeljan Pugatschew und die letzten seiner Leute. Dort vorn in dem ersten Käfig, das ist er.«

Tanjas Hand krallte sich in Orlows Ärmel. Sie stellte sich auf in der Troika, und da sah sie ihn: Wieder trug er einen karmesinroten Kaftan und eine hohe Mütze. Wie ein angekettetes Raubtier hockte er am Boden des Käfigs, und seine Augen waren scharf und furchtlos wie eh und je.

Tanja wandte das Gesicht ab. »Lassen Sie uns umkehren, Grigorij Grigorjewitsch. Mir ist die Lust nach einer Spazierfahrt vergangen.«

»Wie Sie wollen, Tanja Iwanowna. Ich fürchte nur, aus Ihrer morgigen Abreise wird nichts, da Pugatschew nun in Moskau ist. Fürst Wolkonskij hat es mir gestern erzählt: Die Zarin hat die umfangreichsten Untersuchungen befohlen. Jeder, der nur irgendwann und irgendwie mit Pugatschew zusammengetroffen ist, wird verhört werden, und das kann Tage dauern.«

Sie wurde blaß. »Aber ich war doch schon zweimal auf der Präfektur und habe alles zu Protokoll gegeben, was ich weiß. Mehr kann ich nicht sagen.«

»Trotzdem. Die Mühlen unserer Justiz werden langsamer und gründlicher mahlen denn je. Es ist auch möglich, daß man Sie Pugatschew und seinen Leuten gegenüberstellt.« Orlow schnalzte den Pferden. Langsam zogen sie an. »Werden Sie jetzt nicht ungeduldig. Ihr Brief an Masurow ist unterwegs. Wenn Pawel und Rodja vor Ihnen bei ihm eintreffen, wird er sie schon festhalten bis zu Ihrem Kommen.«

Orlow behielt recht. Noch am Abend dieses Tages überbrachte man Tanja eine höflich abgefaßte Aufforderung von Graf Medwejew, dem Polizeipräfekten, daß man Madame Tutscharewa bitte, sich am kommenden Vormittag auf der Präfektur einzufinden.

In der Nacht war der erste Schnee gefallen, und es schneite immer noch, als Tanja, in einem fellgefütterten Samtmantel, ein dazu passendes Barett auf dem Kopf, in den Schlitten stieg. Auf dem Bock saß Anikej Iwanowitsch, der Kutscher, der seit je zum Moskauer Haushalt der Tutscharews gehört hatte.

Medwejew, der Polizeipräfekt, empfing Tanja persönlich. Er küßte ihr die Hand, bedankte sich, daß sie so prompt seiner Einladung Folge geleistet habe, und sie erwiderte mit spürbarer Ungeduld: »Ich hoffe, ich werde danach nicht mehr benötigt, weil ich in einer dringenden Familienangelegenheit nach Petersburg muß. Zuvor bitte ich nur noch um eine Vergünstigung. Ich möchte den Gefangenen Maxim Kolarski besuchen.«

Medwejews höflich-kühler Blick wurde aufmerksam. »Gestatten Sie mir die Frage nach dem Warum, Prinzessin?«

Sie öffnete ihren Mantel und warf die Handschuhe auf den Tisch. »Gewiß. Er war der einzige, der gut zu mir war, als ich in Pugatschews Gefangenschaft geriet. Ihm verdanke ich, daß ich überhaupt noch lebe. Das, meine ich, ist Grund genug, noch einmal mit ihm zu sprechen.«

Der Polizeipräfekt zögerte einen Moment, dann klingelte er seinem Schreiber. »Ich lasse eine Besuchererlaubnis für Sie ausstellen. Sie werden unter vier Augen mit Kolarski sprechen können. Das ist eine besondere Vergünstigung, und ich möchte Sie dafür um einen Gefallen bitten.«

»Und der wäre?«

»Nun, Kolarski ist Pole. Wir wissen, daß er, bevor er sich Pugatschew anschloß, zu den Konföderierten gehörte. Ihre Majestät nimmt an, daß Pugatschew diesen gewaltigen Aufruhr nicht ohne Hilfe vom Ausland entfesseln konnte. Er muß Unterstützung gehabt haben – finanziell und militärisch, von Polen, der Türkei, vielleicht sogar von Frankreich. Anders sind die Siege dieses ungebildeten Donkosaken nicht zu erklären. Kolarski könnte eine Schlüsselfigur sein. Zwar leugnet er hartnäckig jede Möglichkeit einer fremden Einmischung. Er behauptet, die Rebellion sei eine innerrussische Angelegenheit gewesen, der er sich angeschlossen habe, weil er sich vom Sieg des ›Zaren‹, wie er den Usurpator immer noch nennt, Freiheit für sein eigenes Land versprochen habe. Aber das alles klingt äußerst unglaubwürdig, und in einem vertraulichen, persönlichen Gespräch mit Ihnen dürfte der Pole vielleicht mit der Wahrheit herausrücken.«

»Was sagt denn Pugatschew selbst zu diesen Vermutungen?«

Medwejew wandte sich zur Tür. »Wenn ich Sie bitten dürfte, mir zu folgen, Madame. Er wird gerade verhört – übrigens ohne Pause seit gestern abend, als er im Münzhof eintraf. Gegen Mitternacht war ich das letztemal bei ihm. Da trug er den Kopf noch recht hoch; aber ich denke, Hunger und Erschöpfung werden ihn indessen kirre gemacht haben. Und wenn nicht – Babuschin und Karassow, die beiden Kommissäre der Geheimpolizei, haben ihre eigenen Methoden, einen verstockten Schweiger zum Reden zu bringen.«

Sie fuhren mit Metwejews Schlitten zum Münzhof. Pugatschew wurde in einem fensterlosen Kellerraum verhört. In der Bohlentür befand sich ein Gitter, durch das man hineinsehen konnte. Ein langer Tisch stand an der Kopfseite des Raumes, an dem drei Männer saßen, die beiden Kommissäre der Geheimpolizei und ein Schreiber. Pugatschew kniete vor dem Tisch auf dem nackten Boden, man hatte ihn in den Block gelegt.

Tanja und Medwejew blickten von draußen durch das Gitter. Einer der Kommissäre – es war Babuschin – wollte sich erheben, als er den Polizeipräfekten gewahrte, doch Medwejew winkte ab. »Wie steht das Verhör?«

Babuschin wandte sich dem Schreiber zu. »Lies vor, was der Kerl bis jetzt ausgesagt hat, Gleb Andrejewitsch.«

Der Angesprochene zog etliche engbeschriebene Papiere zu sich heran, murmelte »Mit Verlaub« und begann: »Ich, der Donkosak Jemeljan Pugatschew, Sohn des Iwan Michailowitsch, bin ein gedienter Kosak aus der Staniza Zimoweskaja, geboren am 13. November im Jahre des Herrn 1740. Ich erinnere mich nicht mehr genau, es mochte 1757 oder auch schon 1756 gewesen sein, mußte ich mich zur Rekrutenaushebung nach Tscherkask begeben. Zuvor heiratete ich ein Mädchen aus der Nachbarstaniza Werschonjewka, Sofia Dimitrijewna Nedjuschina. Wir hatten fünf Kinder, zwei davon starben bald nach der Geburt. Nach dem Ende des Krieges eröffnete ich ein Treidelgeschäft am Fluß, bis ich im Jahre 68 in den Türkenkrieg mußte. Bei der Belagerung von Bender wurde ich zum Fähnrich befördert…«

»Schon gut«, unterbrach der Polizeipräfekt, »das alles wissen wir längst, auch daß der Schweinekerl desertiert ist. Man verhaftete ihn, aber es gelang ihm, nach Polen zu entkommen. Später kehrte er mit einem gefälschten Paß als Altgläubiger, der nach Rußland heim wollte, zurück. Ist das so richtig, Halunke?«

Pugatschew nickte mehrmals. »Ja, ja, so ist es richtig…«

»Nun, dann erzähle weiter, wie du dazu kamst, dich als Zar Peter III. Fjodorowitsch auszugeben.«

»Ja, also… das war so.« Pugatschew redete eintönig, mit leiser Stimme, ohne lange nach Worten zu suchen. Seit seiner Gefangennahme in Usen hatte er diese Geschichte schon dutzende Male erzählt. »Es hieß, die aus Polen heimkehrenden Altgläubigen hätten von der Zarin die Erlaubnis erhalten, am Irgis zu siedeln. Ein gewisser Ljubow erzählte es mir, der gleichfalls in der polnischen Ukraine gelebt hatte. Zusammen mit ihm kam ich dann über die Grenze, in die Sloboda Pelinskaja, wo wir die übliche Quarantäne auf uns nehmen mußten. Wir verbrachten sie im Hause des Kaufmanns Koschewnikow als Dienstleute, zusammen mit einem gewissen Semenow, der früher bei der Garde in St. Petersburg gewesen und desertiert war. Eines Tages behauptete er, ich gliche dem seligen Zaren Peter Fjodorowitsch auf's Haar, und German Jurjewitsch – ich meine, Ljubow – bestätigte es. Die beiden erzählten es auch Koschewnikow, und seitdem ließen mir die drei keine Ruhe. Sie drängten mich, an den Jajk zu gehen und mich vor den Kosaken als Zar Peter III. erkennen zu geben. Koschewnikow bot mir Geld an, einige andere Altgläubige ebenfalls, und so habe ich mich eines Tages mit Ljubow und Semenow auf den Weg gemacht.«

Medwejew riß die Tür auf, die in den Kellerraum führte, und ging raschen Schrittes auf Pugatschew zu. »Du willst sagen, du hättest nur von einer kleinen Handvoll Sektierer Geld bekommen? Nicht von polnischen Adligen oder türkischen Agenten, mit dem Auftrag, um jeden Preis einen Aufruhr am Jajk anzuzetteln?«

»Nein, Herr. Es waren wirklich nur ein paar Altgläubige. Ihr wißt, wie sie überall in Rußland verfolgt werden, und sie sagten, sie wollten es nicht länger ertragen. Ein Umsturz brächte ihnen vielleicht Glaubensfreiheit, und die Kosaken würden schon mitmachen, weil sie ebenfalls unzufrieden wären. Man müßte das Feuer nur schüren.«

»Gut, du gingst also an den Jajk und fandest einige Anhänger. Das Märchen von Peter III. machte die Runde. Aber nicht alle glaubten daran, sondern meldeten es den Behörden. Du wurdest wieder verhaftet und nach Kasan geschickt. Wer hat dich dort befreit?«

»Wiederum Altgläubige. Der, der den Plan ausgeheckt und in die Wege geleitet hatte, hieß Druschinin oder so ähnlich. Ich weiß es nicht mehr genau.«

Medwejew beugte sich zu Pugatschew hinunter. »Hör zu, Brüderchen. Wenn du jetzt lügst, lasse ich dich draußen im Hof an die Mauer schmieden. Da kannst du in Schnee und Kälte bleiben, bis der Frost dir die Glieder abfallen läßt. Es waren nur Altgläubige? Keine polnischen Konföderierten? Keine Türken oder gar Hintermänner der Franzosen?«

Pugatschew duckte sich in seinem Block. »Und wenn Ihr mich auf die Streckfolter legt – ich kann nichts anderes sagen. Es waren Raskolnikij – zumeist Kaufleute, die es zu ein wenig Wohlstand gebracht hatten. Was hätten mich Polen oder Türken gekümmert?«

»Weiter«, sagte Medwejew knapp. »Was tatest du nach deiner Befreiung?«

»Ich ging wieder an den Jajk, zunächst auf den Hof eines Kosaken namens Tolkatschew... Ljubow, den sie seinerzeit nicht verhaftet hatten, hielt sich in der Nähe versteckt. Semenow war weitergezogen – ich weiß nicht, wohin. Ich habe nie wieder etwas von ihm gehört. Ljubow und Tolkatschew ritten überall herum und verbreiteten, der Zar – also ich – sei zurückgekehrt. Sie kamen mit einigen anderen Kosaken zusammen, und Ljubow verlas mein erstes Manifest als Peter III.«

»Aber du kannst doch weder lesen noch schreiben.«

»Was spielte das für eine Rolle!« Zum erstenmal glitt der Anflug eines Lächelns über Pugatschews Gesicht. »Ich habe niemals ein eigenes Manifest geschrieben. Ljubow oder später Gorschkow haben sie verfaßt.«

Medwejew faßte sich an den Kopf. »Es ist unglaublich. Und trotzdem hat niemand gezweifelt, daß du der Zar warst?«

»Nein, Herr. Anfangs, das gebe ich zu, hatte ich große Angst, sie könnten mich als Betrüger entlarven. Deshalb bin ich auch nicht an den Don in die Nähe meines Dorfes gezogen. Dort gab es viele, die mich kannten. Aber die anderen haben mir alle geglaubt.«

Medwejew wandte sich zu den beiden Kommissären der Geheimpolizei. »Was hat er sonst noch ausgesagt?«

»Nichts, was Sie nicht schon wüßten, Exzellenz. Zuerst waren es ein paar hundert Kosaken, die ihm folgten, und einen Monat später Tausende.«

»Und dies alles ohne Unterstützung vom Ausland? Bedenken Sie, er ist ein paarmal von den Unseren geschlagen worden, er hat große Verluste erlitten, es kann nicht sein, daß er trotzdem aus eigener Kraft immer wieder vormarschierte und eine Festung nach der anderen einnahm.«

Pugatschew richtete sich auf. Er schwankte vor Müdigkeit, seine Augen waren verschwollen und rotgerändert, aber zum erstenmal klang etwas wie Stolz aus seiner Stimme: »Ich brauchte keine Hilfe von Polen, Türken oder sonstwen. Das Volk lief mir zu als seinem Befreier. Ich hatte soviel Leute, wie ich wollte, nur daß es keine regulären Truppen waren.«

»Du lügst!« schrie Medwejew. »Du mußt lügen, es ist nicht anders möglich. Morgen früh vor Sonnenaufgang wirst du bis zum Sonnenuntergang im Hof angeschmiedet. Die Kälte mag dir den Kopf auskühlen, damit du hinterher die Wahrheit gestehst.«

Er verließ den düsteren Raum und warf die Tür hinter sich zu. Draußen nahm er Tanjas Arm und zog sie mit sich fort. Die beiden Soldaten, die sie hinunterbegleitet hatten, leuchteten ihnen mit ihren Fackeln.

»Sie waren, wenn ich mich recht entsinne, zwei Tage als Gefangene in Pugatschews Heerlager«, sagte Medwejew. »Ich muß Sie bitten, über diese beiden Tage noch einmal genau nachzudenken was Sie dort gesehen und gehört haben. Wir werden Sie noch ausführlich befragen, und alles, was Ihnen einfällt und vielleicht völlig belanglos erscheint, kann für uns von größter Wichtigkeit sein. Aber zunächst sprechen Sie mit Kolarski. Die Wachen bleiben vor der Tür. Wenn Sie gehen wollen, brauchen Sie nur zu rufen.«

Der Raum, der Kolarski als Gefängnis diente, glich dem aufs Haar, in dem Tanja die eine Nacht im Münzhof verbracht hatte.

Der Pole saß auf seinem Lager, den Kopf in die Hände gestützt, und blickte auch nicht auf, als die schweren Eisenriegel der Tür zurückschnappten und Tanja eintrat. Erst als sie ihn beim Namen rief, fuhr er hoch.

Sein Aussehen erschreckte sie. Der vierschrötige Mann war fast bis zum Skelett abgemagert, Hemd und Hose schlotterten an ihm, er trug einen verwilderten Bart, und als er den Mund öffnete, sah sie, daß ihm drei Vorderzähne fehlten.

Er gewahrte ihren entsetzten Blick und wandte sich ab.

»Die Zähne«, sagte er, »hat man mir beim Verhör eingeschlagen. Aber was tut's? Für Wasser und Kohlsuppe braucht man sie nicht – und das Brot lasse ich meinen Freunden, den Ratten. Hast du gewußt, Tanjuschka, daß Ratten recht possierliche Tiere sind? Sie antworten, wenn ich pfeife, und zwei von ihnen fressen mir sogar aus der Hand. Eines Tages werde ich ihnen Kunststücke beigebracht haben.«

Tanja ging auf ihn zu. »Ich wollte dich sehen.« Es war das erstemal, daß sie ihn duzte, aber es erschien ihr auf einmal selbstverständlich. »Ich hätte vielleicht eher kommen sollen, aber ich… ich brauchte ein wenig Abstand, wenn du das verstehst.«

Zum erstenmal belebte sich sein Blick. Er stand auf und nahm ihre Hände. Sacht zog er den Handschuh zurück und betrachtete die flammendroten Brandnarben. »Die wirst du zurückbehalten. Weißt du, daß ich seit Jahren nicht mehr gebetet habe? Aber für dich habe ich es getan: daß diese Narben das einzige sein mögen, was du zurückbehältst. Lebt dein Kind? Hast du Nachricht von ihm?«

»Es lebte, als wir aus Sarepta geflüchtet waren. Rodja – ich habe dir von ihm erzählt – wollte es nach Petersburg bringen.«

»Und warum bist du dann noch hier? Doch nicht meinetwegen? Ich werde hingerichtet, weißt du das nicht?«

»Es heißt, daß die Zarin kommt, um dem Prozeß gegen euch

beizuwohnen. Dann will ich um Audienz nachsuchen und ihr sagen, was du für mich getan hast. Sie wird, sie muß dich begnadigen.«

»Dann bist du also meinetwegen geblieben?« Ein rascher Funke glomm in seinen Augen auf.

»Nein«, sagte sie wahrheitsgemäß. »Ich konnte noch nicht fort. Der Polizeipräfekt behauptet, er brauche meine Aussage.« Sie dämpfte ihre Stimme. »Man vermutet, daß Pugatschew durch ausländische Unterstützung Geld, Waffen, Pferde, Munition und alles andere gehabt habe. Man kann sich nicht vorstellen, daß sich ein Fünftel des russischen Volkes erhoben hat, um einen ungebildeten Donkosaken nachzulaufen. Er selbst leugnet es ab. Aber ich beschwöre dich, Maxim, wenn du es anders weißt, sag es mir. Es kann dir ungeheuer helfen.«

»Er... leugnet es?« wiederholte Kolarski. »Soll das heißen, daß sie ihn gefangen haben?«

»Freilich. Wußtest du das nicht? Seit gestern ist er hier im Münzhof.«

Er wandte sich ab und klammerte sich mit seinen gefesselten Händen an die Eisengitter der Fensterluke. »Der Zar... der Zar gefangen...«

Tanja stand hinter ihn. »Er ist nicht der Zar. Er hat es zugegeben. Er ist Jemeljan Iwanowitsch Pugatschew, ein Donkosak.« Sie zwang Maxim, sich zu ihr umzudrehen. »Ich komme eben von ihm. Ich habe selbst mit angehört, wie er seine Geschichte erzählte. Und mir wirst du doch glauben, Maxim. Er war niemals Peter III. Er war immer nur Jemeljan Pugatschew.«

Kolarski ging an ihr vorbei, mit dem schleppenden Schritt, den seine Fußketten ermöglichten, und ließ sich wieder auf das Lager fallen. Er hatte das Gesicht zur Wand gekehrt, und kein Laut kam über seine Lippen. Dennoch wußte sie, daß er weinte. »Nun ist alles verloren...« murmelte er nach einer Weile. »Alles. Die Hoffnung von Millionen... Es wird schlimmer werden, als es jemals war. Rußland wird zurückfallen in die Barbarei, des Despotismus, die Ausbeutung. Und Polen... O Gott, mein armes Polen.«

Tanja setzte sich zu Kolarski ans Bett. »Ich werde sehen, was ich für dich tun kann. Daß du besseres Essen bekommst und wärmere Kleidung. Und vielleicht können sie ein paar Kohlenbecken hereinstellen, damit es nicht so kalt ist. Draußen schneit es.«

Er lächelte müde. »Gib dir keine Mühe. Aber es ist schön, daß ich dich noch einmal gesehen habe. Jetzt brauche ich mir um dich keine Sorgen mehr zu machen.«

Er richtete sich auf und nahm sie bei den Schultern. »Wie hübsch du wieder aussiehst. Deine Wangen sind voller geworden, und deine Augen haben Glanz. Wirst du Bjely Dom wieder aufbauen?«

»Ich weiß es noch nicht... Erst muß ich Pawel wieder bei mir haben, und dann... Es wird Zeit brauchen, alles, was war, zu vergessen. Bjely Dom war immer so hell, so schön. Wenn ich jetzt daran denke, ist es dunkel und trostlos. Noch macht es mir Angst.«

Er blickte sie eine Weile mit einem Ausdruck an, den sie nicht recht zu deuten wußte. Düster war er, schmerzvoll – und noch etwas lag darin – etwas wie Hunger, aber Hunger wonach? Dann beugte er den Nacken und drehte die Innenfläche ihrer Hände nach außen. Er schob den Handschuh zurück und küßte die roten Brandnarben.

»Wir haben dir Böses getan, und vielen anderen auch. Ich habe oft darüber nachgegrübelt, seit ich hier bin; Zeit genug hatte ich ja. Aber ich weiß nicht, wie man es hätte anders machen können. Ich sagte dir ja schon einmal: So etwas ist wie ein Strom, der über die Ufer tritt und alles mit sich reißt. Der Nil tut es Jahr für Jahr. Er zerstört vieles mit der Gewalt seiner Wasser. Pflanzen, Bäume, die Nistplätze der Vögel, die Hütten der Fischer, wenn sie zu nah am Ufer gebaut haben, er tötet Tiere und Menschen. Aber wenn die Fluten zurückweichen, bleibt fruchtbares Land, das fruchtbarste in ganz Ägypten. Darum haben die alten Ägypter zum Nil als zu einem Gott gebetet, und Pharaonen galten als seine Söhne und Töchter. Sie begriffen, daß die Zerstörung notwendig war, weil sie den Weg bereitete zu neuer Saat und neuer Ernte.«

Er schwieg eine Weile, dann fügte er hinzu: »Aber wir haben nur zerstört; Saat und Ernte sind uns aus der Hand genommen. Deshalb wird man sagen, wir alle seien Verbrecher gewesen.« Er hob seine Arme und ließ sie wieder fallen. »Blutige Hände... und man kann es nicht mehr abwaschen.«

Sie hätte ihm so gern etwas Tröstliches gesagt. Aber was? Sie hatten die Menschen befreien wollen und den Menschen, den inwendigen eigenen und den Bruder Mensch neben sich, darüber vergessen. Und wahrscheinlich war das immer so, wenn man von einer ›Sache‹ sprach. Der ›Sache der Freiheit‹, der ›Sache der Gerechtigkeit‹, der ›Sache Gottes‹, der ›Sache des Vaterlandes‹, und deshalb zu den Waffen griff.

Sie stand auf. »Ich will gehen und zusehen, daß man dir ein anständiges Essen aus einer Garküche schickt. Außerdem hoffe ich, daß ich dich bald wieder besuchen kann.«

Er strich ihr leicht über die Wange. »Willst du mich zum Abschied küssen?«

Sie tat es nach alter russischer Sitte, umarmte ihn und küßte ihr auf beide Wangen. »Bis bald«, sagte sie, und er lächelte. Es lag mehr in seinen Augen, dieses Lächeln, die in ihrer melancholischen Schönheit einen so seltsamen Kontrast zu seinem häßlichen Gesicht bildeten.

»Leb wohl...« Er fügte noch etwas auf polnisch hinzu, das sie nicht verstand, und für einen kurzen Augenblick spürte sie seine Lippen auf ihrem Mund. Dann schob er sie zur Tür. »He, du da draußen, mach auf, Ihre Gnaden will gehen.«

Auf der Schwelle wandte sie sich noch einmal um, sah ihn in seiner ganzen Armseligkeit dastehen und löste rasch die Schließe, die ihren Mantel zusammenhielt. »Er wird dich wärmen, bis ich dafür gesorgt habe, daß man dir Kohlenbecken bringt.«

Ehe er noch etwas erwidern konnte, hatte sie ihm den pelzgefütterten Samt zugeworfen, dann schloß sich die Tür hinter ihr.

Draußen steckte Tanja dem Wachtposten zwei Goldrubel zu. »Hier, dafür läßt du Kohlenbecken besorgen, groß genug, daß sie anständige Wärme verbreiten. Und außerdem ein gutes Essen mit Suppe, Braten und Gemüse.«

Der Wachtposten nickte. »Wie Ihr befehlt, Hochwohlgeboren.« Aber als es Abend wurde, brachte er Maxim wie immer einen Kanten schwarzen, feuchten Brotes und eine lauwarme Kohlsuppe.

Maxim aß die Suppe. Dann zerschlug er die irdene Schale und schnitt sich mit einer Scherbe die Pulsadern auf.

Über Nacht kümmerte sich niemand um die Gefangenen. Das Geschirr wurde erst am nächsten Morgen abgeholt. Da fanden sie Kolarski auf seinem Lager, Tanjas Mantel über sich gezogen, und er war tot. Er lag sehr ernst da, ohne ein Lächeln, aber nicht verzweifelt. Es war ein Gesicht, das trotz seiner eingefallenen Wangen, dem bleichen Mund, der fest geschlossen war, als hätte er ihm noch im Sterben befohlen, keinen Schrei, kein Stöhnen über die Lippen dringen zu lassen, einen großen, ersten Frieden ausstrahlte.

Sarepta bot einen Anblick wie vor acht oder neun Jahren. Da und dort standen schon einige feste Häuser mit frisch bemalten Fensterläden und hölzernen Giebeln. Nebenan hämmerten Zimmerleute an einem Dachstuhl, wieder ein Stückchen weiter waren gerade die Keller ausgeschachtet und das steinerne Fundament gelegt worden.

Friedrich Köhlers Haus war ein provisorischer Holzbau, der aus drei Räumen und einer Küche bestand, kärglich möbliert, aber um das Haus war schon ein Gartenzaun gezogen, und Johanne Köhler, die Frau des Gemeindevorstehers, hatte mit ihren beiden Töchtern Gertrud und Marianne die ersten Blumenbeete angelegt und Salat und Gemüsepflänzchen im Frühbeet gezogen. Der Gasthof ›Zum Adler‹ war noch nicht wiederaufgebaut worden, und so kam es, daß Tanja im Köhlerschen Hause wohnte. Man hatte ihr das eheliche Schlafzimmer überlassen und war für die Zeit ihres Besuches mit den Kindern zusammengerückt.

Der Winter war dahingegangen, ohne daß Tanja ein Lebenszeichen von Pawel oder Rodja empfangen hätte.

Am 5. November vergangenen Jahres hatte Maxim Kolarski sich umgebracht. Tanja erfuhr es erst eine Woche später, nachdem die Zarin in Moskau eingetroffen war und ihr einen Besuch abstattete.

Orlow hatte Katharina von Tanjas Schicksal berichtet. Die Zarin wirkte aufrichtig erschüttert. »Dieser Medwejew ist ein Idiot! Sie hier festhalten zu wollen, wo es Sie doch mit allen Fasern nach Petersburg zieht! Natürlich können Sie reisen, meine Liebe. Sollten die Polizei oder das Gericht noch Fragen an Sie haben, kann man das genauso gut in der Hauptstadt tun. Außerdem finde ich es barbarisch, von Ihnen zu verlangen, sich immer wieder und in allen Einzelheiten an diese schreckliche Zeit zurückzuerinnern. Sie müssen sie vergessen – und das so schnell wie möglich.«

Am nächsten Tag war Tanja nach Petersburg gefahren. Semjon Kyrillowitsch Masurow, Pawels Vormund, bewohnte ein Haus am Italjanskaja Boulevard. Ihren Brief hatte er bereits erhalten – aber Pawel und Rodja waren nicht eingetroffen.

Masurow versuchte Tanja Trost zuzusprechen: »Der Winter hat sie überrascht. Sie werden irgendwo Unterschlupf gesucht haben, eine Bleibe, wo sie die kalten Monate überstehen können. Niemand wäre so verrückt, durch den Schnee nach Petersburg zu wandern.« Aber sie wußte, daß er selbst nicht glaubte, was er sagte.

Dennoch harrte sie in Petersburg aus, immer noch von der verzweifelten Hoffnung erfüllt, das Wunder geschähe und ihr Sohn und der alte Mann stünden eines Tages unversehrt vor ihr. Sie bestürmte brieflich Friedrich Köhler, Nachforschungen über Pawels und Rodjas Verbleib anzustellen. Es gab keinen Gendarmerieposten auf der ganzen Strecke bis St. Petersburg, keine

Posthalterei, wohin sie nicht Boten gesandt hätte mit genauen Beschreibungen der beiden – aber sie erfuhr nichts, nichts.

Am 10. Januar waren Pugatschew, Ljubow, Perfiljew und einige andere in Moskau hingerichtet worden. Die ihn verraten hatten, wurden begnadigt, andere lebenslänglich nach Sibirien geschickt. Und die Zarin hatte einen Ukas erlassen, daß fortan der Fluß Jajk, an dem der Aufstand seinen Ausgang genommen hatte, in Ural-Fluß umgetauft werde und die Stadt Jaizk in Uralsk, auf daß alles, was geschehen war, in den Herzen und Hirnen des Volkes getilgt werde und nicht einmal mehr eine namentliche Erinnerung bliebe.

Die Zarin war noch in Moskau; wie es hieß, wollte sie bis zum Sommer bleiben und in der alten Zarenstadt den Jahrestag ihrer Thronbesteigung begehen. In einem Handschreiben lud sie Tanja ein, an den Hof zu kommen, und bot ihr, wie schon einmal, die Stellung einer Ehrendame bei der Großfürstin Natalja Alexejewna, der Gattin des Thronfolgers an.

»Ich kann begreifen, ma chère princesse«, schrieb Katharina, wie sehr die Ungewißheit um das Schicksal Ihres Sohnes an Ihrem Herzen nagt. Bitte, glauben Sie mir, daß ich auf das innigste mit Ihnen fühle. Aber es tut Ihnen gewiß nicht gut, sich in Ihrem Petersburger Haus zu vergraben – und Sie helfen Ihrem Sohn damit auch nicht. Wenn Gott es will, werden Sie ihn eines Tages gesund in die Arme schließen – und wenn nicht, werden Sie es tragen müssen, wie Sie schon so manches Schwere in Ihrem Leben getragen haben. Aber lassen Sie es sich aus Erfahrung gesagt sein, daß nichts so verkehrt und schädlich in schwerer Zeit ist, als die Hände in den Schoß zu legen und immerfort an seinen Kummer zu denken. Sie brauchen eine Aufgabe, Ablenkung, Gespräche – und all dies finden Sie am ›Jungen Hof‹. Es ist Ihnen vielleicht nicht bekannt, wie sehr Seine Kaiserliche Hoheit, der Thronfolger, Ihren verstorbenen Gatten verehrt hat; ich selbst wußte es auch nicht, bis er mir davon sprach. Seine Witwe jedenfalls kann von vornherein der Freundschaft des Zarewitsch gewiß sein, und das ist etwas, das bei seiner mißtrauischen Veranlagung wenige von sich behaupten können. Ich will Sie nicht drängen, aber ich werde Ihnen auch keine Ruhe lassen. Es ist mein Wunsch, Sie noch in diesem Sommer bei Hofe zu sehen.«

Als die Schneeschmelze einsetzte, ertrug Tanja die Ungewißheit und das tatenlose Abwarten nicht länger. Trotz der heftigen Frühlingsregen, die die Straßen in Schlammwüsten verwandelten und streckenweise unpassierbar machten, so daß man größere Umwege in Kauf nehmen mußte, fuhr sie nach Sarepta.

In wie vielen Posthaltereien, Gasthöfen, Städten und Dörfern sie nach Rodja und Pawel gefragt hatte, wußte sie nicht mehr zu zählen. Wohl hatte man da und dort einen alten Mann und einen knapp zehnjährigen Jungen gesehen, auf die die Beschreibung der beiden gepaßt hätte, doch alle Spuren, die mit soviel Hoffnung aufgenommen wurden, verliefen im Sande.

Tanja war am Ende all ihrer Zuversicht, als sie in Sarepta eintraf, und selbst die rührende Wiedersehensfreude der alten Freunde vermochten nur ein müdes Lächeln in ihr Gesicht zu bringen.

Jeder Mann in Sarepta hatte wieder blutige Schwielen an den Händen, wie damals, als die deutschen Kolonisten unter unsäglichen Mühen die ersten primitiven Unterkünfte errichteten und die Wildnis urbar zu machen suchten.

»Wissen Sie noch, Madame Tutscharewa«, sagte Köhler am Abend von Tanjas Ankunft, »wie Sie uns damals eine selbstverfertigte Wundsalbe schickten und eine Kräutermischung, um aus dem Sud Umschläge gegen die Schmerzen zu machen... Und nun beginnen wir also unser Aufbauwerk von vorn. Aber trotz allem – Gott ist gnädig gewesen. Damals waren wir nur eine kleine Handvoll und so schrecklich unerfahren im Umgang mit den Schwierigkeiten, die uns dieses neue Land, diese völlig neuen Lebensbedingungen bereiteten. Heute sind wir ein paar Hundert und haben uns Kenntnisse erworben. Sarepta wird wiedererstehen – und vielleicht schöner als vordem.«

Er war gealtert und erschreckend mager geworden, aber er strahlte eine ruhige Zuversicht aus, die jeden beeindrucken mußte.

»Damals«, sagte er auch, »hat uns Ihr Gatte, Gott hab ihn selig, mit Rat und Tat zur Seite gestanden. Ich bin glücklich, daß wir Ihnen das nun vergelten können, wenn Sie Bjely Dom wieder aufbauen. Ich schrieb Ihnen ja, daß die meisten Leibeigenen zurückgekehrt sind. Es stehen auch schon wieder ein paar Stallgebäude und Gesindewohnungen. Die Felder sind bestellt, und vielleicht hundert oder zweihundert Pferde hat man einfangen können. Und Inspektor Bjelkin ist auch wieder da. Er kümmert sich um alles.«

»Mein Gott, Bjelkin lebt...« Zum erstenmal verloren Tanjas Augen etwas von ihrer müden Ausdruckslosigkeit. »Und ich dachte, er sei bei der Erstürmung von Bjely Dom umgekommen.«

»Nein, er war nur verwundet. Irgendwie hat er es geschafft, sich später mit Irina bis zu uns in die Steppe durchzuschlagen.« Johanne Köhlers Stimme klang bedrückt. »Sie ist ... nun ja, sie ist nicht mehr ganz bei Verstand seit damals, als das mit Wassja passierte. Außerdem hatte sie eine schwere Kopfverletzung.«

»Ich weiß; einer von Pugatschews Leuten hat ihr einen Schlag mit dem Gewehrkolben versetzt.« Für ein paar Sekunden war alles wieder grauenvoll lebendig: das Entsetzen, Irinas Schreie, die Toten im Ahornbaum …

Tanja wischte sich über das Gesicht. »Sagen Sie, Frau Johanne, geht es Irina Bjelkina gut genug, daß man ihr einen Besuch abstatten kann?«

»Doch, doch, sie ist recht friedlich. Sie dürfen nur nicht erschrecken, falls sie Sie nicht erkennt. Sie lebt in einer anderen Welt in der Wassja noch bei ihr ist. Sie spricht mit ihm, und was war hat sie vergessen – dem Himmel sei Dank, denn die Wahrheit würde ihr das Herz brechen.«

Irina Bjelkina saß auf der Bank in der Sonne, als Tanja am nächsten Mittag mit Friedrich Köhler nach Bjely Dom kam. Im Wirtschaftshof hatte man rohe kleine Holzhäuser als Wohnungen für die Bediensteten errichtet, und eines davon bewohnten jetzt die Bjelkins.

Irinas ehemals braunes Haar, das sie immer in einem dicken Zopf aufgesteckt getragen hatte, war grau geworden – aber ihr Gesicht wirkte glatt und rund und hatte frische Farben wie eh und je. Es war ein liebes Gesicht, das man gern hätte anschauen mögen, wären die Augen nicht gewesen mit ihrem weltenfernen Ausdruck und das angestrengte zitternde Lächeln eines ängstlichen Kindes, das freundlich sein wollte und doch Furcht hatte, aus irgendeinem nichtigen Anlaß Schelte zu bekommen.

Tanja sprang von der Kibitka, noch ehe Köhler ihr behilflich sein konnte. »Irina Matwejewna, meine Gute, es ist schön, Sie wiederzusehen. Wie geht es Ihnen?«

Irina zögerte einen Augenblick, Tanjas ausgestreckte Hand zu ergreifen, dann tauchte Erkennen in ihrem sanften, stumpfen Gesicht auf. »Euer Gnaden, seid Ihr zurück von Eurer Reise? Das wird Jewgenij Aronowitsch aber freuen! Es vergeht kaum ein Tag, an dem er nicht sagt: ›Hoffentlich ist Ihre Gnaden mit allem einverstanden, was ich tue.‹ Ich versuche ihn dann zu beruhigen, denn ich weiß ja, wie tüchtig er ist, aber am besten kann's immer noch unser Wassja. ›Papuschka!‹ kräht er dann »du schuftest, als wäre es für dich. Wie sollte Ihre Gnaden da nicht zufrieden sein.‹ Im Augenblick ist mein Wassja in der Schule, aber in einer halben Stunde kommt er zurück. Er kann schon gut lesen und schreiben, nur mit dem Rechnen hapert es noch ein bißchen. Aber ich übe mit ihm. Er hat mir die Zeichen für die Zahlen erklärt, und so lerne ich sogar noch Rechnen. Ist das nicht schön?«

Tanja würgte es im Halse. »Das ist schön, Irina Matwejewna, das freut mich, daß Ihr Wassja so klug und fleißig ist. Grüßen Sie ihn von mir, wenn er heimkommt, ja?«

»Aber wollt Ihr denn nicht warten? Wir haben es zwar noch recht bescheiden hier, aber mein Jewgenij würde es mir nie verzeihen, wenn ich Euch nicht etwas zu essen oder zu trinken angeboten hätte. Ein Gläschen Brombeerwein vielleicht? Jewgenij Aronowitsch hat ihn vor ein paar Wochen aus Zarizyn mitgebracht, weil wir ja gar keine Vorräte mehr hatten. Oder eine Eierspeise?«

»Später einmal vielleicht, Irina Matwejewna. Jetzt habe ich es eilig. Ich muß nach Sarepta zurück. Vielleicht treffe ich Ihren Mann unterwegs.«

»Und meinen Wassja auch. Ihr müßt ja an der Schule vorbei, wenn Ihr zu den Feldern wollt. Er hat rote Hosen an und darüber eine Burka wie ein kleiner Kosak. Zum Christtag hat er sie bekommen, ich habe sie selbst genäht aus feinem schwarzen Filz mit einer roten Borte am Kragen.«

»Sicherlich werde ich ihn erkennen«, sagte Tanja erstickt. »Ich weiß ja noch genau, wie er aussieht.« Dann wandte sie sich ab und stieg in die Kibitka, so rasch, daß Köhler ihr kaum zu folgen vermochte. Bevor er die Zügel ergriff, kam Irina ihnen nachgelaufen. »Ach, verzeiht mir, Euer Gnaden, ich bin ein dummes, geschwätziges Weib. Da rede und rede ich von meinem Wassja und hab' nicht einmal nach Eurem Pawel Borissowitsch gefragt. Es geht ihm doch gut, Seiner kleinen Hochwohlgeboren.«

»Ja«, sagte Tanja abgewandten Gesichts, »ja, Irina, meine Liebe…«

»Wollen Sie jetzt zu den Feldern?« fragte Köhler, als er und Tanja die Allee hinter sich gelassen hatten. Sie schüttelte den Kopf. »Nein.« Ihre Stimme klang brüchig. »Ich kann jetzt mit niemandem mehr sprechen. Fahren Sie mich zum Fluß hinunter, ja? Ich möchte ein Weilchen allein sein…«

Er blickte sie mit jäh erwachter Aufmerksamkeit von der Seite an, und sie begriff, was er dachte, und schüttelte den Kopf. »Fürchten Sie nichts, ich bin ganz ruhig. Einmal, da habe ich sterben wollen. Rodja hat es verhindert, und ich habe ihm versprechen müssen, so etwas nie wieder zu versuchen. Solch ein Versprechen muß man doch halten, nicht wahr, selbst wenn… selbst wenn Rodja nicht mehr lebt.«

Köhler legte seine Hand auf die ihre. »Das wissen wir nicht

genau, Madame Tutscharewa. Lassen Sie uns noch immer hoffen. Gott legt nicht mehr Lasten auf, als man zu tragen imstande ist.«

»Gott?« Sie lachte hart und bitter. »Ich weiß, Sie sind ein frommer Mann, ich will Ihnen nicht weh tun, aber... Nein, lassen Sie Gott aus dem Spiel.«

Er erwiderte nichts, sondern bog in den sandigen Fahrweg ein, der zu den Dörfern führte. Tanja merkte es, und eine steile Falte grub sich in ihre Stirn. »Ich habe Ihnen doch gesagt, daß ich mit niemandem mehr reden möchte.«

»Das sollen Sie auch nicht. Ich wollte Ihnen nur den Friedhof zeigen. Wir haben zwei Steine errichtet, wo die Massengräber sind, und auf ihnen stehen die Namen derer, von denen wir wissen, daß sie tot sind!«

»Nein« schrie sie da, »nein! Ich will es nicht sehen! Das mit Irina war schon schlimm genug, ich habe es vorher nicht gewußt, sonst wäre ich nicht zu ihr gefahren. Warum wollen Sie mich noch mehr quälen!«

»Ich will Ihnen nur etwas klarmachen, Madame«, sagte er in seiner bedächtigen Art und lenkte die Kibitka durch das windschiefe kleine Tor, das in den Friedhof führte.

Und da waren sie, die beiden Steine, gleich rechts und links des Weges. »Wir haben sie in einer Steppenschlucht gefunden«, erklärte Köhler, »vielleicht dreißig Werst von hier, und es hat viele Tage gedauert, sie aus dem Erdreich und dem Wurzelwerk zu lösen. Es ist harter Fels, ein Steinmetz aus Saratow hat den ganzen Herbst daran gearbeitet, die Namen einzumeißeln und das Kreuz in der Mitte.«

Es waren viele Namen. Fedja Sidurin, Malascha, Archip Lwowitsch, Ossip, der Schmied, Aglaja, Tanjas Zofe, Pawels Kindermädchen Marinja und Bauern und Pferdeknechte aus Bjely Dom. Auf dem Stein der Kinder stand Wassja Bjelkin obenan – und dann noch ein gutes Dutzend anderer...

Brennenden Auges starrte Tanja darauf. »Kinder...« sagte sie, »Frauen, unschuldige, gottesfürchtige Leute! Oder nennen Sie mir einen, der des Sonntags nicht zur Kirche gegangen wäre!«

»Vater Theodosius' Name steht auch auf dem Stein.« Köhler hatte seinen runden schwarzen Hut abgenommen und drehte ihn zwischen den Fingern. »Sie hatten ihn am Kirchenportal festgenagelt, wir hätten ihm ein Einzelgrab geben können. Aber wir dachten, es sei in seinem Sinne, wenn er zu den anderen käme.«

»Er hat so oft von der Liebe Gottes gesprochen – und seiner

Gerechtigkeit.« Ein trockenes Schluchzen würgte Tanja. »O Himmel, was für eine Verblendung! Wo ist sie denn, diese Liebe? Sagen Sie's mir doch? Und wie weit ist es her mit der göttlichen Gerechtigkeit, wenn so etwas wie hier geschehen konnte und auch wieder geschehen kann?«

Köhler schwieg einen Moment, dann erwiderte er: »Ich habe Ihnen, glaube ich, nie erzählt, daß Johanne meine zweite Frau ist. Meine erste ist unseres Glaubens wegen auf dem Scheiterhaufen verbrannt worden. Wir lebten in Salzburg, sie stammte von dort, und damals gab es noch Autodafés, auf denen man angebliche Ketzer den Flammen überantwortete! Wie gern wäre ich mit ihr gestorben, aber wir hatten zwei Kinder. Ihretwegen bin ich nach Deutschland geflüchtet, nach Preußen... Sie sind dort an der Cholera gestorben...«

»Ein wundervolles Beispiel für die Liebe und Gerechtigkeit Gottes!«

»Reden wir nicht von der Gerechtigkeit«, sagte Köhler langsam. »Sie hat sich niemals auf diese Welt bezogen. Aber die Liebe... Freilich ist es schwer, angesichts all dieser Toten hier, der Not, der Verzweiflung, daran zu glauben. Aber ich tue es trotzdem.«

»Dann sind Sie ein Narr!« Tanja blickte auf seine schmalen Gelehrtenhände, die noch immer den schwarzen Hut umklammert hielten und die von der harten körperlichen Arbeit, die sie wieder leisten mußten, von Schorf und eitrigen Blasen bedeckt waren. Scham flog sie an. »Vergeben Sie mir, ich habe es nicht so gemeint. Und ein wenig beneide ich Sie um Ihren Glauben, nach allem, was Sie erlebt und gesehen haben.«

»Oh, ich war nicht immer so. Es war ein schmerzhafter Prozeß, und weil ich ihn durchlitten habe, würde ich Ihnen gern helfen. Sehen Sie, das ist so: In der Schrift liest man, daß Gott sich früher den Menschen offenbart habe. Es hat sie nicht besser gemacht – bis auf einige wenige – und die wurden von den anderen entweder für Heilige oder weltfremde Dummköpfe gehalten. Im Gegensatz zu Ihrer Religion haben wir keine Heiligen, zu denen wir beten, wenngleich wir jeden wahrhaft frommen Menschen, jeden Märtyrer seines Glaubens verehren. Aber wir glauben an die ›kleinen Heiligen‹ – und sie sind mitten unter uns. Es sind die, in denen Gott sich heute offenbart, weil in ihnen mehr von seinem Atem ist als in den meisten anderen Menschen. Es sind die Gefäße seiner Wahrhaftigkeit, seiner Barmherzigkeit, seiner Liebe. Gott kann trösten durch sie. Gott kann helfen durch sie. Rodja zum Beispiel war einer von ihnen in seiner Treue, seiner Redlichkeit, seiner selbstlosen Liebe für Sie. Und es gab und gibt viele Rodjas – überall. Für einen, der stirbt, wird ein neuer geboren. Für einen, dessen Seele im Kummer erstarrt ist, gibt es woanders Hände, die sich falten. Für jemanden, der Böses tut, gibt es einen, der verzeihen kann. Für jemanden, der Not leidet, gibt es einen, der zu lindern sucht. Für einen, der weint, gibt es einen, der die Tränen abwischen möchte. Sehen Sie, und dies liegt nicht im Menschen selbst, der lieber eigensüchtig ist, lieber bequem, lieber die Augen verschließt vor allem, was seine eigene Ruhe stört. Dies ist die Liebe Gottes in ihm. Sonst hätte der Mensch nicht die Kraft, es gegen tausend Widrigkeiten und im Kampf mit seinen eigenen Schwächen durchzuhalten. Denn Heilige, Madame Tutscharewa, Heilige sind wir wahrhaftig alle nicht. Aber Gott kann aus Löwen Lämmer machen und aus Schwächlingen Streiter. Und gelegentlich tut er es; man muß es nur sehen wollen. Vielleicht möchten Sie jetzt antworten: Dies bißchen Güte auf der Welt, dies bißchen Opfermut, das ist wie ein Tropfen auf einen heißen Stein. Aber viele Tropfen machen einen heißen Stein kalt. Und deshalb darf man nicht aufgeben und nicht verzagen, auch wenn es fünf Schritte vor und vier zurückgeht. Und deshalb sollten Sie auch nicht an der Liebe Gottes zweifeln – trotz allem nicht. Ich weiß, Sie leiden an dem Bösen, das geschehen ist, an all der Grausamkeit, und Sie meinen, es laste auf Ihnen, daß Sie nie wieder den Kopf hoch tragen und die Schultern frei haben können. Aber Sie müssen dies alles nicht mit sich herumschleppen und auch nicht die Toten, um deren sinnloses Sterben Ihr Herz bitter geworden ist. Die Toten und die Tränen der Hinterbliebenen hält Gott in seiner Hand – und sie ist stärker als Ihre Schultern. Wollen Sie versuchen, manchmal daran zu denken?«

Tanja schwieg. Sie blickte auf die Steine mit den Kreuzen in der Mitte und den vielen Namen, und ihr Gesicht war weiß vor Erschütterung. Sie nahm Köhlers Hand, drehte sie herum und sah die Schwielen und Wunden. »Und ich habe nicht einmal mehr eine Salbe, um sie Ihnen zu schicken«, sagte sie. Dann fing sie an zu weinen.

Sie blieb drei Wochen in Sarepta, und in all der Zeit kam Bjelkin fast täglich, um ihr Bericht zu erstatten und sie zu fragen, wie er dieses und jenes tun solle und ob er anderes richtig gemacht habe. »Sie haben völlig freie Hand«, sagte sie ihm. »Es ist alles gut, wie Sie es anordnen. Sorgen Sie, daß es den Leibeigenen gut geht, stellen Sie Leute ein, wenn Sie glauben, daß Sie noch welche brauchen – ich vertraue Ihnen wie mir selbst, Jewgenij Aronowitsch.«

Er erzählte ihr auch, daß die Leute von Bjely Dom fest damit rechneten, daß sie das Herrenhaus wieder aufbauen und bei ihnen bleiben werde, doch das wollte sie nicht mehr. Sie konnte nicht mehr hier leben nach allem, was geschehen war.

Drei Wochen lang schickte sie Suchtrupps aus und begleitete sie oftmals selbst in die entlegensten Dörfer, um nach Pawel und Rodja zu forschen. Aber alles war vergebens, und in Tanja setzte sich die Erkenntnis durch, daß die beiden tot waren.

Seitdem spielte sie mit dem Gedanken, heimzukehren nach Sarodnaja zu ihrer Mutter. Vielleicht brachte es Erleichterung, den Kopf an die Brust der alten Frau zu legen und zu sagen: »Ich habe nun alles verloren, was ich liebte. Nur du bist noch da. Bitte, hilf mir.«

Aber da erreichte sie ein Brief Dawydows, des Verwalters von Sarodnaja, daß Olga Sergejewna im letzten Dezember ganz plötzlich verstorben sei. Ein Herzschlag sei es gewesen, man habe sie morgens in ihrem Bett gefunden, und sie habe ganz still und friedlich dagelegen. Der Brief war an Bjely Dom adressiert, und der Himmel mochte wissen, welche Irrfahrt er hinter sich hatte in den unruhigen Zeitläufen, daß er Tanja erst jetzt erreichte.

Als sie die Todesnachricht erhielt, ging Tanja in die Kirche von Bjely Dom, die man, weil man Vater Theodosius ans Portal genagelt, nicht angezündet hatte. Sie stellte ein paar Kerzen vor der Ikonostase auf, und dann versuchte sie, für die Seele ihrer Mutter zu beten. Sie versuchte sich ins Gedächtnis zurückzurufen, was Friedrich Köhler von der Liebe Gottes und den kleinen Heiligen gesagt hatte, in denen sie verkörpert sei, und sagte halblaut in den dämmrigen kühlen Raum, durch dessen buntbemaltes Fenster Licht in den Farben des Regenbogens fiel und sich mit dem Gold der Ikonostase und den Kerzenflammen mischte: »Du, Mutter, hast vielleicht zu ihnen gehört, diesen kleinen Heiligen, und wenn das so ist, bitte jetzt für mich. Und für Pawel. Und für Rodja. Ich bin so hart geworden, Mutter, ich kann nicht beten. Deshalb mußt du es tun, wenn du jetzt dort bist, worauf du immer gehofft hast: Bei Papaschka und im schönsten Vorhof der goldenen Himmel Gottes. Du Arme, du Müde, du Liebe, hast es verdient…«

Ein paar Frauen aus Bjely Dom hatten sie in die Kirche gehen sehen, und als sie nach einer Weile herauskam, warteten sie auf sie; einige hatten sogar ihre Männer dazu geholt. Platon Romanowitsch, der Dorfälteste, war darunter, und er war es auch, der sich zum Wortführer der anderen machte. »Ist es wahr, Euer Gnaden, daß Ihr Bjely Dom verlassen und nie mehr hierher zurückkehren wollt?«

Sie blieb auf der Schwelle stehen. »Ja«, sagte sie, »ich reise ab. Vielleicht, wenn mein Sohn noch lebte, dann hätte man aufbauen können... Aber so?« Sie schloß die Augen, als blende sie das helle Maienlicht. »Bjelkin bleibt hier, und was er sagt, das tut, als hätte ich es gesagt. Ihr werdet es nicht schlecht bei ihm haben, das wißt ihr. Es wird sich nichts ändern für euch gegen früher – nur daß ich nicht mehr da bin.«

Auf dem Platz vor der Kirche wartete die Kibitka mit dem Pferdchen. Tanja streifte die Handschuhe über, als sie einstieg und die Zügel ergriff. Langsam verließ sie das Dorf, und ein paar Frauen liefen noch eine Weile neben dem Gefährt her. Dann kam rechter Hand die Ahornallee zum Herrenhaus, und links bog die Straße zum Fluß und nach Sarepta ab.

Die Wolga glitzerte in der Sonne, und die wilden Kirschbäume am Ufer blühten wie in jedem Mai. Die Natur entfaltete sich wieder, Jahr um Jahr, der Fluß war immer da gewesen und würde immer da sein, unberührt von Liebe und Leid, Krieg und Zerstörung. Wildes, geliebtes Land zwischen Steppe und Strom...

Ein Stück Paradies war es, aus der Hand Gottes gefallen – und vielleicht in seiner Schönheit auch ein Ausdruck seiner Liebe, an die Friedrich Köhler so unbeirrbar glaubte.

Leb wohl, dachte Tanja. Leb wohl, du Fluß, du Himmel, du Steppe... Leb wohl, mein Bjely Dom.

Die offizielle Berufung an den »›Jungen Hof‹ kam für Tanja, kaum das sie vierzehn Tage in Moskau war. Sie hatte diese beiden Wochen in ziemlicher Zurückgezogenheit im Tutscharewschen Palais verbracht. Nur ein paar alte Freunde hatten sie besucht: Grigorij und Alexej Orlow und Olga Rossowskaja, die frühere Prinzessin Baranow, die die alte Fürstin Tolskij einst so gern als Andrejs Frau gesehen hätte. Inzwischen war Olga, kaum dreißig Jahre alt, verwitwet, ihr Mann im letzten Jahr des Türkenkrieges bei Schumla gefallen, und sie stand allein da mit ihren beiden Söhnen Gawril und Nikolaj. Gekommen waren auch, zu Tanjas Erstaunen, da sie nie besonders freundschaftliche Kontakte zu ihr unterhalten hatte, die Fürstin Daschkow – und Graf Roman Antonowitsch Glebkow, einer ihrer Verehrer aus der Moskauer Zeit.

Die Daschkowa sah spitz und elend aus wie eh und je und schien immer noch in Geldnöten zu sein, wie ihre abgewetzte, unmoderne Garderobe bewies, und Graf Glebkow, ehemals ein schüchterner, langaufgeschossener Jüngling, hatte es indessen zum Kammerherrn und einem beachtlichen Embonpoint gebracht.

Er war noch unverheiratet, schwätzte viel und geziert vom Leben bei Hofe, tat sich allerlei zugute, daß er mit Gott und der Welt auf freundschaftlichem Fuße stehe, und er war es wohl auch, der der Zarin Mitteilung von Tanjas Rückkehr gemacht hatte, bevor sie selbst um Audienz nachgesucht.

Schon zwei Tage später erhielt Tanja eine Einladung zu einem offiziellen Galasouper in der Granowitaja Palata, zu dem etwa zweitausend Personen erschienen. Bei der anschließenden Cour konnte die Zarin nur ein paar Worte mit ihr wechseln, bat dann aber Staatsrat Teplow, sie zum Großfürstenpaar zu begleiten.

Paul Petrowitsch hielt sich im Kreis einiger Offiziere in einem Nebensaal auf. Natalja Alexejewna war nirgends zu entdecken.

Als Tanja an Teplows Arm auf den Zarewitsch zuging und der Staatsrat sagte: »Kaiserliche Hoheit, gewiß werden Sie sich noch an die Prinzessin Tutscharewa erinnern...«, erhob sich Paul und blickte sie mit gerunzelter Stirn an.

»Tutscharewa...« murmelte er, doch dann erhellte sich seine Miene. »Sie sind ... ah, jetzt weiß ich es wieder. Ihr Gatte, Madame, gehörte zu den wenigen Menschen, die ich aufrichtig bewunderte. Als ich von seinem Tod erfuhr, wollte ich Ihnen einen Beileidsbesuch machen... aber Sie waren lange Zeit nicht in St. Petersburg.«

Tanja versank in dem vorgeschriebenen Knicks. »Ganz recht, Kaiserliche Hoheit. Ich habe bis vor kurzem auf meinem Gut an der Wolga gelebt.«

»Und jetzt sind Sie an den Hof zurückgekehrt? Warum? Behagte Ihnen das Landleben nicht mehr?«

»Kaiserliche Hoheit«, sagte Teplow leise, »der Besitz Madame Tutscharewas lag in dem Gebiet, das vom Pugatschew-Aufstand betroffen wurde.«

Paul blickte auf Tanjas gesenkten Kopf, und in seinen wasserhellen Augen tauchte ehrliches Entsetzen auf. »Das ist ja schrecklich! Was müssen Sie mitgemacht haben! Bitte, verzeihen Sie meine Frage.«

Er nahm ihren Arm und führte sie zu einem Kanapee. »Wollen Sie mir die Freude machen, mir Gesellschaft zu leisten? Auch würde ich Sie gern der Großfürstin vorstellen. Herr von Teplow ... Wissen Sie, wo meine Frau ist? Nein? Dann sehen Sie zu, daß man sie findet. Ich lasse sie bitten, herzukommen.« Wie immer, wenn er mit jemandem aus Katharinas engerer Umgebung sprach, war Pauls Ton kalt und hochfahrend geworden, doch sobald er sich wieder Tanja zuwandte, lächelte er freundlich. »Werden Sie länger bei Hof bleiben? Das wäre reizend, denn dann könnten wir uns öfter unterhalten. Es gibt hier nicht viele, bei denen ich mir das wünsche.«

Sie erwiderte sein Lächeln zögernd. »Wir werden uns in Zukunft sicherlich häufig sehen, Kaiserliche Hoheit. Ihre Majestät hat die Absicht, mich als Ehrendame der Hofhaltung Ihrer Gemahlin beizugeben.« Sie sah, wie sich seine Augen verengten, und in ihrer raschen, offenen Art fügte sie hinzu: »Ich hoffe, Sie bleiben mir dennoch gewogen.«

Ein nervöses Zucken lief über sein Gesicht. »Es ist selten etwas Gutes, das von meiner Mutter kommt. Von mir aus gehen Sie hin und erzählen Sie es ihr wieder. Sie kennt meine Meinung ohnehin.«

»Ich weiß. Und ich kann Ihnen versichern, daß ich mich gerade deshalb nicht zu der Position gedrängt habe, für die sie mich ausersehen hat.«

Er schwieg eine Weile, dann sagte er mit einem beinahe kindlichen Lächeln: »Sie haben ein ehrliches Gesicht! Ich glaube, ich mag Sie. Und Natalja – ich meine, die Großfürstin, kann ihre jetzige Oberhofmeisterin, die Fürstin Rumjantzowa – Sie wissen, die Schwägerin des Generals – nicht ausstehen. Vielleicht kann man eines Tages Sie an ihre Stelle setzen. Die Rumjantzowa würde zerspringen – und das wäre ein Hauptspaß.«

Ihr Gespräch wurde durch das Eintreffen der Großfürstin unterbrochen. Natalja Alexejewna Romanowa hatte sich bei dem Grafen Andrej Rasumowskij eingehängt, hinter ihr erschienen zwei Hofdamen, junge Dinger, vielleicht achtzehn, neunzehn Jahre alt, die Tanja nicht kannte.

Paul Petrowitsch winkte seiner Frau. »Kommen Sie her, meine Teuerste, ich habe das Vergnügen, Sie mit der Prinzessin Tutscharewa bekannt zu machen. Sie wird ab heute eine Ihrer Ehrendamen sein.«

Nataljas porzellanblaue Augen musterten Tanja abschätzend. Dann neigte sie hochmütig den Kopf. »Wie reizend. Melden Sie sich morgen bei der Fürstin Rumjantzowa, sie wird Ihnen Ihr Apartment anweisen und alle notwendigen Instruktionen erteilen.«

Am nächsten Tag begann ein großes Volksfest auf einem weiten Feld einige Werst von der Stadt entfernt, an dem auch der Hof teilnahm. Die beiden Straßen, die dorthin führten, hatte man in Don und Dnjepr umbenannt, das Feld trug den Namen des Schwarzen Meeres. Zu beiden Seiten der Straßen waren malerische Kulissendörfer, Landgüter, Windmühlen und Gasthäuser aufgebaut worden. Auf den entfernter gelegenen Hügeln waren prunkvolle Bauten errichtet, die nach den im Türkenkrieg umkämpften Städten Kertsch und Jenikale benannt worden waren und für die Hofgesellschaft als Ballsäle dienten. Asow hieß der riesige, über zweihundert Meter lange Speisesaal, und Kinburn ein Theater, in dem nach Einbruch der Dunkelheit Opern- und Ballettaufführungen stattfanden. Die Volksbelustigungen zogen sich über drei Tage lang hin, und es hieß später, es hätten sechzigtausend, wenn nicht sogar hunderttausend Menschen daran teilgenommen.

Tanja meldete sich, getreu der Aufforderung der Großfürstin, bei der Fürstin Rumjantzowa. Die Fürstin, eine rundliche Frau, die sich stets zu fest schnürte und deshalb bei jeder Aufregung zu Kurzatmigkeit und Ohnmachtsanfällen neigte, wies ihr drei ineinandergehende Räume im Terempalast zu, an die sich ein winziges Kabinett anschloß, das zugleich als Ankleide- wie als Waschraum diente.

Tanja brauchte nur einen halben Tag, um aus ihrem eigenen Palais geeignete Möbelstücke und allerlei Zierat in den Kreml schaffen zu lassen, und nach ein paar Stunden erkannte man die verwahrlosten Räume nicht wieder. An den Fenstern hingen frische Raffgardinen und Samtportieren, Kristallkandelaber mit Kerzen, goldgerahmte Spiegel und Kupferstiche schmückten die Wände, Fauteuils und Kanapees, mit Brokat und Samt bezogen, luden zum Sitzen ein.

Tanja hatte einiges Personal engagiert, sofort nachdem sie nach Moskau gekommen war, darunter zwei Zofen, von denen eine, Armandej eine Französin war, ein bleiches junges Ding mit Kirschenaugen und einem wissenden Mund, und Laila, eine dralle Finnin, die gern lachte und recht arglos und vertrauensselig wirkte.

Am nächsten Tag begann Tanjas Hofdienst. Die Großfürstin schien übler Laune, als sie sich bei ihr einfand. Etwa zehn Hofdamen warteten im Antichambre, die Türen zu Nataljas Salon standen offen, sie selbst befand sich noch im Ankleidezimmer, und man hörte sie mit ihren Kammerfrauen und Zofen schelten. Sie sprach ein schlechtes Französisch mit einem starken deutschen Akzent. »Nein, ich will keine Federn im Haar – bin ich ein Huhn? Holen Sie die rosa Perlen. Herrgott, Sie sind wirklich langsam wie eine Schildkröte. Wir werden zu spät zu den Kriegsspielen kommen.«

Zu den Festlichkeiten, die Katharina aus Anlaß des Friedensschlusses mit den Türken und der Niederwerfung des Pugatschew-Aufstandes gab, waren außer den offiziellen Abgesandten der türkischen Regierung auch noch zwei Bataillone Janitscharen und ebenso viele berittene Spahis gekommen – Anlaß genug, die Kämpfe um Kertsch und Jenikale auf dem Feld vor der Stadt als Spektakulum für das Volk aufzuführen.

Als die Großfürstin ins Antichambre trat, musterte sie ihre Damen mit kritischen Augen. Ihre Musterung schien zu ihrer Zufriedenheit auszufallen, da ihr keine hübscher oder eleganter schien als sie selbst. Doch dann blieb ihr Blick an Tanja haften, und ihre hellblonden Brauen zogen sich zusammen. »Lieben Sie Schwarz, Madame Tutscharewa? Ich nicht... ich finde, es ist eine bedrückende Farbe. In Zukunft möchte ich Sie hell gekleidet sehen, lassen Sie sich von Madame Rumjantzowa beraten.«

»Ich habe meinen Sohn beim Pugatschew-Aufstand verlorena, sagte Tanja »Deshalb werden Sie begreifen, daß ich ...«

»Mein Gott«, sagte Natalja leichthin, »Pugatschew ist Anfang Januar hingerichtet worden. Jetzt haben wir Sommer. Sie haben sicherlich der guten Sitte Genüge getan, wenn Sie bis jetzt Trauer trugen.«

Sie rauschte an ihr vorbei, und ihre Damen schlossen sich ihr an. Tanja fing ein paar schadenfrohe Blicke auf. Das Protegé der Kaiserin hatte gleich zu Anfang einen Dämpfer bekommen. Das war nur gut, damit die Bäume nicht in den Himmel wuchsen.

Unter Salutschüssen und Marschmusik wurden die Kampfspiele eröffnet. Es war ein farbenprächtiges Bild – die russischen und türkischen Reiter, die in wilden Attacken mit geschwungenen Säbeln aufeinander losstürmten, die Scheingefechte der Janitscharen mit den russischen Infanterie-Regimentern, und immer wieder brandete lauter Beifall unter den Zuschauern auf.

Später, an der Mittagstafel im Asowschen Speisesaal, entdeckte Tanja viele bekannte Gesichter. Die Tschemyschews, Fürst Wjasemskij, Iwan Betzkoj, Fürst Wolkonskij. Alexej Orlow, der allein erschienen war, ohne seine Brüder, setzte sich später zu ihr. Er erzählte, daß Grigorij nach Gatschina zurückgegangen sei und seine anderen Brüder sich vollständig vom Hof zurückgezogen hätten.

»Wenn das so weitergeht, werde ich es auch tun und meine sämtlichen Ämter niederlegen«, sagte er. »Potemkin hat seine eigene Clique, die er protegiert. Und alle, die früher einen gewissen Einfluß besaßen, werden auf eine Art und Weise brüskiert, die sich eigentlich niemand bieten lassen kann.«

Er lächelte ein wenig. »Aber ich will Sie nicht gleich an Ihrem ersten Tag bei Hof mit solchen Geschichten verschrecken. Sie werden schon selbst merken, wieviel sich hier verändert hat und noch verändert wird. Im übrigen soll an Ihnen ja ein kleines Wunder geschehen sein: Die Kaiserin mag Sie gern, seit jeher eigentlich schon, und neuerdings auch der Großfürst. Jedenfalls erzählt er überall herum, daß die neue Ehrendame seiner Frau seit langem die erfreulichste Erscheinung bei Hof ist.«

»Er hat meinen Mann sehr gemocht und überträgt das nun auf mich. Der Großfürstin allerdings scheint es nicht ganz recht zu sein.«

Orlow lachte. »Sie sind zu hübsch für ihren Geschmack. Natalja Alexejewna ist unerhört eifersüchtig auf jeden, der sie an Schönheit, Eleganz oder Geist ausstechen könnte. Aber Sie werden es aushalten, wie ich Sie kenne.«

»Ich weiß es nicht«, erwiderte Tanja gesenkten Kopfes. »Ich weiß überhaupt noch nicht, wie mein Leben in Zukunft aussehen soll. Es ist alles so schrecklich anders geworden, zerstört, zerbrochen, und ich selbst …« Sie hob die Schultern. »Alle, die mich von früher kennen, behaupten, daß ich mich überhaupt nicht verändert habe.«

»Das trifft auch zu«, sagte Alexej Orlow. »Wie lange haben wir uns nicht gesehen? Gut fünf Jahre, nicht wahr? Aber mir kommt es vor, als seien Sie keinen Tag älter geworden. Es ist erstaunlich.«

Sie lächelte nicht. »Sie mögen recht haben. Äußerlich habe ich nur das da zurückbehalten …« Sie streifte einen Handschuh zurück und deutete auf die Brandnarben an ihrem Gelenk. »Aber innerlich… Ich werde nie mehr die Frau sein, die ich einmal war. Niemand könnte das in meiner Lage. Die Zarin hat mich zum Hofdienst befohlen, aber ich bin sicher, wenn ich partout nicht gewollt hätte, hätte sie mich nicht gezwungen. Aber wo sollte ich hin? Auf irgendeines meiner Landgüter, die ich vor Jahren einmal mit Boris besucht habe? Dorthin zieht mich nichts, die Häuser sind mir zu herrschaftlich, zu prunkvoll, ich würde mich in keinem so daheim fühlen wie in Bjely Dom. Und Bjely Dom wieder aufbauen – nein. Ich bin vor allen Erinnerungen, die damit verknüpft sind, davongelaufen. Das ist das einzige, was ich noch kann. Ich liebe das Hofleben nicht, aber es lenkt mich ab. Ich darf nicht allzuviel nachdenken, wissen Sie, nicht grübeln…«

Orlow nahm ihre Hand und drückte einen Kuß darauf. »Sie sind sehr tapfer, Tanja Iwanowna…«

»Nicht einmal mehr das. Tapferkeit setzt Kampfgeist voraus, nicht wahr, und die Fähigkeit, Furcht zu überwinden. Ich aber kämpfe nicht mehr, ich lasse mich nur treiben, und ich fürchte mich auch vor nichts mehr, denn alles, was mir an Schwerem geschehen konnte, ist geschehen.«

»Wenigstens hadern Sie nicht…«

»Ach, glauben Sie?« fiel sie ihm ins Wort, und ihr Lächeln war so bitter, daß es ihn mehr traf, als wenn sie geweint hätte. »Ich sagte Ihnen doch, daß ich hergekommen bin, um mich abzulenken. Wenn ich viel zu tun habe, und sei es auch nichts Sinnvolles, wenn ich viel unter Menschen bin, und seien es auch nur solche, an denen mir nichts liegt, so hindert es mich doch, mit meinen Gedanken unablässig im Kreis zu laufen. Und denken Sie ja nicht, daß es gute Gedanken sind. Denken Sie vielmehr, daß es ein Teufelskreis ist, aus dem man nicht herauskommt.«

Orlow hielt noch immer ihre Hand mit dem zurückgeschobenen Handschuh und sah die rotviolette Narbe. »Habe ich Ihnen eigentlich jemals erzählt, daß meine Brüder und ich eine deutsche Amme hatten? Hedwig hieß sie, aber wir nannten sie, weil wir ihren Namen nicht richtig aussprechen konnten, immer nur Njanka. Sie hat uns, als wir noch kleine Knirpse waren, viele Märchen aus ihrer Heimat erzählt. In einem davon spielt der treue Diener eines Prinzen eine besondere Rolle. An Einzelheiten der Geschichte erinnere ich mich nicht mehr, nur noch, daß der Diener – Heinrich hieß er, glaube ich – sich eiserne Reifen um sein Herz hatte schmieden lassen, weil sein Herr so viel Kummer erlitt, daß Heinrich fürchtete, es werde brechen. Nun, die Geschichte ging aus wie alle Märchen – nämlich gut, und als der Prinz mit seiner Prinzessin zur Hochzeit fuhr, stand der treue Heinrich auf dem Trittbrett der Kutsche, und von seinem Herzen sprang ein Reif nach dem anderen ab, weil er sie nicht mehr nötig hatte. Das, Tanjuschka, wird auch Ihnen geschehen – eines Tages.«

»Vielleicht«, sagte sie und zog ihre Finger zurück. »Vielleicht auch nicht. Vergessen Sie nicht, daß meist nur die Märchen einen versöhnlichen Schluß haben.«

Nach dem Jahrestag von Katharinas Thronbesteigung kehrte der Hof nach St. Petersburg zurück. Wieder war es die Zeit der Weißen Nächte, die die Kaiserin so liebte, daß sie, wenn es nach ihr gegangen wäre, kaum eine Stunde davon verschlafen hätte. Sie arbeitete hart, ebenso sehr wie Potemkin, und es verging kein Tag, an dem man nicht darüber konferierte, wie man am schnellsten die durch den Krieg und die Pugatschewtschina zerstörten Gebiete aufbauen konnte. Noch wichtiger aber erschien Potemkin die vollkommene Reorganisation des Heeres, denn er traute dem mit den Türken geschlossenen Frieden nicht. Irgendwann würde die alte Feindschaft wieder aufflackern, und wahrscheinlich um den ewigen Zankapfel Krim, die auf dem Papier zwar ihre Unabhängigkeit besaß, in der Praxis jedoch von beiden Seiten, von der zaristischen Regierung wie von der Hohen Pforte, ständig attackiert wurde. Die Tataren unterstanden in allen religiösen Fragen, da sie Moslems waren, der islamischen Kirche und damit dem türkischen Sultan als oberstem Kalifen. Rußland hingegen versuchte politischen Einfluß zu nehmen, indem es, ähnlich wie zuvor in Polen, unter Waffengewalt seine Ziele durchsetzte. Auf Katharinas Betreiben hin war Schahin-Geraj Khan der Krim geworden, doch es kam immer wieder zu kriegerischen Unruhen. In Petersburg begann man langsam zu begreifen, daß es ein Fehler gewesen war, in Kutschuk Kainardsche nur auf die Unabhängigkeit der Krimtataren zu dringen, statt sich das gesamte Gebiet einzuverleiben. Früher oder später mußte es deshalb trotz aller diplomatischen Bemühungen zu einer neuen militärischen Auseinandersetzung kommen.

Katharina ließ Potemkin völlig freie Hand. Er bekam für die Armee, für Straßen-, Schiffs- und Festungsbauten unbegrenzte Geldmittel zur Verfügung gestellt, und seinen eigenen, aufwendigen Lebensstil, der inzwischen der Hofhaltung eines regierenden Fürsten glich, bezahlte sie aus ihrer Privatschatulle.

Eine Zeitlang hatte Potemkin sich aus Gründen der Klugheit bemüht, sich mit Graf Panin auf freundschaftlichen Fuß zu stellen, aber es gelang ihm nicht. Panin, der alte Fuchs, der von Anbeginn an in Potemkin einen viel ehrgeizigeren und daher gefährlicheren Mann als Grigorij Orlow gesehen hatte, blieb abwartend und mißtrauisch. Das wiederum ertrug Potemkins Empfindlichkeit nicht. Er lag der Kaiserin in den Ohren, Panin sei zu alt und müsse deshalb abtreten. »Früher hat er zweifellos seine Meriten gehabt, als Außenminister und Erzieher des Großfürsten, aber das gehört der Vergangenheit an. Jetzt ist er nur noch ein starrköpfiger Fettwanst, zu träge, um seine Geschäfte gewissenhaft wahrzunehmen, und nicht mehr wendig genug, um eine vernünftige Außenpolitik zu betreiben.«

Über diesen Punkt gab es manchen Streit zwischen Katharina und Potemkin, dennoch blieb sie unnachgiebig. Panin behielt sein Amt. Wenn er stürzte, würden das weder seine politischen Freunde noch der Thronfolger hinnehmen, und neue Schwierigkeiten konnte und wollte sie nicht haben.

Auch in einer anderen Angelegenheit blieb Katharina hart. Der englische König Georges III. war über seinen Gesandten Sir Robert Gurming mit der Bitte an die Kaiserin herangetreten, ihm Truppen zur Bekämpfung der aufständischen amerikanischen Kolonien zur Verfügung zu stellen. Es waren dort bürgerkriegsähnliche Unruhen ausgebrochen; die Amerikaner kämpften um ihre Unabhängigkeit von England, und fast alle ausländischen, insbesondere die deutschen Duodezfürsten, hatten bereits Söldnertruppen über den Ozean geschickt, für die sie sich mit klingender Münze bezahlen ließen. Potemkin befürwortete die Bitte der englischen Regierung. Warum sollte man nicht ein paar russische Infanterie-Bataillone nach Amerika entsenden? Sie mochten der Welt zeigen, daß die Russen keine militärisch ungeschulten Barbaren mehr waren, die nur dank ihres ungeheuren Menschenmaterials gegen die Türken gesiegt hatten, sondern glänzend ausgebildete Truppen mit hoher Kampfmoral. Dennoch stellte sich Katharina diesmal auf die Seite ihres Volkes. Es hatte genug auf den Schlachtfeldern geblutet, neue Rekrutenaushebungen, weder freiwillige noch erzwungene, würden nicht stattfinden, am allerwenigsten, um einer ausländischen Macht beizustehen.

Schließlich begriff Potemkin, daß er diesmal nichts erreichte, und gab nach. Aber wenige Tage später fand er einen neuen Anlaß, Katharina eine fürchterliche Szene zu machen. Sie hatte den Riesendiamanten, den Grigorij Orlow ihr geschenkt, tatsächlich in ihr Zepter einarbeiten lassen und auf einem Ball in Peterhof mit Grigorijs Bruder Alexej drei Menuette und eine Gavotte getanzt.

Die Auseinandersetzung darüber fand in ihren privaten Räumen statt, und bis ins Antichambre hinaus hörte man Potemkins wütende Tiraden.

»Es ist schlimmer als zu Orlows Zeiten«, flüsterten die Wachen einander zu. »Mein Gott, wie wagt er es nur, so mit Ihrer Kaiserlichen Majestät umzugehen. Und wie ist es möglich, daß sie es sich gefallen läßt.«

Es dauerte lange, bis der Streit verstummte, und Potemkin blieb die Nacht über bei der Zarin. Aber es war eine ihrer hundert Versöhnungen, der hundert neue Streitigkeiten, von ihm heraufbeschworen, folgten.

Potemkin verließ Katharina am Morgen in aller Frühe, noch ehe sie erwachte, und am Vormittag brachte ihm ein Kurier einen Brief von ihrer Hand. Noch einmal ging sie auf ihren Streit wegen Orlow ein. »Wenn der Fürst seine Fehler hat, so ist es nicht Deine und meine Aufgabe, sie zu kritisieren und die Aufmerksamkeit anderer darauf zu lenken… Was mich anlangt, so zähle ich ihn und seinen Bruder zu meinen guten Freunden, und ich werde sie nie im Stich lassen. Das sei Dir eine Lehre. Wenn Du klug bist, wirst Du sie beherzigen.«

Potemkin runzelte die starken dunklen Brauen und war nahe daran, den Brief zusammenzuknüllen und fortzuwerfen, doch da sah er, wie der junge Fähnrich zu ihm aufblickte, und las weiter.

Und da war ein Satz am Ende des Briefes, der ihn wie mit Messern traf. »Würden wir uns weniger lieben, so wären wir bei weitem klüger und sogar glücklicher. Ich bin heiter und unterhaltsam, wenn meine Gedanken und mein Herz frei sind. Du wirst es nicht glauben, meine Seele, wie unerläßlich es für ein geistiges Gespräch ist, daß man weniger von Liebe besessen sei…«

Potemkin steckte den Brief in seine Tasche, aber das, was Katharina geschrieben hatte, ging ihm nach. Sie hatte ausgesprochen, was er seit langem fühlte, und es war wahr.

Er trat ans Fenster, riß es auf und blickte in den Nischnij-Park hinaus, der sich terrassenförmig bis zum Meer hinunter erstreckte.

»Würden wir uns weniger lieben, so wären wir glücklicher…« Potemkin sah Katharina vor sich, wie sie heute nacht gewesen war: zerquält, nervös, hungrig nach Liebe und hungrig nach ihm.

O ja, wenn es etwas gab, woran er nicht zweifelte, so war es, daß sie ihn liebte. Aber wieviel ertrug Liebe? Und wie lange?

Potemkin hatte den jungen Fähnrich vergessen. Fast erschrak er, als er sich umwandte und ihn immer noch am Boden knien sah. »Er kann gehen. Ich werde Ihrer Majestät später Antwort schicken.« Würden wir uns weniger lieben, so wären wir glücklicher…

Potemkin wußte: Wenn er Katharina verlor, verlor er alles. Seine Macht, seinen Einfluß, die Möglichkeit, all die großen, hochfliegenden Vorhaben für Rußland zu verwirklichen. Wenn man es trennen könnte – Liebe und Macht, dachte er.

Potemkin wurde in seinen Grübeleien unterbrochen, weil ein Diener ihm den Besuch seiner Mutter und seiner Nichten Alexandra, Warwara, Nadeshda, Katharina und Tatjana meldete. Ihr Bruder Basil Engelhardt war seit kurzem einer von Potemkins Flügeladjutanten, die Mädchen, alle fünf bildhübsch, gescheit und lebhaft, Hofdamen der Zarin. Potemkin, der seiner Mutter große Verehrung entgegenbrachte, küßte ihr die Hand, während die Mädchen ihm nacheinander lachend um den Hals fielen.

Sie sahen reizend aus in ihren Reifröcken, über denen sich gestickter Musselin bauschte, und den jungen, frischen Gesichtern.

»Die Mädchen haben mir keine Ruhe gelassen«, erklärte Darja Wassiljewna Potemkina, »sie wollen nach Krasnoje Selo, ein Picknick veranstalten, und bestehen darauf, daß du mitkommst.«

»Ach ja, bitte, liebster Oheim!« rief Warwara, die Zweitälteste. »Machen Sie uns die Freude. Man sieht Sie so selten, außer bei Hof, und da setzen Sie meist eine so düstere, gewichtige Miene auf, daß man kaum wagt, Sie anzusprechen.«

Er zögerte einen Moment und ging dann zur Tür. »Ich lasse Herrn von Popow zu mir bitten«, trug er dem draußen wartenden Lakaien auf. Der stämmige, untersetzte Chef de Cabinet erschien wenig später. »Exzellenz befehlen?«

»Wassilij Stepanowitsch«, fragte Potemkin plötzlich glänzender Laune, »was haben wir heute für Pflichten?«

»Gegen elf haben Sie eine Besprechung mit Herrn Falejew wegen der eventuellen Einführung der Salzsteuer.«

»Gestrichen«, erwiderte Potemkin. »Wenn er kommt, bestellen Sie ihm, Ihre Majestät wünsche keine Steuereinziehungsrechte zu vergeben. Was weiter?«

»Unten in der Halle warten wie üblich ein halbes Dutzend Bittsteller ...«

»Sagen Sie ihnen, sie sollen morgen wiederkommen oder Ihnen die Bittschriften übergeben. Versichern Sie den Leuten, daß ich mich um jede einzelne selbst kümmern werde.«

»Sie wollten anschließend mit Oberstleutnant Baur dinieren. Er war in Cherson und bringt Neuigkeiten mit.«

»Das ist wichtig. Richten Sie ihm aus, ich würde mit ihm zu Abend essen.«

Popow nickte und zog sich mit einer Verbeugung zurück. »Nun, meine Damen, wie Sie sehen«, sagte Potemkin und wandte sich gutgelaunt seiner Mutter und den Nichten zu, »habe ich alles in Ihrem Sinne geregelt.«

Warwara fiel ihm um den Hals und küßte ihn. »Sie sind der beste Oheim, den es gibt...«

Ihre Haut roch nach Jugend und Frische. Einen Augenblick lang hielt Potemkin das Mädchen um die Taille gefaßt, spürte ihre feste Brust, die sich unter dem dünnen Mieder gegen die seine drückte, und jähe Hitze stieg in ihm auf. Jugend, dachte er, Unverdorbenheit, Unschuld... Bis jetzt war er Katharina treu geblieben und hatte auch nie das Verlangen gehabt, mit einer anderen Frau zu schlafen. Doch nun auf einmal erwachte der Jagdtrieb vergangener Jahre in ihm: Ein neuer Mund, den man küßte, ein neuer Körper, den man umarmte, unschuldig, zärtlich, schwer zu erobern.

Potemkin ließ Warwara los. »Der Beste«, wiederholte er, »das lasse ich gelten. Aber Oheim? Das klingt so nach Alter und Würde. Ihr solltet mich Grigorij Alexandrowitsch nennen, Mädchen, einverstanden?«

Dann ging er rasch, sich umzukleiden. Bevor er aufbrach, kritzelte er noch ein paar Zeilen auf ein Blatt Papier und bat Popow, sie Ihrer Majestät zu bringen.

»Mein Leben gehört Dir und Rußland, vergiß das nie. Und verzeih mir, wenn ich Dir weh tue. Du hast recht, mein Herz, vielleicht wäre alles einfacher, wenn wir versuchten, uns weniger zu lieben ...«

Er sah Warwaras dunkle Augen vor sich und lächelte, während er das Billett versiegelte.

Tanja fühlte sich oft einsam am ›Jungen Hof‹. Freilich war sie immer von Menschen umgeben, aber es war kaum jemand darunter, der ihr herzliche Gefühle entgegenbrachte. Einzig Paul Petrowitschs Freundlichkeit ihr gegenüber hatte sich nicht geändert. Er unterhielt sich gern mit ihr, ließ sich aus ihrem Leben erzählen und vertraute ihr sogar Dinge an, über die der krankhaft mißtrauische, verstörte junge Mensch sonst mit niemandem sprach.

Manchmal beklagte er sich auch über Natalja. »Sie ist ungeheuer verschwendungssüchtig. Ich habe Schulden – fast so viele wie dieser einäugige Teufel Potemkin. Wahrscheinlich werde ich sie erst bezahlen können, wenn ich Zar bin. Wissen Sie, manchmal glaube ich, daß mich Natalja Alexejewna gar nicht wirklich liebt. Sie sagt es zwar, aber sie zeigt es mir nicht. Und manchmal hat sie eine Art, mir über den Mund zu fahren...«

Gegen ihre Überzeugung schüttelte Tanja den Kopf. »Ihre Kaiserliche Hoheit ist temperamentvoll, das ist alles. Aber hätten Sie lieber ein Gänschen zur Frau, das Sie schweigend anbetet und Ihnen niemals widerspricht? Solch eine Ehe müßte doch sterbenslangweilig sein.« Das Gespräch fand während eines Balles im Katharinenpalais von Zarskoje Selo statt.

Der Großfürst lächelte Tanja an. »Sie haben recht wie

immer. Ich würde gern diese Sarabande mit Ihnen tanzen – obwohl ich ein sehr ungeschickter Tänzer bin. Verzeihen Sie mir im voraus, wenn ich Ihnen die Schuhe ruiniere?«

Er tanzte in der Tat erbärmlich, stieß die anderen Paare an, verwechselte die Figuren, die der Tanzmeister ansagte, und einmal trat er Tanja bei einer Drehung auf das Kleid. Es gab einen Ratscher, und ein Teil der Spitzenrüsche löste sich vom Saum.

»O Gott, wie ungeschickt!« sagte der Zarewitsch zerknirscht, doch sie lachte nur. »Das kann man reparieren.«

Sie beendeten die Sarabande, und Tanja ging quer durch den Ballsaal zur Galerie hinauf. Ihr eigenes Apartment lag im anderen Flügel; um dorthin zu gelangen, mußte sie durch eine Flucht von dunklen, meist unbenutzten Sälen und Salons. Einen Moment überlegte sie, ob sie nicht einen der Lakaien oder Zwerge, die hier überall herumliefen, bitten sollte, ihre Zofe zu holen, doch dann machte sie sich selbst auf den Weg. Ein Viertelstündchen in ihrem eigenen Salon bei geöffnetem Fenster würde ihr guttun.

Es war eine Vollmondnacht, so daß sie leicht ihren Weg durch die dunklen Zimmerfluchten fand. Aus dem Ballsaal drangen gedämpfte Musik und Stimmengewirr herauf.

So konnte es wohl geschehen, daß das Paar, das in einem der Salons auf einem Sofa lag, ihr Kommen überhörte. Erst als Tanja die Tür hinter sich schloß, fuhren die beiden auf.

»Wer, zum Teufel…«, sagte eine Männerstimme, und eine Frau schrie unterdrückt auf. Es war die Großfürstin Natalja Alexejewna, und der Mann, der sie in den Armen gehalten hatte, Graf Andrej Rasumowskij. Entsetzt versuchte Natalja ihre nackte Brust zu bedecken und die Röcke herunterzustreifen. Rasumowskij sprang auf und hüllte sich in einen dunklen Mantel, der über der Sofalehne gelegen hatte.

»Um Himmels willen, Madame Tutscharewa!«

Nataljas Augen waren dunkel vor Zorn. »Sie also! Hat man Sie uns nachgeschickt, um zu spionieren?«

»Ich bitte um Verzeihung, ich kam ganz zufällig hier herein…«

»Lügen Sie nicht! Man weiß ja, wer Sie sind. Ein Protegé Ihrer Majestät, um uns zu bespitzeln und…«

Rasumowskij legte der Großfürstin die Hand auf die Schulter. »Natalja, meine Liebe, ich bitte Sie! Es ist jetzt nicht der Moment, den Zorn der Prinzessin herauszufordern. Wenn sie ausplaudert, was sie gesehen hat…«

»Ich habe nichts gesehen«, erwiderte Tanja mit steifen

Lippen. Sie verließ den Raum, und im Hinausgehen hörte sie Natalja hysterisch schluchzen. »O Gott, Andrej, was sollen wir tun? Davonlaufen? Ich sage dir, es war ein abgekartetes Spiel. Spätestens morgen ist die Zarin informiert, und dann sperrt sie mich in ein Kloster. Oder Paul Petrowitsch bringt mich um.«

Rasumowskij erwiderte etwas Beruhigendes, was Tanja nicht mehr verstand. Als sie eine halbe Stunde später auf den Ball zurückkehrte, fand sie Natalja zwar bleich, aber in äußerlich gefaßter Haltung auf einem Sofa sitzen und mit Sir Robert Gunning und Baron Nolcken, dem schwedischen Geschäftsträger, plaudern. Im Vorübergehen verneigte sie sich leicht vor der Großfürstin, die mit unbewegter Miene zurücknickte.

Wenig später winkte die Zarin Tanja zu sich heran. »Wie hübsch Sie wieder aussehen, meine Liebe. Nun sind Sie schon so viele Wochen bei Hof, und ich habe überhaupt noch keine Gelegenheit gehabt, einige persönliche Worte mit Ihnen zu wechseln. Das müssen wir nachholen. Haben Sie Lust, morgen eine Spazierfahrt mit mir zu machen? Wir werden ganz entre nous sein.«

Lächelnd verneigte sich Tanja. »Mit dem größten Vergnügen, Majestät.«

Der von vier Trabern gezogene offene Wagen mit dem kaiserlichen Wappen wartete schon an der Rampe des Katharinenpalais, als Tanja am nächsten Morgen ins Freie trat. Die Zarin war noch nicht da, wie Tanja mit Erleichterung feststellte, denn sie selbst kam einige Minuten nach der verabredeten Zeit, und sie wußte, daß Katharina im allgemeinen eine Pünktlichkeitsfanatikerin war.

Es war nicht Tanjas Schuld, daß sie zu spät kam; die Großfürstin hatte sie, gerade als sie aufbruchbereit gewesen war, zu sich befohlen. Natalja Alexejewna hatte noch im Bett gelegen, ihr Gesicht hatte klein und elend ausgesehen, als hätte sie in der Nacht kaum ein Auge zugetan. »Es… es tut mir leid, daß ich Sie gestern so angefahren habe, meine Liebe«, hatte sie gesagt. »Bitte, glauben Sie mir, die Sache war viel harmloser, als sie den Anschein hatte. Ich gebe zu, Graf Rasumowskij… nun ja, er ist verliebt in mich und von stürmischem Temperament. Er bedrängte mich, und ich war so verblüfft, daß ich mich für einen Augenblick nicht zur Wehr gesetzt habe. Das war ein Fehler, ich weiß. Aber Sie sollten nicht mehr dahinter sehen, als wirklich geschehen ist…«

»Gewiß, Kaiserliche Hoheit«, erwiderte Tanja. »Außerdem

bin ich nicht schwatzhaft und würde mich in keinem Fall zu einer Indiskretion hergeben.«

Natalja richtete sich im Bett auf. Ihre Wangen hatten wieder etwas Farbe bekommen. »Ich möchte Ihnen eine Freude machen – sagen Sie mir, womit? Mögen Sie Schmuck?« Sie warf die Decken zur Seite und deutete auf einen Marmortisch neben dem Alkoven. »Dort steht meine Schmuckkassette. Geben Sie sie mir bitte?«

Tanja gehorchte widerstrebend. »Kaiserliche Hoheit brauchen wirklich nicht...«

»Ich will Ihnen ein Geschenk machen, und damit basta! Hier, diese Brosche, gefällt sie Ihnen?« Es war eine in ein breites Goldband mit Amethysten eingefaßte Miniatur. »Sie paßt zu Ihrem Pelerinenkleid. Stecken Sie sie an, ja?« Es blieb Tanja nichts anderes übrig, als ihr zu willfahren, und Natalja klatschte in die Hände. »Wie hübsch! Sicherlich haben Sie kostbareren Schmuck, aber das ist etwas, was Sie immer an mich erinnern wird. Und nun gehen Sie, sonst wird Ihre Majestät ärgerlich, wenn Sie zu spät kommen.«

Katharina traf wenige Augenblicke nach Tanja ein und streckte ihr die Hand hin, als sie in einem Hofknicks versank. »Guten Morgen, meine Liebe! Was für ein herrlicher Tag. Fast hätte ich Lust auf einen Ausritt gehabt, aber dann hätten wir nicht so miteinander plaudern können, wie ich es mir wünsche. Ich habe Sie vieles zu fragen.«

Sie verließen den weitläufigen Park von Zarskoje Selo nicht, deshalb begleiteten sie auch keine berittenen Gardisten. Nur der Kutscher saß auf dem Bock, und zwei Lakaien standen hinten auf dem Trittbrett der Karosse.

Die Kaiserin lehnte sich in den perlgrauen Samtpolstern zurück und spannte den Sonnenschirm auf. »In meinen Jahren muß man das Sonnenlicht meiden, obwohl ich es liebe. Aber es macht Falten. Sie brauchen gottlob noch nicht darauf zu achten. Wie machen Sie das nur? Ihre Haut ist glatt wie ein Pfirsich – beneidenswert! Ich kann schon verstehen, daß die Kavaliere meines Hofes verzückte Augen bekommen, wenn nur Ihr Name fällt.«

Tanja senkte den Kopf. »Ich bin nicht sehr auf Männerblicke aus, Majestät, das werden Sie sicherlich verstehen.«

Rasch legte Katharina ihre Hand auf die von Tanja. »Gewiß, meine Liebe. Aber eines Tages wird das doch anders werden. Das ist einer der Gründe, warum ich Sie hier haben wollte. Sie müssen auf andere Gedanken kommen. Pugatschew ist tot, und solange ich dieses Reich regiere, wird sich etwas so Grauenvolles nie wiederholen. Sie haben mir damals einen etwas konfusen und zugegebenermaßen rührenden Brief über die Kosakenunruhen in Jaizk geschrieben. Wahrscheinlich denken Sie heute auch anders darüber.«

Tanja blickte auf den Kiesweg, der zwischen Springbrunnen, Marmorfiguren und Blumenrabatten zum Alexanderpark führte.

»Ich habe Ihnen geschrieben, wie es war, Majestät. Es ist viel Unrecht geschehen; nicht von seiten der Kosaken, sondern von denen, die in Ihrem Namen und Auftrag handelten. Wenn Sie damals mit Milde reagiert und die wirklich Schuldigen bestraft hätten, dann, so denke ich, wäre es nie zu diesem entsetzlichen Aufstand unter Pugatschew gekommen. Jedermann am Jajk hätte ihn zum Teufel gejagt.«

Die Zarin hatte die Brauen gerunzelt. Ärger blitzte aus ihren Augen. »Und das sagen Sie! Sie sind doch eine Leidtragende dieses Gesindels, das sich da erhoben hat und ein Blutbad ohnegleichen anrichtete. Und warum? Aus Mordlust! Aus Zerstörungswut! Madame, Sie können unmöglich noch ein einziges, armseliges Wort der Verteidigung für diese Räuber und Verbrecher finden!«

»Es ... es war wie ein Strom, der über die Ufer getreten ist, sagte Tanja. »Das wirkliche Übel lag woanders, und es hätte an den Wurzeln gepackt werden müssen. Verstehen Sie doch: Die Masse der Kosaken lebte in größtem Elend. Man hatte sie um ihre Löhnung betrogen, man preßte sie in den Krieg...«

»Der Krieg hat uns allen Opfer abverlangt«, unterbrach die Zarin scharf. »Und vergessen Sie nicht: Nicht ich habe ihn angefangen, sondern die Hohe Pforte. Wegen einer Handvoll russischer Soldaten, die polnische Rebellen über die türkische Grenze hinaus verfolgten ...«

»Ich habe einen dieser Polen kennengelernt«, sagte Tanja zögernd und blickte Katharina an. »Majestät, ich hatte nicht oft die Gnade, mit Ihnen über derlei Dinge zu sprechen – nur damals vor Jahren, als Sie meinen Mann in Bjely Dom besuchten. Aber ich weiß, was er von Ihren Zielen und Plänen erzählte, er und Graf Dobrynin und Alexej Orlow und all die anderen... Ich weiß von den Gesetzen, die Sie schaffen wollten, um Rußland mehr Freiheit und mehr Gerechtigkeit zu geben.«

»Das will ich auch jetzt noch«, erwiderte die Kaiserin. »Für jeden anständigen Menschen, der bereit ist, sich in die allgemeine Ordnung einzufügen. Aber nicht für Räuber und Aufrührer. Für sie kommt nur die Anwendung der strengsten Strafen in Betracht. Das nenne ich das Übel an der Wurzel ausrotten. Keine Gnade für jemanden, der den Umsturz will, sondern eine starke Hand, die derlei Umtriebe im Keim erstickt, und zwar auf eine Weise, daß jedem Hitzkopf die Lust vergeht, Revolution spielen zu wollen.«

Sie blickte Tanja von der Seite an. »Aber lassen wir das, meine Liebe. Ich habe Sie sehr gern, ich halte Sie für eine ausgesprochen kluge Person, aber von Politik verstehen Sie nichts.«

Tanja erwiderte nichts darauf, und die Kaiserin schien auch keine Antwort zu erwarten, denn sie fuhr fort: »Übrigens habe ich mit Freuden bemerkt, daß der Thronfolger Ihnen besondere Sympathien entgegenbringt. Und die Großfürstin? Mit ihr verstehen Sie sich weniger gut, was? Sagen Sie es ruhig, sie ist eine Gans. Auch ist die Ehe wohl nicht so glücklich, oder?«

»Ich weiß nur, daß Seine Kaiserliche Hoheit sehr verliebt in seine Gemahlin ist…«

»Das weiß alle Welt. Aber sie… Es sollte mich nicht wundern, wenn sie ihm Hörner aufsetzt.« Es sollte beiläufig klingen, aber als Tanja die Kaiserin ansah, entdeckte sie hinter dem scheinbar harmlosen Blick gespannte Aufmerksamkeit.

»Ich weiß es nicht, Kaiserliche Majestät. Ich kümmere mich um meinen Dienst und nichts sonst.«

»Das sollten Sie aber nicht. Es ist immer nützlich, Augen und Ohren offen zu halten.«

Sie hatten einen See erreicht, und dahinter nahm ein schattiger Waldweg sie auf. Die Zarin klappte ihren Schirm zu. Dann sagte sie entschlossen: »Ich liebe keine Winkelzüge. Ich brauche eine vertrauenswürdige Person, durch die ich erfahren kann, was am Jungen Hof vorgeht. Natalja brennt darauf, Zarin zu werden. Das ist überhaupt der einzige Punkt, in dem sie mit Paul Petrowitsch einer Meinung ist. Ihm gebührt der Thron, und ich habe mich zurückzuziehen. Deshalb ist es mir wichtig, daß Sie das Vertrauen des Thronfolgers besitzen. Meinetwegen schlagen Sie in seine Kerbe, wenn er seinem Haß auf mich Luft macht. Um so eher wird er Sie in alles einweihen, was in seinem verrückten Kopf vorgeht. Ich traue ihm und Natalja durchaus zu, daß sie einen Umsturz anzuzetteln versuchen, und das muß ich rechtzeitig in Erfahrung bringen.«

»Haben Sie mich deshalb an den Jungen Hof gerufen?«

»Zum Teil. Und jetzt seien Sie keine Närrin und bitten um sofortige Entlassung aus Ihrem Dienst; Sie sind nicht meine einzige Informantin, es gibt genügend andere, aber Sie erscheinen mir als die vertrauenswürdigste. Sie müssen nur zusehen, auch mit Natalja Alexejewna auf vertrauten Fuß zu kommen. Herrgott, Madame Tutscharewa, sehen Sie mich nicht so entsetzt an. Als ich Großfürstin von Rußland war, war ich von einem Heer von Spitzeln der Kaiserin Elisabeth umgeben, so etwas gehört dazu. Ich versichere Ihnen, was Sie mir auch sagen, wird nicht zum Schaden des Großfürstenpaares verwendet werden; ich will nur vermeiden, daß die beiden Dummköpfe irgend etwas anrichten.«

Tanjas erster Impuls war ein klares Nein. Sie eignete sich nicht zur Denunziantin. Andererseits war sie inzwischen lange genug bei Hof und wußte, zu welchen Torheiten sowohl der Großfürst als auch Natalja fähig waren oder sich anstiften ließen, wenn es jemand nur geschickt genug anfing. In diesem Sinn verstand sie die Unruhe der Zarin. Dennoch, ein übler Nachgeschmack blieb, und deshalb sagte Tanja nur vorsichtig: »Ich bin nicht sicher, Majestät, ob sich am Jungen Hof wirklich Dinge von Bedeutung ereignen, und noch weniger, ob ich sie erfahre. Aber Sie können auf meine Loyalität bauen. Wenn es etwas gibt, das Sie oder das allgemeine Staatswohl schädigen könnte, werde ich meine Pflicht kennen.«

Katharina nickte lächelnd. »Ich bin Ihnen sehr gewogen, meine Liebe, trotz der kleinen politischen Meinungsverschiedenheiten, die wir eben hatten. Sie haben jederzeit bei mir Zutritt und brauchen sich nur ganz formlos bei der Gräfin Bruce oder einem meiner Privatsekretäre melden zu lassen.«

Zwei Wochen nach jener Ausfahrt wurde Tanja eines Nachmittags unvermutet zur Zarin befohlen.

Katharina empfing Tanja in ihrem privaten Salon. Potemkin und Warwara Engelhardt waren bei ihr, und schon bei ihrem Eintritt merkte Tanja, daß die Zarin sehr aufgebracht war Sie bot ihr auch keinen Platz an, sondern fuhr sogleich auf sie los:

»Wie lange sind Sie jetzt Ehrendame bei der Großfürstin? Seit Ende Juli, wenn ich nicht irre. Und in all der Zeit wollen Sie es nicht bemerkt haben, daß sie ein Verhältnis mit Graf Andrej Rasumowskij hat?«

Tanja knöpfte den leichten Samtmantel auf, den sie über ihrem resedafarbenen Tuchkleid trug. »Doch, ich wußte es. Aber...«

»Hat die Großfürstin Sie bestochen, daß Sie den Mund gehalten haben? Und wenn ja – womit?« Das war Potemkin. Er saß auf einem der weißlackierten Stühle, so groß und massig, daß man meinte, das zierliche Möbel werde unter ihm zusammenbrechen.

Tanja wandte sich ihm zu und konnte ein Lächeln nicht unterdrücken. »Ich bin nicht bestechlich, Exzellenz. Außerdem – das dürfte Ihnen bekannt sein – sind meine Vermögensverhältnisse derartig, daß keine noch so große Summe…«

»Ich sprach nicht von Geld. Es gibt Versprechungen anderer Art. Orden, besondere Ämter…«

»Die Großfürstin hat mir nichts dergleichen angeboten. Es wäre auch umsonst gewesen. Ich bin nicht ehrgeizig.«

»Und warum haben Sie dann geschwiegen?« fragte Katharina in etwas milderem Ton.

»Vergebung, Majestät, aber ich hasse Tratsch, der nichts einbringt, als anderen Menschen Kummer zu machen. Der Großfürst liebt seine Gemahlin. Wenn er von Graf Rasumowskij erfährt – ich weiß nicht, wozu er fähig ist.«

»Der Großfürst, der Großfürst!« wiederholte die Kaiserin gereizt. »Natürlich hätte man es ihm verheimlichen müssen. Ihre Pflicht wäre gewesen, mit Ihrem Wissen zu mir zu kommen. Sagen Sie der Großfürstin, daß ich sie noch vor der Cour zu sprechen wünsche.«

Katharinas blaue Augen blitzten in aufrichtiger Empörung. Offenbar hatte sie vergessen, daß auch sie als Thronfolgerin Affären mit Männern gehabt hatte: Saltykow, Poniatowskij, Orlow…

Tanja verneigte sich. »Darf ich mich dann zurückziehen, Kaiserliche Majestät.«

Katharina nickte kühl. »Und kein Wort zur Großfürstin. Gnade Ihnen Gott, wenn sie von Ihnen gewarnt wird. Ich will, daß sie unvorbereitet kommt!«

Sie war entschlossen, Natalja Alexejewna eine fürchterliche Szene zu machen. Aber kaum hatte sie ihr die Affäre mit Andrej Rasumowskij auf den Kopf zugesagt, brach Natalja in Tränen aus und fiel der Zarin zu Füßen. »Gnade, Majestät, Gnade! Ich weiß, daß ich strengste Bestrafung verdient habe, und ich habe meinen Fehltritt auch schon tausendmal bereut. Ich schwöre, ich werde den Grafen Rasumowskij in Zukunft keines Blickes mehr würdigen. Nur, bitte, lassen Sie meinen Gemahl nichts davon erfahren!«

Katharina wich zurück, um Nataljas Umklammerung zu entkommen. »Stehen Sie auf und lassen Sie die Flennerei. Ich mag solches Theater nicht.«

Aber Natalja blieb knien und hörte nicht auf, sich anzuklagen. Und dann verfiel sie auf die widerlichste Masche: Sie begann, ihren Mann zu bedauern, der sie doch liebe und den es umbringen würde, wenn er von ihrem Treuebruch erfuhr. »Ach, und gerade jetzt, wo ich Gewißheit erhalten habe ... wo ich es ihm sagen wollte und seine Freude sehen...«

»Was wollten Sie sagen? Worüber haben Sie Gewißheit?« fiel ihr Katharina ins Wort.

»Ich bin schwanger. Dr. Boerhave hat es mir gestern bestätigt. Das Kind soll im Frühjahr zur Welt kommen, und so Gott will, ist es ein Sohn.«

»Andrej Rasumowskijs Sohn?« fragte die Zarin kalt.

Natalja hob ihr tränenüberströmtes Gesicht. Diesmal schien sie nicht zu lügen. »Nein, der meines Mannes. Ich will auf der Stelle sterben, wenn es nicht die Wahrheit ist. Als ich das Kind empfing, war Rasumowskij mir noch nicht zu nahe getreten. Und zuvor habe ich keinem anderen Mann gehört als Paul Petrowitsch.«

Katharina ging zu einem Sofa und setzte sich. Ein Enkel! Jemand vielleicht, den sie dieser kindischen, unreifen, eigensüchtigen Mutter fortnehmen könnte, um ihn nach ihren Vorstellungen zu formen und zu erziehen. Ein kleines Geschöpf, das die Enttäuschung ausmerzen konnte, die ihr das eigene, von Peter III. geborene Kind seit Jahren bereitete. Vielleicht war es dann möglich, Paul, der zu nichts Großem fähig war, in der Thronfolge zu übergehen und diesem Kind die Kaiserkrone zu vererben.

»Stehen Sie auf«, wiederholte die Kaiserin. »In Ihrem Zustand können Aufregungen schädlich sein. Sie tragen den Thronfolger des russischen Reiches unter Ihrem Herzen – und gnade Ihnen Gott, wenn Sie ab heute irgend etwas tun, was das Leben und die Gesundheit dieses Kindes gefährdet. Ich frage Sie noch einmal: Es ist ein legitimes Kind, mein Enkelkind, von meinem Sohn gezeugt?«

Natalja erhob sich schwerfällig. »Ich schwöre es bei meiner Seele Seligkeit und bei der meiner Mutter. Es ist ein neues Kind von Rußland. Ein Romanow.«

»Dann will ich Ihnen alles vergeben«, sagte die Zarin, und seit der Hochzeit war es das erstemal, daß sie Natalja an sich zog und auf beide Wangen küßte.

Bjelkin schrieb aus Bjely Dom, daß er eine neue Schule und eine neue Färberei errichtet habe, beide seien schon in Betrieb genommen, ob Tanja nicht kommen möge, sie anzusehen. Sie bat ihren Sekretär Kabanjew, statt ihrer zu antworten und Bjelkin für seine Arbeit zu danken. Von einem Besuch erwähnte sie nichts . Aber sie gab Kabanjew Anweisung, dafür Sorge zu tragen, daß auf ihren anderen Landgütern ebenfalls Schulen eingerichtet würden, außerdem einige Werkstätten, um die Leibeigenen außer der Feldarbeit ein Handwerk erlernen zu lassen, für das sie dann entlohnt würden.

Doch bei allem, was sie tat und anordnete, war Tanja nur mit halbem Herzen. Sie erfüllte ihre Pflichten, um das riesige Erbe, das Boris Tutscharew ihr hinterlassen hatte, in seinem Sinne zu verwalten, und sie betäubte sich. Die Wintersaison in St. Petersburg war anstrengend. Es gab, wie jedes Jahr, Troikarennen auf der Newa. Man fuhr in die nahen Wälder zur Bärenhatz, seit dem Tatjana-Tag jagte ein Maskenfest das andere, und man kam nie vor den frühen Morgenstunden ins Bett. Aber all dies ließ die Tage dahingehen und verhinderte, daß man grübelte und zurückdachte an die Zeit, da Pawel des Morgens in ihr Schlafzimmer gestürmt war: »Maman, wir wollen mit der Troika in die Steppe fahren. Sie haben es gestern versprochen. – Maman, Rodja will mir einen Schneemann bauen, und Sie müssen ihm erlauben, daß er ihm einen von seinen Kutschermänteln umhängt und eine Pelzmütze auf den Kopf setzt, das sieht so lustig aus.«

Es verhinderte, daß man an die Insel im Strom dachte, zu der sie mit Andrej so oft geschwommen war, an den Ausdruck seiner Augen, wenn er sie küßte, an das Zimmer im ›Adler‹ da sie einander geliebt hatten, oder an den weiten Himmel über der Steppe, der sich in seinen Augen spiegelte, wenn sie nebeneinander lagen und er davon sprach, daß er sie heiraten wolle.

Es verdrängte auch die Erinnerung an die Toten im Ahornbaum vor der Bjely Domer Freitreppe und an die zwei riesigen Steine mit den Namen der Gestorbenen auf dem Friedhof und Irina Bjelkinas weltentrücktes Lächeln: »Mein Wassja hat rote Hosen an und darüber eine Burka wie ein kleiner Kosak.«

Hierzu kam, daß sich mit fortschreitender Schwangerschaft der Zustand der Großfürstin verschlechterte. Das machte sie mürrisch, gereizt und oftmals zu einer wahren Plage für ihre Umgebung. Sie benahm sich wie ein ungezogenes Kind und tyrannisierte ihren ganzen Hofstaat, so daß schließlich jeder den Tag ihrer Niederkunft inbrünstig herbeisehnte.

Es wurde eine grauenvolle Geburt. Natalja Alexejewna lag vierzig Stunden in den Wehen, und kaum jemand hätte der zarten, blassen, ewig jammernden Frau soviel Lebenskraft zugetraut, dies durchzustehen. Sie lag in ihrem breiten Alkovenbett, über sich den samtenen Betthimmel mit dem eingestickten Zarenadler, und schrie und schrie.

Es war in der Morgendämmerung, als das Kind geboren wurde, und es war ein kleines Mädchen, blau und jämmerlich. Dr. Boerhave holte es und hielt es mit dem Köpfchen nach unten, und die Zarin selbst schlug auf das kleine Hinterteil, damit das Baby zu schreien begänne, aber es tat nur ein gurgelndes Wimmern, dann war es tot.

Natalja überlebte ihre Tochter um wenige Stunden, in denen sie nicht mehr das Bewußtsein zurückerlangte. Sie starb zur Zeit des Mittagläutens. Bis dahin hatte man Paul Petrowitsch nicht zu ihr gelassen und ihm auch verheimlicht, daß sein Kind tot war. Jetzt ging Katharina selbst, es ihm zu sagen.

Sekundenlang saß Paul wie erstarrt. Dann sprang er mit einem wilden Schrei auf und stürzte zu Nataljas Schlafzimmer hinüber.

»Hinaus!« brüllte er die Ärzte an, die noch um das Bett versammelt waren, und die Kammerfrauen, die die blutigen Laken auswechseln und den Leichnam des kleinen Babys der Toten in den Arm legen wollten. »Alle hinaus! Laßt mich allein!«

Wer nicht schnell genug den Raum verließ, nach dem stieß er mit den Fäusten oder versetzte ihm Stiefeltritte. Dann verschloß er die Tür und fiel vor Nataljas Bett in die Knie. Er umfaßte ihren schlaffen, noch warmen Körper, legte seine Wange an ihr Haar und weinte wie ein Kind. Von draußen konnte man ihn betteln hören: »Sieh mich doch an, mein Herz! Du bist nicht tot. Ich weiß, sie haben es nur gesagt, um mir weh zu tun. Bitte, sieh mich an. Sag ein einziges Wort zu mir. Natalja, Nadjuschenka, bitte…«

Als nach einer Stunde Tanja durchs Schlüsselloch spähte, weil die Zarin sie darum gebeten hatte – »… auf Sie hört er vielleicht. Bewegen Sie ihn dazu, daß er die Tür öffnet« –, sah sie ihn auf dem Bett sitzen, die Tote auf dem Schoß. Er wiegte sie wie ein Kind hin und her und versuchte, sie mit seinem Uniformrock zu wärmen. Ihre Füße hatte er in eine Decke gewickelt.

Tanja klopfte an die Tür. »Kaiserliche Hoheit, bitte öffnen Sie. Ich bin es, Tanja Iwanowna. Lassen Sie mich ein.«

Stille. Eine kleine Ewigkeit verging, bis man von drinnen Schritte hörte und die Tür aufgeschlossen wurde. Der Thronfolger stand im Rahmen, und er hatte Natalja immer noch auf den Armen.

»Kommen Sie«, sagte er mit brüchiger Stimme. Als Tanja

eintrat, schloß er die Tür wieder hinter ihr ab, ehe er mit Natalja zum Bett zurückkehrte.

»Sie will mich nicht ansehen«, sagte er weinerlich. »Und sie gibt mir auch keine Antwort, so sehr ich darum bitte. Glauben Sie, daß sie ohnmächtig ist? Kann ein Mensch denn so lange ohnmächtig sein?«

Tanja senkte den Blick. »Nein, Kaiserliche Hoheit. Sie ist tot und ihr Kind auch. Ich bitte Sie, lassen Sie geschehen, was nun geschehen muß. Man muß Natalja Alexejewna aufbahren, mit der kleinen Prinzessin zusammen. Sie ist im Nebenzimmer. Wollen Sie sich das Baby nicht wenigstens ansehen?«

Er gab zunächst keine Antwort, sondern starrte mit flackernden Augen auf die stille Gestalt in seinen Armen. Dann legte er sie mit einer Geste unendlicher Sanftheit in ihr Bett zurück und deckte sie zu. Tanja dachte schon, sie hätte gewonnen, doch da sagte er: »Sie ist so furchtbar kalt. Man muß das Feuer im Ofen schüren. Gehen Sie, und sagen Sie dem Ofenheizer Bescheid. Wenn es hier richtig warm ist, wird sie schon wieder erwachen.« Und als Tanja nicht sofort reagierte, schrie er mit überkippender Stimme: »So gehen Sie doch, zum Teufel! Das ist ein Befehl! Oder wollen Sie meine Frau umbringen? Soll sie erfrieren?«

Tanja gehorchte, und wenige Augenblicke später kam Bulawkin, der Ofenheizer, herein. Er warf einen scheuen Blick auf Paul Petrowitsch und die Tote auf dem Bett, ehe er aus dem neben dem Ofen stehenden Korb große Scheiter Buchenholz auf das Feuer warf. »Mehr«, sagte Paul Petrowitsch, »mehr, so viele, wie hineingehen. Und dann kommst du und legst alle halbe Stunden nach.«

Bulawkin rannte fast aus dem Zimmer, und als Tanja ihm langsam folgen wollte, hielt der Zarewitsch sie zurück. »Bitte, bleiben Sie. Es wird Natalja Alexejewna freuen, Sie zu sehen, wenn sie aufwacht.«

Das Mitleid schnürte Tanja die Kehle zu. Sie nahm seine Hände. »Ich wünschte, Sie hätten recht, Kaiserliche Hoheit. Aber begreifen Sie doch endlich – sie wird nie wieder aufwachen, nicht in dieser Welt!«

Der Blick seiner Augen wandelte sich. Es schien, als dränge endlich etwas von dem, was sie sagte, in sein Bewußtsein. »Tot?« fragte er tonlos. »Sie ist … wirklich…« Dann warf er sich mit einem Aufschluchzen über die Leiche. »O mein Gott, Natalja, nein…«

Das Weinen stieß seinen mageren Körper, und Tanja mußte sich abwenden, weil sie es nicht ertrug, ihn so zu sehen, so bar aller Beherrschung und wahrscheinlich auch keinem Trost zugänglich.

Erst nach einer langen Weile brachte sie es über sich, ihn an der Schulter zu berühren. »Kaiserliche Hoheit, ich bitte Sie, fassen Sie sich ein wenig. Wir alle sind zutiefst erschüttert. Erst das Kind und nun diese junge, lebensfrohe Frau.«

Er fuhr auf. »Das Kind... das Mörderbalg! Es hat sie umgebracht. Und was haben Sie vorhin gesagt? Man müsse sie zusammen aufbahren? Niemals! Sie bleibt hier, und ich werde die Totenwache bei ihr halten, ich ganz allein. Das Mörderbalg aber soll man verscharren, wo man will. Ich hasse es noch im Tod! Es hat mir das Liebste genommen, was ich besaß.«

Er bedeckte Nataljas Gesicht, ihre Hände mit Küssen, und dann sprang er plötzlich mit einem unartikulierten Schrei auf, stürzte zum Fenster und riß die Flügel weit auf. Er stand schon auf dem niedrigen Fenstersims, als Tanjas Hilferuf die draußen Wartenden alarmierte. In letzter Sekunde gelang es, den Zarewitsch zurückzureißen.

Er wehrte sich wie ein Besessener. »Laßt mich. Natalja ist tot. Was habe ich jetzt noch? Ich will mit ihr sterben und mit ihr begraben werden.«

Man gab dem Thronfolger eine ziemlich starke Dosis Laudanum, die ihn endlich ruhig, fast apathisch werden ließ. Er gestattete, daß man Natalja wusch und umkleidete und schließlich fortbrachte.

Den ganzen Tag über kam er nicht in den St.-Georgs-Saal, wo man Natalja mit ihrem toten Kinde aufgebahrt hatte. Er schloß sich in ihrem Zimmer ein.

Rittmeister Myschkin, der an diesem Tage der Wachhabende Offizier war, kam zu Tanja. »Ich habe Angst. Vielleicht tut er sich doch noch etwas an.«

Tanja, übernächtigt und von den Ereignissen mitgenommen, rannte mit fliegenden Röcken über den Korridor. Sie klopfte an die Tür von Nataljas Boudoir. »Kaiserliche Hoheit?«

Er öffnete die Tür nur einen Spaltbreit. »Ach, Sie sind es. Nein, lassen Sie mich – ich möchte allein sein.« Als er die unausgesprochene Sorge in ihren Augen sah, fügte er hinzu: »Haben Sie keine Angst, ich bin jetzt ruhiger. Aber ich will eine Weile hier sein, wo sie gelebt hat. Ich will mir ihre Kleider ansehen, ihr Parfüm, ihre Schminktöpfchen... alles, was sie in Händen gehalten hat. Verstehen Sie das?«

Und dann ereignete sich etwas Entsetzliches in der Nacht im

St.-Georgs-Saal, wo Natalja in ihrem mit weißem Samt ausgeschlagenen Sarg lag.

Ihre Kammerfrauen hielten die Totenwache, auf den Stufen vor dem Katafalk knieten drei Mönche aus dem Newskij-Kloster.

Es war sehr still in dem riesigen Saal. Man hörte nur die geflüsterten Gebete, das Knistern der langsam herunterbrennenden Kerzen und hin und wieder einen Seufzer der Frauen.

Mit erschrockenen Mienen fuhren sie auf, als man von draußen hastende, hallende Schritte vernahm. Die breitflügelige Tür an der Längsseite des Saales, dem Katafalk gegenüber, flog auf. Paul Petrowitsch trug einen bodenlangen Mantel, der offen hinter ihm herflatterte, darunter Hemd und Kniehosen. »Aus dem Weg!« schrie er, als er die Mönche auf den Stufen knien sah. Zwei von ihnen stieß er mit eigener Hand beiseite, mit einer Kraft, wie man sie seinem mageren, kleinwüchsigen Körper gar nicht zugetraut hätte. Der dritte sprang auf und versuchte, sich schützend vor den offenen Sarg zu stellen. Einen Augenblick lang sah es aus, als wolle Paul Petrowitsch sich auf ihn stürzen, dann ließ er die schon erhobenen Arme sinken. »Geh zur Seite, Bruder, bat er mit einer jäh veränderten, monotonen Stimme. »Ich will sie mir ja nur noch einmal ansehen, die dreckige Hure, die mich belogen und betrogen hat. Und ich will ihr die Briefe ihres Galans in den Sarg legen. Dort sollen sie mit ihr begraben werden.«

Er zog ein Bündel Papiere aus der Manteltasche. »Weißt du, Bruder, wer sie geschrieben hat und wo meine Frau sie aufbewahrte? In einem Geheimfach ihres Sekretärs, zusammen mit getrockneten Blumen und von einem rosa Seidenband umwunden. Es sind Briefe, die ihr Graf Rasumowskij schrieb. Kennst du ihn, Bruder? Nein? Er ist ein schöner Mann, von großer Gestalt, mit kräftigen Muskeln und feurigen Augen. Nicht eine so traurige Erscheinung wie ich.«

Seine Finger zitterten, als er eines der Blätter entfaltete. »Meine Geliebte, die Nacht mit Dir war wundervoll. Ich küsse Dich, Deinen Mund, Deinen Hals, Deinen ganzen herrlichen Körper...« – Oder hier: »Ach, daß es nur eine Stunde war, die wir uns lieben konnten. Aber sie ist unvergeßlich, mein Engel. Ich werde immer verrückter nach Dir. Wann sehe ich Dich wieder? Ich bin toll vor Leidenschaft. Wenn ich daran denke, daß diese Mißgeburt Dich mit dem Recht des Gatten umarmt... Ich kann verstehen, daß Du nicht nur Abscheu vor ihm hast, sondern auch Angst. Es ist ja kein Geheimnis, daß er geistig zurückgeblieben ist, grausam und jähzornig...«

Der Großfürst brach ab und senkte den Kopf. Er zitterte und preßte die Kiefer wie im Krampf aufeinander. Dann starrte er auf das tote kleine Kind in den Armen seiner Frau.

»Ja«, murmelte er, ohne die Stimme zu heben, »du bist meine Tochter. Rasumowskijs Kind wäre ein kräftiger, lebensfähiger Sohn geworden, das ist ganz sicher, nicht so ein jämmerliches Wesen wie du. Meine arme kleine Prinzessin von Rußland, du bist so ganz nach mir geraten. Häßlich, schwächlich – eine Mißgeburt, wie Rasumowskij sagte. Vergib mir, daß ich dich in meinem ersten Schmerz für den Tod deiner Mutter verflucht habe. Du hast mich gerächt, und das ist gut. Huren gehören auf die Straße, aber nicht in den Zarenpalast. Und wenn eine Hure den künftigen Kaiser zum Hahnrei macht, ist es nur recht und billig, wenn sie krepiert.«

»Kaiserliche Hoheit…« Einer der Mönche zupfte ihn am Ärmel. »Wir sind hier im Angesicht des Todes…«

Paul Petrowitsch nickte ein paarmal wie eine Marionette. »Gewiß, gewiß, ich gehe auch schon wieder. Ich wollte ihnen nur eine Leichenrede halten, meiner Frau und meinem Kind. Und ich wollte dies da…« – er hob die Briefe, zerriß sie in kleine Fetzen und streute sie wie Blumenblätter über die tote Natalja – »… Ihrer Kaiserlichen Hoheit, der Hurengroßfürstin, mit ins Grab geben. Es wird ihr Freude bereiten.«

Er blickte in die Runde, in die entsetzten, furchtsamen Gesichter der Kammerfrauen, lächelte – ein gespenstisches Lächeln mit leeren Augen – und verneigte sich wie ein Menuettänier nach allen Seiten. Dann verließ er den Saal.

Von diesem Tage an war er starr, kalt, in sich gekehrt. Er sprach kaum und verbrachte die meiste Zeit in seinen Privatgemächern, wo er dumpf brütend vor sich hinstarrte. Die wenigen offiziellen Pflichten, die ihm oblagen, nahm er nicht wahr. Wenn jemand ihn sprechen wollte, ließ er ihn nicht vor, und selbst Panin und die Kaiserin wurden abgewiesen.«

»Er wird Zeit brauchen, sagte Panin. »Eines Tages wird er den Schock überwunden haben, Majestät. Freilich ist nicht gesagt, daß man es danach mit ihm leichter hat.«

Katharina seufzte. Mehr denn je fürchtete sie, daß ihr Sohn völliger geistiger Umnachtung anheimfiele. Diese widernatürliche Lethargie war beängstigend. Man mußte ihn da herausreißen, um jeden Preis. »Vielleicht wäre es das beste, ihn so bald als möglich wieder zu verheiraten«, sagte sie nachdenklich.

Der Außenminister schüttelte skeptisch den Kopf. »Er ist ein gebranntes Kind. Ob man ihm eine neue Ehe gerade jetzt schmackhaft machen kann?«

»Ach, er war immer sprunghaft in seinen Launen.« Katharina blickte an ihm vorbei. Natalja war tot, das Kind auch – es hatte keinen Sinn, lange Klagelieder darüber anzustimmen; nun mußte man an die Zukunft denken. Sie wollte Enkelkinder haben, Enkelsöhne, je mehr, desto besser.

»Ich werde mich in dieser Angelegenheit an Prinz Heinrich, den Bruder des preußischen Königs, wenden. Welch ein Glück, daß er noch vor Nataljas Tod hier eintraf. Sonst hätte er seinen Besuch der Trauer wegen möglicherweise verschoben. So aber kann man alles Weitere gleich hier mit ihm besprechen. Er mag sich mit seinem königlichen Bruder in Verbindung setzen, ob er eine geeignete Partie für den Thronfolger empfehlen kann.« Sie richtete sich auf. »Zuerst allerdings muß Paul Petrowitsch, dieser tête à l'envers, wieder einigermaßen zu Verstand kommen. Man darf ihn nicht mehr sich selbst überlassen. Eine hübsche junge Geliebte könnte ihn ablenken und ihn auch wieder Geschmack an den ehelichen Freuden gewinnen lassen. Sagen Sie, er hat Madame Tutscharewa doch recht gern?«

Panin runzelte die Stirn. »Das ist offensichtlich. Aber ob seine Zuneigung so weit geht – und vor allem, ob die Tutscharewa sich dazu hergäbe...«

»Nun, dann muß jemand anders her. Die Großfürstin hat eine Menge hübscher junger Hofdamen – und ich auch. Reden Sie doch einmal mit Kutaizow oder Kurakin, seinen beiden Adjutanten, die kennen den Geschmack meines Sohnes besser als wir. Sie sollen Vorschläge machen.«

In der Nacht sprach Katharina mit Potemkin darüber. Grigorij Alexandrowitsch hatte getrunken. Er trank neuerdings wieder viel, bevor er über die mit grünen Teppichen ausgelegte Geheimtreppe kam, die von seiner Wohnung in Katharinas Schlafzimmer führte.

»Grischa« sagte die Zarin, während Potemkin in einem Sessel lehnte, die Beine weit von sich gestreckt und, wie es häufig seine Art war, nackt unter einem schwarzen Seidenmantel, dessen Gürtelenden er nachlässig verknotet hatte. »Grischa, ich glaube, du hörst mir gar nicht zu.«

Er blickte sie aus glasigen Augen an. »Doch, Matuschka. Du willst deinen verdammten Paul Petrowitsch wieder verheiraten – an eine kräftige, gebärfreudige deutsche Prinzessin, damit du ein glückliches Großmütterchen wirst.«

»Wirst du mir helfen, Paul eine neue Ehe schmackhaft zu machen? Vielleicht sollte man ihn zuvor auf Reisen schicken, damit er auf andere Gedanken kommt. Oder – darüber sprach ich schon mit Panin – man sollte ihm eine junge Geliebte verschaffen. Sag, was hältst du von deinen Nichten? Alexandra oder Warwara ... Sie hätten das richtige Alter und sind beide bildhübsch...«

Einen Moment starrte er sie an. Dann verengte sich sein gesundes Auge zu einem schmalen Schlitz. »Bist du wahnsinnig?«

»Nun, hinterher könnte man sie gut verheiraten. Für eine Aussteuer, die sich mit der einer Dolgorukij oder einer Trubetzkoj messen kann, würde ich schon sorgen.« Sie verstummte und schrie unterdrückt auf, weil er nach ihr griff und sie schüttelte. Sein Gesicht war weiß vor Zorn.

»Bei Gott, das wirst du nicht tun! Warwara, dieses bezaubernde, unschuldige Geschöpf, oder auch Alexandra...« fügte er hinzu. Die bloße Vorstellung machte ihn rasend. Warwara, von der er manchmal träumte, ihr schmaler junger Körper auf seinem Bett, Erregung, Erwartung, in den großen feuchtschimmernden Augen... Sie sollte die Geliebte des Großfürsten werden?

»Laß mich los«, sagte Katharina erschrocken. »Himmel, es war doch nur ein Gedanke. Wenn nicht sie, dann irgendeine andere. Grigorij, wohin willst du?«

Er hatte sich abgewandt. »Ins Bett. In mein Bett, allergnädigste Kaiserin. Mir ist die Lust auf weitere Gespräche vergangen.«

Sie lief ihm nach. »Nein, bitte bleib! Tagelang haben wir kaum eine Stunde für uns gehabt. Laß mich jetzt nicht allein.«

»Eben – Tage, an denen wir kein privates Wort wechseln konnten. Und da fängst du ausgerechnet jetzt von deinem Sohn an und mit wem du ihn verkuppeln könntest.«

Sie legte ihm die Arme um die Hüfte. »Verzeih«, sagte sie demütig. »Es war dumm von mir. Aber du kennst mich doch. Mir gehen oft so viele Dinge im Kopf herum, und dann will ich sie gleich mit dir besprechen. Aber heute, das schwöre ich, wollen wir nicht mehr davon reden. Ich will nur für dich dasein – und du für mich, ja?«

Sie war jetzt über ein Jahr seine Geliebte, und sie begehrte ihn nach wie vor mit der Leidenschaftlichkeit ihrer ersten Nacht. Und er? Er hatte zwölf Jahre lang davon geträumt, sie zu besitzen. Nie hätte er gedacht, daß ihre körperliche Anziehungskraft auf ihn eines Tages nachlassen könnte. Aber es war so. Wie oft schon hatte er in letzter Zeit Arbeit oder eine Unpäßlichkeit vorgeschützt, um nicht mit ihr schlafen zu müssen, oder einen

Streit vom Zaun gebrochen. Und wie oft schon hatte er an Warwara gedacht, wenn er Katharina von Rußland umarmte.

Er dachte auch in dieser Nacht an sie, und die Trunkenheit machte es ihm leicht. Das war auch einer der Gründe, warum er neuerdings so viel trank. Aber er wußte, eines Tages würde er trotzdem mit Warwara schlafen oder mit irgendeiner anderen Frau. Er liebte Katharina, aber er war zur körperlichen Treue nicht fähig. Der Rausch war abgeebbt, die Leidenschaft verflogen.

Und dennoch – er konnte Katharina nicht aufgeben, nicht wegen der Macht, die er durch sie hatte.

»Liebster, o mein Geliebter«, flüsterte Katharina unter ihm, während er ihre Brüste küßte und dabei an Warwara dachte. Und dann schrie sie auf und umklammerte ihn und warf ihm ihren Leib entgegen, und er schloß die Augen, um ihr in der Lust entrücktes Gesicht nicht ansehen zu müssen.

Warwara für mich, dachte er, und für sie irgendeinen jungen strammen Kerl, der ihr Befriedigung verschafft und der gleichzeitig mein Geschöpf wäre, Wachs in meiner Hand, nicht zu dumm, um sie zu langweilen, und nicht zu klug, um sich mir zum Feind zu machen! Einer, der mich außer im Bett nicht bei ihr ersetzen kann. Wenn sie nur nicht so verdammt treu wäre! Wenn man sie dazu brächte, den ersten Schritt zu tun. Dann könnte ich ihr verzeihen, Verständnis heucheln – und wir würden unser Verhältnis zueinander neu ordnen. Dann hätten wir uns gegenseitig nichts vorzuwerfen.

Es war nur die Frage, wie man so etwas bewerkstelligte, ohne sich selbst in Gefahr zu begeben…

Grigorij Alexandrowitsch Potemkin wollte darüber nachdenken.

Es geschah ein paar Tage später, daß er ein Lächeln der Kaiserin auffing. Es galt Zawadowskij, einem ihrer Kabinettssekretäre. Potemkin kannte ihn recht gut. Er war ein Priestersohn aus der Ukraine, hatte im Krieg unter General Rumjantzow gedient und sich durch große Tapferkeit ausgezeichnet.

Es war an einem Abend in Oranienbaum, das Prinz Heinrich von Preußen während seines Besuches in Petersburg bewohnte, und er hatte zu Ehren der Kaiserin und Potemkins ein Konzert veranstaltet, in dem der berühmte französische Violinvirtuose Joly auftrat. In einer Pause hatte Katharina Zawadowskij herangewinkt und ihm etwas zugeflüstert; wahrscheinlich handelte es sich um einen Auftrag für den morgigen Tag. Er hatte genickt, sich verneigt und war dann zu seinem Platz zurückgekehrt. Katharina hatte ihm lächelnd nachgeblickt. Halb mütterlich war es, halb von fraulicher Bewunderung für seine jugendlich straffe Gestalt und seinen raschen, festen Schritt erfüllt.

Potemkin neigte sich zu Katharina hinüber. »Ein reizender Junge, dieser Zawadowskij. Man muß ihn im Auge behalten. Sicherlich ist er befähigt, Karriere zu machen.«

»Ja, vielleicht«, erwiderte sie zögernd. »Er ist wirklich nett.«

»Und wie er dich eben angesehen hat«, lächelte Potemkin. »Man könnte meinen, er sei verliebt in dich. Aber wie viele arme Narren an diesem Hofe sind das nicht.«

Sie lachte leise. »Man muß also ein Narr sein, um mich zu lieben?«

»Ich bin es«, erwiderte er spielerisch. »Der Narr Ihrer Majestät.«

Er küßte sie auf den bloßen Nacken. Paul Petrowitsch, der gegenüber saß, bemerkte es und rümpfte die Nase. Er haßte Potemkin mehr noch, als er Orlow gehaßt hatte, und murmelte halblaut: »Wie er um sie herumgockelt! Was will er denn jetzt noch? Den Titel eines Fürsten des Heiligen Römischen Reiches hat sie ihm doch gerade verschafft? Will er, daß sie seine Schulden bezahlt? Es sollen ja mittlerweile zweihunderttausend Rubel sein, dabei hat er eine monatliche Apanage von 12 000 Rubel, dieser stinkende Bock.«

Tanja, die zu seiner Linken saß, hielt erschrocken den Fächer vor den Mund. »Kaiserliche Hoheit, bitte...«

Er sah sie schuldbewußt an. »Ich weiß, ich benehme mich schlecht. Aber können Sie nicht verstehen, wieviel Genugtuung das manchmal bereitet?«

Sie unterdrückte ein Lächeln. »O doch! Aber trotzdem ist es nicht richtig.«

Nach Nataljas Tod und der entsetzlichen Szene an ihrem offenen Sarg war Tanja die erste gewesen, nach der er nach einer Woche fast völliger Abgeschiedenheit verlangt hatte. Er hatte sie ohne Umschweife gefragt: »Wußten Sie, daß die Großfürstin die Geliebte Rasumowskijs war?«

Sie hatte nur eine Sekunde mit der Antwort gezögert. »Ja, Kaiserliche Hoheit.«

»Und warum haben Sie es mir nicht gesagt? Ich dachte, wir seien Freunde?«

»Freunde sind auch dazu verpflichtet, Kummer voneinander fernzuhalten. Es war ja geschehen, ich konnte nichts mehr verhindern. Mir blieb nur die Hoffnung, daß die Großfürstin diesen unglückseligen Fehltritt bereuen und aus ihrem Gedächtnis streichen würde, nachdem Rasumowskij abgereist war.«

»Sie wollten mich also nicht belügen? Sie haben sich nicht insgeheim über mich lustig gemacht und sich die Hände gerieben, daß man mir Hörner aufgesetzt hatte?«

»Nein, ich fand es abscheulich.«

»Warum? Sehen Sie mich doch an. Bin ich ein Mann, den man lieben kann?«

»Ich liebe Sie nicht«, sagte sie freimütig. »Aber ich habe Sie recht gern.«

»Warum?«

»Weil Sie zu mir freundlicher als zu den meisten anderen Leuten sind. Dadurch haben wir uns besser kennengelernt, und ich weiß, daß Sie nicht immer jähzornig, ungerecht, krankhaft, mißtrauisch und deshalb oftmals ungeheuer beleidigend sind.«

»Ich mag die Menschen nicht. Ich hasse sie. Es tut mir wohl, gemein zu ihnen zu sein. Sie sind es ja auch, wenn sie hinter mir herlachen und mir andichten, ich sei nicht ganz richtig da oben...« Er beugte sich nach vorn, ein listiger, beinahe verschlagener Ausdruck trat in seine Augen. »Wissen Sie, daß man auch Ihnen Gemeinheiten nachtuschelt? Sie seien meine Geliebte, heißt es...«

»Das ist mir nicht neu.«

»Und? Würden Sie es werden wollen?«

»Nein, Kaiserliche Hoheit. Ich halte es für viel vernünftiger, wenn Sie bald wieder heiraten.«

»Um wieder betrogen zu werden?«

»Es gibt keine Garantie für Treue, ob man schön oder häßlich ist. Warum sollten Sie in einer zweiten Ehe nicht mehr Glück haben?«

Er stützte den Kopf in die Hände. »Glück ...« wiederholte er. »Wir Romanows haben nicht viel Glück. Sehen Sie sich unsere Geschichte an. Mord und Totschlag. Hinterlist und Gewalt ... Manchmal denke ich, daß ein Fluch auf unserem Geschlecht liegt.«

»Reden Sie sich das nicht ein. Und hören Sie um Himmels willen auf, sich selbst zu bemitleiden. Einmal werden Sie Kaiser von Rußland sein. Denken Sie daran, wieviel Gutes Sie dann schaffen können – für Leute, die viel unglücklicher sind als Sie.«

»Ich weiß, worauf Sie hinauswollen. Ich soll die Leibeigenschaft aufheben. Aber wenn ich das tun wollte, würden mich die Adligen und Großgrundbesitzer umbringen.« Er hielt sich die Schläfen. »Ach, hören Sie auf. Solche Themen regen mich auf, und ich bekomme nur Magendrücken oder Kopfweh davon. Meine Mutter nennen sie Katharina die Große. Glauben Sie, daß man mich jemals Paul den Großen nennen wird?«

»Ich weiß es nicht«, erwiderte sie vorsichtig.

»Aber ich. Ich werde kein großer Zar. Ich habe nicht das Zeug dazu. Und ich denke nicht daran, zu riskieren, daß man mich ermordet – wegen eines Haufens schmutziger Bauern oder Arbeiter. Ich sage Ihnen doch, ich liebe die Menschen nicht. Und selbst wenn ich sie liebte – ich würde mich niemals dazu aufraffen, irgend etwas Besonderes für sie zu tun. Ich habe kein Durchhaltevermögen, und ich hasse Schwierigkeiten.«

Sie begriff, daß er einen seiner seltenen ganz ehrlichen Augenblicke hatte. Nein, er hatte wohl recht, er würde kein großer Zar sein, nicht einmal ein mittelmäßiger. Er war schwach im innersten Kern, ohne wahrhaften Ernst und voller Selbstmitleid. Trotzdem hatte sie ihn auf eine mitleidige, fast mütterliche Weise gern.

Sie stand auf. »Sie sehen entsetzlich käsig aus, Kaiserliche Hoheit. Tagelang waren Sie nicht an der frischen Luft, und wahrscheinlich haben Sie auch nichts Vernünftiges gegessen. Das muß anders werden. Wir werden jetzt einen Spaziergang machen, damit Sie Appetit bekommen. Danach versuchen Sie, wieder so zu leben wie vor dem Tod der Großfürstin – jeden Tag ein wenig mehr, und Sie werden sehen, es geht.«

Sie behielt recht. Paul Petrowitsch war wie ein Kind, das sich von ihr an der Hand ins Leben zurückführen ließ.

Der Besuch Prinz Heinrichs von Preußen vollbrachte ein übriges. Da sein Vater den preußischen König sehr verehrt hatte, tat Paul Petrowitsch es ihm nach, und eines Tages nach einer Fahrt nach Zarskoje Selo, die er im Wagen des Prinzen verbracht hatte, kam er mit hektischer Fröhlichkeit auf Tanja zugestürzt. »Der Prinz hat an seinen königlichen Bruder geschrieben, er möge sich nach einer passenden Ehekandidatin für mich umsehen. Er hat mir zuvor den Brief zu lesen gegeben und sich in den schmeichelhaftesten Wendungen über mich ausgelassen. Außerdem hat er mich eingeladen, ihn auf seiner Heimreise zu begleiten. Dann könnte ich vielleicht, so meint er, meine zukünftige Braut schon kennenlernen.«

Es ging in der Tat alles sehr rasch. Zwei Tage schon nach jenem Konzertabend in Oranienbaum traf per Eilkurier die Antwort Friedrichs II. auf das Schreiben seines Bruders ein. Er empfahl als künftige Großfürstin von Rußland Heinrichs Nichte, die Prinzessin Sophie-Dorothea von Württemberg.

Auch die Einladung seines Bruders nach Potsdam und Berlin wurde wiederholt und die Abreise auf den 1. Juni festgesetzt.

Von diesem Tage an lief Paul Petrowitsch fast nur noch in der preußischen Galauniform der Gardegrenadiere herum, und er nahm wieder auf, was er in seiner kurzen Ehe mit Natalja fast gänzlich aufgegeben hatte: das Drillen seiner Regimenter auf dem Exerzierplatz. Schließlich reiste er nach Preußen, zu dem Mann, dessen militärischem Genie schon sein Vater Peter III. nachzueifern gesucht hatte.

Der Thronfolger behandelte Soldaten wie Offiziere mit unbeschreiblicher Herrschsucht und Grausamkeit. Er exerzierte mit ihnen, bis die weniger Widerstandsfähigen vor Erschöpfung zusammenbrachen, und verhängte die härtesten Strafen wegen eines falschen Gewehrgriffs, eines offenen Knopfes oder eines zu langen Haarschnitts.

In diesem Falle hatte auch Tanja keinen Einfluß auf ihn. Als sie einmal für einen jungen Wachtmeister bat, der bei den vorgeschriebenen Schritten der Wachablösung gestolpert war und deshalb von Paul degradiert und nach Tobolsk strafversetzt wurde, schrie er sie zum ersten Male an:

»Das ist Männersache, mischen Sie sich da nicht ein! Wenn ich nicht streng zu den Leuten bin, tanzen sie mir auf der Nase herum. Fürchten müssen sie mich – fürchten...«

Tanja begriff, daß es zwecklos war. Es war nicht nur das Erbe seines Vaters in ihm; es war eine Entwicklung, die gefördert worden war, weil er in seinem Leben niemals wirkliche Achtung erfahren hatte – immer nur die, die man seinem Rang zollte. Dem Menschen Paul Petrowitsch hatte stets nur die Verachtung derer gegolten, die ihm am nächsten hätten stehen müssen: die Mutter dem Kind und Heranwachsenden, die Frau, die er liebte, dem Mann. Und jetzt kompensierte er all das, indem es ihm sadistische Freude bereitete, Wehrlose zu quälen. Es war die einzige Möglichkeit, sein verkrampftes Geltungsbedürfnis, das nie eine natürliche Bestätigung gefunden hatte, zu befriedigen.

Vielleicht, dachte Tanja, vielleicht geschieht das Wunder, und diese unbekannte Sophie-Dorothea von Württemberg vermag ihn zu lieben. Dann kann noch vieles gut werden.

Aber sie glaubte selbst nicht recht daran.

Fürst Grigorij Alexandrowitsch Potemkin spielte das gewagteste Spiel seines Lebens – und er gewann es. Seine Trumpfkarte hieß Pjotr Zawadowskij, und nachdem er ihn und die Zarin eine Zeitlang beobachtet hatte, setzte er sie ein.

Den äußeren Anlaß dazu bot ihm der Mann, den er nach Grigorij Orlow am meisten haßte – dessen Bruder Alexej. Er hatte schon vor Wochen seine Ämter und Würden niedergelegt, weil er, wie er öffentlich erklärte, es nicht ertrug, von Potemkin, dessen unbegrenzte Vollmachten jeden zum bloßen Befehlsempfänger degradierten, wie ein Schuhputzer behandelt zu werden. In diesen Sommertagen nun kam Alexej noch einmal zu Katharina, um sich von ihr zu verabschieden. »Ich verlasse Rußland, wahrscheinlich für längere Zeit, Majestät – und den Grund kennen Sie. Es ist Herr von Potemkin. Haben Sie ganz vergessen, daß Sie Rußland früher auch ohne ihn regiert haben – und nicht schlechter als heute. Haben Sie vergessen, wie viele ausgezeichnete Ratgeber Ihnen zur Seite standen, und jetzt lassen Sie sie brüskieren, daß jedem anständigen Menschen die Galle überläuft! Und alles für einen Mann, der Sie behandelt wie seine Küchenmagd!«

»Das dürfen Sie nicht sagen, Alexej Grigorjewitsch. Davon wissen Sie nichts«, erwiderte die Kaiserin.

»Mag sein«, sagte Alexej grob, wie es seine Art war, »denn ich lausche nicht an Schlafzimmertüren. Aber ich sehe, was offen zutage tritt, und ich schwöre Ihnen: Wenn mein Bruder Grigorij sich nur ein Zehntel der Unverschämtheiten Ihnen gegenüber herausgenommen hätte, die sich Ihr verdammter »Serenissimus« erlaubt, hätte ich ihn persönlich verprügelt.«

Es war eine schreckliche Auseinandersetzung, und als Alexej gegangen war, blieb die Zarin drei Tage und Nächte in ihrem Zimmer und hatte Anweisung gegeben, nicht einmal Potemkin zu ihr vorzulassen. Zum erstenmal war ihr vollkommen klargeworden, wie isoliert sie war, daß die meisten Freunde von einst sich zurückgezogen hatten oder – richtiger gesagt – mit ihrer Duldung von Potemkin vertrieben worden waren. Sie war in der Tat krank in diesen Tagen, und nicht einmal Potemkins Briefe, demütig und voller Liebesbeteuerungen, erreichten, daß sie ihn zu sehen wünschte.

Dies war der Augenblick, in dem er begriff: Ich muß handeln, ehe alles verloren ist.

Und da war nun dieser Zawadowskij ... Potemkin hatte ihm offiziell bisher nicht mehr Beachtung geschenkt als den anderen Kabinettssekretären und Kammerjunkern aus Katharinas Umgebung. Jetzt suchte er plötzlich seine Nähe, verwickelte ihn in Gespräche, lud ihn auf die Jagd, zum Spiel und zum Essen ein und trank mit ihm. Potemkin konnte Unmengen vertragen. Ob guter Wodka oder schlechter Fusel, nichts vernebelte so rasch seinen wachen, immer regen Geist.

Dennoch mußte Zawadowskij den Eindruck haben, daß der Fürst schon nach ein paar Gläsern schwer betrunken war. Denn wie hätte er sonst so offen mit ihm reden können? Es mußte der Alkohol sein, der seine Zunge löste, daß er es wagte, in dieser Weise über die Kaiserin zu sprechen.

»Ich weiß, daß sie mich liebt«, sagte Potemkin, »aber sie ist nicht fähig, körperlich treu zu sein. Ich habe darunter gelitten wie ein Tier, denn ich bin von Natur aus eifersüchtig, und die Szenen, die ich ihr gemacht habe, sind wohl niemandem ein Geheimnis. Jetzt habe ich resigniert. Ich will sie nicht ganz verlieren, und deshalb muß ich mich damit abfinden, daß sie dann und wann einen anderen Mann braucht. Einen, der jünger und hübscher ist als ich – jemanden wie Sie, zum Beispiel, mein Lieber.«

Potemkin rülpste und wischte sich über den Mund. »Starren Sie mich nicht so entgeistert an, mein Freund. Ich weiß, daß die Kaiserin eine – nun, sagen wir, große Schwäche für Sie hat. Deswegen muß ich mit Ihnen darüber reden...«

»Durchlaucht« stammelte Zawadowskij, »ich versichere Ihnen, daß ich niemals...«

Potemkin leerte sein Wodkaglas und schenkte sich sofort nach. »Zum Teufel mit Ihren Versicherungen! Hören Sie lieber zu. Ich will, daß die Kaiserin glücklich ist, und wenn sie dazu Sie braucht, soll sie Sie haben! Natürlich würde sie niemals von sich aus den ersten Schritt tun, das ist Ihre Aufgabe. Sobald der Thronfolger nach Potsdam abgereist ist, gehe ich für ein paar Wochen auf eine Inspektionsreise nach Nowgorod. Dann kommt Ihre Chance, und ich rate Ihnen, nutzen Sie sie. Oder fehlt Ihnen der Mut? Lassen Sie es sich gesagt sein, junger Freund, die Kaiserin von Rußland ist auch nur eine Frau, wenn man sie erst einmal im Bett hat.«

Er versetzte Zawadowskij einen Stoß vor die Brust. »Warum sagst du denn nichts? Hat dir dein Glück die Sprache verschlagen? Du kannst der Geliebte der Zarin werden – und meinen Segen hast du! Oder...« Sein gesundes Auge verengte sich, bekam einen tückischen Ausdruck. »Oder hast du die Stirn, die Liebe der Kaiserin auszuschlagen?«

»Durchlaucht, ich verehre Ihre Majestät wie jeder, der das Glück hat, in ihrer Umgebung zu leben, aber...« Der junge Mann stützte den Kopf in die Hände. »Ich kann es nicht glauben. Verzeihen Sie, aber Sie haben sehr viel getrunken. Lassen Sie uns ein anderes Mal darüber reden. Morgen oder übermorgen...«

»Gut«, sagte Potemkin plötzlich ruhig. »Wir haben ja noch ein paar Tage Zeit. Ich lasse Sie jetzt ins Winterpalais zurückbringen. Aber eines gebe ich Ihnen auf den Weg, mein Freund, und merken Sie es sich für alle Zeiten: Gleichgültig, wie Sie sich entscheiden, sollten Sie jemals ein Wort darüber verlauten lassen, was heute zwischen uns gesprochen wurde, dann sind Sie schon so gut wie tot. Ich lasse Sie umbringen, und zwar auf eine so schnelle, lautlose Art, daß Sie keine Gelegenheit mehr finden werden, irgendeinem Menschen anzuvertrauen, weshalb Sie krepieren.«

Vierzehn Tage später reiste Potemkin nach Nowgorod ab.

Er hatte in den Wochen vor seinem Aufbruch aus seiner Sympathie für Zawadowskij vor der Zarin keinen Hehl gemacht, und in seinen guten Stunden neckte er sie auch mit ihm. »Er ist ja wirklich reizend, aber du solltest ihn Bezborodko, der ebenso jung und liebenswert ist, nicht allzu offen vorziehen. Es könnte Bezborodko kränken.«

Katharina bestritt solche Behauptungen. Sie sei beiden zugetan, Bezborodko wie Zawadowskij, und sie mache überhaupt keinen Unterschied in der Behandlung.

Eines allerdings erreichte Potemkin mit solchen Gesprächen: Katharina beschäftigte sich in Gedanken mehr mit Zawadowskij, als sie es sonst getan hätte. Und da er wirklich gutaussehend und unterhaltsam war, gefiel er ihr jeden Tag ein wenig besser. Sie wehrte sich dagegen und beteuerte Potemkin, daß es nie, nie einen anderen Mann als ihn für sie geben werde, aber er lächelte nur. »Ich habe viel um dich gelitten, früher, bevor du mir gehörtest. In gleichem Maße würde ich nur dann leiden, wenn ich dich ganz und für immer verlöre. Versprich mir, daß das nie geschehen wird!«

Und als sie nickte, strich er ihr über das Haar: »Die Zeit meiner Abwesenheit wird uns beiden wohltun, und vielleicht wird es, wenn ich zurück bin, so sein, wie du es dir immer gewünscht hast: daß wir weniger besessen voneinander sind, aber darum glücklicher.«

Sie lauschte seinen Worten nach und verspürte ein nie dagewesenes, instinktives Mißtrauen. »Was soll das heißen?«

»Nichts, was du nicht selbst schon behauptet hast. Wir werden nicht immer so verrückt aufeinander sein wie heute – aber was bedeutet das schon, wenn sich an unserer inneren Verbundenheit nichts ändert! Sie ist es, auf die es ankommt.«

Es klang gut, was er sagte, verständnisvoll, vernünftig – und dennoch, ihr Mißtrauen blieb. Es verließ sie auch nach seiner

Abreise nicht. Warum hatte er überhaupt darauf bestanden, sie mehrere Wochen lang allein zu lassen? Wenn sie ihm früher einen solchen Vorschlag gemacht hätte, hätte er mit Zorn und eifersüchtigen Verdächtigungen reagiert. Diesmal war der Plan von ihm ausgegangen. Und dann diese ständigen Redereien von Zawadowskij ... Was bezweckte er damit?

Es war eines Abends nach einem Ball in der französischen Gesandtschaft. Katharina hatte sich in ihr Boudoir zurückgezogen und ihre Kammerfrauen entlassen. Die Füße schmerzten ihr, weil sie viel getanzt hatte, aber müde war sie nicht. Eine Weile lehnte sie beim geöffneten Fenster und blickte in den klaren Augusthimmel, dann ging sie ins Antichambre und trug einem Wachhabenden auf, Herrn Zawadowskij zu ihr zu bitten.

Als er kam, musterte sie ihn mit einem sonderbaren Blick. Dann fragte sie unvermittelt: »Was denken Sie, mein lieber Pjotr Antonowitsch? Hält uns Fürst Potemkin schon für ein Liebespaar – oder hat er Ihnen eingeschärft, nicht allzu stürmisch vorzugehen?«

Er hatte ein offenes, ehrliches Gesicht und die Kunst der Verstellung nicht gelernt. Er sah aus wie ein ertappter Sünder, und da wußte sie, was sie hatte wissen wollen. Einen Moment lang tat es so weh, daß sie meinte, jemand stieße ihr ein Messer in den Rücken. Aber sie blieb ganz ruhig und senkte lediglich für einen Augenblick die Lider. Als sie wieder aufsah, blickten ihre blauen Augen klar und unbewegt. Nur die Pupillen schienen vergrößert wie bei jemandem, der unter einem schweren Schock stand. Aber ihre Stimme klang leicht und beinahe heiter. »Streiten Sie nichts ab, mein Lieber. Der Fürst und ich haben keine Geheimnisse voreinander. Vor seiner Abreise haben wir auch über Sie gesprochen, flüchtig allerdings, weil alles andere geschmacklos wäre – aber immerhin...«

Potemkin blieb vier Wochen lang weg, und in dieser Zeit erfuhr es ganz Peterburg: die Zarin hatte einen neuen Geliebten. Potemkins Feinde frohlockten, die Abschiedsstunde für den verhaßten Favoriten war gekommen. Er würde so tief stürzen, wie er hoch gestiegen war. Seine Freunde zitterten oder suchten, ihr Fähnlein nach dem Winde zu hängen, und die Zarin kaufte Potemkin das Anitschkow-Palais und gab Anweisung, es auf ihre Kosten und nach seinen Wünschen für einhunderttausend Rubel renovieren zu lassen. Das Abschiedsgeschenk für den entlassenen Liebhaber? Niemand zweifelte daran.

Und dann kehrte Potemkin zurück. Katharina empfing ihn

im offiziellen Audienzsaal, umgeben von ihren Würdenträgern und Hofdamen. Als er vor ihr niederknien wollte, hinderte sie ihn mit einer raschen Bewegung daran und reichte ihm nur die Hand zum Kuß. Einen Augenblick lang sahen sie einander stumm an. Dann sagte Katharina: »Wir sind glücklich über Ihre gesunde Heimkehr, Fürst. Die Zeit Ihrer Abwesenheit ist uns sehr lang geworden. Wir haben vieles miteinander zu besprechen, was keinen Aufschub duldet. Ihren Arm, Serenissimus.«

So verließ sie mit ihm den Audienzsaal, vorbei an dem Spalier der sich verneigenden Höflinge, den salutierenden Wachen, und als sie ihre private Suite erreicht hatte, schloß sie die Tür und lehnte sich mit dem Rücken dagegen.

»Ich nehme an, du weißt von Zawadowskij, und du hast es selbst so gewollt. Übrigens habe ich es ihm auf den Kopf zugesagt. Du mußt ihm also keine Vorwürfe machen.«

Er wollte auf sie zu, aber sie streckte abwehrend die Hand aus. »Nein, laß das. Die Kaiserin von Rußland macht keine Geständnisse und will auch keine hören.«

Sie ging an ihm vorbei zum Fenster und lehnte die Stirn gegen die Scheibe. »Ich bin nicht dumm. Ich habe nachgedacht und begriffen...«

»Katharina«, sagte er leise.

Da fuhr sie herum und schrie ihn an: »Schweig! Ich sage dir doch, ich will nichts hören!« Und ruhiger setzte sie hinzu: »Übrigens hast du gut gewählt. Ich werde eine Weile Freude an dem Jungen haben. Und dann? Wirst du mir dann einen neuen Liebhaber aussuchen?«

Er kam zu ihr, und diesmal wehrte sie sich nicht, als er sie an den Schultern herumdrehte. Mit einer scheinbar verzweifelten Geste preßte er ihr Gesicht an seine Brust. »Erinnerst du dich an unsere erste Nacht? Damals habe ich gesagt, daß der Mann, der jemals meinen Platz bei dir einnähme, mich nicht überleben würde. Aber damit habe ich nicht solche wie Zawadowskij gemeint, die du des Morgens fortschickst. Damit habe ich den Menschen gemeint, der dein Leben teilt. Ach, Katharina, Katharina, begreifst du denn nicht! Wir mußten unserer Leidenschaft zueinander ein Ende machen, weil sie uns aufgerieben hätte, und am Ende wäre nichts mehr gewesen als Überdruß und alles, was gut und schön und groß war zwischen uns, zerstört.«

»Ich verstehe«, sagte sie, und seine körperliche Nähe, die sie trotz Zawadowskij so schmerzlich vermißt hatte, machte es ihr schwer, hart zu scheinen. »Jeder soll seine Freiheiten haben, ich meine Liebhaber, du deine kleinen Freundinnen, aber nichts Ernstes, nichts, was von Bestand ist. Nun gut, du hast es so gewollt, und wie ich dir in fast allem nachgegeben habe, werde ich auch darin nachgeben. Vielleicht hast du sogar recht. Ich weiß es nicht.«

Er wollte etwas erwidern, aber sie löste sich von ihm. »Nein, geh jetzt. Zawadowskij hat deine Wohnung nicht bezogen. Sie bleibt dir.«

Als er die Tapetentür schon geöffnet hatte, die über die mit grünen Teppichen belegte Geheimtreppe in seine Zimmer führte, hielt sie ihn noch einmal zurück.

»Grischa, sag mir nur eines: Was du da eingefädelt hast mit Zawadowskij ... War es, weil du meiner überdrüssig bist? Gibt es eine andere Frau?«

»Nein«, antwortete er. »Ich liebe nur dich, das weißt du doch.«

Dann ging er, und Katharina fiel in einen Sessel und begann zu weinen. Sie wußte nicht, ob Potemkin log oder es ehrlich meinte. Aber egal, wie es war, sie konnte nicht ohne ihn leben. Und wenn es hundert Zawadowskijs gab und hundert Frauen, mit denen er schlief, sie würde ihn nicht fortschicken.

Seit dem Tod der Großfürstin und der Abreise Paul Petrowitschs lebte Tanja wieder in ihrem Palais an der Lugowaja. Bei Hof ließ sie sich nur sehen, wenn eine offizielle Einladung erging, und das war etwa drei- oder viermal im Monat.

An einem Nachmittag im August brachte ihr ein Lakai einen Brief von Potemkin, in dem er dringend um ihren Besuch bat.

Eine halbe Stunde später fuhr Tanjas Equipage vor dem Anitschkow-Palais vor. Als ihr Kutscher dem Türsteher ihren Namen nannte, wurde sie sofort von einem Diener in ein einfenstriges Kabinett geführt, in dem Potemkin hinter einem mit Schriften und Büchern bedeckten Schreibtisch saß. Bei ihrem Eintritt stand er auf und verneigte sich. Diesmal wirkte er recht gepflegt, er war rasiert, trug zwar keine Perücke, sondern das dunkle Haar glatt im Nacken zusammengebunden, und einen eleganten silbergrauen Samtrock mit seidenen Escarpins.

»Ich danke Ihnen, daß Sie meiner Bitte so rasch Folge geleistet haben. Was darf ich Ihnen anbieten lassen, Prinzessin?«

»Nichts, Durchlaucht«, sagte sie, »ich komme gerade vom Tee.«

»Sie müssen verzeihen, daß ich Sie nicht in einen der Salons habe führen lassen, aber das ganze Haus wird renoviert. In den

Empfangsräumen sind gerade die Stukkateure an der Arbeit, und es sieht sehr ungemütlich aus.« Er bot ihr Platz auf einem hochlehnigen Lederstuhl an und blieb vor ihr stehen.

»Seit Sie bei Hof sind, habe ich Sie mit einem gewissen Interesse beobachtet und Sie sogar Ihrer Majestät gegenüber verteidigt, als sie einmal nicht besonders gut auf Sie zu sprechen war.«

Tanja erwiderte sein Lächeln nicht. »Das war sehr freundlich von Ihnen, Durchlaucht, aber sicherlich nicht nötig. Ihre Majestät kennt mich gut genug, um zu wissen, was sie von mir zu halten hat.«

Sein gesundes Auge fixierte sie spöttisch. »Sind Sie nun eigensinnig oder charaktervoll? Das würde mich interessieren.«

»Ich bin Sibirierin, also nehmen Sie ruhig das erstere an. Aber warum haben Sie mich hergebeten?«

Er kehrte hinter seinen Schreibtisch zurück. »Sie werden zum Hofstaat der neuen Großfürstin gehören… Nein, nein, keine Angst, ich werde Sie nicht darum bitten, Dinge auszuplaudern, die Sie lieber für sich behalten möchten. Es geht um anderes. Man weiß, daß der Großfürst eine besondere Vorliebe für Sie hegt. Das ist etwas sehr Seltenes bei ihm. Denn wenn er sonst Freunde hat, sind es Taugenichtse wie Kutaizow oder Kurakin. Sie sind die rühmliche Ausnahme, und deshalb sollen Sie mir behilflich sein.«

»Wobei?« fragte sie und verwünschte, daß sie überhaupt hergekommen war.

»Es ist nichts Ungebührliches, was ich verlange, sondern etwas, das einzig dem Wohle Rußlands dient. Sie sollen den Großfürsten gegen Panin beeinflussen. Paul Petrowitsch glaubt unsinnigerweise, in Panin eine gewisse Rückendeckung in der Verfolgung seiner eigenen politischen Ziele zu haben. Auf gut russisch: Er bildet sich ein, Panin könne ihm schon zu Lebzeiten der Zarin zum Thron verhelfen. Das ist natürlich Nonsens – Panin ist inzwischen viel zu alt und träge geworden, um irgend etwas in dieser Richtung zu tun. Er nimmt seine Amtsgeschäfte nur noch äußerst nachlässig wahr, verschläft halbe Tage, ist gleichgültig, mit dem Starrsinn des Alters behaftet – kurzum, die ungeeignetste Persönlichkeit, die Außenpolitik unseres Landes richtig und vernünftig zu lenken. Aber solange der Großfürst hinter ihm steht, wird die Kaiserin es nicht wagen, Panins Machtbefugnisse anzutasten. Darum bleibt nur die Möglichkeit, daß Paul Petrowitsch den Außenminister fallenläßt, und das, meine Liebe, können vielleicht Sie bewerkstelligen. Der Großfürst hört auf Sie, Sie sind nicht dumm und werden nicht gleich mit der Tür ins Haus fallen, aber so nach und nach könnten Sie seine Ansicht über seinen einstigen Erzieher ändern.«

»Und wer sollte Ihrer Meinung nach an Graf Panins Stelle treten?« fragte Tanja. »Sie vielleicht?«

Er lachte wieder. »Manchmal ist Ihre Direktheit ziemlich lästig, Madame.«

»Und wenn ich mich weigere? Ich habe mich nie um politische Intrigen gekümmert – warum sollte ich es jetzt tun.«

Einen Augenblick sah es aus, als wollte er aufbrausen. Aber er stand nur auf, kam um den Tisch herum und bat sehr höflich: »Dann vergessen Sie bitte dieses Gespräch, Madame.«

»Es wird mir ein Vergnügen sein. Und geben Sie die Hoffnung nicht auf, Durchlaucht! Vielleicht kann die neue Großfürstin Herrn von Panin auch nicht leiden. Dann haben Sie Ihre Verbündete. Ich wünsche Ihnen viel Glück dabei...«

Er stand immer noch so dicht vor ihr, daß es ihr unmöglich war, aufzustehen, ohne ihn zu berühren. »Wissen Sie, daß Sie unter all den Zierpflanzen bei Hof ungeheuer erfrischend sind? Ich habe Courage bei einer Frau immer zu schätzen gewußt – ebenso Schlagfertigkeit.« Mit zwei Fingern faßte er unter ihr Kinn: »Adieu, ma chère princesse...«

Potemkin brachte sie bis zur Straße und half ihr beim Einsteigen in die Kutsche. Als die Equipage anfuhr, sah er Tanjas Profil durch das Wagenfenster. Sehr gerade saß sie da, ohne den Kopf nach ihm umzuwenden, die Lippen zusammengepreßt. Unter dem kleinen Filzhut mit der Federgarnitur quoll das reiche schwarze Haar hervor.

Potemkin blickte dem Gefährt nach. Warum eigentlich nicht? dachte er. Sie ist eine Schönheit – und temperamentvoll außerdem.

Warwara war im Augenblick mit ihrer Mutter und ihren Schwestern im Gouvernement Smolensk, in Tschischowo, dem alten Familienbesitz, wo Potemkin geboren und aufgewachsen war. Sie wurden erst zur Hochzeit des Großfürstenpaares zurückerwartet. Und bis dahin...

Am nächsten Tag schickte Potemkin Tanja Orchideen aus seinen eigenen Treibhäusern, und dazwischen entdeckte sie ein Samtetui mit einem Rubinherzen an einer Goldkette. »Der reizendsten Nein-Sagerin von St. Petersburg«, hatte Potemkin auf einer beigefügten Karte geschrieben.

Eine Stunde später brachte Anikej Iwanowitsch, ihr Kutscher, die Kette zurück. Tanja dankte Potemkin für die Blumen, doch den Schmuck, so schrieb sie, könne sie unmöglich behalten.

Zwei Tage darauf erhielt sie wieder Blumen – dazu eine Spieluhr mit einem tanzenden Schäferpaar, eine entzückende französische Arbeit, und Tanja schrieb Potemkin zurück: »Ich danke Eurer Durchlaucht ganz ergebenst. Die Uhr entspricht genau meinem Geschmack. Nur haben Sie leider vergessen, mir mitzuteilen, was sie kostet. Ich sah im Dostiny Dwor eine ganz ähnliche für einhundert Rubel und lege Ihnen diese Summe bei.«

Ein anderes Mal erhielt sie Stulpenhandschuhe aus Rehleder mit bunter Stickerei, und auf Potemkins Karte stand: »Sibirierinnen sind eigensinnig, die Leute aus der Smolensker Gegend aber auch. Überhaupt ist Warten können eine russische Tugend. Warum lassen Sie mir nicht die Freude, Sie ein wenig zu verwöhnen?«

Sie schickte die Handschuhe zurück und erwiderte lapidar: »Ihr Diener ist ein Esel, daß er die Adressen verwechselt hat. Die Dame, die Sie verwöhnen möchten, hat eine viel kleinere Hand. Also sehen Sie zu, daß Ihr Präsent in den Besitz der Richtigen kommt, und schelten Sie Ihren Diener wegen seiner Unachtsamkeit.«

Beim nächsten Mal kam er selbst, allerdings zur offiziellen Besuchszeit, als ihr Empfangssalon voller Gäste war. Sie vermied es geschickt, mit Potemkin unter vier Augen zu sprechen. Aber sie spürte, wie er sie mit seinem Blick verfolgte und Gelegenheit suchte, mit ihr allein zu sein. Zu guter Letzt gelang es ihm auch, als die anderen sich verabschiedet hatten und nur er keine Anstalten machte, zu gehen.

»Sie sind reizend abscheulich«, sagte er lächelnd, und wie neulich, als er so dicht vor ihrem Stuhl gestanden hatte, empfand sie seine Nähe als etwas Bedrohliches.

»Es tut mir leid, wenn Ihnen das so vorkommt, Durchlaucht, aber es behagt mir nicht, von Ihnen Geschenke anzunehmen für Dienste, die ich nicht zu leisten gewillt bin.«

»Sie meinen – das mit Panin! Ach, du lieber Gott. Das war doch nur so eine Idee, die wir vergessen wollten. Aber sagen Sie nicht immer Durchlaucht. Nennen Sie mich ruhig Grigorij Alexandrowitsch, wie alle meine Freunde.«

»Gern, Grigorij Alexandrowitsch. Doch nun entschuldigen Sie mich, ich habe eine Verabredung mit meiner Schneiderin.«

»Darf ich Sie begleiten? Man sagt mir einen guten Geschmack in Kleiderfragen nach.«

»Um Himmels willen, nein! Schneiderateliers sind Brutstätten des Klatsches. Das müßten Sie eigentlich wissen.«

Er lächelte stärker. »Ah, Sie fürchten den Klatsch? Kann ich daraus schließen, daß Sie es lieber hätten, wenn ich Sie heimlich besuche?«

Allmählich wurde Tanja wütend. Sie wußte sehr wohl, daß Potemkin empfindlich und nachtragend war, und hätte es lieber vermieden, ihn zu verärgern, aber dies ging denn doch zu weit.

»Ich glaube, Sie verkennen die Lage, Grigorij Alexandrowitsch. Ich lebe allein, und ich habe kein Bedürfnis, das zu ändern, auch nicht zeitweilig. Außerdem, was bleibt in einem Palais mit ein paar hundert Bediensteten schon verborgen? Zwei Tage später wüßte es halb Petersburg, daß ich mich habe vor Ihnen verleugnen lassen, weil Sie unangemeldet und zu einer Zeit kamen, in der man im allgemeinen keine Besuche macht, Herr Kaiserlicher Generaladjutant.«

Diesmal ging er, und sie war sicher, daß er, obwohl er sich nur schweigend verneigte, bis zum Bersten voller Zorn war. Eine Woche lang hörte sie nichts von ihm, und dann sah sie ihn erst bei Hof wieder, weil die Zarin ein Abschiedsdiner für den britischen Gesandten Robert Gunning gab, der von Sir Richard Oakes abgelöst werden sollte. Tanja saß weit entfernt von Potemkin, dennoch merkte sie, daß er oft zu ihr hinblickte. Später, als die Tafel aufgehoben wurde, gesellte er sich zu dem Kreis, der sich um sie gebildet hatte, und in einem unbeobachteten Augenblick flüsterte er ihr zu: »Sie hätten mich doch zu Ihrer Schneiderin mitnehmen sollen. Zu dem Orangerot Ihres Kleides hätten schwarze Spitzen statt der cremefarbenen Paspelierung besser gepaßt.«

Sie erwiderte nichts, sondern blickte ihn nur kühl an. Und da er sich den ganzen Abend hartnäckig an ihre Fersen heftete und sie sicher war, daß es genügend Leute gab, die das konstatierten und darüber zu tuscheln begannen, schützte sie Kopfschmerzen vor und bat die Kaiserin, sich zurückziehen zu dürfen.

Freilich war das nur ein Aufschub; Potemkin war beharrlich. Zwar schickte er ihr keine Geschenke mehr, aber immer noch Blumen, und wenn sie ausfuhr, tauchte er häufig zu Pferd neben ihr auf .

»Welch ein Zufall«, sagte er dann, ritt neben ihrer Equipage her, und die Einsilbigkeit, mit der sie auf seine Unterhaltung einging, schien ihn nicht im mindesten zu beeindrucken.

Wahrscheinlich hat er einige meiner Diener bestochen, daß er immer weiß, was ich gerade vorhabe, dachte Tanja, und sie hätte ihre Ausfahrten vermutlich ganz aufgegeben, wenn nicht am letzten Augusttag der Thronfolger mit seiner Braut in St. Petersburg eingetroffen wäre. Von da an hatte Tanja wieder Hofdienst und übersiedelte ins Winterpalais.

Sophie Dorothea von Württemberg – oder Maria Fjodorowna, wie sie nach ihrem Übertritt zum orthodoxen Glauben hieß – war keine Schönheit. Aber sie hatte freundliche, immer ein wenig ängstlich blickende Augen und einen hübschen, weichen Mund. Auch ihr Haar war voll und von schönem Glanz. Sie war von kräftiger, etwas bäuerlicher Statur, und Agafja Skawronskaja, eine ihrer jungen Hofdamen, meinte ironisch: »Sie sieht aus, als könne sie jedes Jahr ein Kind zur Welt bringen. Nun, dafür hat man sie ja auch hergeholt. Eine brave kleine Zuchtstute.«

Es war eine Bemerkung, die ihr einen strengen Verweis der Gräfin Rumjantzowa eintrug: »Wenn ich noch einmal höre, daß Sie sich in derart respektloser Weise über die zukünftige Großfürstin von Rußland äußern, werde ich dafür sorgen, daß man Sie vom Hofe entfernt.«

»Ziege«, sagte Agafja, als die Gräfin den Salon verlassen hatte, und streckte ihr die Zunge heraus. Die anderen lachten, nur Tanja nicht, und die Skawronskaja blickte sie mit einem hinterhältigen Funkeln in ihren bernsteinfarbenen Augen an. »Sie finden mich wohl auch unmöglich! Nun ja, wem Serenissimus den Hof macht, muß sich natürlich über unsere kleinen Albernheiten erhaben fühlen.«

»Worüber spricht er eigentlich mit Ihnen?« fragte Xenia Dolgorukaja. »Über seine serbischen Bataillone, die er zusammenstellt? Oder die jüdischen Kavallerie-Regimenter, die er von seinem Busenfreund, dem Herzog von Braunschweig, drillen läßt? Mein Bruder sagt, die Israelowskij seien das Komischste, was er je gesehen habe, wenn sie in ihren langen Gewändern, den Bärten und den gekräuselten, im Winde wehenden Locken mit ihren Lanzen eine Attacke reiten. Stimmt es wirklich, daß Fürst Potemkin diese Leute nur ausbilden läßt, damit sie bei einem neuen Türkenkrieg das Heilige Land erobern und dort ansässig werden sollen?«

»Woher soll Madame Tutscharewa das wissen«, lachte Mara Buturlina. »Für derlei Gespräche hat Serenissimus immer noch Ihre Majestät. Nur seine Nächte sind ein bißchen einsam, seit Zawadowskij …«

Tanja stand auf und legte ihre Stickerei beiseite. »Am besten fragen Sie Seine Durchlaucht selbst über den Inhalt unserer Gespräche und seine Absichten. Er wird Ihnen sicherlich Auskunft geben.«

An diesem Tag dachte sie zum erstenmal ernstlich daran, Rußland wenigstens eine Zeitlang zu verlassen.

Als Tanja am Abend in ihr Apartment kam, um sich für einen Ball bei den Trubetzkojs umzukleiden, hatte ihr Potemkin abermals Blumen geschickt. Aber diesmal waren es keine aus seinen Treibhäusern, sondern ein Bukett aus Diamanten und Saphiren mit Stielen und Blättern aus Silber.

Armande und Laila hatten schon die Badewanne mit parfümiertem heißen Wasser gefüllt, und über einen Stuhl gebreitet lag das Kleid, das Tanja anziehen wollte, aber sie verlangte nur: »Meinen Wagen! Ich bin in einer halben Stunde zurück.« Dann fuhr sie zum Anitschkow-Palais. Den Strauß aus Edelsteinen nahm sie mit.

Potemkin war schon für den Ball angekleidet. Diesmal empfing er Tanja in einem der inzwischen renovierten Salons, und als der kleine Mohrenknabe, der sie hergebracht hatte, die Tür hinter ihr schloß, warf sie ohne ein Wort der Begrüßung den Strauß auf einen Stuhl.

Potemkin runzelte die Stirn. »Warum tun Sie das? Gefällt er Ihnen nicht?«

»Schenken Sie ihn Ihrer Küchenmagd oder wem auch immer!« sagte Tanja. » Ich will nichts von Ihnen, weder echte noch künstliche Blumen. Ich will in Ruhe gelassen werden, denn ich habe es satt, daß man über uns klatscht.«

Er zog eine Augenbraue in die Höhe. »Tut man das?«

»Als ob Sie das nicht wüßten! Sie kompromittieren mich!«

Er lachte laut auf. »Mein Gott, seit wann sind Sie so empfindlich? Sie waren jahrelang Andrej Dobrynins Geliebte. Sie haben sich von ihm unter Vorspiegelung falscher Tatsachen in die Gesellschaft einführen lassen. Sie haben während Ihrer Ehe mit Boris Tutscharew Ihr Verhältnis mit Dobrynin fortgesetzt, und als die Zarin ihn nach Sarepta schickte, sind Sie wieder mit ihm ins Bett gekrochen. Damals erwartete alle Welt, daß Sie als seine Frau hierher zurückkämen, aber dafür waren Sie ihm wohl nicht gut genug. Und ausgerechnet Sie fühlen sich jetzt kompromittiert? Wahrhaftig, das ist der beste Witz, den ich seit langem...«

Weiter kam er nicht, weil Tanja ausholte und ihm eine schallende Ohrfeige versetzte.

Einen Augenblick lang stand er wie erstarrt, dann verzog sich sein Gesicht zu einem Ausdruck von solch rasender Wut, daß sie das Empfinden hatte, er werde sich im nächsten Moment auf sie stürzen.

»Wenn Sie mich anrühren«, sagte Tanja mit zusammengebissenen Zähnen, »schreie ich das ganze Haus zusammen. Was bringt Sie eigentlich auf die Idee, ich könnte ausgerechnet Sie zum Liebhaber wollen? Ich habe Sie nie besonders gemocht, und jetzt… jetzt kann ich Sie nicht mehr sehen! Sie sind mir widerlich. Und wenn Sie es noch einmal wagen sollten, in solch niederträchtiger Weise über mich und Graf Dobrynin zu sprechen, beschwöre ich vor dem ganzen Hof einen Skandal herauf. Ich werde sagen, was Sie mir wegen Graf Panin angetragen haben, und ich werde Sie das nächstemal öffentlich ohrfeigen. Was glauben Sie, wieviel Freude das auslösen wird!«

Langsam glitt Potemkins Hand zu seiner Wange, auf der sich Tanjas Schlag rot abzeichnete. Er sah immer noch zum Fürchten aus. »Das hast du nicht umsonst getan, du kleine Schlampe. Eines Tages kommst du mir unter die Finger. Und dann gnade dir Gott.«

Graf Konstantin Bogumirski sah Tanja zum erstenmal auf den Champs-Elysees. Er saß im Freien in einem der Kaffeehäuser in der Nähe des großen achteckigen Platzes, auf dem die Statue Ludwigs XV. stand. Es war Sonntag, und auf den grünen Rasenflächen zwischen den wenigen niedrigen kleinen Häusern hatten sich müde Spaziergänger niedergelassen, die die letzten ungewöhnlich schönen und warmen Herbsttage genießen wollten.

Lächelnd beobachtete Konstantin Bogumirski zwei Kinder, die mit einem kleinen weißen Hund spielten. Sie warfen Stöckchen, die Chou-Chou, so hieß der Hund, wie Bogumirski den Zurufen der Kinder entnahm, schwanzwedelnd apportierte.

Das ältere der beiden Kinder, ein Junge von etwa neun Jahren, hatte gerade wieder den Stock aufgehoben und warf ihn mit weitem Schwung – zu weit diesmal, so daß er nicht auf dem Rasen landete, sondern bis zur Mitte des sandigen Fahrwegs flog. In diesem Augenblick kam ein Landauer, von zwei Goldfüchsen gezogen, heran.

Der kleine Hund achtete dessen nicht, sondern schoß kläffend hinter dem Stock her. Die Kinder schrien erschrocken auf, die Pferde scheuten, das Tier wurde von einem Huf getroffen und flog wie ein kleiner weißer Ball durch die Luft.

»Chou-Chou, o Gott, Chou-Chou!« Das Mädchen war als erstes bei ihm und nahm ihn auf die Arme. Der Junge kam hinterdrein. »Ist ihm etwas passiert?« Er war käsebleich und den Tränen nahe.

Der Landauer war noch ein Stück weitergefahren, ehe der Kutscher die Goldfüchse zum Halten brachte. Zwei Damen stiegen aus und liefen zurück. Es waren Tanja und Wanda Alexandrowna Breskowa, eine ältliche, mittellose Witwe, die eine Zeitlang Olga Rossowskajas Söhne betreut hatte, bis die beiden einen Hauslehrer bekamen. Als Tanja Petersburg verließ, hatte Olga ihr Wanda Alexandrowna als Gesellschafterin empfohlen. Außer ihr hatte sie nur noch Laila, ihre Zofe, und Igor Jefimowitsch, einen Diener, mitgenommen. Gestern hatte sie Wagen und Pferde gekauft und JeanJacques, einen französischen Kutscher, eingestellt.

Tanja war als erste bei den Kindern. »Ist der Hund verletzt?« fragte sie auf französisch. Das kleine Mädchen weinte. »Ich weiß nicht… ich kann nichts finden.«

»Gibst du ihn mir einmal?« Tanja streckte die Hand aus, ließ sich erst beschnuppern und nahm das Tierchen dann auf den Arm. Es blutete nicht und jaulte nur einmal kläglich auf, als sie vorsichtig seinen Hinterlauf abtastete. »Da ist er von dem Pferd getroffen worden. Aber es scheint nichts gebrochen zu sein. Bestimmt ist es nur eine Prellung.«

»Henri hat den Stock zu weit geworfen, er ist schuld!« schluchzte das kleine Mädchen, und der Junge schob trotzig die Unterlippe vor. »Heul doch nicht, Louise, ich hab's ja nicht absichtlich getan.«

»Natürlich nicht«, sagte in diesem Augenblick Konstantin Bogumirski. Er hatte seinen Platz an der Straße verlassen, als Tanja aus dem Landauer gestiegen war. »Hör auf zu weinen, Kleine, damit machst du deinem Chou-Chou nur Angst.« Er lächelte Tanja und die Breskowa an, nahm seinen Hut ab und verneigte sich. »Vielleicht sollten wir das Tierchen auf dem Rasen niedersetzen. Dann kann man am besten sehen, ob es wirklich nichts weiter als eine Prellung hat.«

»Das ist eine gute Idee.« Chou-Chou humpelte ein wenig, als Tanja ihn freiließ, aber als Henri ein neues Holzstückchen aufnahm, sprang er schon wieder hoch, um das so jäh unterbrochene Spiel fortzusetzen.

»Na also«, sagte Graf Bogumirski. »Das ist noch einmal gutgegangen. Trotzdem solltet ihr euren Hund jetzt nach Hause bringen, damit er seine kranke Pfote ausruhen kann.«

Tanja entnahm ihrer Geldbörse ein paar Sous. »Hier – dafür kauft ihr dem armen Chou-Chou etwas besonders Gutes und euch eine Portion kandierte Engelswurz auf den Schrecken.«

»Sie sind Ausländerin, nicht wahr?« fragte Bogumirksi, als die Kinder sich knicksend bedankt hatten und davonliefen.

»Ja, Russin…«

»Schade, und ich hatte mich schon gefreut, eine Landsmännin zu treffen. Ich bin nämlich Pole. Aber im Französischen klingt unser Akzent sehr ähnlich. Sind Sie schon länger in Paris?«

»Seit genau vierundzwanzig Stunden.«

»Dann ist es natürlich zu früh, zu fragen, wie es Ihnen gefällt. Aber wenn ich mich Ihnen empfehlen dürfte: Ich bin der beste Fremdenführer, den Sie weit und breit auftreiben können. Gestatten Sie: Graf Bogumirski. Ich lebe schon lange hier, und in Paris ist fast alles sehenswert.«

Er zählte mit ungeheurer Zungenfertigkeit auf: »Die Vorstädte Montmartre und Temple, Saint Antoine oder Saint Marcel, Michel und Germain. Die Kirche Unserer Lieben Frau, oder die Kirche der Schutzpatronin dieser Stadt, der heiligen Genoveva. Die Seine-Quais und den Pont-Neuf oder das Palais Royal mit seinen Arkaden …«

»Hören Sie auf!« unterbrach Tanja ihn lachend. »Das alles klingt ungeheuer vielversprechend, Graf Bogumirski, aber ich denke, ich möchte Paris auf eigene Faust erkunden. Außerdem hat mir der französische Gesandte am russischen Hof einige Empfehlungsschreiben an Freunde und Familienmitglieder mitgegeben, so daß ich gewiß nicht darum besorgt sein muß, irgend etwas von den Pariser Sehenswürdigkeiten zu verpassen.«

»Sie geben mir also einen Korb?«fragte er. »Welch ein Jammer!«

Dabei blitzten seine blauen Augen sie so herausfordernd fröhlich an, daß ihr ihre Absage fast leid tat. Er hatte ein edel geschnittenes, kühnes Gesicht, kräftige weiße Zähne und leicht gelocktes, braunes Haar. Er mochte Ende der Zwanzig oder Anfang Dreißig sein, das ließ sich schwer schätzen, weil er so jungenhaft wirkte und gleichzeitig doch sehr männlich.

Tanja spürte, wie sich ihrer leise Verlegenheit unter seinem Blick bemächtigte, und senkte die Lider. »Ich denke, daß Sie darüber hinwegkommen werden, Monsieur. Leben Sie wohl.«

»Und Sie wollen mir nicht einmal sagen, wer Sie sind und wo ich Sie wiederfinden kann? Wer weiß, vielleicht sind Sie von den Freunden und Verwandten Ihres Herrn Ambassadeurs enttäuscht und würden doch lieber auf mich als Fremdenführer zurückgreifen …«

»Überlassen wir es dem Zufall. Vielleicht treffen wir uns

irgendwo wieder.« Im Davongehen nahm Tanja den Arm der Breskowa. »Kommen Sie, meine Liebe. Die Sonne ist untergegangen, es wird kühl, und Sie haben nur ein leichtes Cape um.«

Sie traf Konstantin Bogumirski tatsächlich wieder – eine Woche später in Fontainebleau. Tanja war ohne Wanda Breskowa, die sich erkältet hatte und mit leichtem Fieber zu Bett lag, dorthin gefahren.

Tanja schlenderte gerade durch den Maskeradensaal des Schlosses und betrachtete die Wandmalereien, als jemand hinter ihr sagte: »Leider hat die überaus tugendhafte Gemahlin Heinrichs IV. die schönsten Gemälde von Nicolo übertünchen lassen, weil sie ihr zu anstößig erschienen.«

Sie drehte sich um und blickte in Konstantin Bogumirskis lachendes Gesicht. »Der Zufall ist eingetreten, dem Himmel sei Dank! Wissen Sie, daß ich Ihretwegen fast meine Gesundheit ruiniert habe? Ich war jeden Abend im Theater, in der Hoffnung, Sie dort zu finden, und anschließend aus dem gleichen Grunde auf allen möglichen Gesellschaften. Vormittags trieb ich mich in den verschiedensten Salons herum; bei Madame de Polignac, bei Madame de Sabran, bei Madame Necker, bei den Malesherbes... Ich habe in allen möglichen Hotels nachgefragt. Und jetzt tun Sie mir wenigstens den Gefallen und sagen Sie, daß Sie sich freuen, mich wiederzusehen.«

Sie freute sich tatsächlich, denn sie hatte in der vergangenen Zeit ein paarmal an ihn denken müssen. »Da haben Sie mich aber auch an den vollkommen falschen Orten gesucht. Ich habe noch kaum Besuche gemacht, außer bei Monsieur Diderot und dem Abbé Raynal, um beide zu bitten, mir auf der Suche nach einem geeigneten Haus behilflich zu sein.«

»Sie suchen ein Haus? Heißt das, daß Sie längere Zeit in Paris bleiben wollen?«

»Wahrscheinlich den Winter über, vielleicht auch länger... Ich weiß es noch nicht.«

Er betrachtete sie aufmerksam. »Jetzt sehen Sie auf einmal traurig aus. Warum? Dürfen Sie nicht nach Rußland zurück?«

»Doch; es ist nur...« Sie zwang sich zu einem Lächeln. »Im Augenblick scheint es nicht ratsam. Genügt Ihnen das als Erklärung?«

»Vorerst. Später müssen Sie mir alles von sich erzählen – und ich Ihnen von mir. Im übrigen sind Sie unfair. Sie wissen meinen Namen, und ich habe nicht die geringste Ahnung, wer Sie sind, Madame ...«

»Tutscharewa«, gab sie nach. Tanja Iwanowna Tutscharewa.«

»Danke. Und wenn Sie mir jetzt noch sagen, wo Sie wohnen ...«

»Bis übermorgen im Hotel de la Chine – und danach in der Rue de Buci 48, wo ich ein Haus gemietet habe.«

Er nahm ihren Arm. »Kommen Sie. Kommen Sie schnell mit!«

»Wohin?« fragte sie verdutzt.

»In die Klosterkirche. Ich muß den sieben Nothelfern sieben Kerzen stiften – die schönsten und größten, die es gibt. Sie kennen die sieben Nothelfer nicht? Es sind Heilige, an die man sich in hoffnungslosen Fällen wendet.«

Er war reizend, und sie wurde ihn nicht mehr los. Aber wenn sie es ernsthaft bedachte, wollte sie es auch gar nicht. Es ging etwas so ungeheuer Lebendiges von ihm aus, etwas so strahlend Fröhliches, daß es sie mitriß. Da war nichts Falsches an ihm, nichts Dunkles, Schwieriges, Kompliziertes – er war offen und ohne Arg, und jeder hatte ihn gern.

Sie hatte immer gedacht, daß Menschen, die keine Feinde hätten, auch keinen Charakter haben müßten, daß sie lau seien und deshalb niemanden interessierten, weder im Guten noch im Bösen. Aber das traf auf Konstantin Bogumirski nicht zu. Er hatte einfach die Gabe, Herzen zu gewinnen, ohne sich darum anstrengen zu müssen. Tanja beobachtete es immer wieder: Wenn er ein weinendes Kind anlächelte, verstummte es und lächelte zurück. Die griesgrämigste alte Blumenfrau, der er einen Strauß für Tanja abkaufte, bedankte sich, als hätte er ihren ganzen Stand geplündert und weit mehr bezahlt, als er müßte. Die Kellner in den Restaurants bedienten ihn, als sei er ihr bevorzugtester Gast, die bissigsten Klatschbasen der Gesellschaft nannten ihn nur ›den reizenden jungen Polen‹ und nicht einmal die Männer neideten ihm seine Beliebtheit oder seine Schönheit.

Denn er war wirklich schön, von Gesicht und Gestalt, ohne dadurch eine Spur unmännlich zu wirken, und er hatte – so sagte einmal die alte Marquise de Lafayette – soviel Charme, um ein ganzes Nonnenkloster in Aufruhr zu versetzen.

Tanja brauchte ihre Empfehlungsschreiben von Sabatier de Cabre nicht; Konstantin führte sie in die Salons der vornehmen Pariser Gesellschaft ein, und nachdem sie durch die Gräfin d'Artois in Versailles dem Königspaar offiziell vorgestellt worden war, erhielten sie auch Einladungen zu den Maskenbällen, Theateraufführungen und Schäferspielen, die die lebenshungrige, junge und schöne Marie Antoinette veranstaltete, während ihr schweigsamer, verhemmter Gatte es vorzog, seine Zeit in den Parterreräumen von Versailles zuzubringen, wo er sich eine Schlosserwerkstatt eingerichtet hatte.

Am Seine-Quai küßte Konstantin Tanja zum erstenmal – es war nach einem Souper im Palais Condé, sie hatten den Wagen nach Hause geschickt, weil sie beide Lust verspürten, noch ein Stück am Fluß entlangzulaufen. Und als Konstantin plötzlich stehenblieb und Tanja in die Arme nahm, ließ sie es geschehen, ohne sich zu wehren.

Es war viel Zuneigung in der Art, wie sie seinen Kuß erwiderte, und viel Dankbarkeit. Er hatte sie wieder jung werden lassen, nachdem sie sich im Inneren so lange Zeit zum Sterben alt gefühlt. Er hatte sie wieder lachen gelehrt, so wie sie es früher gekonnt, und ihr Dasein mit Wärme angefüllt, nachdem alles in ihr wie erfroren gewesen war.

Es lag ein wenig Nebel über der Seine, der Fluß hob sich schwarz und glänzend von den weißen Schwaden ab, und in den Wellen schimmerte wie kleine runde Monde das Laternenlicht.

Sie küßten sich lange; Konstantin sagte: »Du hast eine ganz kalte Nase …«, und wollte sie damit lächeln machen, weil er sah, daß sie Tränen in den Augen hatte.

Er begriff auch die Ursache dieser Tränen, denn sie hatte ihm alles von sich erzählt, und weil er sie wirklich liebte, wußte er, was sie jetzt empfand, auch ohne daß sie darüber redeten. Langsam gingen sie danach weiter, und er fragte nicht, ob er die Nacht bei ihr bleiben dürfe, denn auch dies war ihm klar: daß er ihr Zeit lassen mußte, weil sie zu lange in der Vorstellung gelebt hatte, einem Toten die Treue halten zu wollen.

Eine Mietdroschke brachte sie später in die Rue de Buci, und Konstantin hatte den Arm um Tanja gelegt und dem Kutscher gesagt, er solle langsam fahren oder auch einen Umweg. Die Kutsche rumpelte über das holprige Pflaster, und Konstantin hielt Tanjas Kopf an seiner Brust und streichelte ab und zu über ihr Haar.

Als er einmal leise lachte, blickte sie auf. »Was ist?«

»Oh, ich dachte gerade, wie wundervoll es ist, daß du Fürst Potemkin geohrfeigt hast. Sonst wäre ich dir vielleicht nie begegnet.«

Sie antwortete nichts darauf, aber plötzlich war alles wieder beklemmend gegenwärtig. Der Salon im Antischkow-Palais, Potemkins vor Wut verzerrtes Gesicht: »Eines Tages kommst du mir noch einmal unter die Finger. Und dann gnade dir Gott.«

Am nächsten Morgen hatte Tanja die Zarin um Entlassung aus dem Hofdienst gebeten. Katharina hatte keine Frage nach dem Warum gestellt; wahrscheinlich ahnte sie, daß es Potemkins wegen war, und Tanjas Bitte sofort stattgegeben. Sie hatte nicht einmal mehr an der Hochzeit des Großfürstenpaares teilzunehmen brauchen.

Drei Tage später hatte sie Petersburg verlassen und war über Riga, Danzig und Stettin nach Berlin gefahren. Der König hatte sie in Sanssouci empfangen und der russische Gesandte am preußischen Hof, Prinz Dolgorukij, ihr angeboten, in seinem Hause Aufenthalt zu nehmen, solange es ihr beliebte. Aber sie war nur eine Woche geblieben, dann war sie auf direktem Wege nach Paris weitergereist.

In dieser Nacht blieb Tanja lange wach. Sie dachte an Andrej und an Konstantin. Sie würde ihn niemals lieben, wie sie Andrej geliebt hatte, aber da war eine große, warme Zärtlichkeit in ihr – und auch ein wenig Sehnsucht, endlich, endlich wieder Frau zu sein.

Eine Woche später wurde sie seine Geliebte. Es war in der Nacht, da Kardinal Prinz Rohan in seinem Pariser Palais dem amerikanischen Gesandten Benjamin Franklin ein Fest gab. Alles, was Glanz und Namen hatte in Frankreich, war erschienen, und märchenhafter Prunk empfing den schlichten Mann im einfachen schwarzen Rock, der der Abgesandte des amerikanischen Kongresses war.

Franklin war gekommen, um Verhandlungen über den Abschluß eines Bündnisses aufzunehmen. Sein bedrängtes Land führte seit mehr als einem Jahr Krieg, um die englische Herrschaft abzuschütteln. Neben den englischen waren inzwischen Scharen von ausländischen Söldnertruppen in Amerika gelandet und lieferten den Freiheitskämpfern blutige Schlachten. Franklin brauchte Hilfe, Geld und Waffen, und nicht nur die militärische, sondern auch die moralische Unterstützung der Großmacht Frankreich gegen die Großmacht England.

»Wir kämpfen gegen die koloniale Ausbeutung unseres Landes durch die englische Krone!« sagte er. Er sagte es hundertmal in diesen Tagen in Paris, in denen ihn Beaumarchais, den er aus London kannte und der sein Freund geworden war, in den Salons und Palästen der Großen einführte. »Wir wollen freie Bürger in einem freien Lande sein.«

Knapp zwei Jahre war es her, daß der Aufstand in Boston seinen Anfang nahm, und ein halbes, daß der neu gebildete

Kongreß der »Vereinigten Staaten von Amerika« in seiner Unabhängigkeitserklärung sich von England lossagte.

Freie Bürger in einem freien Land... Ein Volk, das die Männer selbst wählte, die es regieren sollten... Menschen, ob hoch und niedrig geboren, die alle gleich waren vor Gott und dem Gesetz ...

Es ging wie ein Aufatmen durch Europa. War das nicht die Zukunft, von der man träumte? Aus Polen, aus dem von zahllosen Kleintyrannen beherrschten Deutschland, aus Frankreich, von überallher strömten Freiwillige zusammen, um Amerika in seinem Freiheitskampf zu unterstützen.

An diesem Abend im Palais Rohan sprach Konstantin Bogumirski lange mit Benjamin Franklin, und als Konstantin Tanja wenig später nach Hause brachte, war er noch so erfüllt von dem Eindruck, den dieser ernste, schlichte Mann auf ihn gemacht hatte, daß er über nichts anderes redete.

»Wenn es dich nicht gäbe«, sagte er, »würde auch ich nach Amerika gehen, genau wie Thaddäus Kosciuszko.«

Sie wußte, wer Kosciuszko war, und daß der junge Pole sich den Armeen George Washingtons angeschlossen hatte, und eine heiße, jähe Angst ergriff ihr Herz.

Nein, nicht noch einmal! Nicht noch einmal wollte sie einen Mann an den Krieg verlieren, gleichgültig, ob er gerecht oder ungerecht, nützlich oder sinnlos war.

Ungestüm warf sie die Arme um Konstantins Hals, als die Kutsche vor ihrem Haus hielt. »Versprich mir, daß du es nicht tun wirst. Versprich mir, daß du nicht einmal mehr daran denkst. Ach, Konstantin, ich könnte es nicht aushalten...«

»Mein liebes Herz...« Er küßte sie und spürte, daß sie seine Küsse diesmal anders, heftiger, leidenschaftlicher erwiderte. »Komm«, flüsterte sie schließlich, »komm, bleib bei mir.«

In ihrem Schlafzimmer umklammerte sie ihn mit all ihrer Kraft. Ach, er war so jung, so schön, so strahlend; er war wie das Leben selbst. Nein, er durfte nicht in den Krieg!

Er würde das Lachen seiner Augen verlieren, allen Frohsinn, all das Helle, Lichte, das von ihm ausging. Auch wenn er unversehrt zurückkehrte – er würde nie mehr der sein, der er vordem gewesen war. Das graue Elend, das man miterlebte, hinterließ Spuren. Hatte sie es nicht an sich selbst erfahren?

Sie trennten sich nicht in dieser Nacht, und Konstantin liebte Tanja mit solch leidenschaftlicher Zärtlichkeit, als könne er nie genug von ihr bekommen. Ihr Körper erwachte unter seinen Liebkosungen, und er ließ ihr Zeit und legte seinem eigenen

Verlangen Zügel an, bis sie selbst ganz atemlos und bereit war und nach ihm verlangte.

Später – hinter den zugezogenen Vorhängen schimmerte schon das Frühlicht – fragte er, während er ihren Kopf an seine Schulter zog: »Habe ich dich glücklich gemacht?«

Sie nickte und küßte seine nackte Brust und horchte in sich hinein. War sie glücklich?

Ja, dachte sie fast trotzig. Ich bin es. Ich will es sein, denn mein Herz ist nicht mehr leer, und meine Arme umfangen einen Mann, der mich liebt.

Sie lebte wieder.

Im Frühjahr fuhr sie mit Konstantin nach Warschau. Sein Vater hatte schon lange auf seine Heimkehr gedrängt. »Und jetzt«, so meinte Konstantin, »ist gerade der rechte Zeitpunkt dafür. Ich möchte, daß du meine Familie kennenlernst. Außerdem will ich mein Herumzigeunern aufgeben und etwas Nützliches tun.«

»Und was soll das sein?« fragte Tanja. »Eine Anstellung bei Hof?«

Er wurde ernst. »Nein, dazu tauge ich nicht. Aber wir haben sehr viel Landbesitz. Ich werde mich um die Verwaltung unserer Güter kümmern und eines Tages den Platz meines Vaters im Sejm einnehmen. Habe ich dir eigentlich erzählt, daß meine Mutter eine geborene Potocki ist? Nun, und alle Potockis stehen im Widerstreit zu der ›Familie‹, wie man die Czartoryskis nennt. Die Czartoryskis sind königstreu und rußlandfreundlich, die Potockis wollen ein freies, unabhängiges Polen ohne Einmischung des Auslandes. Viele halten das für eine Utopie und meinen, es könne nur schlimmer kommen, wenn wir uns in irgendeiner Weise zur Wehr setzen. Aber ich denke, es ist doch etwas zu machen. Polen braucht Reformen. Keine Revolution mehr, sondern eine Verfassungsänderung. Kein Wahlkönigtum, das jeder ausländischen Macht die Möglichkeit gibt, einen seiner Kandidaten auf den polnischen Thron zu setzen, sondern die erbliche Königswürde. Und die Abschaffung des liberum veto, damit es endlich möglich ist, notwendige Gesetze durch einfachen Mehrheitsbeschluß durchzubringen... Ach, es gibt so viel zu tun, und ich will meinen Teil dazu beitragen.«

Sie erreichten Warschau Ende April. Madame Breskowa und Konstantins Leibdiener Jerzy waren vorausgefahren, um für Tanja eine geeignete Wohnung zu mieten. Es war eine geräumige Etage in einem Palais an der Miodowa-Straße, das einem

Bankier gehörte. Im Obergeschoß standen noch eine Reihe Zimmer für Dienstboten zur Verfügung.

»Hübsch«, sagte Konstantin, als er zum erstenmal mit Tanja durch die hohen, stuckverzierten Räume ging. »Und ich werde nicht einmal einen Wagen brauchen, um dich zu besuchen. Die Senatorska, wo wir wohnen, ist nur ein paar Schritte um die Ecke. Morgen abend allerdings lasse ich dich ganz offiziell mit dem Vierergespann abholen.«

Tanja hatte sich das Bogumirskische Palais nicht so riesig vorgestellt und auch viel weniger prunkvoll. Und vor allem hatte sie nicht erwartet, an diesem ersten Abend, wo sie Konstantins Familie kennenlernen sollte, so viele Menschen anzutreffen.

Die Familie – das war ein ganzer Clan von unverheirateten, angeheirateten, nahen und entfernten Verwandten. Bei der Vorstellung schwirrte Tanja der Kopf von all den Namen und Titeln, und sie sagte später zu Konstantin: »Hoffentlich verzeiht man es mir, wenn ich einige Zeit brauche, bis ich jeden kenne.«

Er drückte sie einen Augenblick zärtlich an sich. »Was sollte man dir nicht verzeihen?«

Konstantins Vater Ludwig Bogumirski war Woiwode von Radom, ein stiller Mann mit einem weißhaarigen Gelehrtenkopf, der Tanja mit großer Liebenswürdigkeit willkommen hieß.

Jadwiga Bogumirska, geborene Potocki, hatte das gleiche braune Haar wie ihr Sohn und die strahlendblauen Augen. Aber ihr fehlte Konstantins Wärme; sie war herber, verschlossener, abwartender. Während des Abendessens fühlte sich Tanja oft von ihr beobachtet. Dann waren da noch zwei jüngere Schwestern, dreizehn und siebzehn Jahre alt, Kasimira und Marysia, beide blond und blauäugig und beide von außerordentlichem Liebreiz. Konstantins jüngerer Bruder Jaroslaw besuchte die Militärakademie; er hatte an diesem Abend Dienst, und der ältere, Adam, war vor kurzem Bischof von Targowice geworden und stattete seiner Familie nur gelegentliche Besuche ab.

Insgesamt mochten etwa zwei Dutzend Verwandte zum Bogumirskischen Haushalt gehören, außerdem Madame Renaud, die Schweizer Gesellschafterin der beiden Mädchen, und der französische Abbe Gaillot.

Es herrschte eine heitere, ungezwungene Atmosphäre, und Tanja fiel auf, daß alle einander mit großer Herzlichkeit begegneten.

Dieser Eindruck verstärkte sich noch, je öfter sie mit den Bogumirskis zusammenkam. Da war kein falscher Ton, keine anerzogene Höflichkeit, sie bemühten sich, jeder auf seine Art, nett und rücksichtsvoll gegeneinander zu sein und eine Gemeinschaft zu bilden, von der niemand ausgeschlossen war.

»Das wirst du hier in den meisten alten Familien finden«, sagte Konstantin, als Tanja einmal mit ihm darüber sprach. »Der Adel ist zwar in zwei Parteien gespalten – in die Czartoryski- und die Potocki-Anhänger, und wer für die einen ist, muß gegen die anderen sein. Das schmiedet jede Gruppe natürlich zusätzlich zusammen. Außerdem erzeugt Druck von außen immer einen starken inneren Zusammenhalt.«

Was es mit dem Druck von außen auf sich hatte, begriff Tanja sehr schnell. In Warschau wimmelte es von russischem Militär, man hörte immer wieder von Ausschreitungen und Übergriffen gegen die Bevölkerung und der unverschämten Anmaßung, mit der sich Stackelberg, der russische Gesandte, in die Regierungsgeschäfte des Königs mischte. Kolarski hatte nicht übertrieben – was in Polen im Namen der Zarin geschah, war ein kaum zu überbietendes Unrecht. Freilich hatten auch Preußen und Österreich weite Landesteile annektiert, sich aber danach aus allen inneren Angelegenheiten des polnischen Staates zurückgehalten. Katharina hingegen zwang König Stanislaus August unter die völlige Vormundschaft eines Conseil permanent, dessen Mitglieder ihre Marionetten waren. Und Poniatowski war zu schwach, dem in irgendeiner Form entgegenzutreten.

Bald nach ihrer Ankunft wurden Konstantin und Tanja vom König empfangen. Er hielt sich gerade in Wilanow, der vor den Toren der Stadt gelegenen kleinen Residenz, auf, die einst Johan Sobieski hatte erbauen lassen und die Poniatowski wegen seiner stillen, heiter-verspielten Anmut besonders liebte.

Vier- und sechsspännige Karossen, von edlen Pferden gezogen, fuhren in den Ehrenhof ein. Lakaien in der königlichen Livree standen Spalier, über dem Fronteingang des Schlosses glänzte im Schein der vielen Windlichter eine goldene Sonne mit spitzem Strahlenkranz. »Refulsit Sol in clipeis« – die Sonne erglänzt auf den Schilden – besagte die Aufschrift.

Stanislaus II. August Poniatowski, König von Polen, empfing seine Gäste stehend im Bankettsaal. Er war jetzt Mitte der Vierzig, ein immer noch schöner Mann mit melancholischen, kurzsichtigen Augen und einem edel geschnittenen, eine Spur zu weichen Gesicht.

Kasimir, der älteste Bruder des Königs, Großkämmerer der Krone und Oberhofzeremonienmeister, nannte mit lauter Stimme die Namen der Eintretenden. Pomeranzenbäume in silbernen Kübeln säumten den Weg. Kerzenlicht schimmerte auf juwelengeschmückten Galauniformen und Staatsroben. Man plauderte, lachte, tuschelte wohl auch hinter vorgehaltenem Fächer.

»Prinzessin Tanja Iwanowna Tutscharewa und Graf Konstantin Bogumirski«, rief der Oberhofzeremonienmeister, und es wurde einen Moment still. Während sie über den schwarzweißen Marmorboden auf den König zuschritt, spürte Tanja, wie man sie musterte. »Bei Gott, das ist ja eine Schönheit«, sagte jemand halblaut. »Und so etwas soll eine russische Bauernmagd gewesen sein…«

Ein anderer fügte hinzu: »Wenn Bacciarelli sie sieht, wird er sie um jeden Preis malen wollen.«

Eine Frau lachte leise. »Und wenn Theresa Opienska sie sieht, wird sie begreifen, daß sie sich auf Bogumirski keine Hoffnungen mehr zu machen braucht.«

Tanja versank vor dem König in der vorgeschriebenen Verneigung. Der Rock ihres weißen Samtkleides, dessen Schleifen und Spitzen mit Diamanten besetzt waren, bauschte sich, die schweren Ohrgehänge aus Smaragden klirrten leise, als sie den Nacken beugte.

Natürlich, dachte sie, während sie darauf wartete, daß Poniatowski sie ansprach, der Klatsch ist mir vorausgeeilt. Und da war ein Name gefallen: Theresa Opienska…

»Ma chère princesse«, riß die Stimme des Königs sie aus ihren Gedanken, »wir sind entzückt, eine so bezaubernde Frau an unserem Hofe willkommen zu heißen.«

Sie richtete sich auf und erwiderte sein Lächeln. »Vielen Dank. Es ist sehr gütig von Eurer Majestät, das zu sagen.«

»Ich hoffe, man wird Sie von nun an öfter hier sehen« ,fuhr Poniatowski, diesmal auf russisch, fort. Er sprach fließend mehrere Sprachen, und wenn er Ausländer empfing, machte es ihm Freude, sie in ihrer Muttersprache anzureden.

Dann wandte er sich an Konstantin. »Es ist schön, daß Sie heimgekehrt sind, Graf Bogumirski. Gewiß werden Sie viel Interessantes von Ihren Studien und Reisen zu berichten haben. Ich freue mich auf eine ausführliche Plauderstunde mit Ihnen – und natürlich mit Ihnen, Madame«, setzte er, wieder an Tanja gewandt, hinzu. »Wie Graf Stackelberg mir sagte, waren Sie bis zum letzten Sommer am Hof Ihrer Majestät, der Zarin. Ich bin sehr begierig, was Sie mir von dort zu berichten haben.«

Er nickte ihnen verabschiedend zu, und Konstantin und Tanja gingen nach einer leichten Verneigung weiter, weil der Großkämmerer das nächste Paar aufrief: »Gräfin Isabella und

Graf Adam Kasimir Czartoryski, General der podolischen Lande…«

Während des Essens saß Tanja zwischen Poniatowskis älterem Bruder Michael, dem Primas von Polen, und Stanislaus Lubomirski, einem angeheirateten Vetter, den er zum Großmarschall der Krone gemacht hatte.

Der Bruder des Königs war geistreich und ausgesprochen witzig; Tanja lachte ein paarmal herzlich über ihn. Lubomirski hingegen wirkte mürrisch, er stopfte Unmengen von jedem Gang, den die Lakaien auftrugen, in sich hinein und schien das wichtiger zu finden als jede Unterhaltung.

Konstantin saß weit entfernt am anderen Ende der hufeisenförmigen Tafel, und Ursula Mnizech, eine Nichte des Königs, war seine Tischdame. Tanja beobachtete, wie sie mit süßer Miene unablässig auf ihn einsprach. Einmal fing sie einen unglücklichen Blick von ihm auf und lächelte ihm zu. Kaum daß die Tafel aufgehoben war und sich die Gesellschaft in die angrenzenden Salons verteilte, tauchte er wieder bei ihr auf und nahm ihren Arm. Tanja schmiegte sich einen Moment an ihn.

»Ich wünschte, wir könnten uns ohne alle Formalitäten empfehlen«, flüsterte er. »Du bist so schön heute abend, ich möchte mit dir allein sein.«

»Ich auch«, erwiderte sie freimütig. »Aber ein wenig Geduld müssen wir noch haben.«

Sie standen an einer der französischen Fenstertüren, die auf eine Terrasse gingen. Auf der Brüstung und in dem dahinterliegenden Park waren überall Windlichter entzündet. Die blühenden Tulpenbeete leuchteten rot und gelb, und die Bäume trugen das erste Grün.

Konstantin küßte Tanja auf den Nacken und lachte leise, als er ihr Zusammenschauern bemerkte. »Ende des Monats fahren wir nach Gradyno und bleiben den Sommer über, die ganze Familie außer Jarowslaw und Adam – und du kommst natürlich mit.«

Sie hatte viel von Gradyno, einem der Bogumirskischen Landsitze, erzählen hören. Es lag südlich von Warschau, am Zusammenfluß von Weichsel und Pilica, und sollte bezaubernd sein.

»Aber deine Eltern?« fragte Tanja. »Werden sie einverstanden sein, wenn ich wochenlang ihr Gast bin?«

»Sie sind es schon. Hat Mama noch nicht mit dir gesprochen? Dann wird sie es bei nächster Gelegenheit tun. In Gradyno haben wir immer eine Unzahl Gäste. Platz ist genug da, und du wirst viele unserer Freunde kennenlernen.«

In diesem Augenblick fiel Tanja der Name ein, der vorhin bei ihrem Eintritt im Zusammenhang mit Konstantin gefallen war: Theresa Opienska.

»Auch die Opienskis?« fragte sie.

Er runzelte überrascht die Brauen. »Das sind unsere nächsten Nachbarn in Gradyno. Woher kennst du ihren Namen?«

»Jemand sprach vorhin von einem jungen Mädchen – Theresa Opienska ...«

Das Dazwischentreten der Gräfin Mnizech verhinderte Konstantins Antwort. »Lieber Graf, haben Sie nicht Lust, eine Partie Tresette zu spielen?« Tanja erhielt ein falsches Lächeln. »Und Sie natürlich auch, Madame.«

Es war weit nach Mitternacht, als Tanja und Konstantin Wilanów verließen. Sie fuhren in die Wohnung in der Miodowa-Straße. Laila war noch auf. Sie half Tanja aus der weißsamtenen Galarobe, bürstete ihr das Haar und brachte ihr ein cremefarbenes Spitzenneglige. Dann wünschte sie ihrer Herrin eine gute Nacht und verschwand knicksend.

Konstantin hatte im Salon gewartet. Wanda Breskowa hatte Champagner bereitstellen lassen, der Raum mit den blaßroten Seidentapeten lag im warmen Kerzenschein des Kronleuchters.

Konstantin kam auf Tanja zu und zog sie an sich. »Endlich!« sagte er. »Ich hoffe, du warst von diesem Abend nicht so beeindruckt, daß du darauf brennst, öfter in Wilanow zu erscheinen. Im Grunde ist es doch immer dasselbe.«

Sie nickte und genoß die Wärme seiner Hände, als er ihr Neglige teilte und ihre Haut streichelte. »Manchmal«, murmelte sie, »vermisse ich Paris und das Haus in der Rue de Buci. Nichts gegen deine Familie, sie ist reizend, aber wir sind hier so selten allein. In Paris konnten wir immer tun, was wir wollten. Es war schön, morgens mit dir zu erwachen und den ganzen Vormittag zu vertrödeln, wenn wir Lust dazu hatten. Oder ganz früh aufzustehen und ins Bois zu reiten. Oder die halbe Nacht an den Seine-Quais herumzubummeln und irgendwo in einem Bistro eine heiße Suppe zu essen oder Gewürzwein zu trinken... Wir waren nichts als ein Liebespaar wie hundert andere...«

»Jetzt sind wir auch ein Liebespaar, mein Herz«, flüsterte er und schob den duftigen Stoff des Negliges von ihren Schultern. »Und wenn du unsere ungestörte Zweisamkeit vermißt... Es gibt einen ganz einfachen Weg, sie wiederzuerlangen. Heirate mich.«

Tanja seufzte. »O bitte, fang nicht wieder davon an...«

»Schon gut, ich bin still. Aber Ruhe lasse ich dir nie damit, und eines Tages bekomme ich dich doch herum. Du liebst mich doch, nicht wahr?«

»Ja«, sagte sie leise. »Ich habe dich sehr, sehr lieb...«

Aber sie wußte, daß es nicht dasselbe war: jemanden zu lieben oder ihn liebzuhaben. Und Konstantin wußte es auch. Er machte ihr nie einen Vorwurf. Trotzdem spürte sie, daß er darunter litt; sie merkte es an der Art, wie er sie manchmal ansah, wenn sie sich unbeobachtet glaubte, mit einem so forschenden, hungrigen Ausdruck in den Augen. Dann kam sie sich jedesmal sehr schlecht vor. Er war so gut, es gab niemanden, der mehr verdiente, glücklich zu sein. Es war ungerecht, ihn leiden zu machen. Aber sie brachte es auch nicht über sich, ihn anzulügen.

Konstantin verließ Tanja im Morgengrauen, und so leise, daß er sie nicht weckte. Sie erwachte erst viel später, als Sonne durch die Fenster fiel und Laila hereinkam, um zu fragen, ob sie das Frühstück bringen solle.

Schläfrig wandte Tanja den Kopf. »Meinetwegen...« Ihre Hand glitt über den leeren Platz neben sich, auf dem Konstantin gelegen hatte. Sie preßte für ein paar Sekunden das Gesicht in die Kissen, suchte den Geruch seines Körpers wiederzuentdecken und empfand eine eigentümliche Leere, wie so oft, wenn er sie nach einer Liebesnacht verlassen hatte.

Eine Stunde später gab ein kleiner Junge einen Korb voller Parmaveilchen für sie ab. Es lag keine Karte dabei, dennoch wußte sie, daß die Blumen von Konstantin waren.

Es war ein besonders schöner, sonniger Tag, deshalb unternahmen Tanja und Wanda Breskowa eine Spazierfahrt. Die Sigismundsäule glänzte in der Sonne, die kleinen hüpfenden Wellen der Weichsel schienen wie mit flüssigem Gold überschüttet, und auf den Brücken, die zum anderen Ufer hinüberführten, herrschte lebhaftes Gedränge von Kutschen, Reitern und allerlei Fußvolk.

Sie fuhren über den Schloßplatz, den Droga Krolewska entlang und dann in weitem Bogen durch den Lazienki-Park zurück.

Poniatowski hatte den Park anlegen lassen; er war bezaubernd, mit breiten Alleen und einem See, in dessen Mitte eine künstliche Insel aufgeschüttet worden war. Hier, so hatte der König Tanja erzählt, wollte er sich eine Sommerresidenz erbauen. Im Augenblick befand sich auf der Insel nur das Badehaus des Kronmarschalls Lubomirski; die weißen Säulen und das grüne Kuppeldach schimmerten durch die Trauerweiden.

Als Tanja in die Miodowa-Straße zurückkam, stand eine vierspännige Berline mit dem Bogumirskischen Wappen vor dem Portal, und Igor Jefimowitsch meldete ihr, daß die Gräfin Bogumirska im Empfangssalon warte.

Tanja ging sofort, sie zu begrüßen. »Warum haben Sie nicht Nachricht geschickt, daß Sie mich besuchen wollen? Dann wäre ich daheimgeblieben.«

Jadwiga Bogumirska lächelte freundlich. »Es war ein ganz spontaner Einfall, meine Liebe. Ich habe Tante Maria ins Rekollektenkloster begleitet – Sie wissen doch, ein Bruder von ihr ist dort Abt, und sie wollte ihm einen Besuch abstatten. Auf der Heimfahrt kam ich hier vorbei und ließ halten. Ich habe noch nicht einmal zehn Minuten gewartet.«

Tanja ließ Wein und Gebäck bringen und entschuldigte sich für ein paar Augenblicke, um Hut und Mantel abzulegen.

»Konstantin hat Ihnen sicher schon erzählt, daß wir in vierzehn Tagen nach Gradyno übersiedeln«, sagte die Bogumirska, als Tanja zurückkam. »Ich würde mich freuen, wenn Sie dort unser Gast sind.«

»Das ist sehr liebenswürdig von Ihnen; ich nehme Ihre Einladung gern an.« Wie immer, wenn sie mit Konstantins Mutter sprach, fühlte Tanja sich etwas befangen. Diese überschlanke, noch immer schöne Frau strahlte für ihr Empfinden sehr viel respekteinflößende Überlegenheit aus. Und trotz aller Freundlichkeit, mit der sie ihr begegnete, wußte Tanja nicht recht, was Jadwiga Bogumirska im tiefsten Herzen von ihr dachte.

»Gut«, sagte die Gräfin, »dann wäre dies also geklärt.« Sie strich über ihre karamelfarbenen Handschuhe, die sie im Schoß hielt. »Aber das ist nicht eigentlich der Grund, warum ich Sie besucht habe. Ich wollte Sie unter vier Augen sprechen – Konstantins wegen.«

Tanja richtete sich auf. »Ja? Oh, ich verstehe…«

»Das glaube ich nicht«, sagte die Bogumirska. »Es… nun ja, es ist etwas heikel, aber ich halte Sie für eine so vernünftige Person, daß ich offen sein kann.«

»Das wäre mir sehr lieb, Gräfin.«

Die Bogumirska lächelte. »Jetzt sehen Sie aus wie eine angriffslustige Katze. Aber ich mag das an Ihnen. Fade Charaktere kann ich nicht ausstehen. Glauben Sie also bitte nicht, daß ich Konstantins Neigung für Sie mißbillige.«

»Und weiter? Das war doch nur die Einleitung.«

»Ja. Aber ich mußte Ihnen das sagen, damit Sie mich nicht mißverstehen. Und verzeihen Sie mir, wenn ich Ihnen jetzt vielleicht weh tue. Es gibt auch einiges an Ihnen, was mir nicht gefällt – jedenfalls nicht für die zukünftige Gräfin Bogumirska.«

Tanja schwieg einen Augenblick, dann nickte sie. »Ich verstehe. Soll ich Ihnen meine Mängel aufzählen? Ich bin vier Jahre älter als Ihr Sohn, Russin, griechisch-orthodoxen Glaubens, war schon einmal verheiratet und habe in Ihren Augen wahrscheinlich keinen einwandfreien Ruf.«

Die Gräfin senkte den Blick. »Sie müssen nicht denken, daß ich Erkundigungen eingezogen habe. Es sind die Dienstboten, die einem manches hinterbringen. Ich habe eine Köchin, deren Vetter Leibheiduck bei Graf Stackelberg ist. Dadurch erfuhr ich von gewissen Dingen…«

»Sie müssen sich keine Gedanken machen«, sagte Tanja ruhig. »Ich habe nie die Absicht gehabt, Konstantin zu heiraten, und ich werde es auch nicht tun.«

»Sehen Sie«, sagte die Bogumirska, »Konstantin ist so begabt, er hat eine Zukunft vor sich, er könnte zu den höchsten Ämtern aufsteigen…«

Tanja lächelte ein wenig, ein fernes, trauriges Lächeln, gemischt mit Bitterkeit. »Gewiß. Einmal hat ein Mann dies alles für mich aufgegeben. Mein Mann. Er heiratete eine entlaufene Leibeigene und quittierte den Staatsdienst. Glauben Sie, ich würde wollen, daß Konstantin das gleiche für mich täte? Daß ihm Türen verschlossen blieben, die sich normalerweise für ihn öffneten? Meine Ehe hat die Zarin später sanktioniert, aber Sie haben schon recht: Ich bin nur hoffähig durch die Gnade der russischen Kaiserin.«

»Sie sagen das alles viel härter und schonungsloser, als ich es wollte …«

»Aber es ist wahr! Vielleicht würde ich anders reagieren, wenn ich sicher wäre, Konstantin so glücklich zu machen, daß ihn meine Liebe für alles entschädigt. Doch das, Madame, bin ich nicht, und es ist einer der Gründe, warum ich ihn nicht heiraten will.«

Jadwiga Bogumirska sah halb beschämt, halb erleichtert aus. »Fast tut es mir leid… Ich habe sehr viel Achtung vor Ihnen, Madame Tutscharewa…«

Sie verabschiedete sich bald darauf, und Tanja begleitete sie bis zur Straße. Sie sah der prächtigen Karosse mit den beiden Vorreitern und den Lakaien auf dem Trittbrett nach, bis sie in die Senatorska eingebogen war.

Dann kehrte sie in ihre Wohnung zurück und setzte sich in ihrem Boudoir vor den Frisiertisch mit dem dreiteiligen goldgerahmten Spiegel.

Auf einem niedrigen Taburett stand der Korb mit Veilchen, die Konstantin ihr geschickt hatte. Der ganze Raum mit seinen Wandbespannungen aus perlgrauer Seide, in die stilisierte stahlblaue Eisvögel gestickt waren, duftete danach.

Tanja stützte den Kopf in die Hände und betrachtete sich im Spiegel. Dann brach sie unvermittelt in Tränen aus.

Es war dumm, zu weinen, es war ganz und gar unsinnig. Mit allem, was Jadwiga Bogumirska gesagt hatte, hatte sie recht. Konstantin sollte sein junges, unschuldiges, untadeliges Mädchen aus guter polnischer Familie bekommen – eines Tages, wenn sie, Tanja, Warschau verließ.

Aber sie würde dann allein sein, und das war es, was sie weinen machte.

Sie war zweiunddreißig Jahre alt. Sie konnte siebzig werden oder achtzig, und sie würde allein sein. Oder gab es einen Menschen auf der Welt, der ihr Andrej und Pawel zu ersetzen vermochte?

Sie war entschlossen gewesen, nicht den ganzen Sommer über in Gradyno zu bleiben. Aber jedesmal, wenn sie von einer Rückkehr nach Warschau sprach, war es ausgerechnet Jadwiga Bogumirska, die sie bat, ihre Abreise hinauszuschieben. Es bestand kein Zweifel: Konstantins Mutter hatte sie inzwischen aufrichtig ins Herz geschlossen.

Trotzdem lag es nicht allein daran, daß Tanja blieb, sondern hauptsächlich an Gradyno und seinen Bewohnern.

Da war das Schloß, heiter-verspieltes Barock, mit ockerfarbener, säulengetragener Fassade und überdachten Galerien, die das Hauptgebäude mit den beiden Seitenflügeln verbanden. Über die ganze Rückfront zog sich eine Terrasse, und dahinter erstreckte sich der romantisch verwilderte Park mit bemoosten Steinfiguren, üppig wuchernden Jasmin- und Ligusterhecken, wilden Rosen und dem dichten Laubdach seiner Linden. Das Haus war voller Gäste. Es waren entfernte Verwandte oder Freunde der Bogumirskis, und ein Teil von ihnen hatte seinen gesamten Besitz und die dort ansässigen Leibeigenen in den von Rußland annektierten polnischen Gebieten verloren. Sie hatten die alte Heimat verlassen und alles aufgeben müssen, weil sie sich geweigert hatten, den Treueid auf Katharina als ihrem neuen Souverän abzulegen.

Einige besaßen noch Landgüter in Polen oder einträgliche Stellungen bei Hof, aber es waren auch solche darunter, deren gesamte Habe im jetzigen Weißrußland konfisziert worden war und die nun von der Unterstützung ihrer Freunde und Verwandten lebten.

Freilich hatten sie Schmuck mitgebracht, den sie nach und nach veräußerten, und einige versuchten, sich ihren Lebensunterhalt zu verdienen, indem sie sich als Gutsinspektoren, Sekretäre, Bibliothekare oder Hauslehrer verdingten. Graf Lopatinski zum Beispiel hatte eine Reitschule für die Kinder wohlhabender Warschauer Patrizier eröffnet, die Gräfin Judycka gab Tanzunterricht, die vier Schwestern Waselicki boten ihre selbstgefertigten wunderhübschen Stickereien zum Verkauf an, doch all dies reichte allenfalls zum Nötigsten.

Aber niemand schämte sich seiner Armut. Im Gegenteil, sie trugen sie mit lächelndem Stolz wie einen Orden und brachten es sogar fertig, darüber Scherze zu machen.

Da war zum Beispiel die siebzigjährige Eleonora von Brzostowska, Witwe des Woiwoden von Livland. »Mein ganzes Leben lang habe ich kaum einen Handgriff selber getan«, sagte sie zu Tanja, und ihre fahlgrauen alten Augen funkelten vergnügt. »Und nun stellen Sie sich vor, mein Kind, wie mir zumute war, als ich mich zum erstenmal allein an- und ausziehen mußte. In irgendeinem armseligen Gasthof auf der Reise nach Warschau war es, und ich habe schlimmer geflucht als ein Fuhrknecht, weil ich mit meinem Mieder nicht zurechtkam. Wenn ich Ihnen einen Rat geben darf: Probieren Sie es einmal in guten Zeiten, ohne Zofe auszukommen.«

Graf Lopatinski lachte. Seine Frau und seine drei unverheirateten Töchter lebten in Gradyno; er selbst kam, so oft es seine Zeit gestattete, zu Besuch. »Ich sage Ihnen, es ist eine Schande, wie falsch man uns erzogen hat. Reiten, schießen, fechten, Karten spielen! Versuchen Sie mit diesen Künsten einmal ein paar Zloty zu verdienen. Daheim in Polock hatte ich einen französischen Koch, und als ich mich geweigert hatte, diesen verdammten Untertaneneid zu leisten, sagte ich zu ihm: ›Etienne, mein Lieber, ich kann dich nicht mehr bezahlen. Alles, was ich besitze, ist an die russische Krone gefallen, du mußt dich also nach einem neuen Brotherrn umsehen.‹ Was denken Sie, vorige Woche habe ich den Burschen in Warschau getroffen. Er war inzwischen drei Jahre Koch beim Fürsten Radziwill, und dabei hatte er soviel gespart, daß er ein eigenes Restaurant eröffnen konnte. Am Markt der Neustadt liegt es, gleich neben der Sakramentinnenkirche. Ich war dort, weil er mich eingeladen hat, und man konnte kaum einen freien Stuhl finden. Glauben

Sie mir, mein Koch ist heute reicher als ich.«

Anfangs war Tanja ihnen gegenüber befangen gewesen: Mußten sie ihr nicht mit Abneigung begegnen, weil sie Russin war und Rußland der Urheber ihres Unglücks? Mußten sie nicht in jedem Russen ihren Feind sehen? Als sie einmal mit der alten Woiwodin von Livland darüber sprach, blickte die sie verwundert an. »Aber hören Sie, mein Kind, was können denn Sie dafür? Wer sucht sich das Land schon aus, in dem er geboren wird? Sie nicht, ich nicht – keiner von uns. Ich weiß, es ist eine weitverbreitete Unsitte, einem Menschen seine Herkunft anzulasten – aber warum soll man sie mitmachen? Etwas Gutes ist noch nie dabei herausgekommen.«

»Aber Sie müssen doch nach allem, was Ihnen, was Polen widerfahren ist, grenzenlos verbittert sein. Und dann ist man nicht immer gerecht.«

Die hellen Augen in dem scharfen Altfrauengesicht verschatteten sich. »Was uns geschehen ist, ist etwas, mit dem man sich nicht abfinden kann, niemals. Aber es wäre falsch, darauf mit Verbitterung zu reagieren. Man vergällt sich das Dasein damit, ohne etwas zu ändern, und man gerät in einen ganz und gar unvernünftigen Zorn. Aus alldem kommt keine Hilfe. Die alte Zeit ist dahin, mein Kind, und ich werde eine neue, bessere nicht mehr erleben. Andere werden es vielleicht, wenn wir alle miteinander vernünftig und beharrlich sind. Ein Volk zerstören, das ist nicht durch Waffengewalt möglich, sondern nur von innen heraus, und davor müssen wir auf der Hut sein.«

Eine Woche nach dieser Unterhaltung war sie tot. Ihr Ende war sanft und schmerzlos; man fand sie des Morgens in ihrem Bett, mit einem so friedlichen Gesichtsausdruck, als sei sie mitten in einem angenehmen Traum hinübergeglitten.

Sie wurde auf Gradyno beigesetzt, in der Familiengruft der Bogumirskis. Zu ihrer Beerdigung kam alles, was in der Umgebung Rang und Namen hatte: die Opienskis, die Radziwills, die Poceis, Sollohubs und Sapiehas. Konstantins Bruder Adam, der Bischof von Targowice, hielt die Totenmesse, und die Trauergemeinde war so groß, daß viele in der kleinen Kapelle keinen Platz mehr fanden und draußen Kopf an Kopf im hellen Sonnenlicht standen.

Später, nachdem der Sarg in die Gruft gesenkt worden war, sprach Ludwig Bogumirski noch zu den Versammelten. »Meine Freunde«, begann er, »Sie wissen, es ist bei uns üblich, daß bei einer Beerdigung dieser oder jener, der den Verstorbenen besonders gut gekannt hat, noch ein paar Worte redet. Nun, ich habe Eleonora von Brzostowski nicht so gut gekannt wie einige von Ihnen, die mit ihr aus der ehemaligen Heimat gekommen sind. Aber sie hat zuletzt unter meinem Dach gelebt, und deshalb möchte ich gern noch etwas über sie sagen. Es sind keine Angehörigen von ihr hier, denn ihre Familie, eine verheiratete Tante, ihr Bruder und ihre Neffen und Nichten, sind im heutigen Weißrußland geblieben und haben der Zarin den Untertaneneid geleistet. Wir wollen darüber nicht richten – Eleonora von Brzostowski hat es auch nicht getan. Überhaupt hat sie selten von sich, von ihren Enttäuschungen, ihrem Kummer, ihren Schwierigkeiten geredet. Sie war eine der tapfersten Frauen, die zu kennen ich die Ehre hatte. Und über diese Tapferkeit möchte ich mit Ihnen sprechen, denn sie ist es, die uns allen not tut. Denen unter uns, die ihre Heimat und ihre Habe schon verloren haben, und solchen wie mir, die dies alles noch verlieren können. Denn die Zeit der Bedrohung, meine Freunde, ist nicht vorüber, und niemand weiß, welche Prüfungen noch auf uns warten.«

Er machte eine kleine Pause und ließ seinen Blick über die Menge schweifen. Tanja stand in der ersten Reihe neben Konstantin und der Gräfin Lopatinska. Die Lopatinska würgte an ihren Tränen, und Tanja sah, wie ihr Mann seinen Arm um sie legte. Niemand schluchzte laut; es war ganz still, als Ludwig Bogumirski mit seiner ruhigen, leidenschaftslosen Stimme fortfuhr:

»In der Politik gibt es keine Moral, meine Freunde, deshalb werden sich unsere Gegner nicht darum kümmern« ob sie recht oder unrecht tun. Aber es gibt eine Art Weltgewissen, und daran können wir rühren, wenn wir geduldig in der Not sind, fest in unserem Zusammenhalt und beharrlich in dem Bestreben, die Fehler, die wir in der Vergangenheit gemacht haben, zu beseitigen. Aus Schwäche haben wir Angriffsflächen geboten – das weiß jeder, der hier steht, und ich brauche nicht besonders darauf einzugehen. Ich habe mit Eleonora von Brzostowski oft darüber gesprochen: Sie war eine Gegnerin jedweden Lamentos, sie hat ihr und unser Unglück schweigend getragen, und sie vermochte das, weil sie an das Gute in unserem Volk glaubte und an die geistige Kraft, die es lebendig hält. Ich habe ihr erzählt, daß mein Sohn und viele seiner Gesinnungsfreunde an dem Entwurf einer neuen Verfassung für Polen arbeiten, die wir eines Tages im Sejm durchbringen wollen. Ich habe ihr die wichtigsten Punkte dieser Verfassung genannt, und sie hat gesagt: ›Das ist großartig. Gott helfe uns, daß es gelingt. Solange ich lebe, werde ich ihn darum bitten.‹ Nun, ich denke mir, daß sie es dort, wo sie jetzt ist, auch tut. Und da sie eine gute, aufrechte, gläubige Frau war, verhallt ihre Stimme vielleicht nicht ungehört. Daran sollten wir uns erinnern, wenn wir einmal mutlos werden. Gott sei mit der Verstorbenen, er sei mit uns, er sei mit Polen.«

Auch Tanja waren Tränen in die Augen geschossen. Mitleid umkrampfte ihr Herz, und gleichzeitig war sie von einer tiefen Achtung und Zuneigung zu all diesen Menschen hier durchdrungen. Sie dachte an Kolarski; warum war er nicht solchen wie Eleonora von Brzostowski und Ludwig Bogumirski, ach, allen, allen hier begegnet! Er hätte nicht zu sterben brauchen in Verzweiflung.

Im Davongehen, als die Trauergemeinde sich auflöste und langsam dem Herrenhaus zuschritt, drückte Tanja Konstantins Arm. »Es ist schön, daß ich dich kennengelernt habe – und alle anderen hier …«

Vor ihnen gingen die Opienskis. Tanja hatte sie schon bei einem Besuch in Lidwice, dem benachbarten Sommersitz der Familie, kennengelernt – bis auf Theresa. Sie war die älteste von fünf Geschwistern und bis vor ein paar Tagen mit ihrem Onkel und dessen Frau auf einer Auslandsreise gewesen.

Mitte der Zwanzig mochte sie sein, keine auffallende Schönheit, aber sie hatte ein feingezeichnetes Gesicht, eines, das man gern anschaute in seiner ruhigen Klarheit, und reiches, dunkelblondes Haar.

»Meine Kindheitsfreundin« hatte Konstantin gesagt, als Tanja ihn nach ihr gefragt hatte. »Wir haben miteinander gespielt, und ich habe sie oft gegen ihre Brüder verteidigt. Ich war der Älteste, weißt du, und deshalb eine Art Respektsperson, schon weil ich stärker war als sie. Mit fünfzehn habe ich Theresa erklärt, daß ich sie heiraten würde…«

Tanja blickte auf Theresas geraden, schmalen Rücken. Die künftige Gräfin Bogumirska? Vielleicht… irgendwann.

Im Oktober kehrte Tanja nach Warschau zurück, und hier erhielt sie Gewißheit, daß sie ein Kind erwartete. Geahnt hatte sie es schon in den letzten Wochen in Gradyno, und der Arzt, den sie in Warschau aufsuchte, bestätigte es ihr.

Ihre erste Empfindung war ein grenzenloses, alles überwältigendes Glück. In ihr wuchs ein Kind! Ein kleiner Mensch, den sie zur Welt bringen würde und der zu ihr gehörte… Sie hätte singen mögen und weinen und lachen und beten. Aber dieses Glück hielt nicht lange an.

Tanja lebte in einer Welt, in der nur Dirnen oder dumme junge verführte Dinger ein uneheliches Kind bekamen. Und selbst die fanden Möglichkeiten, sich seiner zu entledigen.

Solche Kinder blieben ein streng gehütetes Geheimnis. Man brachte sie heimlich zur Welt, man setzte sie vor Klosterpforten und Findelhäusern aus – oder gab sie bei irgendeinem Ehepaar gegen Geld in Pflege. Auf keinen Fall aber behielt man ein solches Kind.

Konstantin war noch in Gradyno geblieben, er kam eine Woche später unangemeldet zurück. Als er am Nachmittag, immer zwei Stufen auf einmal nehmend, die Treppe des Hauses in der Miodowa-Straße hinaufstürmte, fühlte sich Tanja zwiespältig und zerrissen. Wie gut er aussah, wie liebenswert er war! Es machte sie froh, ihn wiederzuhaben, und der Gedanke, ohne seine Wärme, seine Heiterkeit, seine Güte leben zu müssen, tat weh. Und doch …

Tanja ließ Champagner und einen Imbiß bringen und sah Konstantin zu, wie er aß und trank. Er erzählte, daß seine Eltern, die Tanten und Schwestern sich wegen des schönen Wetters entschlossen hätten, noch bis zum Monatsende in Gradyno zu bleiben. »Aber ich habe es einfach nicht ausgehalten ohne dich. Ich mußte dich sehen, mein Herz.«

Sie wich seinem Blick aus. »Das war lieb von dir.« Und dann sagte sie ihm unvermittelt, was geschehen war. Einen Augenblick lang starrte er sie mit geweiteten Augen an. Dann breitete sich ein solches Strahlen auf seinem Gesicht aus, daß es ihr ins Herz schnitt. »Ein Kind?« wiederholte er. »Tanja, du… wir bekommen ein Kind?«

Sie entzog ihm ihre Hände. »Ja, Konstantin. Aber ich werde dich trotzdem nicht heiraten. Ich habe mir alles überlegt. Ich werde, wenn mein Zustand nicht mehr zu verbergen ist, Warschau verlassen und das Kleine irgendwo anders, wo niemand mich kennt, zur Welt bringen.«

Er beugte sich nach vorn. »Bist du wahnsinnig! Natürlich heiraten wir so schnell wie möglich…«

»Nein!« wiederholte sie und stand auf, weil sie es nicht mehr aushielt, ihn anzusehen. »Ich habe dir von Anfang an gesagt, daß ich nicht mehr heiraten will, und das Kind ändert nichts daran. Ich bin unabhängig, ich habe Geld, ich kann es allein aufziehen.«

»Tanja!« Er sprang auf und trat hinter sie. Seine Hände umfaßten ihre Schultern. »Bitte, dreh dich um. Sieh mich an. Du kannst nicht meinen, was du sagst.«

»Doch!« erwiderte sie, ohne sich von der Stelle zu rühren. »Laß mich los, du tust mir weh.«

Seine Arme sanken herab. »Aber warum?« fragte er tonlos. »Warum willst du mich nicht heiraten? Was habe ich an mir, was findest du so abstoßend, daß du dich weigerst?«

»Nichts. Ich will es nur nicht.«

»Lieber möchtest du dein Kind als ... als einen Bastard aufwachsen lassen?«

»Es hat mich. Es wird nichts entbehren!«erwiderte sie verschlossen. »Und nun hör auf, mich zu quälen.«

»Ich quäle dich?« Er lachte auf. Es klang metallisch, hart, mit einem verzweifelten Unterton. »Wahrhaftig, das ist gut. Das nenne ich die Rollen vertauschen! Tanja, ich habe gewußt, daß es vor mir andere Männer in deinem Leben gab. Ich habe dir Zeit gelassen zu vergessen. Ich habe dir nie einen Vorwurf gemacht. Wie sollte ich auch? Du hattest es so schwer gehabt, du hattest so viel mitgemacht, ich wollte nur gut zu dir sein und Geduld haben. Und dabei hoffte ich... Ach Gott, wie sehr habe ich gehofft...«

»Ich weiß«, murmelte sie erstickt. »Aber es geht nicht ... ich kann dich nicht heiraten. Bitte, verzeih mir.«

»Immer noch wegen... wegen Andrej?«

Sie biß die Zähne aufeinander. »Immer noch!«

»Aber er ist tot! Du und ich, wir leben! Und du erwartest mein Kind!«

Sie senkte den Kopf und schwieg. Und dieses Schweigen war es, das ihn mehr als alle Worte, alle Erklärungen oder Beteuerungen überzeugte, daß es ihr Ernst war mit ihrem Entschluß. Einen Augenblick sah er auf sie herunter, und er hätte sie schütteln mögen, anschreien, schlagen, weil sie ihm so weh tat, dann ging er von ihr fort zur Tür.

»Ich weiß nicht, ob ich dir jemals verzeihen kann... Ich weiß es wahrhaftig nicht!« Er stürzte hinaus. Tanja hörte ihn durch das Vorzimmer laufen, eine Tür fiel zu, dann wurde es still.

Drei Tage später erhielt sie einen Brief von ihm. »Ich verzeihe Dir alles, ich habe Dir schon verziehen, wenn Du Dich nur anders besinnst. Ich liebe Dich, nur daran kann ich noch denken.«

Sie antwortete ihm nicht, und als er wiederum drei Tage darauf selbst kam, ließ sie ihn durch Wanda Alexandrowna abweisen. Es hatte keinen Zweck mehr. Ein klarer Schnitt, und mochte er noch so schmerzhaft sein, war jetzt das beste. Sonst würden sie einander nur unnötig quälen.

Des Morgens litt sie jetzt regelmäßig unter Übelkeit, und als Laila einmal ihr Boudoir betrat und sie mit Schweißperlen auf der Stirn und grünlich verfärbtem Gesicht über das Lavoir gebeugt fand, sagte sie ihr die Wahrheit. Auch Wanda Breskowa wurde eingeweiht, und die ältliche Frau schwankte zwischen Bestürzung und Freude.

»Und Graf Bogumirski? Weiß er davon?«

»Natürlich. Ich habe es ihm gesagt.«

»Madame Tutscharewa, Sie wollen doch damit nicht andeuten, daß der Graf...«. Die Breskowa verstummte und schüttelte den Kopf, als verstünde sie die Welt nicht mehr. »Hat er sich etwa geweigert, Sie zu heiraten?«

»Nein, ich habe es getan. Und jetzt sehen Sie mich um Himmels willen nicht an, als ob ich nicht ganz richtig im Kopf wäre. Ich weiß schon, was ich tue. Wir werden Warschau verlassen, um Gerede zu vermeiden und ebenso das Risiko, Graf Bogumirski zu begegnen. Auf dem Land wird sich schon eine Bleibe für uns finden, wo ich das Kind bekommen kann.«

»Aber... aber Madame!« Die Breskowa war so fassungslos, daß sie ins Stottern geriet. »Sie können doch unmöglich ein Kind bekommen, ohne verheiratet zu sein!«

Tanja lächelte. »Ich bekomme es doch schon, meine Gute. Doktor Marek sagt, es würde im Mai geboren.«

»Ja – und dann? Wollen Sie dann eine Pflegestelle für das Würmchen suchen?«

»Ich denke nicht daran. Ich will es haben, es ist mein Kind. Und es ist mein Leben, nicht wahr? Ich kann es so leben, wie ich will. Und jetzt fangen Sie um Himmels willen nicht an, mich zu bestürmen, ich solle mir diesen Schritt noch einmal überlegen. Ich heirate den Grafen nicht. Ich habe seiner Mutter versprochen, es nicht zu tun, und ich will es auch nicht.«

»Die Gräfin Bogumirska ist gegen eine Ehe? Warum?«

»Weil ich keine passende Partie bin! Ich habe immer gewußt, daß es eines Tages zwischen mir und dem Grafen zu Ende ist. So oder so hätte ich ihn im nächsten Jahr verlassen. Nun geschieht es eben ein paar Monate früher.«

»Und... und das fällt Ihnen gar nicht schwer?«

Tanja spürte eine jähe, heftige Schwäche in sich aufsteigen. Sie ging zu einem Fauteuil und setzte sich. »Doch«, sagte sie leise, »doch, natürlich. Aber jetzt habe ich ja das Kind.«

Etwa zwei Fahrstunden von Warschau entfernt befand sich das Dorf Siedlawicz. Ein gutes Dutzend Holzhütten mit Knüppelzäunen und Gärten, Weideland für die Schafe und schwarzweiß geschecktten Kühen, Roggen- und Kohlfelder, ein wenig Wald, gerade genug, daß man im Winter Holz zum Feuern hatte, ein von Schilf und Binsen umstandener See und eine einzige morastige, von tiefen Radspuren ausgehöhlte Straße, die sich durch Siedlawicz nach Kolowecze und Braniow schlängelte.

Oberhalb von Siedlawicz lag das Gut Stare Wisnio. Behäbig, mit festen Steinmauern und braunrotem Ziegeldach thronte es auf einem Hügel, umgeben von herrlichen alten Kastanien und Buchen. Eine hölzerne, efeubewachsene Altane zog sich um den oberen Stock.

Stare Wisnio war ein Pachtgut aus dem Besitz des Fürsten Joseph Radziwill, das schon seit drei Generationen von der Familie Czeworski bewirtschaftet wurde. Die jetzigen Pächter, Aniela und Jan Czeworski, waren wortkarge, aber freundliche Leute, die schweigend an ihrem großen Kummer trugen: Henryk, ihr einziges Kind, war vor vier Jahren von einer Leiter gestürzt, als er zum Taubenschlag hinaufklettern wollte. Seitdem konnte der jetzt Zehnjährige seine Beine nicht mehr bewegen. Jan Czeworski hatte ihm eine Art Karren angefertigt, ein stabiles Brett mit vier Rädern, auf dem sich der Junge mit Hilfe seiner Arme erstaunlich schnell und geschickt fortbewegte.

Hier lebte Tanja, nachdem sie Warschau verlassen hatte. Sie bewohnte mit Laila, ihrem Diener Igor Jefimowitsch und der Breskowa das obere, unbenutzte Stockwerk des Gutshauses. Marcell, Tanjas Kutscher, den sie in Warschau eingestellt hatte, ein kräftiger, noch junger Bursche aus der Ukraine, der außer Polnisch auch ein wenig Russisch sprach, wie die meisten Grenzlandbewohner, wurde in einer der Gesindekammern untergebracht.

Das Leben auf Stare Wisnio war einfach und eintönig; dennoch gefiel es Tanja. Sie las viel, Bücher, die sie aus Warschau mitgebracht hatte, unternahm, gleichgültig, ob das Wetter gut oder schlecht war, lange Spaziergänge, und bald hatten sich die Leute von Siedlawicz an sie gewöhnt und grüßten freundlich, wenn sie vorüberfuhr.

Zu Beginn der Schneeschmelze traf von Olga Rossowskaja, mit der Tanja während ihres Auslandsaufenthaltes in unregelmäßigen Abständen korrespondiert hatte, ein Brief ein.

Olga lebte immer noch in Petersburg, und sie berichtete, daß die Großfürstin Maria Fjodorowna im Dezember einem Sohn das Leben geschenkt habe. »Alexander heißt er, und Ihre Majestät soll vor Freude ganz außer sich gewesen sein. Sie will das Kind, sobald es dem Säuglingsalter entwachsen ist, in ihren

Gemächern aufziehen lassen, als sei es ihr eigenes. Es ist nur die Frage, ob Ihre Kaiserlichen Hoheiten das zulassen. Auf keinen Fall wird es dazu angetan sein, das Verhältnis zwischen dem Thronfolger und der Zarin erträglicher zu gestalten.«

Es war ein langer Brief, denn Olga hatte eine harmlose Freude an der Verbreitung von Neuigkeiten, Klatschgeschichten und pikanten Histörchen. Außerdem war sie überzeugt, daß alles, was in St. Petersburg und vor allem bei Hof geschah, Tanja brennend interessieren müßte. Zum Beispiel, daß die Zarin Zawadowskij verabschiedet und einen neuen jungen Liebhaber hatte. »Es ist ein gewisser Major Sorizsch. Er ist noch nicht lange in Petersburg, deswegen werden Sie ihn nicht kennen. Potemkin hat ihn Ihrer Majestät vorgestellt, und er gefiel sofort. Der Neid muß es ihm lassen, er ist ein ausgesprochen schöner Mann und sehr witzig und unterhaltsam...«

Weiter wußte Olga zu berichten, daß Fürst Potemkin trotz der wechselnden Generaladjutanten der Kaiserin und trotz seiner Liebschaft mit Warwara Engelhardt – »... denken Sie nur, meine liebe Tanja Iwanowna, mit seiner eigenen Nichte – aber das Verhältnis ist ganz offenkundig, und selbst die Zarin weiß darum...« – noch immer der mächtigste Mann im Staate sei. Die Kaiserin höre in allen Dingen auf ihn und tue nichts ohne sein Einverständnis.

Tanja ließ den Brief sinken. Bevor sie schwanger war, hatte sie manchmal mit dem Gedanken gespielt, irgendwann nach St. Petersburg zurückzukehren – später, wenn über die Geschichte mit Potemkin Gras gewachsen oder er selbst keine solche Machtposition mehr innehatte. Jetzt aber zog sie nichts mehr dorthin.

Mein Kind, dachte sie, soll die vergiftete Atmosphäre eines Hofes, an dem ein Mensch wie Potemkin die Zügel in der Hand hält, nicht einmal aus der Ferne kennenlernen. Ich will, daß man ihm Liebe, Güte und Aufrichtigkeit gegen jedermann ins Herz pflanzt, daß es lernt, gegen Schwächere großmütig zu sein und wählerisch allem allzu wohlfeil Angebotenen gegenüber. Es muß lernen, daß man seine Gesinnung nicht verrät und keines Menschen Würde in den Schmutz tritt. Es soll mutig sein, wenn es um wirklich wichtige Dinge geht, und geduldig bei den unwichtigen. Es soll Stolz besitzen, aber keinen Hochmut, und Bescheidenheit statt Unterwürfigkeit. Ach, mein Kind, mein Kind...

Beinahe geriet sie ins Träumen, und sie hatte den Brief doch noch nicht zu Ende gelesen.

Eilig nahm sie ihn wieder auf.

»Die größte Neuigkeit aber ist«, schrieb die Rossowskaja, »daß Grigorij Orlow geheiratet hat. Seine Frau ist blutjung, Katharina Zinowjewa, eine entfernte Verwandte von ihm, die ihn anbetet. Wir alle haben ja sehr viel Mitleid mit Orlow gehabt; Gott gebe, daß diese Ehe ihn glücklicher macht, als er es in den letzten Jahren gewesen ist. Seine Frau war Hofdame Ihrer Majestät. Es heißt aber, sie habe um Beurlaubung nachgesucht, da der Fürst mit ihr, ihrer zarten Gesundheit wegen, ins Ausland reisen will. Vielleicht treffen Sie die beiden einmal, meine Liebe. Ich bin sicher, es wäre für alle eine große Freude, und ewig werden Sie doch nicht in Polen bleiben wollen.«

Tanja überflog den letzten Absatz des Briefes, dann faltete sie ihn zusammen und stand auf, um ihn in eine Schublade zu legen. Sie schnürte sich nicht mehr, und da sie im sechsten Monat war, konnte man die Wölbung ihres Leibes deutlich erkennen. Die Schwangerschaft machte ihr allmählich Beschwerden. Sie litt unter Rückenschmerzen, geschwollenen Füßen und noch immer gelegentlicher Übelkeit, besonders des Morgens, aber sie ertrug dies alles mit lächelnder Geduld. Nichts war so wichtig wie das Kind, das sie im Frühling im Arm halten würde. Es war die Schranke zwischen ihr und der Einsamkeit, vor der sie sich gefürchtet hatte.

Tanja konnte sich nicht erinnern, jemals einen Frühling so bewußt erlebt zu haben. Die Frische der Luft, als der Schnee schmolz, der Tauwind, der warm und mit Macht um die Mauern von Stare Wisnio fuhr und in den Baumkronen sang, und dann das erste zarte Grün, das schleiergleich die kahlen Äste überzog und endlich zu winzigen Blättern aufbrach, die sich dem Himmel und der Wärme entgegenstreckten.

Eines Vormittags in der zweiten Maiwoche – Tanja kehrte gerade von einem Spaziergang aus Siedlawicz zurück – kam ihr die Breskowa am Tor von Stare Wisnio in heller Aufregung entgegen.

»Madame … Euer Gnaden …« stammelte sie. »Ich bitte Sie, erregen Sie sich nur nicht, wenn Sie ihn sehen, es könnte Ihnen schaden!

Und glauben Sie mir, ich habe kein Sterbenswörtchen verraten! Ich kann nichts dafür, daß er hier ist!«

»Wer denn, Wanda Alexandrowna?« fragte Tanja. »Doch nicht …«

»Graf Bogumirski – ja. Vor zehn Minuten ist er gekommen.

Er wartet oben im Kaminzimmer auf Sie.«

Konstantin erhob sich bei Tanjas Eintritt. Er hatte in einem Stuhl beim Fenster gesessen, und ihr erster Eindruck, als sie ihn sah, war: Er sieht krank aus. Schmal ist er geworden, und die Augen haben das Lachen verloren. Mein Gott, und ich bin es, die ihn so verändert hat! Langsam zog sie die Tür hinter sich zu . »Da bist du also«, sagte sie leise. »Wie hast du mich gefunden?«

Er umfaßte mit einem raschen Blick ihr Gesicht, den gewölbten Leib, den ihr weiter Tuchmantel nicht mehr völlig verbarg, dann senkte er den Kopf.

»Du freust dich also nicht, mich zu sehen? Das tut mir leid. Ich … ich wollte nur wissen, wie es dir geht.«

Sie kam auf ihn zu und gab ihm die Hand. »Es geht mir gut, Konstantin. Aber woher wußtest du, daß ich hier bin?«

»Von der Gräfin Rossowskaja. Du hast mir erzählt, daß ihr miteinander korrespondiert, und ich dachte, daß sie deinen Aufenthaltsort kennen müßte. Deshalb habe ich an sie geschrieben, und gestern kam die Antwort.« Er zögerte und setzte mit unsicherer Stimme hinzu: »Ich bin gleich gekommen, weil… ich dachte, vielleicht ist das Kind schon da, und ich hätte es so gern einmal gesehen …«

»Es wird noch diesen Monat geboren werden. Ich hätte dir danach geschrieben. Und bestimmt hätte ich es dir gezeigt, bevor ich Stare Wisnio verlasse.«

»Du willst fort?«

»Nicht heute und nicht morgen. Erst hätte das Kleine reisefähig sein müssen.« Sie zog ihren Mantel aus und warf ihn über eine geschnitzte Truhe. Konstantins Blick folgte Tanja, als sie sich in einen Sessel beim Kamin setzte. Ihr Gang und ihre Bewegungen waren schwerfälliger geworden, trotzdem erschien sie ihm schöner denn je. Es ging etwas so Lebendiges von ihr aus.

»Du freust dich auf das Kind, nicht wahr? Es ist wichtig für dich?«

»Das Wichtigste überhaupt. Du wirst das nicht so verstehen. Du hast so viele, die dich lieben, und niemanden, den du hergeben mußt …«

»Doch – dich! Aber ich bin nicht gekommen, um dir das vorzuhalten. Du mußt ohnehin wissen, wie mir zumute ist.«

Sie wollte etwas erwidern, doch in diesem Augenblick verspürte sie einen so jähen Schmerz im Leib, daß sie aufstöhnte. Keuchend stieß sie die Luft aus. Der Schmerz ebbte ab, ließ ihr eine kleine Pause, gerade so lange, daß sie sagen konnte: »Ich glaube, das Kind…« Dann krümmte sie sich zusammen, und der

Schweiß brach ihr aus allen Poren, als sie spürte, wie sie das Fruchtwasser verlor. »Geh!« stieß sie hervor. »Hol Laila und Madame Breskowa. Und Marceli muß nach Braniow zur Hebamme. Sag Marceli, er soll sich beeilen! Ich... glaube, es geht sehr rasch!«

Konstantin ritt selbst nach Braniow und setzte die alte Marianna kurzerhand vor sich aufs Pferd. Dann galoppierte er mit ihr, die erstaunlicherweise weder zeterte noch Angst zeigte, nach Stare Wisnio zurück. Madame Breskowa erwartete sie in der Halle. Sie stürzte auf Marianna Glasyk zu: »Gott sei Dank, daß Sie da sind!« und zog die Hebamme die breite Treppe hinauf. Am Ende des Flures riß sie eine Tür auf und schob Marianna hinein.

Konstantin blieb auf dem oberen Korridor vor Tanjas Schlafzirnmer. Er ging auf und ab, ballte die Fäuste, wenn er Tanja stöhnen hörte, und haßte sich selbst in diesem Augenblick, da er der Urheber ihrer Schmerzen war.

Irgendwann tauchte die Breskowa wieder auf. »Du lieber Himmel, Herr Graf, haben Sie etwa die ganze Zeit hier gewartet? Setzen sie sich doch ins Kaminzimmer. Ich sage Ihnen schon Bescheid, wenn es soweit ist.«

Er schüttelte den Kopf. »Nein, lassen Sie mich hier. Wie geht es Madame Tutscharewa? Wird es noch lange dauern?«

In diesem Augenblick stöhnte Tanja wieder, ein Stöhnen, das in einen hellen, langgezogenen Schrei überging. Konstantin wurde weiß. »Um Gottes willen...«

Die Breskowa wandte sich zur Tür zurück und erstarrte mitten in der Bewegung. »Ruhig«, flüsterte sie. »Hören Sie doch...«

Tanjas Schreien war verstummt. Einen Moment lang dünkte es ihm, als sei alles still, fürchterlich still. Dann vernahm er es: ein klägliches, hohes Wimmern, als jammere ein junges Kätzchen. Es wurde lauter, als Wanda Alexandrowna die Tür einen Spaltbreit öffnete und ins Zimmer schlüpfte, lauter und allmählich kräftiger – das Schreien eines Neugeborenen.

Konstantin lehnte sich gegen die Wand. Er starrte auf die Tür, hinter der die Breskowa verschwunden war, und das altersdunkle Holz verschwamm vor seinen Augen, weil ihm die Tränen kamen.

Zwei Stunden später sah er seine kleine Tochter zum erstenmal. Sie war gebadet und gewickelt und lag in einer geschnitzten Holzwiege neben Tanjas Bett. Das Kind hatte ein dichtes Büschel schwarzer Haare auf dem Kopf, wie viele Neugeborene, und strahlendblaue Augen.

»Es sind deine Augen«, sagte Tanja. »Und dein Kinn und dein Mund ...«

Er beugte sich über das schrumplige Bündelchen Mensch in den Spitzenkissen, das den kleinen Mund schmatzend verzog.

»Ja, mag sein«, erwiderte er vage, weil sich in ihm der Eindruck verstärkte, dieses winzige Wesen ähnele allenfalls dem kleinen Schimpansenäffchen, das er einmal bei einer Gauklertruppe in Paris gesehen hatte. Aber rührend war es trotzdem mit seinem faltigen zahnlosen Greisengesicht, zu dem die staunende Unschuld des Blickes in solchem Gegensatz stand.

Tanja seufzte glücklich. »Ich werde sie Olga nennen – nach meiner Mutter. Meine kleine Oljuschka...«

Konstantin setzte sich an ihr Bett. »Ich bin so froh, daß du alles gut überstanden hast. Ich war halb verrückt vor Angst.«

Sie lachte leise. »Das kann ich mir denken. Aber sie war sehr flink und sehr rücksichtsvoll, meine Oljuschka. Sie hat mich nicht länger gequält, als nötig war – im Gegenteil. Auch Marianna sagt, daß wenige Frauen in meinem Alter so leicht ein Kind gebären.«

Konstantin blieb die Nacht über in Stare Wisnio und schickte einen Knecht nach Warschau, seine Eltern zu benachrichtigen. Als er am nächsten Vormittag Tanja adieu sagte, fragte er, ob er wiederkommen dürfe.

Sie hatte Olga gestillt; jetzt schlief die Kleine in ihrem Arm.

Tanja zögerte. »Ich weiß nicht«, sagte sie. »Ich glaube, es ist nicht gut – für mich nicht und noch weniger für dich... Wir würden uns wieder quälen und streiten und damit alles, was einmal schön war zwischen uns, zerstören.«

»Dann... ist es also zu Ende?« fragte er stockend. »Unwiderruflich, trotz des Kindes?«

Sie blickte auf Olgas schwarzen Haarschopf und dachte: Verzeih mir, meine Kleine. Verzeih mir, das ich dieses eine Mal noch in meinem Leben mehr an mich als an dich denke. Danach will ich nur noch an dich denken, ich schwöre es. Ich werde wiedergutmachen, das ich dir deinen Vater vorenthalte und den Namen einer Komtesse Bogumirska. Gott soll mich strafen, wenn ich es nicht tue.

»Ja«, sagte sie dann, »es ist besser so, Konstantin, glaube mir.« Und da er nichts erwiderte, sondern nur in einer verzweifelten Geste den Kopf senkte, fuhr sie hastig fort: »Du verstehst mich jetzt nicht, aber eines Tages wirst du wissen, das ich recht gehabt habe. Dann, wenn du die Frau gefunden hast, die wirklich zu dir paßt. Nein, sag jetzt nichts. Ich bin diese Frau nicht, und ich habe es von Anfang an gewußt.«

»Das redest du dir nur ein.«

Sie schüttelte den Kopf. »Nein, Konstantin, Lieber. Ich will mit Oljuschka nach Rußland zurückkehren. Es ist schön hier in Polen, aber Rußland ist meine Heimat. Ich könnte es niemals für immer verlassen.«

Seine Miene hellte sich auf. »Warum hast du das nicht früher gesagt? Mir ist es gleich, wo ich lebe, wenn es nur mit dir ist. Wenn du willst, gehe ich mit nach Rußland.«

»Das darfst du nicht. Dein Platz ist hier, bei deiner Familie, deinen Landsleuten. Hast du nicht selbst immer wieder gesagt, wieviel es zu tun gäbe für Polen. Willst du fahnenflüchtig werden, Konstantin?«

Er antwortete nicht gleich, sondern ging zum Fenster und blickte eine Weile schweigend hinaus. »Und du?« fragte er dann. »Was hast du vor in Rußland?«

Sie legte sich in die Kissen zurück. »Ich gehe vielleicht nach Bjely Dom.« Der Gedanke war ihr ganz plötzlich gekommen. Oder nein – sie hatte sich nur noch nicht eingestanden, das es dies war, was sie wollte: Bjely Dom wieder aufbauen – für sich und Oljuschka. Das Kind hatte die blutigen Schatten der Vergangenheit vertrieben. Sie standen nicht mehr auf, um sie zu schrecken. Bjely Dom würde werden, was es einst gewesen – ein Zuhause für sie und das kleine Leben in ihrem Arm.

Konstantin wandte sich um. Seine Augen waren voller Trauer. »Ja«, sagte er, »ich sehe, daß es dir Ernst ist. Wirst du mir manchmal schreiben und mich wissen lassen, wie es dir und dem Kind geht?«

Sie nickte. Seine Gestalt verwischte sich hinter dem Schleier ihrer Tränen. »Geh jetzt, Lieber. Man wird dich erwarten in Warschau.« Dann wandte sie den Kopf zur Wand.

»Tanja«, flüsterte Konstantin erstickt, und einen Augenblick lang hatte sie Furcht, daß er noch einmal zu ihr kommen und sie in die Arme nehmen würde. Aber er tat es nicht. Er straffte sich mit zusammengebissenen Zähnen und ging hinaus, ohne sich noch einmal umzuwenden. Kurz darauf hörte sie im Hof den Hufschlag seines Pferdes. In raschem Galopp ritt er es über das Katzenkopfpflaster und hinaus durch das schmiedeeiserne Tor. Danach wurde es still.

Durch die Straßen von Istanbul dröhnten die Kesselpauken der Janitscharen. Ihr greller, metallischer Rhythmus übertönte das Lärmen in den Basaren, das Anpreisen, Feilschen, Schwatzen, Lachen. Er drang in die sonnendurchglühten Gassen der Armenviertel mit ihren niedrigen Hütten und in die blühenden Gärten und marmornen Prunkbauten des Serails. Man hörte das Trommeln auf den Schiffen, die das Goldene Horn umfuhren, und auf der anderen Seite der Stadt, in Galata und Pera, den Wohnvierteln der Fremden.

Fünfundvierzigtausend Mann waren aufgeboten, nach vier Jahren des Friedens. Aber hatte man nicht immer gewußt, daß es ein trügerischer Friede sei? Wie lange war es denn her, daß die boshafte, machtgierige Kaiserin des russischen Reiches Truppen auf der Krim stationiert hatte, angeblich, um Ruhe und Ordnung aufrechtzuerhalten, in Wahrheit aber, um Dewlet-Geraij, den von den Tataren gewählten Khan, von der Halbinsel zu vertreiben und die Wahl des rußlandfreundlichen Schahin-Geraj zu erzwingen.

Die Rechnung war aufgegangen, wenigstens für einige Zeit. Jetzt aber hatten sich die Krim-Tataren erhoben und Schahin-Geraj zum Teufel gejagt. Und Sultan Abdul Hamid hatte in einem Diwan erklärt, daß es die Pflicht eines jeden Rechtgläubigen sei, die tatarischen Brüder in ihrem Kampf um ihre Unabhängigkeit zu unterstützen. Freilich wollte man keinen neuen Krieg mit Rußland, dennoch sei die Zeit da, zu den Waffen zu greifen, damit Kaiserin Katharina angesichts der türkischen Entschlossenheit ihre dreisten Maßnahmen gegen die Tataren und damit auch gegen die Hohe Pforte einstelle.

Es waren vierzig Kriegsschiffe, die fünf Tage später den Hafen von Istanbul verließen. So lange hatte es gedauert, die Janitscharen aus der Hauptstadt, aus Üsküdar und Edirne, die nur zu einem kleinen Teil in Kasernen lebten und in Friedenszeiten in weitaus größerer Zahl als Ehemänner und Familienväter irgendein Gewerbe ausübten, zu den Waffen zu rufen.

In der Nacht schon hatte man die Ruderer an Bord gebracht, zu je vier Mann angekettet, Sträflinge und Sklaven, Christen, Türken, Mauren, Neger, drei Mannschaften für jedes Schiff, dazu die Galeerenvögte und Rudermeister. Nach ihnen waren die Matrosen gekommen – und zuletzt die Janitscharen. Bis zum Mittag dauerte das Einschiffen, obwohl die Agas und Onbaschis immer wieder trieben: »Beeilt euch, vorwärts! Schlaft nicht ein! Seid ihr Schnecken oder Soldaten des Sultans und Allahs Streiter!« – und erst nach dem Mittagsgebet erschien in einer Sänfte, begleitet von dem Kapudan-Pascha Ghasi Hassan und seinen Offizieren, der Oberbefehlshaber der Janitscharen, Dschanikli

Ali-Pascha, und ließ sich mit einer Barkasse zur »Qarakush« hinüberrudern.

Es war das neueste und modernste Schiff der ganzen osmanischen Flotte, und als der Kapudan-Pascha es betrat, empfand er heftiges Bedauern über die Worte, die ihm der Außenminister, der Reis-Efendi, zum Abschied mitgegeben hatte: Das Ziel der Hohen Pforte bestehe in der Friedensstiftung, deshalb seien auf See alle kriegerischen Handlungen zu unterlassen. Es gehe nur darum, das Landungskorps zur Unterstützung der Tataren zur Krim zu bringen. Die Flotte selbst habe in keinen Kampf einzugreifen, geschweige denn einen zu entfesseln.

Welch ein Jammer angesichts dieser Schiffe, die jedem Seegefecht gewachsen schienen, schnell, wendig und mit Kanonen und Mörsern gut bestückt. Welch beklemmend demütigendes Gefühl, zur Untätigkeit verdammt zu sein und nur als Transportflottille zu fungieren! O Allah, dachte der Kapudan-Pascha, schick uns ein paar Russen entgegen, die uns an der Landung hindern wollen. Dann werden wir die verfluchten Christenhunde das Fürchten lehren.

Sein Wunsch ging in Erfüllung – freilich unter anderen Umständen, als er erhofft hatte.

Sie hatten geglaubt, es sei nicht viel mehr als eine Spazierfahrt bis zur Krim. Es wurde eine Fahrt durch die Hölle.

Es wehte nur eine leichte Brise, als sie in See stachen, aber bis zum Abend, da die letzten Galeeren die felsige Meerenge des Bosporus passiert hatten, drehte sich der Wind und nahm an Heftigkeit zu, so daß sie die Segel streichen mußten. In jedem Schiff ruderten zwei Mannschaften der Galeerensträflinge, hart und schnell klangen die Gongschläge der Vögte, und klatschend tauchten die Ruder in die wildbewegte See. Aber immer wieder wurden die Schiffe zum Bosporus zurückgetrieben.

Es war einer jener früher heißen Sommerstürme, die aus dem Kaukasus und den Steppen Asiens kamen, und er währte drei Wochen lang.

Drei Wochen, in denen Dschanikli Ali-Pascha des Morgens, wenn er seine mit Teppichen und Seidenkissen ausgestattete Kajüte verließ, voll Ingrimm das Felsentor des Bosporus am Horizont erblickte, manchmal ein wenig ferner, manchmal wieder nähergerückt, weil Menschenkraft es nicht vermochte, mit den schwer beladenen Schiffen gegen Wind und Wellen anzukommen. Drei Wochen, in denen die Janitscharen, auf engstem Raum zusammengepfercht und darauf brennend, in den Kampf zu ziehen, zur Untätigkeit verdammt waren und wie eine Herde junger, durch Hafer feurig gemachter Pferde unruhig wurden. Zuerst wetzten sie nur die Zungen, doch bald schon gab es die ersten Prügeleien, und zu guter Letzt ging man mit Messern aufeinander los.

Diejenigen, die davonkamen, wurden hart bestraft. Dschanikli Ali-Pascha ließ kurzerhand ein Dutzend Kampfhähne an den Rahen aufknüpfen oder auspeitschen und auf den Bugspriet binden, doch auch dies vermochte nicht, Ruhe und Disziplin wiederherzustellen. Um Nichtigkeiten flammte neuer Zorn auf und entlud sich.

Hinzu kam, daß ein großer Teil der Männer seekrank wurde. Da lagen sie dann auf den Decks, unter dem Kopf eine Taurolle oder ein paar Decken, grün im Gesicht und so elend, daß sie meinten, der Tod sei nicht mehr fern.

Das seltsamste aber war, daß etliche von ihnen zu fiebern begannen. Sie murmelten vor sich hin, fluchten und stöhnten, und oftmals waren sie ohne Besinnung.

Fieber… Die Hakims, die Ärzte an Bord, waren die ersten, die es bemerkten, aber sie behielten es für sich, aus Furcht, eine Ahnung werde wahr, wenn man sie ausspräche.

Jeden Sommer grassierte die Pest in Istanbul, aber zumeist nicht besonders heftig. Ein oder zwei Stadtteile wurden davon betroffen, man isolierte sie, brachte die Erkrankten in Hospitäler, und die meisten Angehörigen hatten viel zuviel Angst vor der Ansteckung, als daß sie sich um sie gekümmert hätten, so daß sich die Seuche nicht weiter ausbreitete und meist noch vor dem Einsetzen der Herbststürme zum Erlöschen kam. Aber hier, auf den Galeeren, war das anders. Hier konnte man niemanden isolieren, und die Krankheit mußte um sich greifen wie ein Brand. O Allah, schütze uns vor der Pest!

Sie wurden nicht erhört, diese ersten stummen Gebete der Ärzte. Zwar war der größere Teil der Janitscharen wirklich nur seekrank, aber andere lagen in Fieberdelirien, nachdem sie sich, genau wie die Seekranken, erbrochen hatten und nichts mehr bei sich behielten. Ihre Zunge bekam einen pelzigen Belag, die Ränder waren hellrot verfärbt, nach ein paar Tagen tauchten Pestbeulen und Karbunkel auf und bei einigen Erkrankten die gefürchteten kleinen, blaugeränderten Flecken auf der Haut, die das Sterben ankündigten.

Da gab es dann nichts mehr zu verheimlichen.

Es war der Soldat Ahmed ben Selim auf der ›Mirisha‹, dem Flaggschiff der Flotte, der die blauen Todesflecken zuerst bei einem Kranken entdeckte. Er fuhr zurück, als hätte er den Satan gesehen, und lief schreiend über das Deck: »Die Pest! Wir haben die Pest an Bord!«

Die entsetzliche Nachricht pflanzte sich fort wie ein Lauffeuer, und der Ruf gellte auch zu den Nachbarschiffen hinüber.

Es stellte sich heraus, daß auf fast allen einige Pestkranke waren. Die ersten Toten wurden über Bord geworfen, hastig, ohne jedes Zeremoniell, man nähte sie nicht einmal in Segeltuch ein, so eilig hatte man es, sich ihrer zu entledigen.

Dann drehte sich der Wind – von einer Stunde zur anderen, und trieb die Schiffe endlich, endlich vom Bosporus weg, auf die Gewässer der Krim zu, freilich ohne in seiner Heftigkeit nachzulassen.

Und die Seuche breitete sich aus. Stündlich wurden neue Erkrankungen und Todesfälle bekannt, und wer noch gesund war, geriet in Panik. Bin ich der nächste? Oder bist du es, Kamerad? Wenn wir nicht bald dieses verfluchte Pestschiff verlassen, wird keiner von uns überleben.

Und dann kam das Unwetter. Es war an einem Nachmittag, an dem der heftige Wind und die schwere See zum erstenmal für Stunden nachgelassen hatten, und die der Seefahrt Unkundigen glaubten, nun sei das Schlimmste überstanden und man könne morgen oder übermorgen in den Hafen von Kaffa einlaufen. Es war drückend heiß geworden, obwohl die Sonne nicht vollständig die milchigweiße Dunstglocke des Himmels durchbrechen konnte, eine feuchte, marternde Hitze, die den Schweiß aus allen Poren trieb und das Atmen schwermachte.

Man hatte, einem Befehl des Kapudan-Pascha folgend, auf allen Schiffen die Pestkranken auf die Zwischendecks geschafft, um sie, so gut es ging, von den übrigen zu isolieren.

Nur die erkrankten Galeerensklaven blieben, wo sie waren. Sie lagen unten im Ruderraum, auf den Holzplanken vor ihren Bänken. Einzig losgekettet hatte man sie, wenn sie kraftlos vornüberfielen und selbst die Peitschenhiebe ihrer Aufseher nicht mehr bewirkten, daß sie im Rhythmus der Gongschläge die Ruder bedienten.

Sie sahen dort unten nicht, wie der Himmel sich auf einmal, von einer Minute zur anderen, verfinsterte und am Horizont eine schwefelgelbe Färbung annahm. Aber sie spürten, wie das Schiff plötzlich zu stampfen und zu rollen anfing. Und dann hörten sie auch das Heulen des Windes und das Brüllen der Wogen, das die Gongschläge der Vögte, das Knarren und Ächzen der Ruder und ihr klatschendes Eintauchen ins Wasser übertönte.

Andrej Dobrynin war seit vier Jahren auf der Galeere, zwei

davon auf der ›Qarakush‹, dem Admiralsschiff. Er selbst wußte es nicht mehr genau. Auf der Galeere verwischte sich das Zeitgefühl. Das Leben schrumpft zusammen auf die Quergräben im Bauch des Schiffes, wo sich die Holzbänke der Ruderer befinden, auf die Männer, die rechts und links neben einem angekettet sind, Tag um Tag, Nacht um Nacht. Die Zeit wird gemessen nach den Gongschlägen, zu denen man sich nach vorn und rückwärts beugt, diese verfluchten Gongschläge, die selbst den Schlaf begleiten und die man auch dann noch zu hören meint, wenn das Schiff irgendwo für ein paar Tage anlegt und man ins Bagno getrieben wird.

Anfangs hatte Andrej wohl versucht, die Tage zu zählen. Dann hatte er es aufgegeben. Es konnte einen um den Verstand bringen, zu wissen: jetzt bin ich dreihundert Tage auf der Galeere, jetzt vierhundert, jetzt vierhundertfünfzig...

Es machte verrückt, sich zu sagen: draußen ist Frühling, der zweite, den ich gefangen bin. Oder: Drei Sommer sind nun vergangen. Denn der nächste Gedanke war immer: Wie lange noch? Eine Frage, die wie Gift war und einen Menschen zerstörte.

Nur manchmal flüsterte man seinen Namen vor sich hin: Andrej Petrowitsch Dobrynin. Graf Andrej Dobrynin. Bloß, um zu wissen, daß man noch einen Namen hatte inmitten dieser zerlumpten, vertierten Masse. Denn dies war unter Schlimmem das Schlimmste: die anderen, deren Menschsein zerschlagen war. Sie hatten etwas von gefangenen Wölfen an sich, gierig, roh, sich nur duckend vor brutaler Gewalt und nur zu lenken durch Furcht. Sie hatten keine Güte mehr füreinander, keine Würde, ihr,Unglück nährte ihren Haß, die Erschöpfung ihre Stumpfheit. Andrej hatte Angst, so zu werden wie sie. Aber wenn man lange genug auf der Galeere war, führte es unweigerlich dahin, oder man verlor den Verstand, oder man brachte sich um. Zehn Jahre, zwanzig hielt man es nicht aus.

Und da war nun jene Nacht, in der die türkische Flotte, dem Sturm ausgeliefert, hilflos zwischen den Gewässern des Bosporus und der Krim trieb.

Es war nicht das erste Unwetter, das Andrej auf der Galeere erlebte. Er wußte, wie es war, wenn das Schiff sich bedrohlich auf die Seite legte, tief hinab in Wellentäler tauchte oder hoch emporgetragen wurde, wenn die Masten brachen und Meerwasser sich in wildem Schwall über die Decks und in den Ruderraum ergoß. Er kannte die würgende Angst, wenn man angekettet und hilflos war, Panik, die das Herz rasen ließ, während Wasser um den Körper schwappte und das Schiff ächzte und stöhnte, als wolle es im nächsten Augenblick auseinanderbersten.

Die ›Qarakush‹ ging nicht unter; sie war eines der Schiffe, die in die Gewässer vor Kaffa einliefen, als der Sturm sich legte und die wilde See sich beruhigte. Aber von den vierzig türkischen Schiffen waren es nur noch fünfundzwanzig, die, zwar schwer havariert, mit gebrochenen Takelagen, leckgeschlagen und Wasser in den Munitionskammern, Vorratslagern und Mannschaftslogis, das Unwetter überstanden. Und Hunderte waren ertrunken.

Die Rudermannschaft der ›Qarakush‹ wurde erst im Morgengrauen abgelöst, während die Matrosen an sämtlichen verfügbaren Pumpen arbeiteten, um des eingedrungenen Wassers Herr zu werden. Diesmal trieb man die Ruderer auf das Schandeck, weil der Raum, der ihnen sonst zum Schlafen diente, noch immer in Knöchelhöhe überflutet war. Taumelnd, in nassen Kleidern, die Haut brennend vom Salzwasser, fiel Andrej auf die hölzernen Planken nieder. Erblickte in die frühe, wolfsgraue Dämmerung, spürte, daß die ›Qarakush‹ nur noch in einer leichten Dünung schaukelte, und sank übergangslos in einen totenähnlichen Schlaf.

Als es heller wurde, schälte sich aus den Morgennebeln die Silhouette von Kaffa mit den Kuppeldächern ihrer Moscheen und den schlanken Minaretten.

Vom Hafen aus hatte man die Ankunft der türkischen Schiffe bemerkt, und noch während sie im tieferen Gewässer waren, ruderte ein halbes Dutzend Barkassen, besetzt mit russischen Soldaten und ein paar Offizieren, auf sie zu.

Ihr Befehlshaber, ein junger Leutnant, ging, von zwei Fähnrichen und einem Dolmetscher begleitet, an Bord der ›Qarakush‹. Sie wurden von einem Dutzend Janitscharen in Empfang genommen und sogleich in das nach dem Sturm eilends für Dschanikli Ali-Pascha wiedererrichtete Zelt auf dem Oberdeck geführt.

Der Oberbefehlshaber des Landungskorps hatte soeben die Meldung erhalten, daß nach einer ersten oberflächlichen Zählung auf den Schiffen nur noch etwa fünfzehntausend seiner Soldaten kampffähig waren. Die anderen waren krank, ertrunken oder an der Pest gestorben.

Dschanikli Ali-Paschas Gesicht wirkte grau unter der Bräune, als er die Russen empfing. Außer ihm befanden sich noch der Kapitän der ›Qarakush‹, Mahmud-Reis, und sein Leibdiener im Zelt. Der Kapudan-Pascha hatte sich schon im Morgengrauen zu den anderen Schiffen hinüberrudern lassen, um sie persönlich zu inspizieren.

»Leutnant Scharejew«, stellte sich der junge Russe vor. Er mochte eben über Zwanzig sein und gab sich betont forsch, in der Hoffnung, dies werde ihm mehr Autorität verschaffen, als man seiner Jugend sonst zollte. »Wer ist der Kommandierende?«

Dschanikli Ali-Paschas Lippen unter dem dünnen, lang herabhängenden Bärtchen verzogen sich in der Andeutung eines Lächelns. »Friede sei mit Euch«, grüßte er mit dem moslemischen Gruß. »Seid willkommen an Bord dieses Schiffes. Gern würde ich Euch eine Erfrischung servieren lassen – einen Kaffee vielleicht –, aber wir sind in einen schweren Sturm geraten, und das Meer hat unsere Vorratskammern überflutet. Das einzige, womit ich Euch aufwarten kann, ist ein wenig Konfekt, das mein Diener bei sich trug, als das Wetter uns überraschte.«

»Danke«, erwiderte Scharejew kurz angebunden, nachdem der Dolmetscher ihm Dschanikli Ali-Paschas Worte übersetzt hatte. »Daß Sie havariert sind, haben wir schon gesehen. Hat der Sturm Sie rein zufällig in die Gewässer der Krim getrieben?«

Dschanikli Ali-Paschas schwerlidrige Augen blickten durch den zurückgeschlagenen Zelteingang nach draußen, nach Kaffa hinüber. »Nein. Die Krim war unser Ziel. Dem Padischah, Sultan Abdul Hamid, hat es gefallen, den zahlreichen Klagen der Tataren über Rußland und den verräterischen Schahin-Geraj Gehör zu schenken. Flotte und Heer des Osmanenreiches sind gekommen, um den Tataren beizustehen.«

Der Leutnant verfärbte sich, wurde erst bleich, dann rot. »Das ist… das heißt…«

»Das heißt«, erwiderte der Türke gelassen, »daß die Hohe Pforte bereit ist, alles zu tun, um den auf der Krim gefährdeten Frieden wiederherzustellen. Keiner meiner Soldaten wird auf einen russischen schießen. Keiner wird die russischen Grenzen verletzen, sondern nur seinen Fuß auf den Boden der Krim setzen. Sollte uns russisches Militär allerdings am Einlaufen in den Hafen hindern, um Trinkwasser und neue Vorräte an Bord zu nehmen, so trägt Rußland die Folgen des daraus entstehenden Konfliktes. Dann hat Rußland den Frieden verletzt, nicht wir.«

»Was für ein widerwärtiges, doppelzüngiges Gerede!« knirschte Scharejew. »Wenn türkische Soldaten auf der Krim einmarschieren, ist der casus belli gegeben! Oder sollen wir mit den Händen in den Taschen zusehen, wenn ihr tatarisches Territorium besetzt?«

»Das hat Rußland doch zuerst getan, nicht wahr?« Dschanikli Ali-Pascha zog ein versiegeltes Schreiben aus dem Ärmel. »Es enthält, was ich Ihnen eben sagte. Ich bitte Sie, Leutnant, es General Weselikij zu überbringen. Wir erwarten bis zum Abend seine Antwort.« Er überreichte Scharejew den Brief und neigte leicht den Kopf, zum Zeichen, daß die Unterredung beendet sei. Vor dem Zelt warteten die Janitscharen, um den Leutnant und seine Begleitung zu der Strickleiter zu bringen, die hinunter zu seiner Barkasse führte.

Scharejew wollte sich gerade über die Reling schwingen, als ein türkischer Matrose die Janitscharen auseinanderdrängte. Er stürzte auf Scharejew zu und klammerte sich an die Aufschläge seiner Uniform. »Seid gnädig, Herr, nehmt mich mit! Ich will keinen Augenblick länger auf diesem verfluchten Pestschiff bleiben! Ich flehe Euch an, bringt mich an Land!«

Der Leutnant schüttelte die Hände des Mannes ab. Er hatte nichts von dem türkischen Wortschwall verstanden, aber der Dolmetscher stieß einen Schreckensruf aus und wich zurück. »Was faselst du da, Bursche? Ihr habt die Pest an Bord?«

»Ja«, schrie der Matrose. »Und nicht nur wir! Auch die anderen Schiffe ...« Weiter kam er nicht, denn die Janitscharen ergriffen ihn und schlugen mit ihren Fäusten auf ihn ein, bis er mit blutigem Gesicht zu Boden sank. Aber der türkische Dolmetscher hatte genug gehört. »Um Gottes willen, Euer Gnaden«, stammelte er, an Scharejew gewandt, »sie haben die Pest... auf allen Schiffen, sagt er. Verstehen Sie, die Pest...«

Ohne ein weiteres Wort, bleich, mit zusammengebissenen Zähnen kletterte der Leutnant die Strickleiter hinunter und sprang in die Barkasse. Seine drei Begleiter folgten ihm fluchtartig. Erst im Boot fand Scharejew die Sprache wieder. »Fort!« schrie er den Ruderern zu. »Los doch – was das Zeug hält! Oder wollt ihr alle an der Pest krepieren?«

Nach Sonnenuntergang traf die Antwort Weselikijs, des russischen Residenten auf der Krim, ein.

Sie lautete kurz und bündig, die türkischen Schiffe hätten wegen der Pesterkrankungen eine vierzigtägige Quarantänezeit einzuhalten, während der keines in den Hafen von Kaffa noch in irgendeinen anderen der Krim einlaufen dürfe. Es solle auch niemand den Versuch wagen, mit Beibooten an Land zu rudern, er würde sofort beschossen.

Der Kapudan-Pascha wurde weiß vor Zorn, als Dschanikli Ali-Pascha ihm davon Mitteilung machte. »Darauf gibt es nur eine Antwort: Heute nacht sind wir im Hafen von Kaffa.«

»Unsere Befehle lauten anders«, erwiderte der Kommandierende des Landungskorps. Er zögerte; er war unsicher und hatte Angst, weil er das abergläubische Gefühl hegte, die ganze Unternehmung sei von Anfang an vom Unglück verfolgt und deshalb zum Scheitern verurteilt. »Wenn wir Kaffa angreifen, bedeutet das Krieg...«

»Aber wir haben nur noch für ein paar Tage Trinkwasser! Nur auf drei Schiffen sind die Lagerräume trocken geblieben, und ihre Lebensmittelvorräte müssen nun für alle ausreichen. Man kann sich an den Fingern abzählen, wann sie verbraucht sind. Also, was haben wir für eine Wahl.«

»Man muß verhandeln. Ich lasse die Signalflagge hissen, daß wir eine neue Botschaft für den russischen Residenten haben, und setze sie derweilen auf. Außerdem muß der Sultan informiert werden. Die See ist ruhig, der Wind gut. Wir werden eine Feluke zu Wasser lassen, und eine Abordnung mag dem Padischah die Nachricht bringen und um weitere Weisungen bitten. Befiehlt er den Angriff auf Kaffa, so werden wir gehorchen. Aber es kann auch sein, daß er angesichts unserer Notlage unsere Rückkehr anordnet.«

Widerstrebend gab der Kapudan-Pascha nach. Alles in ihm brannte auf einen Kampf, aber er sah ein, daß es klüger war, die Entscheidung darüber Abdul Hamid zu überlassen. Bis sie eintraf, konnte man die Sturmschäden an den Schiffen ausbessern; um so eher würden sie einem Angriff auf Kaffa gewachsen sein.

Trotz der Signalflaggen, die man vom Hafen aus beobachtet haben mußte, traf an diesem Tag keine Barkasse mehr bei der ›Qarakush‹ ein, um eine neue Nachricht Dschanikli Ali-Paschas an den russischen Residenten in Empfang zu nehmen, und an diesem Abend wurde zum erstenmal das Trinkwasser auf sämtlichen türkischen Schiffen rationiert. Jedermann erhielt nur einen Becher voll. Außerdem hatte sich herumgesprochen, daß General Weselikij eine vierzigtägige Quarantäne verhängt hatte.

Vereinzelte Tumulte brachen aus. Erst waren es nur die Janitscharen, die voller Wut und Verzweiflung protestierten: »Wer soll das überleben! Will man uns verrecken lassen? Hat man uns deshalb auf diese verfluchten Galeeren geschickt?«

Viele – unter ihnen auch Offiziere – schrien: »Wir werden uns die Landung erzwingen! Seit wann sind wir so feige geworden, daß wir uns von einem verfluchten Russen Befehle erteilen lassen! Zur Hölle mit Weselihj! Gebt das Signal zum Angriff!«

Erst als die lautesten Schreier auf Befehl Dschanikli Ali-Paschas ausgepeitscht wurden, kehrte Ruhe ein. Doch es war eine trügerische Ruhe. Unter der Oberfläche gärten Empörung, Ungeduld und Furcht weiter. Und dieses Mal waren sich Janitscharen und Matrosen einig: Es war Selbstmord, sich den russischen Anordnungen zu fügen. Man mußte handeln…

Die Galeerensklaven erhielten als letzte zu trinken und einen Napf wäßriger Suppe aus Wurzelwerk. Die, die tagsüber geschlafen hatten, wurden danach in die Ruderräume getrieben, die anderen auf das Schandeck oder in die inzwischen trocken gewordenen finsteren Löcher, die ihnen zum Aufenthalt dienten. Da die Schiffe vor Anker lagen, brauchte niemand zu rudern, man kettete sie nur an den Bänken fest, und die Gongs der Aufseher blieben stumm.

Der Sklave neben Andrej Dobrynin war ein Georgier. Wissarion hieß er, und er schlief in dieser Nacht nicht, sondern flüsterte mit Andrej.

»Hast du vorhin, als wir hinuntergebracht wurden, die Lichter von Kaffa gesehen, Bruder? Fast taghell ist es dort. Sie haben Leuchtfeuer entzündet, und ihre Patrouillenboote kreuzen vor der Hafeneinfahrt. Wetten, daß auf den Kais Kanonen auf uns gerichtet sind? Wer da versucht, durchzubrechen, wird auf Grund gesetzt.«

»Es wird schon keiner versuchen«, erwiderte Andrej gleichgültig. »Alles ist still…«

Der Georgier beugte sich näher zu ihm hinüber. »Bist du sicher? Ich hab' da vorhin was gehört … auf dem Schandeck, du hast noch geschlafen… Sie führen etwas im Schilde.«

»Wer?«

»Na, die Janitscharen und die Matrosen. Es fragt sich nur, ob die auf den anderen Schiffen mitmachen. Ich glaub's schon – aber zuerst müßten sie natürlich Bescheid wissen, daß sie losschlagen sollen. Das ist das Problem. Wie verständigen sie sich untereinander?«

Als sei es die Antwort auf seine Frage, ertönten auf dem Achterdeck plötzlich in einem ganz bestimmten Rhythmus die harten, metallischen Schläge einiger Kesselpauken. Sie verstummten für eine Sekunde und setzten dann von neuem ein, wieder mit dem gleichen Trommelsignal. Das Ganze wiederholte sich drei-, viermal, dann wurden auf der ›Qarakush‹ und den Schiffen ringsum Rufe laut. Wissarion faßte nach Andrejs Arm. »Da – hörst du es? Sie wollen …«

Eiliges Laufen auf den Decks, das Geklirr von Schwertstahl, der auf Schwertstahl schlug. Schüsse und Schreie schnitten ihm das Wort ab. Jemand brüllte: »Wir haben sie! Wir haben Dschanikli Ali-Pascha und den Kapudan-Pascha. An die Rahen mit ihnen!«

»Seid ihr verrückt?« schrie ein anderer. »Das kostet uns alle den Kopf, wenn wir zurückkehren! Bindet sie nur und sperrt sie unter Deck ein. Und dann los! Lichtet die Anker, setzt die Segel!«

Stimmengewirr und Lärm nahmen zu. Es wurde gekämpft. »Ihr Hunde! Ihr Verräter!« Die Stimme des Kapitäns, Mahmud-Reis, erhob sich über die anderen. Janitscharen hatten ihn, genau wie Dschanikli Ali-Pascha und den Kapudan-Pascha, in seiner Kajüte im Schlaf überrascht, aber sie hatten ihn nicht sogleich überwältigen können, sondern es war ihm noch gelungen, seinen Degen zu ziehen.

Wild um sich schlagend, kämpfte er sich den Niedergang hinauf. »Seid verdammt in alle Ewigkeit! Der Sultan wird euch...« Weiter kam er nicht. Was er noch sagen wollte, erstickte in einem Gurgeln. Ein Janitschar hatte ihm die Schwertspitze in den Hals gerannt.

Auch im Ruderraum des Schiffes wurde es laut. Die Galeerensklaven begriffen, was sich dort oben tat. Sie schlugen ihre Ketten gegeneinander, hämmerten mit den Fäusten gegen die Bordwände, und es klang wie ein einziger Schrei aus hundert Kehlen: »Laßt uns frei! Löst die Ketten, und wir helfen euch! Brüder, Freunde, laßt uns frei!«

Andrej hatte dem Tumult zuerst wie erstarrt gelauscht. Meuterei auf der ›Qarakush‹! Guter Gott, und es sah so aus, als trügen die Meuterer den Sieg davon. Gewiß waren sie weit in der Überzahl, weil jedermann, der nachdenken konnte, die von Weselikij geforderte vierzigtägige Quarantäne für reinen Selbstmord halten mußte. Aber sie würden doch nicht so wahnsinnig sein und auf den Hafen von Kaffa zuhalten, wo russische Kanonen sie erwarteten!

Und – was tat sich auf den anderen Schiffen? Hatte Wissarion recht? Machten sie da mit – oder beschossen sie die ›Qarakush‹, wenn offenbar wurde, was dort geschehen war?

Der Kampf auf der ›Qarakush‹ währte nicht lange. Fast alle Janitscharen und Matrosen waren auf seiten der Meuterer, und ebenso die meisten Offiziere. Wer Widerstand leistete, wurde gefangengesetzt oder im Kampf getötet und kurzerhand über Bord geworfen. Auch der Kranken auf den Zwischendecks entledigte man sich auf diese Art.

Die Befehlsgewalt auf der ›Qarakush‹ übernahmen ein

Janitscharen-Aga und der vormalige Rudergänger. Es vollzog sich alles in rasender Schnelligkeit. Kommandos wurden gebrüllt, weitergegeben, die Segel gesetzt. Dann stürzten drei, vier Janitscharen die Treppe zum Ruderraum hinunter.

»Alle Mannschaften an die Ruder. Schlagt die Gongs! Wir müssen fort!«

Das Geschrei der Sklaven schwoll zu einem infernalischen Gebrüll an. »Laßt uns frei! Löst die Ketten – oder wir zerbrechen die verdammten Ruder!«

Einer, von dem Andrej wußte, daß er Chalid hieß und aus der Berberei stammte, sprang auf die Bank. »Bei Allah, ja! Dann ist es eben unser aller Ende! Ob wir jetzt an der Pest krepieren oder verhungern oder verdursten – oder jetzt gleich zum Teufel gehen, was liegt dran! Aber ihr… Wenn ihr hier rauswollt, müßt ihr uns erst losketten!«

Die Janitscharen zögerten, doch ein Onbaschi, der nach ihnen die Treppe herunterkam, begriff, um was es ging, und befahl: »Tut, was sie verlangen! Jeder Augenblick ist kostbar.«

Trotz aller Hast dauerte es geraume Weile, bis die ersten Ketten fielen. Indessen gelang es den Matrosen auf Deck, durch ein geschickt ausgeführtes Segelmanöver die ›Qarakush‹ zu wenden. Um auf das offene Meer zu gelangen, mußte sie drei andere türkische Schiffe passieren. Eines davon war die ›Mirisha‹ und auf ihr hatten die Meuterer noch nicht die Oberhand gewonnen. Die langen Neunpfünder mittschiffs waren auf die ›Qarakush‹ gerichtet, als sie, gegen den Wind kreuzend, ein wenig schwerfällig an ihr vorbeiglitt. Die erste Kanonensalve ging ins Wasser und wurde von einem Wutschrei der Janitscharen und Matrosen auf der ›Qarakush‹ beantwortet. »Ihr Hunde! Ihr Feiglinge! Allah verdamme euch, daß ihr auf eure Brüder schießt!«

Die ›Qarakush‹ gewann nur langsam an Fahrt, so langsam, daß die Geschützführer auf der ›Mirisha‹ Zeit fanden, die Richtung zu wechseln. Mit langen Ladestöcken wurde neues Pulver in die Rohre geschoben, die Lunten brannten schon.

Diesmal traf eine Kanonenkugel die ›Qarakush‹ knapp unterhalb der Wasseroberfläche in den Rumpf. Eine zweite ging in die Takelage und richtete dort erhebliche Verwüstungen an. Doch fast im nämlichen Augenblick ertönten die Gongschläge der Galeerenvögte in hartem, schnellem Stakkato, und die Sklaven, von ihren Ketten befreit, tauchten die Ruder in das Wasser.

Die »Mirisha« lag vor Anker und hatte die Segel gestrichen. Das machte eine Verfolgung der »Qarakush« unmöglich, als diese nun, mit zum Teil gebrochenen Masten und zerfetzten Segeln zwar, Kurs auf das offene Meer nahm. Auch die Kanonen schwiegen jetzt; vielleicht hinderten aufständische Matrosen die Kanoniere, ihren Kameraden eine neue Salve nachzuschicken. Vielleicht hatte man aber auch inzwischen alle Hände voll zu tun, um der Meuterer auf dem eigenen Schiff Herr zu werden.

Andrej Dobrynin rauschte das Blut in den Ohren. Keuchend krümmte er den Rücken, beugte sich nach vorn und zurück, nach vorn und zurück, die Hände um den schweren Ruderbalken geklammert. Hände, die zum erstenmal seit vier Jahren nicht von Ketten beschwert waren.

Neben sich hörte er Wissarions Stimme. »Wir sind frei, frei, frei…« sang er nach einer selbsterfundenen Melodie im Takt der Gongschläge. »Wir sind frei…« Es klang heiser, gespenstisch, manchmal überschlug sich seine Stimme, dann brach er plötzlich ab und begann zu weinen wie ein Kind.

Frei… Andrej vermochte es nicht zu glauben. Man würde sie täuschen. Im Augenblick der Gefahr, als alles auf des Messers Schneide stand, hatte man ihnen die Ketten genommen, aber sobald sie in Sicherheit waren, würde man sie ihnen wieder anlegen.

Und dennoch… Andrej starrte auf seine Hände. Nein, er würde sich nicht mehr in Eisen schmieden lassen. Nie mehr. Er hatte es vier Jahre lang erduldet, doch in dieser Nacht, da er, da sie alle hier Freiheit wie einen Silberstreif am Horizont hatten auftauchen sehen, schien ihm, als könne er die Ketten keinen Augenblick seines Lebens mehr erdulden.

Andrej spürte, wie ihm heiß wurde. Gedanken, hundertmal schon gedacht und wieder verworfen, schossen ihm durch den Kopf. Er konnte tun, als ob er krank wäre. Sich einfach von der Bank fallen lassen, den Bewußtlosen spielen, und dann, wenn sie ihn forttrugen auf Deck, irgendwann, wenn er sich unbeobachtet wußte, davonschleichen, einen Janitscharen oder Matrosen niederschlagen und seine Kleider anziehen…

Nein, das war nichts. Sie würden ihn nicht fortbringen aus dem Ruderraum. Sie würden ihn liegenlassen. Und selbst wenn – man würde den Niedergeschlagenen, seiner Kleider Beraubten, entdecken – oder er selbst mit seinem wilden Haar und Bart, den Kettenmalen an den Gelenken, fiele auf.

Also über Bord springen, sobald die Küste nahe genug war, daß man sie schwimmend erreichen konnte. Ob sie auf ihn schießen würden, wenn er im Wasser trieb?

Andrej's Herz hämmerte. Heute nacht, dachte er, und inmitten der stickigen Luft des Ruderraums, dieses fast unerträglichen Gestanks menschlicher Ausdünstungen und fauligen Meerwassers, meinte er, den Geschmack von Freiheit auf den Lippen zu spüren. Den Duft einer sonnenwarmen Wiese, den der Wind mit sich brachte, die Frische gerade gefallenen Schnees, den harzigen Geruch des Waldes und den herben aufgebrochener Erde im Frühlingsregen. Er meinte, den Schrei eines Vogels zu hören, der sich hinaufstieß in das Himmelsblau, trommelnde Pferdehufe über Steppengras, Frauenlachen …

Es war wie ein Rausch, ein herrlicher, wilder, gefährlicher Rausch, der ihn sich stark und entschlossen und ganz und gar furchtlos fühlen ließ. Tod oder Freiheit… Andrej begriff nicht, daß er es niemals zuvor so klar und entschieden gedacht hatte.

Während oben auf Deck die Matrosen damit beschäftigt waren, die Schäden in der Takelage auszubessern und das Leck, das die Kanonen der ›Mirisha‹ geschlagen hatten, mit einem gefütterten Segel zu dichten – eine mühevolle Arbeit, denn ein Segel füttern hieß unzählige kurze, halb aufgedrehte Enden einer Hanftrosse durch das Tuch ziehen, das dann mittels mehrerer Leinen unter dem Kiel hindurch vor das Leck geholt wurde, wo der Wasserdruck es fest gegen die Schiffswand preßte – währenddessen ruderten die Galeerensklaven bis zur Erschöpfung, Stunde um Stunde. Die »Qarakush« hatte beigedreht und schwamm wieder in Richtung der Küste, freilich mit gelöschten Lichtern und so weit entfernt, daß man sie in der Dunkelheit vom Ufer her nicht ausmachen konnte.

Und dann, mit der ersten frühen Helligkeit, die perlfarben im Osten heraufstieg, entdeckten sie Land. Ein flacher weißer Strand war es, gesäumt von Klippen. Dahinter ragten ansteigende Felsen.

Die ›Qarakush‹ verlangsamte die Fahrt, im Ruderraum verstummten die Gongschläge, und die Sklaven sanken kraftlos und ausgepumpt auf ihren harten Holzbänken in sich zusammen.

Wenig später erschienen zwei Onbaschis der Janitscharen auf dem Niedergang. Sie brauchten ein paar Männer, die die Schaluppe der ›Qarakush‹ zum Ufer rudern sollten. Andrej hörte, wie sie mit einem Aufseher sprachen. »Wir können nicht wagen, die Bucht anzulaufen. Aber nach den Karten und Berechnungen, die Nakir ben Absalom angestellt hat, muß links hinter den Klippen ein Fischerhafen sein. Die Tataren nennen ihn Tedsch-Mehlek. Wir wissen nicht, ob dort russisches Militär und Geschützbatterien sind, das sollen unsere Kundschafter herausbringen.«

Andrej strömte das Blut in einer heißen Woge zum Herzen. Ein Boot… sie wollten ein Boot zu Wasser lassen. Das war die Chance. Von einem Boot war es leichter zu entkommen als von Bord der ›Qarakush‹. Er starrte den Aufseher an, der seinen Blick über die zusammengesunkenen, ausgemergelten Gestalten der Sklaven gleiten ließ. »Für die Schaluppe sagst du? Dann genügen acht Mann. Ihr drei dort und der da, die beiden von der vorderen Bank und…«

Er stockte, und Andrej dachte: Sieh mich an, verdammt noch mal. Sieh zu mir her. Du mußt doch spüren, wie sich meine Augen in deinen Rücken bohren.

Er wollte schon aufspringen, irgend etwas tun, um die Aufmerksamkeit des vierschrötigen Mannes im schmutziggrünen Kaftan auf sich zu lenken, da drehte der sich um, deutete auf Andrej und sagte: »Ja, und der da und der andere, der vor ihm sitzt.«

Eine Viertelstunde später legte die Schaluppe ab. Ein Dutzend Janitscharen unter einem jungen Onbaschi waren mit von Bord der »Qarakush« gegangen, um an Land von den Klippen aus den Aufstieg zur anderen Seite zu unternehmen. In rascher Fahrt glitt das Boot der Küste zu.

Die Ruder teilten die Wasserfläche in dunkle Furchen, die Umrisse der »Qarakush« blieben zurück. Andrej atmete tief. Wann sollte er es wagen? Sobald die Schaluppe das Ufer erreicht hatte? Oder ein wenig später, wenn die Janitscharen sich an den Aufstieg machten? Aber sie würden das Boot doch sicherlich nicht ohne Bewachung zurücklassen…

Knirschend glitt der Bootskiel auf Grund. Sie hatten den Strand erreicht. Die Bucht war unbewohnt, wie es schien. Andrej sah den schmalen Streifen hellen Sandes, die aufsteigenden Felsen. Wie Scherenschnitte hoben sich die dunklen Umrisse von Pinien und niedrigen Tamarisken gegen den dunklen Himmel ab.

Alles in Andrej spannte sich. Jetzt, dachte er.

Das Boot schwankte heftig, als er sich mit einem gewaltigen Satz zur Seite warf und hinaussprang. Durch das flache Wasser, gegen die anrollenden Wogen kämpfend, die ihn zurückziehen wollten, rannte er dem Ufer zu. Hinter ihm schrien die Janitscharen. »Haltet ihn! Ihm nach!« – »Bleib stehen, du verrückter Teufel!« – »Schießt doch! So schießt…«

Wasser schwappte über Andrejs Kopf. Unter seinen Füßen gab der Sand nach, er wurde ein Stück zurückgerissen von der

Brandung, kämpfte sich wieder nach vorn, dann wichen die Wellen, und er erreichte den Strand.

Hinter ihm schossen sie, und Andrej rannte im Zickzack rechts auf die Felsen zu. Als er den Kopf wandte, sah er, daß vier Janitscharen ihm nachsetzten.

Ich muß es schaffen, dachte er, ich muß ... Wenn ich erst in den Felsen bin können sie mich nicht mehr treffen mit ihren Kugeln.

Zwischen aufgetürmtem Gestein schlängelte sich ein schmaler Ziegenpfad nach oben. Keuchend erreichte Andrej ihn. Er spürte, wie seine Kraft schwand, das Herz schlug ihm hoch im Halse, und Himmel, Strand und Felsen tanzten vor seinen Augen. Einmal taumelte er und wäre fast gestürzt, aber er raffte sich wieder hoch und jagte weiter die Kehren und Windungen hinauf.

Das Schießen war verstummt, wohl auf einen Befehl des Onbaschi, der begriff, daß er auf diese Weise nur auf sich und seine Leute aufmerksam machte, denn die Schüsse mochten in der stillen Morgendämmerung weithin zu hören sein. An einer Biegung blickte Andrej abermals zurück, durch neues Gechrei aufgeschreckt. Er sah zwei Männer quer über den Strand flüchten, Sklaven wie er, die es ihm nachtun wollten. Auch sie wurden von Janitscharen verfolgt, und auf einen Ruf des Onbaschi hin machten drei der vier, die sich an Andrejs Fersen geheftet hatten, kehrt, um ihnen den Weg abzuschneiden.

Andrej erfuhr niemals, ob es den beiden gelang, sich zu retten. Er hastete weiter, jeden Augenblick gewärtig, daß sein Verfolger ihn einholte. Es ist nur noch einer, hämmerte es in seinem Hirn. Ein einziger, und lebend wird er mich nicht kriegen. Er oder ich.

Nach einer Kehre, die in spitzem Winkel den Berg hinaufführte, duckte sich Andrej hinter einen Felsblock, wartete, bis der Janitschar genau unterhalb von ihm war, und sprang ihn an.

Der Soldat stieß einen heiseren Überraschungsschrei aus, als er von der Wucht des Sprunges zu Boden gerissen wurde. Andrej lag über ihm, die Hände um seinen Hals, und der Janitschar mühte sich verzweifelt, den Würgegriff zu lösen. Als es ihm gelang, rollten sie, ineinander verkrallt, ein Stück den Weg hinunter.

Andrejs Gegner war nicht sonderlich kräftig, ein schmächtiger Mensch und nicht mehr jung. Als er seine Pistole aus dem Gürtel ziehen wollte, schlug Andrej sie ihm aus der Hand. Er wollte sie greifen, aber sie rutschte auf dem steinigen Boden bergab und blieb erst ein Stück weiter unten an einem Dornbusch liegen.

Schwankend kam der Janitschar auf die Füße. Seine Finger umklammerten den Griff des Krummschwertes an seiner Seite. Aber er kam nicht mehr dazu, es hochzureißen. Andrej hatte einen Stein geschleudert. Er traf den Soldaten an der Schulter, und die Wucht des Schlages machte, daß er das Schwert fallen ließ. Diesmal bekam Andrej es zu fassen. Er spürte das kühle Metall in seiner Faust, und ein unbeschreibliches Triumphgefühl überkam ihn. Er hatte eine Waffe, er hatte wieder ein Schwert in der Hand, er war nicht länger wehrlos.

Der Janitschar wich zurück, als Andrej auf ihn eindrang, Todesangst in den Augen. »Nicht, Bruder…«, stieß er hervor. »Nicht…«

Andrej trieb ihn gegen die Felswand. »Bruder?« wiederholte er. »Jetzt auf einmal Bruder? Und was war ich eben? Ein Tier, das du verfolgt hast. Ein armseliger, dreckiger Sklave, der nicht einmal dir gehörte, dessen Dasein dir nichts einbrachte und dessen Flucht dir nicht schadete. Sag, warum hast du mich gejagt?«

»Der… der Onbaschie hat es befohlen«, stammelte der Janitschar.

Das war es, ja … Und es war verrückt, überhaupt danach zu fragen, da die Antwort doch so alt wie die Menschheit war. Der Onbaschie, der Herr, der Sultan, der König, der Kaiser, die Zarin hat es befohlen …

Jemand verlangt: Jagt diesen oder jenen. Verfolgt ihn, tötet ihn, steckt sein Haus an, bringt seine Kinder um, verwüstet seine Felder, nehmt ihm alles. Und die graue Masse derer, die nicht weiter denkt als eine Herde Schafe und nur fühlt, wo es den eigenen Nerv trifft, gehorcht. Gehorcht blind, ohne zu sehen, daß derselbe Befehl morgen ihm gelten kann und den Seinen, seinem Hab und Gut, seiner Existenz, seinem Leben. Und so verraten sie einander und nennen sich nur Bruder in den Augenblicken der Angst.

Andrej trat einen Schritt zurück. »Geh«, sagte er. »Es verschafft mir keine Befriedigung, jemanden umzubringen. Aber geh rasch, ehe es mich reut.«

Der Soldat drückte sich an ihm vorbei, zögernd zuerst, als erwarte er im nächsten Moment den tödlichen Hieb, dann immer rascher. Zuletzt rannte er in grotesken Sprüngen den Weg hinunter und verschwand zwischen den Felsen.

Andrej blickte ihm ein paar Sekunden nach, dann ging er weiter bergauf, langsam, mit schleppendem Schritt, den bloßen

Säbel in der Faust. Er erreichte ein Hochplateau, und auf der anderen Seite, ein gutes Stück weiter unten, entdeckte er ein paar Lehmhütten. Ein kleiner Bach entsprang ganz in der Nähe; von unzähligen Rinnsalen gespeist, floß er bergab zu den Häusern.

Andrejs Knie gaben nach. Die letzten Schritte kroch er zu dem Wasser, schöpfte es mit der hohlen Hand, trank, schöpfte wieder, barg sein Gesicht in der klaren, köstlichen Kühle, ließ sich das Wasser über die Arme, die Schultern und den Rücken rinnen, und trank und trank, als könne er niemals genug davon bekommen. Dann blieb er liegen mit geschlossenen Augen und war so erschöpft, daß ein Kind ihn hätte überwältigen können.

Nach einer Weile spürte er Wärme und Helligkeit, und er sah auf und starrte blinzelnd in das Licht der Sonne, die aufgegangen war und ihn mit ihren ersten Strahlen wärmte. Es war sehr einsam um ihn, nur das Wasser rauschte, und weit entfernt schraubte sich ein Vogel mit silbrig glänzenden Schwingen in den Himmel.

Ich bin frei, dachte Andrej. Ich bin frei. Das Sonnenlicht zerfiel vor seinen Augen in tausend kleine, glitzernde Facetten; er weinte wie ein Kind, mit offenem Mund und ohne die Hände vor das Gesicht zu schlagen und die Tränen abzuwischen.

Die letzte Nacht war sie ohne Aufenthalt durchgefahren. Sie hatte nur an jeder Poststation die Pferde gewechselt, und als sich die Silhouette von St. Petersburg aus den Morgennebeln schälte, weckte sie Wanda Breskowa. Tanja hätte es nicht ausgehalten, jetzt mit niemandem zu reden. Schon die Nacht über hatte sie kaum ein Auge zugetan, allein mit ihren Gedanken, während Olga, Laila und Wanda Alexandrowna schliefen.

Die vergangenen beiden Wochen hatte Tanja in einem Zustand verbracht, der Fieber und Traum, Angst und Seligkeit zugleich gewesen war. Andrej lebte. Er war in Petersburg, wie Olga Rossowskaja ihr geschrieben hatte, und zwei Tage nach Erhalt dieses Briefes hatte Tanja Stare Wisnio verlassen.

»Wir sind da«, sagte sie jetzt, als die Breskowa sich verschlafen die Augen rieb. »Wir sind in St. Petersburg.« Ihre Stimme klang hell und zitternd. Sie schob das Kutschenfenster ein Stück auf und hielt ihr Gesicht der Morgenluft entgegen. »Es ist kalt, Wanda Alexandrowna. Und ich glaube, die Luft riecht nach Schnee.«

Die Breskowa wickelte sich enger in ihr wollenes Umschlagtuch. »Immerhin haben wir November, und Sie haben sehr viel

Glück gehabt, daß uns der Schnee nicht auf der Reise überrascht hat.«

»Warum? Es wäre ein besseres Fahren gewesen als über die schlammigen, ausgewaschenen Straßen.«

»Und das Kleine? Denken Sie denn gar nicht an Oljuschka?«

Tanja lachte. »Sie ist die Tochter einer Sibirierin. Schnee und Frost hätten ihr nichts ausgemacht – ebensowenig wie die ganze Reise, Ihrer Schwarzseherei zum Trotz.«

Das Kind schlief in einem mit Pelzen ausgeschlagenen Körbchen neben ihr auf der Kutschenbank. Es war zart und feingliedrig und dennoch das gesündeste Baby, das man sich vorstellen konnte.

Auch war es ein fröhliches kleines Ding. Es weinte selten und hatte schon sehr früh jeden angelächelt, der sich über seine Wiege beugte.

Tanja betrachtete Olga mit einer Mischung aus Glück und Angst. Geliebtes kleines Leben… so sehr ersehnt und so sehr ein Stück von ihr. Aber würde Andrej das begreifen? Würde er verstehen, was es für sie bedeutet hatte, noch einmal ein Kind zu haben – auch wenn es das Kind eines anderen Mannes war?

Mit einer raschen Bewegung schloß Tanja das Kutschenfenster. Es hatte keinen Sinn mehr, darüber nachzugrübeln, wie sie es seit zwei Wochen unablässig tat. Sie wußte nur, daß sie Andrej wiedersehen mußte, gleichgültig, was dieses Wiedersehen vielleicht an Schmerzlichem, Bitterem, Enttäuschendem für sie brachte.

Zwei Stunden später – Tanja hatte in ihrem Palais an der Lugowaja gebadet, gefrühstückt und sich umgekleidet, während Laila das Kind versorgte – fuhr sie, wiederum von Wanda Breskowa und Olga begleitet, zum Tolskijschen Palais auf der Wassiljewskij-Insel.

Der Türsteher, der ihr öffnete, und der Lakai, der ihr in der Halle entgegenkam, kannten sie nicht. »Ist Graf Dobrynin zu Hause?« fragte Tanja; und das Herz schlug ihr hoch im Halse. »Ich möchte ihn sprechen.«

Gewiß, Seine Gnaden seien anwesend, erwiderte der Diener. Wen er melden dürfe?

»Tanja«, sagte sie, nichts weiter. Und als er zweifelnd die Brauen runzelte, setzte sie hinzu: »Das genügt. Dein Herr weiß, wer ich bin.«

Der Diener führte sie in den Empfangssalon. Wanda war auf Tanjas Bitte mit dem Kind in der Kutsche zurückgeblieben. Die Minuten dehnten sich zu Ewigkeiten. Dann endlich wurden draußen in der Halle Schritte laut, und Tanja fuhr herum. Aber es war nur der Diener, der in der Tür erschien. »Seine Gnaden lassen bitten.« Er begleitete sie die geschwungene Freitreppe aus rosafarbenem Marmor hinauf und öffnete am Ende der Galerie eine Tür.

Andrej lag halb aufgerichtet auf einer Ottomane. Bei Tanjas Eintritt versuchte er aufzustehen, sank aber mit einem Schmerzenslaut wieder zurück.

»Dieser verdammte Gaul!« sagte er. »Hat mich einfach abgeworfen, als ich mit ihm über einen Graben wollte. Aber das kommt davon, wenn man sich einbildet, noch so reiten zu können wie früher.«

Sein Haar war weiß geworden, und sein Lächeln wirkte verzerrt. Es war ein Lächeln, das weh tat, weil nur sein Gesicht lächelte und nicht sein Herz, und seine Augen hatten einen Ausdruck, den Tanja früher nie in ihnen gesehen hatte. Es waren die Augen eines gefangenen Tieres in Andrejs Gesicht.

Denn das war es trotz allem: Andrejs Gesicht. Ein wenig hagerer, eine Spur älter, doch immer noch jenes dunkle, kühn geschnittene Abenteurergesicht, das in Tanjas Herzen lebendig geblieben war.

Sie stand in der Tür, die der Diener hinter ihr geschlossen hatte, und blickte Andrej an, und Schmerz und Angst und Glück umkrampften ihr Herz und machten sie unfähig, etwas zu sagen! Er lebte! Er war da! Sie brauchte nur ein paar Schritte zu tun, nur die Hand auszustrecken, um ihn zu berühren, aber sie tat diese Schritte nicht, und sie streckte auch nicht die Hand aus, um sein Gesicht zu umfassen oder das weiß gewordene Haar zu streicheln.

Andrej beobachtete Tanja. Dann lachte er. »Du stehst da wie Lots Weib. Weshalb? Verschlägt dir mein Anblick die Sprache? Die anderen behaupten, ich sähe genauso aus wie früher.« Er hob die Stimme und säuselte geziert: »Mein lieber Graf Drobrynin, wie wundervoll, daß Sie alles so unbeschadet überstanden haben. Fast möchte man meinen, Sie seien ein paar Jahre nur auf Reisen gewesen, so wenig sind Sie verändert.« Er legte sich zurück. Seine starken, dunklen Brauen schoben sich zusammen. »Und du? Du warst auf Reisen, nicht wahr? Man erzählte es mir bei Hof. Wann bist zu zurückgekommen?«

»Vor zwei Stunden.« Sie räusperte sich, um die Kehle freizubekommen.

»Und dann bist du schon hier, mich zu begrüßen? Nun, warum tust du's nicht? Komm her und begrüße den Heimgekehrten, wie es sich gehört. Mit Jubel, Tränen, Küssen und was weiß ich! Du bist nicht sehr taktvoll, Tanja, daß du dir dein Erschrecken über mein Aussehen so anmerken läßt. Im allgemeinen schätze ich gesellschaftliche Heuchelei nicht, aber in diesem Fall hätte ich ein wenig davon für angebracht gehalten. Du jedenfalls siehst sehr hübsch aus. Dieser hyazinthfarbene Mantel mit Luchsbesatz steht dir gut. Bevorzugt man in diesem Jahr blauviolette Töne in Warschau?«

»Du weißt…«

»Ja. Der französische Gesandte Sabatier de Cabre hat Besuch von seiner Mutter und seinen Schwestern. Sie erzählten mir, daß du im vergangenen Jahr schon von Paris nach Warschau abgereist bist.«

Er sagte es leichthin, aber sie begriff, daß er auch von Konstantin wußte. »Wer hat dir übrigens von meiner Auferstehung von den Toten berichtet?«

»Olga Rossowskaja.« Tanja kämpfte mit den Tränen. »Aber da man dir gesagt hatte, wo ich bin, warum hast du mir nicht geschrieben?«

»Ich habe dir geschrieben, ein paarmal, bevor … bevor ich auf die Galeere kam. Die Briefe haben dich offenbar nicht erreicht. Sonst hätte man mich ja nicht mehr für tot gehalten. Und nun ist es ja auch gleichgültig, nicht wahr?«

Sie gedachte der tiefen, grauenhaften Verzweiflung, durch die sie gegangen, und vermeinte noch einmal, sie wie Raubtierfänge zu spüren. Und da sagte er, es sei gleichgültig! Gewiß, er hatte gelitten, ungleich schwerer, aber sie auch! Zorn, jäher, heißer Zorn stieg in Tanja auf und schwemmte jede weiche Empfindung hinweg. »Gleichgültig?« wiederholte sie. »O Andrej, was weißt du schon! Bist du so stumpf geworden, so gefühllos, daß du nicht weißt, was es für mich bedeutet hätte, nur das geringste Zeichen, daß du lebst…« Sie brach ab. Tränen erstickten ihre Stimme. Mit einem Schluchzen schlug sie die Hände vor das Gesicht.

Er stemmte sich hoch, versuchte abermals, aufzustehen. »O verdammt«, knirschte er, »dieser elende Klepper! Erschießen hätte ich ihn sollen.« Stöhnend sank er zurück. Und dann bat er mit veränderter Stimme: »Hör auf zu weinen, Kind. Komm her. Ich wollte dir nicht weh tun. Du wußtest ja nichts … Wie hätte ich da das Recht, dir einen anderen Mann vorzuwerfen. Sag, wirst du ihn heiraten? Oder… hast du ihn schon geheiratet? Bist du hier, weil du es für anständiger hieltest, es mir selbst zu sagen?«

Sie weinte heftiger. Und dann, statt einer Antwort, riß sie die Tür auf und lief über die Galerie, die Treppe hinunter aus dem Haus. Vor dem Portal wartete ihr Wagen. Wanda Alexandrowna öffnete den Schlag. »Madame, was ist denn?«

Tanja nahm ihr das Kind aus den Armen. »Geben Sie es her.«

Olga an sich gepreßt, verschwand sie von neuem im Haus. Andrej kam ihr humpelnd in der Galerie entgegen. »Tanja, was, zum Teufel, ist in dich gefahren…«

Sie ging an ihm vorbei in sein Zimmer. »Hier«, sagte sie. »Das ist mein Kind. Es ist eine Tochter, und sie heißt Nitenko – wie ich als Mädchen. Einen Vatersnamen hat sie nicht, obwohl sie den besten, liebenswertesten Vater der Welt hat. Aber ich habe ihn nicht heiraten wollen. Und weißt du, warum? Weil es nach Boris nur einen Mann gab, den ich heiraten wollte: dich, Andrej. Und nicht einmal die Tatsache, daß ich deine Todesnachricht erhielt und von Konstantin Bogumirski ein Kind erwartete, hat etwas daran geändert.«

Sie holte tief Atem und wischte sich mit der freien Hand die Tränen ab. »Ich habe alles verloren, woran mein Herz hing: dich, Bjely Dom, Pawel, Rodja. Und wenn du jetzt sagst, daß es zwar sehr rührend, aber auch sehr dumm von mir gewesen sei, daß ich Olga gewollt und bei mir behalten habe, dann gehe ich auf der Stelle fort, Andrej Dobrynin, und du siehst mich nie wieder.«

Er war ihr gefolgt und hatte die Tür hinter sich geschlossen. Einen Moment stand er schweigend, dann ging er humpelnd auf sie zu. »Olga heißt sie?« fragte er. Und als Tanja nickte: »Willst du mich sie nicht anschauen lassen?«

Sie schlug das Tuch zurück, in das die Kleine gewickelt war, und Andrej beugte sich darüber. Olga, der sich Tanjas Erregung mitgeteilt hatte und die zudem eine solche rauhe Behandlung wie eben nicht gewöhnt war, hatte das Gesicht verzogen, als ob sie weinen wollte. Halb zornig, halb ängstlich blickte sie auf den fremden Mann, musterte Andrej mit der forschenden Eindringlichkeit, mit der sie alles Neue in ihrem kleinen Leben in sich aufzunehmen pflegte. Dann glättete sich ihre Miene, und sie begann zu lächeln. Es war ganz und gar Konstantins Lächeln. Es begann in den Augen, deren intensives Blau jeden Betrachter entzückte, dann teilte sich der hübschgeschwungene und für ein Baby schon erstaunlich ausgeprägte Mund, und das ganze kleine Wesen strahlte eine so ansteckende Heiterkeit aus, eine so fröhliche Wärme, daß sich niemand seinem Charme entziehen konnte.

»Du lieber Gott«, sagte Andrej, »das ist ja schon jetzt eine Schönheit! Wie soll das in ein paar Jahren werden! Erlaubst du, daß ich sie einmal auf den Arm nehme?«

Durch den Schleier ihrer Tränen sah Tanja, wie er das Kind unbeholfen an sich gedrückt hielt. Aber Olga schien es zu gefallen. Ihr Lächeln verwandelte sich in ein glucksendes Lachen, dann patschte sie mit ihren kleinen Händen gegen Andrejs Brust.

Er blickte auf sie hinunter, und in seinem Gesicht stritten die widerstreitendsten Empfindungen. Rührung, Schmerz, etwas wie Widerstand und die Zärtlichkeit, die ein kleines Kind in jedem Menschen weckt, weil es so hilflos, so reizend und schon so vollkommen ist.

Er streichelte Olgas Wange, und dann, als sei er bei etwas Lächerlichem ertappt worden, drehte er sich geschwind um und legte sie auf die Ottomane.

So stand er mit abgewandtem Gesicht, und nach einer Weile fragte er: »Was war das mit Pawel, Rodja und Bjely Dom? Was ist da geschehen?«

Tanja erzählte es ihm in dürftigen, kurzen Worten. Nur nicht zu sehr daran rühren! Nur nicht die alten, niemals ganz verheilten Wunden aufreißen! Sie hatte sich neben Olga gesetzt, weil das Kind, als Andrej es so abrupt aus seinen Armen ließ, zu weinen begonnen hatte. Aber wie zumeist beruhigte es sich rasch und begann zufrieden an seinen Fingern zu lutschen.

Als Tanja geendet hatte, kam Andrej zu ihr und zog sie an den Händen hoch. Sein Gesicht war grau, aber seine Augen hatten ihren beklemmenden, zugleich furchtsamen und bösen Ausdruck verloren. Sie sah, daß sein Kinn zitterte, und er biß die Kiefer aufeinander, um es zu verbergen. »Tanjuschka«, sagte er leise. »O Gott, Tanjuschka, was ist uns nur geschehen!«

Und noch immer zitterte er, es hatte seinen ganzen Körper ergriffen, und auf einmal war es ganz leicht, in seine Arme zu kommen und die eigenen um ihn zu schlingen und ihn festzuhalten. So fest, daß er ihre Wärme spürte und die Kraft, die sie hatte, und ihre Zuversicht – all dies, was nun für eine Weile für sie beide ausreichen mußte, bis die Vergangenheit nicht mehr so grausam auf Andrej lastete.

Sie begriff jetzt auch, weshalb er so kühl und fremd und bissig gewesen war, als sie kam. Er mußte halb rasend vor Angst gewesen sein, weil er sie liebte und verloren geglaubt hatte.

»O Andrej, Andrej«, murmelte sie, das Gesicht an seine Brust gepreßt, »daß du nur da bist! Alle Tage meines Lebens will ich Gott dafür danken. Es wird jetzt alles gut, nicht wahr? Sag mir, daß es das wird...«

Er zitterte stärker, es war grauenhaft, dieses Zittern, das ihn schüttelte, seine Zähne schlugen aufeinander, und sie streichelte ihn und küßte sein Gesicht, den bebenden Mund, die armen Augen. Andrej umschlang ihre Taille. Er drückte sie auf die Ottomane zurück, und dann war er vor ihr am Boden, den Kopf in ihren Schoß vergraben. Noch immer hielt er sie mit beiden Armen umklammert, und sie hatte Mühe, zu verstehen, was er sagte: »Ja, Tanjuschka, es wird alles gut. Jetzt... jetzt will ich daran glauben.«

Sie heirateten einen Monat später in Rojewo, auf Andrejs Landgut in der Nähe von Moskau. Es war eine stille Hochzeit, zu der niemand kam, der Rang und Namen hatte. Es gratulierten nur die Dienstboten, das Gesinde und Wanda Breskowa, die Tanja als Gesellschaftsdame mitgenommen hatte.

Am Katharinen-Tag hatte die Zarin Tanja und Andrej in Audienz empfangen und offiziell ihr Einverständnis zu ihrer Heirat gegeben, wie es nötig war, da Andrej noch immer Oberst der Preobraschenskij und Tanja Ehrendame am Jungen Hof war. Allerdings schied Tanja mit ihrer Hochzeit aus dem Hofdienst aus. Sie hatte Katharina darum gebeten, und es war deutlich und ein wenig peinlich, wie erleichtert die Kaiserin auf diese Bitte einging. Natürlich wußte sie von Olga – es hatte wie ein Lauffeuer die Runde in allen Salons gemacht, daß Madame Tutscharewa ein illegitimes Kind von ihrer Auslandsreise mitgebracht hatte, und Petersburg und der Hof reagierten so, wie Tanja es erwartet hatte: Man schnitt sie. Tanja war es gleichgültig, Andrej lag nichts daran, auszugehen und Besuche zu empfangen, weshalb sollte da ihr etwas daran liegen? Von den Orlows war zur Zeit niemand in der Hauptstadt, Grigorij und Alexej lebten im Ausland. Wladimir, Fjodor und Iwan auf ihren Landgütern; sie kamen so gut wie nie nach St. Petersburg. Auch Potemkin war abwesend; Tanja erfuhr voller Erleichterung, daß er vor wenigen Tagen zu einer seiner häufigen Inspektionsreisen in die südlichen Provinzen aufgebrochen war, zu deren Generalgouverneur ihn Katharina gemacht hatte.

Im Sommer hatte die Zarin ihren Liebhaber Sorizsch verabschiedet – vielmehr Potemkin hatte es getan, weil er mit Sorizsch eine geringfügige Auseinandersetzung gehabt hatte. Sein Nachfolger im Alkoven der Zarin war Korsakow, ein junger Adliger aus guter Familie, der ihr gleichfalls von Potemkin vorgestellt worden war. Es hatte sich nichts geändert an seinem Einfluß, und gegen seinen Willen war weder im Reichsrat noch im Senat noch in irgendeinem Ministerium etwas durchzusetzen.

Andrej berührte dies alles noch wenig. Er hatte genug damit zu tun, sich in der Welt, in die er zurückgekehrt war, zurechtzufinden. Was hinter ihm lag, hatte ihn verändert – in einem Maße, dessen Umfang sich erst nach und nach herausstellte.

Da waren die Nächte, in denen er nicht schlafen konnte und in Schweiß gebadet auf Tanjas Atem neben sich lauschte. Er liebte sie, aber in diesen Stunden mußte er alle Beherrschung aufbieten, um sie nicht wachzurütteln: »Bitte, steh auf. Schlaf in einem anderen Zimmer. Ich will allein sein. Ich ertrage es nicht, jemanden neben mir schlafen zu hören.«

Ein anderer Atem in der Dunkelheit, ein anderer Körper neben sich… er hatte es vier Jahre lang ertragen, und niemals vordem hatte er gewußt, wie schrecklich es sein konnte, keine Stunde, keinen Augenblick des Lebens allein zu sein, gekettet an drei andere, zusammengepfercht mit hundert anderen im Wachen und Schlafen. Wenn er es Tanja erklärte, würde sie es verstehen, dennoch würde er ihr weh tun damit, und das wollte er nicht.

Und oftmals war es ja auch Glück, des Abends in ihren Armen einzuschlafen und sie des Morgens beim Erwachen neben sich zu finden. Es geschah auch, daß er in der Dunkelheit aus irgendeinem Traum hochschreckte, in dem er verzweifelt und vergeblich nach ihr gesucht, und nach ihr tastete und sie umklammerte, um zu spüren, daß sie da war und mit ihm lebte als seine Frau.

Es gab Nächte, da er sie mit leidenschaftlicher Heftigkeit liebte und nicht genug von ihr bekommen konnte, und andere, in denen er allein in der Bibliothek saß und Unmengen von Wodka in sich hineinschüttete, bis das Denken verschwamm und das, was hinter ihm lag, an grausamer Kontur verlor.

Dann brauchte er die Trunkenheit; Tanja wußte das und ließ ihn gewähren ohne ein Wort, wenngleich sie wach lag und in das stille Haus horchte, ob Andrej wohl nach ihr verlangte, ob er käme oder in der Bibliothek einschliefe in seinen Kleidern, den müden Kopf auf die Arme gebettet.

Es gab auch Tage, an denen er bis zum Dunkelwerden unterwegs war. Anikej, der Kutscher, hatte es Tanja erzählt. Dann ließ er sich irgendwohin bringen, eine oder zwei Werst von Rojewo, hieß die Troika zurückfahren und ging zu Fuß weiter, über die Felder bis hinab zum Moor oder durch den Wald.

Welch ein Gefühl, wieder gehen zu können, wohin man wollte, ohne Zweck und Ziel, und niemanden neben sich zu haben, an den man gekettet war, und niemanden hinter sich mit einer Peitsche! Hüfthoch war oftmals im Winter der Schnee, dennoch kämpfte er sich hindurch, und er genoß die Anstrengung, genoß mehr noch die unberührte Weite, durch die keines Menschen Fuß gegangen war außer dem seinen.

Schön war auch die Stille, nachdem es vier Jahre lang niemals um ihn still gewesen, keinen einzigen Augenblick, weder auf der Galeere noch in den Tagen und Nächten im Bagno. Manchmal hatte er sich dort vorgestellt, wie das war: ein stiller, von der Last des Schnees gebeugter Wald, ein zugefrorener See, Felder und Steppe, die in der Ferne mit dem Himmel verschmolzen. Dann konnte man sich einbilden, allein auf der Welt zu sein, der Mensch am ersten Schöpfungstag, wo es weder Krieg noch Gewalt, weder Geschrei noch Tränen, weder Haß noch Zerstörung gab. Andrej hatte zuviel Böses gesehen in den letzten Jahren, und er trug es mit sich herum. Da tat es not, die Stille zu suchen, die Unberührtheit, die Weite, die Einsamkeit, in der noch alles gut war, weil man die Angst nicht spürte, die letzte, schrecklichste, größte: die Angst vor dem Menschen.

Einmal, als er von solch einer Wanderung nach Rojewo zurückkehrte, sah er Belusow, den Verwalter, wie er einem Leibeigenen eine schallende Ohrfeige gab. Der Schlag war so heftig, daß der Mann zu Boden stürzte; aus seiner Nase floß Blut.

Als er sich aufrappeln wollte, trat Belusow nach ihm, doch im nämlichen Augenblick war Andrej bei ihm und riß ihn zurück. Belusow schrie auf, als er Andrejs Gesicht sah. Es war vor Wut fast unkenntlich und schneeweiß. In jähem Zorn schüttelte Andrej den untersetzten, stämmigen Mann. »Habe ich dir nicht gesagt, daß von meinen Leuten keiner geschlagen wird, du Hund! Und du wagst es, du wagst es ... Was hat er getan, der arme Kerl, daß du auf ihn eindrischst?«

Er ließ den zitternden Belusow los. »Er... er war unbotmäßig, Herr. Ein freches Mundwerk hat er gehabt. Gott ist mein Zeuge, daß ich niemanden schlage, wenn er es nicht verdient hat...«

»Pack deine Sachen und geh«, sagte Andrej leise und kalt. »In einer Stunde hast du Rojewo verlassen, oder ich lasse dich durch die Hunde hinausjagen.«

Belusow ging tatsächlich. Er fand Unterschlupf bei einem Onkel, der in dem nahegelegenen Marktflecken Kamennoj Kust eine Herberge betrieb. Dort half er in der Schankstube und erzählte jedem, der es wissen wollte, daß Graf Andrej Dobrynin seit seiner türkischen Gefangenschaft nicht mehr ganz richtig im Kopf sei. »Denkt nur, Freunde, er hat mich hinausgeworfen, weil ich einem Leibeigenen eine Maulschelle gegeben habe. Was sag' ich – ein fast freundschaftlicher Klaps war's, gerade, daß er ihn ein wenig auf der Wange gespürt hat. Aber der Graf ist dazwischengegangen, daß ich dachte, mein letztes Stündchen sei gekommen.«

Er wußte noch mehr zu erzählen; beispielsweise, daß auf Rojewo neuerdings jeder Bettler, der an die Tür pochte, ein Nachtquartier bekäme, wenn er wollte und solange er wollte, und daß sich auf diese Weise schon ein gutes Dutzend Kriegsinvalider auf dem Gut eingenistet hätten. »Wie soll das erst im Sommer werden, wenn es warm ist und das Gesindel scharenweise durch das Land zieht? Wanzen wird es uns bringen und Krätze, und saufen und stehlen wird es!«

Und die Frau Gräfin? wollten die Leute wissen. Wie stelle sie sich denn zu den Verrücktheiten ihres Mannes?

Belusow zuckte die Schultern. Wahrscheinlich hoffe sie darauf, daß er eines Tages vernünftiger würde. Ein wenig besser sei es ja schon mit ihm geworden. »Am Anfang nämlich – das hat mir Marusja, die Magd, die bei Tisch bedient, erzählt –, da hat der Herr Graf das Essen hinuntergeschlungen wie ein hungriger Wolf. Ohne abzusetzen, hat er alles in sich hineingelöffelt, als habe er Angst, man könnte es ihm wegnehmen, bevor er fertig ist. Marusja sagt, das kommt davon, daß er auf der Galeere niemals satt geworden ist und niemals genügend Zeit zum Essen gehabt hat. Man weiß ja, wie es da zugeht, sie kriegen mehr Prügel als zu essen, und von der Seite aus betrachtet, muß man Mitleid mit Graf Dobrynin haben. Herrgott, was war er für ein Mann! Ein verrückter Teufel, der spielte, ritt und focht und Weibergeschichten hatte und sich nicht einmal vor des Satans Großmutter fürchtete. Wenn er in Rojewo war, und das kam früher selten genug vor, brachte er seine Petersburger oder Moskauer Freunde mit, und es wurde nächtelang gefeiert, daß man das Gelächter und die Musik bis nach draußen hörte. Das Heulen könnte man kriegen, wenn man daran denkt und sieht, wie es heute ist. Kein Besuch, keine Feste – nichts. Wahrhaftig, Freunde, das Heulen!«

Es stimmte, was Belusow sagte. Es war still in Rojewo. Aber weder Andrej noch Tanja machte es etwas aus. Sie wußte, es tat Andrej gut, hier zu sein, er wurde ruhiger, ausgeglichener, und als er sie einmal fragte, ob sie nicht lieber den Rest des Winters in Moskau oder Petersburg verbringen wolle, schüttelte sie lächelnd den Kopf.

»Erinnerst du dich nicht mehr, daß ich schon vor Jahren hier mit dir leben wollte? Du hast ein Bauernmädchen geheiratet, mein Lieber. Selbst wenn wir eines Tages nach Petersburg zurückkehren, weil du es für richtig hältst – ich werde dir immer in den Ohren liegen, daß ich wieder aufs Land zurück möchte, wenigstens eine Zeitlang.«

Er kam zu ihr und setzte sich auf die Lehne ihres Armsessels. »Du könntest also für immer hier mit mir leben?«

»Hier oder anderswo. Das ist ganz gleichgültig, solange wir nur beisammen sind...«

»Und was ist mit Bjely Dom?«

Tanja hob die Schultern. Nach Olgas Geburt, als sie beschlossen hatte, mit dem Kind an die Wolga zurückzukehren, hatte sie an Bjelkin und Köhler geschrieben, daß man das Herrenhaus wieder aufbauen solle. Seitdem kamen regelmäßig Briefe von den beiden, in denen sie über den Fortgang der Arbeiten berichteten. »Ich würde es gern einmal sehen«, sagte sie zögernd, »und vielleicht eine Weile dortbleiben. Aber nur, wenn du es auch willst.«

Er küßte sie auf die Schläfe. Sein Lächeln war wie früher, spöttisch und zärtlich zugleich. »Sei nicht so ekelhaft rücksichtsvoll. Ich bin kein pflegebedürftiger Greis.«

Ihr Gespräch wurde durch Wanda Breskowas Eintritt unterbrochen. Sie trug Olga auf dem Arm. Als sie Andrejs ansichtig wurde, knickste sie verlegen. »Oh, ich wußte nicht, daß Sie... Ich werde ein andermal wiederkommen.«

»Warum? bleiben Sie nur. Oder gibt es etwas zu besprechen, das nicht für meine Ohren bestimmt ist?«

»Aber nein, wie können Sie so etwas denken! Ich wollte Madame Dobrynina nur erzählen, daß Oljuschka wieder ein neues Zähnchen bekommt.«

»Nun, wenn das kein wichtiger Grund ist...« Andrej stand auf und schlenderte zu einem Kanapee. »Was ist es denn? Ein Backenzahn?« Seine Stimme klang freundlich, und nur wer ihn genau kannte, hörte einen leicht ungeduldigen Unterton heraus. Scheinbar gelassen beobachtete er Tanja, wie sie ihre Tochter auf den Schoß nahm. Die Kleine war jetzt neun Monate alt und erstaunlich gut entwickelt. Das schwarze Babyhaar war verschwunden, jetzt hatte sie halblange dunkelbraune Locken mit einem leichten Kupferton darin. Olga trug ein blaues Samtkleidchen mit weißen Spitzenkragen, und da war niemand in ganz Rojewo, der nicht entzückt stehengeblieben wäre, um sie zu betrachten, wenn Tanja oder Wanda Alexandrowna oder Galina, ihr Kindermädchen, mit ihr spazierenfuhren.

Olga quiekte fröhlich auf, als Tanja sie an sich drückte und herzte und mit dem Finger in den kleinen Mund fuhr, um das Zähnchen zu ertasten. Dann jedoch wandte sie den Blick der großen, von langen, schwarzen Wimpern gesäumten Augen Andrej zu und strebte hastig vom Arm der Mutter.

Tanja setzte die Kleine auf den Boden, und dort begann sie unverdrossen, mit vor Anstrengung heißen Wangen, auf Andrej zuzukrabbeln. Als sie ihn erreicht hatte, versuchte sie, sich an seinen Beinen in die Höhe zu ziehen. Er half ihr nicht, sondern blickte schweigend auf sie hinunter. Aber im Gegensatz zu anderen Kindern, die in solch einer Situation ihren Unmut durch lautes Geschrei bekundet hätten, lachte Olga nur. Sie hielt sich an Andrejs Beinen fest, stieß helle kichernde Laute aus und mühte sich unverdrossen weiter ab, ungeachtet dessen, daß sie ein paarmal auf ihre kleine Kehrseite plumpste.

Andrej seufzte. »Lange Wimpern, blaue Augen und Grübchen in den Wangen – du lieber Gott, wer soll da widerstehen.« Er bückte sich und hob das Kind hoch. Sofort schlang Olga die Arme um seinen Hals und bedeckte sein Gesicht mit schmatzenden feuchten Kinderküssen.

»Da-da-da«, brabbelte sie und zerzauste liebevoll seine Haare. Und dann fügte sie leise und zögernd hinzu, weil es zum erstenmal war, daß sie überhaupt versuchte, ein richtiges Wort zu formen: »Andrej.«

Sie schwieg einen Moment, blickte den großen Mann mit den weißen Haaren und dem braunen Gesicht mit einer geradezu überwältigenden Zärtlichkeit an und trompetete fröhlich, weil es ihr gelungen war: »Andrej! Andrej! Andrej!«

»Sie meint dich«, sagte Tanja. »Sie versucht, deinen Namen auszusprechen.«

Etwas machte ihr die Kehle eng. Sie erinnerte sich, wie Andrej die Kleine zum erstenmal auf den Arm genommen und wie sie ihn angelächelt hatte, obwohl sie noch eine Sekunde zuvor nahe daran gewesen war, in Geschrei auszubrechen. Seitdem liebte Olga Andrej, liebte ihn mehr, wie es schien, als die vertrauten Gesichter ihrer ersten Tage und Wochen, mehr als ihre Mutter, als Wanda Alexandrowna, Laila...

Wann immer er ihr Zimmer betrat und sich über ihre Wiege gebeugt hatte, wann immer er in ihrem Blickfeld auftauchte –

Olga strahlte ihn aus ihren unwahrscheinlich blauen Augen an, versuchte, ihn mit ihren Händchen zu erreichen, lachte ihm zu, strebte zu ihm hin.

Und Andrej? Es war kein Zweifel, daß er sie reizend fand, das ihre spontane Liebe ihn rührte, und dennoch… Tanja wußte, was in Andrej vorging, wenn er Olga sah: das Kind des anderen Mannes. Er sprach nie darüber, und nie hatte er Tanja den geringsten Vorwurf gemacht. Aber der Stachel der Eifersucht in ihm blieb. Und daß er niemals darüber redete, machte alles nur noch schlimmer.

Ein- oder zweimal hatte Tanja den Versuch gemacht, ihm von Konstantin zu erzählen, in der Hoffnung, die Sache dadurch aus der Welt zu schaffen. Aber Andrej hatte ihr jedesmal schroff erklärt, was gewesen sei, interessiere ihn nicht, und sie solle die Erinnerung daran nicht aufwärmen.

»Andrej! Andrej!« jauchzte Olga, und er schaukelte sie eine Weile auf den Knien, gerade so lange, das niemand sagen konnte, er sei lieblos zu dem Kind. Dann setzte er sie auf das Kanapee und stand auf. »Ich habe noch ein paar Briefe zu schreiben. Wir sehen uns beim Abendessen, meine Damen.«

Olga blickte ihm nach, wie er zur Tür hinausging, und das Strahlen in ihren Augen verlosch, als habe man ein Licht ausgeblasen. Ganz klein wurde ihr Gesichtchen, und dann brach sie in Tränen aus. Es war nicht das zornige Protestgeschrei eines Kindes, sondern ein verzweifeltes, unstillbares Weinen, wie es eigentlich nur ein großer, erwachsener Kummer hervorbringt.

Wanda Breskowa war als erste bei Olga und nahm sie hoch. »Ach, mein Herzchen, nicht weinen! Er liebt dich nun einmal nicht. Du bist ihm ein Dorn im Auge.« Auch Tanja war aufgesprungen. »Wanda Alexandrowna, wie können Sie so etwas sagen! Daß Sie sich nicht schämen!«

Ihre Liebe zu Olga verlieh der Breskowa Löwenmut. »Es ist aber wahr, Madame, und Sie wissen es auch. Er tut dem Kind schön, aber im Grunde mag er es nicht, weil er eifersüchtig ist.«

Tanja nahm ihr das Kind ab und drückte es an sich. »Sie sind ja hysterisch. Männer können nie sehr viel mit Babys anfangen. Deshalb beschäftigen sie sich weniger mit ihnen.« Sie strich Olga über das Haar und war selbst den Tränen nahe. »Glaub ihr nicht, mein Herzchen. Natürlich hat er dich lieb! Wer hätte das nicht! Und nun hör auf zu weinen. Es ist ja alles gut.«

Dabei wußte sie, daß nichts gut war. Wanda Breskowa hatte recht. Aber Tanja hätte sich lieber die Zunge abgebissen, als das zuzugeben.

Manchmal fragte Andrej sich, was aus den Meuterern der ›Qarakush‹ und der anderen Schiffe geworden war. Er erfuhr es nicht. Alles, was er wußte, war nur, daß die ›Qarakush‹ in Tedsch-Mehlek, dem kleinen Fischerhafen auf der Krim, Trinkwasser und Lebensmittelvorräte gefaßt hatte, bevor sie wieder auslief. Zu Kampfhandlungen zwischen Türken und Russen war es nicht gekommen. »Sultan Abdul Hamid hat die Schiffe nach Istanbul zurückbeordert«, hatte General Weselikij Andrej erzählt, als er ihn in seiner Residenz in Kaffa empfing. »Vernünftigerweise haben die Leute dem Befehl Folge geleistet. Ob es nun die Meuterer waren oder ob die Meuterei niedergeschlagen worden ist, wissen wir nicht. Es ist ja auch gleichgültig. Hauptsache, man hat uns die Pest nicht eingeschleppt und die Hohe Pforte hat sich darauf besonnen, daß die Angelegenheiten der Krim-Tataren am Verhandlungstisch und nicht durch militärische Interventionen zu regeln sind.«

Das war gewesen, nachdem Andrej sich nach seiner Flucht von der ›Qarakush‹ bis zum nächsten russischen Militärposten durchgeschlagen und der vorgeschriebenen vierzigtägigen Quarantäne unterzogen hatte. Er hatte Glück, die Pest verschonte ihn. Weselikij hatte ihn mit Geld und Kleidern versorgt und ihm eine Eskorte für die Heimreise mitgegeben. Inzwischen fanden tatsächlich wieder Verhandlungen zwischen Rußland und der Türkei in der Krimfrage statt, der Kriegsrausch der Hohen Pforte war, so schien es, fürs erste gründlich verraucht, und man war bereit, den Russen Zugeständnisse zu machen.

Wahrscheinlich war auch den meuternden Janitscharen nicht viel geschehen; vielleicht hatte man einige ihrer Anführer aufgehängt, das Gros jedoch ungeschoren gelassen.

Anders mochte man mit den Galeerensklaven der ›Qarakush‹ verfahren sein. Andrej war sicher, daß keiner von ihnen die versprochene Freiheit erhalten hatte – es sei denn, einigen wenigen war gleich ihm die Flucht gelungen. Die übrigen jedoch... Andrej schauderte es, wenn er an sie dachte. Hundert armselige, zerschlagene Leben, ausgepeitscht, geblendet, mit glühenden Zangen gefoltert, gerädert, gevierteilt, geköpft, gepfählt... Oh, es mangelte der Gerichtsbarkeit des Sultans und ihren Henkersknechten nicht an Fantasie, wenn es galt, Todesurteile zu vollstrecken.

Andrej sah sie vor sich, wie er sie vier Jahre lang gesehen hatte. Wissarion, den Georgier, der rechts neben ihm auf der Ruderbank gesessen, Nakir, den Türken, der auf der anderen

Seite an ihn gekettet gewesen, daneben Mbana, den riesigen Äthiopier. Christensklaven, Neger, Berber, Türken: zerlumpt, voller Ungeziefer, mit narbigen Rücken und eingeschlagenen Zähnen – die Ärmsten der Unfreien. Manchmal, in den wenigen Stunden der Ruhe, hatten sie geflucht oder gebetet. Es gab auch welche, die sangen, fremdartige Lieder, deren Wehmut einem das Herz zerriß, und andere, die von Frauen redeten, unablässig und immer wieder, auf die ekelhafteste, zotigste Art. Es gab die Streitsüchtigen, Gewalttätigen, die, wenn die Aufseher nicht mit ihren Peitschen dazwischengegangen wären, mit den eisenbeschwerten Fäusten aufeinander eingeschlagen hätten, und die Verzweifelten, die zwischen stumpfer Resignation und schrillem, heulendem Elend wechselten. Ihre Gesichter, ihre Stimmen waren oft so beklemmend gegenwärtig, sie hatten sich eingefressen in Andrejs Erinnerung, eingefressen wie Nathan ben Ephraims und Abigails Sterben und Rabbeas schluchzendes Schreien, als sie die Totengebete ihrer Eltern sprach: »Ta-asse iti Shalom, Adonai« … gib uns den Frieden, Herr. Vielleicht war es nun so, daß sie Frieden hatten, die Toten, und daß der Unfriede bei den Lebenden blieb, bei denen, die davongekommen waren. Zum Beispiel bei ihm, Andrej.

Er hatte an die Zarin geschrieben und um seinen Abschied von den Preobraschenskij gebeten. Er habe die Uniform lange genug getragen; nach allem, was geschehen sei, fände er es nun an der Zeit, sie endgültig auszuziehen. Was er nicht geschrieben hatte, war, daß er keinen Sinn mehr darin sah, Soldat zu sein. Er haßte den Krieg, und in Friedenszeiten schienen ihm die Exerzierspiele, das strenge militärische Reglement und die goldstrotzenden Paraden unter Fahnen, Trommeln und Fanfaren als etwas unglaublich Törichtes.

Zu Beginn des Frühjahrs kam Katharinas Antwort. Sie schrieb, daß sie Andrejs Bitte nur ungern willfahre, da sie ihn immer für einen äußerst fähigen Offizier gehalten habe. Gleichwohl habe sie Verständnis dafür. »So sei es drum, mein lieber Graf Dobrynin. Wir verabschieden Sie in allen Ehren, wenngleich Wir nicht zulassen können, daß Sie sich vollständig ins Privatleben zurückziehen. Wir wollen Ihnen Zeit geben, bis Ihre körperlichen und geistigen Kräfte es gestatten. Unserem geliebten russischen Reich auf andere Art zu dienen. Dann jedoch erwarten Wir Sie in Petersburg, um Ihnen Sitz und Stimme im Reichsrat zuzuweisen. Wir erinnern Uns, daß Sie vor Jahren ein beachtenswertes Memorandum über die Kolonisationsmöglichkeiten Unserer nomadisierenden Steppenvölker verfaßt haben.

Diese Probleme liegen Uns nach wie vor am Herzen, und Wir haben seit langem Fürst Potemkin gebeten, sich ihrer anzunehmen. Allerdings ist Seine Durchlaucht mit soviel anderen Angelegenheiten befaßt, daß er dafür wenig Zeit fand und alles noch mehr oder weniger im Argen liegt. Es war sein Vorschlag, Sie ihm beizugeben, um die Dinge nun endlich voranzutreiben, und Wir greifen ihn freudig auf…«

»Potemkin also«, sagte Andrej, als er den Brief gelesen hatte. »Er steckt dahinter. Und da er nachtragend wie ein Elefant ist, kann es nichts Gutes bedeuten, daß er mich zu seinem Mitarbeiter beruft. Im Krieg hätte er sich am liebsten mit mir duelliert. Tanjuschka, mein Herz, ich fürchte, wir gehen ärgerlichen Zeiten entgegen.«

»Wahrscheinlich hast du recht«, erwiderte Tanja bedrückt. Sie stellte die Vase, in der sie ein paar Kirschbaumzweige geordnet hatte, auf einen niedrigen Tisch, kam zu Andrej und legte die Arme um seinen Hals. »Aber was können wir tun?«

»Nichts, vermutlich, außer abzuwarten und vorsichtig zu sein. Er wird lauern wie die Spinne im Netz, aber wenn man ihm nicht hineingeht…« Er küßte sie lächelnd. »Und vorläufig haben wir ja noch eine Galgenfrist. Wir müssen nicht sofort nach Petersburg.«

»Und wenn du die Berufung nun einfach ablehnst?«

»Das kann man nicht. Du kennst doch die Gesetze, die Peter I. eingeführt hat. Jeder Adlige ist verpflichtet, in irgendeiner Weise dem Vaterland zu dienen – entweder als Soldat oder bei Hof oder im Staatsdienst, es sei denn, der Zar befreit ihn davon. Nein, nein, Tanjuschka, irgendwann werden wir in den sauren Apfel beißen müssen.« Er schwieg eine kleine Weile und setzte dann hinzu: »Außerdem ist es vielleicht nicht das schlechteste.«

»Wie meinst du das?«

»Ich frage mich schon längere Zeit, ob es richtig ist, die Hände in den Schoß zu legen und die Dinge einfach treiben zu lassen. Wenn es wahr ist, daß Rußland von Potemkin und seinen Kreaturen regiert wird, muß man etwas dagegen tun. Die gesetzgebenden Instruktionen der Zarin, ihre übrigen Reformpläne, alles, was verbesserungsbedürftig war und ist in Rußland, ist durch den Krieg in den Hintergrund gedrängt worden. Aber jetzt haben wir Frieden, und es wird Zeit, die Kaiserin daran zu erinnern. Nicht jeder im Senat, bei Hof oder im Reichsrat ist ein Anhänger Potemkins. Vielleicht haben sie resigniert. Vielleicht fehlt es ihnen an persönlichem Mut. Doch wenn man ihnen klarmacht… Aber was ist? Warum weinst du denn?«

Tanja wischte sich über die Augen. »Ach, nichts. Es ist nur ... Ich habe Angst. Und gleichzeitig bin ich so froh. Du warst wie jemand, der ständig im Kreis herumgelaufen ist, Andrej. Doch jetzt findest du heraus, nicht wahr? Du weißt wieder, was du willst. Du hast Pläne, Hoffnungen, ein Ziel...«

»Ich glaube, ja«, erwiderte er zögernd. »Obwohl...« Er verstummte und umschloß ihr Gesicht mit seinen Händen. »Es war nicht leicht mit mir, was? Und ich kann dir nicht einmal versprechen, daß es in Zukunft immer leicht sein wird. Da ist so vieles ...«

»Aber das weiß ich doch«, sagte sie unter Tränen. »Und es macht mir nichts aus, Lieber, wirklich nicht. Alle Tage, wenn ich morgens wach werde, sage ich mir: Andrej lebt. Er ist bei mir. Ich bin seine Frau. Ach Gott, das ist so viel, um glücklich zu sein.«

»Gott segne dich, Tanja Dobrynina«, sagte er leise. »Und er segne deinen verdammten sibirischen Starrsinn, mit dem du an mir festgehalten hast.«

In der Woche vor dem Osterfest, das diesmal spät im Jahr war, nämlich Ende April, kam wieder einmal ein Bettler nach Rojewo. Ein hagerer, vornübergebeugter Mann war es, der sich Aron Michailowitsch nannte. Er hatte im Türkenkrieg den rechten Arm verloren. Davor, erzählte er, sei er in Kasan Büchsenmacher gewesen. »Aber«, so sagte er, »wie kann man mit einem Arm Musketen und Gewehre herstellen? Ich verlor meine Arbeit, und man sagte mir, ich kriegte eine Invalidenrente. Eine Lüge war's. Zwar hat unser allergnädigstes Mütterchen eine Kasse für solche wie mich eingerichtet, aber wer die Rubelchen ausgezahlt bekommt, weiß der liebe Himmel. Mir haben sie mit der Nagaika eins übergezogen, als ich kam und danach fragte. Hätte ich nicht noch einen gesunden Arm und zwei Beine? hieß es. Damit könnte ich für mich selbst sorgen. Ich wäre wohl zu faul dazu. Nun, ich schwöre bei der heiligen Schmerzensmutter, daß das nicht stimmt. Von Tür zu Tür bin ich gegangen, von Haus zu Haus, überall hab' ich angeklopft und nach Arbeit gefragt. Aber sie haben mich einen Krüppel geheißen. Manche haben mich weggejagt, andere, die ein gutes Herz hatten, haben mir zu essen gegeben oder ein paar Kopeken. Ja, und weil das die einzige Art war, wie ich mich habe durchschlagen können, bin ich beim Betteln geblieben.«

Wie alle anderen, die nach Rojewo kamen, erhielt er ein Nachtlager und zu essen, außerdem saubere Kleidung, da die seine schmutzig und zerlumpt war. In den nächsten Tagen machte er sich nützlich, indem er den Mägden Wasser vom Brunnen holte, Holz spaltete und im Backhaus den Ofen für die Osterbäckerei heizte. Er war ein ruhiger, stets freundlicher Mann mit sonderbar hellen, melancholischen Augen. Als Andrej eines Morgens von einem Ausritt nach Hause zurückkehrte, begegnete er ihm, wie er am Bach, der sich unterhalb des Gutes durch die Wiesen schlängelte, seine alten Kleider wusch. Andrej zügelte sein Pferd . »Warum tust du das? Auf dem Gut haben wir doch ein Waschhaus, und die Mägde hätten dir die Arbeit sicherlich abgenommen.«

Aron Michailowitsch blickte auf. »Je nun, Herr«, sagte er bedächtig, »das mag sein. Aber sie mögen es nicht so besonders, wenn ein abgerissener, dreckiger Kerl wie ich kommt und sagt: ›Seid so gut und wascht meine Lumpen mit der Herrschaftswäsche.‹ Sie haben wohl Angst vor Ungeziefer. Außerdem meine ich, daß man ruhig selbst tun soll, wozu man imstande ist. Ich lasse mir nicht gern mehr helfen, als es sein muß.« Er lächelte ein wenig. »Habt Ihr einmal ein kleines Kind beobachtet, Herr? Da ist so viel Wille, zu lernen, was man braucht, um allein mit allem fertigzuwerden. Es versucht, sich ohne fremde Hilfe hochzusetzen. Es versucht, ohne eine andere Hand zu laufen. Kaum ist es in der Lage, einen Löffel zu halten, will es nicht mehr gefüttert werden. Es probiert, sich selbst anzuziehen, zu waschen, zu kämmen. Soll jemand wie ich sich von einem Kindchen beschämen lassen?«

Andrej stieg vom Pferd. »Wo bist du verwundet worden?«

»Bei Silistria, Herr. Man hat mir gesagt, daß auch Ihr dort gewesen seid.«

»Ja. Damals geriet ich in… in Gefangenschaft.«

»Ich weiß, Herr. Bevor ich nach Rojewo kam, war ich in Kamennoj Kust. Dort hat man mir von Euch erzählt.« Aron Michailowitschs helle Augen blickten Andrej ohne Neugier, aber in einer Art stiller Teilnahme an. »Eigentlich habe ich mir Euch danach anders vorgestellt.«

»Wie denn? Wie einen vielleicht, bei dem es im Kopf nicht mehr ganz stimmt?«

»Ihr habt noch ein junges Gesicht, Herr. Nur Euer Haar ist weiß, und ich habe immer gedacht, daß es schlimm ist, wenn man seine weißen Haare nicht in Frieden bekommt – ich meine, in dem Frieden, den viele gelebte Jahre schenken. Euer Haar verrät, daß Ihr gelitten habt. Erlaubt Ihr mir eine Frage, Herr?«

»Ja …«

»Glaubt Ihr an Gott?«

»Weshalb willst du das wissen?«

»Je nun, Herr, wenn Ihr an Gott glaubtet, so wäre es leichter für Euch. Weil Ihr dann sagen könnt: Gott hält alles in seiner Hand, das Gute und das Böse. Die, die leiden, und die, die andere leiden machen. Und man muß wissen, daß er sich um beide grämt. Oder glaubt Ihr, er hätte nur um Abel geweint und nicht auch um Kain, der seinen Bruder erschlug?«

Andrej schwieg und blickte zu Boden. Es war ein schöner Tag. Die Sonne schien, und die Bäume trugen schon winzigkleine Knospen.

»Freund«, sagte Andrej nach einer Weile, »laß es gut sein. Du meinst es nicht schlecht, aber das verstehst du nicht.«

»Doch, Herr. Seht, ich hatte eine Frau und drei Kinder, und als ich heimkam aus dem Krieg, waren sie tot und mein Haus ein verkohlter Trümmerhaufen. Pugatschews Leute hatten das auf dem Gewissen, als sie Kasan stürmten. Ihr wißt ja, daß sie zwei Drittel der Stadt vernichtet haben, und die Toten, so heißt es, wären zu Bergen getürmt gewesen, bevor das Feuer kam und sie verbrannte. Ich habe mich gefragt, ob sie geschrien haben, meine Kinder, als sie starben, und ob mein Weib gebetet hat. Wahrscheinlich haben sie zu Tausenden geschrien und gebetet damals und sind nicht erhört worden, und ich habe ihre Stimmen im Wachen und Schlafen zu vernehmen geglaubt und gemeint, daß ich nie wieder beten und nie wieder lieben, sondern nur noch würde hassen können.«

»Und jetzt haßt du nicht mehr?« fragte Andrej.

»Nein, Herr. Denn die Toten tun's auch nicht, dessen bin ich sicher. Oder glaubt Ihr, sie kämen zu Gott und sagten: Wir haben noch eine Rechnung zu begleichen da unten. Räche uns. Sie sind sehr weit fort von uns, die Toten, und wenn sie uns sehen können, müssen wir ihnen winzigklein vorkommen – mit allem Guten und Bösen, das wir tun.« Er deutete auf den Boden. »Klein wie diese Ameise da. Herr, würdet Ihr Euch an einer Ameise rächen wollen, wenn Ihr bei Gott seid?«

Andrej senkte den Kopf. Sein Rappe schnaubte leise, und er strich ihm über die Nüstern. »Ja, ja, schon recht, wir reiten heim. Sei friedlich, Tschorny.« Dann schwang er sich in den Sattel. »Ich hoffe, du bleibst in Rojewo, Aron Michailowitsch. Für jemanden wie dich ist hier immer Platz. Es war gut, mit dir zu reden, und es wird nicht das letztemal gewesen sein, denke ich.«

Von diesem Tage an wurde es besser mit Andrej. Seine Unrast verlor sich, er trank nicht mehr so viel, er wirkte ausgeglichener und fing an, sich auf seine zukünftigen Aufgaben in Petersburg vorzubereiten. Aus Moskau ließ er Bücher über die Steppennomaden kommen, ihre Geschichte, ihre Sitten und Gebräuche, andere über Industrialisierung und Agrarpolitik. Er korrespondierte mit Sievers, dem Gouverneur von Nowgorod, der ungeachtet aller Rückschläge und Widerstände seine Aufbauarbeit in der Provinz fortsetzte, Fabriken aus dem Boden stampfte, Handelsniederlassungen und Straßen, Wälder roden ließ, Moore trockenlegen und Ödland in Äcker verwandeln. Und er saß viele Abende mit Tanja beisammen und ließ sich von Sarepta erzählen und den Erfahrungen der Herrnhuter Siedler mit den Kalmückenstämmen der Wolgagebiete.

Den Sommer über blieben sie noch in Rojewo. Es war eine stille, friedliche Zeit, und Tanja fragte sich manchmal beklommenen Herzens, ob sie wohl einen Teil dieses Friedens würden hinüberretten können nach St. Petersburg.

Olga war im Mai ein Jahr alt geworden. Sie sagte nicht mehr ›Ande‹ zu Andrej sondern Papa; nicht, weil Tanja oder er es ihr beigebracht hätten, sondern weil sie es von Jemelka, dem Sohn des neuen Verwalters, so gehört hatte, wenn er mit seinem Vater sprach. Noch immer war Andrej die Hauptperson in ihrem kleinen Leben. Sobald sie seiner ansichtig wurde, krabbelte sie zu ihm hin, und als sie zu laufen anfing, stolperte sie auf ihren Beinchen auf Schritt und Tritt hinter ihm her. Sie war sonst ein lebhaftes Kind, und Tanja, Wanda Breskowa und Galina hatten manchmal alle Hände voll zu tun, sie im Zaum zu halten. Nur Andrej wurde anscheinend mühelos mit ihr fertig. Sie gehorchte ihm wie ein kleiner, gut dressierter Hund, begierig, ihm zu gefallen und eine kleine Geste der Zärtlichkeit oder ein gutes Wort zu erhaschen. Seinetwegen überwand sie sogar ihre ursprüngliche Scheu vor Pferden. Als sie das erstemal Andrej auf dem Rücken seines Rappens gesehen hatte, hatte sie vor Entsetzen geschrien wie am Spieß und am ganzen Körper gezittert. Sie war erst zu beruhigen gewesen, als er abstieg, und es hatte viel guten Zuredens bedurft, um sie an seine täglichen Ausritte zu gewöhnen. Als er sie einmal vor sich in den Sattel genommen hatte und Tschorny in gemächlichem Trab ein paar Runden gehen ließ, war sie stumm und bleich gewesen, aber als Tanja sie fragte, ob sie sie herunterheben solle, hatte sie den Kopf geschüttelt, und ihr kleines Gesicht war ganz hart vor Anspannung gewesen: »Will nich'! Nein!«

Inzwischen freilich hatte sie begriffen, daß Pferde keine furchteinflößenden, schnaubenden Ungeheuer waren, sie hatte

Zutrauen zu ihnen gefaßt, und der Vorzug, von Andrejs Armen gehalten, auf Tschornys Rücken zu sitzen, besiegte die letzten Ängste. Aber es war offensichtich nur Andrejs wegen, denn als Tanja einmal ein Stückchen mit ihr durch den Park reiten wollte, weigerte sie sich beharrlich.

»Es ist schrecklich«, sagte Tanja lachend zu Andrej. »Ich rangiere bei meiner Tochter wirklich nur an zweiter Stelle. Die Hauptperson bist du.«

Er nickte, ein vergnügtes Funkeln in den Augen. »Der Himmel weiß, womit ich diesen Vorzug verdient habe. Komm, Oljuschka, gehen wir in den Obstgarten zu Aron Michailowitsch. Er pflückt dort Johannisbeeren, und vielleicht gibt er uns welche ab. Du magst doch Johannisbeeren?«

Er hob das Kind hoch und ließ es auf seiner Schulter reiten, und Tanja blickte ihnen nach. Es kam nicht oft vor, daß Andrej von sich aus etwas mit Olga unternahm. Er schickte sie nie fort, wenn sie zu ihm kam, er war niemals unfreundlich oder ungeduldig mit ihr – dennoch blieb er irgendwie distanziert, als könne oder wolle er die letzte Schranke, die er zwischen sich und dem Kind errichtet hatte, nicht einreißen.

Anfang Oktober übersiedelten sie nach Petersburg, nachdem ein förmlich gehaltenes Schreiben der kaiserlichen Privatkanzlei eingetroffen war, daß Ihre Majestät es begrüßen würde, wenn Graf Dobrynin seinen Platz im Reichsrat nunmehr einnähme. Die Kisten und Kasten waren im Tolskijschen Palais noch kaum ausgepackt, als Basil Engelhardt, Potemkins Neffe und persönlicher Flügeladjutant, bei Andrej erschien, um ihm auszurichten, Seine Durchlaucht bitte ihn zu einem ersten Gespräch ins Anitschkow-Palais.

Voll geheimer Unruhe wartete Tanja auf die Rückkehr ihres Mannes. Als er endlich kam – es ging schon auf den Abend –, lief sie ihm in der Halle entgegen. »Endlich! Ich dachte schon, er hielte dich bis zum Dunkelwerden fest. Sag mir, wie war es?«

»Oh, Seine Durchlaucht war sehr freundlich«, erwiderte Andrej, während ihm ein Diener aus dem Mantel half und ihm den Dreispitz und die Handschuhe abnahm. »Ganz ›Serenissimus‹, der einen neuen Mitarbeiter gnädig empfängt. Kommenden Freitag gibt er einen Ball. Wir sind eingeladen.«

Tanja blickte ihn bestürzt an. »Tatsächlich? Ich auch? Und ich dachte …«

Andrej nahm ihren Arm und ging mit ihr in den Salon. »Glaubst du, ich nähme eine Einladung an, zu der du nicht gebeten wirst? Aber entschuldige, Kind, ich muß erst etwas trinken. Es gibt da einiges hinunterzuspülen.«

»Also war er doch unverschämt! Was hat er gesagt?«

Andrej schenkte sich einen Wodka aus der Karaffe am Kamin ein und leerte ihn auf einen Zug. Dann ließ er sich in einen Sessel fallen. »Nicht unverschämt, jedenfalls nicht so, daß ich hätte Streit mit ihm bekommen können. Aber seine Liebenswürdigkeit war penetrant, und natürlich sind wir in allen sachlichen Erörterungen verschiedener Meinung. Wir sprachen über die Entwicklungsmöglichkeiten der südlichen Provinzen. Meine Einstellung kennst du – nun, und Potemkin müßte eigentlich wissen, daß ich in vielem recht habe. Zumindest sind meine Vorschläge nicht von der Hand zu weisen. Aber alles, was er dazu sagte, war: ›Aus allem höre ich, daß Sie ein getreuer Schüler des Herrn von Sievers sind. Ich schätze Sievers nicht sonderlich, in meinen Augen ist er – verzeihen Sie, daß ich das so kraß ausspreche – ein Dummkopf. Nun, in spätestens einem halben Jahr hoffe ich, Sie von dieser Ansicht überzeugt zu haben.‹ Oh, ich ahne, worauf er hinaus will, Tanjuschka. Er will mich herausfordern. Alles, was ich rede oder tue, wird bei ihm auf liebenswürdigste Ablehnung stoßen. Er wird nachsichtig freundlich bleiben, aber ständig widersprechen. Er wird herauskehren, daß er der wichtigste Mann im Staate ist, und mich wie einen unfähigen, hirnlosen Idioten behandeln – bis ich die Beherrschung verliere und ihm sage, was ich von ihm halte. Dann, so meint er, hätte er das legale Mittel in der Hand, mich zu vernichten.«

Tanja senkte den Kopf. Sie meinte Potemkins wütende Stimme zu hören: ›Eines Tages kommst du mir noch einmal unter die Finger, du kleine Schlampe. Und dann gnade dir Gott…‹

O ja, das war es, worauf er hinarbeitete. Es ging ihm nicht nur um Andrej. Es ging ihm auch um sie, und er wußte, daß er sie mit nichts so treffen konnte, als wenn er Andrej Schaden zufügte.

»Was wirst du tun?« fragte sie. »Versuchen, ihn mit seinen eigenen Waffen zu schlagen?«

»Auch«, erwiderte Andrej. »Er irrt sich, wenn er denkt, daß ich noch derselbe unbesonnene Hitzkopf wie im Krieg bin. Es geht um mehr als um die private Feindschaft zwischen Herrn Potemkin und mir, deshalb werde ich mich nicht von ihm provozieren lassen. Er steuert auf einen neuen Krieg mit der Türkei hin. Er möchte die Krim erobern, darum sind seine Vorstellungen von einer Kolonisierung der südlichen Provinzen rein militärisch. Er will keine Städte bauen, sondern Festungen, keine Fabriken, außer solchen, die Waffen und Munition herstellen, keine Dörfer, sondern Schiffswerften, keine Handelsniederlassungen, sondern Kasernen. Wenn ihm niemand Widerpart bietet, wird er dies alles durchsetzen. Aber ich bin sicher, daß es im Reichsrat und im Senat außer seinen Kreaturen viele gibt, die anders denken. Sie muß ich gewinnen, und wenn wir gemeinsam unsere Ansichten vertreten, ist es vielleicht möglich, sie zu verwirklichen.«

Er schenkte sich noch einen Wodka ein und lächelte Tanja zu. »Du mußt sehr hübsch aussehen, wenn wir auf Potemkins Ball gehen. Laß dir ein neues Kleid machen, ja, und wenn die Näherinnen Tag und Nacht daran arbeiten. Ich will, daß du die Schönste bist. Es wird dir das Rückgrat stärken, wenn du Grigorij Alexandrowitsch gegenüberstehst. Und er wird sich einmal mehr an die Abfuhr erinnern, die du ihm erteilt hast.«

Das Kleid war aus einem leuchtenden Veilchenblau, das die Farbe ihrer Augen noch verstärkte, und schwer von der reichen Silberstickerei. Der Rock war so weit, daß sie Mühe gehabt hatte, sich in die Kutsche zu zwängen. Unendlich viele Bahnen gerafften Chiffons waren darin verarbeitet. Ihr Haar war raffiniert einfach frisiert, und als einzigen Schmuck trug sie ein Diadem aus tropfenförmigen erlesen schönen Perlen, das früher Anastasia Tolskij gehört hatte.

Sie trafen spät ein, die meisten Gäste waren schon versammelt, und Grigorij Potemkin kam ihnen in der Tür des Ballsaales im ersten Stockwerk entgegen.

»Graf und Gräfin Dobrynin!« rief der Haushofmeister, und die Köpfe der Anwesenden wandten sich ihnen zu.

Potemkin hatte getrunken. Er schwankte ein wenig beim Gehen, und sein gesundes Auge wirkte glasig und verschwommen. Er trug die Uniform des Oberkommandierenden der Preobraschenskij, dazu den Weißen Adlerorden und das Andreas-Kreuz.

»Meine liebe Gräfin Dobrynina, welche Freude!« rief er laut über das Stimmengewirr der Gäste hinweg. »Meine liebe, liebe Dobrynina – wie schön, daß ich Ihnen persönlich gratulieren kann. Meine leider verspäteten aber innigsten Glückwünsche zu Ihrer Vermählung!« Er verneigte sich, eine Spur zu übertrieben, dann begann er schallend zu lachen.

Tanja spürte, wie Andrejs Griff um ihren Arm fester wurde. Er zog zischend den Atem ein. »Fürst…«

»Für Sie, Grigorij Alexandrowitsch, mein Lieber«, unterbrach ihn Potemkin, noch immer lachend. »Meine Glückwünsche habe ich Ihnen ja bereits gesagt. Nur bei der Gräfin hatte ich noch nicht das Vergnügen.« Er fixierte Tanja mit einem dunklen Blick. »Mein Kompliment, Sie sehen prächtig aus. Ehe und Mutterschaft bekommen Ihnen. Oder ist es nur ein Gerücht, daß Sie ein reizendes Pflegekind aus Polen mitgebracht haben?«

Einen Moment war es totenstill. Tanja spürte, wie jedermann sie anstarrte. Sie ließ Andrejs Arm los. Sekundenlang verschwamm alles vor ihren Augen in einer jähen Welle der Wut, der Ballsaal mit seinen Blumen und Kristalleuchtern, die Seidenfräcke, Uniformen und juwelenbestickten Toiletten der Damen. Nur Potemkin war da mit seinem häßlichen, gedunsenen Gesicht, der schwarzen Augenbinde, den klobigen Händen mit den abgekauten Fingernägeln. Sie straffte sich und warf in die Stille: »Es ist ein Gerücht, Euer Durchlaucht. Das Kind, von dem Sie sprechen, ist kein Pflegekind, sondern meine Tochter Olga. Sie ist anderthalb Jahre alt, und ihr Vater ist, wie Sie vielleicht schon vermuten…«

Ein Pole, wollte sie sagen, doch Andrej ließ sie nicht aussprechen. Einen Augenblick lang hatte er sich verzweifelt gewünscht, sich auf Potemkin stürzen zu können, ihn zu schlagen, um sein unverschämtes Grinsen auszulöschen, aber er wußte, daß er damit alles nur noch schlimmer gemacht hätte. Und dann dachte er an Olga . ›Ande! Ande!‹ hatte sie gesagt, und später ›Papa!‹ Strahlendblaue Augen, in denen nichts als Unschuld und Liebe standen, kleine Arme, die sich nach ihm ausstreckten, ein kleiner Körper, der sich an ihn schmiegte, warm und zärtlich, ein Mund, der gelacht hatte, sooft er sich über sie gebeugt hatte. Und er hatte sich vor ihr verschlossen, Narr, der er war! Er hatte sich das Geschenk ihrer Zuneigung gefallen lassen und nichts dafür zurückgegeben. Er hatte sein Herz verhärtet und sich nicht freuen wollen, wie lieb und lustig sie war, weil Eifersucht, nackte, egoistische, ungerechte Eifersucht auf ihren Vater sein Denken und Fühlen vergiftete. Das Kind hatte er diese Eifersucht entgelten lassen!

»Der Vater bin ich«, sagte Andrej. »Zwar nicht der leibliche, aber doch, so hoffe ich, bald der gesetzliche. Ich werde die Kleine adoptieren. Sie soll Olga Andrejewna Dobrynina heißen. Und ich wette, ich habe die hübscheste kleine Tochter von ganz Petersburg.«

Potemkins Grinsen erstarb. Durch die Nebel seiner Trunkenheit dämmerte es ihm, daß er zu weit gegangen, daß er ungeschickt gewesen war und den kürzeren gezogen hatte. Tanja hatte er decouvrieren wollen, erleben, wie sie in Verlegenheit erstarrte, aber es war mißlungen. Trotzdem gab er sein Spiel nicht verloren. Man mußte nur warten können. Einmal war er am Zuge, um dieser unverschämten, strahlend schönen Person, die ihn geohrfeigt hatte, zurückzugeben, was sie verdiente. Nur für den Augenblick mußte er einlenken.

Er verneigte sich abermals. »Ah ja, das ist allerdings eine Neuigkeit, aber eine angenehme.« Dann gab er den Weg frei.

Tanja und Andrej betraten den Ballsaal. Er hatte wieder ihren Arm ergriffen. »Gnade dir Gott, wenn du heulst!« flüsterte er ihr zu. »Dann adoptiere ich Olga doch nicht. Also nimm dich zusammen! Lächle, man sieht zu uns her. Begrüße die Tschernyschews, die Rumjantzowa, die Engelhardts. Dort drüben steht Alexandra, frisch angetraute Gemahlin des Grafen Xavier Branicki, Potemkins Nichte und seine augenblickliche Geliebte. Sie brennt förmlich darauf, dich zerknirscht oder in Tränen zu sehen. Willst du ihr den Gefallen tun?«

Sie blieben bis eine Stunde nach Mitternacht. Sie tanzten miteinander und mit anderen, Tanja lachte und plauderte und tat, als scherten sie die kaum verhüllten neugierigen Blicke nicht, das Getuschel hinter ihrem Rücken, das falsch-freundliche Lächeln, mit dem man ihr Komplimente über ihr Kleid, ihre Frisur, ihr Aussehen machte. Sie zu brüskieren, wagte niemand mehr, nachdem ›Serenissimus‹ höchstpersönlich die – wie man insgeheim nach wie vor fand – degoutante Geschichte ihres illegitimen Kindes als angenehme Neuigkeit apostrophiert hatte. Danach würde man kaum umhin kommen, die Dobrynina gesellschaftlich zu akzeptieren, zumal die Kaiserin Andrej Petrowitsch in den Reichsrat berufen hatte. Anscheinend standen beide immer noch in Gunst…

»Was für ein Abend«, sagte Andrej, als sie das Antischkow-Palais verlassen hatten. Er ließ sich in die zimtfarbenen Samtpolster der Kutsche fallen und gähnte. »Ich habe mich lange nicht so amüsiert. Es hat etwas Tröstliches, daß es in einer Welt, in der sich so vieles ändert und noch ändern wird, einige Menschen gibt, die sich immer gleich bleiben: dumm, ohne eigene Meinung, ohne Rückgrat. Es macht sie so angenehm berechenbar. Ha, wie sie um dich herumscharwenzelt sind, nachdem sie merkten, daß es nichts wird mit einem Affront. Ich wette, ab morgen wird es Einladungen regnen, und zur Empfangszeit wirst du das Haus voller Besuch haben. Sie werden kommen, um Olga zu begaffen …« Er tastete nach Tanjas Hand! »Was ist?

Weinst du?«

Statt einer Antwort kam sie in seine Arme. Sie begriff, daß er ihr mit seinem Spott helfen wollte, aber sie war mit ihrer Beherrschung am Ende. »Ich hasse sie... alle! Ich will sie nicht sehen!« stieß sie schluchzend hervor. »Und sie sollen das Kind in Ruhe lassen! Sie werden ihm nur weh tun, wenn es groß genug ist, zu begreifen, was hinter ihrer falschen Freundlichkeit steckt. Verzuckerte Bosheiten werden sie ihm sagen, Niederträchtigkeiten...«

»So weit wir können, werden wir Oljuschka davor schützen«, sagte er nun ganz ernst. »Aber vergiß nicht, Tanja, mein Liebes, daß kein Mensch einen anderen vollkommen bewahren kann. Wir haben alle unsere Erfahrungen machen müssen. Sie werden auch Olga nicht erspart bleiben, wenn sie älter ist.«

»Ach, Andrej, Andrej... Willst du sie wirklich adoptieren? Ich meine, ihretwegen, nicht nur, weil Potemkin dich gereizt hat oder weil du mir beistehen wolltest?«

»Es war sehr effektvoll, nicht wahr? Natürlich hätte ich die Angelegenheit lieber in Ruhe und unter vier Augen mit dir besprochen – aber wie sie da standen und uns angafften, konnte ich der Versuchung einfach nicht widerstehen, es coram publico zu verkünden. Verzeihst du mir?« Er nahm ihre Hand und küßte sie.

»Bitte, mach jetzt keine Scherze. Dazu ist es zu ernst. Ich will nicht, das du etwas Unüberlegtes tust, was du vielleicht später bereust. Wenn es nur eine Gefühlsaufwallung war...«

»Deine Tochter, Tanja«, antwortete er, noch immer lächelnd; »hat schon jetzt soviel Charme, um einen ganzen Schottenclan zu veranlassen, sich für sie zu ruinieren. Wieso glaubst du, ich könnte dagegen gefeit sein? Und jetzt laß uns um Himmels willen nicht sentimental werden. Du weißt, daß sich Männer manchmal idiotisch benehmen. Es hat ein Weilchen gedauert, bis ich einsah, daß gerade Olga die kleine Tochter ist, die ich immer haben wollte. Wirst du das Brett, das ich vor dem Kopf hatte, mit dem Mantel deiner Barmherzigkeit zudecken?«

»Ich liebe dich, Andrej«, sagte Tanja mit schwankender Stimme. »Mein Gott, wie ich dich liebe...«

In dieser Nacht empfing sie sein Kind. Sie hatte sich schon oft mit schmerzender Heftigkeit gewünscht, daß es geschehen möge, aber diesmal wußte sie es, fühlte es unumstößlich und gewiß, daß es so war. Sie lag in Andrejs Armen, das Zimmer war nur erhellt vom schwachen Feuerschein des Ofens, und sie verging unter seinen Küssen und Berührungen. Als er zu ihr kam und in ihr verströmte, schrie sie auf, bis sein Mund den Schrei erstickte. Ihr Herz hämmerte. Undeutlich sah sie sein Gesicht, die Augen, und warf sich ihm entgegen, umschlang ihn, hielt ihn und war ganz Hingabe, ganz Lust, und schrie wieder, stammelte seinen Namen, bis Ruhe über sie kam, eine tiefe, glückhafte Ruhe, in der sie ihn noch immer umarmt hielt, seine Haut an ihrer Haut spürte, seinen Atem an ihrer Wange, seinen Herzschlag an dem ihren. O Andrej, Andrej, Andrej …

Sie bekam das Kind im hohen Sommer, in der Zeit der hellen Nächte; es war ein Sohn, den sie Alexander nannten.

Und im gleichen Monat sollte Tanjas anderer Sohn sterben. In Tscherkask war's; Soldaten hatten den fast Sechzehnjährigen aus Alatowsk, der Kosaken-Staniza am Don, fortgeführt und in den Kerker werfen lassen. Dort wartete er auf seine Gerichtsverhandlung und den Galgen. Denn er hatte einen Menschen getötet.

Pawel Borissowitsch Fomin, stand in dem Rapport, der bei seiner Einlieferung abgefaßt worden war. Er hatte nicht widersprochen. Die Leute von Alatowsk nannten ihn schon lange so, wenngleich sie sich erinnerten, daß er eines Tages mit seinem Großvater im Dorf aufgetaucht war. Aber seitdem hatte er bei Walentina Nikititschna gelebt, als sei er ihr leiblicher Enkel. ›Söhnchen‹ hatte sie ihn genannt, und sie war ›Babuschka‹ – Großmütterchen – für ihn gewesen. Freilich erinnerte sich Pawel noch, daß er eigentlich Tutscharew hieß, erinnerte sich an das Herrenhaus, in dem er aufgewachsen, und die schöne, schwarzhaarige Frau, die seine Mutter gewesen war. Rodja hatte gesagt, daß sie tot sei, ermordet beim Pugatschew-Aufstand, und als auch er gestorben war, hatte Pawel nur noch Walentina gehabt.

Einem Kind ist es gleichgültig, ob es in einem Palast oder einer Kate am Fluß aufwächst, wenn es nur weiß, wo es hingehört. Wenn es warm hat und ein Bett zum Schlafen und die Sicherheit, die Liebe zu geben vermag. Zum Fröhlichsein braucht es keine Diener, kein teures Spielzeug, keine Kleider aus Samt und Seide. Und daß Pawel wieder ein fröhliches Kind geworden war, verdankte er Walentina. Ihrer nie versiegenden mütterlichen Wärme, ihren Händen, die rauh waren und doch so wunderbar zärtlich, ihrem Herzen in seiner einfältigen Güte, ihrer unerschütterlichen Liebe, mit der sie über ihn gewacht.

Wie hätte er sie da nicht wiederlieben sollen?

Pawel hatte Walentina Nikititschna geholfen, die Felder und

den Garten zu bestellen, das Vieh zu versorgen, Holz für den Winter zu schlagen. Er war mit den Männern und Knaben von Alatowsk in den flachen, schnellen Booten zum Fischfang gefahren, und in den Wintermonaten, wo es wenig zu tun gab, hatte er täglich ein paar Stunden bei Vater Ambrosius, dem Popen, verbracht, der ihn, wie er lächelnd sagte, in der ›Weisheit der Welt und der Weisheit der Kirche‹ unterrichtete. Viel Großartiges war nicht dabei herausgekommen. Der Pope war ein schlichter Mann, dessen Schulwissen kaum über ein wenig Schreiben, Rechnen und Lesen hinausging. Um so mehr hatte er Pawel von den Legenden der Heiligen erzählt, er hatte ihm Kirchenlieder beigebracht und versprochen, ihn, wenn er ein Mann war, zum Vorsänger in der Kirche und vielleicht sogar zum Diakon zu machen.

Daran freilich lag Pawel nichts. Zwar empfand er wie jedes Kind die mystische Schönheit und Feierlichkeit des Glaubens, aber es war nicht die Welt, die ihn festzuhalten vermochte. Er liebte es auch nicht sonderlich, in der Wohnstube des Popen an dem großen Tisch zu sitzen und zu schreiben, zu lesen oder Rechenaufgaben zu lösen.

Er war ein Kosak – oder etwa nicht? Er konnte reiten, fechten und schießen, genauso gut wie jeder andere aus Alatowsk. Er traf einen Raubvogel in der Luft, selbst im Sattel seines Pferdchens, er würde sich nicht scheuen, es sogar mit einem der Bären aufzunehmen, die sich manchmal im Winter aus den Sümpfen im Nordosten bis zur Flußniederung hinunterwagten. Er war mutig und flink, von der Geschmeidigkeit eines jungen Tieres, und er hatte ein heißes, ungebärdiges Herz. Er haßte die Ungerechtigkeit und Unterdrückung, die dem Kosakenvolk angetan worden war, und wünschte sich glühend, so zu werden wie Jermak oder Stenka Rasin – einer, der die Kosaken um sich scharte, um ihnen die alte Ordnung und Freiheit zurückzuerobern.

Es waren die Träume eines Knaben, und sie endeten jäh an jenem Sommertag des Jahres 1780, als Soldaten durch Alatowsk ritten. Auf der Krim, die trotz neuer Verhandlungen und neuer Verträge zwischen Rußland und der Hohen Pforte ein ewiger Unruheherd geblieben war, hatten sich abermals Tataren gegen die russische Vorherrschaft erhoben, und Potemkin entsandte Truppen zur Verstärkung der dort stationierten Regimenter. Etliche Tausend waren es, und die Schwadron, die durch Alatowsk sprengte, gehörte dazu. Die Männer hatten Auftrag, Pferde zu requirieren, da dem Troß nicht genügend beigegeben worden waren. Nach Soldatenart fragten und fackelten sie nicht lange. Was frei auf der Weide war, wurde eingefangen, mit langen Lederleinen aneinandergebunden und fortgeführt. Ein gutes Dutzend Pferde waren es, aber dem jungen Leutnant, der die Schwadron führte, erschien das nicht genug. Während er mit einigen anderen vorausritt, gab er vier seiner Männer Befehl, sie sollten sich im Dorf verteilen und in den Stallungen nachsehen. »Und wenn ihr Schweine oder Federvieh findet, stecht es ab und bringt es mit!« rief er, bevor er davonsprengte. »Wer will schon alle Tage Dörrfleisch und Kascha fressen!«

Pawels Pferd Lastotschka war auf der Wiese hinter dem Haus gewesen, wo die Soldaten es nicht hatten sehen können. Und Walentina, die gerade am Herd stand und Bohnen mit Speck kochte, hatte es, sobald sie vorübergeritten waren, eilends in den Stall geholt. Dort, meinte sie, sei es sicher.

Lastotschka war eine zierliche goldbraune Stute, aber so flink und ausdauernd wie kein zweites Pferd in Alatowsk. Pawel hatte sie im letzten Herbst bekommen, und sie war sein ganzer Stolz. Er hatte sie selbst zugeritten, striegelte sie jeden Morgen und Abend und redete mit ihr wie mit einem Menschen. Für ihn war Lastotschka untrennbar mit seinen Träumen von Kampf und Ruhm und Sieg verbunden. Denn was ist ein Kosak ohne sein Pferdchen?

Dies alles wußte Walentina, und deshalb schoß sie wie eine gereizte Truthenne aus dem Haus, als sie sah, wie einer der Soldaten zurückgeritten kam, vor dem Stall aus dem Sattel sprang und die windschiefe Holztür aufstieß.

Es war sicherlich nicht klug, auf den Soldaten loszufahren, nachdem er Lastotschka ins Freie geholt hatte. Aber wer ist schon immer klug, wenn er liebt? »Das ist Pawels Pferd!« schrie Walentina. »Wirst du es wohl loslassen, du Lump, du Verbrecher! Loslassen, sag ich, oder ich reiße dir die Haut in Fetzen!«

Sie warf sich ihm in den Weg, versuchte, die Stute von ihm fortzudrängen, schlug mit den Fäusten auf die Hand, die sie am Halfter hielt, und fuhr ihm, als dies alles nicht fruchtete, mit den Nägeln ins Gesicht.

Im nämlichen Augenblick kam Pawel um die Hausecke. Er hatte das Pferdegetrappel, das Schreien und Lärmen im Dorf gehört und war eilends heimgelaufen. Er sah Walentina mit dem Soldaten ringen, sah Lastotschka, die er fortzerren wollte zu seinem eigenen Pferd, dann bekam Walentina das Halfter zu fassen. Keuchend und schreiend zog sie daran.

»Gib sie her, du Dieb! Sie gehört Pawel! Der Teufel soll dich holen, wenn ich dir sein Gäulchen lasse!«

Der Soldat versetzte ihr einen groben Stoß vor die Brust, daß sie in den Staub fiel. Und noch bevor sie sich wieder aufrichten konnte, hatte er seinen Säbel gezogen.

»Nein«, schrie Pawel mit überkippender Stimme, »nein!« und Stürzte vorwärts. Er hatte nur das Messer bei sich, mit dem er die Fische aufzuschlitzen pflegte, wenn er sie gefangen hatte. Ohne zu denken, riß er es aus dem Gürtel. Aber er kam zu spät. Der Soldat hatte schon zugestoßen. Ein rascher, gutgeführter Hieb war es, der Walentina in die Brust traf. Sie stieß einen gurgelnden Laut aus und fiel nach vorn.

Im nächsten Augenblick hatte Pawel sie erreicht. »Babuschka!« stammelte er. »O mein Gott, Babuschka!« Seine Stimme, obwohl schon tief und männlich, hatte einen kindlichen Unterton. Vorsichtig drehte er Walentina herum. Sie hielt die Augen geöffnet und atmete noch. Aber der Stoff ihrer Bluse war zerfetzt und blutig, genau dort, wo ihr Herz schlug, und ihr Gesicht wirkte spitz und eingefallen, mit bläulichen Schatten um Mund und Nase.

Röchelnd holte sie Atem. Sie sah Pawels Gesicht, es war tief verstört und ganz und gar verlassen mit der schreienden Angst in den braunen Augen, und murmelte schwach seinen Namen. Und dann kam der Schmerz, der ihr Inneres zerriß. Sie wollte schreien und konnte es nicht mehr, aber ihr ganzer gemarterter Körper war ein einziger stummer Schrei, und sie dachte: O Gott, wie ist das Sterben so bitter. Mach es kurz, mein Gott, mach ein Ende…

Ihre Füße zuckten, sie bäumte sich auf, ein grauer Schimmer legte sich über ihre Augen, daß sie starr und ausdruckslos wurden. Dann fiel ihr Kopf zur Seite, und sie atmete noch einmal aus.

Der Soldat hatte stumm dabeigestanden. Er war noch jung, achtzehn oder neunzehn Jahre vielleicht, und sein Soldatenleben hatte bis heute nur im Exerzieren in der Kaserne bestanden und in klingenden Paraden.

Als sie jetzt zur Krim zogen, hatte er manchmal darüber nachgedacht, ob es wohl schwer sei, einen Menschen zu töten. Er hatte es noch nie getan, und wenn er es sich vorstellte, war sein Gegner immer ein Mann gewesen, der auch ihn töten wollte. Der Soldat – er hieß Stepan Grigorjewitsch Koroschilow – hatte Walentina nicht umbringen wollen. Aber man hatte ihn zum Töten erzogen. In hundert Scheingefechten hatte man es ihm beigebracht: den Säbel heraus und zugestochen. Er hatte ganz mechanisch gehandelt, wie eine gehorsame Marionette, deren Fäden ein anderer zieht.

Und nun lag eine alte Frau vor ihm im Staub...

Pawel ließ Walentina los und richtete sich auf. Sein Gesicht war tränenüberströmt. »Sie ist tot«, sagte er leise. »Sie ist tot.« Er stieß einen Laut aus wie ein armes sterbendes Tier. Dann wandelte sich seine hilflose Verzweiflung in jähe, grellheiße Wut. Wie ein von der Sehne geschnellter Pfeil kam er hoch, flog auf den Soldaten zu. »Du hast sie umgebracht, du Mörder!« Noch immer hielt er das Messer umklammert. Die Klinge blitzte in der Sonne. »Mörder! Mörder! Mörder!« schrie Pawel und stach wie blind auf den Soldaten ein, der so überrumpelt von dem Angriff war, daß er nicht einmal den Versuch machte, sich zu wehren. Er wich nur taumelnd zur Stalltür zurück, aber noch ehe er sie erreichte, brach er zusammen. Er war schon tot, als er zu Boden stürzte.

Ja, so war das gewesen mit Pawel. Und nun war er in Tscherkask und wartete darauf, abgeurteilt und gehenkt zu werden.

Manchmal hatte er Angst davor, aber nicht so große, wie er gedacht hatte. Es würde wohl rasch gehen. Und was dann kam? Hatte Vater Ambrosius recht, wenn er behauptete, daß man nach dem Tode alle Menschen wiedersah? Seinen Vater, seine Mutter, Rodja, Walentina?

Wenn die Angst kam, klammerte Pawel sich daran. Er versuchte, tapfer zu sein. Er schrie nicht, er weinte nicht, er hämmerte nicht mit den Fäusten an die Bohlentür, und selbst als am Nachmittag des zweiten Tages seine Wächter kamen, um ihn zu holen und ihn auf dem Weg vom Gefängnis zum Hause des Garnisonskommandanten mit Tritten und Faustschlägen traktierten, kam kein Laut über seine Lippen.

Oberst Doroschenko, der Kommandant von Tscherkask, erwartete ihn in einem sparsam möblierten, nüchternen Raum. Er war nicht allein. Vor seinem Schreibtisch saß ein Mann im abgetragenen, geflickten Popenrock und erhob sich bei Pawels Eintritt.

»Vater Ambrosius«, sagte der Junge. Er blutete aus der Nase, seine Oberlippe war aufgeplatzt, und er war sehr blaß. Aber er stand aufrecht, ohne zu schwanken, und obwohl es in seinen Augen beim Anblick des alten Priesters verräterisch aufblitzte, verbiß er sich das Weinen. Der Pope umarmte ihn und küßte ihn auf beide Wangen, denn er hatte Pawel immer lieb gehabt. »Ja, Söhnchen, ich bin hier. Ich bin deinetwegen gekommen, denn ich hielt es für meine Pflicht, dem Herrn Oberst zu sagen, was Walentina Nikititschna mir vor Jahren für den Fall ihres Todes anvertraut hat. Man muß das hier wissen, bevor man ein Urteil über dich spricht.«

Auch Doroschenko war aufgestanden. Er war ein untersetzter, graubärtiger Mann mit einem rundlichen Hamstergesicht. Seine Augen waren nicht unfreundlich, als er Pawel musterte. »Du nennst dich Fomin? Und diese Walentina Nikititschna war deine Großmutter? Wieso kommt Vater Ambrosius dann dazu, zu behaupten, du seist in Wahrheit ein Prinz Tutscharew, Sohn des Boris Semjonowitsch Tutscharew und seiner Frau Tanja Iwanowna?«

Er deutete auf den Schreibtisch, und Pawel entdeckte erst jetzt, daß dort Schmuckstücke lagen, Broschen, Ringe, Ketten. die Juwelen glänzten in der Nachmittagssonne.

»Er behauptet, dieser Schmuck habe deiner Mutter gehört und sie habe ihn ihrem Kutscher… wie hieß er noch gleich? Rodja? Also, sie habe ihn diesem Rodja mitgegeben, als sie dich mit ihm während des Pugatschew-Aufstandes fortschickte, weil die Rebellen sich eurem Gut näherten.«

»Das ist wahr, Herr«, sagte Vater Ambrosius. »Jedenfalls hat es mir Walentina Nikititschna so erzählt. Rodja ist bei uns in Alatowsk gestorben, und bald darauf kam Walentina zu mir und sagte, daß sie das Kind – ich meine Pawel – bei sich behalten wollte. Er habe es bei ihr besser als irgendwoanders auf der Welt, nachdem seine Eltern nicht mehr lebten. Ich fand es nicht richtig, ich habe sie bestürmt, dafür zu sorgen, daß der Junge nach Petersburg zu seinem Vormund kam, aber sie sagte, sie habe mir ihr und sein Geheimnis nur in der Beichte anvertraut, und deshalb müsse ich darüber schweigen, solange sie lebe. Den Schmuck ließ sie bei mir. Sie brauche ihn nicht, um das Kind großzuziehen, und sie wolle ihn nicht haben. Erst nach ihrem Tode solle ich ihn Pawel wieder aushändigen – oder wenn er durch irgendwelche Umstände in Not geriete. Nun, ich denke, jetzt ist er in Not, und darum bin ich hergekommen.«

»Also?« fragte Oberst Doroschenko, wieder an Pawel gewandt. »Was hast du dazu zu sagen?«

Jahre glitten zurück. Bilder, lange verdrängt, wirr zuerst und dann sich ordnend zu einem einheitlichen Ganzen, stiegen vor Pawel auf. Bjely Dom. Malascha Andrejewna, Pierre Brancourt, Fedja Sidurin, Sbogar, sein Pony, Anfisa, seine kleine Spielgefährtin, Lisa und Marinja, seine Kindermädchen, Pelageja Ossipowna… Und dann seine Mutter, seine schöne, so sehr geliebte Mutter!

Dazwischen schob sich ein anderes Bild: ein verwüsteter Park, geschwärzte Ruinen, verbrannte Tote, die man nicht mehr erkennen konnte. Und jemand sagte: »Madame Tutscharewa muß darunter sein. Sie haben ja alle umgebracht.«

Pawel zitterte. »An... meinen Vater kann ich mich nicht mehr sehr gut erinnern. Er starb, als ich vier oder fünf Jahre alt war. An der Pest, sagte Maman. Ja, es ist wahr! Hören Sie, es ist wahr! Ich heiße nicht Fomin. Ich bin Boris Semjonowitsch Tutscharew! Aber Walentina ... Sagen Sie nie ein böses Wort gegen sie. Sie war alles, was ich noch hatte, nachdem auch Rodja starb. Sie war meine ganze Familie, und ich habe sie so liebgehabt. Damals haben sie Maman ermordet, und ich war ein Kind und konnte sie nicht rächen. Aber jetzt haben sie mir Walentina genommen, und ich habe ihren Mörder getötet. Ist das Unrecht? Dürfen nur die einen töten und die anderen nicht?«

Schluchzend brach er zusammen.

Noch am selben Abend schickte Oberst Doroschenko einen Kurier nach Petersburg. Er hatte dort selbst als junger Leutnant beim Tschigirin-Regiment gedient und Boris Semjonowitsch Tutscharew flüchtig gekannt. Er kannte auch Kyrill Nikolajewitsch Androkow, der Sekretär bei der Geheimen Staatskanzlei war. An ihn war das Handschreiben adressiert, das der Kurier mit sich führte und das Pawels Geschichte enthielt. Der Oberst bat Androkow, nachzuforschen, ob es wirklich einen jungen Prinzen Pawel Borissowitsch Tutscharew gegeben habe, der beim Pugatschew-Aufstand verschollen sei. Außerdem hatte Doroschenko den Schmuck mitgegeben, den ihm Vater Ambrosius ausgehändigt hatte. Vielleicht könne man ihn als ehemaligen Besitz der wohl auf ihrem Gut Bjely Dom ermordeten Prinzessin Tutscharewa identifizieren.

»Der des Mordes an einem Soldaten angeklagte Pawel Fomin, von dem behauptet wird, er sei ein Prinz Tutscharew«, hatte Doroschenko am Schluß des Briefes geschrieben, »bleibt so lange in Gewahrsam. Bis zur Klärung der Angelegenheit wird die Verhandlung vor dem Militärgericht gegen ihn ausgesetzt.«

Tanja saß im Schatten eines offenen Pavillons, als Andrej eilig den kiesbestreuten Parkweg heraufkam. Es war unerträglich heiß; seit Tagen brannte die Sonne von einem wolkenlosen, fast weißen Himmel, und selbst der schwache Wind, der ab und zu vom Meer her wehte, brachte keine Abkühlung.

Tanja trug ein weißes Musselinkleid ohne Reifrock, das mit unzähligen Metern violetter Zackenlitze besetzt war. Ein breitrandiger Strohhut lag neben ihr auf der Bank. Ihr kleiner

Sohn schlief, nur mit einem dünnen Leintuch zugedeckt, in einem Körbchen. Olga planschte, von Wanda Breskowa beaufsichtigt, in einem kurzen Batistkittelchen am Springbrunnen.

Als sie Andrej sah, lief sie ihm entgegen. »Papa! Papa!« Er hob sie hoch, nicht achtend, daß sie triefnaß war, und schwenkte sie einmal herum. »Hallo, Komtesse Dobrynina, wie geht es uns?«

»Uns geht es fein!« erwiderte sie, angestrengt bemüht, jedes Wort deutlich und ohne Fehler auszusprechen.

»Das ist recht, mein Herzchen! Und nun lauf zu Madame Breskowa und bitte sie, mit dir ins Haus zu gehen. Papa hat dir etwas mitgebracht. Es liegt in der Halle auf dem Tisch.« Er küßte sie und verneigte sich leicht in Wanda Alexandrownas Richtung. »Wenn Sie die Kleine eine Zeitlang beschäftigen könnten, Madame – ich habe etwas mit meiner Frau zu bereden.«

Tanja fächelte sich mit ihrem Strohhut Luft zu. »Schön, daß du schon zurück bist, Andrej. So früh habe ich gar nicht mit dir gerechnet. Komm, setz dich; hier im Schatten kann man es einigermaßen aushalten. Aber in der Stadt muß es doch unerträglich sein.«

»Das ist es in der Tat.« Andrej nahm neben ihr Platz. »Aber ich war nicht im Ministerium. Ich war in der Geheimen Kanzlei und …«

Ihre Augen weiteten sich erschrocken. »Du? Aber warum? Andrej, du hast doch nicht etwa Schwierigkeiten?«

Das war ihre ständige Angst. Tanja wußte, daß Potemkin seine Taktik gegen Andrej fortsetzte. Er feindete ihn nicht offen an, sondern behandelte ihn nach wie vor mit einer Höflichkeit, die nahe an der Grenze zur Übertreibung lag, aber wiederum nicht nahe genug, daß man sie als Unverschämtheit hätte auslegen können. Er lobte seine Vorschläge, seine Reden im Reichsrat, seine liberalen Ideen – und handelte zu guter Letzt nach eigenem Ermessen. Korruption blühte unter Potemkin wie nie zuvor. Seine Kreaturen hatten die wichtigsten Ämter inne, und Andrejs Freunde von einst, die nach Katharinas Thronbesteigung mit ihm auf eine Wende zum Guten in der russischen Innenpolitik gewartet hatten, waren mundtot gemacht worden oder hatten resigniert. Es war nicht so, wie Andrej gehofft hatte – er kämpfte auf verlorenem Posten, und Tanja fürchtete seit langem, daß diese Erkenntnis ihn eines Tages dazu hinreißen würde, seine Enttäuschung und seine Abscheu offen auszusprechen.

War es jetzt soweit? Hatte er etwas gesagt oder getan, das Potemkin die langersehnte Handhabe gegen ihn bot? Angstvoll forschte sie in Andrejs Gesicht, aber er lächelte beruhigend.

»Ich habe in der Geheimen Kanzlei nur einen Besuch gemacht und hinterher war ich bei einem Gefangenen im Sawitschnij-Gefängnis.«

»Du? Aber...«

Er nahm ihre Hände. »Das ist eine etwas komplizierte Geschichte. Sag, erinnerst du dich an einen gewissen Androkow? Kyrill Nikolajewitsch? Er ist Sekretär bei der Geheimen Kanzlei und muß dir früher ein paarmal bei Hof begegnet sein.«

»Ja, ich glaube. Ein älterer Mann mit einem Backenbart.«

»Ganz recht. Nun, dieser Androkow bat mich schon vor etwa drei Wochen zu sich. Er hatte ein Schreiben aus Tscherkask erhalten und eine Reihe von Schmuckstücken, die ich mir ansehen sollte. Es wurde behauptet, dieser Schmuck habe sich früher in deinem Besitz befunden.«

Tanja runzelte die Stirn. »Aber ich habe doch nie irgend etwas verkauft, noch ist mir jemals etwas gestohlen worden, außer...« Sie stockte und fuhr dann fort: »Außer, als sie Bjely Dom geplündert haben.«

Andrej hielt noch immer ihre Hände. »Es handelt sich nicht um gestohlenen Schmuck, Tanjuschka, sondern um Stücke, die du... jemandem mitgegeben hast.«

Sie wurde weiß wie ein Blatt Papier. »Andrej, du meinst doch nicht ...«

Andrej nickte. »Als Androkow ihn mir zeigte, war ich nicht ganz sicher. Schließlich kenne ich den Schmuck kaum, den du früher besessen hast – bis auf eine Brosche. Die hast du oft in Bjely Dom getragen und mir erzählt, daß die Zarin sie dir einmal geschenkt hat. Sie hatte die Form eines Blumenkörbchens, mit Brillanten besetzt. Nun, diese Brosche ist dabei.«

Tanja sprang auf. »Und warum sagst du mir das erst heute? Meinst du, du müßtest mich schonen, Andrej? Ich weiß doch schon so lange, daß Pawel und Rodja tot sind. Und wenn man jetzt denjenigen gefunden hat, der sie umgebracht und ausgeraubt hat ... Du sagst, du warst im Gefängnis? Hat man dir den Mann gezeigt, der das getan hat? Hat er gestanden?«

»Nein, Tanja«, erwiderte Andrej ruhig. »Der dort ist, dem gehört der Schmuck...«

Sie brauchte zwei Sekunden, um zu begreifen. Ihr Mund zuckte. Sie wollte etwas sagen, aber sie brachte kein Wort hervor.

»Es ist Pawel«, sagte Andrej. »Er lebt. Ich bat Androkow, ihn nach Petersburg bringen zu lassen, weil ich erst allein mit ihm sprechen wollte. Ich wollte keine Hoffnungen in dir wecken, ehe ich den Jungen nicht selbst gesehen hatte. Aber er ist es, es besteht kein Zweifel. Ich habe ihn sofort erkannt – und er mich auch.«

Sie wurde nicht ohnmächtig. Sie schrie auch nicht und weinte nicht. Sie fragte nur: »Wo ... wo ist er? Im Sawitschnij-Gefängnis? Warum? Haben sie ihn für einen Betrüger gehalten?«

»Nein ... Tanja, bitte, bleib jetzt ganz ruhig. Wir werden alles für den Jungen tun, was in unserer Macht steht. Wir werden ihm helfen, ich verspreche es dir. Es wird nicht zum Äußersten kommen.«

»Zum Äußersten? Was soll das heißen? Was hat er getan?«

»Er... er hat einen Soldaten erstochen.«

Jetzt wankte sie doch. Andrej fing sie in seinen Armen auf. Aber es war nur ein kurzer Augenblick, dann richtete sie sich auf. »Kann ich zu ihm? Ich muß ihn sehen – jetzt gleich.«

»Natürlich, Tanjuschka. Ich habe den Wagen warten lassen. Wir können sofort fahren.«

Andrej hatte Pawel gesagt, daß er ihm seine Mutter bringen werde. Seitdem saß der Junge auf dem einzigen Stuhl in seiner Zelle und blickte auf die Tür. Als Andrej bei ihm gewesen war und ihm erzählt hatte, daß Tanja lebte, hatte er geglüht wie im Fieber. Nichts mehr war wichtig als dies: Er würde Maman wiedersehen. Seine schöne, geliebte Maman, die er so viele Jahre für tot gehalten hatte.

Draußen wurden Schritte laut, jemand sagte etwas, dann rasselten Schlüssel. Knarrend schwang die schwere Holztür auf. Eine Frau stand auf der Schwelle, in einem weißen Kleid. Ihr Gesicht konnte Pawel nicht erkennen, es war nur ein heller Fleck in der Dunkelheit seines Gefängnisses. »Maman?« fragte er zitternd. Und dann, als sie ein paar Schritte auf ihn zutrat, schrie er: »Maman! Mutter! Matuschka...«

Blind vor Tränen schloß Tanja ihren Sohn in die Arme. Sie streichelte seinen zuckenden Rücken, sein Haar, umfaßte sein Gesicht, strich mit den Fingern darüber hin, wieder und wieder, als müsse sie ihn fühlen, ihn Zug um Zug ertasten, um zu begreifen, daß er da wirklich vor ihr stand: ihr Sohn.

Pawel umklammerte sie. »Matuschka«, sagte er schluchzend, »o Matuschka!« Für den Augenblick war er wieder ein Kind. Er war heimgekommen. Er konnte sich an den Röcken seiner Mutter festhalten und weinen, weil etwas ihm Kummer gemacht hatte, und sie würde ihn trösten. Sie hatte doch immer Trost gewußt. Bei ihr wurden alle Ängste und Schmerzen klein, bei ihr wurde alles gut. »Wirst du mir helfen, Matuschka? Ich will nicht sterben. Jetzt will ich nicht mehr sterben...«

Es gab nur einen Menschen, der helfen konnte: die Zarin. Tanja und Andrej fuhren noch am gleichen Abend nach Zarskoje Selo, wo sich der Hof aufhielt. Aber es gelang ihnen nicht, zu Katharina vorzudringen. Statt dessen empfing Potemkin sie im Antichambre seiner Wohnung. Aus den angrenzenden Salons klangen Stimmengewirr, Gelächter und schrille Zigeunermusik. Grigorij Alexandrowitsch feierte ein Fest. Er war allerdings, wie Tanja mit Erleichterung feststellte, noch nüchtern.

»Graf und Gräfin Dobrynin! Welche Überraschung! Ich nehme kaum an, daß Sie gekommen sind, meine bescheidene Feier zu besuchen, wenngleich...«

»Nein, Exzellenz«, fiel ihm Andrej ins Wort. »Wir sind hier, um eilig eine Privataudienz bei Ihrer Majestät zu erhalten, und bitten Sie dabei um Ihre gütige Vermittlung. Es handelt sich um eine äußerst dringliche Angelegenheit.«

Potemkin zog die starken dunklen Brauen hoch. »Ach, wirklich? Und darf man erfahren, um was?«

Andrej war sicher, daß Potemkin längst wußte, um was es ging.

Seine Spitzel mochten es ihm zugetragen haben. Dennoch erzählte er ihm die ganze Geschichte.

Potemkin hörte schweigend zu. Als Andrej geendet hatte, wanderte er ein paarmal auf und ab, ehe er vor Tanja stehenblieb. »Meine liebe Gräfin Dobrynina, es drängt mich, Sie zu beglückwünschen. Welche Mutter hat schon das Glück, ihren totgeglaubten Sohn nach so vielen Jahren unversehrt in die Arme schließen zu dürfen. Dieses Schicksal könnte einen Dichter inspirieren. Nur leider, die Realität mit ihren Gesetzen ist profaner. Offenbar steht fest, daß Ihr Sohn einen Mord begangen hat.«

»In Verzweiflung, in Verblendung. Er war nicht mehr Herr seiner Sinne, als es geschah ...« Tanja blickte Potemkin an, und sie dachte: Jetzt hast du uns soweit. Und jetzt willst du es wahrmachen, dein: Gnade dir Gott, du kleine Schlampe. Es ist dir gelungen. Ich würde vor dir knien, ich würde dich anflehen, ich würde deine Stiefel küssen, wenn du nur Pawel hilfst. Ja, ich würde sogar mit dir schlafen, du Ungeheuer, wenn ich mein Kind damit retten könnte!

»Die Zarin kann auf dem Wege eines Gnadenaktes und in Anbetracht des ungewöhnlichen Schicksals des Sohnes meiner Frau das Urteil aufheben«, sagte Andrej. Er war sehr bleich, nur die Narbe an seiner Wange trat rot hervor, wie immer, wenn er erregt war, und an seiner Schläfe zuckte eine kleine Ader.

»Sie könnte es umwandeln – in lebenslängliche Zwangsarbeit in Sibirien«, antwortete Potemkin gedehnt. »Mehr ist unmöglich, das müssen Sie doch wissen, mein lieber Andrej Petrowitsch. Wo kommen wir hin, wenn wir Mörder frei herumlaufen lassen.«

»Das soll sie uns selbst sagen, Exzellenz!« Obwohl Potemkin ihm angeboten hatte, ihn beim Vornamen zu nennen, brachte Andrej es nicht über sich in diesem Augenblick. »Sprechen Sie mit ihr. Verschaffen Sie uns eine Privataudienz. Ich kann nicht glauben, daß Ihre Majestät an den tragischen Umständen, die zu Pawel Tutscharews Tat geführt haben, mit einem Achselzucken vorübergeht. Sie würde ja nicht nur ihn treffen, sondern ebenso sehr seine Mutter, die an allem vollkommen unschuldig ist.«

Potemkin verschränkte die Arme. »Die Mütter von Verurteilten sind immer unschuldig«, sagte er unbewegt, »ebenso wie ihre Frauen und Kinder. Das ist nun einmal so. Man kann nicht Recht sprechen, ohne Unschuldige mit darunter leiden zu lassen. Daraus sehen Sie wieder einmal mehr, wie unvollkommen wir Menschen doch sind und all unsere Taten.«

»Durchlaucht«, flehte Tanja, »die Audienz! Ermöglichen Sie es, daß wir die Zarin sprechen, noch heute! Sie können es! Wer sonst, wenn nicht Sie!«

»Ihre Majestät ist sehr beschäftigt…«

»Und morgen? Wird sie uns morgen früh empfangen können?«

»Morgen ist sie auf der Jagd, den ganzen Tag. Es wird nicht möglich sein. Danach plant sie, nach Peterhof aufzubrechen. Es tut mir leid, aber in dem Trubel der Abreise … Am besten schreiben Sie ihr. Ich werde zusehen, daß sie den Brief baldmöglichst erhält.«

»Ein Brief, was ist ein Brief! Ein totes Stück Papier. Nein, ich muß Ihre Majestät selbst sprechen. Dann werde ich die richtigen Worte finden, um an ihr Herz zu rühren. Bitte, Durchlaucht!«

Tanja brach in Tränen aus. Sie haßte sich selbst dafür, daß sie vor Potemkin weinte, denn sie ahnte, wie sehr er es genoß. Aber sie konnte nicht anders.

Potemkin lachte leise. »Wo ist Ihr Löwenmut geblieben, Madame? Tränen? Sonst, so erinnere ich mich, waren Sie weitaus rebellischer. Sein ungestümes Temperament hat Ihr Sohn offenbar von Ihnen geerbt. Gesetzt den Fall, man begnadigt ihn, und er lebt in Ihrem Hause, unter Ihrem und Graf Dobrynins Einfluß... Nein, unterbrechen Sie mich jetzt nicht, mein lieber Andrej Petrowitsch. Ich habe Leute wie Sie immer zu schätzen gewußt, solange man ihnen die Krallen beschneidet. Sonst werden sie gefährlich mit ihren Vorstellungen von Humanitas und Menschenwürde. Sie untergraben die Ordnung. Sie rütteln an den Grundfesten unseres Staates. Wie gesagt, man kann sie gewähren lassen, solange sie nicht stark genug sind, ernstlich Schaden anzurichten. Es macht sich ganz gut, zu sagen: Seht her, wir sind gar nicht so barbarisch, so rückständig, so despotisch, wie man von uns behauptet. Wir dulden Kritiker unseres Staates. Wir lassen zu, daß sie anprangern, was ihnen faul im Reich erscheint. Träumen Sie nur Ihre Träume weiter, Graf Dobrynin – von dem Frieden, den Rußland Ihrer Meinung nach nötiger als alles andere braucht, von einer Wiedereinsetzung der Gesetzgebenden Kommission, von der schrittweisen Aufhebung der Leibeigenschaft, von einem autonomen Kosakenstaat, der ein Vorbild werden soll für die Steppennomaden, um sie zu seßhaften Siedlern zu machen... Sie sehen, ich habe Ihre Reden, Ihre Memoranden und Exposes zu all diesen Dingen aufmerksam zur Kenntnis genommen. Und Ihre Majestät hält es für durchaus wichtig, daß so etwas im Ausland bekannt wird. Man soll uns den Willen zum Fortschritt glauben. Man soll ruhig der Meinung sein, auch in Rußland breche sich der Liberalismus mehr und mehr Bahn, wenngleich es etwas länger dauert als anderswo. Dafür hat Rußland auch andere Dimensionen. Das wird man uns zugestehen, und wir gewinnen Zeit, unsere eigentlichen Pläne ohne ausländische Einmischung zu verwirklichen...«

»Exzellenz!« Andrejs Stimme bebte. »Wir sind nicht hier, um mit Ihnen über Politik zu polemisieren. Das gehört nicht hierher!«

»O doch!« Potemkins gesundes Auge funkelte boshaft. »Die Sache ist doch so: Sie sind mein Feind, Dobrynin, Sie hassen mich, und Ihre reizende Gattin tut das ebenso. Sie möchten mich bekämpfen, und daß es Ihnen nicht gelingt, frißt an Ihnen. Dennoch kommen Sie jetzt her, um mich um einen Gefallen zu bitten. Ich soll Ihnen Audienz bei der Kaiserin verschaffen, ich soll mich womöglich dafür verwenden, daß sie Ihren Sohn, Madame, begnadigt. Wieso erwarten Sie, daß ich das tue? Werden Sie danach aufhören, mich zu hassen? Werden Sie aus Gegnern zu Freunden werden? O nein! Und Ihr Sohn, Madame... Er ist unter Kosaken aufgewachsen. Er hat einen Soldaten erstochen. Ist das nicht Beweis genug, daß der verfluchte kosakische Aufrührergeist auch in ihm steckt? Wenn man ihn begnadigt und ihn – ich sagte es schon – Ihrem und Ihres Gatten Einfluß überläßt, einen Prinzen Tutscharew, der in die Garde oder den Staatsdienst eintreten wird, wie es sich gehört, habe ich mit größter Wahrscheinlichkeit in Kürze einen Widersacher mehr auf dem Halse. Nicht, daß ich besonders furchtsam wäre aber warum soll ich ausgerechnet Ihnen und Ihrem Sohn zuliebe dieses Ärgernis auf mich nehmen? Ich habe keine Veranlassung, Ihnen gefällig zu sein.«

»Mit anderen Worten: Sollte Ihre Majestät sich entschließen, Pawel Tutscharew zu begnadigen, würden Sie womöglich versuchen, sie davon abzubringen?«

Potemkin hob die massigen Schultern. »Vielleicht... Und nun entschuldigen Sie mich. Wie Sie wissen, habe ich Gäste.«

Tanjas Tränen waren versiegt. Aus, dachte sie. Welch ein Wahnsinn, daß wir uns vor diesem Mann erniedrigt haben. »Sie sind ein Ungeheuer«, sagte sie leise. »Gott wird Sie strafen.«

Er lachte. »Weshalb? Weil ich es ablehnte, mich für einen Mörder zu verwenden?«

»Sie werden es dennoch tun«, sagte Andrej in diesem Augenblick. Er legte Tanja den Arm um die Schultern. Auf dem Grunde seiner Augen las sie eine tödliche Entschlossenheit. »Warte im Wagen auf mich, Liebes. Ich habe mit Fürst Potemkin noch etwas unter vier Augen zu besprechen.«

Im September des gleichen Jahres verließ Ihrer französischen Majestät Fregatte ›Marie Floride‹ den Hafen von St. Petersburg.

Auf dem Deck standen Tanja und Andrej. Pawel lehnte mit Olga an der Hand ein kleines Stück entfernt an der Reling. Neben ihm schlief Alexander, der jüngste Dobrynin, in einem tragbaren Reisekorb, dem neuen Tag entgegen.

Sie verließen Rußland.

Sie verließen es nicht aus freien Stücken; es war ein Gebot der Zarin gewesen, nachdem sie Andrej allein in Audienz empfangen hatte. Das heißt – Katharina hatte nur verlangt, daß Pawel nach seiner Begnadigung außer Landes zu gehen habe, aber wie hätte Tanja es über sich gebracht, sich abermals von ihm zu trennen. Außerdem: Andrej wußte, daß er sich nach diesem Gespräch mit der Zarin und dem vorhergegangenen mit

Potemkin für alle Zeiten ihre unversöhnliche Feindschaft zugezogen hatte. Wenn er blieb, war er in Gefahr, früher oder später verhaftet und nach Sibirien verbannt zu werden – die erprobte Art, sich unbequemer Mitwisser zu entledigen.

Auch hatte er begriffen, daß Rußland für viele Jahre zurückgefallen war in die Nacht des Despotismus, der Rückständigkeit, der Versklavung. Seine Träume von mehr Freiheit, mehr Gerechtigkeit für jedermann, waren ausgeträumt; unter Katharina und Potemkin würden sie niemals wahr werden. Vielleicht später einmal, wenn er, Andrej, schon längst nicht mehr lebte…

Aber da gab es ein anderes Land, so groß, so unerforscht, so voll grenzenloser Möglichkeiten wie die Weiten Rußlands. Und in diesem Land war es möglich geworden, daß das Volk sein politisches Schicksal durch freie Wahlen selbst bestimmte, wenn der blutige Krieg zu Ende war, den es gegen seine englischen Kolonialherren führte: die Vereinigten Staaten von Nordamerika.

Schon in Rojewo hatte Andrej aufmerksam die spärlich nach Rußland sickernden Nachrichten darüber verfolgt. Tanja hatte ihm von dem Besuch Benjamin Franklins in Paris erzählt, und sie hatten viele Stunden über ihn und dieses neue Amerika gesprochen, dessen Freiheitswille wie ein ferner Feuerschein über dem dunklen Himmel der Alten Welt aufgeflammt war.

»Es ist grandios! Es ist einfach unvorstellbar großartig«, hatte Andrej gesagt. »Zu denken, daß eines Tages so etwas auch bei uns möglich wäre. Kein Zar mehr, den man hinnehmen muß, mag er nun gut oder schlecht sein. Keine unumschränkte Gewalt in der Hand eines einzelnen. Statt dessen eine Regierung, die sich aus den Besten, Fähigsten rekrutiert. Herrgott, Tanjuschka, glaubst du, daß so etwas von Bestand ist? Oder wird es sein wie überall, wo Menschen am Werk sind? Wird das ursprünglich Gute eines Tages überwuchert werden von neuem Machtstreben, von Egoismus, Brutalität und Ungerechtigkeit?«

Nun, sie würden es herausfinden, denn sie waren auf dem Wege nach Amerika…

Dies aber war zwischen Andrej und der Zarin geschehen:

Wie zuvor schon bei Potemkin, um diesen zu zwingen, ihm die Audienz bei Katharina zu verschaffen, hatte Andrej preisgegeben, worüber seit vielen Jahren kein Wort über seine Lippen gekommen war, seit jener Nacht, in der Katharinas Gemahl, Zar Peter III. Fjodorowitsch, in dem kleinen Schlößchen Ropscha gestorben war.

Er, Andrej, war dort gewesen. Er allein kannte außer der Zarin und denen, die Peter III. getötet hatten, die Wahrheit.

»Erinnern Sie sich, Majestät«, hatte Andrej gesagt, als er Katharina in ihrem mit apfelgrünen Seidentapeten ausgeschlagenen Salon in Zarskoje Selo allein gegenüberstand. »Es ist lange her, fast achtzehn Jahre. Sie selbst hatten mich nach Ropscha geschickt, wo der Zar gefangengehalten wurde. Als ich zurückkam, war er tot, und Sie wußten, auf welche Weise er umkam. Sie wußten es und fragten mich dennoch, wie es zugegangen sei. Nun, ich habe damals geantwortet: »Jedermann in der Stadt kennt das Manifest, das Eure Majestät heute erlassen hat. Peter III. ist seinem alten Darmleiden erlegen.« Man hätte mich foltern können, töten – ich hätte damals niemals etwas anderes gesagt, weil ich glaubte, Eure Majestät... Nun, es ist heute unwichtig, was ich glaubte. Ich bin nicht hier, um darüber mit Ihnen zu reden. Ich biete Ihnen einen Handel an: Mein Stillschweigen gegen die Begnadigung von Pawel Tutscharew.«

Katharina war zurückgewichen. Sie trug ein geblümtes Voilekleid, das die sehr weißen, vollen Arme freiließ, und sie war zu eng geschnürt. Ihr Atem ging rasch und kurz. »Das.. . das ist Erpressung, Graf Dobrynin.«

»Nennen Sie es, wie Sie wollen, Kaiserliche Majestät. Ich habe kein anderes Mittel. Gott weiß, daß es mir schwergefallen ist, es einzusetzen, aber es geht um den Sohn der Frau, die ich mehr liebe als alles andere auf der Welt. Wenn ich es verhindern kann, soll sie keine Stunde ihres Lebens mehr Kummer haben. Und in diesem Fall kann ich es verhindern. Eure Majestät werden nicht so töricht sein, einen Gnadenakt zu versagen, um zu riskieren, daß plötzlich bekannt wird: Peter III. ist in der Tat ermordet worden. Ich, Andrej Dobryninj kann es bezeugen. Die Mörder heißen: Barjatynskij, Passek, Baksakow und Alexej Orlow. Sie haben den Zaren während des Essens erwürgt. Sie, Majestät, haben genügend Fantasie, um sich die Wirkung einer solchen Aussage vorzustellen – im In- und Ausland. Eine Gattenmörderin auf Rußlands Thron...«

Sie versuchte ein letztes Ausweichmanöver. Ihre Stimme klang schrill. »Ich? Was habe ich damit zu tun? Sie haben die Namen der angeblichen Mörder doch soeben genannt...«

»Und Sie, Majestät, haben sie gedeckt. Das ist genauso gut, als ob Sie den Mord befohlen hätten. Oder zweifeln Sie, daß jemand die Sache anders sehen wird? Der Thronfolger vielleicht?«

»Ich kann Sie verhaften lassen, Graf Dobrynin...«

»Gewiß. Aber auf dem Weg ins Gefängnis werde ich öffentlich herausschreien, was ich weiß. Es werden genügend Leute hören. Sie müßten mich schon hier auf der Stelle töten lassen. Aber das wagen Sie nicht ... Es bedeutete ja, wieder einen Mitwisser zu haben, einen Komplizen sogar.«

Katharina wandte sich ab. Schwerfällig ging sie zu einem Stuhl und setzte sich. Sie stützte den Kopf in die Hand.

Andrej betrachtete sie und dachte: Sie sieht nicht gut aus. Sie ist alt geworden, fett, und ihr Gesicht hat etwas Lasterhaftes bekommen. Eine mitleidige Regung flog ihn an. Potemkin hatte sie nicht glücklich gemacht mit seiner zerstörerischen Liebe – und noch weniger mit den jungen Männern, die er für sie aussuchte und absetzte, sobald sie ihm zu einflußreich wurden.

»Ich dachte«, sagte Katharina nach einem langen Schweigen, »Sie seien ein Ehrenmann, Graf Dobrynin, und mein Freund ... und Alexej Orlows Freund...«

Ein Zucken ging über sein Gesicht, als sie Alexejs Namen nannte. Gleichwohl klang seine Stimme ruhig und entschieden. »Graf Orlow würde verstehen. Ich sagte es ja schon: Es geht um die Frau, die ich liebe. Um meine Frau. Begnadigen Sie ihren Sohn. Sorgen Sie dafür, daß er noch heute auf freien Fuß gesetzt wird. Man kann ihn nicht hinrichten – nicht nach allem, was geschehen ist.«

Die Zarin hatte nachgegeben – allerdings unter der Bedingung, daß Pawel das Land verließe und keinen Fuß mehr auf russischen Boden setzte, so lange sie lebte. »Auf dieser Bedingung muß ich bestehen, Graf Dobrynin. Die Angelegenheit hat Kreise gezogen, sie wird noch mehr Kreise ziehen...« Ihr Gesicht, eben noch schlaff und müde, verhärtete sich. »Und nun gehen Sie«, stieß sie mit zusammengebissenen Zähnen hervor. »Gehen Sie endlich! Ich will Sie nicht mehr sehen!« Stumm hatte Andrej sich verneigt und den Raum verlassen.

Die Morgennebel lichteten sich, und im Osten war der Himmel rot und golden von der aufgehenden Sonne, als die ›Marie Floride‹ ablegte und Kurs auf den Finnischen Meerbusen nahm. Ein erster Sonnenstrahl traf den Engel auf der nadelförmigen Spitze der Peter-und-Pauls-Festung. Die Kais, die Newa-Brücken, die Kirchen mit ihren Kuppeln und Türmen, die Fassaden der Häuser und Paläste in Weiß und Blau und Rosa wichen zurück.

Tanja stand, die Hände um die Reling geklammert, und starrte zum Ufer. Pawel trat neben sie. »Maman«, sagte er hilflos. »Ach, Maman, ist es sehr schlimm?« Dabei würgten ihn die Tränen im Halse.

Sie schüttelte den Kopf und versuchte ihm zuzulächeln. »Nein, Liebling, nichts ist wirklich schlimm, so lange wir beisammen sind, wir alle.« Dann blickte sie wieder auf die langsam entschwindende Silhouette der Stadt. Sie hatte etwas Unwirkliches, Märchenhaftes, wie sie da lag, scheinbar dem Meer entstiegen. Der steingewordene Traum Peters des Großen.

Andrej legte die Arme um Tanja. Sie wandte sich zu ihm um. Aufweinend preßte sie das Gesicht gegen den Stoff seines Mantels. Sie weinte wie ein Kind, mit kleinen, erstickten, keuchenden Klagelauten, und spürte doch schon die Beruhigung, die von seinen Armen, seiner starken, unerschütterlichen Brust ausging.

Leb wohl, Rußland. Leb wohl, du geliebte Heimat. Werden wir dich jemals wiedersehen? Deine Wälder, deine Flüsse, die Steppe im Frühling, wenn sie blüht, deinen so unermeßlich weiten Himmel? Ach, Rußland, Heimat, wie sollen wir leben ohne dich? Wie sollen wir sterben, ohne in deiner Erde begraben zu werden? Gott segne dich, Rußland, Mütterchen…

»Dreh dich um, Tanjuschka«, sagte Andrej leise, als sie stiller wurde und ihre Tränen versiegten. »Dreh dich um und sieh noch einmal zurück.«

Er nahm sie bei der Hand und Pawel bei der anderen. Tanja wischte sich über das Gesicht und winkte Olga zu sich heran. Die Kleine hüpfte von einem Bein auf das andere. Für sie war alles ein herrliches Abenteuer. »Amerika fahren«, sagte sie wichtig. Tanja lächelte. Für die Kinder war es einfach. Sie waren noch so klein, Oljuschka und Alexander. Ihnen würde das fremde Land zur Heimat werden. Eines Tages würden sie es so lieben, wie ihre Eltern Rußland geliebt hatten.

Der Gedanke hatte etwas Tröstliches.

Der Seewind griff in Tanjas Haar. Sie bot sich ihm dar und spürte seinen salzigen Geschmack auf den Lippen. So stand sie und hielt die Hände ihres Mannes und ihres Kindes, während die russische Küste nur noch ein schmaler, von der Sonne beglänzter Streifen am Horizont war und endlich ganz ihren Blicken entschwand.